LUCINDA RILEY

De zevende zus

XANDER

Uitgegeven door Xander Uitgevers
www.xanderuitgevers.nl

Oorspronkelijke titel: *The Missing Sister*
Oorspronkelijke uitgever: Pan Macmillan
Vertaling: Dieuwke van der Veen, Erica Disco, Irene Goes en Anne Jongeling
Omslagontwerp: zero-media.net, Munich
Belettering: Studio Marlies Visser
Omslagbeeld: FinePic/Plainpicture/Huber Images
Auteursfoto: Kit Riley
Zetwerk: Michiel Niesen, ZetProducties

Eerste druk 2021
Vierde druk 2021

ISBN 978 94 0161 428 3 | NUR 302

Lezers en boekhandelaren over de eerdere delen van *De zeven zussen*

'Ik kan niet genoeg benadrukken hoe prachtig deze reeks is. Riley weet vanaf de eerste bladzijde telkens de lezer vast te grijpen en mee te nemen in een wonderbaarlijke reis naar het verleden. Door dit te combineren met het persoonlijke verhaal van een van de zussen, wordt de lezer heen en weer geslingerd tussen vroeger en nu en zijn de boeken met hun prachtige verhalen uit voor je het goed en wel beseft.' – Valerie

'Wat een heerlijke serie! Een flinke snuf cultuur en geschiedenis, een handvol romantiek én als geheim ingrediënt een vleug mysterie. Smullen!'
– Elise, boekhandel Riemer & Walinga, Ermelo

'Zo af en toe heb je een juweeltje in handen dat je niet meer weg kunt leggen. In vier dagen had ik het uit, kreeg ik heimwee en nu verlang ik naar het volgende deel!' – Heleen, Boekhandel van der Meer

'Ik ben verkocht, het boek is in één woord GEWELDIG. Zo mooi geschreven en zo ontroerend. Een boek waarin je zelf de hoofdpersoon zou willen zijn.'
– Marij, The Readshop Express Oranjerie

'Ik zat regelmatig op het puntje van mijn stoel, hoe loopt dit af? Het liefst had ik dit boek in één ruk uitgelezen. De emoties worden heel mooi beschreven. Ik kan niet wachten om de volgende boeken ook te mogen lezen!' – Joyce Elise

'Geweldig om de verhalen van de zussen te mogen lezen, ze te leren kennen en uiteindelijk thuis te brengen. Lucinda neemt je mee op wereldreis.'
– Paulien, Bruna Ellenbroek

'*Storm* is een verhaal dat je echt even moet laten bezinken. De emoties zijn zo levend beschreven dat ze voelbaar zijn. De karakters zijn heel tastbaar neergezet. Je beleeft de reis naar het verleden van Ally mee, door de ontroerende en melodische schrijfstijl van Lucinda Riley. Dit boek zal me nog lang bijblijven, met tranen in mijn ogen en een diepe zucht sluit ik deze must read.' – Moon

'Het is onmogelijk om na deze boeken direct aan weer een ander boek te beginnen omdat deze verhalen nog lang in je hoofd 'nasudderen'! Het leest inderdaad als een trein.' – Marjan, Boekhandel Marjan Houtman

'Net zoals bij vorige zussen, was ik ook dit keer weer totaal verdronken in de zesde zus. Electra vertelt een mooi verhaal waarbij ik wederom een stukje geschiedenis ontdekt heb. Mij heeft het in ieder geval weer super nieuwsgierig gemaakt naar de ontknoping!' – Saskia, Boekhandel de Drvkkerij, Middelburg

'Steeds weer kan ik mezelf onderdompelen in en laten meeslepen door de verhalen van Lucinda Riley. Meeslepend, verslavend en ontroerend.' – Bregje

Ook verschenen van Lucinda Riley bij Xander Uitgevers

De zeven zussen (2017)
De zeven zussen – Storm (2018)
De zeven zussen – Schaduw (2018)
De zeven zussen – Parel (2018)
De zeven zussen – Maan (2019)
De zeven zussen – Zon (2020)

De nachtroos (2018)
De olijfboom (2019)
Het meisje op de rots (2019)
De lavendeltuin (2019)
Het Italiaanse meisje (2019)
De vlinderkamer (2020)
De orchideeëntuin (2020)
De zilverboom (2020)

Lees meer over Lucinda Riley en al haar boeken
op www.lucindariley.nl

Voor Harry

Moed is weten waar je niet bang voor hoeft te zijn.
– Plato

HOOFDPERSONEN

Atlantis
Pa Salt, adoptievader (overleden)
Marina (Ma), verzorgster van de zussen
Claudia, huishoudster op Atlantis
Georg Hoffman, Pa Salts advocaat
Christian, de schipper

De zusjes D'Aplièse
Maia
Ally (Alcyone)
Star (Asterope)
CeCe (Celaeno)
Tiggy (Taygete)
Electra
Merope (afwezig)

MARY-KATE

GIBBSTON VALLEY, NIEUW-ZEELAND

JUNI 2008

1

Ik weet nog precies wat ik deed en waar ik was toen ik mijn vader zag sterven. Ik stond op ongeveer dezelfde plek als waar ik nu sta en leunde over de balustrade van de houten veranda rondom ons huis. Ik stond te kijken naar de druivenplukkers die de strakke rijen wijnranken met hun overrijpe druiven, klaar voor de oogst, afwerkten. Ik wilde net de trap af gaan om naar hen toe te gaan, toen ik vanuit mijn ooghoek plotseling mijn vader, een beer van een vent, uit beeld zag verdwijnen. Heel even dacht ik dat hij zich bukte om een verdwaald trosje druiven op te rapen – mijn vader haatte elke vorm van verspilling, een eigenschap die hij toeschreef aan de presbyteriaanse instelling van zijn Schotse ouders – maar toen zag ik de plukkers vanaf de dichtstbijzijnde rijen naar hem toe rennen. Het was zeker honderd meter lopen vanaf de veranda, en toen ik bij hem kwam, had iemand zijn overhemd al opengescheurd en probeerde hem met pompbewegingen en mond-op-mondbeademing te reanimeren, terwijl iemand anders het alarmnummer belde. De ambulance deed er twintig minuten over.

Op het moment dat hij op de brancard werd getild en ik zijn wasbleke huid zag, wist ik dat ik nooit meer mijn vaders diepe, krachtige stem zou horen, een stem die plechtig kon klinken, maar van het ene op het andere moment kon overgaan in een schor gegrinnik. Terwijl de tranen over mijn wangen stroomden, drukte ik een tedere kus op zijn ruige, verweerde gezicht, zei dat ik van hem hield en nam afscheid van hem. Terugkijkend besef ik hoe surrealistisch die verschrikkelijke ervaring was, en dat het niet te bevatten was dat een mens zó vol leven veranderde in… niet meer dan een leeg, levenloos lichaam.

Toen mijn vader zich eindelijk had laten overhalen om naar een dokter te gaan, had hij al maandenlang pijn op zijn borst, maar hij weet dit aan indigestie. Hij kreeg te horen dat zijn cholesterolgehalte te hoog was en dat hij zich aan een streng dieet moest houden. Tot wanhoop van mijn moeder en mij bleef hij gewoon eten waar hij trek in had en dronk hij elke avond bij het eten een fles van zijn eigen rode wijn. Dus toen uiteindelijk het ergste gebeurde, had ons dit nauwelijks moeten verbazen. Misschien hadden we mijn vader als onverwoestbaar beschouwd, een illusie die mede te danken was aan zijn sterke persoonlijkheid en zijn minzame karakter. Maar, had mijn moeder nogal somber verklaard, als het erop aankomt zijn we allemaal gewoon mensen van vlees en bloed. In elk geval had hij tot op het einde geleefd zoals hij wilde leven. En hij was tenslotte drieënzeventig, iets wat ik me door zijn fysieke kracht en levenslust bijna niet kon voorstellen.

Eigenlijk voelde ik me nogal bedrogen. Ik was tenslotte pas tweeëntwintig, en hoewel ik wist dat ik pas vrij laat in het leven van mijn ouders was verschenen, besefte ik toen papa stierf pas écht wat dat betekende. Dat onrecht maakte me boos: waarom was ik niet eerder in hun leven gekomen? Mijn grote broer Jack, die tweeëndertig was, had hem tien volle jaren langer kunnen meemaken.

Mam voelde duidelijk aan dat ik boos was, hoewel ik dat nooit rechtstreeks had geuit. Maar tegelijkertijd voelde ik me schuldig, want zij kon er ook niets aan doen. En ik hield heel veel van haar, we hadden een sterke band en ik kon zien dat zij ook erg verdrietig was. We probeerden elkaar zo goed mogelijk te troosten en we zijn die moeilijke periode op de een of andere manier goed doorgekomen.

Jack was ook geweldig. Hij besteedde het grootste deel van zijn tijd aan het afhandelen van de nare bureaucratische naweeën van een sterfgeval. Bovendien moest hij in zijn eentje de leiding van The Vinery op zich nemen, het bedrijf dat papa en mama vanuit het niets hadden opgebouwd. Maar papa had hem in elk geval goed voorbereid op het runnen van de zaak.

Al vanaf dat hij een kleuter was, had mijn vader Jack meegenomen in de hele jaarlijkse cyclus van de zorg voor zijn kostbare wijnranken, die, afhankelijk van het weer, tussen februari en april druiven zouden produceren. Die werden dan geoogst en brachten uiteindelijk onze heerlijke pinot noir voort, die onlangs nog een prijs had gewonnen. De wijn lag in flessen opgeslagen in het magazijn, klaar om over heel Nieuw-Zeeland en Australië te worden verspreid. Papa had Jack meegevoerd langs elke stap van het proces, en tegen de tijd dat hij twaalf was, had papa hem zo veel bijgebracht dat hij waarschijnlijk zó de leiding over het personeel had kunnen overnemen.

Op zijn zestiende kondigde Jack officieel aan dat hij met papa wilde samenwerken en uiteindelijk de leiding over The Vinery wilde overnemen. Papa was daar enorm blij mee. Jack ging bedrijfskunde studeren en kwam daarna fulltime in de wijngaard werken.

'Er gaat niets boven het achterlaten van een gezonde erfenis,' had papa een paar jaar geleden tijdens een toost op mijn broer gezegd, nadat Jack een half jaar bij een wijngaard in de heuvels van Adelaide had gewerkt. Papa had verklaard dat Jack er klaar voor was.

'Misschien kom jij op een dag ook bij het bedrijf, Mary-Kate. We toosten erop dat de McDougals nog eeuwenlang wijnbouwers op dit land mogen blijven!'

Terwijl Jack meeging in de droom van mijn vader, gebeurde met mij het tegenovergestelde. Misschien kwam dat juist doordat Jack zo volledig opging in het maken van mooie wijnen. Hij rook niet alleen een bedorven druif van een kilometer afstand, maar was ook nog eens een prima zakenman. Terwijl ik van een kind uitgroeide tot een jonge vrouw, had ik van dichtbij meegemaakt hoe papa en Jack de wijnranken inspecteerden en in Het Lab werkten, zoals dat liefkozend werd genoemd; een 'lab' dat bestond uit een grote keet met een zinken dak. Toch raakte ik in andere dingen geïnteresseerd en zag ik inmiddels geen relatie meer tussen The Vinery en mijn toekomst. Dat had me er niet van weerhouden om tijdens vakanties mee te werken in Het Lab of waar nodig bij te springen, maar wijn was gewoon mijn passie niet. Papa had teleurgesteld gekeken toen ik hem vertelde dat ik muziek wilde gaan studeren, maar hij was wel zo vriendelijk geweest om begrip te tonen.

'Heel goed van je,' zei hij, en hij knuffelde me. 'Muziek is enorm belangrijk in het leven, Mary-Kate. En hoe zie je je toekomstige carrière voor je?'

Ik zei, enigszins verlegen, dat ik zangeres wilde worden en mijn eigen nummers wilde schrijven.

'Dat is een fantastische droom, waar ik je alleen maar succes bij kan wensen. Zolang je maar weet dat je moeder en ik volledig achter je staan.'

'Ik vind het echt geweldig, Mary-Kate,' zei mam. 'Jezelf uitdrukken in een lied heeft iets magisch.'

En dat was ik gaan doen, muziek studeren. Ik had gekozen voor de

University of Wellington, die een diploma van wereldklasse bood, en ik genoot van elke seconde. Ik had de beschikking over een studio met de allernieuwste hightech en werd omringd door studenten die net als ik leefden voor hun passie. Ik startte een duo met Fletch, een goede vriend die ritmegitaar speelde en een zangstem had die prettig harmonieerde met die van mij. We hadden zelfs hier en daar een optreden in Wellington, met mij achter het toetsenbord, en we hadden het voorgaande jaar ook opgetreden tijdens het afstudeerconcert. Dat was de eerste keer dat mijn familie me op het podium zag.

'Ik ben héél trots op je, MK,' had papa gezegd en hij had me in zijn armen gesloten. Het was een van de mooiste momenten van mijn leven.

'En daar sta je dan, een jaar later, klaar met je studie en nog steeds omringd door wijnstokken,' mopperde ik. 'Wees eerlijk, MK, dacht je nou echt dat Sony hier zou aankloppen en je om een platendeal zou smeken?'

Sinds ik een jaar geleden was afgestudeerd, werd ik steeds somberder over mijn toekomstige carrière. Bovendien had de dood van papa een enorme rem op mijn creativiteit gezet. Ik had het gevoel dat ik in één klap de twee liefdes van mijn leven was verloren, vooral nu die onlosmakelijk met elkaar verbonden waren. Het was papa's liefde voor vrouwelijke singer-songwriters geweest die mijn passie voor muziek had gewekt. Ik was opgegroeid met Joni Mitchell, Joan Baez en Alanis Morissette.

Dankzij mijn tijd in Wellington was me ook duidelijk geworden hoe beschermd en idyllisch mijn jeugd in Gibbston Valley, die beeldschone hof van Eden, was geweest. De rondom ons oprijzende bergen vormden een geruststellende fysieke barrière, terwijl de vruchtbare grond op magische wijze een overvloed aan sappige vruchten voortbracht. Zo herinnerde ik me de keer dat Jack, toen nog een tiener, me overhaalde om de wilde kruisbessen van de stekelige struiken achter ons huis te eten. Ik zag nu nog voor me hoe hij stond te lachen toen ik de zure vruchten uitspuugde. Ik kon vrij rondzwerven zonder dat mijn ouders ongerust werden. Ze wisten dat me in dat heerlijke landschap niets kon overkomen. We speelden er in koele, heldere beekjes en renden door het ruige gras achter konijnen aan. Terwijl mijn ouders aan het ploeteren waren in de wijngaard, waar ze werkelijk álles zelf deden, van wijnstokken planten en ze beschermen tegen hongerig wild tot en met het plukken en persen van de druiven, leefde ik in mijn eigen wereld.

Plotseling werd de felle ochtendzon verduisterd door een wolk, die het dal diep grijsgroen kleurde. Het was een waarschuwing dat de winter op komst was, en ik vroeg me voor de zoveelste keer af of ik er goed aan had gedaan hier te blijven. Een paar maanden geleden had mam voor het eerst het idee geopperd van een 'grand tour', zoals ze het noemde. Ze wilde wereldwijd vrienden bezoeken die ze in geen jaren had gezien en vroeg of ik zin had om mee te gaan. Ik leefde toen nog in de hoop dat ik belangstellende reacties zou krijgen op de demo die ik samen met Fletch had gemaakt en naar platenmaatschappijen over de hele wereld had gestuurd. Maar de reacties met de mededeling dat onze muziek 'niet was waar de producer op dit moment naar op zoek was' stapelden zich op een kastplank in mijn slaapkamer op.

'Lieverd, ik hoef jou toch niet te vertellen dat het bijna nergens zo moeilijk binnenkomen is als in de muziekbranche,' had mam gezegd.

'Volgens mij moet ik daarom juist hier blijven,' had ik geantwoord. 'Fletch en ik zijn met nieuwe dingen bezig. Ik kan niet zomaar het schip verlaten.'

'Nee, natuurlijk niet. En als het allemaal misgaat, kun je altijd nog terugvallen op The Vinery,' was haar reactie.

Ik wist dat ze dat alleen maar uit vriendelijkheid zei, en ik zou eigenlijk dankbaar moeten zijn omdat ik geld kon verdienen met werk in Het Lab en met het verwerken van bestellingen. Maar uitkijkend over mijn hof van Eden slaakte ik een diepe zucht, want het idee dat ik hier de rest van mijn leven zou moeten doorbrengen, was niet bepaald opbeurend, hoe veilig en mooi het hier ook was. Sinds ik was gaan studeren, was alles hier veranderd, vooral na de dood van papa. Het voelde alsof met zijn overlijden ook het hart van deze plek was opgehouden met kloppen. Wat ook niet hielp was dat Jack – die al vóórdat papa stierf had afgesproken de zomer op een wijngaard in het Rhônedal in Frankrijk door te brengen – in overleg met mama had besloten om zijn reis door te laten gaan.

'De toekomst van het bedrijf ligt in Jacks handen, hij moet nu zo veel mogelijk leren,' zei mam. 'We hebben onze manager Doug om de wijngaard te runnen, en bovendien is dit stille seizoen een perfecte periode om op reis te gaan.'

Maar sinds mam de vorige dag op grand tour was gegaan en Jack weg was, viel het niet te ontkennen dat ik me zeer alleen voelde en nóg dieper in somberheid dreigde te verzinken.

'Ik mis je, papa,' mompelde ik terwijl ik naar binnen liep voor mijn ontbijt, hoewel ik eigenlijk geen trek had. De stilte in huis was ook niet bepaald bevorderlijk voor mijn stemming. In mijn kindertijd heerste er altijd geroezemoes. Als het geen leveranciers of plukkers waren, dan waren het wel bezoekers van de wijngaard met wie mijn vader zat te babbelen. Hij gaf ze niet alleen proefmonsters van zijn wijnen, maar nodigde ze ook vaak uit om te blijven eten. Hij was een kiwi in hart en nieren, vriendelijk en gastvrij, en ik was eraan gewend om met totaal onbekende gasten aan onze grote grenenhouten tafel – met uitzicht op de vallei – te zitten. Het was me een raadsel hoe mijn moeder het voor elkaar kreeg om binnen een mum van tijd pannen vol heerlijk eten op tafel te toveren, maar ze deed het, en in combinatie met het hartelijke karakter van mijn vader zorgde dat voor een sfeer waarin plezier werd gemaakt en veel werd gelachen.

Ik miste Jack ook, en met hem de rustige, positieve energie die hij uitstraalde. Hij hield ervan me te plagen, maar ik wist ook dat hij me altijd zou steunen. Jack was mijn beschermer.

Ik pakte een aangebroken pak sinaasappelsap uit de koelkast en goot het restje dat er nog in zat in een glas. Met moeite sneed ik een plak van het oude brood, die ik roosterde om hem nog enigszins eetbaar te maken. Vervolgens stelde ik snel een boodschappenlijstje op om de koelkast te vullen. De dichtstbijzijnde supermarkt was in Arrowtown, en ik moest binnenkort maar eens een ritje die kant op maken. Ma had een ruime voorraad stoofschotels in de vriezer achtergelaten, maar het voelde niet goed om die enorme plastic bewaardozen alleen voor mezelf te ontdooien.

Ik rilde van de kou toen ik met mijn lijstje naar de woonkamer liep en op de bank tegenover de enorme schouw ging zitten. Die schouw van grijs vulkanisch steen, een materiaal dat hier in overvloed voorkwam, was het enige wat mijn ouders er dertig jaar geleden toe had gebracht het krot met één kamer, midden in de rimboe, te kopen. Het had geen stromend water en geen wc, en zowel pap als mam haalde graag herinneringen op aan die eerste zomer, waarin ze met de tweejarige Jack een bad namen in de waterval die langs de rotsen achter het huisje omlaagkwam en ze hun behoefte deden in een gat in de grond.

'Het was de gelukkigste zomer van mijn leven,' zei mam altijd, 'en 's winters werd het nog beter vanwege het vuur.'

Mam was geobsedeerd door echt vuur, en zodra de eerste vorst zich aandiende in het dal werden pap, Jack en ik eropuit gestuurd om hout uit de voorraadstapel naar binnen te brengen. We legden het hout, dat in de maanden sinds het was gekapt goed had kunnen drogen, in de nissen die de schouw omringden. Mam schikte blokken op het haardrooster en stak een lucifer aan, en dan begon het ritueel dat door ons gezin 'het eerste licht' werd genoemd. Vanaf dat moment bleef het vuur tijdens de wintermaanden dag in, dag uit vrolijk branden, totdat de wilde hyacinten en sneeuwklokjes die ze in Europa als bollen had besteld ontloken en van september tot november onder de bomen stonden te bloeien. Dan was het bij ons voorjaar.

Misschien moet ik nu ook maar een vuurtje stoken, dacht ik, en ik moest terugdenken aan de warme, verwelkomende gloed die me tijdens mijn hele kindertijd had begroet als ik op ijskoude dagen thuiskwam van school. Als je papa beschouwde als het hart van de wijngaard, dan waren mam en haar vuur het hart van het huis.

Abrupt stopte ik die gedachten. Ik vond mezelf te jong om troost te zoeken in jeugdherinneringen. Ik moest gewoon iemand om me heen hebben, zo simpel was het. Het punt was alleen dat de meeste medestudenten óf in het buitenland zaten, waar ze van hun laatste portie vrijheid genoten alvorens een baan te zoeken en zich te settelen, óf al een baan hadden.

We hadden een vaste telefoonlijn, maar het internetsignaal in het dal werkte maar zelden. Een e-mail verzenden was een nachtmerrie. Papa reed vaak als laatste redmiddel maar naar Queenstown, een rit van een half uur, waar hij zijn mails verstuurde vanaf de computer van een bevriende reisagent. Hij noemde ons dal altijd 'Brigadoon', naar een oude speelfilm over een dorp dat maar eenmaal in de honderd jaar wakker werd, om te voorkomen dat de buitenwereld daar veranderingen zou doorvoeren. Nou, misschien wás het dal wel Brigadoon, want er veranderde nauwelijks iets, dat stond vast. In elk geval was het geen plek waar een ontluikend talent als singer-songwriter tot bloei kon komen. Mijn dromen vonden plaats in Manhattan, Londen of Sydney, met hun torenhoge gebouwen waarin platenproducers huisden die Fletch en mij tot sterren zouden bombarderen...

Mijn gedachtestroom werd onderbroken door het gerinkel van de vaste telefoon. Ik sprong overeind en kon nog net op tijd opnemen. 'U bent verbonden met The Vinery,' papegaaide ik, iets wat ik al van kinds af aan had gedaan.

'Hoi, MK, met Fletch.' Hij noemde me bij de koosnaam die iedereen behalve mam gebruikte.

'O, hoi.' Mijn hart ging sneller kloppen. 'Nog nieuws?'

'Nee, behalve dat ik je aanbod om te blijven logeren misschien toch wel accepteer. Ik heb een paar dagen vrij bij het café en ik moet nodig even de stad uit, snap je?'

En ik moet nodig de stad ín...

'Hé, geweldig! Kom wanneer je zin hebt. Ik ben gewoon hier.'

'Wat dacht je van morgen? Ik kom met de auto, dat zal wel bijna de hele ochtend in beslag nemen, als Sissy het tenminste haalt.'

Sissy was het busje waarmee Fletch en ik naar onze optredens reden. Het was twintig jaar oud, roestte aan alle kanten, en de loszittende uitlaat, die Fletch met een stuk touw had vastgebonden, braakte rook uit. Ik hoopte maar dat Sissy de rit van drie uur vanaf Dunedin – waar Fletch bij zijn familie woonde – zou halen.

'Dan zie ik je rond lunchtijd?' vroeg ik.

'Ja. Ik kan niet wachten. Je weet dat ik het fijn vind, daar bij jullie. Misschien kunnen we een paar uur samen aan de piano werken, kijken of er nog wat nieuws naar boven komt?'

'Misschien,' antwoordde ik, want ik wist dat ik niet bepaald in een creatieve stemming was. 'Dag, Fletch, tot morgen.'

Ik hing op en liep terug naar de bank. Ik voelde me al een stuk opgewekter nu ik wist dat Fletch zou komen. Hij wist me altijd op te vrolijken met zijn positieve instelling en zijn gevoel voor humor.

Buiten hoorde ik iemand iets roepen en fluiten, het signaal waarmee onze manager Doug liet weten dat hij buiten stond. Ik liep naar het terras en zag een groepje potige lui uit de Pacific Islands naast hem staan. 'Hallo!' riep ik.

'Hoi, MK! Ik laat de ploeg even zien waar ze moeten beginnen met snoeien.'

'Mooi. Prima. Hallo, lui!' riep ik naar het team, dat naar me zwaaide. Ze hadden met hun aanwezigheid de stilte verbroken, en terwijl de zon van achter een wolk tevoorschijn kwam, was mijn humeur bij het zien van andere menselijke wezens een heel stuk opgekrikt, al helemaal nu ik wist dat Fletch de volgende dag zou komen.

2

Atlantis
Meer van Genève, Zwitserland
Juni 2008

'Je ziet bleek, Maia. Voel je je wel goed?' vroeg Ma toen ze de keuken binnenkwam.

'Ja hoor, ik heb alleen niet zo goed geslapen, ik lag maar steeds aan dat sensationele bericht van Georg te denken.'

'Ja, sensationeel was het zeker. Koffie?'

'Eh, nee, dank je. Ik wil graag kamillethee, als dat er is.'

'Natuurlijk is er kamillethee,' verzekerde Claudia ons. Ze had haar grijze haar in het gebruikelijke knotje opgestoken, en haar meestal strenge gezicht vertoonde een glimlach toen ze een mandje met verse broodjes en baksels op de keukentafel zette. 'Die drink ik elke avond voor ik naar bed ga.'

'Je voelt je vast niet goed, Maia. Ik heb nog nooit meegemaakt dat jij de dag niet met een kop koffie of sterke zwarte thee begint,' merkte Ma op, terwijl ze haar eigen koffie pakte.

'Gewoontes zijn er om mee te breken,' zei Maia lusteloos. 'Ik heb bovendien een jetlag, weet je nog?'

'Natuurlijk heb je een jetlag, *chérie*. Waarom zou je niet wat eten, teruggaan naar bed en nog wat proberen te slapen?'

'Nee, Georg zei dat hij straks langskomt om over die... missende zus te praten. Hoe betrouwbaar acht jij zijn bronnen?'

'Ik heb geen idee,' verzuchtte Ma.

'Héél erg betrouwbaar,' onderbrak Claudia ons. 'Hij zou hier niet om middernacht aankomen als hij niet zeker van zijn zaak was.'

'Goeiemorgen, allemaal,' zei Ally, die zich bij de rest van het huishouden voegde. Bear zat ingestopt in een draagzak tegen haar borst en lag te dommelen met zijn hoofd opzij. Met een van zijn piepkleine vuistjes omklemde hij een pluk van Ally's roodblonde krullen.

‘Zal ik hem van je overnemen en in zijn bedje leggen?’ vroeg Ma.

‘Nee, want hij zal zo meteen wel wakker worden, en zodra hij ontdekt dat hij alleen is, zet hij het op een brullen. O, Maia, wat zie je bleek.’

‘Dat zei ik ook al,’ mompelde Ma.

‘Ik ben echt in orde,’ herhaalde Maia. ‘Is Christian trouwens in de buurt?’ vroeg ze aan Claudia.

‘Ja, maar hij wilde net met de boot naar Genève gaan om wat voorraden voor me in te slaan.’

‘Zou je hem willen bellen en zeggen dat ik met hem meega? Ik heb een paar dingen te doen in de stad en als we snel vertrekken, ben ik op tijd terug om erbij te zijn als Georg om twaalf uur komt.’

‘Natuurlijk.’ Claudia pakte de handset om Christian te bellen.

Ma zette een kop koffie voor Ally neer. ‘Ik heb nog wat klusjes te doen, dus ik laat jullie tweeën achter om van je ontbijt te genieten.’

‘Christian heeft de boot over een kwartier klaar,’ zei Claudia. ‘Nu moet ik Marina gaan helpen.’ Ze knikte hun toe en verliet de keuken.

‘Weet je zeker dat het goed met je gaat?’ vroeg Ally haar zus toen ze alleen waren. ‘Je ziet zo wit als een doek.’

‘Maak je geen zorgen, Ally. Misschien heb ik in het vliegtuig een virusje opgepikt.’ Maia nam een slok thee. ‘Goeie genade, raar eigenlijk, hè? Ik bedoel, hoe alles in dit huis net zo doorgaat als toen Pa nog leefde. Alleen leeft Pa niet meer en is er in alles wat hier gebeurt een grote leemte, die hij zou moeten vullen.’

‘Ik ben hier al een tijdje, dus ik ben er min of meer aan gewend, maar inderdaad, het is raar.’

‘Nu we het over “je niet goed voelen” hebben, Ally, je bent een stuk magerder geworden.’

‘O, dat is mijn babyvet dat ik kwijt ben…’

‘Nee, dat is het niet, volgens mij. Ik zag je een jaar geleden voor het laatst, weet je nog? Je vertrok hiervandaan om met Theo naar de Fastnet Race te gaan, en toen was je nog helemaal niet zwanger.’

‘Dat was ik wel, maar ik wist het nog niet.’

‘Je bedoelt dat je nog geen symptomen had? Geen ochtendmisselijkheid of zo?’

‘In het begin niet. Dat begon bij acht weken, als ik het me goed herinner. En toen voelde ik me echt heel beroerd.’

'Nou, je bent nu echt te mager. Misschien zorg je niet goed genoeg voor jezelf.'

'Als ik alleen ben, vind ik het nauwelijks de moeite waard om een fatsoenlijke maaltijd voor mezelf klaar te maken. En áls ik eet, zit ik nog maar net of ik moet alweer overeind springen om dit ukkie hier te verzorgen.' Ally streelde liefkozend Bears wangetje.

'Het moet zwaar zijn om in je eentje een kind groot te brengen.'

'Dat ís het ook. Ik heb dan wel mijn broer Thom in de buurt, maar die is plaatsvervangend dirigent bij het Bergens Filharmonisch Orkest, dus ik zie hem nauwelijks, op zondagen na. En soms zelfs dán niet, als hij met het orkest op tournee is. Het is niet het gebrek aan slaap en het constant voeden en luiers wisselen dat me de das omdoet, het is het gemis van iemand om mee te praten, vooral als er iets is met Bear en ik me zorgen over hem maak. Dus het is hartstikke fijn dat ik Ma heb, zij is een bron van kennis als het om baby's gaat.'

'Ma is de ultieme grootmoeder,' zei Maia met een glimlach. 'Wat zou Pa blij zijn geweest met Bear. Hij is echt een schatje. Goed, ik moet nu naar boven om me klaar te maken.'

Toen Maia opstond, pakte Ally de hand van haar oudste zus. 'Het is zó fijn om je te zien, ik heb je ontzettend gemist.'

'En ik jou.' Maia kuste Ally's kruin. 'Tot straks.'

'Ally! Maia! Georg is er!' riep Ma om twaalf uur onderaan de trap.

'We komen eraan,' klonk het gedempt vanaf de zolderverdieping.

'Weet je nog dat Pa Salt een keer een oude koperen megafoon voor je kocht met de kerst?' zei Georg glimlachend toen hij achter Ma aan door de keuken naar het zonovergoten terras liep. Hij maakte een veel beheerstere indruk dan de vorige avond. Hij had zijn staalgrijze haar strak naar achteren gekamd en droeg een smetteloos krijtstreeppak met als smaakvol accessoire een pochet.

'Ja, dat weet ik nog,' antwoordde Ma, en ze nodigde Georg met een gebaar uit om onder de parasol te gaan zitten. 'Het maakte uiteraard geen enkel verschil, want de meisjes hadden stuk voor stuk hun muziek op volle sterkte staan, of ze bespeelden een instrument, of ze waren aan het ruziemaken. Het was net de toren van Babel op die zolder. En ik heb van elk moment genoten. Nou, ik heb Claudia's vlierbessenlikeur of een gekoelde fles van je favoriete Provençaalse rosé. Wat zal het zijn?'

'Het is zo'n prachtige dag, en ik heb mijn eerste glas zomerrosé nog niet gehad, dus dat wordt het, Marina, graag. Mag ik de honneurs voor ons beiden waarnemen?'

'O nee, dat moet ik echt niet doen. Ik heb nog wat werk liggen vanmiddag en...'

'Ach, kom, je bent Française! Van één glas rosé heb je echt geen last. Sterker nog, ik sta erop dat je ook een glas neemt!' zei Georg, net toen Maia en Ally het terras op kwamen. 'Dag, meisjes.' Georg stond op. 'Mag ik jullie een glas rosé aanbieden?'

'Voor mij een klein glaasje graag, Georg,' zei Ally. 'Misschien slaapt Bear vannacht dan beter,' vervolgde ze grinnikend.

'Voor mij niet, dank je,' zei Maia. 'Weet je dat ik bijna vergeten was hoe mooi het hier op Atlantis is? In Brazilië is alles zo... gróót, de luidruchtige bewoners, de felle kleuren in de natuur, de intense hitte. In vergelijking daarmee lijkt alles hier zachter en vriendelijker.'

'Het is hier beslist heel vredig,' zei Ma. 'We zijn gezegend dat we mogen leven in de schoonheid die de natuur ons biedt.'

'En wat heb ik die winterse sneeuw gemist,' zei Maia zachtjes.

'Je moet in de winter eens naar Noorwegen komen, dan ben je snel genezen,' zei Ally glimlachend. 'Of, wat nog erger is, constant regen. Bergen krijgt veel meer regen dan sneeuw. En, Georg, heb je nog verder nagedacht over wat je ons gisteravond hebt verteld?'

'Meer dan bespreken wat we vanaf nu doen niet, nee. Een van ons zal naar het adres dat ik heb ontvangen moeten gaan om te verifiëren of die vrouw de missende zus is.'

'Als we dat doen, hoe weten we dan of zij het is?' vroeg Maia. 'Is er een manier waarop we haar kunnen identificeren?'

'Ik heb een schets van een... bepaald sieraad ontvangen dat ze kennelijk heeft gekregen. Het is een heel bijzonder sieraad. Als ze dat in haar bezit heeft, weten we zonder enige twijfel dat zij het is. Ik heb de schets meegenomen.' Georg haalde een vel papier uit zijn dunne aktetas en legde het op tafel.

Ally bestudeerde de tekening grondig, terwijl Maia over haar schouder meekeek.

'Hij is uit het hoofd getekend,' legde Georg uit. 'De stenen in de zetting zijn smaragdjes, de centrale steen is een diamant.'

'Hij is prachtig,' zei Ally. 'Kijk, Maia, hij heeft de vorm van een ster, met…' Ze stopte even om te tellen. '… zeven punten.'

'Georg, weet je ook wie hem heeft gemaakt?' vroeg Maia. 'Het is een heel apart ontwerp.'

'Ik vrees van niet,' antwoordde Georg.

'Heeft Pa dit getekend?' vroeg Maia.

'Dat klopt, ja.'

'Een ster met zeven punten voor zeven zussen,' zei Ally zachtjes.

'Georg, je vertelde gisteravond dat ze Mary heette,' zei Maia.

'Inderdaad.'

'Heeft Pa Salt haar gevonden, haar willen adopteren, en is er toen iets gebeurd waardoor hij haar is kwijtgeraakt?'

'Ik weet enkel dat hij, kort voordat hij… overleed, nieuwe informatie had ontvangen. Hij verzocht me die na te trekken. Nadat ik had ontdekt waar ze is geboren, heeft het mij en een aantal anderen bijna een jaar gekost om te achterhalen waar ze nu zou moeten zijn. Ik heb in de afgelopen jaren heel wat verkeerde afslagen genomen, die me geen stap verder brachten. Deze keer was jullie vader er echter rotsvast van overtuigd dat zijn bron betrouwbaar was.'

'Wie was zijn bron?' vroeg Maia.

'Dat heeft hij niet gezegd,' antwoordde Georg.

'Als zij het echt is, is het vreselijk jammer dat ze na die jarenlange zoektocht pas een jaar na Pa's overlijden is gevonden,' zei Maia met een zucht.

'Zou het niet geweldig zijn als zij het inderdaad is?' zei Ally. 'En dat we haar dan nog op tijd naar Atlantis laten komen, zodat ze mee kan op de Titan om de krans te werpen?'

'Dat zou inderdaad geweldig zijn.' Maia glimlachte. 'Maar er is één probleem. Volgens jouw informatie, Georg, woont "Mary" niet bepaald naast de deur. En we gaan over nog geen drie weken naar Griekenland voor onze cruise.'

'Ja, en jammer genoeg heb ik het op dit moment erg druk,' zei Georg. 'Anders zou ik Mary zelf gaan zoeken.'

Alsof het zijn opmerking wilde bevestigen, ging op dat moment Georgs mobieltje. Hij verontschuldigde zich en liep even weg van de tafel.

'Mag ik iets voorstellen?' sprak Ma in de ontstane stilte.

'Natuurlijk, Ma, ga je gang,' antwoordde Maia.

'Nadat Georg gisteravond vertelde dat Mary in Nieuw-Zeeland

woont, ben ik vanochtend nagegaan hoelang het reizen is van Sydney naar Auckland. En omdat...'

'CeCe in Australië woont,' maakte Maia Ma's zin af. 'Daar heb ik gisteravond ook over liggen nadenken.'

'Het is drie uur vliegen van Sydney naar Auckland,' vervolgde Ma. 'Als CeCe en haar vriendin Chrissie een dag eerder dan gepland vertrekken, zouden ze een omweg langs Nieuw-Zeeland kunnen nemen om te zien of dit inderdaad de Mary is die Georg bedoelt.'

'Wat een geweldig idee, Ma,' zei Ally. 'Ik vraag me alleen af of CeCe dat wel wil. Ik weet dat ze vliegen háát.'

'Als we het haar uitleggen, wil ze het vast wel doen,' zei Ma. 'Het zou wel heel bijzonder zijn als de missende zus bij het gezin kan zijn voor de herdenking van jullie vader.'

'Het punt is alleen: weet deze Mary eigenlijk wel van het bestaan van Pa Salt en ons gezin af?' vroeg Ally. 'Aan de andere kant komt het tegenwoordig maar zelden voor dat we als zussen compleet zijn,' peinsde ze hardop. 'Dus dit lijkt me wel het perfecte moment, áls ze tenminste echt de missende zus is, zoals Georg zegt, én als ze ons wil ontmoeten, uiteraard. Ik denk dat we eerst maar contact moeten opnemen met CeCe en daar kunnen we niet te lang mee wachten, want in Australië is het al avond.'

'En wat doen we met de andere zussen? Gaan we het hun vertellen?' vroeg Maia.

'Goeie vraag,' merkte Ally op. 'We moeten Star, Tiggy en Electra mailen om ze op de hoogte te stellen. Wil jíj CeCe bellen, Maia, of zal ik het doen?'

'Doe jij het maar, Ally. Als jullie het niet erg vinden, ga ik even liggen. Ik ben nog steeds een beetje misselijk.'

'Arme schat,' zei Ma, terwijl ze opstond. 'Je huid lijkt ook een tikje groen.'

'Ik loop mee naar binnen, dan bel ik CeCe,' zei Ally. 'En nu maar hopen dat ze niet net met haar grootvader op zo'n schildertripje naar het binnenland is. Zijn hut heeft natuurlijk totaal geen bereik.'

Claudia verscheen op het terras. 'Ik ga aan de lunch beginnen.' Ze wendde zich tot Georg, die net terugliep naar de tafel. 'Blijft u eten?'

'Nee, dank u. Ik moet onmiddellijk weg voor een aantal dringende zaken. Wat is er besloten?' vroeg hij Ma. Ally, die samen met Maia het terras af liep, zag dat er zweetdruppels op zijn voorhoofd stonden en dat hij een afwezige indruk maakte.

'We gaan CeCe bellen om te vragen of zij wil gaan. Georg, weet je absoluut zeker dat zij het is?' vroeg Ma.

'Daar ben ik van overtuigd door mensen die het kunnen weten, ja,' antwoordde hij. 'Ik had graag wat langer met jullie gepraat, maar ik moet nu echt weg.'

'De meisjes kunnen dit prima afhandelen, Georg. Het zijn inmiddels volwassen en heel capabele vrouwen.' Ze legde geruststellend een hand op zijn arm. 'Probeer te ontspannen. Je ziet er erg gespannen uit.'

'Ik zal mijn best doen, Marina, ik zal mijn best doen.'

Ally vond CeCe's Australische mobiele nummer in haar adresboekje en pakte de hoorn van het toestel in de hal om het in te toetsen.

'Kom op, kom op,' zei ze binnensmonds nadat de telefoon vijf of zes keer was overgegaan. Ze wist dat het geen zin had om een boodschap achter te laten, want CeCe luisterde maar zelden berichten af.

'Verdorie,' mompelde ze, toen ze het voicemailbericht hoorde. Ze hing op en wilde net naar boven gaan om Bear te voeden, toen de telefoon ging.

'*Allô*?'

'Hallo, ben jij het, Ma?'

'CeCe, ik ben het, Ally! Fijn dat je terugbelt.'

'Geen probleem, ik zag dat het het nummer van Atlantis was. Alles oké daar?'

'Ja, hier is alles in orde. Maia is gisteren gearriveerd en het is geweldig om haar weer te zien. Wanneer vertrekt je vliegtuig precies, CeCe?'

'We vertrekken overmorgen vanuit Alice Springs naar Sydney. Ik had je geloof ik al verteld dat we eerst een paar dagen in Londen blijven om de verkoop van mijn appartement te regelen en Star te ontmoeten, hè? Ik zie erg op tegen de vlucht, zoals gewoonlijk.'

'Dat weet ik, maar luister, CeCe, we hebben groot nieuws ontvangen van Georg. Geen zorgen, het is geen slecht nieuws, maar geweldig nieuws. Tenminste, dat zou het kunnen zijn.'

'Wat voor nieuws?'

'Hij heeft informatie gekregen over... onze missende zus. Hij denkt dat ze mogelijk in Nieuw-Zeeland woont.'

'Je bedoelt de beroemde zevende zus? Wauw!' CeCe slaakte een zucht. 'Dát is nog eens nieuws. Hoe heeft Georg haar gevonden?'

'Dat weet ik niet. Je weet hoe terughoudend hij is. Dus...'

'Dus jij gaat me zeker vragen of ik even bij haar wil langswippen in Nieuw-Zeeland om haar te ontmoeten, of niet?'

'Tien met een griffel, Sherlock,' zei ze en ze hoorde CeCe grinniken door de hoorn. 'Ik weet dat je reis dan iets langer wordt, maar jij zit verreweg het dichtst bij haar in de buurt. Het zou fantastisch zijn haar bij ons te hebben als we de krans voor Pa uitwerpen.'

'Dat zou het zeker zijn, ja, maar we weten helemaal niks over deze vrouw. En weet zij wel iets over ons?'

'We hebben geen idee. Georg zegt dat hij alleen een naam en adres heeft. O ja, en een tekening van een ring die bewijst dat zij het is.'

'En wat is het adres? Nieuw-Zeeland is een groot land.'

'Dat heb ik niet bij de hand, maar ik kan Georg er even bij halen, dan kun je met hem praten. Georg?' Ally wenkte Georg, die net de keuken uit kwam en op weg was naar de voordeur. 'Ik heb CeCe aan de lijn. Ze wil weten waar in Nieuw-Zeeland Mary ongeveer woont.'

'Mary? Heet ze zo?' vroeg CeCe.

'Kennelijk. Ik geef je Georg.'

Ally luisterde mee toen Georg het adres voorlas.

'Dank je, CeCe,' hoorde ze Georg zeggen. 'Alle kosten worden gedekt door de trust. Giselle, mijn secretaresse, zal de vluchten boeken. Ik geef je nu terug aan je zus, want ik moet weg. Je hebt het nummer van mijn kantoor, neem contact op met Giselle als je iets nodig hebt. Voor nu, adieu.' Hij gaf de hoorn terug aan Ally.

'Oké. Hoi, CeCe.' Ally wuifde even naar Georg, die de voordeur uit ging. 'Weet je waar dat is?'

'Momentje, ik vraag het aan Chrissie.'

Er klonk een gedempt gesprek, en even later kwam CeCe weer aan de telefoon.

'Volgens Chrissie is het een heel eind naar beneden, op het Zuidereiland. Ze denkt dat we rechtstreeks van Sydney naar Queenstown kunnen vliegen, dat is veel makkelijker dan naar Auckland. We zoeken het uit.'

'Mooi. En, voel je er wat voor?' vroeg Ally.

'Je kent me, ik heb de pest aan vliegen, maar ik ben dol op reizen en een beetje avontuur. Ik ben nog nooit in Nieuw-Zeeland geweest, dus het lijkt me leuk daar iets van te zien.'

'Fantastisch! Dank je, CeCe. Mail mij de gegevens maar, als dat voor jou makkelijker is, dan bel ik Georgs secretaresse en kan die de vluchten boeken. Ik stuur je per fax de tekening van de ring.'

'Oké. Weet Star hiervan?'

'Nee, en Electra en Tiggy ook niet. Die ga ik nu mailen.'

'Star belt me straks om af te spreken in Londen, dan kan ik haar gelijk informeren. Spannend, hè?'

'Nou en of, als ze het tenminste écht is. Tot ziens, CeCe. Hou me op de hoogte.'

'Dag, Ally, ik laat snel iets weten!'

3

CeCe
Gibbston Valley, Nieuw-Zeeland

'Cee, je houdt de kaart ondersteboven!' zei Chrissie, terwijl ze een blik op de passagiersstoel wierp.

'Nee hoor... O ja, misschien toch wel,' antwoordde CeCe fronsend. 'Of het nou de boven- of onderkant is, voor mij lijken die woorden allemaal op elkaar; en wat die kronkellijnen betreft... Jezus, wanneer hebben we eigenlijk voor het laatst een wegwijzer gezien?'

'Een tijdje terug. Wauw, is dit geen fantastisch landschap?' zei Chrissie ademloos. Ze zette de huurauto langs de kant van de weg en staarde naar de majestueuze donkergroene bergen die onder een donkere wolkenlucht opdoemden. Ze draaide de verwarming hoger toen er regendruppels tegen de voorruit spatten.

'Yep, ik ben volledig de weg kwijt.' CeCe gaf de kaart aan Chrissie en keek voor en achter zich naar de lege weg. 'We zijn al uren geleden uit Queenstown vertrokken. Eigenlijk hadden we daar een voorraadje moeten inslaan, maar ik dacht dat we onderweg wel een of ander tentje zouden tegenkomen.'

'Oké, volgens die uitgeprinte aanwijzingen naar The Vinery moeten we nu heel snel een bord tegenkomen. Volgens mij moeten we maar gewoon doorgaan en hopen dat we iemand tegenkomen die de weg weet.' Chrissie veegde een lok zwart krulhaar uit haar gezicht en glimlachte vermoeid naar CeCe. Tijdens hun reis hadden ze moeten overstappen in Melbourne en Christchurch, en nu waren ze beiden moe en hongerig.

'We hebben al mijlenlang geen enkele auto gezien,' zei CeCe schouderophalend.

'Kom op, Cee. Waar is die avontuurlijke spirit van je?'

'Geen idee. Misschien ben ik op mijn ouwe dag wel een watje geworden en zit ik liever thuis dan hopeloos verdwaald in een auto terwijl het regent dat het giet. Ik heb het gewoon koud!'

'Het wordt hier winter. Het duurt niet lang meer of er ligt sneeuw op die bergtoppen. Je bent gewend aan het klimaat van The Alice, dat is het probleem,' zei Chrissie, terwijl ze de auto in de eerste versnelling zette en ze weer vertrokken. De ruitenwissers stonden op de hoogste stand, de stortregen hulde de bergen rondom hen in een vage sluier.

'Ja hoor, ik ben een zonnig type, altijd geweest, zeker weten. Mag ik je hoodie lenen, Chrissie?' Ze reikte naar de achterbank en opende een van de rugzakken.

'Tuurlijk, ik had toch al gezegd dat het hier veel kouder is? Maar goed dat ik er eentje extra heb meegenomen, hè?'

'Bedankt, Chrissie. Wat zou ik zonder jou moeten beginnen?'

'Dat zou ik eerlijk gezegd ook niet weten.'

CeCe kneep in Chrissies hand. 'Sorry, aan mij heb je niks.'

'Dat is niet zo, CeCe, je bent alleen niet erg... praktisch. Dat ben ik dan weer wel, maar ik ben niet zo creatief als jij, dus we vormen een goed team, toch?'

'Klopt.'

Met Chrissie naast zich achter het stuur voelde CeCe zich op haar gemak. De afgelopen maanden waren de gelukkigste van haar leven geweest. Ze had haar tijd doorgebracht met Chrissie of was met Francis, haar grootvader, op schildertocht gegaan, en nog nooit was haar leven – en haar hart – zo vol geweest. Na het trauma van het verlies van Star had ze gedacht nooit meer gelukkig te kunnen worden, maar Chrissie en Francis hadden een leegte opgevuld die altijd al aanwezig was geweest. Ze had een familie gevonden bij wie ze zich thuis voelde, hoe onconventioneel die ook was.

'Kijk, een bord!' riep ze, door het gordijn van regen wijzend. 'Stop even en kijk wat erop staat.'

'Ik kan het vanaf hier ook lezen, het is linksaf naar The Vinery. Whoehoe! Het is ons gelukt!' jubelde Chrissie, terwijl ze een smal, hobbelig pad insloeg. 'Heb je je zussen eigenlijk wel verteld dat ik meekom naar Atlantis?'

'De zussen die ik heb gesproken wel, ja, tuurlijk.'

'Denk je dat ze geschokt zijn over... ons?'

'Pa heeft ons bijgebracht dat we iedereen moeten accepteren, ongeacht huidskleur of geaardheid. Misschien dat Claudia, onze huishoudster, een wenkbrauw optrekt, maar dat komt alleen doordat ze van een oudere generatie is en ze bovendien heel conservatief is.'

'En hoe zit dat met jou, CeCe? Voel jíj je op je gemak over "ons" als je bij je familie bent?'

'Jawel, en dat weet je. Waarom ben je ineens zo onzeker?'

'Omdat je zussen ondanks alles wat je over hen en Atlantis hebt verteld me altijd zo... onwerkelijk leken. Maar over ruim een week zijn we er echt. En ik zie er erg tegenop. Vooral tegen de ontmoeting met Star. Ik bedoel, jullie tweeën waren een team voordat ik ten tonele verscheen...'

'Voordat haar vriendje Mouse ten tonele verscheen, zul je bedoelen. Star was degene die haar eigen weg wilde gaan, weet je nog?'

'Ik weet het, maar ze belt je nog elke week, en jullie sms'en voortdurend, en...'

'Chrissie! Star is mijn zusje! En jij, nou, jij bent...'

'Nou?'

'Jij bent mijn "wederhelft". Dat is iets anders, iets totaal anders, en ik hoop echt dat er ruimte is voor jullie allebei.'

'Natuurlijk is die er, maar het is nogal wat, weet je, om uit de kast te komen.'

'Grrr, ik háát die uitdrukking,' huiverde CeCe. 'Ik ben gewoon ik, de CeCe die ik altijd geweest ben. Ik haat het om in een hokje met een label erop te worden gestopt. Kijk, weer een bord naar The Vinery. Je moet daar rechtsaf.'

En weer sloegen ze een smal paadje in. CeCe kon door het slechte zicht hoogstens eindeloze rijen kale, skeletachtige wijnranken onderscheiden.

'Het lijkt hier niet zo lekker te lopen. In Zuid-Frankrijk zitten de wijnstokken in deze tijd van het jaar vol bladeren en druiventrossen.'

'CeCe, je vergeet dat de seizoenen in dit deel van de wereld anders lopen, net als in Australië. Ik neem aan dat de wijnranken hier 's zomers, zo tussen februari en april, worden geoogst, daarom zijn ze nu ook zo kaal. Oké, daar heb je weer een bord. WINKEL, AFHALEN BESTELLINGEN, RECEPTIE. Naar de receptie dan maar, hè?'

'U zegt het maar, baas.' CeCe zag dat het was opgehouden met regenen en de zon tussen de wolken door piepte. 'Het is hier net zulk weer als in Engeland,' mompelde ze. 'Net zo wisselvallig.'

'Misschien wonen hier daarom zoveel Engelsen. Alhoewel, je grootvader zei gisteren dat de meeste migranten Schotten zijn, op de voet gevolgd door de Ieren.'

'Op naar de andere kant van de wereld om hun geluk te zoeken. Min of meer wat ik heb gedaan. Kijk, daar staat weer een bord met "Receptie". Wauw, wat een mooi oud stenen huis! Wat staat het daar knus in zijn eigen dal, met die bergen die het aan alle kanten beschermen. Het lijkt een beetje op ons huis in Genève, maar dan zonder het meer,' zei CeCe toen Chrissie stopte.

De boerenwoning van twee verdiepingen lag genesteld tegen een heuvelrug, vlak boven de wijngaard, die zich in terrassen tot in het dal uitstrekte. De muren waren opgetrokken uit een ingewikkeld patroon van onregelmatige brokken ruwe, grijze rotssteen. De enorme ramen weerspiegelden het ontluikende blauw van de hemel. Het huis werd omringd door een overdekte veranda en aan de balustrade hingen bloembakken met vrolijke rode begonia's. De onder invloed van het weer verouderde muren hadden verschillende grijstinten, waaruit CeCe opmaakte dat er door de jaren heen aanbouwsels waren toegevoegd.

'De receptie is dáár,' onderbrak Chrissie haar gedachten, en ze wees naar een deur links. 'Misschien is daar iemand die ons kan helpen om Mary te vinden. Heb jij die tekening van de ring die Ally heeft gefaxt?'

'Die heb ik vóór we weggingen in mijn rugzak gestopt.' CeCe stapte uit en griste haar rugzak van de achterbank. Ze ritste het voorvak open en haalde er een paar tekeningen uit.

'O nee, Cee, ze zijn helemaal verfrommeld!' zei Chrissie verbijsterd.

'Wat maakt dat nou uit? Je kunt nog heel goed zien hoe de ring eruitziet.'

'Ja, maar het maakt niet bepaald een professionele indruk. Ik bedoel maar: je klopt aan bij een compleet onbekende en zegt tegen haar of iemand anders van de familie dat zij volgens jou je missende zus is... Ze zou je best wel eens voor gek kunnen verklaren. Dat zou ik in ieder geval wel doen.'

'Nou ja, meer dan vragen kunnen we toch niet doen. Goh, ik ben ineens zenuwachtig. Je hebt gelijk, misschien denken ze wel dat ik niet helemaal spoor.'

'Je hebt in elk geval de foto van je zussen en je vader. Daarop zien jullie er normaal uit.'

'Ja, maar we zien er niet echt uit als zussen, toch?' zei CeCe, terwijl Chrissie de auto afsloot. 'Oké, laten we maar gaan, voordat ik ertussenuit knijp.'

De receptie – een kleine, tegen het huis aangeplakte showroom met grenenhouten wanden – was verlaten. CeCe drukte op de bel, volgens de instructie die op de balie stond. 'Moet je al die wijnen zien,' zei Chrissie, die wat rondneusde. 'Sommige hebben een prijs gewonnen. Serieuze business hier. Misschien kunnen we vragen of we iets mogen proeven.'

'Het is pas lunchtijd en als jij overdag drinkt val je in slaap. Bovendien moet je rijden...'

'Hallo, kan ik jullie helpen?' In een deuropening aan de zijkant verscheen een lange jonge vrouw met blond haar en helblauwe ogen. CeCe vond haar echt een natuurlijke schoonheid.

'Ja, ik vroeg me af of we, eh... Mary McDougal kunnen spreken,' zei ze.

'Dat ben ik!' antwoordde de vrouw. 'Ik ben Mary McDougal. Wat kan ik voor jullie doen?'

'O, eh...'

'Nou, ik ben Chrissie en dit is CeCe,' zei Chrissie. Ze nam het over van CeCe, die volledig was dichtgeklapt. 'We zijn hier omdat de advocaat van CeCe's vader, die trouwens dood is, op zoek is naar degene die CeCe en haar familie al jaren "hun missende zus" noemen. Die advocaat heeft onlangs informatie ontvangen, en daaruit zou moeten blijken dat die "missende zus" ene Mary McDougal zou kunnen zijn, en die woont op dit adres. Ik begrijp dat het best wel raar klinkt, sorry, maar...'

'Het zit namelijk zo, Mary,' zei CeCe, inmiddels weer bij haar positieven, 'dat Pa Salt, dat is onze vader, ons alle zes als baby heeft geadopteerd. En hij had het vaak over "de missende zus", de zus die hij niet kon vinden. We zijn naar de sterrengroep de Pleiaden genoemd, maar de jongste, Merope, heeft nooit deel van onze familie uitgemaakt. In feite is zij de missende zevende zus, net als in alle legendes over de Zeven Zusters, snap je?'

Toen de jonge vrouw haar wezenloos aanstaarde, ging CeCe haastig verder. 'Misschien ken je die legendes niet. Maar wij zijn ermee grootgebracht, hoewel de meeste mensen, behalve als ze geïnteresseerd zijn in sterren en Griekse legenden, nog nooit van de Zeven Zusters hebben gehoord.' CeCe besefte dat ze stond te ratelen, dus perste ze haar lippen op elkaar om te voorkomen dat ze bleef ratelen.

'O, ik heb wel degelijk van de Zeven Zusters gehoord,' zei Mary met een glimlach. 'Mijn moeder, die ook Mary heet, heeft klassieke talen gestudeerd. Ze is altijd Plato en dat soort lui aan het citeren.'

'Je moeder heet ook Mary?' CeCe staarde de vrouw aan.

'Ja, Mary McDougal, net als ik. Officieel heet ik Mary-Kate, maar iedereen noemt me MK. Eh... hebben jullie nog meer informatie over die, eh... "missende zus"?'

'Ja, één ding maar. We hebben een afbeelding van een ring,' antwoordde Chrissie. Ze legde het verkreukelde papier op de smalle balie. 'Het is een ring in de vorm van een ster, met zeven smaragdjes op de punten, en met in het midden een diamant. Die Mary heeft hem kennelijk van, eh... iemand gekregen, en hij zou bewijzen dat zij de missende zus is. Jammer genoeg is dit de enige fysieke aanwijzing die we hebben. Het zegt jou waarschijnlijk niks, en we kunnen denk ik maar beter vertrekken. Sorry dat we je hebben lastiggevallen en...'

'Wacht even! Mag ik die tekening nog eens zien?'

Verbaasd keek CeCe haar aan. 'Je herkent hem?'

'Ik denk het wel, ja.'

CeCe's maag draaide zich om. Ze keek naar Chrissie, had het liefst haar hand vastgepakt en wilde dat ze zelf ook met een troostend gebaar in haar hand werd geknepen, maar aan dat soort openlijke tekenen van genegenheid was ze nog niet toe. Ze wachtte terwijl de jonge vrouw de ring bestudeerde. 'Ik weet het niet helemaal zeker, maar hij lijkt erg veel op mama's ring. Of liever gezegd op míjn ring, als het inderdaad dezelfde is, want ik heb hem op mijn eenentwintigste verjaardag van haar gekregen.'

'Echt waar?' CeCe snakte naar adem.

'Ja, ze heeft hem al zolang ik me kan herinneren. Ze droeg hem niet elke dag. Ze haalde hem een enkele keer, voor bijzondere gelegenheden, uit haar sieradendoosje en deed hem dan om. Ik vond hem altijd erg mooi. Hij is erg klein, en hij paste alleen om haar pink, en dat stond niet mooi, of om haar ringvinger, maar daar zat haar verlovingsring al. Maar aangezien ik me niet binnenkort ga verloven en ook niet binnenkort ga trouwen maakt het niet uit aan welke vinger ik hem draag,' zei ze grinnikend.

'Dus dat betekent dat jij hem nu hebt?' zei CeCe haastig. 'Mogen we hem zien?'

'Mam heeft voordat ze op reis ging gevraagd of ze hem mocht meenemen, omdat ik hem toch al zo weinig droeg, maar misschien heeft ze hem toch hier gelaten. Hé, waarom komen jullie niet even mee naar binnen?'

Op dat moment stak een lange, gespierde man met een Akubrahoed op zijn hoofd om de deur.

'Hoi, Doug,' zei Mary-Kate. 'Alles in orde?'

'Ja hoor, ik kom even een paar flessen water halen voor de groep.' Hij gebaarde naar een groepje stevig gebouwde mannen die buiten stonden.

'Hoi,' zei hij tegen CeCe en Chrissie, terwijl hij naar een koelkast liep en daar een tray flesjes uit haalde. 'Zijn jullie toeristen?' vroeg hij met een Australisch accent.

'Ja, zoiets. Het is hier prachtig,' reageerde Chrissie met hetzelfde, voor haar herkenbare, accent.

'Dat is het, ja.'

'Ik wilde net even met mijn bezoek naar boven gaan,' zei Mary-Kate. 'Ze denken dat ik op een of andere manier familie van hen ben.'

'Echt waar?' Doug staarde CeCe en Chrissie fronsend aan. 'Nou, mocht je me nodig hebben, ik ben buiten schaften met de jongens.' Hij wees naar een ronde houten tafel waar zijn mannen aan gingen zitten.

'Bedankt, Doug,' zei Mary-Kate.

Hij knikte, wierp nog een blik in de richting van CeCe en Chrissie, en vertrok.

'Goeie genade, met die lui moet je geen ruzie krijgen,' zei CeCe, met een blik op de groep buiten.

'Nee,' zei Mary-Kate grinnikend. 'Let maar niet op Doug, sinds mam en mijn broer Jack weg zijn, is hij mijn grote beschermer, snap je? Die jongens zijn trouwens geweldig, ik heb gisteravond samen met ze gegeten. Nou, kom maar mee.'

'We kunnen best buiten wachten als je dat liever wilt,' zei Chrissie.

'Nee, dat is niet nodig, hoewel ik het allemaal wel een beetje raar vind. Maar je hebt net kunnen zien hoe goed ik beschermd word.'

'Nou, graag,' zei CeCe.

Mary-Kate trok de klep van de balie open en liet hen binnen. Via een steile houten trap en een hal leidde ze hen naar een frisse kamer met houten balken. De ruimte keek aan de ene kant uit op het dal en de bergen en werd aan de andere kant gedomineerd door een enorme stenen open haard.

'Ga zitten, dan kijk ik of de ring er nog is.'

'Fijn dat je ons vertrouwt,' riep CeCe haar na.

'Is oké. Ik vraag mijn maatje Fletch of hij jullie gezelschap komt houden.'

'Fijn, geweldig,' zei Chrissie met een knikje.

Mary-Kate ging de kamer uit en Chrissie en CeCe installeerden zich op de oude maar comfortabele bank tegenover de open haard. Chrissie kneep in CeCe's hand. 'Gaat het?'

'Yep. Wat een lieve meid. Ik weet niet of ík na zo'n verhaal wel twee onbekenden binnen zou laten.'

'Nee, maar in deze streek zijn de mensen waarschijnlijk beter van vertrouwen dan in de stad. Bovendien heeft ze, zoals ze zelf al zei, een heel stel beveiligers om zich heen.'

'Ze doet me denken aan Star, met dat blonde haar en die grote blauwe ogen.'

'Je hebt me foto's van je zussen laten zien, dus ik snap wat je bedoelt, maar vergeet niet dat jullie geen bloedverwanten van elkaar zijn. Het lijkt me stug dat ze ook echt familie van een van jullie is,' maakte Chrissie duidelijk.

De deur ging open en een lange, slungelige man van begin twintig kwam binnen. Onder zijn wollen beanie piekte lang, lichtbruin haar uit. Aan zijn oren prijkte een aantal zilveren piercings.

'Hallo, ik ben Fletch, leuk jullie te ontmoeten.'

Ze stelden zich voor. Fletch ging in een leunstoel tegenover hen zitten.

'MK heeft me hierheen gestuurd om te voorkomen dat jullie haar boven haar juwelenkistje onder schot houden,' zei Fletch grinnikend. 'Wat is dat voor verhaal?'

CeCe liet de uitleg aan Chrissie over, die was veel beter in dat soort dingen.

'Ik weet dat het raar klinkt,' eindigde Chrissie haar verhaal, 'maar CeCe kómt ook uit een heel raar gezin. Ik bedoel, die zussen zijn niet raar, maar hun vader heeft ze van over de hele wereld geadopteerd.'

‘Weet je ook waarom hij juist júllie heeft geadopteerd?’ vroeg Fletch.

‘Geen flauw idee,’ zei CeCe. ‘Ik neem aan dat het willekeurig was, dus tijdens een van zijn reizen, zeg maar. Wij waren er toevallig en hij pakte ons op en nam ons mee naar huis.’

‘Ah, ik begrijp het. Ik bedoel, ik begrijp het niet echt, maar...’

Op dat moment kwam Mary-Kate de kamer binnen.

‘Ik heb mijn eigen sieradenkistje en dat van mam doorzocht, maar de ring is er niet. Ze zal hem uiteindelijk toch hebben meegenomen.’

‘Hoe lang blijft ze weg?’ vroeg CeCe.

‘Nou, “zolang ik maar wil,” zei ze toen ze vertrok.’ Mary-Kate trok haar schouders op. ‘Mijn vader is onlangs overleden, en niet lang daarna besloot ze om op wereldreis te gaan en alle vrienden die ze jarenlang niet had gezien te bezoeken, nu ze daar nog jong genoeg voor is.’

‘Het spijt me dat je vader is overleden. Zoals ik al zei, is mijn vader onlangs ook overleden,’ zei CeCe.

‘Dank je,’ antwoordde Mary-Kate. ‘Echt heel akelig, het is nog maar een paar maanden geleden.’

‘Het zal voor je moeder ook een schok zijn geweest,’ zei Chrissie.

‘Absoluut. Papa was drieënzeventig, maar we beschouwden hem nooit als oud. Mam is een heel stuk jonger, ze bereikt volgend jaar de grote zes-nul. Maar je ziet niet echt hoe oud ze is, ze ziet er nog zó jong uit. Kijk, daar staat een foto van haar, die is vorig jaar gemaakt, samen met mij, mijn broer Jack en mijn vader. Mijn vader zei altijd dat mam op een actrice leek die Grace Kelly heette.’ Mary-Kate pakte de foto van de schoorsteenmantel.

De beide vrouwen staarden ernaar. Hoewel de jonge Mary-Kate erg knap was, toonde het gezicht van haar moeder Mary al helemaal ware schoonheid, ook al was ze achter in de vijftig.

‘Wauw, ik zou haar hoogstens veertig jaar geven,’ zei Chrissie, met een bewonderend fluitje.

‘Ik ook,’ beaamde CeCe. ‘Goh, ze is werkelijk beeldschoon.’

‘Dat is ze zeker, maar wat nog belangrijker is, ze is een fantastisch mens. Iedereen houdt van mijn moeder,’ zei Mary-Kate met een glimlach.

‘Helemaal mee eens,’ zei Fletch. ‘Een heel bijzonder iemand, weet je, heel warm en gastvrij.’

'Zo is Ma, de vrouw die ons heeft opgevoed, ook. Die weet je altijd een goed gevoel over jezelf te geven,' zei CeCe, terwijl ze de andere foto's op de schoorsteenmantel bestudeerde. Er stond een zwart-witkiekje bij van wat een jongere Mary zou kunnen zijn. Ze droeg een donkere toga en een baret en glimlachte stralend, met op de achtergrond een majestueus gebouw waarvan de ingang werd omringd door stenen zuilen.

'Is dat ook je moeder?' vroeg CeCe.

Mary-Kate knikte. 'Ja, dat was bij haar afstuderen op Trinity College, in Dublin.'

'Is ze Ierse?'

'Ja, klopt.'

'Dus jullie weten echt niet hoe lang ze in het buitenland blijft?' vroeg Chrissie.

'Nee, zoals ik al zei, het is een reis met een open einde. Mam zei dat dat het deels ook zo leuk maakte. Maar ze heeft de eerste paar weken wél gepland.'

'Sorry dat we zo lastig zijn, maar we zouden je moeder zó graag ontmoeten en naar die ring vragen. Weet je waar ze op dit moment is?' vroeg CeCe.

'Haar reisplan zit op de koelkast, ik zal eens kijken, maar ik weet vrij zeker dat ze nog op Norfolk Island zit.' Mary ging de kamer uit.

'Norfolk,' zei CeCe fronsend, 'dat is toch een graafschap in Engeland?'

'Klopt, ja,' zei Fletch, 'maar het is ook een piepklein eilandje in de Stille Oceaan, tussen Australië en Nieuw-Zeeland. Echt een heel cool eiland. Toen de oudste vriendin van MK's moeder hier een paar jaar geleden op bezoek was, zijn ze er samen naartoe gegaan. Die vriendin vond het er zo fantastisch dat ze thuis in Londen haar boeltje pakte om op Norfolk van haar pensioen te gaan genieten.'

'Yep, volgens de planning zit mam nog op het eiland,' zei Mary-Kate, die weer binnenkwam.

'Wanneer vertrekt ze daar? En hoe komen we daar?' vroeg CeCe.

'Over een paar dagen, het eiland ligt op maar een klein eindje vliegen vanaf Auckland. Maar er gaat niet elke dag een vliegtuig, die planning zouden we moeten uitzoeken,' zei Mary-Kate waarschuwend.

'Shit,' zei CeCe binnensmonds. Ze keek naar Chrissie. 'We zouden morgenavond laat naar Londen vertrekken. Hebben we hier nog tijd voor?'

'Dan maken we maar tijd, toch?' zei Chrissie schouderophalend. 'Vergeleken met onze reis naar Europa is dit verderop in de straat. En als we de zevende zus aan de hand van deze ring kunnen identificeren, dan...'

'Ik zal de vluchten naar Norfolk Island en van Queenstown naar Auckland voor jullie opzoeken, want je bent er sneller met het vliegtuig dan met de auto,' zei Fletch. Hij liep naar een lange houten eettafel, die bezaaid was met papieren en tijdschriften en waarop een ouderwetse computer met een log beeldscherm stond. 'Het kan even duren, we hebben hier namelijk op zijn zachtst gezegd een zwak internetsignaal.' Hij tikte een paar keer op het toetsenbord. 'Yep, geen verbinding,' zei hij met een zucht.

'En je broer, die ik ook op de foto zag staan? Is hij op dit moment in Nieuw-Zeeland?' vroeg CeCe aan Mary-Kate.

'Normaal gesproken wel, maar hij is net naar Zuid-Frankrijk vertrokken om meer over Franse wijnbouw te leren.'

'Dus hij neemt de wijngaard van je vader over?' informeerde Chrissie.

'Klopt. Hé, lui, hebben jullie trek? Het is allang lunchtijd geweest.'

'Ik rammel,' antwoordden Chrissie en CeCe tegelijkertijd.

Ze maakten samen een maaltje klaar van brood, kaas uit de regio en koud vlees. Er werd ruimte gemaakt op tafel en ze gingen zitten om te eten.

'Waar wonen jullie eigenlijk?' vroeg Fletch.

'In The Alice,' antwoordde CeCe. 'Maar mijn thuis heet Atlantis, dat ligt aan het Meer van Genève, in Zwitserland.'

'Atlantis, de mythische verblijfplaats van Atlas, vader van de Zeven Zusters,' zei Mary-Kate met een glimlach. 'Je vader was goed op de hoogte van de Griekse legenden.'

'Ja, dat was hij zeker. We hebben nog steeds een grote telescoop staan in het observatorium op het dak van ons huis. We konden pas net praten en we kenden de namen van alle sterren in en rond Orion al uit ons hoofd,' zei CeCe. 'Eerlijk gezegd had ik daar nooit belangstelling voor, totdat ik in The Alice kwam en erachter kwam dat de Zeven Zusters in de mythologie van de Aboriginals godinnen zijn. Zodoende begon ik me af te vragen hoe het komt dat er over de hele wereld legenden zijn over de Zeven Zusters. In de Mayacultuur bijvoorbeeld, en de Griekse, de Japanse... die zussen zijn gewoon wereldberoemd.'

'De Maori kennen ook verhalen over de zussen,' vulde Mary-Kate aan. 'Ze worden hier de dochters van Matariki genoemd. Iedere zus heeft bijzondere gaven en talenten, die ze aan het volk schenkt.'

'Maar hoe wisten al die verschillende culturen dan van elkaar af?' vroeg Chrissie zich af. 'Ik bedoel, ze hadden geen internet of post of telefoon, dus hoe kunnen die legendes dan zo op elkaar lijken als die volken niet met elkaar konden communiceren?'

'Je moet écht mijn moeder een keer ontmoeten,' zei Mary-Kate grinnikend. 'Die raakt niet uitgepraat over dat soort onderwerpen. Ze is een echte knappe kop, anders dan ik, ben ik bang. Ik ben meer van de muziek dan van de letteren.'

'Maar je lijkt wél op je moeder,' zei Chrissie.

'Ja, dat zeggen heel veel mensen, maar ik ben geadopteerd.'

CeCe wierp Chrissie een korte blik toe. 'Goh,' zei ze, 'net als mijn zussen en ik. Weet je of je in deze omgeving bent geadopteerd en wie je biologische ouders zijn?'

'Dat weet ik niet. Papa en mama hebben het me verteld zodra ik oud genoeg was om het te begrijpen, maar voor mij heeft het altijd gevoeld alsof mijn moeder mijn moeder is en mijn vader mijn vader is... wás. Punt.'

'Sorry dat we zo doorvragen,' zei CeCe. 'Maar... als jij écht geadopteerd bent, dan...'

'... zou jij de missende zus kunnen zijn,' maakte Chrissie de zin af.

'Hoor eens, ik begrijp best dat jullie als familie al een tijdlang op zoek zijn naar deze zus,' zei Mary-Kate vriendelijk, 'maar ik heb mijn moeder nooit iets horen zeggen over een "missende zus". Ik weet alleen dat het een gesloten adoptie was die hier in Nieuw-Zeeland plaatsvond. Mam zal het vast allemaal uitleggen als het jullie lukt haar te spreken.'

'Oké, lui,' zei Fletch. 'Ik ga nog eens proberen online te gaan, dan weten jullie of jullie de komende vierentwintig uur naar Norfolk Island kunnen.' Hij ging weer achter de computer zitten.

'Heeft je moeder een mobieltje?' vroeg Chrissie.

'Ja, dat heeft ze,' zei Mary-Kate, 'maar vraag me niet of we contact kunnen krijgen, want de kans dat ze op Norfolk Island bereik heeft, is minimaal. Een deel van de aantrekkingskracht van Norfolk is dat ze daar vijftig jaar achterlopen op de rest van de wereld, vooral als het om moderne technologie gaat.'

'Houston, we hebben contact!' riep Fletch. 'Morgenochtend om zeven uur gaat er een vlucht van Queenstown naar Auckland. Die komt om acht uur aan. De vlucht naar Norfolk Island vertrekt om tien uur 's ochtends en komt al een paar uur later aan. Hoe laat vertrekt jullie vlucht uit Sydney morgenavond?'

'Om een uur of elf,' zei Chrissie. 'Zijn er laat in de middag nog vluchten vanuit Norfolk Island naar Sydney?'

'Eens kijken,' antwoordde Fletch.

'Maar zelfs als we morgen nog een vlucht naar Sydney kunnen krijgen, hebben we maar een paar uur op Norfolk Island,' zei CeCe.

'Maar het is een heel klein eiland, hè?' merkte Fletch op.

'Mary-Kate, zou je misschien willen proberen je moeder te bereiken op haar mobiel?' vroeg Chrissie. 'Ik bedoel, ik moet er niet aan denken dat we die hele reis ondernemen om vervolgens te ontdekken dat ze er niet is.'

'Natuurlijk kan ik dat proberen. En ik kan Bridget bellen, de vriendin bij wie ze logeert. Mam heeft haar nummer op de koelkast achtergelaten, ik zal het even halen, dan bel ik ze allebei.'

'We boffen!' zei Fletch. 'Er gaat om vijf uur 's middags een vlucht vanaf het eiland naar Sydney. Als je om tien over half elf 's ochtends Norfolktijd landt, hebben jullie nog ruimschoots de tijd om Mary-Kates moeder te ontmoeten. Trouwens, ze wordt altijd 'Merry' genoemd, zo stond ze als klein kind kennelijk al bekend, omdat ze constant giechelde.'

'Wat schattig,' zei Chrissie glimlachend.

'Niet bepaald het soort koosnaampje dat ik kreeg toen ik klein was,' mompelde CeCe. 'Electra en ik waren de boze, schreeuwerige zussen.'

'Ik heb net mijn moeder en Bridget geprobeerd te bellen, maar ik kreeg op de vaste lijn én hun mobiel alleen hun voicemail,' zei Mary-Kate, die uit de keuken kwam. 'Ik heb een boodschap achtergelaten dat jullie contact met haar zoeken vanwege die ring en morgen graag op bezoek willen komen. Dus als het ze lukt hun voicemail af te luisteren, weten ze dat jullie komen.'

'Wat doen jullie?' vroeg Fletch, turend naar zijn scherm. 'Er zijn nog drie plaatsen vrij op de vluchten naar Auckland en Norfolk Island, en nog maar twee op die naar Sydney. Reserveren?'

CeCe keek Chrissie aan. Die haalde haar schouders op. 'Nu we hier toch zijn, kunnen we net zo goed proberen Mary-Kates moeder te ontmoeten, Cee.'

'Yep, je hebt gelijk, al wordt het wel vroeg opstaan. Als ik je mijn creditcardgegevens geef, kun jij dan de vluchten voor ons boeken, Fletch? Sorry dat ik zo lastig ben, maar ik betwijfel of we hier in de buurt een internetcafé kunnen vinden.'

'Dat vind je niet, en natuurlijk regel ik dat, geen probleem!'

'O, en nog één ding, weet je of we hier in de buurt ergens kunnen overnachten?' vroeg Chrissie, praktisch als altijd.

'Ja hoor, hier in het bijgebouw,' zei Mary-Kate. 'We gebruiken de slaapruimtes voor de arbeiders, maar volgens mij is er nog wel een kamer over. Geen luxe, gewoon stapelbedden, maar wel de dichtstbijzijnde plek om je hoofd neer te leggen.'

'Ontzettend bedankt,' zei Chrissie. 'Nou, dan laten we jullie nu met rust. Ik heb zin om een eindje te wandelen, het landschap hier is fantastisch.'

'Oké, dan laat ik jullie even de slaapruimtes zien en...' Mary-Kate keek even naar Fletch. '... mam heeft een volle vriezer achtergelaten. Ik kan voor vanavond een kipschotel opwarmen. Zin om mee te eten? Ik zou dolgraag wat meer horen over jullie familie en welke relatie jullie tot mij zouden kunnen hebben.'

'Ja, het zou geweldig zijn als jij die missende zus zou blijken te zijn,' zei CeCe. 'En wat aardig dat je ons uitnodigt. Fijn dat je zo gastvrij bent,' vervolgde ze met een glimlach.

'Dat is Nieuw-Zeeland, hè?' zei Fletch schouderophalend. 'Alles eerlijk delen.'

'Dank je wel,' zei Chrissie. 'Nou, tot straks dan.'

Buiten was het koel. De lucht voelde fris aan en de hemel had een intens azuurblauwe kleur.

'Wat een verschil met Australië. Met al die bergen doet het me denken aan Zwitserland, maar dan wat ruiger en ongetemder,' zei CeCe toen ze naast elkaar over de uitgestrekte akkers met wijnstruiken liepen. Ze ontdekten een smal paadje dat naar een glooiende helling leidde, en naarmate ze hoger kwamen, werd de vegetatie wilder en ongerepter. CeCe streek met haar vingers over de struiken langs het pad om de frisgroene geur te laten ontsnappen.

In de bomen klonk het geroep van onbekende vogels, en toen CeCe het vage geruis van stromend water hoorde, trok ze Chrissie mee in de richting van het geluid. Ze baanden zich een weg door braamstruiken, die nog glinsterden in de zon na de regenbui van die dag, en stonden even later bij een kristalheldere, snelstromende beek die over gladde grijze rotsstenen omlaagklaterde. Terwijl ze stonden te kijken naar libellen die over het water scheerden, draaide CeCe zich met een glimlach om naar Chrissie. 'Konden we hier maar langer blijven, het is zo mooi hier, zo vredig.'

'Ja, ik zou graag nog eens terugkomen om deze streek te verkennen,' beaamde Chrissie, terwijl ze de stroom heuvelopwaarts volgden. 'Maar...wat vind je ervan dat Mary-Kate niet per se iets wil weten over haar biologische ouders? Ik bedoel, jij had ook je twijfels toen je naar je biologische familie op zoek ging.'

'Dat lag anders,' zei CeCe hijgend terwijl ze een insect van haar gezicht sloeg. 'Pa was net overleden, Star deed raar en afstandelijk... Ik had iets of iemand van mezelf nodig, snap je? Mary-Kate heeft een moeder en een broer die van haar houden, dus die heeft er waarschijnlijk niet zo'n behoefte aan om dingen op te rakelen.'

Chrissie knikte en trok CeCe terug aan haar arm. 'Kunnen we even stoppen? Ik heb pijn aan mijn been.'

Ze gingen op een stukje mossig gras zitten om op adem te komen. Chrissie zwaaide haar benen op CeCe's schoot, en genietend van een aangename stilte lieten ze hun blik dwalen over het dal, waar alleen de boerderij en de strakke lijnen van de wijnterrassen wezen op menselijke bewoning.

'En, hebben we haar gevonden?' vroeg CeCe na een tijdje.

'Zal ik je eens wat zeggen?' antwoordde Chrissie. 'Ik denk van wel.'

Het avondeten met Mary-Kate en Fletch was heel ontspannen, en pas na middernacht en twee flessen uitstekende pinot noir van het huis namen CeCe en Chrissie afscheid en liepen ze naar hun slaapverblijf. Dat was inderdaad vrij primitief, maar beschikte over de basisvoorzieningen, waaronder een douche en dikke wollen dekens om de optrekkende kou te weren.

'Jeetje, in The Alice gooi ik de lakens altijd van me af omdat ik druip van het zweet, en hier lig ik weggestopt onder de dekens,' grinnikte CeCe. 'Wat vind jij van Mary-Kate?'

'Ik vind haar cool. En als ze inderdaad je missende zus blijkt te zijn, lijkt het me leuk haar erbij te hebben.'

'Ze zei dat ze tweeëntwintig was, dat zou perfect passen bij de rest,' zei CeCe. 'Electra, de jongste, is zesentwintig. Maar misschien zijn we wel op zoek naar iets onmogelijks,' vervolgde ze op slaperige toon. 'Sorry, ik kan mijn ogen niet meer openhouden...'

Vanaf het stapelbed aan de overkant reikte Chrissie naar CeCe's hand. 'Welterusten, lieverd, slaap lekker. We moeten morgen vroeg op, dat is zeker.'

4

'Wakker worden, CeCe. We gaan landen, je moet je gordel omdoen.' De stem van Chrissie verbrak CeCe's droom. Ze opende haar ogen en zag Chrissie voor haar langs reiken om haar gordel vast te maken.

'Waar zijn we?'

'Zo'n drie kilometer boven Norfolk Island. Kijk eens naar beneden, al dat groen, en die fantastische kleur van het water. Wauw, wat is het klein! Net als die atollen die je in advertenties voor de Malediven ziet, vooral met die turkooisblauwe zee. Ik vraag me af of Merry of haar vriendin Bridget onze boodschap heeft ontvangen.'

CeCe keek zenuwachtig naar beneden. 'Ik neem aan dat we dat ontdekken als we zijn geland. Mary-Kate heeft aan hen allebei de vluchtgegevens doorgegeven, dus wie weet staan ze ons op te wachten. O, mijn god, zie je dat? Die landingsbaan loopt uit in zee! Ik kijk even niet.' CeCe wendde haar hoofd af toen de motoren van het vliegtuig begonnen te razen en de landing werd ingezet.

'Pff! Blij dat we dat achter de rug hebben,' zei ze toen de piloot hard remde en het toestel abrupt tot stilstand kwam. Ze deden hun rugzak om, dromden samen met de andere passagiers het vliegtuigje uit en liepen naar het gebouwtje dat de terminal van Norfolk Island vormde. Ze passeerden het groepje mensen dat achter een afscheiding op arriverende passagiers stond te wachten en gingen door de douanecontrole, waar een aangelijnde speurhond de net aangekomen reizigers besnuffelde. 'Wel een tikje anders dan aankomen op het vasteland van de Aussies, hè?' merkte CeCe op. 'Daar zouden die lui van de grenscontrole je het liefst in je blootje zien voordat ze je doorlaten,' giechelde ze, toen ze aankwamen in een kleine aankomsthal, waar hetzelfde handjevol mensen inmiddels de bezoekers begroette.

'Vergeet niet dat ik nog nooit naar Australië gevlogen ben, dit is de allereerste keer dat ik het land uit ga,' zei Chrissie. Ze stootte CeCe aan. 'Nou, zie jij een vrouw die op die Merry van de foto lijkt?'

Ze speurden het groepje af, waarvan de meesten hun bezoek al hadden verwelkomd en de hal verlieten.

'Zo te zien hebben ze ons bericht niet ontvangen,' zei Chrissie. Ze haalde haar schouders op. 'Hoe dan ook, volgens Mary-Kate was het maar twintig minuten lopen naar Bridgets huis. Maar welke kant op?'

'Bij twijfel wendt u zich tot de informatiebalie, dat is hier direct tegenover.' CeCe knikte in de richting van een jonge man achter een balie met stapels folders. Ze liepen erheen.

'Hallo, kan ik jullie helpen?'

'Ja, we zoeken een straat...' Chrissie haalde een papier uit de zak van haar jeans. 'Headstone Road.'

'Dat is heel makkelijk, die ligt aan het eind van de landingsbaan,' zei de man, en hij gebaarde naar een punt in de verte. 'Je loopt om de buitenkant van het vliegveld heen en dan kom je vanzelf bij Headstone Road.'

'Bedankt,' zei CeCe.

'Zoeken jullie misschien een slaapplaats? Ik kan wel een paar tips geven.'

'Nee, we vliegen vanmiddag terug naar Sydney.'

'Dat is nog eens een vluchtig bezoekje,' grapte de man. 'Geef anders die rugzakken maar hier af, dan hoeven jullie die niet mee te sjouwen. Neem wel je zwemspullen mee, voor het geval je nog een duik wilt nemen. Je hebt hier overal toffe stranden.'

'Dank je, dat gaan we doen.'

De man wees naar de balie van de vliegmaatschappij, en tot hun verbazing konden ze direct inchecken voor de vlucht naar Sydney.

'Wauw, ik vind het hier geweldig,' zei CeCe, terwijl ze in haar rugzak naar haar zwemspullen en baddoeken zocht. 'Het gaat allemaal zo relaxed!'

'Dat is het mooie van wonen op een klein eiland,' antwoordde Chrissie, terwijl ze op weg gingen. 'En wat is het hier groen, en wat een prachtige bomen!' Ze wees naar de rijen hoge sparren die als schildwachten de weg flankeerden.

'Dat zijn Norfolk-sparren. Toen ik klein was, heeft Pa er een aantal aan de rand van de tuin laten planten.'

'Ik ben onder de indruk, Cee, ik had je niet als botanicus ingeschat.'

'Ben ik ook niet, dat weet je best, maar een van de eerste dingen die ik als kind tekende was een Norfolk-spar. Oerlelijk, natuurlijk, maar Ma liet hem inlijsten en ik gaf hem aan Pa voor kerst. Volgens mij hangt hij nog steeds aan de muur van zijn studeerkamer.'

'Cool. Maar… wat zeggen we als we bij die lui voor de deur staan?' vroeg Chrissie.

'Hetzelfde als tegen Mary-Kate, lijkt mij. Ik hoop wel dat ze na al die moeite thuis zijn. Ik ben geradbraakt door dat vroege opstaan en die twee vluchten, en dan hebben we er nóg twee voor de boeg!'

'Ik weet het. Als we Merry ontmoeten en die ring zien, is het al die moeite waard geweest. Maar wat er ook gebeurt, we moeten voordat we teruggaan absoluut een duik in die fantastische zee nemen.'

Even later zagen ze een straatnaambord waar HEADSTONE ROAD op stond.

'Wat is het huisnummer?'

'Ik zie geen nummers,' zei CeCe. Ze liepen langs een rij houten bungalows, die omringd waren door smetteloze tuinen en perfect gesnoeide hibiscushagen.

'Het huis heet…' Chrissie bestudeerde de naam die Mary-Kate had opgeschreven. 'Geen idee hoe je dit uitspreekt.'

'Nou, je moet mij niet vragen het te proberen,' grinnikte CeCe. 'Ze zijn hier wel erg trots op hun huis, vind je niet? Het doet me denken aan een subtropisch Engels dorp, met die gladgeschoren heggen en die kleurige bloemen.'

'Kijk! Daar is het!' Chrissie stootte CeCe aan en wees naar een keurig geverfd bord met het woord SIOCHÁIN erop.

Ze bleven staan voor het wildrooster bij de ingang. Net als alle andere bungalows stond dit huis er onberispelijk bij. Aan weerszijden van het wildrooster hield een grote tuinkabouter de wacht. Ze stapten voorzichtig over het rooster en liepen naar de voordeur.

'Dat koppel bij de voordeur is in de kleuren van de Ierse vlag geverfd, en de naam van het huis zou weleens Gaelisch kunnen zijn… Dan zijn de bewoners dat waarschijnlijk ook,' zei Chrissie.

'Oké,' zei CeCe zachtjes, 'wie gaat het woord doen?'

'Begin jij maar, dan schiet ik je te hulp als het te lastig wordt,' stelde Chrissie voor.

'Daar gaan we dan,' zei CeCe, en ze belde aan. De deurbel speelde een melodietje dat iets weghad van een Ierse horlepiep. Geen reactie.

'Zullen we achterom lopen?' stelde Chrissie na de vierde poging voor. 'Misschien zijn ze in de tuin met dit mooie weer.'

'We kunnen het proberen,' zei CeCe schouderophalend. Ze liepen langs de zijkant van de bungalow naar de achtertuin, die was afgezet met bananenpalmen. Het door zonneschermen beschaduwde terras was verlaten, de stoelen waren onbezet, de tafels leeg.

'Verdomme!' zei CeCe. De moed zonk haar in de schoenen. 'Er is niemand thuis.'

'Kijk!' zei Chrissie, die zag dat er achter in de tuin iemand stond te spitten. 'Zullen we het hem vragen?'

'Hallo!' riep Chrissie, terwijl ze naar de man toe liepen, een breedgeschouderd type van misschien halverwege de zestig. Eindelijk keek hij op van de moestuin waarin hij aan het werk was en zwaaide naar hen.

'Misschien verwacht hij ons,' zei Chrissie.

'Of misschien is hij gewoon aardig. Is het je niet opgevallen dat er vanuit passerende auto's ook naar ons werd gezwaaid?'

'Hallo, meisjes,' zei de man, leunend op zijn schop. 'Wat kan ik voor jullie doen?' vroeg hij met een sterk Australisch accent.

'Eh, ja, hallo. Eh… woont u hier? Ik bedoel, is dit uw huis?' vroeg CeCe.

'Dat is het, ja. En jullie zijn…?'

'Ik ben CeCe en dit is mijn vriendin Chrissie. We zoeken een vrouw, of liever gezegd twee vrouwen. De een heet Bridget Dempsey, de andere Mary of Merry McDougal. Kent u ze?'

'Nou en of ik die ken,' knikte de man. 'Vooral Bridge. Ze is mijn vrouw.'

'Geweldig! Fantastisch! Zijn ze thuis?'

'Ik ben bang van niet, meisjes. Ze zijn er allebei vandoor gegaan, naar Sydney, en hebben mij hier in mijn uppie achtergelaten.'

'Dat kan toch niet waar zijn,' mompelde CeCe tegen Chrissie. 'We hadden rechtstreeks naar Sydney kunnen vliegen. Merry's dochter, Mary-Kate, zei dat ze pas morgen zou vertrekken.'

'Dat klopt,' antwoordde de man. 'Merry logeerde hier, maar ze veranderde ineens van gedachten en toen stelde ze aan Bridge voor om samen de middagvlucht naar Sydney te nemen, zodat ze er samen een "meidenavond", zoals ze het noemde, van konden maken en samen konden shoppen.'

'Shit,' zei CeCe. 'Wat jammer! We hebben een lange reis gemaakt om hier te komen en moeten zelf vanavond ook naar Sydney. Weet u toevallig hoe lang Merry van plan is in Sydney te blijven?'

'Ze zei geloof ik dat ze vanavond uit Australië vertrok. Ik ga Bridge op de binnenkomende vlucht van vanmiddag afhalen.'

'Dat moet hetzelfde vliegtuig zijn als waarmee wij vanavond vertrekken,' zei Chrissie, die met een wanhopige blik naar CeCe haar ogen liet rollen.

'Kan ik jullie ergens mee helpen?' vroeg de man, terwijl hij zijn Akubrahoed van zijn hoofd rukte en met een zakdoek het zweet van zijn voorhoofd depte.

'Dank u, maar we komen eigenlijk voor Merry,' antwoordde CeCe.

'Nou, zullen we maar eens uit die bloedhete zon stappen en op het terras gaan zitten? We kunnen een paar blikjes opentrekken en dan kunnen jullie uitleggen waarover jullie Merry willen spreken. Ik ben Tony, trouwens,' zei hij, terwijl ze hem volgden naar de koelte van het beschutte terras. 'Ik haal die biertjes, dan kunnen we even babbelen.'

'Lijkt me een prima kerel,' merkte Chrissie op terwijl ze gingen zitten.

'Ja, maar niet degene die we willen spreken,' verzuchtte CeCe.

Tony kwam terug en zette een paar ijskoude biertjes voor hen neer. 'Zo, kijk eens aan.' Ze namen een welkome slok. 'Nou, vertel maar eens.'

CeCe legde de situatie zo goed mogelijk uit, waar dat nodig was met aanvullingen van Chrissie.

'Zo, dat is een lang verhaal,' zei hij grinnikend. 'Maar ik snap niet helemaal wat nou het verband is tussen jullie en Merry.'

'Ik ook niet, eerlijk gezegd, en ik krijg het gevoel dat we op het verkeerde spoor zitten, maar we vonden dat we het in elk geval moesten proberen,' zei CeCe, die zich leeg en uitgeput voelde.

'Mary-Kate heeft een boodschap voor haar moeder achtergelaten dat we zouden komen. En ook voor Bridget. Hebben ze die niet ontvangen?' vroeg Chrissie.

'Ik zou het niet weten, ik was gisteren de hele dag op pad om voor een maat van me de badkamer te repareren. Eerlijk gezegd weet ik niet veel over Merry, mop. Ik heb Bridge twee jaar geleden ontmoet, toen ze me vroeg of ik dit voor haar wilde bouwen.' Hij gebaarde naar de bungalow. 'Ik ben als kind met mijn ouders meeverhuisd vanuit Brisbane. Ik ben aannemer van beroep. Mijn eerste vrouw is een paar jaar geleden gestorven, en toen Bridge hier kwam wonen, was ze ook alleen. Nooit gedacht dat ik op mijn leeftijd nog een vrouw zou vinden, maar het klikte meteen. We zijn nu een half jaar getrouwd,' zei hij stralend.

'Dus u kent Merry nog niet zo lang?'

'Nee, ik heb haar voor het eerst bij onze bruiloft ontmoet.'

'Is uw vrouw misschien Ierse?' vroeg Chrissie.

'Goed geraden,' knikte Tony. 'Dat is ze, en ze is maar wat trots op haar afkomst.'

'En Merry is ook Ierse, hoorden we,' zei CeCe.

'Ik weet alleen dat ze samen op school hebben gezeten, en daarna op de universiteit in Dublin. Ze zijn elkaar een hele tijd uit het oog verloren, wat kan gebeuren, hè, als je na je studie een andere weg inslaat. Maar nu is het weer dikke mik tussen die twee. Hebben jullie trouwens zin in een *sarnie*? Mijn buik rammelt.'

'Een sandwich zou heerlijk zijn, als het niet te veel moeite is,' zei CeCe snel, voordat Chrissie het aanbod beleefd kon afslaan. Ook haar maag rammelde. 'We kunnen mee naar binnen gaan om u te helpen.' Ze volgden Tony naar een nette keuken, die hij, naar hij trots verklaarde, zelf gebouwd had.

'Nooit gedacht dat ik hier nog eens zou komen wonen,' zei hij, terwijl hij kaas en ham uit de koelkast pakte. 'We hebben hier niet veel voorraad, alles moet hier per boot of vliegtuig komen, snap je? We krijgen pas morgen een nieuwe bestelling binnen.'

'Het lijkt me fantastisch om hier te wonen,' zei Chrissie, terwijl ze boter op haar brood smeerde.

'Voor het grootste deel wel, ja,' beaamde Tony. 'Maar net als bij Robinson Crusoe heeft wonen op een eiland zijn nadelen. Voor de jonkies is hier weinig te doen, dus een hoop jongeren trekken weg om te gaan studeren of een baan te zoeken. Het internet is een verdomde ramp en behalve als je zoals ik je eigen zaak hebt, is het toerisme de enige belangrijke industrie. Het is een eiland van ouwe mensen aan het worden, maar ze zijn wel wat dingen aan het veranderen om de boel hier wat te verbeteren en vers bloed binnen te halen. Het is een fijne plek om kinderen groot te brengen. Iedereen kent iedereen en er is een sterk gemeenschapsgevoel. De mensen hier zijn supervriendelijk en er is maar heel weinig misdaad. Nou, zullen we onze proviand maar mee naar buiten nemen?'

Ze volgden Tony naar het terras en vielen op hun sandwich aan.

'Tony?'

'Ja, CeCe?'

'Ik vroeg me af of je Merry weleens een ring met een smaragd hebt zien dragen.'

Tony barstte in een laag, hees gegrinnik uit.

'Op dat soort dingen let ik niet. Volgens Bridge zou ik het niet eens in de gaten hebben als ze verkleed als kerstman de kamer binnenkwam, en als je het mij vraagt, heeft ze nog gelijk ook. Hoewel... wacht eens even...' Hij streek over zijn korte baard. 'Nou je het zegt, een paar dagen geleden waren Bridge en Merry ringen aan het vergelijken. De verlovingsring die ik voor Bridge heb gekocht, had natuurlijk een groene steen... omdat ze Iers is en zo.'

'En?' vroeg CeCe vooroverleunend.

'Merry had ook een ring met een smaragd om. Ze legden hun vingers naast elkaar en keken elkaar aan zoals vrouwen dat doen, snap je wat ik bedoel?'

'Dus ze droeg echt een ring met een smaragd?'

'Ja, klopt. Ze zaten te lachen, omdat Bridge zei dat ze een grotere ring had dan Merry.'

'Oké.' CeCe en Chrissie keken elkaar aan. 'Dat is hoopgevend,' zei CeCe met een bevestigend knikje. 'Misschien zitten we dan toch op het juiste spoor. Weet je toevallig waar Merry na Sydney heen gaat?'

'Ja, naar Canada, naar Toronto zei ze, dacht ik, maar dat kan ik wel checken bij Bridge.'

Chrissie keek op haar horloge. 'Bedankt voor je hulp en de sandwich, Tony. We willen nog even zwemmen voordat we teruggaan naar het vliegveld.'

'Hé, als we nou even de borden afwassen – ik wil geen rommel achterlaten, anders gaat Bridge op me mopperen – dan springen jullie bij me in de pick-up, doen we een rondje over het eiland en dan eindigen we met een frisse duik.'

'Wauw, dat zou geweldig zijn!'

Na een bliksemtoer over het eiland – dat van de ene naar de andere kant in twintig minuten te bereizen was – reed Tony een smal weggetje op.

'Kijk eens omhoog.' Hij wees naar de rij oeroude bomen die boven hen uittorenden.

'Ze lijken wel prehistorisch, wat zijn dat voor bomen?' vroeg CeCe.

'Dat zijn Moreton Bay-vijgenbomen, sommige zijn meer dan honderd jaar oud,' legde Tony uit. De weg voerde hen voorbij de landingsbaan van het vliegveld en kwam uit bij een smal bruggetje en een groepje stenen bouwsels. Ze stopten bij een vrijwel verlaten strand, waar milde golven rustig het zand op klotsten. Een rij hoge, schuimende golven in de verte duidde op de aanwezigheid van een rif.

Tony bracht hen naar de verkleedruimte, en even later kwamen ze tevoorschijn in badpak, met een baddoek om hun middel gewikkeld.

'Wedstrijdje!' riep Tony, en hij rende over het warme zand naar de branding. 'Wie verliest, is een softie!' riep hij. Hij plonsde tot zijn middel in het water en nam een duik. Op een paar meter afstand van het strand hielp CeCe Chrissie bij het afnemen van haar kunstbeen, dat voorzichtig in een baddoek werd gewikkeld en op veilige afstand werd neergelegd.

'Ik ben altijd als de dood dat iemand het steelt,' zei Chrissie, terwijl CeCe haar ondersteunde toen ze naar het water liepen.

'Zelfs ík kan me niet voorstellen dat iemand zo vals is om zoiets te doen,' zei CeCe. 'Oké, daar gaan we. En nou niet proberen me voor te blijven!' riep ze toen Chrissie onmiddellijk een duik nam. Ze kon zich maar met één been voortbewegen, maar als voormalig zwemkampioene liet ze CeCe na een paar slagen steevast achter zich.

'Is het niet fantastisch?' schreeuwde Tony, die een paar meter verderop aan het watertrappelen was.

'Zeker weten,' zei Chrissie, drijvend op haar rug en met haar gezicht naar de zon gekeerd. 'Wow, ik had me niet gerealiseerd hoe erg ik de zee mis nu we in The Alice wonen.' Ze draaide zich om en zwom verder.

'Chrissie, ga nou niet zo ver!' schreeuwde CeCe. 'Ik wil niet dat je in de problemen komt, ik ben niet sterk genoeg om je te redden.'

Zoals gewoonlijk ging Chrissie onverstoord haar eigen gang, en uiteindelijk zwom CeCe maar terug naar het strand en ging in het zand liggen om op te drogen.

'Dat maatje van je is een goeie zwemmer,' merkte Tony op, die ook uit het water was gestapt en naast haar kwam zitten. 'Wat is er met haar been gebeurd?'

CeCe vertelde hoe Chrissie op haar vijftiende haar been had verloren als gevolg van complicaties bij een hersenvliesontsteking, die bloedvergiftiging had veroorzaakt.

'Daarvoor was ze de beste zwemster van West-Australië. Ze stond op het punt zich te kwalificeren voor de Olympische Spelen,' zei ze met een zucht.

'Het leven kan gemeen zijn, hè? Mooi om te zien dat ze het nog zo goed kan.'

'Ja, maar ik ben doodsbenauwd dat ze in die golven verdwijnt en niet meer bovenkomt.'

'Dat denk ik niet, hoor, moet je haar nou zien,' antwoordde Tony glimlachend. 'Nou, als jullie dat vliegtuig nog willen halen, moeten we er nu vandoor.'

CeCe stond op en zwaaide naar Chrissie om aan te geven dat ze terug moest komen. Toen ze weer aangekleed waren, bracht Tony hen naar het vliegveld, een ritje van een paar minuten.

'Als we geluk hebben, is Bridge al door de douane voordat jullie vlucht omgeroepen wordt,' zei hij toen hij de pick-up voor de terminal parkeerde. Ze hoorden het gebulder van een binnenkomend vliegtuig.

'Wat dacht je van een tripje hiernaartoe als we terug zijn uit Europa? Ik vind het hier geweldig,' zei CeCe toen ze Tony naar de terminal volgden.

'Prima, maar eerst Europa, hè, Cee? Je hebt geen idee hoe erg ik me daarop verheug.'

'O, Europa is hierbij vergeleken supersaai. Veel te veel mensen en een hoop oude monumenten.'

'Nou, dat bepaal ik zelf wel als ik er ben,' zei Chrissie. 'Kijk, het vliegtuig is geland.'

'Zullen we naar het panoramaterras gaan?' stelde Tony voor. 'Misschien kunnen jullie haar dan in elk geval nog even ontmoeten.'

'Oké, graag,' zei CeCe. De deuren van het vliegtuigje gingen open en de eerste passagiers stapten uit.

'Kijk, daar is ze! Bridge, ik ben hier!' schreeuwde hij naar een opzichtig geklede, mollige, roodharige vrouw, die bij het afdalen van de vliegtuigtrap een aantal draagtassen tegen zich aangeklemd hield. Ze glimlachte naar Tony en zwaaide. 'Kom, we gaan haar even groeten.'

De vrouw liep naar het hek dat de afhalers scheidde van de passagiers die nog langs de douane moesten. CeCe's hart bonsde in haar keel. Toen de vrouw voor hen stond, schoof ze haar enorme zonnebril boven op haar hoofd.

'Hoe is het, mop? Ik heb je gemist.' Tony kuste Bridget over het hek heen. 'Moet je luisteren, Bridge, toen jij weg was, kreeg ik twee jongedames op bezoek. Die kwamen hier omdat ze dachten dat Merry nog op het eiland was. Dit zijn CeCe en Chrissie.'

Hoewel ze het half aan haar overgevoeligheid weet, had CeCe het gevoel dat Bridgets hele gezichtsuitdrukking veranderde toen Tony haar vertelde wie ze waren.

'Hallo,' zei Bridget met een geforceerde glimlach.

'Ze wilden weten of Merry een ring met een smaragd omhad toen ze hier was,' ging Tony verder. 'Ik zei van wel. Had ik voor de verandering gelijk?'

'Dat soort details kan ik me niet herinneren, schat,' antwoordde Bridget, en ze zette haar zonnebril weer op haar neus.

'Ik hoorde jullie tweeën toch een keer babbelen over dat jullie dezelfde soort ring hadden?'

'Volgens mij heb je dat gedroomd of had je te veel op, Tony, want ik herinner me niks van gebabbel over ringen.'

'Maar...'

'Nou, ik kan maar beter langs de douane gaan. Na al dat shoppen in Sydney zullen ze me wel tegenhouden. Leuk jullie te hebben ontmoet,' zei Bridget. 'Ik zie je straks aan de andere kant,' zei ze vervolgens bits tegen Tony.

'Jullie kunnen elk moment een boardingoproep krijgen, dus we kunnen zelf beter ook naar binnen gaan,' stelde Tony voor.

De boardingoproep stond al op het vertrekbord en de passagiers voor Sydney begonnen al een rij bij de beveiliging te vormen.

'Zullen we telefoonnummers uitwisselen?' vroeg CeCe toen ze al bijna bij de controle waren. Ze haalde haar mobieltje tevoorschijn, en vervolgens wisselden ze hun nummers uit.

'Het was echt geweldig kennis met je te hebben gemaakt,' zei CeCe. 'En ontzettend bedankt voor je gastvrijheid.'

'Het was leuk jullie te ontmoeten. En mochten jullie besluiten om terug te komen, wip dan bij ons langs, hè!'

'Dag, Tony, en nogmaals bedankt!'

'Kijk nou, is dat niet schattig?!' zei Chrissie, die een bagagebakje met een sticker erop tevoorschijn trok. 'Dit is voor kattenbakvulling!'

'Ja,' zei CeCe, terwijl ze hun mobieltjes en natte badpakken in de tunnel zagen verdwijnen. 'Bridget was niet bepaald blij ons te zien, hè?'

'Nee,' beaamde Chrissie, nadat ze de scanner waren gepasseerd en hun spullen bij elkaar pakten. 'Absoluut niet.'

'Ik vraag me af waarom,' peinsde CeCe. 'Wat weet zij wat wij niet weten?'

'Op dit moment?' antwoordde Chrissie terwijl ze naar de boardingrij liepen. 'Alles.'

5

Atlantis

'Het is voor jou,' zei Claudia, terwijl ze Maia de hoorn aanreikte. 'CeCe.'

'Ally!' riep Maia naar het terras, waar haar zusje in de zon zat te lunchen. Ally kwam binnen, en de twee hielden hun hoofd vlak bij de hoorn om hun zus te kunnen horen. 'Hoi, CeCe, waar ben je?'

'We zitten in Sydney. We gaan zo meteen inchecken voor onze vlucht naar Londen, maar ik dacht dat ik beter eerst even kon bellen om jullie bij te praten.'

'Hebben jullie haar gevonden?'

'Nou, we hebben Mary-Kate McDougal gevonden. Volgens ons zou zij de missende zus kunnen zijn, want ze zei dat ze geadopteerd is... En omdat wij allemaal geadopteerd zijn zou dat perfect in het plaatje passen, ook omdat ze tweeëntwintig is.'

'Wat fantastisch!' zei Ally.

'En die ring met smaragd?' vroeg Maia. 'Herkende ze die?'

'Ze dacht van wel. Als het dezelfde is, dan heeft ze die voor haar eenentwintigste verjaardag van haar moeder gekregen.'

'Wauw!' zei Ally. 'Dus jullie hebben haar echt gevonden! En hebben jullie de ring gezien?'

'Eh, nee, want haar moeder, die trouwens ook Mary heet, maar Merry wordt genoemd, heeft Mary-Kate gevraagd of ze hem mocht meenemen op de wereldreis die ze op dit moment maakt. Kennelijk was de ring eerst van haar. We hebben het voor elkaar gekregen die Merry twee keer mis te lopen. De eerste keer scheelde het maar een paar dagen, en de tweede keer... Nou, Chrissie en ik vragen ons af of die Merry niet een dag eerder dan gepland van Norfolk Island is vertrokken omdat ze wist dat wij zouden komen.'

'Norfolk Island? Waar ligt dat in hemelsnaam?' vroeg Maia.

'In de Stille Oceaan, precies halverwege Nieuw-Zeeland en Australië. Het is er echt heel mooi, maar ze zijn er in het verleden blijven hangen, zeg maar, er is nauwelijks bereik,' zei CeCe. 'Mary-Kate zei dat haar moeder naar het eiland was gegaan om haar beste vriendin Bridget te zien. Dus zijn we haar daarheen gevolgd, maar ze was al vertrokken.'

'Verdomme!' mompelde Ally. 'Dus ze is nu in Sydney?'

'Nee. We hebben op het vertrekbord gekeken en volgens ons is haar vliegtuig net vertrokken naar Toronto in Canada. We bellen jullie om te vragen of het handig is als we dan maar wel ons vliegtuig naar Londen nemen.'

'Ik ben helemaal in de war,' zuchtte Ally, 'maar als ze al weg is, dan kunnen jullie natuurlijk gewoon gaan. Weet je zeker dat ze op weg is naar Toronto?'

'Yep. Ik heb net Mary-Kate, haar dochter, gebeld, en die bevestigde dat Toronto de volgende bestemming op haar schema is. Ze zou uitzoeken waar haar moeder logeert. Sorry dat we je teleurstellen, Ally. We hebben ons best gedaan.'

'Doe niet zo mal, CeCe. Jij en Chrissie hebben een fantastische klus geklaard, we moeten je juist bedanken.'

'Ik denk dat we op het juiste spoor zitten, maar we moeten die ring zien,' zei CeCe. 'Moet je luisteren, we moeten nu inchecken, maar we hebben nog veel meer te vertellen. Bijvoorbeeld dat Merry kennelijk Ierse is, en dat Mary-Kate een broer heeft, en...'

'Ga nou maar,' zei Ally, 'en bel ons zodra jullie zijn geland. Fijn dat jullie dat allemaal hebben uitgezocht.'

Toen ze hadden opgehangen, keken Ally en Maia elkaar aan.

'Snapte jij er iets van?' vroeg Maia, toen ze weer terugliepen naar het terras.

'Ik haal een pen en papier, dan kunnen we alles wat ze zei noteren.' Ally schoot de keuken in. Toen ze terugkwam, begon ze te schrijven.

'Eén: er is een jonge vrouw die Mary-Kate McDougal heet en tweeentwintig is.'

'Twee: ze heeft verklaard dat de ring op de tekening de smaragden ring zou kunnen zijn die van haar moeder is geweest en die zij op haar eenentwintigste verjaardag heeft gekregen.'

'Drie, en waarschijnlijk het belangrijkste: we weten dat Mary-Kate is geadopteerd,' vulde Maia aan.

'Vier: haar moeder heet ook Mary, maar wordt meestal Merry genoemd,' zei Ally. 'Vijf: Merry heeft de ring bij zich die voor ons het bewijs is dat Mary-Kate onze missende zus is.'

'En CeCe zei nog dat ze een broer heeft, weet je nog?'

Ook dat werd door Ally genoteerd. Ze kauwde op haar pen en schreef 'Toronto' op. 'Stel dat we ontdekken waar ze logeert, wie sturen we dan naar Toronto?' vroeg ze.

'Denk je dat dat de moeite waard is?'

'Jij niet dan?'

Maia's blik dwaalde naar het pad dat naar Pa Salts tuin leidde. 'De naam van Merope stond samen met onze namen in een van de cirkels van het armillarium gegraveerd,' zei ze. 'Pa zou haar naam daar toch niet bij hebben gezet als ze niet bestond?'

'Tenzij het wensdenken was. Maar wat nog belangrijker is, Georg denkt echt dat zij het is. Hij zei dat hij de informatie van Pa had gekregen, kort voordat hij overleed. Het bewijs zou moeten zijn dat ze Mary McDougal heet en op The Vinery in Nieuw-Zeeland woont, en we weten nu dat dat zo is. En ze heeft een heel aparte ring met een smaragd, die Mary-Kate dacht te herkennen van de tekening, maar...'

'Misschien heeft Georg meer informatie. Zullen we hem bellen?' stelde Maia voor.

Ally liep naar de keuken en belde Georgs kantoor. Na een paar seconden werd ze begroet door de zonnige stem van zijn secretaresse.

'Hallo, Giselle, met Ally. Is Georg aanwezig?'

'*Désolée,* Mademoiselle D'Aplièse. Monsieur Hoffman werd weggeroepen.'

'O, wanneer komt hij terug?'

'Dat weet ik helaas niet, maar hij heeft me verzocht uw familie te verzekeren dat hij op tijd terug is voor de boottocht deze maand.'

'Zou u alstublieft een boodschap aan hem willen doorgeven? Het is dringend.'

'Het spijt me heel erg, Mademoiselle D'Aplièse, maar ik kan pas weer contact met hem opnemen als hij terug is. Ik zal zorgen dat hij dan contact met u opneemt. *Au revoir.*'

Voordat Ally nog iets kon zeggen had Giselle al opgehangen. Beduusd haar hoofd schuddend ging ze terug naar het terras.

'Maia, Georg is weg.'

'Hoe bedoel je, "weg"?'

'Zijn secretaresse zegt dat hij werd weggeroepen en pas terug is tegen de tijd dat we onze boottocht gaan maken.'

'Georg is een drukbezet man, Pa zal niet zijn enige cliënt zijn geweest.'

'Natuurlijk, maar hij beschikt waarschijnlijk over de informatie die wij nodig hebben,' antwoordde Ally, 'en hij had zo'n haast om weg te komen toen hij hier onlangs was. Het enige wat we hebben, is een naam en een ring. Nou ja, dan zullen we zonder hem verder moeten.'

'Dus gaan we nu Mary-Kates moeder in Canada opsporen?'

'Moeten we het niet in elk geval proberen? Wat hebben we te verliezen?' zei Ally.

'Niets, denk ik,' beaamde Maia. 'Maar wie sturen we naar Toronto?'

'De zus die er het dichtst bij in de buurt zit is Electra, maar ik zou moeten kijken hoe ver Toronto ligt van New York,' antwoordde Ally.

'Dat ligt niet ver van elkaar,' zei Maia. 'We kunnen Electra vragen of ze een van de komende dagen wil gaan, maar sinds dat Concert voor Afrika van laatst wordt ze overspoeld door verzoeken van de media, dus misschien heeft ze geen tijd. Ik was gisteren in Genève en daar prijkte haar foto op alle kranten.'

'Die weet wel hoe ze de aandacht moet trekken, hè?'

'Maar Ally, ze klinkt echt zo veel beter sinds ze terug is uit die afkickkliniek. Die toespraak tijdens het concert was volgens mij echt niet bedoeld om aandacht te trekken. Ze is serieus bezig met het helpen van anderen, en het is toch geweldig dat ze haar bekendheid gebruikt voor een goed doel? Ze is een inspirerend rolmodel geworden.'

'Ja, natuurlijk is ze dat,' zei Ally geeuwend. 'Vergeef me, ik begin de laatste tijd een kribbige ouwe taart te worden.'

'Dat komt doordat je permanent oververmoeid bent,' zei Maia troostend.

'Yep, dat ben ik,' gaf Ally toe. 'En ik maar denken dat het na een zware zeilcarrière een makkie zou zijn om in je eentje voor een baby te zorgen... Ik kan je vertellen dat dit de zwaarste klus is die ik ooit heb gedaan, vooral door dat "in mijn eentje"-gedeelte.'

'Iedereen zegt dat het na de eerste maanden makkelijker wordt. Bovendien heeft Bear de komende weken een hoop tantes om zich heen die voor hem kunnen zorgen,' zei Maia.

'Dat weet ik, en Ma is ook echt geweldig geweest. Maar soms... Tja...'

'Wat?'

'Als ik in de toekomst kijk, zie ik mezelf als iemand die alleen is,' bekende Ally. 'Ik kan me gewoon niet voorstellen dat ik van iemand net zo veel kan houden als van Theo. Ik weet dat we maar heel kort samen waren, dat zegt iedereen om me heen om me te troosten, maar voor mij voelde het alsof we altijd al samen waren geweest. En...' Ze schudde haar hoofd en de tranen rolden over haar bleke wangen.

'O, lieverd, ik vind het zo erg voor je.' Maia sloeg een arm om haar jongere zusje. 'Het heeft geen zin om te zeggen dat de tijd alle wonden heelt, dat je nog jong bent en dat je toekomst nog voor je ligt, want die toekomst kun je op dit moment niet zien. Maar die is er, dat beloof ik je.'

'Misschien, ja, maar ik voel me zo schuldig. Ik zou juist gelukkig moeten zijn omdat ik Bear heb. Natuurlijk hou ik met hart en ziel van hem, hij is het beste dat me ooit is overkomen, maar... ik mis Theo zo vreselijk. Sorry, sorry... ik huil anders nooit.'

'Dat weet ik, maar het is goed om het er eens uit te laten komen. Je bent zo sterk, of in elk geval staat je trots je niet toe om zwak te zijn, maar iedereen heeft zijn breekpunt.'

'Ik heb gewoon slaap nodig, echte slaap. Zelfs als Ma nachtdienst heeft, word ik nog wakker als ik Bear hoor huilen.'

'Misschien kunnen we regelen dat je een korte vakantie neemt, Ma en ik kunnen best voor Bear zorgen.'

Ally keek haar zus vol afgrijzen aan. 'Wat voor moeder neemt nou "vakantie" van haar baby?'

'Degenen die dat kunnen, zou ik zeggen,' antwoordde Maia nuchter. 'Kijk eens naar vroeger, toen vertrouwden kersverse moeders niet op hun echtgenoot, maar hadden ze een groot aantal familieleden om zich heen op wie ze konden rekenen. Sinds jij naar Noorwegen bent verhuisd heb je dat soort steun totaal niet gehad. Wees niet zo hard voor jezelf, Ally. Ik weet hoe lastig het kan zijn om je thuis te voelen in een nieuw land, en dan heb ik nog het voordeel dat ik in Brazilië de taal spreek.'

'Ik heb mijn best gedaan om Noors te leren, maar het is gewoon heel moeilijk. Er zaten een paar aardige moeders in mijn zwangerschapsklasje die een beetje Engels spraken, maar nadat we zijn bevallen hebben we geen contact meer met elkaar gehad. Zij hebben allemaal hun eigen familie die hen kan helpen, snap je? Ik vraag me zo langzamerhand af of ik er wel goed aan heb gedaan om daarheen te verhuizen. Het zou mooi zijn als ik bij het orkest kon spelen, dan had ik een bezigheid, maar voorlopig zit ik in de rimboe, opgesloten met Bear.' Ze wreef met felle bewegingen over haar ogen. 'O god, wat klink ik zielig.'

'Helemaal niet, en op een besluit kun je altijd terugkomen. Door die paar weken hier op Atlantis, en straks op je geliefde oceaan, vind je misschien de ruimte om na te denken.'

'Ja, maar waar moet ik dán heen? Ik bedoel, ik ben dol op Ma en Claudia, maar ik zou denk ik nooit voorgoed terug willen naar Atlantis.'

'Ik ook niet, maar er zijn veel meer plekken mogelijk, Ally. Je zou kunnen zeggen dat de wereld je oester is.'

'Dus jij vindt dat ik gewoon een speld in de kaart moet steken en naar die plek moet gaan? Zo werkt het niet. Heb je een tissue?'

'Hier.' Maia viste een tissue uit de zak van haar jeans. 'En nu, zei tante Maia, ga jij een dutje doen, en je laat Ma en mij vanavond voor Bear zorgen. Ik heb sowieso een jetlag, dus slapen zit er voor mij voorlopig toch niet in. Ally, ik denk dat je gewoon niet meer helder kunt denken doordat je uitgeput bent. Het is belangrijk dat je wat rust krijgt voordat onze zussen komen.'

'Je hebt gelijk,' zei Ally met een zucht, terwijl ze een haarelastiekje van haar pols haalde en haar krullen vastzette in een knotje boven op haar hoofd. 'Oké, ik neem je aanbod aan. Ik doe vanavond oordopjes in en zal proberen de herrie te negeren.'

'Waarom ga je niet in een van de logeerkamers op Pa's verdieping slapen? Dan word je niet wakker als Bear begint te huilen. Ik ga naar vluchten van New York naar Toronto kijken en daarna bel ik Electra om te zien of ze het geen probleem vindt om daarheen te gaan.'

'Oké, dan ga ik maar even een tukje doen. Mocht je ze nodig hebben, Bears flesjes staan in de koelkast, de luiers liggen op zijn commode en...'

'Ik weet hoe het werkt, Ally,' zei Maia op vriendelijke toon. 'En nu naar boven om wat slaap in te halen.'

Nadat het internet haar had verteld dat Toronto op nog geen twee uur vliegen van Manhattan lag, pakte Maia haar mobieltje en toetste ze Electra's nummer in. Het was nog vroeg in New York, dus ze had niet verwacht dat er werd opgenomen, maar tot haar verrassing hoorde ze de stem van haar zus.

'Maia! Hoe gaat het met je?'

Zelfs hoe ze de telefoon opneemt is veranderd, dacht Maia. Vroeger zou Electra nooit hebben gevraagd hoe het met háár ging.

'Ik heb nog een jetlag van de vlucht hiernaartoe, maar het is heerlijk om op Atlantis te zijn en Ma, Claudia en Ally te zien. En hoe gaat het met jou, mevrouw de wereldberoemde superster?'

'O, mijn god, Maia! Ik had nooit verwacht dat ik zo veel reacties zou krijgen op mijn speech. Het lijkt wel of elke krant en tv-zender ter wereld me wil spreken. Mariam – mijn assistente, weet je nog? – heeft een uitzendkracht moeten inhuren om haar te helpen. Ik word... overstelpt.'

'Dat geloof ik meteen, maar het is allemaal voor een goed doel, toch?'

'Ja, dat is het, en Stella, mijn grootmoeder, was echt geweldig. Ze heeft een groot deel van het werk op zich genomen. Uit wat ze vertelde heb ik begrepen dat we al genoeg donaties binnen hebben om víjf inloophuizen te openen, en honderden liefdadigheidsinstellingen willen me als woordvoerster en dat soort functies in hun bestuur hebben. En het allermooiste is dat UNICEF contact heeft opgenomen om te vragen of ik internationaal ambassadeur voor ze wil worden. Daar was Stella heel trots op, echt fijn.'

'Dat klinkt fantastisch allemaal, Electra! En je hebt het verdiend ook. Je vormt een bron van inspiratie voor mensen die met dezelfde dingen worstelen als jij. Maar zorg er wel voor dat je niet onder de druk bezwijkt, oké?'

'O, maak je geen zorgen, ik stort echt niet in. Dit is geen vervelende druk, maar "prettige druk", als je begrijpt wat ik bedoel. Ik voel me... opgetogen. En Miles is ook geweldig geweest.'

'Is dat niet die man die tegelijk met jou in de kliniek zat?'

'Ja, en, eh... we zijn de afgelopen weken heel close met elkaar geworden. Ik zat er zelfs aan te denken om hem mee te nemen naar Atlantis, als hij daar tenminste tijd voor heeft. Hij is een supergoeie advocaat, dus als ik het met mijn zussen aan de stok krijg, gooi ik hem in de strijd,' zei Electra. Ze grinnikte. Dat verfrissende, natuurlijke geluid had Maia in geen jaren van haar zus gehoord.

'Als íémand in die gekke familie van ons zichzelf kan verdedigen, ben jij het wel, Electra, maar hij is natuurlijk van harte welkom. Volgens mij neemt iedere zus iemand mee, behalve Ally. Haar broer Thom kan niet mee, die is op tournee met het Bergens Filharmonisch Orkest.'

'Nou, ze heeft in elk geval Bear.'

'Dat is zo, maar ze is op het moment een beetje depri.'

'Ja, die indruk kreeg ik ook toen ik haar onlangs aan de lijn had. Maakt niet uit, we zijn er allemaal en kunnen haar een beetje opbeuren en voor haar babysitten. Maar bel je om te vragen hoe het gaat, of met een speciale reden?'

'Allebei, eigenlijk. Heb je het mailtje van Ally aan jou, Tiggy en Star gelezen?'

'Nee, zoals ik al zei, ik word overspoeld. Zelfs Mariam loopt nog achter met haar werk. Waar gaat het over?'

Maia vertelde zo beknopt mogelijk wat er was gebeurd sinds het verrassingsbezoek van Georg op de avond van het Concert voor Afrika.

'Dus we weten nu dat Mary-Kates moeder, die meestal Merry wordt genoemd, naar Toronto is gevlogen. Ze heeft de smaragden ring bij zich, die volgens Georg het bewijs vormt waarmee we de missende zus kunnen identificeren. We moeten eerst het adres van Merry zien te achterhalen, maar als dat lukt, zou jij dan – en ik vind het vervelend het je te vragen nu je het zo druk hebt – een dag willen uittrekken om daarheen te vliegen en haar te ontmoeten? Het is vanaf New York City maar een uur en veertig minuten vliegen naar Toronto, dus...'

'Ja hoor, dat kan wel, Maia. Ik zou het op dit moment zelfs fijn vinden om even de stad uit te kunnen. Dan neem ik Mariam mee, die is heel goed in mensen aan de praat krijgen.'

'Fantastisch, Electra! En nu maar hopen dat we haar logeeradres kunnen achterhalen, daarna hoor je weer van me.'

'Denk je dat dit echt naar onze missende zus kan leiden?'

'Dat weet ik niet, maar Georg leek heel zeker van deze informatie.'

'Wauw, zou het niet geweldig zijn als we haar zover krijgen dat ze meegaat om die krans te werpen? Pa zou daar zo ontzettend blij mee zijn geweest.'

'Ja, dat zou hij zeker zijn, en met jouw hulp lukt dat misschien ook wel. Maar nu hang ik op, want je hebt natuurlijk een drukke dag voor de boeg. Nogmaals gefeliciteerd, zusje. Wat jij hebt gedaan – en wilt doen – is fantastisch.'

'Jeetje, dank je wel, grote zus. Laat het me weten als je dat adres hebt en tot gauw!'

Nadat ze had opgehangen liep Maia naar het paviljoen. Ze ging naar binnen en deed de deur achter zich dicht. Ze had er dit keer voor gekozen om in haar meisjeskamer in het grote huis te slapen, zodat ze in de buurt van Ally was, maar haar oude thuis, waar ze als volwassene zo lang in haar eentje had gewoond, was door Claudia al die tijd schoongehouden en gelucht. En dit was de plek waar ze straks samen met Floriano en Valentina zou verblijven.

Ze ging naar de slaapkamer en opende haar ondergoedla. Ze tastte onderin naar iets, pakte het en staarde ernaar. Ja, het lag er nog. Ze stopte het goed weg in de la en ging op het bed zitten. Ze dacht na over Ally's opmerking over dat ze zich schuldig voelde omdat ze gedeprimeerd was terwijl ze gelukkig zou moeten zijn. Voor een deel gold dat ook voor haarzelf, omdat een langgekoesterde wens in vervulling was gegaan. Tegelijkertijd had dat iets in haar geest teweeggebracht waardoor verdrietige gebeurtenissen uit het verleden onvermijdelijk zouden worden opgerakeld.

Ze dwong zichzelf op te staan en stelde vast dat ze blij was dat ze Floriano nog even niet hoefde te ontmoeten. Dat gaf haar de tijd om haar gedachten en gevoelens op een rijtje te zetten.

'Het heeft geen haast,' fluisterde ze, en ze nam de kamers waarin ze zo lang had gewoond in zich op. Nu ze hier weer terug was, voelde ze tranen in haar ogen prikken. Dit was de plek waar ze zich ooit als een gewond dier voor de buitenwereld had verborgen, iets wat ze nu moest erkennen. Atlantis was zo'n veilig, beschut universum, waar de problemen van alledag zich maar zelden voordeden. En ze wilde dat ze dat gevoel kon terughalen, en dat Pa in de buurt was, want ze was bang...

6

Mary-Kate
Gibbston Valley, Nieuw-Zeeland

De regen striemde tegen de ramen en de wind gierde door het dal. Ik was bezig geweest met de tekst voor een nieuw nummer waaraan ik op mijn keyboard had gewerkt, maar had het uiteindelijk opgegeven. De vorige dag hadden Fletch en ik samen in de woonkamer zitten werken, terwijl buiten een storm raasde. 'We zouden best een vuurtje kunnen gebruiken, *mate*,' had Fletch gezegd. 'De winter is gearriveerd.'

Ik had even moeten slikken, want het eerste vuur van de winter aansteken was iets wat alleen mam deed, maar mam was er niet, evenmin als pap of Jack. Maar op dat moment zei ik tegen mezelf dat ik tweeëntwintig jaar oud en volwassen was. Dus gaf ik Fletch opdracht om een foto te maken, want dit jaarlijkse ritueel werd steevast door pap vastgelegd, zoals andere families dat deden bij verjaardagen of met Kerstmis, en ik stak het eerste vuur van het jaar aan.

Fletch was 's middags teruggegaan naar Dunedin – met een door startkabels op gang gebrachte Sissy – en ik was vastbesloten om de songteksten waaraan ik had gewerkt te verbeteren. Fletch had een geweldige melodie gecomponeerd, maar hij vond mijn tekst 'deprimerend'. Hij had gelijk. Of het nu kwam doordat ik me erg alleen voelde of doordat ik nogal van slag was na het vertrek van CeCe en Chrissie naar Norfolk Island wist ik niet, maar de creativiteit was ver te zoeken.

'Hé, wat vond jij nou van die vrouwen?' had Fletch onder het genot van een fles wijn gevraagd. 'Ze zouden verloren gewaande familie van je kunnen zijn, en ze zijn best cool, om niet te zeggen rijk, als ze een boot in de Middellandse Zee hebben liggen.'

'Ik weet niet wat ik ervan moet denken. Ik loog in elk geval niet toen ik zei dat ik nooit heb overwogen om mijn biologische familie te zoeken. Ik ben een McDougal,' voegde ik er stoer aan toe.

Maar nu ik alleen was met mijn gedachten en in mijn eentje een groot huis vol herinneringen aan pap bewoonde, liet de kwestie van mijn biologische familie me niet los. Gefrustreerd sloeg ik een vals akkoord aan, ondertussen naar de klok kijkend. Het was middernacht, in Toronto was het nu ochtend.

Je moet met haar praten...

Ik onderdrukte mijn zenuwen, pakte de vaste telefoon en draaide mama's mobiele nummer. Ze neemt waarschijnlijk toch niet op, stelde ik mezelf gerust.

De telefoon ging een paar keer over. 'Hallo, schat, ben jij dat?' hoorde ik mama zeggen. Ik hoorde aan haar stem hoe moe ze was.

'Ja, hoi, mam, waar ben je?'

'Ik heb net ingecheckt in het Radisson Hotel hier in Toronto. Alles goed?'

'Ja hoor, prima,' antwoordde ik. 'Eh... heb je mijn voicemailbericht ontvangen, een paar dagen geleden? Over die twee vrouwen, CeCe en Chrissie, die jou wilden ontmoeten?'

'Ja, dat heb ik.' Het bleef even stil. Uiteindelijk vervolgde ze: 'Jammer genoeg was ik al met Bridget naar Sydney vertrokken toen ze op het eiland aankwamen. Wat vond je van ze?'

'Ze waren echt heel lief, mam. Fletch was hier en we hebben ze gevraagd te blijven eten. Ze zijn serieus op zoek naar die "missende zus", zoals ze haar noemden. Dat heb ik in dat bericht uitgelegd...'

'Hebben ze gezegd of ze dat samen met anderen doen?' onderbrak mam me.

'Ja, als je de andere zussen bedoelt die helpen om jou te zoeken. CeCe zei dat er nog vijf waren. Die zijn ook allemaal geadopteerd, net als ik. Eh, mam...'

'Ja, schat?'

Ik deed mijn ogen dicht en haalde diep adem. 'Mam, ik weet dat ik er nooit behoefte aan gehad heb om te weten wie mijn... biologische familie is, maar door de vragen die ze stelden, begon ik me af te vragen of ik toch niet meer over ze zou moeten weten.'

'Natuurlijk, liefje, dat begrijp ik. Voel je alsjeblieft niet bezwaard om zoiets te zeggen.'

'Ik hou meer van jou en Jack dan van wie ook ter wereld, en júllie zijn mijn familie,' zei ik snel. 'Maar ik heb het er met Fletch over gehad, en ik denk dat het goed zou zijn om meer te weten over dit andere deel van mijn leven, dat óók bij me hoort. O, mam, ik wil je echt niet van streek maken...' Mijn stem stokte, en ik wilde op dat moment niets liever dan dat ze bij me was en me in haar armen nam en me troostte, zoals ze altijd deed.

'Het geeft niet, Mary-Kate, echt niet. Hoor eens, zullen we er als ik weer thuis ben een keer rustig voor gaan zitten om erover te praten?'

'Graag, mam, dat zou heel fijn zijn.'

'Die zussen hebben daarna geen contact meer met je opgenomen, hè?'

'Nou, ik heb CeCe nog heel even aan de lijn gehad, maar heus, mam, ze willen echt alleen maar die ring met smaragd zien die ik op mijn eenentwintigste van je kreeg. Ze hebben er een tekening van.'

'Ja, dat zei je al in je bericht. Hebben ze ook gezegd hoe ze aan die tekening komen?'

'Van hun advocaat, kennelijk. Mam, gaat het wel goed met je? Je klinkt... raar.'

'Het gaat uitstekend met me, Mary-Kate, ik ben alleen ongerust over jou. Is Fletch daar nog?'

'Nee, die is vanmiddag vertrokken.'

'Oké, maar is Doug wel in de buurt?'

'Yep. En die lui die aan het snoeien zijn, zitten in het bijgebouw. Ik ben hier zo veilig als wat.'

'Oké, nou, laat geen onbekenden meer binnen, wil je?'

'Dat deden jij en papa wel altijd.'

'Ik weet het, maar je bent daar helemaal alleen, schat. Dat is anders. Weet je zeker dat je niet ook hierheen wilt komen, bij mij in Toronto?'

'Wat heb je ineens, mam? Jij en papa zeiden altijd dat dit de veiligste plek op aarde was. Je maakt me bang!'

'Sorry! Echt, het spijt me. Ik vind de gedachte dat mijn kleine meisje daar helemaal alleen zit gewoon niet prettig. Hou contact met me, wil je?'

'Tuurlijk. O, en nog iets...' Ik haalde even diep adem, want dit móést ik weten. 'Voordat je ophangt... Mag ik vragen of ik plaatselijk geadopteerd ben?'

'Ja, dat verliep via een bureau in Christchurch. Green en nog wat.'

'Oké, dank je, mam. Nou, ik ga naar bed. Ik hou van je.'

'Ik hou ook van jou, lieverd, en pas alsjeblieft goed op jezelf.'

'Doe ik. Dag, mam!'

Ik legde de hoorn op de haak en liet me op de bank neerploffen. Mam had zo raar en gespannen geklonken, ze leek gewoon zichzelf niet. Ze had dan wel gezegd dat ze het geen probleem vond als mijn biologische familie zou opduiken, maar volgens mij had ze daar wel degelijk moeite mee. We zouden erover praten als ze thuiskwam…

'Maar wanneer is dat dan?' vroeg ik hardop aan de lege kamer. Als je rekening hield met hoeveel landen ze wilde bezoeken, kon het nog maanden duren voordat we een echt gesprek hadden, en nu het vuurtje eenmaal was aangestoken, brandde ik van nieuwsgierigheid naar de antwoorden. Ik zou CeCe de volgende dag bellen om te zeggen dat mam in het Radisson Hotel logeerde. Als die ring geïdentificeerd kon worden, zou ik misschien ook geïdentificeerd worden, ook al zou mam dat niet willen.

Ik nam een besluit. Ik stond op en ging achter de computer zitten. Ongeduldig met mijn voet tikkend ging ik naar Google en typte GREEN en ADOPTIEBUREAU CHRISTCHURCH, NIEUW-ZEELAND in de zoekbalk. Ik hield mijn adem in en drukte op enter.

7

Atlantis

'Nooit gedacht dat ik nog eens zoiets zou zeggen, maar slapen is heerlijk,' verklaarde Ally toen ze de volgende ochtend bij Maia in de keuken kwam zitten voor een laat ontbijt. 'Je ziet zo wit als een spook, Maia, zo te zien heb je zelf slecht geslapen.'

'Ja, ik lijk maar niet van die jetlag af te komen.' Maia haalde haar schouders op.

'Dat zou nu toch wel over moeten zijn, je bent hier al vier dagen! Weet je zeker dat het goed met je gaat? Hoe gaat het met je maag?'

'Niet geweldig, maar het komt wel goed.'

'Misschien moet je je eens door dokter Krause in Genève laten onderzoeken.'

'Als ik me de komende dagen niet beter voel, ga ik dat zeker doen. Hoe dan ook, ik ben blij dat jíj goed hebt geslapen, Ally. Je lijkt een heel ander mens.'

'Zo voel ik me ook. Waar is Zijne Majesteit, trouwens?'

'Ma is met hem door de tuin aan het wandelen. Kun je je die obsessie van haar nog herinneren, dat we als kinderen altijd naar buiten moesten?'

'O ja, en wat vond ik het vreselijk als ik met die enorme Silver Cross-kinderwagen eindeloos door de tuin moest wandelen om Electra of Tiggy in slaap te krijgen!'

'Over Tiggy gesproken, ik heb nog niks van haar of Star gehoord naar aanleiding van jouw e-mail over de zevende zus,' zei Maia. 'Jij wel?'

'Nee, maar CeCe zou het aan Star doorgeven, en je weet hoe slecht de verbindingen in Tiggy's omgeving zijn. Misschien heeft ze dat mailtje nog niet eens ontvangen. Ik snap echt niet dat iemand zo afgesneden van de rest van de wereld kan wonen.'

'Dat was jij toch ook in de tijd dat je zeilde?'

'Ja, daar heb je een punt, maar het is maar één of twee keer voorgekomen dat ik langer dan een paar dagen geen enkel contact had. Meestal was er wel een haven in de buurt waar ik mijn sms'jes en mailtjes kon checken.'

'Jij bent echt een mensenmens, hè, Ally?'

'Daar heb ik nooit zo over nagedacht,' peinsde Ally, terwijl ze haar mok met koffie pakte en ging zitten. 'Ik denk het wel.'

'Misschien vind je het leven in Noorwegen daarom zo zwaar. Je kent er nauwelijks mensen en áls je ze al kent, is het lastig communiceren.'

Ally staarde Maia aan en knikte. 'Weet je wat? Je zou weleens gelijk kunnen hebben. Ik ben gewend om met een hoop mensen om me heen te leven. Zoals hier op Atlantis, met mijn zussen, of op de boot, samen met de bemanning opeengepakt in kleine ruimtes. Ik ben niet zo goed in alleen zijn, hè?'

'Nee... En dat terwijl ik juist graag ruimte voor mezelf heb.'

'Maar jij hebt ook totaal andere ervaringen dan ik,' legde Ally uit. 'Ik moest eraan wennen om alleen te leven, maar jij had jaren in je eentje gewoond voordat je met Floriano en Valentina ging samenwonen.'

'Ja, en het was best moeilijk om daaraan te wennen, vooral omdat ons appartement zo klein is en in het centrum van een drukke stad ligt. Daarom geniet ik er ook zo van als ik op de fazenda ben, de boerderij die ik heb geërfd. Daar kan ik mijn hoofd leegmaken en krijg ik rust. Als ik die niet had, zou ik gek worden. We hopen uiteindelijk naar een groter appartement te kunnen verhuizen, als de inkomsten het tenminste toelaten.'

'Over inkomsten gesproken,' zei Ally. 'Ik moet nodig Georg spreken als hij terugkomt, ik ben bijna blut. Ik heb al maandenlang niet gewerkt, dus ik ben afhankelijk van het inkomen uit de trust. Ik heb al mijn spaargeld opgemaakt en Theo's boot verkocht om het huis in Bergen te renoveren, maar dat geld dekte niet alle kosten, dus moest ik Georg om wat extra geld vragen. Het voelt heel raar om hem nu wéér om meer geld te moeten vragen... Eigenlijk ben ik daar te trots voor. Ik heb altijd voor mezelf kunnen zorgen.'

'Dat weet ik, Ally,' merkte Maia meevoelend op.

'Ik heb geen andere keus, of ik moet die ouwe schuur die ik van Theo heb geërfd verkopen, op dat Griekse eiland dat hij altijd "Ergens" noemde. Maar die koopt geen mens zolang ik hem niet heb gerenoveerd, en daar heb ik dus het geld niet voor. Bovendien zou ik die eigenlijk moeten houden voor Bear.'

'Natuurlijk moet je dat.'

'Ik weet niet eens hoeveel geld Pa ons heeft nagelaten, weet jij dat?' vroeg Ally.

'Nee. Die paar dagen nadat Pa was overleden zijn voor mij een waas. Ik kan me ook niet precies herinneren wat Georg over de financiën zei,' bekende Maia. 'Ik denk dat het goed zou zijn om hem na de boottocht naar Delos te vragen ons een keer uit te leggen hoe de trust werkt. Dan wordt ook duidelijk hoeveel geld we hebben en waar we het voor mogen gebruiken.'

'Dat zou goed zijn, ja, maar toch geeft het me een heel naar gevoel dat we om hulp moeten vragen. Pa heeft ons bijgebracht dat we op eigen benen moeten staan,' verzuchtte Ally.

'Maar aan de andere kant, als een ouder... sterft, krijgen de kinderen via het testament een erfenis, en die mogen ze vrij besteden,' zei Maia. 'We moeten ons wel realiseren dat wíj nu over het vermogen beschikken, al vinden we het lastig om te beseffen dat Georg voor óns werkt, niet andersom. Het is ons geld, en we moeten vooral niet huiverig zijn om ernaar te vragen. Niet Georg, maar Pa is ons moreel kompas, begrijp je? En Pa heeft ons geleerd om geen misbruik te maken van wat het lot ons heeft toebedeeld. In je eentje een kind op moeten voeden omdat je partner is overleden, lijkt me een van de meest verantwoorde redenen om financiële steun aan te vragen, Ally. Als Pa nog zou leven, zou hij er net zo over denken.'

'Je hebt gelijk. Dank je, Maia.' Ally stak haar hand uit naar haar zus. 'Ik heb je heel erg gemist, weet je dat? Jij creëert altijd rust, doordat je zo verstandig redeneert. Ik zou willen dat je niet zo ver weg woonde.'

'Ik hoop dat jij en Bear snel bij ons op bezoek komen in Brazilië. Het is een prachtig land, en...'

De telefoon ging, en Ally sprong overeind om op te nemen.

'Allô, met Ally D'Aplièse. Met wie? O, hallo, Mary-Kate,' zei ze, en ze gebaarde naar Maia om mee te luisteren. 'Heel fijn om je te spreken. CeCe heeft me alles verteld over jullie ontmoeting in Nieuw-Zeeland. Ik heb Maia, onze oudste zus, hier ook bij me.'

'Hoi, Mary-Kate,' zei Maia.

'Hoi, Maia,' klonk de vriendelijke stem van Mary-Kate. 'Het is ook fijn om jullie te spreken. CeCe heeft dit nummer achtergelaten en omdat ik haar niet kan bereiken, hoop ik dat het oké is dat ik jullie bel.'

'Natuurlijk is dat oké,' zei Ally, die het gesprek weer overnam.

'Ik weet dat CeCe en haar vriendin Chrissie te weten proberen te komen in welk hotel in Toronto mijn moeder logeert. Ik heb haar gisteravond gesproken, en ze zei dat ze in het Radisson Hotel zit. Ik heb de gegevens.' Ally en Maia hoorden de lichte opwinding in haar stem. 'Zal ik die aan jullie of aan CeCe geven?'

'Aan ons, alsjeblieft,' zei Ally, 'brand maar los.' Ze greep een pen en krabbelde de gegevens op een blocnote. 'Bedankt, Mary-Kate, echt heel fijn.'

'En wat gaan jullie nu doen? Vliegen jullie daarheen om haar te ontmoeten?'

'We hebben een zus die in Manhattan woont. Het is daarvandaan maar een klein stukje vliegen, en ze heeft gezegd dat zij wel wil gaan.'

'Wauw, klinkt interessant, jullie familie. Een beetje apart, maar wel interessant,' zei Mary-Kate grinnikend. 'Oeps! Ik wilde niet bot zijn of zo...'

'O, geeft niks, dat zijn we gewend,' zei Ally. 'Als duidelijk is dat jouw ring, die je moeder nu bij zich heeft, inderdaad de ring is waar het om gaat, zou het fantastisch zijn als je later deze maand hierheen zou kunnen komen. Dan zou je meekunnen op de boottocht die we hebben gepland om onze vader te herdenken. Maar dat heeft CeCe vast al verteld.'

'Heel aardig van jullie, maar dat kan ik denk ik niet betalen.'

'O, alle reiskosten worden gedekt door onze trust,' zei Ally snel.

'Oké, dank je. Ik zal erover nadenken. In elk geval ben ik benieuwd of het jullie zus lukt om mijn moeder te spreken te krijgen en naar die ring te vragen. Want... nou ja, volgens mij was mam er niet zo blij mee dat CeCe en Chrissie ineens voor de deur stonden. En ik heb haar nog niet eens verteld dat een andere zus haar misschien in Toronto komt opzoeken. Ik denk dat ze zich sinds papa is overleden een beetje kwetsbaar voelt.'

'Dat begrijp ik helemaal, Mary-Kate. We kunnen het altijd laten rusten, als je dat liever hebt,' antwoordde Maia diplomatiek.

'Ik wil niet dat ze daardoor van streek raakt, maar ik zou echt graag willen weten of ik de zus ben die jullie zoeken. Vinden jullie dat gemeen klinken?'

'Nee, helemaal niet. Ik denk dat het voor een adoptiemoeder altijd moeilijk is om mensen te ontmoeten die misschien op een of andere manier verwant zijn aan haar kind, zeker als die uit het niets opduiken. Dat is onze schuld, Mary-Kate. We hadden je beter eerst een brief kunnen sturen, maar we waren allemaal zó opgewonden dat we misschien onze zus hadden gevonden dat we daar niet aan gedacht hebben.'

'Nou, ik ben blij dat CeCe en Chrissie hier zijn geweest, maar...'

'We zullen Electra vragen behoedzaam te handelen, dat beloof ik je.'

'Electra... dus dat is de zesde zus?'

'Ja, inderdaad,' bevestigde Ally, enigszins verbaasd. 'Je bent aardig op de hoogte van de mythologie.'

'O ja. Ik heb CeCe verteld dat mam klassieke talen heeft gestudeerd en behoorlijk geobsedeerd was door al die Griekse mythen. En de naam Electra komt niet veel voor, hè? Ik ken maar één Electra en dat is dat supermodel. Ik zag een paar dagen geleden haar toespraak op tv. Dat is toch niet jullie zus?'

'Nou, eigenlijk wel.'

'Shit! Ik bedoel... echt waar? Ze is... nou ja, ze is eigenlijk een van mijn idolen, altijd al geweest. Ze is zo mooi en elegant en door die speech zag je duidelijk hoe intelligent en empathisch ze is. Ik denk dat ik ter plekke zou flauwvallen als ik haar zou ontmoeten!'

'Maak je geen zorgen, wij vangen je wel op,' zei Ally, met een glimlach naar Maia. 'Tot gauw.'

'Oké, en als je Electra spreekt, wil je dan zeggen dat ik haar geweldig vind?'

'Zal ik doen, en nog even over wat je net zei, ik denk dat we je moeder moeten waarschuwen dat Electra morgen komt. Als je wilt laat ik een boodschap achter bij de receptie dat ze morgen misschien komt.'

'Oké, ja, goed idee. Dank je wel, tot snel.'

'Dag, Mary-Kate, en bedankt voor het bellen.'

Maia en Ally hingen op en bleven elkaar een tijdje aanstaren voordat ze weer aan tafel gingen zitten.

'Wat klinkt ze lief. En zo jong,' zei Maia.

'Weet je, ik vond haar zo... normáál klinken,' merkte Ally op.

'Bedoel je dat wij dat niet zijn?' vroeg Maia met een glimlach.

'Ik bedoel dat wij een stel vrouwen met sterk uiteenlopende karakters zijn, net als de meeste zussen trouwens. En bovendien, wat is "normaal"?'

'Ik voel me wel schuldig tegenover haar moeder,' verzuchtte Maia. 'Het moet in zo'n situatie een behoorlijke schok zijn als er plotseling vanuit een ander, nogal onconventioneel gezin contact wordt opgenomen met jouw geadopteerde dochter. Normaal gesproken gebeurt zoiets via de officiële kanalen.'

'Je hebt gelijk, we hadden beter moeten nadenken,' beaamde Ally. 'Bij ons lag dat anders, Pa moedigde ons juist aan om onze biologische familie te gaan zoeken.'

'Het bevestigt weer eens hoe fantastisch Ma is geweest toen wij onze familie hadden gevonden,' zei Maia. 'Ze heeft van ons allemaal gehouden als een moeder. Ik hou echt vreselijk veel van haar, ze ís ook mijn moeder.'

'En de mijne,' zei Ally. 'En een fantastische oma voor Bear.'

'Maar wat denk je, zou Mary-Kate echt de missende zus zijn?'

'Wie weet? Maar als ze dat is, hoe kan Pa haar dan zijn kwijtgeraakt?'

'Ik heb absoluut géén idee, en ik heb een hekel aan dit soort gesprekken,' zei Maia met een zucht.

'Weet je nog dat we, toen we klein waren, heel wat afbabbelden over waarom Pa ons had geadopteerd, en hoe dat zat met zijn obsessie met de Zeven Zusters?'

'Natuurlijk weet ik dat nog,' zei Ally.

'In die tijd konden we nog gewoon naar beneden lopen, naar Pa's studeerkamer, om het hem te vragen, maar we hadden geen van allen het lef om dat te doen. Nu hij er niet meer is, kan dat niet meer. Was ik destijds maar dapper genoeg geweest, want nu zullen we het nooit weten,' zei Maia, mismoedig haar hoofd schuddend.

'Waarschijnlijk niet, hoewel ik vermoed dat Georg veel meer weet dan hij ooit zal zeggen.'

'Dat is zo, maar hij zal door een of andere advocateneed verplicht zijn om de geheimen van zijn cliënten te respecteren.'

'Nou, Pa heeft geheimen genoeg,' zei Ally. 'Wist jij bijvoorbeeld dat hier in huis een lift is?'

'Wat?' vroeg Maia stomverbaasd.

‘Hij zit verstopt achter een paneel in de gang naar de keuken,’ zei Ally, en ze ging zachter praten. ‘Tiggy heeft hem ontdekt terwijl ze hier logeerde, toen ze van het voorjaar zo ziek was. Ma had haar kennelijk verteld dat Pa hem kort voor zijn dood had laten installeren. Hij had moeite met traplopen, maar hield dat geheim, omdat hij niet wilde dat we ons zorgen zouden maken.’

‘Ah, op zo’n manier,’ zei Maia langzaam. ‘Maar zo verdacht is dat toch niet, Ally?’

‘Nee, maar wat wél verdacht is, is dat die lift naar een verborgen wijnkelder gaat waar niemand ons ooit iets over heeft verteld!’ zei Ally.

‘Daar is vast wel een verklaring voor.’

‘Toen Electra hier een paar maanden geleden was, heeft Ma ons allebei meegenomen naar beneden. En Electra bevestigde Tiggy’s ontdekking toen ze stiekem naar de kelder ging terwijl Ma en Claudia sliepen. Achter een van de wijnrekken zit een deur.’

‘En wat zit er achter die deur?’

‘Dat weet ik niet,’ verzuchtte Ally. ‘Ik ben er zelf een keer heen geslopen, toen ik ’s nachts wakker was door Bear. De sleutel van de lift hangt aan het sleutelrek in de keuken. Ik heb de deur wel gezien, maar ik kreeg geen beweging in het wijnrek dat ervoor stond.’

‘Nou, als we hier straks allemaal zijn, moeten we maar een keer gaan kijken. Misschien weet Georg waar die deur op uitkomt en waar hij naartoe gaat. Maar om terug te komen op onze zevende zus, laten we Electra bellen nu we weten waar Mary-Kates moeder logeert,’ zei Maia. Ze keek op haar horloge. ‘Het is in New York nu een uur of zes, dat is misschien nog te vroeg.’

Dit keer nam Electra niet op, dus liet Maia een boodschap achter dat ze zo snel mogelijk moest terugbellen. Even later kwam Ma binnen met Bear. Ally gaf Bear borstvoeding en bleef in de keuken op Electra’s telefoontje zitten wachten.

‘Jullie kunnen wel naar boven gaan, als je wilt,’ merkte Ma op, toen Claudia aan de voorbereidingen voor de lunch begon. ‘Ik hou de telefoon wel in de gaten.’

‘Als Electra niet snel terugbelt, ga ik denk ik zelf maar bellen,’ zei Ally, terwijl Maia zich excuseerde en naar de wc ging. ‘Kan ik Bear bij jou achterlaten? Ik denk erover om er na de lunch met de Laser op uit te gaan.’

‘Natuurlijk, je weet dat ik met veel plezier op hem pas, Ally, en een paar uurtjes zeilen zal je beslist goeddoen. Misschien kan Maia met je meegaan,' zei Ma. Ze hield in afwachting van Maia's terugkomst haar blik op de keukendeur gericht. 'Onder ons gezegd, ik vind haar er niet goed uitzien. Een beetje frisse lucht zal haar misschien ook goeddoen.'

'Misschien,' antwoordde Ally. 'Ik heb al gezegd dat ze naar een dokter moet gaan als ze zich over een paar dagen niet beter voelt.'

'Ik hoop maar dat ze beter is tegen de tijd dat je zussen arriveren. Het moet een mooie viering worden,' zei Ma, met een hoopvolle flonkering in haar blik.

'Dat hoop ik ook, Ma. Het moet voor jou heel spannend zijn om al je meisjes weer bij elkaar te hebben.'

'O, dat is het zeker, maar met al die mensen die meekomen moet ik wel goed nadenken waar ik ze allemaal onderbreng. Denk je dat de stellen het bezwaarlijk vinden om de kleine bedden op jullie zolderverdieping te delen, of zal ik ze de tweepersoonskamers op je vaders verdieping geven?'

Terwijl Ally en Ma dit bespraken, kwam Maia weer binnen.

'Is er al nieuws?' vroeg ze.

'Nog niet, maar ik weet zeker dat Electra ons onmiddellijk belt zodra ze de boodschap heeft ontvangen. Ik ga een rondje over het meer maken met de Laser en Ma vroeg zich af of je zin had om mee te gaan.'

'Nee, dank je, vandaag niet, ik weet niet of mijn maag al genoeg tot rust is gekomen.'

'Ik heb soep,' kondigde Claudia aan vanaf haar plek bij het fornuis. 'Gaan jullie binnen of buiten eten?'

'Buiten maar, vind je niet, Maia?' vroeg Ally.

'Eh... ik heb geen trek, ik heb laat ontbeten. Ik denk dat ik maar even boven ga liggen. Ik zie jullie straks.'

Toen Maia de keuken verliet, wisselden Ma en Ally een blik van verstandhouding.

Ally had Bear weer in zijn kinderwagen gelegd en in de schaduw van de grote eik gezet, op hetzelfde plekje waar Ma hen als baby ook altijd had neergezet voor hun middagslaapje. Ze wilde net aan haar soep beginnen toen de telefoon ging. Ze rende naar binnen, maar Claudia had al opgenomen.

'Is dat Electra?'

'Nee, het is Star.' Claudia reikte de hoorn aan en ging verder met de afwas.

'Hallo, Star! Hoe gaat het met je?'

'O, goed, hoor, dank je, Ally.'

'En met Mouse? En Rory?'

'Ook prima. Sorry dat ik nog niet op je e-mail heb gereageerd, maar we zijn in de boekwinkel bezig met inventariseren en het is hier een chaos. En ik wilde je eigenlijk sowieso liever bellen dan mailen. Het voelt alsof we elkaar al eeuwen niet hebben gesproken.

'Dat ís ook zo,' zei Ally glimlachend, 'maar dat geeft niet. Dus je hebt mijn mailtje ontvangen?'

'Ja, en CeCe heeft me bijgepraat, we zien elkaar een dezer dagen in Londen. Vind je het niet geweldig? Ik bedoel, dat Georg de zevende zus net voordat we die krans gaan uitwerpen heeft gevonden. Is er nog meer nieuws?'

Ally vertelde dat Electra hopelijk de volgende dag naar Toronto zou gaan.

'Nou, als ik hiervandaan iets kan doen, laat het maar weten. Vind je het goed dat ik dit aan Orlando, de broer van Mouse, vertel? Hij is een prima speurneus. Komt natuurlijk door die verhalen van Conan Doyle die hij leest,' zei ze grinnikend.

'Ik zie niet in waarom niet. Weet je al wanneer je naar Atlantis komt?'

'Zoals ik al zei, ik zie CeCe en Chrissie in Londen, maar ik kan niet samen met hen naar Genève vliegen. Mouse is druk met de restauratie van High Weald en ik wil Rory niet te lang met hem alleen laten, want Mouse kennende krijgt hij dan alleen chips en chocolade te eten. Rory's schooljaar eindigt op de dag voordat we vertrekken voor de boottocht, dus dan vlieg ik samen met hem én hopelijk ook met Mouse jullie kant op.'

'Laat het ons maar weten, want zo ver weg is het niet meer, hè?'

'Nee, en ik heb zoveel zin om iedereen weer te zien! Goh, Ally, voor mijn gevoel is er zoveel gebeurd het afgelopen jaar. En ik kan niet wachten om Bear eindelijk te zien. Hou je me op de hoogte? Ik moet nu echt ophangen, ik heb beloofd achtenveertig muffins en een citroenglazuurtaart te bakken voor het schoolfeest van Rory morgen.'

'Geen probleem, Star. Je hoort van ons. Doei.'

Ally ging weer naar buiten. Ze probeerde niet jaloers te zijn op haar zussen, die zo'n vol en druk bestaan hadden en zo gelukkig klonken. Ik moet echt dat rondje gaan zeilen, dacht ze.

Eenmaal op het water zwiepte de warme juniwind de krullen rond haar gezicht. Ze ademde haar longen vol zuivere lucht en ademde langzaam uit. Het voelde alsof er letterlijk een gewicht van haar schouders, of liever gezegd uit haar armen, was genomen. Ze draaide zich om en keek naar het silhouet van Atlantis, zijn lichtroze torentjes uitpiepend boven de rij sparrenbomen die Atlantis tegen nieuwsgierige blikken moest beschermen.

Ally moest scherp laveren om de andere zeilers, paragliders en vakantiegangers te ontwijken die op die prachtige zomerdag het meer bevolkten. Ze stuurde de Laser een inham in en ging achteroverliggen, genietend van de zon op haar gezicht. Ze moest eraan denken hoe ze minder dan een jaar geleden nog in Theo's armen had gelegen en nog nooit zo gelukkig was geweest.

'Ik mis je zo ontzettend, liefste,' fluisterde ze naar de hemel. 'Zeg me alsjeblieft hoe ik verder moet, want ik weet niet eens meer waar mijn thuis is.'

'Hallo,' begroette Maia haar zus toen Ally een paar uur later de keuken binnenkwam. 'Zo te zien heb je al een portie zon gehad. Heb je ervan genoten?'

'Het was verrukkelijk, dank je. Ik was vergeten hoe heerlijk ik het vind,' zei Ally met een glimlach. 'Alles goed met Bear?'

'Ma wil hem net in bad doen, en het gaat prima met hem.'

'Mooi, dan kan ik nog even naar boven om te douchen. Hoe gaat het nu, Maia, voel je je al wat beter?'

'Ja hoor, prima. O, voordat je naar boven gaat, toen jij weg was heeft Electra gebeld. Ik heb haar de naam van het hotel in Toronto gegeven. Mariam heeft het privéjetbedrijf gebeld, dus dat zal moeten wachten tot morgen.'

'Oké, perfect. Tot zo,' zei Ally en ze liep de keuken uit.

Nadat Maia Merry's hotel had gebeld en van de receptionist te horen kreeg dat ze daar nog steeds logeerde, belde ze Mariams nummer.

'Hallo, spreek ik met Mariam? Met Maia.'

'Hoi, Maia, alles oké?'

'Alles goed. Ik zou alleen even willen doorgeven dat Mary McDougal nog zeker een paar nachten in het hotel logeert. Ze was niet aanwezig, maar ik heb een boodschap achtergelaten dat Electra contact opneemt om een afspraak te maken. Ik heb trouwens Electra's naam niet genoemd, voor het geval dat een hoop gedoe veroorzaakt.'

'Dank je. Dan zal ík haar wel bellen. Je zus heeft het waanzinnig druk, iedereen wil haar spreken,' zei Mariam, met haar zachte, strelende stem. 'Miles en ik vinden het heel belangrijk dat ze zichzelf ontziet, want ze is nog niet zo lang terug uit de kliniek.'

'Helemaal mee eens. Ik heb het ook al tegen haar gezegd, maar Electra denkt daar vast anders over.'

'Eigenlijk is ze er heel rustig onder. Ze wil zelf ook niet terug naar die zwarte periode. We hebben besloten een paar betrouwbare journalisten en een van de belangrijkste talkshows te selecteren voor een interview, zodat het goede doel wel voldoende aandacht krijgt, maar Electra niet overbelast raakt.'

'Ik ben zo dankbaar dat ze jou heeft, Mariam. Dank je wel dat je er voor haar bent.'

'Geen enkel probleem, Maia. Afgezien van het feit dat het mijn werk is om voor haar te zorgen, hou ik ook echt van haar. Ze is zo sterk, en ik denk dat ze grootse dingen gaat doen. Maar wat is de volledige naam van de dame die we gaan ontmoeten?'

'Mrs. Mary McDougal, ook bekend als "Merry".'

'Mooi,' zei Mariam. 'Dan bel ik meteen het hotel en probeer ik Merry aan de lijn te krijgen en een tijd en plaats af te spreken, oké? Het is volgens mij het handigst om in het hotel af te spreken, dat ligt vlak bij vliegveld Billy Bishop. Heb je haar kamernummer?'

'Ik ben bang van niet, en ik weet ook niet of hotels tegenwoordig dat soort informatie geven. Je zult moeten vragen of je kan worden doorverbonden met haar kamer.'

'Vind je het goed als ik mijn naam gebruik in plaats van die van Electra? Zoals je zelf al zei, het laatste wat we willen is dat iemand ontdekt dat ze daar is. Ze heeft zich sinds het concert nog niet in het openbaar vertoond. We hebben besloten dat ze in vermomming gaat.'

'Wat is het toch heerlijk om wereldberoemd te zijn!' zei Maia grinnikend.

'Wat zeg ik als die Mary vraagt waar de ontmoeting over gaat?' vroeg Mariam.

'Misschien gewoon dat je namens de zus van CeCe D'Aplièse belt, dat CeCe Mary-Kate op de wijngaard heeft ontmoet, en dat je graag een ontmoeting in het hotel met haar wilt regelen,' stelde Maia voor.

'Oké, dan ga ik de privéjet bevestigen, proberen contact met haar te krijgen en dan bel ik je weer. Dag, Maia.'

'Dag, Mariam.'

Claudia kwam de keuken binnen, gevolgd door Ma en een heerlijk ruikende Bear, fris en schoon in een rompertje.

'O, geef mij dat ventje eens, dan kan zijn tante hem even lekker knuffelen,' zei Maia.

'Natuurlijk,' zei Ma, en ze overhandigde haar de wriemelende Bear. 'Toen jullie nog klein waren, was het baduurtje mijn favoriete moment van de dag.'

'Waarschijnlijk omdat het dan bijna bedtijd was,' zei Maia. 'Maar serieus, Ma, als ik terugkijk, snap ik niet hoe je het allemaal voor elkaar kreeg.'

'Ik ook niet, maar het lukte,' antwoordde Ma schouderophalend, terwijl ze een glas water voor zichzelf inschonk. 'Maar vergeet niet dat jullie, naarmate jullie groter werden, steeds meer elkaar konden bezighouden. Gaat Electra morgen nog naar Toronto?'

'Ja, maar ik heb geen idee hoe dat zal verlopen,' antwoordde Maia. 'Afgezien van Georgs overtuiging dat Mary McDougal onze zus is, en de smaragden ring, hebben we geen informatie waarmee we verder kunnen. En toen ik Mary-Kate sprak, was ze bezorgd dat haar adoptiemoeder van streek was nu we plotseling in het leven van haar dochter waren verschenen.'

'Dat kan ik me voorstellen,' zei Maia. 'Maar het is aan Mary-Kate om te besluiten of ze meer wil weten, en zo te horen wil ze dat ook.'

'Inderdaad. Waarom denk je trouwens dat Georg zo zeker is van zijn zaak?'

'Ik weet niet meer dan jij, Maia. Ik kan alleen maar zeggen dat Georg in al die jaren dat ik hem ken na geen enkel ander onderzoek werkelijk geloofde dat het om de zevende zus ging. Hij moet er dus van overtuigd zijn dat Mary-Kate dat wel is.'

'Heeft Pa ooit met jou over de zevende zus gesproken, Ma?'

'Een enkele keer. Hij keek altijd erg verdrietig als we het erover hadden dat hij haar niet kon vinden.'

'En met jou, Claudia?' vroeg Maia.

'Met mij?' Claudia keek op van de groente die ze voor het avondeten aan het snijden was. 'O, ik weet niks. Ik heb niks met roddelpraat,' voegde ze eraan toe. Ma en Maia wisselden een glimlach uit, want als er iets was waar Claudia dol op was, was het wel op sensatieblaadjes. Ze had er een hele stapel van, die ze snel wegmoffelde onder een map met recepten als iemand de keuken binnenkwam.

Maia's mobieltje ging weer, en Maia gaf Bear terug aan Ma.

'Hoi, Maia, weer met Mariam. Mary McDougal was niet op haar kamer, maar ik heb een boodschap bij de conciërge achtergelaten dat we van plan zijn morgen te komen. Ik heb één uur 's middags voorgesteld, in de lobby. Ik heb mijn mobiele nummer achtergelaten, dus hopelijk belt ze terug. Gaan we alsnog als ze dat niet doet?' vroeg Mariam.

'Ik... ik weet het niet, eerlijk gezegd. Stel dat de ontmoeting niet doorgaat, dan is de hele reis voor niets geweest.'

'Ik ben vóór,' hoorde Maia een stem op de achtergrond zeggen.

'Momentje, Maia, ik geef je Electra.'

'Hallo, daar,' zei Electra. 'Ik vind dat we moeten gaan, ook al horen we niets van Mary. Ik bedoel, CeCe en Chrissie zijn ook onaangekondigd opgedoken, en moet je zien wat ze allemaal aan informatie hebben verzameld. Bovendien weten we dat ze in het hotel logeert, dus als ze er niet is, vragen we de conciërge ons te waarschuwen als ze terug is. Dan wachten we gewoon in de lobby tot ze komt. Maar vertel eens hoe ze eruitziet.'

'Uit de foto die CeCe heeft gezien, maakte ze op dat het een mooie, kleine blonde vrouw van rond de zestig is, maar ze schijnt eruit te zien als een vrouw van veertig. Ze leek kennelijk op Grace Kelly, die actrice. Weet je zeker dat je dit wilt doen?'

'Hé, maak je niet dik, je vliegt binnen één dag heen en terug. Normaal gesproken zit ik twee keer per week in een vliegtuig naar Joost mag weten waar. Ik hou je op de hoogte. Ik vind dat we het Pa op zijn minst verschuldigd zijn om te proberen de zus die we nooit gekend hebben op te sporen, vind je ook niet?'

'Ja, Electra, dat zijn we hem inderdaad verschuldigd,' antwoordde Maia.

8

Electra
Toronto, Canada

De Cessna-zeszitter won hoogte op zijn vlucht noordwaarts vanuit New York. Electra staarde uit het raampje en bedacht hoe ze in 'vroeger dagen' zou popelen om naar de welvoorziene bar te gaan voor een grote wodka-tonic. Die drang en de gewoonte om dat te doen waren nog sterk aanwezig, maar ze had aanvaard dat ze die waarschijnlijk nooit zou kwijtraken en dat ze elke dag haar best zou moeten doen om er niet voor te zwichten.

'Kun je even een cola voor me pakken?' vroeg ze aan Mariam, die dichter bij de bar zat.

'Natuurlijk.' Mariam maakte haar gordel los en opende het koelkastje.

'En pak ook wat pretzels voor me, wil je? Jeetje, sinds ik van de drank af ben, heb ik voortdurend trek in junkfood,' verzuchtte Electra. 'Het is maar goed dat ik een nieuwe carrière tegemoet ga, want ik word veel te dik om over de catwalk te slingeren.'

'Electra, zo te zien ben je nog geen grammetje aangekomen. Volgens mij heb jij een uitstekende stofwisseling. Anders dan ik,' zei Mariam, die ging zitten en schouderophalend naar haar buik wees.

'Misschien maakt de liefde een mens hongerig,' zei Electra, terwijl ze het blikje cola opentrok. 'Gaat het goed tussen jou en Tommy?'

'Volgens mij wel, ja. Hij is zo blij dat hij in een officiële functie voor jou kan werken, en hij is zo knap in zijn nieuwe outfit.' Een lichte blos verspreidde zich over Mariams wangen terwijl ze van haar water nipte.

'Tommy is een geweldige vent en door die militaire achtergrond bovendien prima geschikt voor dit werk. Ik had hem vandaag eigenlijk moeten meenemen, maar het is maar zo'n klein eindje vliegen, en in deze vermomming herkent niemand me. Dan wordt het net als die avond dat we samen uit eten gingen in Parijs. Zonder de drank en de drugs mijnerzijds, uiteraard,' zei Electra grinnikend. 'Heb je je familie al over Tommy verteld?'

'Nee, we doen voorlopig rustig aan. We hebben ook geen haast, hè? Ik ben gewoon blij dat ik zodra het maar even kan bij hem kan zijn.'

'Maar ik zou zo graag willen dat je gaat trouwen, en jullie krijgen natuurlijk schattige kinderen,' zei Electra. 'Miles en ik hadden het gisteravond over namen voor baby's. Die man heeft echt een vreselijke smaak, elke jongensnaam die hij voorstelde was gebaseerd op een van zijn favoriete basketbalspelers!'

'Miles is een goed mens, Electra, en zo beschermend naar jou toe. Laat hem niet zomaar gaan, beloof je me dat?'

'Dat zal ik zeker niet doen, zolang hij mij ook niet laat gaan. Ik erger me er soms nogal aan dat hij advocaat is, omdat hij altijd zo logisch redeneert, maar eigenlijk heeft hij altijd gelijk. En hij is zo trots, weet je? Hij verdient maar een grijpstuiver, want hij doet veel pro Deo. Je zou zijn appartement in Harlem moeten zien, dat ligt boven een bodega en is half zo groot als mijn kledingkast! Ik heb voorgesteld samen iets te kopen, dat lijkt me fijn, dan hebben we meer ruimte. Maar daar wil hij niks van weten.'

'Ik begrijp wel dat hij er als man niets voor voelt om onderhouden te worden,' antwoordde Mariam.

'Maar waarom is het voor vrouwen wél oké om "onderhouden" te worden? Waarom is dat anders?' vroeg Electra.

'Zo zijn sommige mannen nu eenmaal,' antwoordde Mariam schouderophalend. 'Eerlijk gezegd vind ik het juist goed dat Miles niet van jouw rijkdom wil profiteren. Heel veel mannen zouden dat wel doen.'

'Ja, ik weet het, maar ík zou wél willen profiteren van mijn rijkdom en een echt leuk huis of appartement in Manhattan kopen dat als mijn thuis voelt. Ik weet dat ik de ranch in Arizona heb, maar het duurt nog wel even voordat ik daar in kan trekken, en het is zo ver weg dat ik er niet permanent zou willen wonen. Ik moet een basis in de stad hebben. Ik denk er de laatste tijd steeds vaker over na hoe belangrijk je thuis is.'

'Misschien omdat je er binnenkort naartoe gaat. Verheug je je erop naar Atlantis te gaan en al je zussen weer te zien?'

'Goeie vraag.' Het bleef even stil. 'Het antwoord is: ik weet het niet. Al mijn zussen vinden me lastig, en dat bén ik ook, dat weet ik, maar zo zit ik nu eenmaal in elkaar. Ik ben dan wel van de drank en drugs af, maar je kunt niet verwachten dat er na een nachtje slapen vleugeltjes op mijn rug zullen groeien. Een engel zal ik niet worden.'

'Mocht het een troost zijn: sinds je nuchter bent, ben je een totaal ander persoon geworden.'

'Je hebt me nooit in het gezelschap van mijn zussen meegemaakt,' zei Electra met een opgetrokken wenkbrauw. 'Vooral als ik bij CeCe ben. We weten elkaar altijd op de zenuwen te werken.'

'Zoals je weet kom ik ook uit een groot gezin en ik kan je verzekeren dat er altijd wel één broer of zus is met wie de anderen in de clinch liggen. Ik bedoel, ik hou van Shez, mijn jongere zusje, maar die is zo betuttelend, puur omdat zij rechten heeft gestudeerd en ik direct na mijn opleiding ben gaan werken.'

'Ja, precies,' knikte Electra. 'En hoe ga je daarmee om?'

'Ik probeer te begrijpen dat er altijd concurrentie tussen ons is geweest. Ik wil altijd beter zijn dan zij, ik kan dat gewoon niet tegenhouden. Maar als ik accepteer waaróm ik dat wil, kan ik ermee omgaan.'

'Misschien is er ook wel een concurrentiestrijd tussen CeCe en mij, maar op een andere manier dan tussen jou en Shez. Ik bedoel, zij kan harder schreeuwen dan ik, maar ik heb de beste driftbuien,' zei Electra grinnikend.

'Je weet maar nooit, jullie zijn het afgelopen jaar allebei veranderd. Uit wat je vertelde over CeCe krijg ik de indruk dat ze nu veel gelukkiger is. Volgens mij is de oorzaak van heel veel ruzies tussen broers en zussen dat ze onzeker zijn en bang zijn dat de ander wordt voorgetrokken. Vervolgens gaan we ons eigen leven leiden, los van onze familie, we bouwen een eigen carrière op, en we zijn misschien samen met iemand om wie we geven en die van ons is, iemand die we niet met onze broers en zussen hoeven te delen, en daardoor voelen we ons sterker en zelfverzekerder.'

'Zal ik jou eens wat zeggen, Mariam? Het is doodzonde dat je personal assistent bent. Je zou therapeut moeten worden. Ik heb in de afgelopen maanden meer van jou geleerd dan van al die therapeuten aan wie ik bakken geld heb uitgegeven.'

'Nou, bedankt voor het compliment.' Mariam glimlachte. 'Maar vergeet niet dat je mij óók betaalt. En over werk gesproken, kunnen we je interviewschema voor de komende dagen even doornemen?'

'Ik ben in geen jaren in Toronto geweest,' zei Electra toen ze uitstapten en haastig in een op de landingsbaan wachtende limo werden geduwd.

'Ik ben er nog nooit geweest,' zei Mariam, 'maar ik heb gehoord dat het een mooie stad is. Ik heb er gisteravond iets over gelezen, en het schijnt dat we straks een veerboot nemen die in negentig seconden Lake Ontario overvaart. Ze denken erover een ondergrondse tunnel te bouwen, zodat passagiers naar het vasteland kunnen lopen.'

'Je bent een onuitputtelijke bron van informatie, Mariam,' zei Electra. 'Terugkijkend vind ik het jammer dat ik me nooit heb verdiept in de plaatsen waar ik voor fotoshoots moest zijn. Al die steden vloeien in mijn hoofd in elkaar over, en die gouden stranden zijn overal hetzelfde, weet je wel?'

'Niet echt, maar ik begrijp wat je bedoelt. Kijk, daar is de veerboot.' Mariam wees naar de smalle strook water die hen van het Canadese vasteland scheidde.

'Je hebt toch wel mijn vermomming bij je, hè?'

'Heb ik.' Mariam knikte en begon te spitten in haar tas, die Electra steeds meer deed denken aan de tas van Mary Poppins; wat Mariam ook nodig had, het zat in haar tas.

'Zal ik je even helpen met omkleden?' vroeg Mariam, terwijl de limo de veerboot op reed en tot stilstand kwam.

'Ja, graag. Als het ons lukt om die vrouw in de lobby te ontmoeten, kan ik maar beter niet worden herkend, anders zijn we voordat je het weet omsingeld. Hopelijk kan ik Merry uitleggen wie ik echt ben wanneer we elkaar zonder anderen erbij kunnen spreken.'

'Dit is de blouse die je in Parijs droeg, die kun je over je T-shirt aantrekken.'

'Dank je,' zei Electra. Ze trok het kledingstuk over haar hoofd en stak haar armen door de wijde mouwen. Ze boog haar hoofd iets naar voren, zodat Mariam de kleurige hoofddoek kon omdoen en met een speld kon vastzetten. Nadat Mariam nog een streepje eyeliner had aangebracht leunde Electra achterover. 'En, hoe zie ik eruit?'

'Precies zoals de bedoeling is. We zijn twee moslima's die een dagje de toerist uit gaan hangen in Canada, toch? Kijk, we zijn de veerboot al af. Het hotel is hier maar een paar minuten vandaan.'

Toen ze voor het Radisson Hotel uitstapten, voelde Electra een schokje in haar buik, het gevoel dat ze vroeger altijd had gehad als ze weer naar school moest. 'Dat betekent dat je zenuwachtig bent,' mompelde ze. 'Oké, wat nu?'

'Ga jij maar ergens zitten, dan vraag ik de receptionist of hij naar Merry's kamer belt om te zeggen dat wij er zijn. Mocht ze er niet zijn, dan stel ik voor dat je ergens gaat zitten waar je zowel de ingang als de liften in de gaten kunt houden,' stelde Mariam voor. 'De bank in die hoek is nog vrij, vanaf daar heb je een prima uitzicht.'

'Oké,' zei Electra, die maar al te blij was dat ze Mariam bij zich had. Mariam wist altijd wat er moest gebeuren en ging vervolgens kalm aan de slag. Electra stak de glanzend geboende vloer van de lobby over en ging zitten op de plek die Mariam had voorgesteld. Ze keek om zich heen en zag dat, anders dan gewoonlijk, geen enkel hoofd haar kant op draaide.

Mariam kwam terug en ging naast haar zitten.

'Tot nu toe heeft niemand me herkend,' fluisterde Electra.

'Mooi, en ik weet zeker dat Allah er geen probleem mee heeft dat jij af en toe de symbolen van ons geloof leent, maar als dat permanent wordt, zul je je misschien moeten bekeren,' reageerde Mariam. Electra wist niet of ze nou een grapje maakte of niet. 'Hoe dan ook,' ging Mariam verder, 'de receptionist zegt dat hij Mrs. McDougal gisteravond heeft gesproken, en hij heeft een briefje onder haar deur door geschoven dat we zouden komen en haar om één uur in de lobby wilden ontmoeten.'

'Ik lees die briefjes die achter de deur liggen nooit,' zei Electra. 'Meestal is het óf de rekening, óf een briefje van de huishouding dat ze je kamer niet in konden om je bed open te slaan. Belde de receptionist terwijl je stond te wachten?'

'Ja, maar ze nam niet op.'

'Dan komt ze misschien niet.'

'Electra, we zijn tien minuten te vroeg, dus laten we positief blijven en Mrs. McDougal een kans geven, ja?'

'Oké, oké, maar als ze niet komt opdagen, betekent dat dat ze ons ontloopt.'

'Volgens Mary-Kate, haar dochter, is dat misschien omdat ze het niet prettig vond dat er ineens mogelijke verwanten van haar dochter voor de deur stonden. We moeten ons wel een beetje inleven in haar situatie, Electra.'

'Ik zal mijn best doen, dat beloof ik. Hoe zag ze er ook alweer uit?'

'Volgens Maia moeten we uitkijken naar een kleine, slanke vrouw van middelbare leeftijd, met blond haar... als Grace Kelly.'

'Wie is dat?' zei Electra.

'Dat is een van de mooiste vrouwen die ooit de aarde heeft bewandeld. Mijn vader is jarenlang verliefd op haar geweest. Wacht, misschien kan ik een foto van haar opzoeken.' Mariam opende haar enorme tas en haalde haar laptop eruit. Ze typte het wifiwachtwoord in dat ze van de receptionist had gekregen en vond wat ze zocht. 'Kijk, je zult moeten toegeven dat ze oogverblindend is, en ze was ook nog met een heuse prins getrouwd! Mijn vader was nog een tiener toen ze trouwde, maar hij zegt dat hij zich dat nog altijd herinnert omdat ze er toen zo beeldschoon uitzag.'

'Dat is ze zeker,' beaamde Electra. 'En mijn tegenpool.' Ze gebaarde naar haar rijzige gestalte en donkere huid. 'Dat betekent dat die "Merry" in geen enkel opzicht genetisch aan mij verwant is, maar haar huidskleur doet me een beetje aan die van Star denken. Nou, als jij de liften aan die kant in de gaten houdt, hou ik een oogje op de ingang, oké?'

Ze bleven twintig minuten uitkijken naar hun doelwit, totdat Electra zei: 'Weet je dat ik rammel van de honger?'

'Zullen we wat te eten bestellen?' Mariam pakte het menu van de tafel en bestudeerde het. 'Ze hebben hier geen apart halalmenu, maar als je wilt, kun je om in stijl te blijven iets vegetarisch nemen.'

'Verdorie, ik wilde net een cheeseburger bestellen. Nou, dan neem ik maar een salade met frietjes.'

'Oké.' Mariam keek op haar horloge. 'Het is nu net tien over één, dus of ze is te laat, of ze komt niet. Laten we de serveerster roepen en iets bestellen, dan loop ik daarna even naar de receptionist.'

Toen Mariam terugkwam, zag Electra aan haar gezicht dat ze geen goed nieuws had. 'Hij heeft nog een keer naar haar kamer gebeld, maar kreeg geen antwoord. We zullen hier gewoon moeten blijven wachten.'

'Als ze ons bewust ontwijkt, kan dat betekenen dat ze zich bedreigd voelt.'

'Dat zou me niet verbazen. Ze zal het wel raar vinden dat een stel geadopteerde zussen haar over de hele wereldbol achternazit,' zei Mariam. 'Je komt niet bepaald uit een doorsneefamilie, hè?'

'Nou, als ze me een keer persoonlijk wil ontmoeten, zou ik dat toch allemaal kunnen uitleggen?'

'Uitleggen dat je een smaragden ring wilt zien om te bewijzen dat Mary-Kate is wie jullie advocaat zegt dat ze is, namelijk "de missende zus"? Zelfs dat laatste klinkt raar, Electra, want geen van je zussen is het biologische kind van jullie vader. Heeft Georg gezegd of er iets aan die zus is nagelaten? Want dan zal haar moeder het misschien eerder de moeite waard vinden om ons te ontmoeten. Ik bedoel, stel dat die dochter geld zou erven.'

'Dat weet ik niet,' zei Electra vertwijfeld, terwijl de serveerster de lunch kwam brengen. 'Dank u, en mag ik nog wat extra ketchup en mayonaise bij mijn frietjes?' vroeg ze. De serveerster knikte en liep haastig terug.

Electra nam een frietje en begon erop te kauwen. 'Ik bedoel, het is allemaal een mysterie, zoals gewoonlijk bij Pa. Waar ben ik eigenlijk mee bezig? Ik zit hier in de lobby van een of ander hotel in Toronto vermomd als moslima frietjes te eten en samen met jou te wachten op iemand van wie ik nog nooit heb gehoord en die waarschijnlijk nog niet eens komt opdagen ook.'

'Je hebt gelijk. Als je het zo bekijkt, klinkt het allemaal heel raar,' beaamde Mariam, en ze moesten allebei giechelen.

'Nee, echt, Mariam, dit is toch belachelijk? Als ik Mary-Kates moeder was, zou ik ook niet komen opdagen. Misschien kun je de receptionist vragen of hij het nog één keer wil proberen. En dan vertrekken we.'

'Dat zal ik doen als ik mijn sandwich op heb,' zei Mariam. 'En als ze niet opneemt, kun je misschien een briefje aan haar schrijven, dan kunnen we dat bij de receptionist achterlaten.'

'Goed idee,' zei Electra. 'Neem dan papier en een envelop mee van de receptie.'

Het was al bijna twee uur toen Electra eindelijk tevreden was met wat ze had geschreven.

'Oké, dit is de definitieve versie,' zei ze, gebarend naar de proppen papier waarmee de lage tafel bezaaid was.

'Ga je gang, ik luister,' zei Mariam.

Beste Mary McDougal,

Mijn naam is Electra d'Aplièse en ik ben een van zes geadopteerde zussen. Onze vader, Pa Salt (we weten niet zeker of dat zijn echte naam is, maar zo noemden we hem altijd), is een jaar geleden overleden. Hij heeft ons van over de hele wereld geadopteerd, maar heeft ons altijd verteld dat er nog een zevende zus bestond, die zoek was.
Onze advocaat, Georg Hoffman, vertelde ons onlangs dat hij informatie heeft ontvangen waaruit blijkt dat ene Mary McDougal vrijwel zeker de missende zus is. Door het bezoek van mijn zus CeCe aan uw dochter Mary-Kate weten we dat ze als baby door u en uw man is geadopteerd. Het bewijs dat zij degene is die we zoeken bestaat uit een stervormige ring met een smaragd, die u volgens Mary-Kate bij u hebt.
Ik verzeker u dat wij heel normale vrouwen zijn, die geen ander motief hebben dan de wens van onze overleden vader, namelijk het vinden van de zevende zus, te vervullen. Voelt u zich alstublieft vrij om via mijn mobiele nummer contact met me op te nemen, of met het vaste telefoonnummer van onze familiewoning in Genève.
Het spijt me dat we u vandaag niet hebben kunnen ontmoeten, maar als uw dochter is wie ze volgens onze advocaat is, dan zouden we haar – en op enig moment ook u – allemaal dolgraag ontmoeten.

Hartelijke groeten,
Electra D'Aplièse

'Perfect. Het is goed dat je zegt dat je hen allebei wilt ontmoeten,' zei Mariam. Ze griste de brief uit haar handen voordat Electra weer iets wilde verbeteren, vouwde hem op en stopte hem samen met een kaartje met telefoonnummers in een envelop. 'Zal ik haar naam erop zetten?'

'Ja, graag.' Electra slaakte een zucht. 'Allemachtig, wat een verloren dag. Ik ga terug zonder dat ik iets te melden heb. Ik heb gefaald als detective.'

'Dan heb ik net zo goed gefaald,' zei Mariam, terwijl ze de envelop dichtplakte. 'Oké, ik geef deze brief aan de receptionist, zal ik dan de limo maar laten voorrijden?'

'Ja, maar ik moet nog wel even naar de wc.'

'Oké,' zei Mariam, en Electra ging op zoek naar de toiletruimte. Toen ze binnenkwam, zag ze dat een van de wc's bezet was. Ze koos de laatste wc in de rij.

'Nee, ze zijn er nog,' hoorde ze iemand in de wc die bezet was zachtjes zeggen. 'De receptionist belde me om te zeggen dat mijn bezoekers twee moslimvrouwen waren. Maar wat zouden die nou van mij kunnen willen? Ik bedoel, denk je dat... híj het zou kunnen zijn?'

Electra, die nog steeds op de wc zat, verstijfde.

O, mijn god, o, mijn god, zij is het... Wat moet ik in godsnaam doen?

'Ik ben naar beneden gegaan om te kijken. Het zijn jonge vrouwen, maar nee, ik heb ze natuurlijk niet herkend... Ik ga nu terug naar mijn kamer. Ik heb besloten vanavond al naar Londen te vertrekken, voor het geval dat. Ik voel me niet genoeg op mijn gemak om hier te blijven.'

Het was even stil toen de vrouw luisterde naar degene met wie ze in gesprek was. 'Ja, natúúrlijk hou ik contact, Bridget. Ik bel nu het Claridge Hotel om te zeggen dat ik eerder kom en ik vraag de receptionist om mijn vlucht om te boeken... Oké, lieverd, dank je wel, en je hoort snel van me. Dag.'

Electra hoorde de wc-deur opengaan, gevolgd door het getik van hakken over de tegelvloer, en daarna het open- en dichtgaan van de deur van de toiletruimte.

Ze dacht razendsnel na, trok haar blouse uit, rukte haar hoofddoek af en smeet ze op de grond. Ze haastte zich de toiletruimte uit en liep snel de gang naar de lobby door. Daar stond een kleine, goedgeklede, blonde vrouw, met haar mobieltje nog in de hand, samen met andere gasten voor de lift te wachten.

'O, mijn god, ben jij dat? Ja hoor, ze is het! O, mijn god. Je bent Electra, toch?' Electra voelde lange nagels in haar schouder boren.

'Au! Laat me alsjeblieft los!' zei ze terwijl ze zich omdraaide naar een hysterische tiener. 'Hoor eens, ik wil niet bot zijn, maar ik moet die lift in.'

'Ze ís het; Electra!' riep een andere vrouw die voor de lift stond te wachten, en in een mum van tijd had zich rond Electra een kleine menigte gevormd. Toen de liftdeuren opengingen, wilde ze naar voren lopen, maar weer greep iemand haar hard bij haar schouder zodat ze niet verder kon, en ze kon geen stap verder zetten door de mensen die voor haar stonden.

'Alsjeblíéft, Electra, ik laat je echt niet gaan voordat mijn vriendin een foto van ons tweeën heeft gemaakt. Je was zó geweldig laatst op tv!'

'Laat me erdoor!' schreeuwde Electra, terwijl ze de blonde vrouw de lift in zag stappen. Ze ontworstelde zich aan de greep van de tiener en stak haar arm uit in een poging de lift open te houden.

'Merry!' riep ze wanhopig.

Het was te laat. Onherroepelijk sloten de liftdeuren zich. Electra keek naar het paneel boven de lift en zag dat die al op de derde verdieping was. Ze uitte binnensmonds een grove vloek en draaide zich om, om Mariam te zoeken, maar de menigte had zich inmiddels verdicht.

'Hé, Miss Electra, wat komt u hier doen?' vroeg een jongeman, die foto's begon te maken.

'Ja, we wisten niet dat u Toronto zou bezoeken,' riep iemand anders. 'Mag ik ook een foto maken?'

'Ik...' Electra voelde zweetdruppels langs haar nek lopen. 'Laat me er alsjeblieft door, er staat buiten een auto op me te wachten. Ik...'

Ze stond net op het punt om zich met haar vuisten een weg te banen door de steeds dichter wordende menigte toen Mariam ineens voor haar stond. Electra slaakte een zucht van verlichting.

'Hallo, mensen, wilt u achteruitgaan en Electra wat ruimte geven?' zei Mariam op haar gebruikelijke rustige, gelijkmatige toon.

'Ja, dames en heren, mogen we u verzoeken zich te verwijderen, u blokkeert de toegang tot de lift, dat kan gevaarlijk zijn.'

Naast Electra was een man in zwart pak met een oortje in verschenen, kennelijk iemand van de bewaking. 'Er staat buiten een auto op deze dame te wachten,' zei hij. 'Wilt u zo vriendelijk zijn haar door te laten?'

Nadat ze voor een aantal foto's had geposeerd en handtekeningen had uitgedeeld – ze wilde niet onaardig of lastig overkomen – begeleidden twee beveiligers haar en Mariam naar buiten, openden de limo en sloegen het portier met een klap achter hen dicht.

'Gaat het?' vroeg Mariam. 'Waarom had je je vermomming afgedaan?'

'Omdat zíj, Merry, op het toilet was! Ze zat in een van de wc's, ik hoorde haar praten in haar mobieltje, over dat de receptionist had gezegd dat er twee moslima's op haar zaten te wachten. Het leek of ze bang was, ze zei dat ze zich afvroeg of "híj" het was, wie dat dan ook mag zijn. Dus toen ze klaar was met dat gesprek, heb ik natuurlijk mijn vermomming afgegooid, ik hoopte dat ze niet zou weglopen als ze zag wie ik echt was. Maar toen werd ik herkend en miste ik op een seconde na de lift waar ze in stapte. Verdomme, verdomme, verdomme!' vloekte ze, terwijl de limo vertrok. 'Merry stond daar, en ik kan gewoon niet geloven dat ik haar gemist heb. Denk je dat we het hotel op een of andere manier zover kunnen krijgen dat ze ons haar kamernummer geven? Misschien als we er een kwestie van leven of dood van maken, of...'

'Ik vrees dat ik dat al geprobeerd heb,' onderbrak Mariam haar. 'Het enige wat de receptionist wilde doen, was haar nog een keer bellen.' Mariam moest ineens grinniken. 'Ik zal nooit het gezicht van die man vergeten toen hij naar ons toe kwam lopen om te zien wat er aan de hand was en jou even later herkende toen je vlak naast me stond. Hij zal zich vast hebben afgevraagd wat er in hemelsnaam gaande was.'

'Nou, ik vraag me óók af wat er in hemelsnaam gaande is,' zei Electra. 'Het is inmiddels wel duidelijk dat Merry ons ontwijkt. Ze zei ook tegen haar vriendin, die ze Bridget noemde, dat ze een dag eerder vertrok en vanavond naar Londen vliegt.'

'O, Electra! Dan weten we in elk geval waar ze nu naartoe gaat. Heb je haar goed kunnen zien toen ze bij de lift stond?'

'Ik zag alleen de achterkant van een vrouw met blond, schouderlang haar, en, naar mijn mening, opvallend mooie billen. Van achteren gezien zou ze tussen de achttien en de zestig kunnen zijn, maar ze zag er absoluut elegant en aantrekkelijk uit. O ja, en ze gaat in het Claridge Hotel logeren.'

'Nóg beter! Dan zijn we hier toch niet voor niks geweest. Je moet je zussen bellen en vertellen wat er gebeurd is.'

'Zeker weten,' beaamde Electra. 'We zijn waarschijnlijk toch wat meer te weten gekomen.'

'O, dat ben je absoluut. Oké, heb je een zus in de buurt van Londen bij de hand?'

Electra wendde zich met een glimlach tot Mariam. 'Nou en of ik die heb.'

Zodra ze in het vliegtuig zaten, pleegde Electra een telefoontje naar Atlantis.

'Hallo?'

'Hoi, Ally, hier Electra, met nieuws uit Toronto.'

'Hoi, Electra! Is het gelukt Merry McDougal te ontmoeten? En heb je de ring gezien?'

'Eh, ja en nee.'

'Hoe bedoel je?'

Electra bracht verslag uit van de gebeurtenissen. Toen ze klaar was, bleef het een tijdje stil.

'Goed. Nou, hoewel je dag enigszins klinkt als een scène uit een slechte film ben je er in elk geval achter gekomen waar ze nu heen gaat. Het Claridge Hotel, zei je? Dat moet een rijke vrouw zijn,' zei Ally.

'Ik wil weten waarom ze zo hard haar best doet om ons te ontwijken. We hebben geen van allen kwade bedoelingen, maar die vrouw is duidelijk bang. Ze had het over een "hij". Ik vroeg me af of ze daar Pa mee bedoelde.'

'Maar ze weet dat Pa dood is en geen bedreiging meer kan vormen, áls ze hem ooit al zo heeft gezien, wat ik moeilijk kan geloven.'

Het bleef weer even stil.

'En nu,' zei Electra met een zucht, 'hoe nu verder?'

'Ik weet het niet. Ik moet met Maia praten, kijken wat zij ervan vindt.'

'En Star? Die woont toch vlak bij Londen?'

'Daar heb je een punt.'

'Zou zij er bezwaar tegen hebben om naar het Claridge Hotel te gaan en de lobby af te speuren naar een blonde vrouw met mooie billen?' zei Electra grinnikend. 'Het probleem is alleen dat je daar dertien blondines met mooie billen in een dozijn hebt, maar het is misschien het proberen waard, zeker nu Star zo dichtbij woont.'

'Het kan geen kwaad Star even te bellen om te peilen of ze daarvoor in is. Als Merry vanavond vanuit Toronto vertrekt, komt ze waarschijnlijk morgenochtend in Londen aan.'

'Als Star daarheen gaat, kan ze Merry maar beter niet van tevoren laten weten dat een D'Aplièse-zus haar wil spreken,' zei Electra. 'Daar jagen we haar duidelijk de stuipen mee op het lijf.'

'Mee eens. We moeten een andere manier bedenken om haar te spreken te krijgen,' zei Ally. 'Ik zal het er wel met Star over hebben.'

'Oké, nou, mijn vliegtuig staat op het punt te vertrekken, ik spreek je morgen weer, Ally.'

'Heel erg bedankt voor je hulp, Electra. Veilige vlucht gewenst.'

De motoren ronkten. Electra schakelde haar mobieltje uit.

9

Star
High Weald, Kent, Engeland

'Welterusten, lieverd, slaap lekker,' zei Star tegen Rory, terwijl ze haar woorden in gebarentaal herhaalde.

Rory herhaalde wat ze zei in gebarentaal en hield haar daarna stevig vast voor een knuffel terwijl hij zijn armpjes om haar hals klemde.

'Ik hou van je, Star,' zei hij in haar oor.

'Ik ook van jou, lieverd. Tot morgen.'

In de deuropening keek Star voordat ze het grote licht uitdeed nog even hoe Rory zich in zijn bed omdraaide. Ze liet het nachtlichtje aan. Ze liep de krakende trap af en liep de keuken binnen, waar de resten van de maaltijd nog niet waren opgeruimd. Door het raam boven de gootsteen zag ze Mouse aan de aftandse ijzeren tafel zitten die ze daar hadden neergezet om het laatste beetje avondzon te kunnen vangen.

Ze schonk zichzelf een glas wijn in en liep naar buiten.

'Hallo, schat,' zei hij, kort opkijkend van de tekeningen van High Weald, het eeuwenoude landhuis in tudorstijl, dat in de afgelopen decennia enorm was verwaarloosd. Ze herinnerde zich hoe diep ze onder de indruk was geweest toen ze het voor het eerst zag. En hoe bijzonder het was dat ze nu elke centimeter van rottende balken en vochtig, bladderend schilderwerk kende.

'Hoe gaat het met de plannen?' vroeg ze, terwijl ze ging zitten.

'Langzaam, zoals gewoonlijk. Ik heb vrijwel elke markt voor antieke bouwmaterialen in het zuiden van Engeland afgezocht naar die twee balken in de woonkamer die vervangen moeten worden. Maar ja, zestiende-eeuwse balken van die dikte in de juiste kleur liggen niet bepaald voor het oprapen.'

'Kunnen we de suggestie van de aannemer niet volgen en wat balken laten maken die op het origineel lijken? Giles zegt dat we die kunnen laten vergrijzen en dan in de juiste kleur kunnen beitsen. Geen mens die het ziet.'

'Ik zou het zien,' zei Mouse. 'Hoe dan ook, er staat in East Grinstead een oude pub waar ze het hele interieur van gaan strippen om er een soort bistro van te maken. De balken daar dateren uit de juiste periode, dus misschien vind ik daar een goede match.'

'Laten we het hopen. Ik bedoel, het is prima wonen hier op Home Farm, maar ik zou hier niet graag de winter doorbrengen. Vooral omdat er geen verwarming is en Rory zo gevoelig is voor longinfecties.'

'Dat weet ik, schat.' Eindelijk keek Mouse, met een vermoeide blik in zijn groene ogen, op van zijn tekeningen. 'Het punt is alleen dat High Weald al zó lang niet fatsoenlijk is onderhouden. En dan heb ik het niet over een nieuwe, flitsende keuken, maar over structureel onderhoud... Dus ik wil het niet alleen zo authentiek mogelijk restaureren, maar ook de zekerheid hebben dat het nog tweehonderd jaar meegaat.'

'Natuurlijk.' Star onderdrukte een zucht, want dit betoog had ze al talloze malen aangehoord. Als het om High Weald ging, maar ook als het ging om andere huizen waar Mouse aan werkte voor cliënten, was hij een perfectionist. Allemaal erg loffelijk, natuurlijk, als je even vergat dat ze totdat de renovatie klaar was met z'n drieën in een steenkoude en onpraktische boerderij aan de oprijlaan naar High Weald bivakkeerden. Als het in dit tempo doorgaat, dacht ze, kan ik tegen de tijd dat we verhuisd zijn van mijn pensioen gaan genieten.

'Ik weet dat je het druk hebt, maar vind je het erg als ik even bij Orlando langswip? Ik zit met een... situatie waarover ik zijn advies wil,' zei ze.

'O ja? Wat voor situatie?'

'Het is nogal ingewikkeld, het heeft te maken met mijn familie, maar dat vertel ik je wel als we allebei meer tijd hebben.' Star stond op en kuste Mouse op de kruin van zijn mooie hoofd. Het viel haar op dat de stress hem een paar grijze haren tussen zijn volle kastanjebruine haardos had bezorgd. 'Vergeet niet om over een uur even bij Rory te kijken. Hij heeft de laatste tijd nachtmerries en kan nog niet goed roepen.'

'Natuurlijk, dan neem ik mijn werk mee naar binnen,' zei Mouse met een knikje.

'Fijn, schat. Tot straks.'

Ze liep naar haar oude Mini, startte de motor en slaakte de zucht die ze al die tijd had ingehouden. Ze hield innig veel van Mouse, maar wat was het af en toe hard werken met die man! 'Het lijkt wel alsof er op de wereld niets anders bestaat dan zijn zestiende-eeuwse balken en zuilen en.... grrrr,' mopperde ze, terwijl ze over het landweggetje naar Tenterden reed. Tien minuten later was ze in het dorp. Ze parkeerde de auto voor de boekwinkel en liet zichzelf binnen met de ouderwetse koperen sleutel.

'Orlando? Ben je boven?' riep ze, terwijl ze door de winkel liep en de deur naar zijn appartement opende.

'Ja!' riep hij terug. 'Kom maar boven.'

Star liep de trap op en opende de deur naar de woonkamer. Orlando zat in zijn favoriete leren leunstoel. Een wit linnen servet piepte boven zijn overhemd uit. Hij was bijna klaar met zijn dessert.

'Mmm... pudding met bosvruchten, daar ben ik werkelijk dól op,' zei hij, terwijl hij zijn servet losmaakte en zijn mond depte. 'Vertel, waaraan dank ik dit genoegen? We hebben nog geen twee uur geleden afscheid genomen.'

'Ik stoor je toch niet, hoop ik?'

'Lieve hemel, nee, hoewel ik zo een afspraak heb met T.E. Lawrence en zijn vermeende reizen door Arabië,' antwoordde Orlando, en hij gaf een tikje op het in leer gebonden boek op het tafeltje naast hem. 'En, wat kan ik voor je doen?' Hij vlocht zijn lange, gemanicuurde vingers in elkaar en keek haar aan. Zijn groene ogen hadden dezelfde kleur als die van Mouse, maar wat hun persoonlijkheid betreft hadden de broers niet meer van elkaar kunnen verschillen. Door Orlando's hang naar kleding uit 1908 in plaats van 2008 vergat Star vaak dat hij de jongste was.

'Ik wil je een dilemma voorleggen. Kun je je herinneren dat ik het weleens over Georg Hoffman, onze advocaat, heb gehad?'

'Dat herinner ik me, ja. Ik vergeet nooit iets.'

'Dat weet ik, Orlando. Hoe dan ook, hij kwam een paar dagen geleden naar Atlantis om te vertellen dat hij dacht de missende zus, onze zevende zus, te hebben gevonden.'

'Wát?' Zelfs de gewoonlijk onverstoorbare Orlando leek geschokt. 'Bedoel je Merope, de verdwenen zuster van de Pleiaden? Volgens sommige legenden komt die eer Electra toe, hoewel jouw jongste zus bijzonder aanwezig is.'

'Dat is ze zeker. Je had die speech van haar tijdens het Concert voor Afrika moeten zien. Het was geweldig.'

'Je weet dat ik afkeurend sta tegenover televisie, het is letterlijk een verdovend middel voor het brein, maar ik heb in *The Telegraph* iets gelezen over haar toespraak. Overduidelijk een hernieuwd persoon, na haar tripje naar het dolhuis.'

'Orlando! Noem het alsjeblieft niet zo. Dat is vreselijk bot en totaal misplaatst.'

'Vergeef me voor mijn gebrek aan politieke correctheid. Zoals je heel goed weet, dateert mijn taalgebruik uit een ander tijdperk, waarin het dolhuis een grappige omschrijving voor een gesticht was. Er is ook een tijd geweest waarin ze het een gekken...'

'Zo is het genoeg geweest, Orlando!' berispte Star hem. 'Ik weet dat je het doet om me op stang te jagen, maar voor de laatste keer: Electra zocht alleen maar hulp voor haar verslavingen. En wil je nou nog horen hoe het zit met die missende zus?'

'Natuurlijk wil ik dat. Als je zo vriendelijk zou willen zijn mijn dienblad naar de keuken te brengen en me te voorzien van een slokje cognac, uit te schenken in het tweede glas van links op de middelste plank in die kast, dan ben ik een en al oor.'

Terwijl Star zijn opdracht uitvoerde, vroeg ze zich af of Orlando zelf geen behandeling nodig had. Hij lijdt beslist aan een dwangneurose, dacht ze toen ze volgens zijn instructies het juiste glas van de juiste plank pakte.

'Alsjeblieft,' zei ze. Ze reikte hem het glas cognac aan, deed de stop terug in de kristallen karaf en ging in de leren stoel aan de andere kant van de open haard zitten. Ze bedacht dat deze kamer met zijn roodgeverfde wanden, antieke meubels en rijen in leer gebonden boeken, die precies zo was ingericht als zijn flat boven de boekwinkel in Kensington, de perfecte setting zou zijn voor een roman van Dickens. Orlando liep honderd jaar achter, iets wat meestal aandoenlijk, maar af en toe knap irritant was.

'Zo, mijn dierbare Star, laat eens horen,' zei Orlando, terwijl hij zijn vingertoppen in een driehoekje tegen zijn kin legde, klaar om te luisteren.

Star deed haar verhaal, wat ongewoon lang duurde doordat Orlando haar voortdurend met vragen in de rede viel.

'Wat concludeert dat meesterbrein van jou hieruit?' vroeg ze toen ze eindelijk klaar was.

'Treurig genoeg niet veel meer dan wat je zelf al hebt geconcludeerd: dat die Merry van jou, de vrouw die in het bezit is van de smaragden ring die het bewijs moet vormen van de ware afkomst van haar geadopteerde dochter, niet gevonden wenst te worden. Althans, niet door jouw familie. De enige zinvolle vraag luidt dus: waarom?'

'Precies,' antwoordde Star. 'Ik had gehoopt dat jij daar wat ideeën over zou hebben.'

'Ik betwijfel of het iets persoonlijks tegen een van je zussen betreft. Je zegt dat geen van jullie ooit de McDougals heeft gezien of van ze heeft gehoord. Dus dit verhaal en de sleutel tot het mysterie gaan verder terug in de tijd,' zei Orlando. 'Ja, het heeft beslist iets met het verleden te maken.'

'Ik vraag me af of Pa van plan was Mary-Kate als baby te adopteren, en dat er toen iets misging en hij haar kwijtraakte,' peinsde Star.

'Wellicht. Hiervandaan is Nieuw-Zeeland verder weg dan welke plek dan ook,' beaamde Orlando. 'In elk geval zal Mary-Kates moeder waarschijnlijk wél weten wie haar biologische ouders zijn.'

'Daarom moeten jij en ik op de een of andere manier een ontmoeting met haar zien te regelen. En eindelijk een glimp van die ring zien op te vangen om die te kunnen vergelijken met de tekening die Ally me heeft gefaxt.'

'Wil je zeggen dat je mij morgen bij een gevaarlijke missie wilt betrekken?'

'Absoluut, en die zou je voor geen goud willen missen,' antwoordde Star.

'Je kent me maar al te goed, lieve Star. Goed, dan wil ik alles nog eens tot in detail horen.'

Toen Star klaar was en er geen vragen meer waren, sloeg ze Orlando gade, die, gezeten in zijn leren fauteuil, met zijn ogen dicht, duidelijk opperst geconcentreerd was.

'Sorry dat ik niet langer de Watson voor jouw Holmes kan spelen,' zei ze, 'maar ik moet nu naar huis.'

'Uiteraard,' zei Orlando, die zijn ogen opende. 'Dus je bent werkelijk van plan deze vrouw morgen te ontmoeten?'

'Dat ben ik zeker. Maia en Ally hebben het me gevraagd.'

'Welnu, ik vrees dat het je familie een fortuin gaat kosten, maar je zult een suite en een kleinere kamer in het Claridge voor me moeten boeken.'

Star kneep haar ogen tot spleetjes. 'Orlando, dit is toch niet gewoon een truc om een nacht in jouw favoriete hotel te kunnen doorbrengen?'

'Mijn beste Star, jíj bent degene die gebruik zal maken van de luxesuite, terwijl ik zonder twijfel ondergebracht word op een zolderkamer, naast de kamermeisjes. Hoewel de middagthee bij het Claridge Hotel het puikje van de zalm is.'

'Hm... Als jij me kunt vertellen wat dat plan inhoudt, kan ik het voorleggen aan Maia en Ally, om te zien of die ermee akkoord gaan dat we een astronomisch bedrag voor kamers in dat hotel neerleggen. Volgens Maia zal Georgs secretaresse alles boeken wat we maar willen. Hij is zelf kennelijk niet op kantoor.'

'Ik werk nog aan de details, maar je kunt je zussen garanderen dat mijn plan zo goed als onfeilbaar is. Zeg maar tegen hen dat ik alle kosten zal restitueren als we niet slagen in onze poging. Nu moet ook ik aan het werk, ik heb voor morgen nog heel wat voor te bereiden, wil ik dit plan tot een goed einde brengen.'

'Wat bedoel je, jíj gaat dit tot een goed einde brengen? Word ik daar niet bij betrokken?'

'O, je wordt er heel intensief bij betrokken, en je moet je rol tot in de perfectie spelen. Ik neem aan dat je een chique jurk of een pak in je garderobe hebt?'

'Eh... ik kan denk ik wel iets bij elkaar rapen.'

'Parels?'

'Ik heb ooit een nepcollier en oorbellen gekocht, maar nooit gedragen.'

'Perfect. O, en een hakje uiteraard, niet te hoog. Morgen, mijn beste Star, ben jij Lady Sabrina Vaughan.'

'Je bedoelt dat ik moet toneelspelen?'

'Het is nauwelijks toneelspelen te noemen.' Orlando liet zijn ogen rollen. 'Beschouw het maar als oefening voor je aanstaande huwelijk met mijn broer. Dan word je sowieso een echte lady.'

'Dat is iets anders, ik weet niet of acteren wel iets voor mij is, Orlando. Ik had altijd vreselijke plankenkoorts.'

'Je hoeft alleen maar jezelf te spelen, al levert het dit keer meer resultaat op. Ik zal het grootste deel van het toneelstuk voor mijn rekening nemen.'

'Dat is een hele opluchting. Hebben we nog hulp nodig van CeCe en Chrissie?' vroeg Star. 'Die zijn nu in Londen, hoewel CeCe druk is met de verkoop van haar appartement en het uitzoeken van spullen die ze naar Australië wil sturen.'

'Nee.' Orlando wuifde de gedachte weg. 'Het laatste wat we onder die omstandigheden kunnen gebruiken is nóg een D'Aplièse-zus. Het betreft hier een delicate operatie. Laat de suite onder je pseudoniem reserveren en mijn kamer onder de naam Orlando Sackville.'

Star moest lachen om de literaire toespeling. 'Is goed.'

'En nu wegwezen, ik moet aan het werk,' kondigde hij aan. 'Ik zie je morgen op het perron, op tijd voor de trein van 9.47 uur naar Londen. Prettige avond.'

Mouse was al naar bed toen Star thuiskwam. Ze belde snel naar Atlantis en legde Ally de situatie uit.

'Nou, als Orlando denkt dat dit helpt, dan stuur ik een mailtje naar het Claridge Hotel om de kamers te boeken,' zei Ally. 'Wat is hij eigenlijk precies van plan?'

'Ik heb geen flauw idee, maar hij is ongelooflijk slim en heeft me al een paar keer eerder geholpen bij het oplossen van raadsels.'

'Intrigerend. Oké, dus hij zei dat je de kamers onder een pseudoniem moest boeken?'

'Ja. Orlando Sackville.' Star spelde de naam. 'Dat zal hij hebben gekozen ter ere van Vita Sackville-West, die de inspiratie vormde voor het boek *Orlando* van haar vriendin Virginia Woolf.'

'Nou, we zijn in elk geval niet de enige familie met een cryptische naam,' zei Ally grinnikend. 'En wat voor pseudoniem gebruik jij?'

'Ik ben Lady Sabrina Vaughan. Nou, ik kan maar beter proberen nog wat te slapen als ik morgen de rol van lady moet spelen.'

'Laten we hopen dat het plan dat je baas heeft bedacht – wat dat ook moge zijn – werkt. Ik bel morgenochtend Georgs secretaresse, zodat ze kan regelen dat de rekening naar haar gaat.'

'Oké, ik hou contact zo vaak Orlando het toestaat. Welterusten, Ally.'

'Welterusten, Star.'

Orlando stond al te wachten op het perron van het station van Ashford toen Star, precies op het moment dat de trein arriveerde, kwam aanrennen.

'Goedemorgen. Dat was kantje boord, zou je kunnen zeggen,' merkte hij op toen de deuren opengingen en ze instapten.

'Ik moest eerst Rory naar school brengen en daarna nog iets geschikts zoeken om aan te trekken,' zei Star hijgend toen ze ging zitten. 'Kan dit ermee door?'

'Je ziet er perfect uit,' zei Orlando, met een bewonderende blik op de elegante zomerjurk waarin haar slanke figuur goed uitkwam. 'Hoewel, misschien zou je je haar in een chignon kunnen dragen? Dan maak je wellicht een iets deftigere indruk.'

'Orlando,' fluisterde Star in zijn oor, 'we voeren geen stuk van Oscar Wilde op. Het komt tegenwoordig zo vaak voor dat actrices en supermodellen – gewoon volk, zoals jij ze noemt – met een aristocraat trouwen.'

'Dat is me bekend, maar aangezien jij me hebt verteld dat Mrs. McDougal al meer dan dertig jaar in Nieuw-Zeeland woont, is haar kennis van de Engelse maatschappij misschien enigszins achterhaald. Maar dat geeft niet, ik vind dat je er betoverend uitziet en helemaal op je plaats bent in de omgeving waarin we ons straks bevinden.'

'Ik zou willen dat Mouse vanavond mee had gekund. We zijn wel toe aan een paar dagen weg. Is het niet ironisch dat hij, een echte lord, zich het nog in geen duizend jaar zou kunnen permitteren in het Claridge Hotel te logeren?'

'Dat zou hij wel degelijk kunnen, Star. Hij heeft een huis – hoewel het op dit moment eerder een opslagruimte is – vol kostbaar antiek, schilderijen en *objets d'art* die een klein fortuin waard zijn. Maar hij zou zijn geld niet willen spenderen aan een verblijf in een luxe hotel, wat in mijn ogen heel verstandig is.'

'Je hebt natuurlijk gelijk, bovendien gaat al zijn geld op aan de renovatie van het huis. Ik droom er soms van om naar een moderne twee-onder-een-kapwoning te verhuizen, waar het warm is en alles werkt. En waar mijn vriend op tijd thuis is voor het eten en dat we dan kletsen over hoe onze dag is geweest... Nou ja, in elk geval over iets anders dan sierlijsten en balken, wat dat dan ook mogen zijn.'

'High Weald is de andere vrouw in het leven van Mouse,' verklaarde Orlando.

'Ik weet het, en het ergste is dat ik mijn leven lang met haar zal moeten leven.'

'Ach, kom nou, Star, het was van begin af aan al duidelijk dat jij ook verliefd op High Weald was geworden.'

'Natuurlijk werd ik verliefd, en ja, als het eenmaal klaar is, is het al die moeite waard geweest. Maar goed, nu iets veel dringenders, vertel eens precies wat je plan inhoudt.'

'Als alles goed verloopt, zou het een uiterst aangenaam tijdverdrijf moeten zijn,' zei Orlando. 'We komen aan, pakken onze bagage uit en begeven ons afzonderlijk op ons gemak naar beneden voor een lichte lunch in restaurant The Foyer, dat uitzicht biedt op de ingang. Bij het nagaan van alle vluchten die gisteravond uit Toronto zijn vertrokken, is me duidelijk geworden dat er maar vier zijn die onze Mrs. McDougal genomen kan hebben. Ze landen alle vier tussen half één en drie uur 's middags. Ik heb een plattegrond van de benedenverdieping van het Claridge Hotel getekend. We moeten geschikte plaatsen vinden vanwaar we de ingang én iedere gast met bagage die tussen die twee tijdstippen incheckt kunnen bespieden. Kijk.' Orlando viste een vel papier uit zijn stokoude leren aktetas. Hij wees op de nauwkeurig aangegeven plek van de ingang, The Foyer en de receptiebalie. 'We moeten er bij het inchecken voor zorgen dat we tafels met het beste zicht op de ruimte bij de ingang reserveren.'

'Maar er kunnen binnen dat tijdsbestek zo veel vrouwen binnenkomen.'

'We weten dat Mrs. McDougal achter in de vijftig is, maar er jonger uitziet, slank is en blond haar heeft. Bovendien zullen er aan haar bagage labels van de luchtvaartmaatschappij zijn bevestigd.' Orlando haalde nog een vel papier tevoorschijn. 'Dit is een afbeelding van het label waaraan je kunt zien dat Merry vanaf Toronto Pearson Airport is vertrokken. De luchthavencode van Pearson is YYZ.'

'Oké, maar stel dat we haar en haar bagage opmerken, hoe stellen we ons dan aan haar voor?'

'Aha!' zei Orlando. 'Dat gedeelte kun je aan mij overlaten. Maar ik moet me uiteraard eerst officieel aan jóú voorstellen,' zei hij, terwijl hij opnieuw een duik in zijn aktetas deed en een in fraaie reliëfletters uitgevoerd visitekaartje aan Star overhandigde.

Burggraaf Orlando Sackville, wijn- en voedseljournalist.

Onderaan het kaartje stond Orlando's mobiele nummer.
'Burggraaf? Wijn- en voedseljournalist?' Star moest glimlachen.
'Dat zou verdraaid goed kunnen, gelet op de hoeveelheid fijne kost en kwaliteitswijnen die ik in de loop van mijn leven tot me heb genomen. Bovendien is mijn broer een lord, dus met een beetje goede wil ben ik een burggraaf.'
'Oké, maar wat heb je aan dat visitekaartje? En hoe heb je dat trouwens zo snel kunnen laten drukken?'
'Ik heb zo mijn contacten. De drukkerij verderop in de straat kent me goed, en voor zover dat behulpzaam kan zijn heb ik simpelweg alles wat je me hebt verteld meegenomen. Ik heb The Vinery opgezocht en gezien dat Jock en Mary McDougal de eigenaars zijn. De onderneming is begin jaren tachtig gestart en is momenteel een van de meest succesvolle wijngaarden in de regio. Ze verkoopt vooral binnen Nieuw-Zeeland, maar begint geleidelijk aan uit te breiden naar Europa. Met andere woorden, gelet op het feit dat er tot een paar jaar geleden buiten Nieuw-Zeeland en Australië op geen enkele eettafel Nieuw-Zeelandse wijn verscheen, kun je stellen dat Jock en Mary McDougal een bedrijf hebben opgebouwd waar ze zeer trots op zullen zijn.'
'Ja, maar haar man, Jock, is een paar maanden geleden gestorven.'
'Exact, en je hebt me verteld dat hun zoon Jack de zaak van zijn vader heeft overgenomen. Als hij zich op dit moment in Frankrijk bevindt om zich in het ambacht van de meesters aldaar te verdiepen, kunnen we niet anders dan concluderen dat hij de onderneming wil laten groeien. Mee eens?'
'Ik geloof het wel, ja.'
'En uit wat ik van de menselijke natuur begrijp, domineert het moederinstinct gewoonlijk elk ander instinct. Derhalve zal Mrs. McDougal haar zoon alle hulp bieden die maar mogelijk is.'
'En dus?'
'Wat kan er nu mooier zijn dan in het Claridge Hotel een wijn- en voedseljournalist tegen het lijf lopen? Vooral als die journalist in contact staat met befaamde wijn- en foodmagazines en columnisten in Groot-Brittannië. Ze zal bij zichzelf denken wat zo'n artikel wel niet zou kunnen betekenen voor de wijngaard, en voor haar geliefde zoon. Dringt de essentie inmiddels tot je door, Star?'

'Ik geloof het wel, ja. Dus in een notendop: jij stelt je aan haar voor als aristocratisch journalist – ik vraag me af hoe je dat voor elkaar denkt te krijgen – en vraagt haar of ze het prettig zou vinden om door jou te worden geïnterviewd over haar wijngaard.'

'En of haar zoon dat zou willen, want hij is de nieuwe eigenaar. Het is zonneklaar dat we een manier moeten bedenken om met Master Jack in contact te komen, om zodoende meer informatie over zijn jongere zus te verkrijgen. We hebben bijvoorbeeld geen idee of hij ook is geadopteerd. Mammielief zal me ongetwijfeld zijn adresgegevens verschaffen.' Orlando wreef vergenoegd in zijn handen. 'Is het niet briljant?'

'Vrij goed, ja, maar waar kom *ík* precies in beeld?'

'Wel, ik wil dat Mrs. McDougal de zekerheid heeft dat ik niet een of andere charlatan ben die op slinkse wijze informatie aan haar ontfutselt. Dus zodra ik haar heb ontdekt en mezelf bij de receptie aan haar heb voorgesteld, sta jij op van je tafeltje en loopt ons voorbij. Ik draai me om en staar je verrast aan. '"Nee maar, Sabrina!" roep ik uit. "Wat doe jij hier in hemelsnaam?" En we kussen elkaar beleefd op beide wangen. Jij antwoordt dat je samen met je man het platteland achter je hebt gelaten om hier wat te winkelen. Je nodigt me uit voor een drankje in je suite, om zes uur vanavond. Ik zeg "dolgraag" en jij loopt door, nadat je me het nummer van je suite hebt gegeven. Als dat toneelstukje van ons goed verloopt, zal Mrs. McDougal geheel overtuigd zijn van mijn uitstekende geloofsbrieven en mijn maatschappelijke gewicht, wat haar enthousiasme zal aanwakkeren voor het interview waarvoor ik haar zal uitnodigen.'

Star moest even diep ademhalen. 'Lieve help, ik moet dus echt acteren! Ik hoop dat ik dat voor elkaar krijg zonder iets te zeggen waarmee ik ons verraad.'

'Wees niet bang, Star. Ik heb je een belangrijke maar bescheiden rol toebedeeld.'

'Maar wanneer komen we tot de kern van de zaak? Ik bedoel, op welk moment laat ik merken wie ik ben en waarom ik me voordoe als Lady Sabrina in haar enorme suite?' vroeg ze, terwijl de trein London Charing Cross binnenreed.

'Zoals je zelf al zei, is dit geen stuk van Oscar Wilde, maar slechts een reallife-improvisatie. We moeten de eerste horde zien te nemen, en dat is dat we haar het hotel zien binnenkomen en ik haar vervolgens te pakken krijg voordat ze naar haar kamer vlucht. Er zijn nog talloze onzekerheden waar ik gewoonweg geen rekening mee kan houden, maar we zullen het maar stap voor stap aan moeten pakken, nietwaar?'

'Oké,' verzuchtte Star, toen ze uitstapten en naar de taxistandplaats liepen. Haar maag keerde zich om van de spanning.

'Mijn hemel!' riep ze uit toen de directeur, die hen persoonlijk naar haar suite had begeleid, de zitkamer verliet. 'Is dit niet fantastisch?'

'Dat is het, ja, dat moet ik toegeven. Ik ben altijd dol geweest op het Claridge, een schitterend voorbeeld van art deco, en het is mooi dat ze het zo hebben gelaten,' zei Orlando. Hij liet zijn vingers over een bureau van hout met tijgerstrepen glijden en ging in een van de leren rookstoelen zitten.

'Ze hebben een gratis fles champagne neergezet! Zullen we daar wat van nemen? Dan word ik misschien wat rustiger.'

'Mijn beste Star, je gedraagt je als een opgewonden kind op kerstochtend. Uiteraard kunnen we de champagne openen, als jij dat wilt, hoewel ik zou willen dat dit soort dingen niet als "gratis" wordt beschouwd. Jij, of liever gezegd je familie, heeft zojuist het equivalent van jouw maandsalaris in mijn boekhandel uitgegeven om één nacht in een paar kamers te verblijven. Jouw champagne is niet gratis, en aarzel vooral niet als je besluit om gebruik te maken van de overige voorzieningen, zoals die flesjes met wat het ook moge zijn dat jullie dames zo nodig in bad moeten gieten, of zelfs de handdoeken en badjassen. Want niets van dat alles is "gratis". Toch verkneukelen mensen zich na terugkomst van een dergelijk uitje door te zeggen dat ze spullen hebben "gestolen". Hoogst belachelijk,' snoof Orlando. Hij stond op en liep naar de ijsemmer. 'Waar zullen we op drinken?' vroeg hij, terwijl hij de champagne eruit haalde.

'Op hier voorgoed wonen, óf op niet gearresteerd worden omdat we ons voordoen als mensen die we niet zijn, jíj mag beslissen.'

'Dan drinken we op allebei,' zei Orlando, terwijl hij de kurk liet ploppen. 'Alsjeblieft,' zei hij, en hij bracht haar een flûte champagne. 'Ik heb ook de betaalde chocolade die naast de champagne lag voor je meegenomen.'

'Koningin voor een dag,' zei Star, en ze propte een schitterend geglazuurde bonbon in haar mond.

'Uit wat je me over je familie hebt verteld, begrijp ik dat jullie trust zo veel slijk der aarde bevat dat je elke dag zo zou kunnen leven.'

'Ik weet niet precies hoeveel het is, en het is dan wel van ons, maar we laten alles beheren door Georg, onze advocaat.'

'Ik heb die Georg nooit ontmoet, maar hij is niet meer dan een lid van het personeel van de familie. Het is júllie geld, beste Star, en het is heel belangrijk dat jij en je zussen dat niet vergeten.'

'Je hebt natuurlijk gelijk, maar Georg is een beetje intimiderend. Ik weet zeker dat hij het niet goed zou vinden als ik hem om geld zou vragen om een jaar in het Claridge Hotel te gaan wonen,' grinnikte Star. 'Bovendien is een deel van de lol dat het een traktatie is. Dat zou het niet zijn als ik hier elke dag kon wonen, toch?'

'Dat is zo,' beaamde Orlando. 'Goed, terwijl jij aan het inchecken was, heb ik de boel hier verkend. Dat wil zeggen dat ik heb uitgezocht wat de meest geschikte tafels voor jou en mij in The Foyer zijn en ik heb er daar twee van gereserveerd. Ik arriveer daar als eerste, jij verschijnt tien minuten later. We mogen door niemand samen worden gezien voordat we elkaar bij de receptie tegen het lijf lopen. Jij zit hier...' Hij wees op de plattegrond de plek van haar tafeltje aan. '... en ik daar, zodat we allebei goed zicht op de ingang hebben, maar elkaar door het enorme bloemstuk in het midden niet kunnen zien.'

'Oké, maar hoe communiceren we met elkaar? Door een postduif de eetzaal door te sturen?' giechelde ze.

'Star, ik hoop dat de alcohol je niet naar het hoofd stijgt. We gebruiken het tamelijk saaie, eigentijdse middel dat een mobiele telefoon heet. Als een van ons tweeën een vrouw ziet die Mrs. McDougal zou kunnen zijn, sms'en we elkaar. Ik zal haar verdere gangen volgen, die haar hopelijk naar de receptiebalie voeren, geef haar een paar minuten en duik dan achter haar op. Op dat moment sta jij op en loopt rustig onze kant op. Je blijft bij het bloemstuk staan om het te bewonderen en controleert inmiddels of ik al met haar in gesprek ben. Daarna kom je naar ons toe lopen en voeren we ons toneelstukje op. Vergeet me alleen niet uit te nodigen voor een drankje in je suite, om zes uur.'

'Oké, goed.' Star haalde diep adem en nam een flinke teug champagne. 'We kunnen dit, hè, Orlando?'

'We kunnen dit beslist, lieve Star, we kunnen dit beslist. Aangezien het nu half twaalf is, wandel ik naar beneden en laat ik jou hier achter zodat je je kunt opknappen.'

'Succes!' riep Star Orlando na toen hij naar de deur van de suite liep. 'En Orlando?'

'Ja?'

'Dank je wel.'

MERRY

LONDEN, ENGELAND

JUNI 2008

10

Ik zat achter in een zwarte taxi, en hoewel ik uitgeput was na weer een slapeloze nacht in een vliegtuig, kon er toch een glimlach af omdat ik echt in een zwarte taxi zat. Toen ik voor het laatst in Londen was, jaren geleden, in die vreselijke tijd, droomde ik ervan om een hand te kunnen opsteken en een taxi aan te houden. Maar een taxi nemen viel destijds, net als alle andere niet-essentiële dingen, volledig buiten mijn budget. Ik had net zo goed kunnen overwegen om in een raket te stappen en naar de maan te vliegen, iets wat Neil Armstrong een paar jaar voordat ik naar Londen kwam was gelukt.

Ik kon bijna niet geloven dat de stad sinds mijn laatste bezoek zo ingrijpend was veranderd. Vanaf Heathrow waren enorme fly-overs aangelegd, waarop zich eindeloze files vormden. Overal om me heen torenden hoge kantoorcomplexen en appartementsgebouwen. Ik voelde de tranen in mijn ogen prikken, want dit zou net zo goed Sydney of Toronto kunnen zijn, of wat voor grote stad ter wereld dan ook. Ik had altijd mijn beeld van Londen vastgehouden. Ik zag in gedachten de elegante architectuur, de open parken met hun groene ruimte, de National Gallery. Dat waren de enige dingen geweest die gratis toegankelijk waren.

'Merry,' sprak ik mezelf streng toe, 'je weet heel goed dat de Big Ben, de parlementsgebouwen en de Theems er nog steeds zijn...'

Ik sloot mijn ogen voor wat ik zag en hoopte dat het uitzicht beter zou worden naarmate we dichter bij het centrum kwamen van de stad waaraan ik zulke dierbare herinneringen koesterde. Ik had gehoopt dit keer echt van Londen te kunnen genieten, maar sinds Mary-Kate die berichten voor me had achtergelaten en die vrouwen in de lobby van het Radisson Hotel op me hadden zitten wachten, was ik in gedachten teruggeworpen naar de laatste keer dat ik hier was en werd ik overvallen door dezelfde angst en ontzetting.

Het móét hem haast wel zijn.

En voor de duizendste keer dreunde dat zinnetje door mijn hoofd. Waarom? Na al die jaren? En hoe had hij – hadden zíj – me kunnen vinden?

Opnieuw bonsde mijn hart tegen mijn ribbenkast. Het moest hun bovendien ernst zijn, nu ze met zovelen waren en me helemaal van Nieuw-Zeeland tot Canada hadden kunnen volgen.

Ik moest tegenover mezelf bekennen dat ik mijn reis niet alleen voor mijn plezier had ondernomen, maar ook om naar hen allebei op zoek te gaan om zeker te weten waar ze waren. En om in elk geval via een van hen eindelijk te weten te komen waaróm. Sinds ik zevenendertig jaar eerder in Nieuw-Zeeland was aangekomen, hadden die twee namen nooit meer mijn lippen verlaten. Ik wist dat ik mijn verleden achter me moest laten en opnieuw moest beginnen, wilde ik overleven. Maar nadat mijn geliefde Jock plotseling was overleden, was het alsof de buffer die hij altijd had gevormd was weggevallen en werd ik overspoeld door herinneringen. Toen ik Bridget op Norfolk Island had ontmoet, hadden we, verhit door Ierse whiskey, herinneringen aan vroegere tijden opgehaald en had ik bekend dat mijn grand tour een bijbedoeling had.

'Ik wil gewoon uitzoeken of ze nog leven of dat ze dood zijn,' had ik gezegd, terwijl Bridget mijn glas bijvulde. 'Ik kan niet de rest van mijn leven doorbrengen zonder het te weten, en ik wil me niet meer verstoppen. Ik zou heel graag naar Ierland willen, naar huis, mijn familie bezoeken. Hopelijk weet ik het tegen de tijd dat ik daar kom. En ik wil het gevoel hebben dat het veilig is, voor mij én voor mijn familie. Begrijp je dat?'

'Natuurlijk begrijp ik dat, maar als je het mij vraagt hebben ze allebei, ieder op hun eigen manier, je leven verwoest.'

'Dat is gewoon niet eerlijk, Bridget. Er móét een reden zijn geweest waarom hij nooit is gekomen. Hij hield van me, dat weet je, en...'

'Jezus!' Bridget had me scherp geobserveerd. 'Het lijkt wel alsof je nog altijd verkikkerd op hem bent. Dat is toch zeker niet het geval?'

'Nee, natuurlijk niet. Je weet hoe dol ik op Jock was. Hij heeft me gered, Bridget, en ik mis hem ontzettend.'

'Misschien ben je ineens weer gek op je eerste liefde omdat Jock is overleden. Maar zal ik je eens wat zeggen? Wil je een man ontmoeten, ga dan op een cruise. Mijn vriendin Priscilla had er eentje naar Noorwegen geboekt en die zei dat er massa's geile weduwnaars rondlopen die op zoek zijn naar...' ratelde Bridget.

'Naar een vrouw die ze verzorgt als ze dement worden, ja,' zei ik, en ik liet mijn ogen rollen. 'Een cruise is denk ik niks voor mij, Bridget. En dit heeft écht niks te maken met op zoek gaan naar een nieuwe man. Het gaat erom dat ik wil ontdekken wat er met mijn eerste liefde is gebeurd en de man wil opsporen die hem heeft geruïneerd.'

'Nou, ik zou zeggen, ga niet in het verleden wroeten. Vooral niet in jóúw verleden.'

Bridget zei altijd waar het op stond, en dat was een eigenschap die ik respecteerde. We kenden elkaar al van jongs af aan, en hoewel ze bazig was en haar mening als de enige juiste beschouwde, was ik dol op haar.

Tijdens die drie afschuwelijke weken had ik in haar piepkleine flatje in Londen gelogeerd. Ze was een goede vriendin, die er altijd voor me was als ik haar nodig had. Vooral als je bedacht dat ik tegen haar had gelogen toen ik zei dat ik terugging naar Ierland en haar en Londen achter me liet. Het was gewoon veiliger als ze niets wist, voor het geval hij besloot haar een bezoekje te brengen.

Bridget was degene die er twee jaar geleden achter was gekomen waar ik woonde. Een van onze pinot noirs had in 2005 bij de prestigieuze wijnwedstrijd van Air New Zealand een gouden medaille gewonnen. De *Otago Daily Times* had een foto van mij, Jock en Jack genomen en een artikel over The Vinery gepubliceerd.

Bridget, inmiddels met pensioen en op vakantie in Nieuw-Zeeland, had me op de foto herkend en was op een dag komen opduiken. Ik kreeg bijna een hartaanval toen ik de deur opendeed en haar zag staan. Ik wist niet hoe snel ik haar moest vertellen dat noch Jock, noch mijn kinderen iets van mijn verleden afwisten, en ik was enorm opgelucht dat ze niet kwam vertellen dat er iemand van mijn familie was overleden, maar dat ze puur bij toeval die foto had gezien. Toen Bridget en ik een reisje naar Norfolk Island maakten, was zij onmiddellijk verliefd geworden op het eiland. En ik vond het geweldig dat ze een paar weken nadat ze naar Norfolk Island was verhuisd, Tony ontmoette en niet lang daarna besloot met hem te trouwen. Ik was trouwens erg verbaasd, want Bridget was haar leven lang vrijgezel geweest.

'Dat komt alleen doordat Tony alles doet wat Bridget zegt, mam,' had Jack gezegd voordat hij naar Frankrijk vertrok. Hij was geen fan van Bridget. Hij deed er nog een schepje bovenop: 'Ik durf te wedden dat ze hem stiekem slaat en 's avonds voor het slapengaan in het hondenhok opsluit.' Tony was inderdaad een heel zachtmoedig mens en leek het echt prettig te vinden om onder de plak te zitten. Ze leken in elk geval erg gelukkig met elkaar.

Bridget schrok behoorlijk toen we die berichten van Mary-Kate over 'de missende zus' hoorden en ook later, toen die twee vrouwen me wilden spreken.

'Ik heb je gisteravond toch nog gezegd dat je het verleden niet moet oprakelen?' riep ze tegen me.

'Maar ik heb Mary-Kate nooit iets verteld over die geschiedenis. Dit moet gewoon toeval zijn. Tenslotte is Mary-Kate geadopteerd, dus misschien horen die twee vrouwen wel bij haar biologische familie.'

'Zou kunnen, ja, maar ik weet nog goed dat hij jou altijd "de missende zus" noemde. Ik wil na al die jaren, zeker nu Tony en ik nog maar net zijn getrouwd, niks met die hele toestand te maken hebben.'

Dus hadden we besloten om samen de middagvlucht naar Sydney te nemen, voor het geval dat. 'Als die twee vrouwen op het eiland aankomen en bij ons aankloppen, kan Tony ze van alles vertellen,' had ik bezorgd opgemerkt. 'Moeten we niet tegen hem zeggen dat hij niet te veel prijs moet geven?'

'Nee, Merry. Tony weet niks, en als we tegen hem zeggen dat hij zijn mond moet houden, gaat hij juist een heleboel vragen stellen die we niet kunnen beantwoorden. Hij hoeft alleen maar te weten dat we een meidenavondje in Sydney hebben. We kunnen er beter niks over zeggen, en laat die twee dan maar onverwacht voor de deur staan.'

Ik voelde weer de huivering die door mijn lichaam was gegaan na Mary-Kates opmerking over de zoektocht naar de zevende zus.

Denk erom, waar je je ook probeert te verstoppen, ik zal je vinden.

En dan was er nog de smaragden ring. De ring die *hij* vanaf het eerste moment had gehaat. Omdat het een cadeau voor mijn eenentwintigste verjaardag was van iemand die hij verafschuwde.

'Het lijkt wel een verlovingsring,' had hij gemopperd. 'En dat op zijn leeftijd, met al dat geld, en dat bekakte Engelse accent... Het is gewoon een viezerik.'

Misschien moest ik de ring maar gewoon uit mijn tas halen als ik bij het Claridge Hotel kwam en hem in de Theems gooien. Maar ik wist dat ik dat niet kon, niet alleen omdat die ring nu van Mary-Kate was, maar ook omdat ik hem van een van de dierbaarste mensen in mijn leven had gekregen. Van de man die onvoorwaardelijk van me had gehouden en me nooit had verraden. Ambrose.

Gelukkig werd de bebouwing om me heen geleidelijk aan lager. Er kwamen gebouwen in beeld die ik vroeger vanaf de bovenkant van een dubbeldekker had gezien. Het zien van die vertrouwde gebouwen troostte me enigszins en verzachtte de herinnering aan de twee vrouwen in de lobby in Toronto en de stem die mijn naam had geroepen toen ik in de lift stapte. Ik was door wat Mary-Kate had gezegd en de brief van een zekere Electra wel gerustgesteld dat die zussen alleen maar mijn ring wilden zien, maar het was me een raadsel hoe ze me zo snel op het spoor hadden kunnen komen. Hoe dan ook, het goede nieuws was dat het spoor in Canada was doodgelopen. Niemand anders dan Bridget, die ik volledig kon vertrouwen, wist waar ik nu was. Voorlopig was ik in Londen en kon niemand me tot aan het Claridge Hotel achtervolgen.

Toen de taxi voor het hotel stopte, voelde ik een steek van prettige opwinding, waar ik zo langzamerhand wel aan toe was. Terwijl ik de chauffeur betaalde, haastten portiers zich om mijn bagage te pakken. Ik had Ambrose, lang geleden alweer in Dublin, over dit mooie en beroemde hotel horen vertellen, toen ik overwoog om tijdens de studievakantie met Bridget een kennismakingstripje naar Londen te maken.

'Het is een schitterende stad, Mary. Een en al prachtige architectuur en historische gebouwen,' zei hij. 'Als je gaat, moet je beslist theedrinken bij het Claridge Hotel, alleen al om het prachtige art-deco-interieur. Als mijn ouders voor zaken of een sociaal evenement in Londen moesten zijn, verbleven ze daar altijd.'

Dus gingen we naar Londen, maar in plaats van thee te drinken bij het Claridge Hotel hadden we in een armetierige bed and breakfast in de buurt van Gloucester Road gelogeerd. Niettemin waren we verliefd geworden op de stad, reden voor Bridget om er al snel na haar afstuderen naartoe te verhuizen, en reden voor mij om erheen te vluchten toen ik weg moest uit Dublin.

En nu werd ik hier als betalend gast door de lobby van het Claridge Hotel geloodst.

'Hebt u een goede reis gehad, mevrouw?' vroeg de receptioniste me toen ik aan de incheckbalie stond en de elegantie en luxe van mijn omgeving in me opnam.

'Zeker, dank u.'

'Ik zie dat u uit Toronto bent gekomen. Canada is een land dat ik altijd al heb willen bezoeken. Mag ik alstublieft uw paspoort, mevrouw?'

Ik overhandigde het haar en keek toe hoe ze de gegevens in haar computer typte.

'Dus uw huisadres is The Vinery, Gibbston Valley, Nieuw-Zeeland?'

'Dat is het, ja.'

'Ook een land dat ik nog graag eens zou willen zien,' zei ze met een glimlach, een en al charme.

'Neemt u me niet kwalijk dat ik tussenbeide kom,' klonk een stem achter me, 'maar hoor ik u zeggen dat u op The Vinery in de Gibbston Valley woont?'

Ik draaide me om en zag een benige, boomlange man in een driedelig pak dat gemaakt leek voor Oscar Wilde in zijn gloriedagen.

'Eh, ja,' antwoordde ik, me afvragend of dit de manager van het hotel was, omdat hij er zo officieel uitzag. 'Is er een probleem?'

'Goeie genade, nee.' De man glimlachte, reikte in zijn borstzakje en overhandigde me een visitekaartje. 'Staat u mij toe me voor te stellen.' Hij wees naar de naam op het kaartje. 'Burggraaf Orlando Sackville, en om te boeten voor mijn zonden werk ik als wijn- en voedseljournalist. De reden waarom ik uw gesprek zo bot heb onderbroken, is dat ik vorige week nog met een vriend van me heb geluncht. Hij is importeur van wijnen, ziet u. Hij vertelde me dat de Nieuw-Zeelandse wijn zijn reputatie van het mindere zusje van Australische wijnen van zich aan het afwerpen is en een aantal uitnemende flessen produceert. Een van de wijngaarden die hij noemde was The Vinery. Als ik mij niet vergis, hebt u een gouden medaille gewonnen voor uw pinot noir in 2005. Mag ik vragen of u de eigenaar bent?'

'Nou, ik heb het bedrijf samen met mijn man jarenlang gerund, maar hij is onlangs overleden. Mijn zoon Jack heeft het overgenomen.'

'Mag ik u condoleren met uw verlies?' zei de man, die oprecht verdrietig leek. 'Goed, ik zal niet langer beslag leggen op uw tijd, maar mag ik zo vrij zijn te vragen of u hier in het hotel logeert?'

'Ik verblijf hier, inderdaad.'

‘Mag ik u dan misschien vragen of u zo vriendelijk zou willen zijn vanavond een uurtje van uw tijd aan mij te besteden? Ik zou het bijzonder op prijs stellen een artikel over The Vinery te mogen schrijven. De kwaliteitskranten hier behandelen dat soort onderwerpen maar al te graag in hun culinaire katern. Ik ken uiteraard de redacteur van *The Sunday Times Wine Club*. U weet ongetwijfeld dat als zíj een wijn in hun selectie opnemen, de eigenaar het heeft gemaakt, om het zo maar uit te drukken.’

‘Mag ik daarover nadenken? Ik heb nog een behoorlijke jetlag, ziet u, en...’

‘Sabrina! Lieve kind, wat doe jíj hier in hemelsnaam?’

Ik draaide me om en zag een magere, ranke blonde vrouw die me een beetje aan Mary-Kate deed denken onze kant op komen. Ze werd door mijn nieuwe vriend op beide wangen gekust.

‘O, ik ben hier met Julian, even weg uit de provincie. We blijven hier een paar dagen, hij moet hier voor zijn werk zijn en ik ben hier om wat te shoppen.’

‘Dat klinkt zalig, lieverd,’ zei hij tegen de jonge vrouw, die een vrij nerveuze indruk op me maakte. Hij betrok mij weer bij het gesprek en wenkte de vrouw dichterbij. ‘Mag ik u Lady Sabrina Vaughan voorstellen? Ze is een oude vriendin van de familie en een goede vriendin van mij persoonlijk.’

‘Hallo, eh...’

‘Mary. Mrs. Mary McDougal,’ zei ik, en ik stak mijn hand uit.

‘Mrs. McDougal is mede-eigenaar van een prachtige wijngaard in Nieuw-Zeeland. Ik was haar juist aan het vertellen hoe onze goede vriend Sebastian Fairclough onlangs nog zo lyrisch was over haar wijnen. Ik ben vastbesloten haar te verleiden tot een interview over de wijngaard.’

‘Ah, juist,’ zei Sabrina, en ze knikte. ‘Fijn u te ontmoeten, Mary.’

Het bleef even stil terwijl mijn nieuwe vriend haar nadrukkelijk aankeek.

‘O!’ ging ze verder. ‘Voel je er iets voor om vanavond in mijn suite iets te komen drinken, rond een uur of zes? Mijn kamernummer is... 106. U bent ook van harte welkom, Mrs. McDougal.’

‘Geweldig! Dan zie ik je vanavond, Sabrina,’ antwoordde Orlando.

‘Neemt u me niet kwalijk, Mrs. McDougal, maar mag ik even uw creditcard?' vroeg de receptioniste toen Sabrina in de richting van de lift liep.

'O, natuurlijk,' zei ik, en ik doorzocht mijn handtas en overhandigde hem aan haar.

'Mrs. McDougal, vergeef me nogmaals dat ik u stoorde, maar komt u als het even kan vanavond toch vooral iets drinken met Sabrina en mij. Dan kunnen we het over uw wijngaard hebben en over wijnen in het algemeen praten.'

'Zoals ik al zei heb ik last van een jetlag, maar ik zal mijn best doen.'

'Uitstekend. Adieu, tot dan,' zei hij, en hij liep weg terwijl de receptioniste me de sleutel wilde overhandigen, maar bedacht zich toen en draaide zich om. 'Neemt u me niet kwalijk, maar ik heb uw kamernummer niet gehoord.'

Ik keek op de sleutel. 'Kamer 112. Tot ziens, Orlando.'

Boven, in mijn prachtige kamer met zijn hoge plafond, verfijnde meubilair en uitzicht op de drukke Londense straat onder me, pakte ik een paar zomerjurken, een rok en een blouse uit mijn koffer en belde roomservice voor een potje thee. Er was een mogelijkheid om zelf thee te zetten op de kamer, maar ik wilde thee uit een porseleinen kopje drinken, geschonken uit een elegante theepot, precies zoals Ambrose het had beschreven. De thee arriveerde prompt, en ik ging zitten om van het moment te genieten.

Ik bestudeerde het visitekaartje dat de bekakte Engelsman me in handen had gedrukt. Als deze man inderdaad burggraaf en wijnjournalist was (en de informatie op het kaartje en het feit dat hij door een vrouw in de lobby was begroet bevestigden dat), was dit een prachtgelegenheid om Britse – en misschien zelfs internationale – publiciteit voor The Vinery te genereren. Ik besloot Jack te bellen. Gewoontegetrouw keek ik op mijn horloge om het tijdsverschil vast te stellen, en op dat moment drong het tot me door dat ik me niet langer in Nieuw-Zeeland, Australië of Canada bevond en dat er maar een uur verschil met Frankrijk was.

Ik pakte de hoorn van het toestel op het nachtkastje en draaide Jacks mobiele nummer. Het duurde even voordat ik verbinding had, en toen kreeg ik dat typische beltoontje dat je kreeg als je internationaal belde.

'Hallo?'

'Met mam, Jack. De lijn kraakt heel erg, kun je me verstaan?'

'Ja, luid en duidelijk. Hoe gaat het met je? Of liever gezegd, waar ben je?'

'Het gaat goed met me, Jack, het gaat goed,' zei ik, en hopend dat hij niet bekend was met Amerikaanse of Britse landcodes loog ik tegen mijn zoon. 'Ik ben in New York!'

'Wauw, de Big Apple! Hoe is het daar?'

'O... lawaaiig, druk, en geweldig!' blufte ik, want ik was nog nooit van mijn leven in New York geweest. 'Precies zoals je het je voorstelt. Maar hoe gaat het met jou, lieverd?'

'Uitstekend, mam, uitstekend. Met de communicatie is het ploeteren, want mijn Frans is bedroevend slecht, maar ik leer heel veel van François, en dat Rhônedal is echt heel bijzonder! De enige dingen die je hier ziet zijn wijngaarden, pastelkleurige huizen en een blauwe lucht. En achter ons zelfs bergen, die me aan thuis herinneren. Maar het is hier totaal anders dan thuis,' zei hij grinnikend. 'En na New York ga je naar Londen?'

'Dat klopt, ja.'

'Nou, François zei dat hij je na de oogst graag te gast zou hebben, als jij hem op jouw beurt wilt ontvangen als hij volgend jaar met zijn gezin naar Nieuw-Zeeland komt.'

'Dat spreekt vanzelf, Jack, natuurlijk wil ik dat. Ik zou dolgraag eens de Provence bezoeken, maar ik heb na Londen Ierland op mijn schema, weet je nog?'

'Terug naar het thuisland... Ik zou daar graag eens naartoe gaan om te zien waar mijn mysterieuze moeder vandaan komt. Je hebt volgens mij nog nooit verteld waar je precies vandaan komt, je had het altijd alleen over de universiteit in Dublin.'

'*To be fair*, Jack, daar heb je me ook nooit naar gevraagd,' antwoordde ik.

'"To be fair," mam? Je hoeft alleen maar aan je reis te dénken en je klinkt al Iers! Hoe dan ook, geniet je van je grand tour?'

'Ik vind het heerlijk, maar ik mis je vader vreselijk. We hebben altijd tegen elkaar gezegd dat we dit zouden doen als hij met pensioen ging, maar ja, dat ging hij nooit.'

'Ik weet het, mam, en ik vind het geen prettig idee dat je in je eentje reist.'

'O, maak je over mij geen zorgen, Jack. Ik kan prima voor mezelf zorgen. Hoe dan ook, ik wilde je vertellen over iemand die ik in het hotel heb ontmoet...' Ik bedacht nog net op tijd dat ik geacht werd in New York te zijn. 'Gisteravond was dat. Die man is wijnjournalist voor een paar grote internationale kranten. We raakten aan de praat en hij vroeg me of ik bereid was een interview te geven over The Vinery, zijn geschiedenis, dat soort dingen. Wat vind jij?'

'Lijkt me precies wat we op dit moment nodig hebben. Wauw, mam, we laten je nog geen twee minuten alleen of je staat al in een hotel met wijnjournalisten te flirten!'

'Heel leuk, Jack. Die man was half zo oud als ik. Hij heet...' Ik keek op het kaartje. 'Orlando Sackville. Ooit van gehoord, toevallig?'

'Nee, maar ik ben niet bepaald een expert wat betreft wijnjournalisten. Dat soort dingen deed pa altijd, weet je? Maar het kan in elk geval geen kwaad om met hem te praten, toch? Dan kun je vertellen hoe jij en pa de zaak vanuit het niets hebben opgebouwd. Als hij technische details over druiven en zo wil, kun je hem mijn mobiele nummer geven, dan zal ik hem graag te woord staan.'

'Dat zal ik uiteraard doen,' zei ik. 'Maar goed, ik laat jou weer aan het werk gaan. Ik mis je, Jack, en ik weet dat je zus je ook mist.'

'Ik mis jullie ook. Oké, mam, hou contact. Ik hou van je.'

'Ik ook van jou.' Ik beëindigde het gesprek en pakte het visitekaartje om het mobiele nummer dat erop stond te bellen.

'Orlando Sackville,' antwoordde de zoetige stem van de man die ik die ochtend had ontmoet.

'Hallo, met Mary McDougal, de vrouw die u beneden hebt ontmoet, van The Vinery in Otago. Ik stoor u hopelijk niet?'

'Dat is wel het laatste wat u zou doen! Wat verrukkelijk! Betekent dit telefoontje dat u me toestaat u te interviewen?'

'Ik heb het met mijn zoon, Jack, besproken, de zoon die nu in de Provence is, en het leek hem een goed idee met u te praten. Alleen moet u voor de technische details bij hem zijn.'

'Geweldig! Zes uur in Sabrina's suite dan maar?'

'Ja, hoewel ik niet lang blijf, want ik zou ter plekke in slaap kunnen vallen.'

'Dat begrijp ik volkomen. Sabrina verheugt zich er ook op u te ontmoeten.'

Hoewel Orlando niet op me over was gekomen als een man die me zou bespringen en bovendien half zo oud was als ik, was ik blij dat Sabrina erbij zou zijn.

'Dan zie ik u om zes uur. Tot ziens, Orlando,' zei ik.

'*À bientôt*, Mrs. McDougal.'

Toen ik ophing, kwamen de herinneringen aan mijn tijd in Dublin weer boven, toen ik aan Trinity was gaan studeren, waar ik types als Orlando en Sabrina tegenkwam, met hun deftige Engelse accenten en hun zorgeloze leventjes.

'Ik ga vanavond iets drinken bij een Engelse burggraaf en een lady,' zei ik hardop, en ik bedacht hoe erg híj dat gevonden zou hebben.

Terwijl ik achterover ging liggen tegen de donzige kussens op het bed, overdacht ik de feiten die ik tot nu toe had verzameld over de twee mannen naar wie ik op zoek was. In Nieuw-Zeeland woonde geen enkele man met een van die namen, ik had vóór mijn vertrek alle mogelijkheden om dat na te gaan uitgeput. En nadat ik in Toronto zonder enig resultaat talloze bladzijden met sterfgevallen en huwelijken had doorgespit, was het me duidelijk dat de enige plek waar ik nog moest zoeken voordat ik naar Ierland, naar huis, ging, hier in Londen was.

'Kom op, Merry, hou toch eens op met dat gepieker. Het is al zo lang geleden en dit was bedoeld als een ontspannende vakantie!' sprak ik mezelf streng toe.

Ik haalde mijn fles belastingvrije Jameson uit de doos en schonk mezelf een vinger whiskey in. Ik bedacht dat mijn lichaam na alle tijdzones die ik had gepasseerd toch al totaal van slag was. Normaal gesproken mocht ik van mezelf pas 's avonds alcohol drinken, terwijl het hier maar net twee uur 's middags was. Ik nam toch maar een flinke slok.

Plotseling kwam de levendige herinnering bovendrijven aan de dag dat ik hem voor het eerst zag. Ik was een bar in Dublin binnengestapt om Bridgets nieuwste vriendje te horen, die daar in een band speelde. Ik zag eruit als een vogelverschrikker.

Die avond zei hij dat ik het mooiste meisje was dat hij ooit had gezien, maar ik ging er maar van uit dat dat bij zijn standaard versierpraatje hoorde. Hij had trouwens niets hoeven te zeggen om me in te pakken, ik hoefde maar één keer in die warme, hazelnootbruine ogen te kijken en ik was verliefd.

Dublin...

Hoe was het mogelijk dat ik sinds Jock was gestorven zo werd teruggeworpen in het verleden? En was het puur toeval dat die twee vrouwen, juist nu ik zo sterk met het verleden bezig was, me kwamen achtervolgen?

Ik realiseerde me ook dat het voorzichtig openen van de zo lang gesloten deur naar het verleden een stroom andere herinneringen op gang bracht die soms tot ver in mijn jeugd teruggingen.

Ik herinnerde me hém, de jongen die ik had gekend, met wie ik op school zat en met wie ik over de velden naar huis liep. En ik herinnerde me hoe gepassioneerd hij toen al was. Standvastig in zijn overtuigingen en vastbesloten ook mij te overtuigen.

'Lees dit, Merry, dan zul je het begrijpen,' had hij gezegd, toen hij me het schoolschrift in handen had gedrukt. Dat was op de dag dat ik naar kostschool in Dublin ging. 'Zolang je weg bent, noem ik je de missende zuster.'

Ik herinnerde me hoe zijn felheid me van mijn stuk bracht, vooral omdat die op mij was gericht.

'Ik wil dat je over het leven van mijn grootmoeder Nuala leest en begrijpt wat de Britten ons hebben aangedaan, en hoe mijn familie voor Ierland en voor vrijheid heeft gevochten... Dit is mijn geschenk aan jou, Merry...'

'Dagboek van Nuala Murphy, achttien jaar,' stond er op de eerste bladzijde van het zwarte schrift. Ik had het al zevenenveertig jaar in mijn bezit, maar ik had het nog nooit gelezen. Ik kon me herinneren dat ik het had doorgebladerd toen ik op kostschool aankwam, maar het kriebelige, slordige handschrift en de belabberde spelling hadden me ervan weerhouden het te lezen. Bovendien waren er zo veel andere dingen die me in mijn nieuwe leven in Dublin bezighielden. En daarna, toen we allebei ouder waren, had ik me zo veel mogelijk van hem en zijn overtuigingen gedistantieerd. Toch had ik het dagboek bij mijn vertrek uit Ierland meegenomen. Ik vond het terug in een doos tijdens het pijnlijke karwei van het opruimen van Jocks spullen. Intuïtief had ik het op deze reis meegenomen.

Ik stond op, opende mijn koffer en vond het dagboek in het binnenvak. Ik had het ter bescherming in een canvastasje gewikkeld. Waarom had ik het niet gewoon weggegooid, zoals ik met bijna alles had gedaan wat te maken had met mijn verleden?

Ik pakte mijn sieradenkistje en wilde dat in het kluisje leggen, maar ineens werd ik overvallen door de drang om het te openen. Ik pakte de ring met zijn zeven kleine smaragdjes die glinsterden in het licht. Ik ging op bed liggen, schoof mijn leesbril omlaag en pakte het dagboek.

Het is tijd, Merry...

Ik opende het schrift en volgde met mijn vingers het verbleekte zwarte handschrift waarmee de bladzijden waren gevuld.

28 juli, 1920

NUALA

ARGIDEEN VALLEY

WEST CORK, IERLAND

Juli 1920

Cumann na mBan
Ierse vrouwenorganisatie

11

Nuala Murphy hing het wasgoed aan de lijn. In de afgelopen maanden was de hoeveelheid verdriedubbeld, zo veel was kreeg ze van de regionale brigades van de Irish Republican Army, bekend onder de afkorting IRA.

De waslijn bevond zich aan de voorkant van de boerderij, waar 's morgens de zon stond en vanwaar je uitkeek op de vallei. Nuala zette haar handen in haar zij en speurde de weg beneden af op Black and Tans, de gehate Engelse paramilitairen die vernoemd waren naar hun uniform, een combinatie van kaki legerbroeken en de donkergroene, bijna zwarte uniformjassen van de Royal Irish Constabulary, de RIC. Met hun vrachtauto's trokken ze een spoor van vernieling door het platteland en ze hadden maar één missie: een klopjacht op de dappere mannen die zich bij de IRA hadden aangesloten om tegen de Engelsen te vechten. Een jaar geleden waren de Tans met duizenden gearriveerd om de plaatselijke politiemacht te versterken, die de grootste moeite had de Ierse opstand in te tomen. Tot haar opluchting zag Nuala dat de wegen beneden verlaten waren.

Haar vriendin Florence, die zich evenals Nuala had aangesloten bij Cumann na mBan, een paramilitaire vrouwenorganisatie, kwam eens per week met paard-en-wagen een nieuwe lading wasgoed afleveren, die dan verstopt zat onder turfplakkaten. Bij de aanblik van het wapperende wasgoed kon Nuala een vergenoegd glimlachje niet onderdrukken. Ergens gaf het haar voldoening om het ondergoed van de meest gezochte mannen van West Cork open en bloot aan de lijn te hebben hangen.

Nuala wierp nog een laatste blik om zich heen en verdween toen naar binnen. In de woonkeuken met het lage plafond was het drukkend heet. De open haard was aangestoken om voor iedereen een warme maaltijd te maken. Haar moeder, Eileen, had de groenten voor het middagmaal al geschild en de ketel hing nu boven de vlammen te pruttelen. Nuala pakte meel en het gewelde fruit uit de proviandkast en de eieren die ze eerder op de dag in het kippenhok had geraapt. Ze maakte een hoeveelheid beslag waar ze minstens drie of vier vruchtencakes van kon bakken. Dezer dagen kon er elk willekeurig moment iemand van de IRA bij je aankloppen, uitgeput door het constant op de vlucht zijn, op zoek naar wat te eten en een bed.

Nadat ze het beslag in een gietijzeren ketel had gedaan om boven het vuur te hangen als de groenten gaar waren, wiste Nuala het zweet van haar voorhoofd en liep naar buiten voor wat frisse lucht. Ze dacht aan vroeger. Ze hadden altijd flink moeten aanpoten op Cross Farm, maar ze hadden toch een redelijk zorgeloos leven geleid. Dat was echter voordat haar Ierse broeders meenden dat het de hoogste tijd was om in opstand te komen tegen de Engelse opperheren, die Ierland al honderden jaren in hun macht hadden en overheersten. Na de moord op Engelse paramilitairen in Tipperary, in januari 1919, sloeg de vlam in de pan en werden tienduizenden Engelse soldaten naar Ierland gestuurd om de opstand neer te slaan. Van alle Engelse troepen in Ierland ging vooral het Essex Regiment meedogenloos tekeer – ze vielen niet alleen de schuiladressen van de IRA aan, maar ook de huizen van gewone burgers werden niet gespaard. Later hadden de Black and Tans zich bij deze soldaten aangesloten om de opstand te onderdrukken.

Ierland was een bezet land geworden, waar de vrijheden die Nuala voorheen voor lief had genomen, steeds verder werden ingeperkt. Ze waren nu inmiddels een jaar met het Britse Rijk in oorlog en streden niet alleen voor hun eigen vrijheid, maar ook voor de vrijheid van het Ierse moederland zelf.

Nuala onderdrukte een geeuw. Ze kon zich niet herinneren wanneer ze voor het laatst langer dan drie uur achter elkaar had geslapen – het was een komen en gaan van mannen die aanklopten voor een stuk brood en een bed. Cross Farm stond bij de plaatselijke IRA bekend als een schuiladres, en dat kwam deels door de ligging, hoog in de vallei, die gunstig was voor de verkenners. Ze konden op de uitkijk staan in het dichtbegroeide bos erachter, vanwaar ze een vogelperspectief hadden op de wegen beneden. Zo hadden degenen die op de boerderij verbleven genoeg tijd om bij onraad in allerijl te vertrekken en de omliggende bossen in te vluchten.

'We zullen overwinnen,' fluisterde Nuala binnensmonds toen ze naar binnen ging om naar de groenten te kijken. Haar vader Daniel en haar oudere broer Fergus waren de IRA toegewijd, en Nuala zelf en haar oudere zus Hannah hadden zich bij Cumann na mBan aangesloten. Alhoewel haar werk geen acute actie vereiste, zoals dat van haar broer, was Nuala toch trots dat ze de mannen broodnodige ondersteuning konden geven. Als de vrouwen er niet waren geweest om berichten door te spelen, munitie en geligniet voor de explosieven te smokkelen, of simpelweg voor schoon wasgoed te zorgen, dan zou hun zaak in de eerste paar weken al op een fiasco zijn uitgelopen.

Haar achterneef Christy woonde inmiddels bijna tien jaar bij hen in. Toen zijn beide ouders waren overleden, hadden de Murphy's zich over hem ontfermd. Nuala had geruchten opgevangen dat hij een oudere broer had, Colin, die ze niet allemaal op een rijtje zou hebben en in een speciaal tehuis in Cork zat. Een hemelsbreed verschil met Christy's sterke persoonlijkheid. Op zijn vijftiende had hij een ongeluk gehad met een dorsmachine, en alhoewel ze zijn been hadden kunnen redden, liep hij sindsdien mank. Christy had voor zichzelf een prachtige houten wandelstok gemaakt, en al was hij maar een paar jaar ouder dan zij, ze vond dat hij er geleerd uitzag met die stok. Ondanks zijn handicap was Christy zo sterk als een os, en als adjudant bij de Ballinascarthy Brigade van de IRA werkte hij samen met haar vader. Niet dat Christy of haar vader in het veld opereerden, maar ze hadden allebei een goed stel hersens, waarmee ze aanvallen konden plannen en voorraden en informatie konden coördineren. Christy werkte ook in een pub in Clogagh en elke avond besteeg hij na een volle werkdag op de boerderij zijn oude knol en reed hij naar het laaggelegen dorp om daar glazen porter te schenken. Het bood hem meteen de gelegenheid om waardevolle informatie op te vangen als er mannen van de Tans of van het Essex Regiment bij hem in de pub zaten te pimpelen en loslippig werden door de drank.

'Dag, meisje,' zei Daniel. Hij maakte zijn handen schoon in het wasbekken naast de voordeur. 'Is het eten al klaar? Ik kan vandaag wel een heel paard op,' voegde hij eraan toe, en hij bukte zich om naar binnen te gaan. Hij nam plaats aan tafel. Haar vader was een beer van een kerel en al was Fergus ook flink uit de kluiten gewassen, Daniel torende met enige trots boven zijn zoon uit. Van alle anti-Britse sentimenten binnen de dikke muren van Cross Farm waren die van haar vader het felst en bij hem gingen ze ook heel ver terug. Zijn ouders hadden zwaar geleden onder de grote hongersnood, en als kind was hij getuige geweest van de opstand tegen Engelse landheren die absurde bedragen eisten voor de hutjes die door hun pachters werden bewoond. Daniel was een volbloed Fenian. Geïnspireerd door de Fianna, de legendarische Ierse krijgers, verkeerden de Fenians in de rotsvaste overtuiging dat Ierland onafhankelijk moest worden, en dat kon alleen bereikt worden door een gewapende revolutie.

Haar *daddy* sprak het Gaelisch vloeiend. Hij had zijn kinderen bijgebracht trots te zijn op hun Ierse afkomst en ze spraken het vaker dan Engels. Alle kinderen wisten dat het gevaarlijk was om in het openbaar Gaelisch te spreken, want de Engelsen mochten je niet horen, dus ze deden het alleen binnen de muren van Cross Farm.

Na de Landoorlog had haar grootvader ruim anderhalve hectare vruchtbare bouwgrond van hun Engelse landeigenaren, de Fitzgeralds, kunnen kopen. Nadat Daniel de boel had overgenomen, kon hij er nog een halve hectare bij bemachtigen om zijn boerenbedrijf uit te breiden. Nuala wist dat er voor haar daddy niets belangrijker was dan de ketenen af te werpen van de 'de onderdrukkers', zoals hij de Engelsen noemde.

Zijn grote held was Michael Collins – 'Mick' of 'De Lange', zoals hij in de volksmond werd genoemd. Mick, die geboren was in West Cork, een paar kilometer bij Clonakilty vandaan, had meegedaan aan de Paasopstand, en na twee jaar in een Engelse gevangenis te hebben gezeten was hij opgeklommen tot de grote baas van de IRA die, verspreid over heel Ierland, inmiddels veel aanhang en leden had. Daddy zei vaak dat Mick Collins de dienst uitmaakte, vooral toen Éamon de Valera, president van de nog onervaren regering van de Ierse republiek, naar Amerika afreisde om fondsen te werven voor de Ierse strijd tegen de Engelse overheersing. De naam Michael Collins werd bij hen thuis met veel eerbied uitgesproken en haar zus Hannah had een krantenfoto van hem bij het voeteneind van haar bed aan de muur gehangen, zodat zijn gezicht het eerste was wat ze zag als ze 's morgens wakker werd. Nuala vermoedde dat in Hannahs ogen geen enkele man aan De Lange kon tippen. Op haar twintigste was haar grote zus nog altijd hardnekkig ongetrouwd.

'Waar is je moeder, Nuala?' vroeg Daniel.

'Piepers rooien, daddy. Ik zal haar roepen.'

Nuala liep naar buiten en floot schel op twee vingers.

'Waar zijn Fergus en Christy?' vroeg ze aan hem toen ze terug in de keuken was. Ze begon aardappels, kool en stukken ham in de kommen te scheppen.

'Ze zijn nog op de akker, wintergerst aan het zaaien.' Daniel keek naar zijn dochter, die een kom voor hem neerzette. Met het oog op hongerige IRA-leden hadden ze de ham met de helft gerantsoeneerd. 'Nog nieuws?'

'Tot zover niets vandaag, maar...'

Nuala keek door de open deur en zag Hannah als een razende over de weg naar Cross Farm fietsen. Haar zus werkte bij een kleermaker in Timoleague en kwam normaal gesproken niet naar huis voor het middageten. Nuala begreep direct dat er iets aan de hand moest zijn. Haar hart begon in haar keel te bonzen en dat gevoel was haar inmiddels vertrouwd, omdat het bijna constant was.

'Wat is er gebeurd?' vroeg ze, zodra Hannah binnen was. Haar moeder Eileen, Fergus en Christy volgden haar op de voet. De deur werd eerst stevig dichtgetrokken, toen ging de knip erop.

'Ik heb net gehoord dat Tom Hales en Pat Harte door het Essex zijn gearresteerd,' zei Hannah, hijgend door de inspanning en de emoties.

'Jezus,' zei Daniel. Hij sloeg een hand voor zijn ogen, de rest van het gezin zonk neer op de dichtstbijzijnde stoelen.

'Hoe? Waar?' vroeg Eileen.

'Wie wist waar ze zaten?' wilde Christy weten.

Hannah hief een hand op om iedereen tot zwijgen te manen. Nuala stond verstard met een kom eten in haar handen, die ze op tafel had willen zetten. Tom Hales was de commandant van de Third West Cork Brigade – hij nam de belangrijkste beslissingen, en zijn mannen voeren blind op hem. Pat Harte, een evenwichtige ziel, was de kwartiermeester van deze brigade, belast met de organisatie en de praktische uitvoering.

'Was het een spion?' vroeg Fergus.

'We weten niet wie hen heeft aangegeven,' zei Hannah. 'Ik weet alleen dat ze op de boerderij van de Hurleys zijn ingerekend. Ellie Sheehy was er ook bij, maar zij heeft zich eruit weten te kletsen. Zij is degene die me een bericht heeft gestuurd.'

'Jezus, Maria en Jozef!' Daniel sloeg met zijn vuist op tafel. 'Niet Tom en Pat. We weten natuurlijk allemaal waarom. Wraak voor het doodschieten van sergeant Mulhern, gisterochtend voor St Patrick's Church.'

'God hebbe zijn genadeloze ziel,' zei Christy.

In de daaropvolgende stilte wist Nuala zich te herstellen en ze zette kommen met eten voor haar geschokte familieleden neer.

'Je kon erop wachten dat er represailles zouden komen na de moord op Mulhern. Hij was per slot van rekening de baas bij de inlichtingendienst van West Cork,' zei Hannah. 'En eerlijk gezegd was het een laaghartige aanval, want de man wilde net naar de kerk gaan. Wreed.'

'Oorlog is altijd wreed, meisje, en die klootzak heeft zijn verdiende loon gekregen. Hoeveel Ieren heeft hij op zijn geweten als hij straks voor zijn Schepper staat?' vroeg Daniel.

'Gedane zaken nemen geen keer,' zei Nuala. Ze sloeg behoedzaam een kruis. 'Weet je waar ze Tom en Pat mee naartoe hebben genomen, Hannah?'

'Ellie zei dat ze in een bijgebouw van de Hurleys zijn gemarteld, daarna werden ze met hun handen op hun rug gebonden naar buiten gebracht. Ze zei... Ze zei dat de twee amper op hun benen konden staan. Pats boeien werden even losgemaakt en toen moest hij met de Union Jack zwaaien.' Hannah schuimbekte van woede. 'Ik heb gehoord dat ze nu in de Bandon Barracks zitten, maar volgens mij worden ze zo snel mogelijk naar Cork gebracht, voor de IRA zich kan mobiliseren om hen te bevrijden.'

'Daar zou je weleens gelijk in kunnen hebben, meisje,' zei Eileen. 'Zijn de andere brigades al op de hoogte?'

'Weet ik niet, *mammy*, maar dat zal ik vast te horen krijgen.' Hannah nam een paar happen van de lauwe aardappels met kool. 'Ik heb ook een nieuwtje voor jou, Nuala.'

'O ja?'

'Een dienstmeisje van Lady Fitzgerald was vanmorgen bij mij in de winkel. Ze vroeg of jij vanmiddag naar het Grote Huis wilde komen om voor Philip te zorgen. Zijn verpleegster is er onverwacht vandoor gegaan.'

Iedereen staarde Hannah verbaasd aan. Na een poosje hervond Nuala haar stem.

'Echt, Hannah, na wat je net vertelde is Argideen House nou niet bepaald de eerste plek waar ik nu naartoe wil. En bovendien, waarom ik? Ik ben daar hooguit een paar keer geweest om te serveren bij een diner of als hulpje bij een jachtpartij. Ik heb die zoon van hen nog nooit ontmoet.'

'Lady Fitzgerald heeft gehoord dat je een verpleegstersopleiding deed voordat de hel losbarstte. Iemand daar heeft je aanbevolen.'

'Dat zal best, maar ik kan er echt niet heen,' antwoordde Nuala stellig. 'Ik heb lakens en kleren aan de lijn hangen. En wie moet er dan voor het avondeten zorgen?'

Opnieuw viel er een stilte, en toen keek haar vader haar aan.

'Volgens mij kun je maar beter gaan, meisje. Het feit alleen al dat jij bij hen over de vloer mag komen, betekent dat ze ons niet verdenken.'

'Ik... Daddy! Nee! Toe, ik wil niet. Mammy, zeg het hem!'

Eileen haalde haar schouders op. Dit soort beslissingen nam haar man altijd.

'Ik sta achter daddy,' zei Fergus. 'Volgens mij moet je gaan. En je weet maar nooit wat je daarbinnen zoal te horen krijgt.'

'Wel, Nuala, Sir Reginald mag dan een Engelse protestant zijn en de vijand ontvangen, maar in mijn ogen is hij rechtschapen en zijn familie woont al heel lang in Ierland,' zei Daniel. 'In dit soort situaties is het verleidelijk om iedereen over één kam te scheren. Jullie weten allemaal dat ik een Ierse republikein in hart en nieren ben en dat ik de Engelsen liever vandaag dan morgen zie vertrekken, maar laten we eerlijk zijn over Sir Reginald. Hij is best fatsoenlijk, ondanks zijn afkomst. Zijn vader heeft voor een heel schappelijke prijs een stuk land verkocht aan de mijne, en Sir Reginald heeft me die halve hectare later praktisch cadeau gedaan.'

Nuala wierp een blik op haar vader en zag dat verder tegensputteren geen zin had. Zijn wil was wet. Ze knikte even, ten teken dat ze zich gewonnen gaf, en boog zich over haar eten.

'Hoe laat word ik daar verwacht?' vroeg ze.

'Zodra je kunt,' zei Hannah.

'Ga je wassen en trek je netste katoenen jurk aan,' droeg mammy haar op toen ze haar kom leeg had.

Nuala zuchtte diep om haar ongenoegen kenbaar te maken, maar ze gehoorzaamde.

Haar moeder zou voor het wasgoed en het avondeten zorgen. Nuala haalde haar fiets uit de schuur en reed samen met Hannah naar Timoleague.

'Wat zal de brigade doen nu Tom Hales niet meer de leiding heeft?' vroeg ze aan haar zus.

'Ik denk dat ze Charlie Hurley als vervangende commandant moeten aanstellen,' zei Hannah. Ze fietsten langs de heuvel naar beneden, daarna over het pad langs de Argideen River en door naar Inchybridge, waar hun wegen zich zouden scheiden.

'En mijn Finn?' fluisterde Nuala. 'Heb je nog nieuws over hem?'

'Ik hoorde dat hij met Charlie Hurley op een schuiladres zit, dus maak je geen zorgen. Goed, ik sla hier af naar de winkel. Veel succes straks in het Grote Huis, zus.'

Zwaaiend fietste ze weg. Nuala begaf zich met tegenzin in de richting van Argideen House.

Het smalle pad liep langs het spoor, waar de rivier naast stroomde. De vogels floten en de zon speelde met het groen van het dichtbegroeide bos om haar heen. Ze kwam langs het plekje waar Finn en zij elkaar vaak in het geheim ontmoetten en stapte even af. Ze zette haar fiets tegen een oude eikenboom. Onder het beschermende bladerdak liet ze zich op de grond zakken, op dezelfde plek waar Finn haar voor het eerst had gekust, en ze nam even een moment voor zichzelf.

Ze had Finnbar Casey voor het eerst tijdens een wedstrijd *gaelic football* gezien, waar hij in hetzelfde elftal speelde als Fergus. Hij was toen zestien, zij veertien, en hij zag haar niet staan. Maar zij staarde als gehypnotiseerd naar die lange, donkerharige jongen, die kon rennen als een gazelle en zijn tegenstanders lenig wist te ontwijken om de bal in het doel te trappen. Hij had een makkelijke lach en vriendelijke blauwe ogen, en hij was altijd in haar gedachten, ook toen hij een hele poos weg was om zijn lerarenopleiding af te ronden. Een jaar geleden waren ze elkaar weer tegengekomen op een bruiloft, toen hij al lesgaf op een dorpsschool in de buurt. Samen dansten ze de *ceilidh* en op het moment dat hij haar hand in de zijne nam, wist ze het. Nu zij achttien was en hij twintig speelde het verschil in leeftijd geen rol meer. En dat was het dan. Hun bruiloft stond gepland voor augustus – over een paar weken al.

'Ik had me altijd voorgesteld dat we in een vrij Ierland zouden trouwen,' had Finn tijdens hun laatste afspraakje gezegd.

'Ja, ik ook, maar ik wil niet langer wachten,' had ze geantwoord. 'Ik wil als je vrouw samen met jou voor onze vrijheid vechten.'

Finn had zich uit volle overtuiging aangesloten bij de Third West Cork Brigade, evenals zijn beste vriend, Charlie Hurley. Nog niet zo lang geleden had deze brigade de RIC bij Ahawadda in een hinderlaag gelokt, drie politieagenten gedood en hun wapens en munitie afgepakt. Het was een kostbare buit geweest, omdat ze om beide zaten te springen. Terwijl de Engelsen een imperiale voorraad mankracht en wapens tot hun beschikking hadden, moest de IRA zich behelpen met wapens die of waren gestolen of over zee het land in werden gesmokkeld.

Een aantal mannen in zijn omgeving was al gesneuveld, maar Finn was tot dusver de dans ontsprongen, wat hem de bijnaam 'Finn van de negen levens' had opgeleverd. Nuala slikte moeizaam. Hij had geluk gehad, maar omdat hij om de haverklap werd opgeroepen om zijn gewonde kameraden te verzorgen, wist Nuala maar al te goed hoe snel het tij kon keren... Net zoals gisteravond, voor Tom Hales en Pat Harte.

'En kijk mij nou, op weg naar het Grote Huis om de Engelsen te dienen,' verzuchtte ze terwijl ze weer op haar fiets klom en haar weg vervolgde. Terwijl ze eerst langs de hoge stenen muur reed, die om het landgoed heen stond, en toen over de lange, slingerende oprijlaan, vroeg ze zich af hoe het moest zijn om in een huis te wonen dat groot genoeg was voor honderd mensen. De vele ramen leken fonkelend op haar neer te kijken, hoge pilaren flankeerden de entree, en het landhuis zelf was symmetrisch en hoekig, een stijl die de Engelsen in alles leek te bekoren.

Ze reed links om het huis heen naar de achterkant, waar de ingang naar de keuken zich bevond. Op de binnenplaats staken de hoofden van vijf enorme, glanzende paarden boven de halve deur van hun stal uit.

Konden we maar een paar van die prachtdieren bemachtigen, dacht ze bij zichzelf. Dan zouden de jongens van de IRA zich een stuk sneller van het ene schuiladres naar het andere kunnen verplaatsen.

Ze stapte van haar fiets, bond haar verwaaide haar bijeen in een staart en streek haar jurk glad. Bij de deur drukte ze op de bel. De jachthonden in de kennels sloegen aan. Ze kon hun geblaf in de verte horen.

'Hallo, Nuala, is het geen schitterende dag vandaag?' Lucy, een van de keukenmeisjes die ze nog van school kende, liet haar binnen.

'Elke dag waarop het niet regent is een mooie dag,' antwoordde ze.

'Wat je zegt.' Lucy troonde haar door de ruime keuken. 'Neem daar maar even plaats.' Ze wees naar een kruk bij de enorme open haard, waar een behaaglijk vuur knapperde. Er stegen verrukkelijke dampen op uit de ketel erboven. 'Maureen, de dienstmeid, is net Mrs. Houghton aan het halen. Zij neemt je mee naar boven.'

'Wat is er met de verpleegster gebeurd?'

'O, dat is een sappige roddel die binnen de muren van deze keuken moet blijven.' Lucy trok er een krukje bij en ging tegenover Nuala zitten. 'Laura is ervandoor met de stalknecht!'

'En wat is daar zo erg aan?'

'Wat daar erg aan is, Nuala, is dat hij van hier is en zij is een Engelse, en dan ook nog eens een protestant! Lady Fitzgerald had haar speciaal meegenomen om voor Philip te zorgen. Als je het mij vraagt, zitten ze nu samen op de boot naar Engeland. Lady Fitzgerald heeft Mrs. Houghton gevraagd of ze iemand anders met ervaring kende. Mrs. Houghton vroeg het aan de meisjes van de bediening en ik heb jou aanbevolen.'

'Dat is heel aardig van je, Lucy, maar ik voldoe niet echt aan de eisen,' wierp Nuala tegen. 'Ik heb maar een jaar op de verpleegstersopleiding in Cork gezeten, toen moest ik ermee stoppen omdat ze me op de boerderij nodig hadden.'

'Dat hoeft Lady Fitzgerald toch niet te weten? Bovendien is hij niet ziek, hij heeft gewoon iemand nodig die hem helpt bij het wassen en aankleden, en om hem een beetje gezelschap te houden. Laura deed weinig anders dan thee met hem drinken en hem voorlezen, volgens Maureen. Maar ja, Maureen is dan ook een kreng.' Lucy dempte haar stem. 'Ze is een dienstmeid, maar ze denkt dat ze heel wat is. Niemand vindt haar aardig. Ik...'

Lucy viel onmiddellijk stil toen een jonge vrouw de keuken binnenkwam. Nuala nam aan dat het de impopulaire Maureen was. Ze droeg een zwarte jurk met een wit gesteven schort, en de bleekheid van haar gezicht en haar lange neus werden benadrukt door haar gitzwarte, strak onder het kapje weggewerkte haar. Nuala schatte haar zo'n vijfentwintig jaar oud.

'Miss Murphy?' vroeg ze.

'Ja, ik ben Nuala Murphy.'

'Kom maar mee, alsjeblieft.'

Nuala liep achter haar aan door de keuken, draaide zich nog even om naar Lucy en rolde met haar ogen.

'Welke verpleegstersopleiding heb je gevolgd?' vroeg Maureen, die haar door de enorme hal naar een trap leidde. De trap was zo breed en hoog dat het Nuala niet zou verbazen als hij door zou lopen tot aan de hemel.

'De North Infirmary in Cork.'

'En je familie? Waar komen zij vandaan?'

'We wonen op Cross Farm, tussen Clogagh en Timoleague. En jij, als ik vragen mag?' zei Nuala beleefd.

'Ik ben geboren in Dublin, maar mijn ouders zijn naar het zuiden verhuisd toen ze de boerderij van mijn vaders oudere broer erfden. Toen mijn moeder ziek werd, ben ik hier ook komen wonen om voor haar te zorgen. Kijk, Mrs. Houghton, hier is het meisje dat tijdelijk de functie van verpleegster zal vervullen.'

Nuala hoorde dat Maureen de klemtoon op 'tijdelijk' legde toen ze het woord richtte tot de rijzige vrouw die net vanuit een van de kamers in de hal was verschenen. Ze was gekleed in een lange zwarte jurk, zonder schort, en ze droeg een flinke sleutelbos op haar heup.

'Dank je, Maureen. Dag, Miss Murphy, ik zal je meenemen naar de vertrekken van Philip,' zei de vrouw met een gedistingeerd Engels accent.

'Mag ik vragen wat hij mankeert?' vroeg Nuala, terwijl ze achter Mrs. Houghton de trap op liep.

'In de oorlog is hij getroffen door een ontploffende mijn. Zijn linkerbeen is verbrijzeld en moest onder de knie worden afgezet. Hij zit in een rolstoel en het is niet waarschijnlijk dat hij er ooit nog uit komt.'

Nuala luisterde amper naar de uitleg van de huishoudster. Ze keek ademloos naar de mensen uit het verleden wier gigantische portretten helemaal tot bovenaan de trap aan de muur hingen.

'Wat houdt mijn werk precies in?' vroeg ze. Ze waren inmiddels boven aangekomen en Mrs. Houghton ging haar voor door een gang die breed genoeg was om een vrachtauto van de Black and Tans doorheen te laten rijden.

''In de middag wordt Philip graag voorgelezen, en rond vier uur belt hij voor thee met sandwiches. Om zeven uur moet hij gewassen worden en trek je hem zijn nachtkleding aan. Misschien wil hij naar de radio luisteren en om acht uur help je hem in bed, waarna hij nog een warm drankje met een biscuitje krijgt, en dan zijn medicijnen. Als hij in bed ligt, ben je vrij om te gaan.' Mrs. Houghton draaide zich naar Nuala om. 'Goed, ik hoop dat je niet vervaard bent aangelegd?'

'Nee hoor, helemaal niet, dus,' zei Nuala, die aannam dat 'vervaard' een deftig woord was voor iets wat ze niet zou moeten zijn. 'Hoezo?'

'Het gezicht van die arme Philip is behoorlijk verminkt tijdens de explosie. Hij heeft één oog verloren en met het andere kan hij amper nog iets zien.'

'O, dat is geen probleem. Dat ben ik gewend van... het ziekenhuis in Cork,' zei Nuala haperend. Tot haar grote schrik had ze er bijna uit geflapt dat ze gewend was geraakt aan het beeld van jongens van de IRA die gewond waren geraakt bij een explosie.

'Goed. Zullen we naar binnen gaan?' Mrs. Houghton gaf een klopje op de deur en iemand zei: 'Binnen.'

Ze liepen een ruime zitkamer in met ramen die uitkeken op de landerijen. De inrichting was zo weelderig dat Nuala de neiging kreeg om het zachte zijdeachtige damast aan te raken waarmee de bank en de stoelen waren bekleed, en de glanzende, elegante, mahoniehouten kasten en tafels die door de hele kamer stonden. Bij een van de ramen zat een man in een rolstoel met zijn rug naar hen toe.

'Je nieuwe verpleegster is hier, Philip.'

'Breng haar maar naar me toe.' Zijn stem had een Engels accent en een trage, lage ondertoon.

Nuala volgde Mrs. Houghton door de kamer, blij dat ze haar moeders advies had opgevolgd om haar beste jurk aan te trekken.

De man in de rolstoel draaide zich om en Nuala deed haar best om niet vol afgrijzen naar adem te happen. Zijn gelaatstrekken waren herschikt: zijn lege oogkas, zijn neus en de linkerkant van zijn mond zaten lager dan aan de andere kant. Zijn huid werd daar ontsierd door littekens terwijl de rechterkant van zijn gezicht vrijwel ongeschonden was. Daarom, en ook door het dikke, blonde haar, kon Nuala zien dat hij vroeger een erg knappe jongeman moest zijn geweest.

'Goedemiddag, sir,' zei Nuala en ze maakte een lichte buiging.

'Goedemiddag, Miss...'

'Murphy, sir. Nuala Murphy.'

'Je bent Ierse, neem ik aan?'

'Inderdaad, sir. Ik woon een paar kilometer hiervandaan.'

Mrs. Houghton kwam tussenbeide. 'Uw moeder heeft al contact opgenomen met diverse personeelsbureaus in Engeland,' zei ze. 'Maar Nuala komt hiervandaan, zoals ze al zei, en ze is verpleegster.'

'We weten allebei dat ik niet echt een verpleegster nodig heb, Mrs. Houghton.' Philip haalde zijn schouders op. 'Kom eens dichterbij, Nuala, dan kan ik je beter zien.'

Philip wenkte Nuala tot ze vlak voor hem stond. Hij staarde haar aan. Ze kon zien dat hij weliswaar halfblind was aan dat ene oog, maar dat hij toch een opmerkzame blik had.

'Ze lijkt me prima, Mrs. Houghton. U kunt gaan,' zei hij en hij zond haar met een gebaar van zijn rechterhand weg. 'Dan kunnen wij nader kennismaken.'

'Uitstekend. Belt u maar als u iets nodig hebt.'

Mrs. Houghton verliet de kamer en toen was Nuala alleen met hem. Ondanks haar weerzin om hiernaartoe te komen ging haar grote, warme hart direct uit naar deze trieste, verminkte man.

'Noem me om te beginnen Philip, geen sir, alsjeblieft,' zei hij. 'Het personeel weet dat ik daar een hekel aan heb. Het herinnert me aan een tijd waar ik liever niet aan terugdenk. Ga maar zitten,' voegde hij eraan toe en hij rolde zelf zijn stoel naar het midden van de kamer.

Het klonk zo simpel, maar omdat ze haar hele leven had geleerd om in aanwezigheid van de Engelse adel rechtop – en vanbinnen fier – te blijven staan, was het voor haar verwarrend om zomaar te gaan zitten, laat staan op een met damast beklede bank.

'Ja, sir. Ik bedoel Philip,' antwoordde Nuala, en ze gaf gehoor aan zijn verzoek. Nu ze over de schok van de eerste aanblik heen was, dwaalde haar blik af naar de halflege broekspijp aan zijn linkerzijde.

'Zo, Nuala, vertel eens iets over jezelf.' Vanwege zijn verminkte lip kostte het hem moeite om langzaam en duidelijk te spreken.

'O, ik... Ik heb een broer en een zus, en samen met mijn ouders en nog een neef wonen we op een boerderij. Mijn vader heet Daniel Murphy.'

'Ach ja, Mr. Murphy. Volgens mijn vader is hij een deugdzame man.

Verstandig ook.' Philip knikte. 'Niet het type Ier dat zich inlaat met de activiteiten die momenteel door heel Ierland worden ondernomen, lijkt mij zo.'

O, Jezus, Maria en Jozef, dacht ze geschrokken bij zichzelf. Niet blozen, toe, ik smeek je. Straks ziet hij mijn vuurrode wangen nog...

'Nee hoor, Philip, absoluut niet.'

Hij draaide zijn gezicht naar de ramen.

'Wat me tijdens die periode in de loopgraven op de been hield, was de gedachte dat ik ooit kon terugkeren naar de vredige rust van mijn ouderlijk huis. En nu ik hier ben...' Hij schudde zijn hoofd. 'Soms word ik 's nachts wakker door het geluid van geweerschoten. Ik...'

Nuala zag zijn kin op zijn borst zinken, zijn licht schokkende schouders, en ze besefte dat hij huilde. Ze bleef zitten. Ze bedacht dat ze nog nooit een man had zien huilen, zelfs niet toen ze de verdwaalde stukjes hagel uit het bovenbeen van Sonny O'Neill peuterde nadat de Black and Tans zijn boerderij hadden bestormd.

'Mijn excuses, Nuala. Bij mij komen de waterlanders nogal gemakkelijk, vrees ik. Vooral als ik het over de oorlog heb. Al die verloren levens, al dat leed, en nu zitten we hier, in deze stille uithoek van de wereld, en lijkt het alwéér oorlog.'

Nuala zag dat Philip een zakdoek uit zijn broekzak haalde. Hij depte eerst zijn goede oog, toen zijn lege oogkas.

'Kan ik iets voor je doen, Philip?'

'Een nieuw oog en een nieuw been voor me regelen, maar ik betwijfel of dat ooit nog gaat gebeuren. Tenzij, uiteraard, mijn geest dit waardeloze omhulsel verlaat waar hij nu in huist. Ik neem aan dat je ook in de hemel gelooft, Nuala?'

'Jazeker, Philip.'

'Dat komt doordat je nooit honderden mannen kermend van de pijn hebt zien sterven, schreeuwend om hun moeder. Wie dat eenmaal heeft gehoord, gelooft niet meer zo snel in een goedaardige Vader die daar boven op ons wacht. Wat denk jij?'

'Nou, ik...' Nuala beet op haar onderlip.

'Toe, voel je vrij. Ik neem nergens aanstoot aan. Je bent de eerste jongere die ik in ruim een half jaar heb gezien, met uitzondering van de verpleegster die jij hebt vervangen, en zij was verreweg het stompzinnigste wicht dat ik ooit heb ontmoet. De vrienden van mijn ouders zijn allemaal van een zekere leeftijd, als je begrijpt wat ik bedoel. Jij bent hier geboren en getogen en je bent ook nog eens katholiek, dus ik ben nieuwsgierig naar je mening.'

'Ik... ik zou willen zeggen dat wat ons boven wacht als we doodgaan zo geweldig moet zijn dat het ons alle leed hier op aarde zal doen vergeten.'

'Ah, een ware gelovige,' antwoordde Philip, en Nuala wist niet zeker of hij nu de spot met haar dreef. 'Maar ik heb niets met al die onzin over gestraft worden voor onze zonden op aarde... Wat kan een zeventienjarige in de loopgraven in vredesnaam hebben misdaan om zoiets te verdienen, om maar een voorbeeld te noemen?' Philip wees naar zijn gezicht en zijn geamputeerde been. 'Ik geloof eerder dat de mensheid zelf een hel op aarde creëert.'

'Oorlog is een gruwel, dat vind ik ook. Maar soms is het nodig om te vechten voor wat jou toekomt. Net zoals jullie tegen de Hunnen in Frankrijk.'

'Daar heb je een punt. Ik zou niet graag de Duitsers over ons glooiende groene landschap zien denderen.'

Of de Engelse bezetters over de onze...

'Ik hoop dat het al deze offers waard is,' vervolgde Philip. 'Enfin, Nuala, speel je schaak?'

'Nee.'

'Je voorgangster kon het ook niet. Ik heb geprobeerd het haar te leren, maar daar was ze te dom voor. Wil je een poging wagen?'

'Ja hoor, ik sta open voor nieuwe dingen,' zei ze, maar in gedachten was ze nog bij het zware gesprek dat ze net hadden gevoerd.

'Mooi zo. Klap dan even de schaaktafel open die daar voor het raam staat.'

Philip gaf Nuala aanwijzingen. Ze zag dat het tafelblad was ontworpen als een vierkant dat was opgedeeld in een donker en licht geblokt patroon.

'De schaakstukken zitten in de buffetkast waar het dienblad met de whiskey op staat. Schenk meteen een glas voor me in, als je er toch bent. Mijn hersens werken beter als ik rust in mijn hoofd heb, en neem maar van mij aan dat een glas Ierse whiskey effectiever is dan twintig pijnstillers.'

Voor het eerst zag Nuala een glimlach om zijn lippen verschijnen.

Ze schonk een bodempje voor hem in, pakte de rammelende kist en reed Philip naar de tafel.

'Kom tegenover me zitten. Ik zie beter bij het licht dat door het raam valt.' Philip haalde een monocle tevoorschijn, die hij voor zijn goede oog hield.

'Goed.' Hij nam een slokje whiskey. 'Pak de schaakstukken maar. Ik zal je laten zien hoe je ze moet neerzetten.'

Nuala deed het kistje open en zag allemaal zwart en crèmekleurige stukken, vervaardigd uit een materiaal dat zacht en glad aanvoelde. Elk stuk was prachtig gesneden, als een klein beeldje.

'Wel... jij speelt met wit, dan speel ik met zwart. Kijk hoe ik mijn stukken neerzet en zet dan de jouwe in spiegelbeeld neer.'

Toen het schaakbord was opgesteld en ze hem nog een keer had bijgeschonken, leerde hij haar eerst de namen van de stukken en hoe ze die over het bord kon verplaatsen.

'Oké, de beste manier om dit spel te leren is door ermee te beginnen,' zei hij. 'Ben je zover?'

Nuala knikte en ze begonnen. Het spel vergde haar uiterste concentratie en ze wist niet precies hoe lang Philip en zij al de stukken over het bord aan het schuiven waren toen ze de regels begon door te krijgen.

Er werd op de deur geklopt.

'Verdomme,' mompelde Philip. 'Binnen!'

Mrs. Houghton stond in de deuropening. 'Neemt u mij niet kwalijk, maar wilde u misschien thee? Normaal gesproken belt de verpleegster rond vier uur, en het is nu al bijna half vijf.'

'Dat kwam doordat de vorige verpleegster een leeghoofd was. Nuala heeft inmiddels al de basisregels van het schaakspel door. We willen graag thee en daarna spelen we door.'

'Maureen zal het dienblad naar boven brengen. De thee wordt geserveerd met sandwiches met gerookte zalm en komkommer.'

'Prima, Mrs. Houghton.' De deur ging dicht en Philip wierp een blik op Nuala. 'Nu ons spel toch al ruw onderbroken is... Zou je me misschien naar de badkamer willen brengen?'

Philip wees haar de weg, door een deur die toegang bood tot een slaapkamer waar een gigantisch hemelbed in stond, met een baldakijn die van zijde gemaakt leek te zijn.

‘Daar rechts,’ zei hij en hij wees naar een andere deur. ‘Breng me erheen, graag, vanaf daar kan ik mezelf redden.’

Nuala wierp een blik door de deuropening. Ze zag een grote badkuip met een kraan erop, en een lage ronde kom waar vanaf het plafond een ketting boven hing.

‘Weet je zeker dat je geen hulp nodig hebt?’

‘Het lukt me best, doe de deur maar achter je dicht. Ik roep je als ik klaar ben.’

Nuala bleef midden in de schitterende slaapkamer staan en droomde even weg bij de gedachte om languit op dat grote bed te liggen, omhoog te kijken naar die zijden baldakijn en zich helemaal geborgen te voelen. Ver weg van de boerderij waar altijd een inval dreigde, de bultige strozak waar ze ’s nachts op sliep, en het harde werk van ’s morgens vroeg tot ’s avonds laat om voor wat brood op de plank te zorgen. Hoe moest het zijn om bedienden te hebben, en een kom in de belendende kamer waar je privé je behoefte in kon doen? En vooral om niet elk uur van de dag in angst te hoeven leven…

Maar zou ik met hem willen ruilen?

‘Nog in geen honderd jaar,’ mompelde ze.

‘Ik ben klaar,’ hoorde ze hem in de andere kamer zeggen. Nuala schrok op uit haar dagdromerij en liep snel naar hem toe om hem te helpen.

‘Gebeurd,’ zei hij met een glimlach. ‘Zou je zo vriendelijk willen zijn even aan die ketting te trekken?’

Ze deed wat hij vroeg en meteen spoelde er een plons water door de kom.

Ze probeerde er niet naar te kijken, voor het geval Philip haar voor de heikneuter zou houden die ze was, en bracht hem terug naar de zitkamer, waar Maureen inmiddels een zilveren etagère had neergezet, drie plateaus volgestouwd met sandwiches en cake, en twee verfijnde porseleinen kopjes op de tafel voor de damasten bank.

‘Uw *afternoontea*,’ zei Maureen. Terwijl ze een knikje gaf, wist Nuala zeker dat de vrouw in haar richting keek en haar een allesbehalve warme blik toewierp.

‘Ik hoop dat je van vis houdt,’ zei Philip. Hij stak zijn hand uit naar de sneetjes witbrood die van hun korst waren ontdaan.

‘Om eerlijk te zijn heb ik het nog nooit gegeten.’

'Dat verbaast me allerminst,' antwoordde Philip. 'Ik heb nooit begrepen waarom jullie Ieren er niets van moeten hebben. De zee zit hier vol met vis, maar toch houden jullie het bij vlees van landdieren.'

'We zijn het nu eenmaal zo gewend.'

'Goed, als je de thee hebt ingeschonken – eerst de thee, dan een wolkje melk, trouwens – moet je beslist een sandwich proberen. Zoals je ziet is er genoeg voor tien personen.'

'Graag, dank je.'

Nuala schonk thee voor hem in en deed er een scheutje melk bij. De theepot en de melkkan voelden beide zo zwaar dat ze wel van massief zilver moesten zijn.

'Voor jezelf ook een kopje, Nuala. Je verhemelte zal zo ondertussen wel van perkament zijn.'

Opnieuw viel er een woord dat Nuala niet kende, maar ze had erge dorst, dus ze schonk ook thee voor zichzelf in.

'Santé,' zei Philip en hij hief zijn kopje naar haar op. 'En gefeliciteerd met een paar prima zetten op het schaakbord. Als deze eerste poging van jou een voorbode is, zul je me over een paar weken verslaan.'

Het was al na negenen toen Nuala het huis verliet. De avond viel en ze deed het licht op haar fiets aan zodat ze niet in een greppel zou rijden. Ze bleef opnieuw staan bij de eik waar ze vaak met Finn afsprak en ging op de grond zitten, om de kracht en de wijsheid van de oude boomstam tegen haar rug te voelen.

Ze had deze middag een andere wereld betreden, en haar hoofd barstte bijna door alle nieuwe ervaringen en indrukken.

Na de thee hadden ze hun schaakpartij afgemaakt. De zalm, alhoewel erg roze en erg kostbaar, bleek haar veel beter te smaken dan ze had verwacht. Daarna had Philip per se nog een keer willen spelen, en ditmaal had hij haar geen aanwijzingen meer gegeven hoe ze haar stukken moest neerzetten. Met als gevolg dat ze na tien minuten al schaakmat stond, maar de daaropvolgende partij had bijna een uur geduurd en hij had met zijn hand een ferme klap op zijn gezonde dijbeen gegeven.

'Uitstekend gespeeld,' zei hij, precies op het moment dat Maureen verscheen met zijn warme melk en de biscuitjes. 'Nog even en Nuala verslaat me met gemak, hoor je dat, Maureen?'

Maureen had beleefd geknikt en was weggegaan. Niet dat Nuala zat te wachten op haar complimentjes, maar iets aan die vrouw bezorgde haar kippenvel.

Nuala was het liefst nog een paar uur bij de boom blijven zitten, maar het werd steeds donkerder. Het was hoog tijd om naar huis te gaan. Ze verzamelde al haar energie, stond op en stapte weer op haar fiets.

12

Die avond lagen Nuala en Hannah samen in het bed dat ze deelden op de kleine zolderkamer boven de keuken. Nadat ze haar belevenissen van die dag had opgeschreven, had Nuala de kaars uitgeblazen. De leraar op school had haar aangeraden een dagboek bij te houden. Ze was op haar twaalfde al van school gehaald om mee te helpen op de boerderij, maar ze was er trots op dat ze haar schrijfoefeningen trouw volhield.

'En, hoe is hij?' vroeg Hannah in het donker.

'Hij was... best aardig,' zei ze. 'Hij is ernstig gewond geraakt in de loopgraven en hij zit in een rolstoel.'

'Je hebt toch geen medelijden met hem, hè?' vroeg Hannah. 'Die familie van hem heeft land gestolen dat vierhonderd jaar geleden van ons was en ze hebben ons fors laten dokken om een klein lapje terug te krijgen.'

'Hij is niet veel ouder dan jij, Hannah, maar met dat gezicht van hem kan hij geld verdienen bij een rondreizend circus. Hij moest zelfs huilen toen hij het over de oorlog had...'

'Lieve help, zeg!' Hannah schoot overeind en door haar plotselinge beweging trok ze het laken en de deken mee. 'Laat me niet horen dat je onze aartsvijand zielig vindt! Anders zeg ik tegen Cumann na mBan dat ze jou eruit gooien voor de zon opkomt.'

'Nee! Hou op nou. Zelfs daddy doet nog een goed woordje voor deze Engelsen. Hij vindt de Fitzgeralds best fatsoenlijke lui. Bovendien heeft niemand zo veel hart voor de zaak als ik, want mijn verloofde riskeert op dit moment zijn leven om de Engelsen mores te leren. Zo dan. En mag ik nu slapen? We hebben nu niemand over de vloer, maar er is morgen wel een bijeenkomst hier in de schuur.'

'Ik moet de hele tijd aan die arme Tom Hales en Pat Harte denken,' zuchtte Hannah. Ze ging weer liggen. 'We hebben al een boodschap doorgegeven aan de spionnes, zij komen er nog wel achter waar ze worden vastgehouden. Maar goed, je hebt gelijk, morgen wordt een lange dag. De jongens van de IRA zullen barsten van de honger en volgens daddy komen er een heleboel onze kant op.'

'We hebben tenminste wel schoon goed voor ze,' zei Nuala. Ze durfde op dat moment niet tegen haar zus te zeggen dat Mrs. Houghton had gevraagd of ze aan wilde blijven in het Grote Huis tot ze een nieuwe verpleegster hadden gevonden.

Ik praat morgen wel met daddy, dacht ze bij zichzelf terwijl haar oogleden zwaar werden en ze in slaap viel.

'Wat denk jij, Hannah?' vroeg Daniel, toen het gezin de volgende ochtend aan het ontbijt zat. Het was pas zeven uur, maar de koeien waren al gemolken en Fergus was met paard-en-wagen op pad om de karntonnen naar de zuivelhandel te brengen.

'Ik zou zeggen dat ze er niet meer naartoe moet gaan, daddy. Er is hier om te beginnen al genoeg te doen, en dat is nog zonder het werk voor Cumann na mBan. Wie moet mammy helpen bij het vele koken en wassen dat er nu allemaal bij is gekomen? Ik heb zelf mijn werk als naaister en... het is gewoon niet goed als er een van ons in het Grote Huis werkt.'

'Ik red me wel, ik heb per slot van rekening Fergus en Christy,' zei Eileen. Ze gaf Christy, die naast haar zat te ontbijten, een klopje op zijn hand. Ze keek haar man aan. 'Jij moet het zeggen, Daniel.'

Hannah wilde er nog iets aan toevoegen, maar Daniel stak afwerend zijn hand op. 'We hebben veel jongens die voor ons spioneren. En de vrouwen doen het zo mogelijk nog beter, omdat de Engelsen hen niet verdenken.'

'Nog niet,' mompelde Hannah.

'Als Nuala een tijdelijke betrekking heeft op het Grote Huis, hoort ze vast wel een keer de bediendes roddelen over wie er zoal langskomt. Sir Reginald ontvangt graag zijn vrienden die in het leger zitten. Ze zullen geneigd zijn hem te vertellen wat ze allemaal van plan zijn, vooral na een paar glazen whiskey.'

'Ik zal niet zo snel de roddels in de ontvangstkamer beneden kunnen afluisteren, daddy,' wierp Nuala tegen. 'Het is een kast van een huis.'

'Nee, dat niet, maar die jonge knaap van jou kan af en toe met zijn vader praten over wat er zoal gaande is. Het zou handig zijn om daar een luistervinkje te hebben.'

'Philip lust zelf ook wel een glaasje,' glimlachte Nuala.

'Schenk hem dan maar flink in en probeer hem uit te horen,' zei Daniel met een knipoog. 'Bovendien zou het geen goede indruk maken als je weigert. Ze denken vast dat het een eer voor jou moet zijn om zo nauw met de familie samen te werken.'

'Dus je wilt dat ik doorga?'

'Je hebt geen keus, Nuala,' zei Eileen. 'Als het Grote Huis iets vraagt...'

'... springen wij meteen in de houding.' Hannah rolde met haar ogen. 'Op de dag van onze overwinning jagen we die lui dat huis uit.'

'Is hun zoon voor of tegen ons, Nuala?' vroeg Christy.

'Wat een vraag!' riep Hannah uit.

'Laat je zus antwoorden,' zei Daniel.

'Ik zou zeggen dat Philip tegen elke oorlog is. Hij wil alleen maar dat het ophoudt,' zei Nuala.

'O, zeggen we nu al Philip tegen hem?' vroeg Hannah met fonkelende ogen.

'Iedereen noemt hem zo, want "sir" herinnert hem aan de tijd dat hij kapitein was in de loopgraven,' pareerde Nuala. 'En als jij van die stront over me uit blijft storten, kap ik ermee.'

'Nuala!' Eileen sloeg hard op de tafel. 'Dat soort taal duld ik niet onder mijn dak. En jij, juffertje,' zei ze tegen Hannah, 'jij houdt je commentaar voor je, begrepen? Goed, hoogste tijd dat ik aan de slag ga.' Ze richtte zich tot Daniel. 'Weten we al hoeveel we er vanavond kunnen verwachten?'

'Vijftien tot twintig, en ik heb een boodschap naar Timoleague gestuurd om een paar mannen te sturen die hier komen patrouilleren als ze er zijn. Er zijn er nogal wat bij die worden gezocht,' zei Daniel.

'Ik heb een paar vrouwen van Cumann na mBan gevraagd om te komen helpen met koken,' voegde Hannah eraan toe.

'Zeg dat ze hun fietsen in de schuur achter de hooiberg moeten verstoppen,' drong Christy aan.

'Natuurlijk.' Hannah stond op. 'Dag, allemaal.'

Toen Hannah weg was, hielp Nuala haar moeder met afruimen en zette de kommen in een van de waterbakken buiten in de week.

'Ik ben op de akker als je me nodig hebt,' zei Daniel, terwijl hij naar buiten liep.

Nuala liep snel achter hem aan en haalde hem in. 'Daddy, komt Finn vanavond ook?'

'Geen idee. Nu Tom en Pat zijn opgepakt, zal iedereen extra voorzichtig zijn,' zei Daniel, en terwijl hij met ferme passen wegliep, zwaaide hij nog even naar haar met zijn grote, sterke hand.

Hannah had haar woord gehouden. Tegen de tijd dat Nuala wegging, waren er al twee vrouwen van Cumann na mBan haar moeder in de keuken aan het helpen met het eten voor die avond.

Nuala fietste met een bonzend hart naar Argideen House. Niet alleen omdat ze er weer naartoe ging, maar ook omdat ze maar bleef denken aan de mannen van de Third West Cork Brigade, onder wie haar geliefde Finn, die heimelijk op weg waren naar de bijeenkomst in de schuur van Cross Farm.

'Waar je ook bent, lieverd, ik bid voor je veiligheid,' fluisterde ze binnensmonds.

'Hé, hallo, Nuala,' zei Lucy toen ze de keuken binnenliep. 'Ik heb gehoord dat je in de smaak viel bij onze jonge meester.'

'O ja?'

'Jawel. Mrs. Houghton zei ook dat je een veel betere verpleegster was dan het vorige meisje.'

'Ik heb op dat gebied eigenlijk niet veel hoeven doen.' Nuala fronste haar wenkbrauwen. 'Hij kon zichzelf overwegend goed redden. Ik heb hem alleen even gewassen voor hij naar bed ging, ingestopt en zijn pillen gegeven.'

'Toch moet je iets goed hebben gedaan. Mrs. Houghton is er nu niet, dus Maureen brengt je naar hem toe.'

Maureen kwam net binnen en zonder een woord te zeggen ging ze Nuala voor. Vlak voor Philips kamer draaide ze zich om.

'Ik zou het op prijs stellen als je om klokslag vier uur wilt bellen voor de thee,' zei ze. 'De sandwiches worden taai als je ze te lang laat staan, en ik heb meer te doen.'

Met die woorden deed ze de deur open, liet Nuala binnen en verdween.

Philip zat voor het raam, op dezelfde plek als de dag ervoor. De restjes van zijn middagmaal stonden op de tafel voor de damasten bank.

'Ik kan het dienblad op de gang zetten, als je klaar bent,' zei Nuala.

'Dank je.'

Philip zei verder niets tot Nuala de deur weer had dichtgedaan.

'Wat een zuurpruim is dat, hè? Ik heb gehoord dat ze haar man heeft verloren tijdens de oorlog, dus ik probeer begripvol te zijn,' zei hij. 'Ga zitten, Nuala.' Hij wees naar de bank. 'Heb je een fijne ochtend gehad?'

Ze moest een glimlachje onderdrukken bij het woord 'fijne', omdat ze geen seconde had kunnen zitten, ze had niet eens tijd gehad om een hap te nemen van het maal dat ze haar familieleden had voorgezet.

'Je ziet een beetje bleek, Nuala. Zal ik bellen voor thee? Suiker geeft je altijd een opkikker, vind ik.'

'O, ik voel me prima, Philip, en mijn dag is prima verlopen, dank je.'

'Nee, ik sta erop.' Hij pakte de bel die met een koord aan zijn rolstoel was bevestigd. 'Ik herken honger en vermoeidheid van een kilometer afstand en we kunnen pas schaken als je iets in je maag hebt.'

'Echt, Philip, ik...' Nuala voelde een blos naar haar wangen kruipen.

'Het is echt geen probleem. De dienstmeid heeft de laatste tijd amper iets te doen gehad. De Engelse – of eigenlijk Ierse – vrienden van mijn vader komen hier liever niet, ze zijn veel te bang dat ze onderweg door de IRA worden gegijzeld of zelfs doodgeschoten.'

Nuala voelde zich opgelaten toen Maureen even later binnenkwam.

'U belde, Philip?'

'Ja. Nuala en ik gaan straks schaken en ik wil niet gestoord worden. Ik had graag dat je de thee met de sandwiches bracht voor we begonnen. Nuala heeft honger.'

'Prima, maar het kan even duren. Zoals u weet maak ik altijd de sandwiches vers voor u klaar.' Maureen wierp Nuala een vernietigende blik toe voor ze de kamer verliet.

'Mag ik vragen of jij en je familie weleens hongerlijden, Nuala?'

'O, nee hoor, Philip, helemaal niet. We hebben het getroffen. Een eigen moestuin vol groenten, de varkens voor de bacon. En de aardappeloogst ziet er goed uit dit jaar.'

'In tegenstelling tot die rampzalige aardappeloogsten in de vorige eeuw... Mijn vader was toen nog heel jong, maar hij weet nog goed dat zijn vader zijn best heeft gedaan om zijn pachters bij te staan. Bij ons in de keuken werd extra soep met brood geserveerd, maar natuurlijk was het nooit genoeg.'

'Tja.'

'Zijn er veel leden van jouw familie naar Amerika vertrokken?'

'Ik weet dat mijn grootouders veel dierbaren hebben verloren tijdens de hongersnood, en sommige broers en zussen zijn naar Amerika gegaan, ja. Ik heb daar neven en nichten die ons met de kerst weleens een voedselpakket sturen. Bent u daar ooit geweest? Het moet een geweldig land zijn.'

'Ja, ik ben er geweest. We zijn met die gedoemde Lusitania naar New York gevaren en vanaf daar zijn we doorgereisd naar Boston om de familie van mijn moeder een bezoek te brengen. New York is onvergetelijk. Manhattan staat vol met gebouwen die zo hoog zijn dat je je nek moet verdraaien om de top te kunnen zien.'

'Denkt u dat iedereen daar fortuin kan maken?'

'Waarom vraag je dat?'

'Omdat ik het er weleens met mijn verloofde over heb gehad.'

'Volgens mij wordt dit gesprek in elk Iers huishouden gevoerd,' zei Philip. 'En sommigen hebben daar inderdaad succes geboekt, maar misschien moet je dat afwegen tegen de deplorabele omstandigheden van je voorouders: creperen in Ierland of op zoek gaan naar een beter leven in Amerika. Ik weet nog wat mijn vader me heeft verteld over Brooklyn, een wijk in New York met een grote Ierse gemeenschap. Ieren die tijdens de hongersnood de overtocht hebben gemaakt, vonden vaak werk bij de aanleg van de Brooklyn Bridge. We hebben daar rondgereden en de omstandigheden waren… niet gerieflijk, om het mild uit te drukken. De gebouwen waren vervallen en het krioelde van de vervuilde kinderen die op straat speelden. Om antwoord te geven op je vraag: ja, een paar hebben het er gemaakt, maar als je de armoe van een huurwoninkje in Brooklyn vergelijkt met hier, waar je frisse buitenlucht en een eigen moestuin hebt, dan zou ik voor Ierland kiezen.'

'Finn, mijn verloofde, geeft les op de school in Clogagh en hij zou wel een poging willen wagen. Ik heb gezegd dat ik geen voet aan boord van een schip zet na wat er is gebeurd met die arme stakkers op de Titanic, en daarna nog eens de Lusitania.'

'Ik begrijp je punt, Nuala, maar vergeet niet dat de Lusitania is getorpedeerd door de Duitsers. Ik kan je verzekeren dat het een geweldig schip was, dat nog vele jaren een heleboel passagiers ongedeerd naar de andere kant van de Atlantische Oceaan had kunnen brengen.'

'Toen pa hoorde dat het schip tot zinken was gebracht, is hij op zijn paard naar de kust bij Kinsale gereden om te kijken of hij kon helpen. Ik zal nooit vergeten hoe hij terugkwam en vertelde over al die lijken die in het water dreven.' Nuala huiverde. 'Al is hij net zo bang voor de zee als ik, hij is toch in een boot gestapt om mee te helpen de lichamen te bergen.'

'Ik was in die tijd uitgezonden naar Frankrijk, maar mijn vader was er ook bij en hij heeft dezelfde verhalen verteld. Enfin, het zinken van dat schip heeft toch nog ergens toe geleid, want daardoor heeft Amerika zich in onze oorlog gemengd. Ah, daar is de thee. Laten we het niet meer over die sombere tijd hebben, goed?' Philip wendde zich tot Maureen. 'Zet het dienblad maar voor Nuala neer, zij schenkt de thee in.'

De jonge vrouw knikte, boog lichtjes en met een nijdige blik op Nuala verliet ze de kamer.

'Ze kijkt niet echt blij,' zuchtte Nuala. 'Beneden zei ze nog dat ze om klokslag vier uur de thee wilde serveren.'

'Lieve help, trek je er niets van aan. Ze is maar een dienstmeid. Kom, schenk de thee in en doe je tegoed aan de sandwiches, dan kunnen we beginnen met schaken.'

Tot haar opluchting liet Philip om half acht weten dat hij moe was en naar bed wilde. Ze waste hem, trok hem zijn nachtkleding aan, legde hem in bed en gaf hem zijn medicijnen. Om half negen was ze klaar en kon ze naar huis.

'Het komt door het schaken dat ik zo moe ben,' zei hij met een glimlachje toen ze vertrok. 'Ik heb veel te lang geen beroep hoeven doen op mijn bovenkamer. Ik heb echt moeten pezen om die laatste partij te winnen, jongedame. Je hebt dit spel snel door. Binnenkort versla je me, let op mijn woorden.'

Het was inmiddels een gewoonte om bij haar eik te stoppen – bijna alsof ze even de tijd nodig had om van Nuala de verpleegster in het Grote Huis over te schakelen naar Nuala Murphy, dochter van bezielde republikeinse ouders, lid van Cumann na mBan. Ze liet zich tegen de boomstam zakken en sloeg haar armen om haar knieën.

Natuurlijk zou ze nooit, tegen wie dan ook, mogen zeggen dat ze de afgelopen twee middagen met Philip best leuk had gevonden. Ze had zich naar hartenlust tegoed mogen doen aan de sandwiches. Hij had gezegd dat hij zo kort na het middagmaal geen trek had, en bovendien kon hij altijd bellen voor meer sandwiches. Vandaag waren ze belegd met een soort vleeswaren die Philip *potted meat* noemde. Ze had zelden zoiets lekkers geproefd. Er waren ook scones bij, met klodders room en jam, die ze allebei na hun tweede schaakpartij hadden gegeten. Daarna hadden ze nog twee partijen gespeeld. Philip versloeg haar nog steeds met gemak, ondanks de aardige dingen die hij zei, maar ze wist zeker dat ze straks haar mannetje zou staan als ze zo doorging. Het spel vergde al haar aandacht, waardoor alle andere gedachten, die op dit moment voornamelijk somber waren, uit haar hoofd waren verdwenen. Ze was vandaag echt ontspannen geweest. Zo had ze zich niet meer gevoeld sinds de bloedige Paasopstand in 1916, nu vier jaar geleden. Die gebeurtenis was een kantelpunt geweest. Vanaf dat moment hadden de Ieren hun krachten gebundeld om zich van hun ketenen te bevrijden, en Nuala had beseft dat haar leven nooit meer hetzelfde zou zijn.

'Maar ik mag Philip, lieve eik,' zei ze tegen het zware, dichte bladerdek boven haar. 'Hij is attent en aardig. En wat heeft hij geleden,' zuchtte ze.

Hij had tenminste niet gehuild vandaag, dacht ze, en toen stapte ze snel op haar fiets, want ze moest als de wiedeweerga naar huis.

'Het laat vooral zien dat het leven niet eerlijk is, of je nou een rijke Engelsman bent of een arme Ier,' zei ze tegen de wind, en ze zette zich schrap voor de steile klim naar Cross Farm boven op de heuvel.

'Ben je daar eindelijk, Nuala? We dachten even dat je in een van hun prachtige slaapkamers zou overnachten,' merkte Hannah op toen ze de keuken binnenkwam.

'Nou, zeg, het is nog geen negen uur.' Nuala keek om zich heen en zag de grote schalen met groente klaarstaan. Jenny en Lily, twee vrouwen van de Clonakilty-tak van Cumann na mBan, sneden de ham en legden die in een van de vele kommen op de tafel.

'De mannen komen vanavond niet hier eten,' zei Hannah, die een cake van het vuur haalde. 'Nog geen uur geleden heeft iemand een patrouille van het Essex Regiment bij de boerderij van de Shannons gezien.'

'Luister,' zei haar moeder, 'we moeten de piepers en de groenten over de kommen verdelen en naar de jongens in de schuur brengen voor alles koud wordt. En ja, je prins is er ook, Nuala, dus ik raad je aan snel een borstel door die takkenbos op je hoofd te halen voor je hem zijn eten voorzet.' Eileen gaf haar dochter een klopje op haar hand. 'Let maar niet op je zus,' zei ze nog zachter. 'Ze is soms zo koppig als een ezel, net als haar vader, dus.'

Nuala liep snel door de keuken en haastte zich de trap op naar de kamer van haar ouders, waar de enige spiegel hing die hun huis rijk was. Ze borstelde haar lange, donkere krullen, die nodig aan een knipbeurt toe waren en meer tijd vergden dan ze had, en streek de kreukels uit haar katoenen jurk, die ze gisteravond had gewassen. Na een laatste snelle blik in de spiegel om te controleren of er geen vegen op haar gezicht zaten, rende ze naar beneden, met bonzend hart bij het vooruitzicht haar geliefde terug te zien.

Het schemerde al toen de vrouwen naar buiten liepen met het avondeten voor de mannen. De schuur had maar één enkele ingang aan de zijkant. Nuala wist dat er boven op de beboste heuvel verkenners zaten, die in de gaten hielden of er beneden in de vallei vrachtauto's zouden verschijnen.

Eileen liep voorop en gaf het afgesproken klopje op de deur.

Zodra ze hun gecodeerde antwoord kreeg, deed ze open. De vijf vrouwen liepen naar binnen.

Slechts één hoekje in de schuur was verlicht door kaarsen, verder was het er aardedonker. Nuala zag de silhouetten van mannen die met gekruiste benen op de grond zaten of op de balen stro die in een halve kring waren geplaatst. De mannen, die op gedempte toon een gesprek voerden, keken op toen de vrouwen hen naderden. Er zat een aantal gezichten bij die Nuala kende. Ze bekeek hen een voor een, allemaal even mager en even vermoeid, tot haar ogen uiteindelijk op dat ene gezicht bleven rusten.

'Hallo,' zei hij geluidloos en hij zwaaide even. Nuala liep met de vrouwen langs de halve kring, deelde de kommen uit en werd beloond met gefluisterde dankjewels.

'Wat zie je er mooi uit, Nuala.' Finn glimlachte naar haar toen ze voor hem stond. 'Zullen we straks op de gebruikelijke plek afspreken?'

Ze knikte en liep met de andere vrouwen de schuur uit.

'Zou je ook zo graag een vlieg op de muur willen zijn in de schuur?' vroeg Nuala aan Hannah. 'Zodat je al hun nieuwtjes en plannen kon horen?'

'We zullen het snel genoeg weten als ze ons op pad sturen met boodschappen, of met munitie en wapens onder onze cape,' antwoordde haar zus.

Terug in de keuken gingen de vrouwen aan tafel zitten voor een haastige avondmaaltijd.

'Weten we al iets over Tom en Pat?' vroeg Nuala.

'Ja,' zei Jenny. 'Ik heb een telegram onderschept dat gericht was aan majoor Percival van het Essex Regiment. Ze zijn overgebracht naar een ziekenhuis in Cork.'

Jenny werkte in het postkantoor in Bandon. Ze was een waardevolle spionne voor de zaak en daar benijdde Nuala haar soms wel om.

'Dat betekent dat ze er ernstig aan toe zijn, moge God hen bijstaan!' Eileen sloeg een kruis.

'Wees dankbaar voor elke kleine zegening, meisjes,' zei Jenny. 'De mannen zitten tenminste niet meer in de bajes, waar ze worden gemarteld. Ze liggen nu in het ziekenhuis, waar onze eigen verpleegsters hen verzorgen, dus.'

'Ik heb al een bericht naar Florence gestuurd. Morgen neemt ze de trein naar Cork en zal ze iemand van de IRA een voedselpakket laten bezorgen, om te kijken hoe ze eraan toe zijn,' zei Lily.

'Nuala, ga jij even naar het bijgebouw om die stapel wasgoed op te halen. Als de bijeenkomst in de schuur is afgelopen, kunnen de mannen het meenemen,' zei haar moeder.

Nuala stond op. 'Blijven ze hier vannacht niet slapen?'

'We hebben een paar strozakken, mocht dat het geval zijn. Gelukkig wordt het een warme nacht. We hebben al zo weinig dekens.'

Nuala liep naar het bijgebouw en sorteerde het schone ondergoed, de broeken en de overhemden in twee grote manden. Toen ze met de eerste mand de binnenplaats overstak naar de boerderij, bleef ze even staan om te luisteren. Er kwam geen enkel geluid uit de schuur. Het leek een normale avond, afgezien van het feit dat er binnen plannen voor een guerrillaoorlog werden gesmeed.

'Ach, Philip, wat zou je wel niet van me denken als je dit wist?' mompelde ze.

Het was al na elven toen Daniel, Fergus en Christy de keuken binnenkwamen. De vrouwen van Cuman na mBan hadden opgeruimd en waren verdwenen in de nacht. Nuala zat er alleen met Hannah en Eileen.

'Het wordt tijd dat ik mijn bed opzoek, vrouw,' zei Daniel. Hij wendde zich tot Nuala. 'Er staat buiten iemand op je te wachten.' Hij wees naar de achterdeur. 'Maak het niet te laat. Ik heb overal ogen en jullie zijn nog niet getrouwd.'

Nuala's hart ging tekeer bij de gedachte aan haar verloofde die buiten op haar wachtte. Zij was maar een boerendochter, te vroeg van school gehaald, met een onafgemaakte verpleegstersopleiding, terwijl hij een echt belangrijke baan had als onderwijzer.

Ik zou willen dat ik hem kon vertellen dat ik heb leren schaken, dacht ze bij zichzelf toen ze naar het buitengebouw liep waar het wasgoed lag, maar ze wist dat dat niet kon.

In het donker zag ze alleen het gloeiende puntje van zijn sigaret.

'Ben jij het?' fluisterde hij.

'Ja, ik ben het.' Ze glimlachte.

Finn trapte de peuk uit en nam haar in zijn armen. Toen hij haar kuste, stond ze zoals altijd te trillen op haar benen en ze voelde ergens in haar lichaam een brandend verlangen oplaaien dat ze onder controle moest houden tot na hun bruiloft. Even later verlieten ze de binnenplaats en gingen in het stugge gras liggen, waar ze zich tegen hem aan vlijde.

'Stel dat iemand ons hier ziet?' fluisterde ze.

'Het is pikkedonker buiten, Nuala, maar eigenlijk ben ik er banger voor betrapt te worden door je vader dan door een compleet patrouilleteam van de Black and Tans,' grinnikte hij.

'Maak je geen zorgen, Finn, ik kon aan de andere kant van de kamer de whiskey in zijn adem ruiken. Daddy komt pas weer boven water als morgenochtend de eerste koeien loeien om gemolken te worden.'

'Dan moet ik misschien maar mijn gang gaan,' mompelde hij, terwijl hij haar boven op zich trok.

'Finnbar Casey! Haal het niet in je hoofd! Als ik straks naar het altaar loop, zal ik net zo puur zijn als op de dag van mijn geboorte. Trouwens, wat zouden je leerlingen wel niet zeggen als ze wisten dat meester Casey met zijn meisje lag te rollebollen in het gras?'

'Ik weet zeker dat ze voor me zouden klappen, vooral de jongens.'

Nuala's ogen waren inmiddels gewend aan de duisternis en toen de maan achter een wolk vandaan kwam, kon ze zijn gezicht zien. Ze streek met haar vingertoppen over zijn wang.

'Ik hou van je, lieveling. Ik kan niet wachten om met je te trouwen.'

Ze kusten elkaar hartstochtelijk, toen rolde Nuala van hem af, nestelde zich in zijn armen en keek omhoog naar de sterrenhemel.

'Wat een prachtige nacht. Zo kalm en vredig,' zei ze.

'Zeg dat wel,' mompelde hij. 'Wat hoorde ik trouwens? Ben je nu verpleegster voor die knaap van Fitzgerald in het Grote Huis?'

'Van wie hoorde je dat?'

'Een van de meisjes van Cumann na mBan heeft het gisteravond in mijn oor gefluisterd.'

Nuala schoot overeind. 'Niet waar!'

'Ach joh, welnee, ik plaag je maar. Je vader vertelde het vanavond, en hij zei er ook bij dat hij tegen jou had gezegd dat het een goed idee was.'

'En jij, Finn? Wat vind jij?'

'Hoewel ik nog liever tot aan mijn oksels in een weiland vol koeienstront sta dan dat ik mijn meisje bij de vijand laat rondhangen, denk ik toch dat je vader gelijk heeft. Dat ik lesgeef op een school en jij bij de Fitzgeralds zit, betekent dat wij niet worden verdacht. Nog niet, tenminste... De Black and Tans doen steeds vaker invallen bij gewone mensen. Ik hoorde dat ze drie boerderijen binnenstebuiten hebben gekeerd en de bewoners de stuipen op het lijf hebben gejaagd. Het huis van de Buckleys is tot op de grond afgebrand, als wraak voor het neerschieten van Mulhern, de smeerlap.'

'Denk je dat Tom Hales de opdracht voor die schietpartij heeft gegeven?'

'Ik denk wel dat hij er de hand in heeft gehad, ja. Hij is commandant van die brigade. Althans, dat was hij.' Finn zuchtte.

'Wat gaat er nu gebeuren?'

'Charlie neemt het over tot Tom wordt vrijgelaten. Het is alleen niet te zeggen in welke toestand die stakker dan zal verkeren. Zijn familieleden zijn totaal buiten zinnen, vooral zijn broer Sean heeft het zwaar.'

'Ik zou je nooit in de handen van die Engelse smeerlappen laten vallen,' fluisterde ze vol overtuiging.

'Bof ik even.' Hij grinnikte. 'Al zou ik best willen meemaken dat jij je als een krijsende *banshee* op het Essex Regiment stort.'

'Ik zou je komen redden, Finn, ik zweer het. Waar hebben jullie het verder nog over gehad tijdens de bijeenkomst?'

'Militaire praat, schat. Ik vertel je liever niets, zodat je ook niets weet als je ooit verhoord zou worden. Ik wil alleen kwijt dat Tom Barry erbij was. Weet je nog wie hij is?'

'Volgens mij wel. Vocht hij niet samen met de Engelsen in de Grote Oorlog?'

'Ja, dat klopt, maar hij is een van de meest gedreven IRA-leden die ik ken. We hebben besproken of we de jongens een militaire training kunnen geven,' vervolgde Finn. 'En omdat Tom Barry daar ervaring mee heeft, zou hij de aangewezen man zijn om de leiding te nemen. De rest van ons is een stel amateurs, terwijl we toch verwikkeld zijn in een echte oorlog. We maken geen schijn van kans, tenzij we ons goed organiseren.'

'Ik begrijp wat je bedoelt. Hoe kunnen een stel Ierse boeren, die tot dusver alleen een riek of een schop hebben vastgehouden, het opnemen tegen de machtige Engelsen?' Nuala zuchtte.

'Die Black and Tans zijn de echte schurken, Nuala. Ze zijn gerekruteerd onder Engelse soldaten die uit de Franse loopgraven terugkeerden. Ze zijn razend en gewend aan bloedvergieten, dat maakt hen zo meedogenloos. Ik denk dat ze daarginds op het slagveld hun geweten hebben achtergelaten en bezeten zijn van vergelding.'

'Je maakt me bang. Hou op, Finn.' Nuala huiverde. 'Doe jij mee aan die training?'

'Jazeker. Het kan het verschil betekenen tussen winnen en verliezen. En we mogen niet verliezen van de Engelsen. Onder geen beding. Niet nog een keer,' zei hij knarsetandend. 'We hebben eindelijk onze eigen regering in de Dáil in Dublin. We konden op onze eigen mensen stemmen en het is nu aan ons een republiek te vormen. Wij, de Ieren, hebben het recht ons eigen land te besturen. En laat die lui daar in dat Grote Huis jou niets anders wijsmaken.'

'Natuurlijk niet. Philip zal dit ook niet tegenspreken. Ik heb hem over jou verteld.'

'Over mij?' Finn draaide zich naar haar toe om haar aan te kunnen kijken. 'Wie is Philip?'

'De man die ik moet verplegen, de zoon van Sir Reginald.'

'Als je hem maar niet te veel vertelt, Nuala. Voor je het weet praat je je mond voorbij. Enfin, laten we het ergens anders over hebben. Over onze bruiloft, bijvoorbeeld. Volgens je vader moeten we in de kerk van Timoleague trouwen, willen we de ruimte hebben voor al je familie en vrienden.'

Ze waren een poosje vrolijk aan het sparren over de gastenlijst, en praatten vervolgens over de kleine cottage nabij de school in Clogagh, die Finn als onderwijzer zou worden toegewezen.

'We gaan het wel van een likje verf voorzien om de boel een beetje op te fleuren, toch?' vroeg Nuala. 'En Hannah kan dankzij haar werkgever goedkoop aan balen stof komen, dus ik kan een paar mooie gordijnen maken.'

'Ik weet zeker dat je er iets moois van zult maken.' Finn trok haar opnieuw tegen zich aan en hield haar stevig in zijn armen. 'We zullen daar heel gelukkig worden samen, Nuala. Zeker weten.'

13

Na een paar weken had Nuala een vaste routine ontwikkeld: ze stond voor dag en dauw op om zo veel mogelijk in en om de boerderij te helpen, en na het middageten stapte ze op haar fiets om naar het Grote Huis te gaan. Hannah had in de tussentijd al een paar schimpscheuten op Nuala afgevuurd over wat zij 'haar luizenleventje bij de adel' noemde.

'Terwijl wij ons rot rennen om berichten door te geven, munitie om ons middel gespen en met manden vol wasgoed sjouwen, zit jij spelletjes te spelen en op komkommersandwiches te knabbelen.'

Nuala betreurde de dag dat ze had verteld wat ze deed in de uren die ze met Philip doorbracht. Ze had haar best gedaan om het zo saai mogelijk te brengen, maar haar moeder had met interesse geluisterd en Hannah had zich vastgebeten in de sandwiches en de schaakpartijen.

'Daddy mag je dan excuseren omdat je zogenaamd spioneert, maar ik zie niet in hoe je dat vanuit de slaapkamer van een invalide kunt doen,' sneerde ze.

Nuala zat inmiddels te springen om een flintertje informatie dat ze vanuit het Grote Huis kon meenemen, als om haar tijd daar te rechtvaardigen. Maar haar ouders beweerden allebei dat dat niet nodig was en dat de Third West Cork Brigade blij was met de paar shilling die ze verdiende, waar ze weer extra voedsel en kleding van konden kopen. In wezen had Hannah gelijk, want Nuala had dan wel door kunnen geven dat ze een stoet glanzende zwarte auto's had zien arriveren, geflankeerd door een patrouillewacht van het Essex Regiment, maar ze had geen idee wie de inzittenden waren. Het enige wat ze had opgevangen vanuit het raam op de eerste verdieping was een glimp van hun hoeden en petten.

'Let op of je majoor Percival ziet,' had haar vader gezegd. 'Dat zou voor ons de hoofdprijs zijn. Hij is de inlichtingenofficier voor het Essex Regiment en heeft een heleboel van onze jongens laten martelen.

Het is zijn gewoonte om rond te rijden met de kap van zijn auto naar beneden en in het wilde weg op de boeren op het land te schieten, gewoon voor de *craic*. We weten dat hij ook verantwoordelijk is voor het martelen van Tom en Pat.'

Dankzij het netwerk van de vrouwenorganisatie hadden de details omtrent de martelingen van de twee inmiddels West Cork bereikt. Charlie Hurley, die sinds Toms arrestatie commandant was van de brigade, was naar Cross Farm gekomen met nadere informatie.

Nuala was met haar moeder en Hannah de keuken uit gestuurd, maar ze waren bovenaan de trap blijven luisteren om te horen hoe afschuwelijk Tom en Pat waren mishandeld. Ze konden geen van drieën hun tranen bedwingen toen Charlie vertelde dat Toms vingernagels een voor een waren uitgetrokken en dat zijn tanden uit zijn mond waren geslagen. Ondertussen was Pats hoofd zo zwaar met geweerkolven bewerkt dat zijn hersens ongetwijfeld ook tot moes waren gestampt. Pat lag nog steeds in het ziekenhuis, Tom was veroordeeld tot twee jaar en naar de Pentonville-gevangenis in Londen gebracht om daar zijn straf uit te zitten.

Finn was die avond ook op Cross Farm geweest. In eerste instantie was hij gekomen om hun bruiloft te bespreken, maar na deze droevige mededelingen was hun elke lust vergaan. Hij had haar stevig vastgehouden terwijl zij haar tranen de vrije loop liet.

'Ik weet waarvoor we vechten, Finn, en ik geloof als geen ander in onze zaak, maar soms… soms zou ik willen dat alles weer bij het oude was.'

'Ik weet het, schatje, maar echt, dat sterkt ons toch alleen maar in ons voornemen om het nooit op te geven? We zijn er nu eenmaal mee begonnen en er is geen weg meer terug. We moeten vechten tot de dood, en daarmee uit.'

'Zeg dat niet, toe!' had Nuala hem gesmeekt. 'Volgende week is onze bruiloft en ik voel er niets voor om meteen weduwe te zijn.'

'Ach, maak je geen zorgen, ik ben zo sterk dat ik er in mijn eentje vijf aankan! Ze verschuilen zich achter hun wapens, maar Charlie en ik zijn begonnen de heuvels op en af te rennen. Moet je eens voelen.' Finn had haar hand naar zijn bovenbeen geleid, dat aanvoelde als een blok ijzer, maar ze had snel haar vingers uit de zijne getrokken.

'We zouden daarmee wachten tot onze huwelijksnacht, weet je nog?'

had ze met een zwak glimlachje gezegd, terwijl ze haar tranen droogde.

Terwijl Nuala over de oprijlaan naar Argideen House fietste, bad ze in stilte dat ze op een dag majoor Percival daadwerkelijk daar zou zien, of iemand anders die Argideen House bezocht, wie dan ook. Maar buiten Lucy, Maureen en Mrs. Houghton had ze geen mens gezien in de drie weken dat ze daar werkte. Op Philip na natuurlijk, de stumper.

Ze zette haar fiets tegen de muur en liep snel de keuken in. Ze had nu nog meer medelijden met Philip. Nuala dacht terug aan de tijd van Christy's ongeluk met de dorsmachine, waarna hij maanden het bed had moeten houden.

Maar hij lag wel bij ons thuis en zijn hele familie bekommerde zich om hem; hij hoefde niet ergens boven in een kamer te zitten kniezen met een vreemde, dacht ze bij zichzelf, terwijl ze de trap op liep naar Philips vertrekken. Sinds een week mocht ze zelf naar boven gaan, ze hoefde niet meer te wachten op Mrs. Houghton of Maureen om haar te brengen.

'Dat betekent dat ze je vertrouwen,' had haar moeder glimlachend gezegd. 'Goed gedaan, Nuala.'

Ze was al zo vaak in de verleiding gekomen om even te dralen op die enorme trap, om te staren naar die hoge ramen aan de voorkant en aan de achterkant, die zo gul het daglicht naar binnen lieten stromen, naar de kristallen kroonluchter waar ooit kaarsen in hadden gezeten en die volgens Philip onlangs waren vervangen door elektrisch licht. Het moest machtig zijn om ze te zien branden. Ze kon bijna niet wachten tot het weer winter was en ze de kroonluchter zeker aan zouden doen om veilig de trap op en af te kunnen lopen.

Eerlijk gezegd was ze blij met dit 'luizenleventje', ondanks haar schuldgevoel. Met het aankomende huwelijk en alle voorbereidingen, en niet te vergeten haar vele huishoudelijke taken en haar werk voor de organisatie, boden de uren in het Grote Huis haar een plezierige afwisseling.

'Dag, Philip, ik ben het, Nuala,' zei ze, en ze klopte op de deur.

'Binnen,' zei een vrouwenstem. Ze deed open en zag een vrouw in de kamer staan die ze herkende als Lady Fitzgerald. Nuala had haar een paar keer bij de kleermaker in Timoleague gezien, waar ze uit een grote auto was gestapt om binnen een paar balen stof te bekijken of een jurk te passen. Zelfs Hannah moest toegeven dat ze niet uit de hoogte deed en dat ze het personeel had aangesproken als mensen, niet als beesten.

'Goedemiddag, Nuala. Kom binnen en neem plaats.' Ze had een diepe, warme stem, ondanks haar chique Engelse accent.

'Goedemiddag, Lady Fitzgerald.' Nuala maakte een lichte buiging en ging zitten, zoals haar was verzocht. Ze keek op naar de vrouw, die er met haar blonde haar en blauwe ogen beslist erg knap uitzag voor een oudere dame. Ze leek wel twintig jaar jonger dan haar eigen moeder, die van dezelfde leeftijd moest zijn. Ze droeg tinkelende oorbellen met kleine parels en haar jurk was gemaakt van een zachte stof die net zo saffierblauw was als haar ogen. Als Lady Fitzgerald op een gewone middag in augustus al zo gekleed ging, kon Nuala zich nauwelijks voorstellen hoe ze eruit moest zien als ze in vol ornaat was.

'Philip heeft me net verteld dat hij het de afgelopen maand erg naar zijn zin heeft gehad met jou als zijn verpleegster.'

'Dat onderschrijf ik,' zei Philip. 'Ik heb mijn moeder tevens laten weten dat je excelleert in het schaakspel. Ze is al bijna zover dat ze me zal verslaan, moeder, echt waar.'

Lady Fitzgerald schonk Nuala een glimlach. 'Het is evident dat Philip en jij het uitstekend met elkaar kunnen vinden, maar hij meent dat zijn medische zorg jou ook is toevertrouwd. Zoals je weet, zijn we op zoek naar een gekwalificeerde verpleegster...'

Philip onderbrak haar. 'Moeder, we hebben deze discussie uit-en-tena gevoerd,' zei hij. 'Ik heb geen verpleegster meer nodig. Mijn wonden zijn genezen en mijn lichamelijke toestand is stabiel. Mijn enige echte "zorg" is iemand die me naar het toilet brengt, wast, in bed legt en me de medicijnen voor de nacht aangeeft.'

'Ja, lieverd, maar je weet ook dat je volgens de artsen nog steeds het risico loopt op een toeval vanwege je hoofdletsel en...'

'Dat is tot nu toe nog niet gebeurd en die verdraaide nachtmerrie ligt inmiddels alweer twee jaar achter me. Wat ik nu vooral nodig heb, is aangenaam gezelschap.'

'Ik weet het, Philip.' Lady Fitzgerald wendde zich weer tot Nuala. 'Je ziet hoe overtuigend mijn zoon kan zijn als hij ergens zijn zinnen op heeft gezet. En hij heeft me ervan overtuigd om jou een permanente betrekking als zijn verpleegster aan te bieden. Hoe sta je daar tegenover, Nuala?'

'Ik...'

'Toe, zeg ja, Nuala,' pleitte Philip. 'Ik bedoel, we kunnen je toch niet laten gaan voordat je van me hebt gewonnen met schaken?' Hij schonk haar zijn kenmerkende scheve grijns, waar haar hart altijd van smolt.

'Ik ben vereerd dat u me dit aanbod doet, terwijl ik niet eens een diploma heb. Mag ik eerst aan mijn ouders vragen of ze mij wel kunnen missen? Er is heel veel werk bij ons op de boerderij. Dat was ook de reden dat ik uit Cork ben teruggekomen en mijn opleiding niet af kon maken.' Nuala realiseerde zich dat ze elke dag wat beter werd in liegen.

'Natuurlijk mag dat.' Lady Fitzgerald schonk haar opnieuw een lieve glimlach, die Nuala direct aan Philips lachje deed denken. Ondanks zijn verminkingen leken moeder en zoon qua uiterlijk onmiskenbaar veel op elkaar.

'Ik neem aan dat u nog referenties wilt?' vroeg Nuala.

'Die hebben we al. Nietwaar, moeder?'

'Inderdaad. Je wordt van harte aanbevolen door de North Infirmary in Cork, alhoewel ze er wel bij zeiden dat ze je zo snel mogelijk weer terug wilden. Ben jij dat zelf ook van plan, Nuala?'

'Nee, milady, de situatie is intussen gewijzigd. Ik ga deze maand trouwen met een onderwijzer van de Clogagh School, dus ik denk niet dat ik mijn man aan zijn lot kan overlaten.'

'Wat geweldig om te horen. Vind je ook niet, Philip?' Lady Fitzgeralds glimlach verbreedde zich. 'Dat Nuala gaat trouwen?'

Daar dacht Philip kennelijk anders over, want hij deed zijn best een frons te verbergen. 'Wellicht is het wenselijk dat je je aanstaande toestemming vraagt om hier te werken. Hij is degene aan wie je straks verantwoording zal moeten afleggen.'

'Dat zal ik doen, en ik geef u morgen mijn antwoord, dat beloof ik,' zei Nuala.

'Uitstekend,' zei Lady Fitzgerald. 'Zeg, werkt je zus niet bij de kleermaker in Timoleague?'

'Ja, dat klopt.'

'Vraag of ze je maten opneemt. Je zult een uniform nodig hebben als je hier in vaste dienst treedt.'

'Moeder, als ik zo vrij mag zijn... Ik wil me beslist niet bemoeien met de garderobe van vrouwen, maar zou Nuala ook iets anders aan mogen? Gewone blousejes en rokken, misschien? Ik heb genoeg van dat gevoel in een ziekenhuis te verkeren, omringd door verpleegsters.'

'Zoals je wilt, lieveling, maar er moeten dan wel wat schorten bij, voor als Nuala je wast. Goed, ik moet weg. Generaal Strickland en zijn vrouw Barbara komen op de thee, wat betekent dat ik haar moet vermaken terwijl hij met je vader allerlei zaken bespreekt. O, wacht.' Lady Fitzgerald bleef bij de deur staan. 'Je salaris bedraagt acht shilling per week, op zondag ben je vrij en je hebt twee weken vakantie per jaar. Doorbetaald, uiteraard,' voegde ze eraan toe. 'En ten slotte nog dit: probeer Philip over te halen af en toe naar buiten te gaan nu het weer nog zo mild is. Wat frisse lucht zal je goeddoen, Philip. Het was een hele bedoening om de lift te installeren, het zou zonde zijn als we er geen gebruik van maakten. Ik kom je later nog even welterusten wensen, lieveling. Tot ziens, Nuala, aangenaam kennis met je te maken.'

Toen ze weg was, keek Philip haar aan. 'Ik hoop dat je de baan aanneemt, Nuala. Ik heb hemel en aarde bewogen om moeder zover te krijgen jou dit aanbod te doen.'

'Ik zou het geweldig vinden, Philip, echt waar, maar ik moet eerst vragen of het goed is.'

'Natuurlijk, natuurlijk.' Hij knikte en keek haar aan. 'Word je er nooit moe van dat mannen zo veel over jou te zeggen hebben? Je zou het misschien niet verwachten, maar ik draag de suffragettes een warm hart toe. Vader verfoeit deze beweging, dat spreekt voor zich, en Cumann na mBan hier in Ierland is wat aan de radicale kant, zelfs naar mijn smaak…'

Nuala bedwong de neiging om zijn uitspraak van de Gaelische woorden te verbeteren, want hij sprak mBan uit als 'bahn' in plaats van 'mahn', maar ze wilde onder geen beding de suggestie wekken dat ze meer wist van die 'radicale' organisatie.

'Aangezien ik vrouwen op het slagveld bezig heb gezien,' vervolgde hij, 'ben ik tot de conclusie gekomen dat de "zwakkere" sekse niet alleen gelijkwaardig, maar zelfs superieur is aan de man.'

'Eerlijk gezegd heb ik er niet veel over nagedacht. Bij ons thuis werkt iedereen even hard, we hebben allemaal onze taken.'

'Maar moet een man ook eerst zijn vader om toestemming vragen voor hij een baan kan aannemen?' vroeg Philip.

'Tja, Christy, mijn neef, werkt in de pub in Clogagh. Hij heeft ook eerst aan mijn vader gevraagd of dat goed was.'

'Vaders wil is wet, hè?'

'Dat geldt toch ook voor jou?' zei ze vrijmoedig.

'Dat is waar. Er gebeurt hier weinig zonder mijn vaders permissie. Enfin, ik hoop in elk geval dat jouw vader ermee akkoord gaat dat je hier komt werken, Nuala.'

'Ik ook, Philip.' Ze glimlachte naar hem. 'Meer dan je ooit zult weten. Maar wat hoorde ik net over een lift? En waarom heb je me dat niet eerder verteld?'

'Omdat onze dagen in het teken staan van iets anders. Schaken. We moeten jou eerst tot een geduchte tegenstander maken,' zei Philip defensief.

'We hadden wel tijd gehad voor een ommetje af en toe, Philip. Dat zou wat kleur op je wangen brengen.'

'De wang die ergens onder mijn neus zit, en die zo gehavend is dat het lijkt alsof iemand de huid met een rode pen heeft bewerkt? Nee, dank je, ik blijf liever hier boven.'

Nuala zag de pijn in zijn ogen en ze besefte wat er in hem om moest gaan.

'Je schaamt je, is dat het? Je wilt niet dat iemand je ziet.'

Even was het stil en Philip wendde zijn gezicht af, wat meestal betekende dat hij het te kwaad kreeg.

'Natuurlijk schaam ik me,' zei hij zacht. 'Wat zou jij in mijn plaats doen? Hoe zou jij je voelen als iedereen je vol afgrijzen bekijkt? Ik zag het de eerste keer ook in jouw ogen, Nuala.'

'Ja, ik schrok even, ik zal er geen doekjes om winden. Maar daar ben ik overheen gestapt toen ik zag wie je werkelijk was.'

'Maar niet iedereen is zoals jij. Ik heb meegemaakt dat hoveniers en kamermeisjes gilden toen ze me in het oog kregen, laat staan de bezoekers van mijn ouders hier in dit huis. Het… gaat gewoon niet, oké?'

'Ik begrijp het, Philip. Kom, gaan we nog schaken?'

Die avond bedacht Nuala onderweg naar huis een plannetje. Maar eerst moest ze haar vader en haar verloofde toestemming vragen om de baan aan te nemen.

'O, heilige Maria, toe, laat ze ja zeggen.'

Onderweg waagde ze heel even haar fantasie de vrije loop te laten over een ander soort leven, een leven waarin ze niet meer op de boerderij hoefde te werken met de kippen, de varkens en ook de koeien als haar vader verhinderd was. Gewoon haar eigen kleine cottage met Finn die 's morgens naast haar wakker werd, en de middagen die ze dan met Philip zou doorbrengen…

'Wat zou dat heerlijk zijn,' mompelde ze, fietsend over het pad naar Cross Farm.

'Waar zijn Hannah, Christy en Fergus?' vroeg ze aan haar moeder, die in haar geliefde stoel bij de open haard sokken zat te breien voor de IRA. Haar vader zat tegenover haar, pijp in zijn mond, een Gaelisch boek te lezen.

'Christy is in de pub, Fergus houdt daar boven in de gaten of er geen inval komt, en Hannah wilde vandaag vroeg onder de wol. Ze moet morgenochtend met de eerste trein naar Cork om een bericht uit Dublin op te halen,' zei Daniel. 'En, hoe staat het ervoor?' Hij legde het boek op zijn schoot en keek haar aan.

'Nou… Ze hebben gevraagd of ik in vaste dienst wil komen als verpleegster van Philip.' Ze zag haar ouders een blik met elkaar wisselen. 'Ik wilde vragen of je dat goedvond, daddy. O, en nog iets.' Nuala hoopte dat dit de doorslag zou geven. 'Er kwam vandaag een chique auto naar het Grote Huis. Ene generaal Strickland heeft Sir Reginald een bezoek gebracht.'

'Jezus, Maria en Jozef!' riep Daniel uit. 'Dat is de smeerlap die de politiemacht en alle militaire operaties in Cork aanstuurt. Was hij daar vandaag?'

'Ja.' Nuala knikte.

'Weet je ook waarom?'

'Ik heb geen idee, daddy, maar vandaag heb ik kennisgemaakt met Lady Fitzgerald. Ze heeft me zelf de betrekking aangeboden. En later had ze het over het bezoek van die generaal.'

'Ons meisje infiltreert in het hart van die familie, Eileen.' Daniel straalde.

'En ik heb ook bedacht hoe ik meer te weten kan komen.'

Nuala zette haar plan uiteen om Philip over te halen naar de begane grond te komen en de tuin in te gaan. Het viel even stil en haar ouders keken elkaar opnieuw aan.

'Zeker, Nuala, het is de moeite waard om nu aan te blijven. Maar binnen een week is het niet meer aan ons wat jij doet. Je gaat morgen naar je verloofde om het aan hem te vragen,' zei Daniel.

'Ik denk niet dat hij het fijn vindt als zijn nieuwe vrouw elke avond tot negen uur weg is. Wie zet hem zijn eten voor als hij thuiskomt van school?' zei Eileen.

Nuala had dit commentaar van haar moeder zien aankomen. 'Finn komt zelden voor zessen thuis. Ik kan alles voor hem klaarzetten, hij hoeft alleen de deksel van de pan te halen.'

'Ik betwijfel of hij een koude stoofpot of taaie aardappels lust,' zei Daniel. 'Maar dat moet hij zelf beslissen, meisje, niet wij. Een vrouw hoort achter haar man te staan, en ik weet niet of hij het ziet zitten als je 's winters in het donker door de regen naar huis moet fietsen.'

Nuala dacht aan Philips opmerking over de suffragettes.

'Ik verdien goed geld, het zal ons van pas komen,' hield ze vol. 'Finns salaris is geen vetpot en we hebben geen moestuin voor onze eigen groenten, dus. Maar stel dat hij ermee instemt, vinden jullie het dan ook goed?'

'Ik heb al gezegd wat ik ervan vond, maar de beslissing is niet aan mij,' zei Daniel. 'En nu ga ik naar bed. Laat een lampje branden voor het raam. We hebben nieuwe kalveren in de schuur, die worden voor dag en dauw opgehaald. Welterusten, meisje.'

'Welterusten,' zei ze. Haar ouders liepen de trap op naar hun slaapkamer, waar hun bed soms vreemd kraakte als ze de deur achter zich hadden dichtgedaan. Ze wist wat dat geluid betekende, ze zou het straks zelf ook meemaken als ze met Finn getrouwd was... Ze bloosde bij de gedachte.

Ze blies de kaarsen uit, zette de brandende olielamp op de vensterbank en ging naar boven.

Dit is de laatste week dat ik met mijn zus een bed deel, dacht ze tijdens het uitkleden. Toen kroop ze naast Hannah onder de lakens. Ze lagen om de beurt op het bultigste deel van de strozak omdat je daar het minst lekker sliep, maar nu Hannah vroeg uit de veren moest om de trein naar Cork te nemen, was het niet meer dan eerlijk dat zij de beste kant kreeg. Nuala sloot haar ogen en probeerde niet te denken aan de 'nieuwe kalveren' in de schuur. Het was de code voor geweren die door vele handen waren gegaan voor ze bij hen in West Cork waren beland, en nu lagen ze ergens op een storthoop in het bos achter hun boerderij. Als de Engelsen de wapens als eerste zouden vinden, zouden haar vader, Fergus en Christy prompt afgevoerd worden naar de Bandon Barracks, en daar zou hun eenzelfde lot wachten als Tom en Pat hadden ondergaan. Ze troostte zich met de gedachte dat haar broer ergens boven alles goed in de gaten hield, en probeerde in slaap te vallen. Per slot van rekening hadden er al zo vaak 'kalveren' gelegen...

'Wat hoorde ik nu? Blijf je in het Grote Huis werken?' vroeg Hannah de volgende dag toen ze uit Cork terugkwam. Nuala had de varkensstal uitgemest en legde net nieuw stro op de grond. Het uitmesten van de stal was een karwei waar ze allebei een hekel aan hadden. 'Wat moet Finn daar wel niet van denken?'

'Dat vraag ik wel aan hem, dan hoor je het later van mij,' kaatste Nuala terug.

'Nou, het kan niet op. Vindt ze een goede man met een echte baan en dan werkt ze ook nog in het Grote Huis. En daarbij krijgt ze een snoezige cottage in Clogagh. Nog even en we moeten je Lady Nuala noemen. En je werk voor de organisatie dan? Hoe zit het daarmee?'

'Ik kan 's morgens berichten blijven doorgeven, en 's avonds als ik thuiskom. Ik zweer het. En ik heb op zondag vrij. Zo, klaar.' Nuala wierp het laatste stro op de grond en liep naar het wasbekken om de viezigheid van haar handen te spoelen. Ze zou haar middagmaal overslaan en op weg naar het Grote Huis een duik in de rivier nemen, zodat ze niet naar varkens zou ruiken als ze daar aankwam.

'Sorry, Nuala,' zei Hannah. 'Ik begin een chagrijnig stuk vreten te worden, hè? Ik ben gewoon moe, dus. Ik heb vanaf het station een hele omweg moeten maken omdat er vrachtauto's met Black and Tans over de wegen reden.'

'Waar gingen ze naartoe?' vroeg Nuala, terwijl ze samen naar de keuken liepen.

'Ze stonden stil op de kruising naar Clogagh en leken niet te weten welke kant ze op moesten. Ze waren verdwaald omdat de jongens van de IRA de borden hadden weggehaald,' gniffelde ze.

'Ik zet jullie middageten op tafel voor ik ga, dus je kunt even op adem komen.'

'Dank je.' Hannah glimlachte mat en ging direct naar boven.

'Zijn de kalveren goed en wel opgehaald, daddy?' vroeg ze aan Daniel, die even later de keuken binnenkwam.

'Jawel, ze zijn opgehaald. Zeg, is mijn eten al klaar?'

Ze had geen tijd gehad om naar Finn te gaan, legde ze Philip uit. Nu kon ze hem pas maandag antwoord geven, want de volgende dag was het zondag, haar vrije dag.

'Maar al vindt hij het goed, Philip, ik kan vrijdag niet komen, want dan ga ik trouwen.'

'Dan zal je de dag erna ook vrij willen hebben, denk ik,' zei Philip meteen. 'Nou, laat het me maandag dan maar weten. En heb medelijden met mij, want ik heb Maureen morgen de hele dag om me heen.'

Nu dit uit de weg was, konden ze gaan schaken. Ze speelden door tot de thee werd geserveerd. Terwijl Nuala een slokje nam, besloot ze hem meteen te strikken.

'Ik heb zitten denken...'

'Hm?'

'Stel dat ik Mrs. Houghton laat weten dat je graag naar de tuin wilt, maar zonder dat de rest van het personeel je komt storen. We zouden kunnen bellen ten teken dat we eraan komen, en dan breng ik jou via de voordeur naar de tuin, waar dan geen enkele hovenier meer is. In dat enorme park van jullie is toch ergens wel een plekje waar je rustig kunt zitten? Het wordt de komende dagen prachtig weer.'

'Ik weet het niet, Nuala.' Philip zuchtte. 'Net als jij zal ik er morgen over nadenken en je maandag mijn antwoord geven.'

'Het is natuurlijk helemaal aan jou, maar godallemachtig, je kunt toch niet de rest van je leven binnen blijven zitten?' Ze probeerde haar stem in bedwang te houden. 'Buiten staat alles in bloei, het ruikt overal naar wilde kervel, en... ik denk dat het je echt goed zal doen. We kunnen je ook een hoed opzetten om je gezicht te verbergen en...'

Philip viel haar in de rede. 'Heb je soms een onderonsje met moeder gehad, Nuala? Ik vrees dat je al net zo begint te klinken als zij.'

'Nee hoor, maar misschien zitten we qua gedachten op één lijn. We willen allebei het beste voor je.'

'Het beste voor mij zou zijn om nooit meer wakker te worden! Ik weet niet wat erger is,' zei hij. 'De nachtmerries met al dat lawaai en de schoten, gevolgd door het gedreun van granaten die de grond raken en ontploffen, of deze hel waarin ik leef.'

'O, Philip, zeg toch niet van die vreselijke dingen. Je hebt het zwaar te verduren gehad en het is begrijpelijk dat je je zo voelt, maar je bent nog altijd op Gods mooie aarde en volgens mij heeft dat een reden.'

'Welk nut kan iemand als ik nog voor anderen hebben?'

'Om te beginnen heb je mij leren schaken,' zei Nuala geestdriftig. 'En als je eenmaal een keer beneden bent geweest, zul je misschien weer prijs stellen op het gezelschap van andere mensen, zoals de man die jouw ouders gisteren heeft bezocht.'

'Generaal Strickland? Lieve hemel, ik dacht het niet, Nuala,' zei hij zuchtend. 'Het laatste wat ik wil is naar mijn vader luisteren die maar niet uitgepraat raakt over de Boerenoorlog, of naar Stricklands geklaag over de opstandige Ieren. Volgens mijn vader wil hij een nieuwe divisie van de Auxiliaries rekruteren om de Ieren te verpletteren.' Hij wierp haar een snelle blik toe. 'Mijn excuus, Nuala, ik wilde je niet beledigen.'

'Het is niet erg, hoor.' Nuala was te opgetogen om het zich aan te trekken, want ze had nu waardevolle informatie om thuis te delen.

'Ik hoop van harte voor jou en je familie dat jullie overal buiten kunnen blijven,' voegde Philip eraan toe. 'Ik denk vooral aan jouw veiligheid, want volgens vader zijn deze mannen uitstekend getraind en zullen ze zich er door niets en niemand van laten weerhoudende opstand neer te slaan.'

'Dank je, Philip,' zei Nuala, die haar onschuldigste gezicht op probeerde te zetten.

Toen ze thuiskwam, zag ze tot haar ontroering dat Finn, die altijd op zaterdag kwam eten, had gewacht om samen met haar de maaltijd te kunnen delen.

'Dag, liefje,' zei hij toen ze de keuken binnenkwam. Hij stond op om haar te omhelzen.

'Waar is iedereen?' vroeg ze.

'O, overal en nergens. Ik denk dat ze ons een momentje met z'n tweeën gunnen.'

'Kun je nog een paar minuten wachten met eten?' vroeg Nuala. 'Ik heb belangrijke informatie voor jullie allemaal. Ik zal iedereen roepen.'

'Wat voor belangrijks?' vroeg haar moeder bovenaan de trap, waar ze duidelijk had staan luisteren. 'Je vader en Fergus zijn hiernaast bij de O'Hanlons om de oogst te bespreken.'

'Ik haal ze wel even.' Finn stond direct op, pakte zijn pet en verliet de keuken.

Hannah kwam achter haar moeder de trap af en even later was iedereen bijeengekomen.

'Zeg het maar, Nuala, wat heb je voor belangrijks?' zei Daniel.

Nuala herhaalde wat Philip had gezegd over het bezoek van generaal Strickland de vorige dag. Ze probeerde niet al te voldaan over te komen over het feit dat zij al op de hoogte was voordat het hoofdkwartier in Dublin de boodschap had kunnen verspreiden.

'Tjonge, dat is nog eens nieuws.' Daniel sloeg met zijn vuist op de tafel. 'Heeft hij gezegd wanneer de Auxiliaries precies zouden komen?'

'Nee, maar wel dat ze erg goed getraind waren.'

'Ik denk dat ze niet lang op zich laten wachten,' zei Fergus.

'Dat moest er nog bij komen,' zuchtte Hannah.

'Goed gedaan, Nuala. Het is duidelijk dat je zijn vertrouwen hebt gewonnen als hij je dit soort dingen vertelt.' Eileen glimlachte naar haar.

'Hannah, wil jij dit opschrijven en het bericht verspreiden?' vroeg Daniel. 'Het zal ook naar Dublin moeten, hoewel Mick Collins het vast en zeker al gehoord zal hebben.'

'O ja, vast,' zei Hannah. Zodra de naam van haar held viel, was er een blos op haar wangen verschenen. 'Ik zal er direct aan beginnen.'

'Nou, Nuala, dat geeft de doorslag,' zei Daniel. 'Als Strickland en Sir Reginald de plannen van de Engelsen doornemen en Philip die van zijn vader hoort, zal het ons helpen als je daar blijft.'

'Waar gaat dit over?' Finn wierp Nuala een blik toe.

'Het spijt me, Finn, maar ik had gisteren geen tijd om je op te zoeken,' zei Nuala. 'Ik was van plan je vanavond te vertellen dat ze me een vaste aanstelling hebben aangeboden als Philips verpleegster.'

'Is dat zo?' Finns schrandere blauwe ogen namen haar op.

'Het verdient goed, acht shilling per week, en dat kunnen we wel gebruiken.'

'Het betekent wel dat er geen eten op tafel staat als je na een lange werkdag thuiskomt,' merkte haar moeder op.

Er viel even een stilte toen Finn deze mededeling verwerkte. Nuala vond het erg vervelend dat ze het hem niet meteen had kunnen vertellen toen ze thuiskwam, en dat hij het nu pas hoorde, terwijl de hele familie Murphy naar hem zat te staren.

'Ach,' zei Finn tegen haar moeder. 'Het is nu vakantie en ik heb lang op mezelf gewoond, dus ik weet hoe ik een hap eten moet regelen. Bovendien, als Nuala daar de goede zaak kan dienen, wie ben ik dan om haar tegen te houden? Het zal lastiger voor haar zijn dan voor mij. Je zult verdraaid goed moeten leren acteren, schat.' Hij lachte naar haar.

'Dat moeten we allemaal, Finn,' zei Hannah snel.

'Ik sluit me aan bij pa en Finn,' zei Fergus. 'Je kunt die baan beter aannemen.'

Iedereen knikte instemmend.

'Goed, dan is dat geregeld. Je hebt een nieuwe baan, meisje. Oké, dan laten we deze twee nu even alleen, zodat ze hun trouwplannen kunnen doornemen.'

Terwijl de rest opstond, warmde Nuala het eten op boven het vuur en schepte de stoofpot in twee kommen. Zelf nam ze maar een beetje, want ze zat nog vol van de verrukkelijke Victoria-spongecake die ze per se van Philip had moeten proberen. Alhoewel het gebak naar een Engelse koningin was vernoemd en het dus een verraderlijke lekkernij was, had ze van elke hap gesmuld.

'Het spijt me dat ik het je niet meteen heb verteld toen ik binnenkwam. Kun je het me vergeven?' vroeg ze aan hem.

'Het was wel prettiger geweest als we er samen over hadden gepraat, maar ja...'

'Finn, je moet het eerlijk zeggen als je liever niet hebt dat ik daar ga werken. Het maakt niet uit wat mijn ouders vinden. Vanaf volgende week is het allemaal aan jou.'

'Waarom zou ik je tegenhouden? Zoals je al zei, het brengt brood op de plank en bovendien is je verpleegstersopleiding dan niet helemaal voor niets geweest. Je kunt doen waarvoor je in de wieg bent gelegd.'

'Niet helemaal, Finn. Ik had liever levens gered op het slagveld.'

'Afgaande op de berichten over de Auxiliaries kun je binnenkort je hart ophalen. En was jij niet degene die zei dat het niet alleen om het verzorgen van wonden ging, maar ook om het verzorgen van de ziel? Zo te zien doe je dat nu bij die arme Philip. O, en nog iets.' Hij reikte over de tafel en pakte haar hand. 'Voor ons niet die ouderwetse kolder over gehoorzaamheid aan je echtgenoot. Wat mij betreft hoef je alleen verantwoording af te leggen aan jezelf en aan je geweten. Binnen redelijke grenzen dan,' glimlachte hij.

Ze keek hem aan en bedacht dat hij en Philip elkaar graag zouden mogen als ze elkaar konden leren kennen. Haar hart barstte bijna van liefde voor hem.

'Dank je, maar weet dat ik nooit iets zal doen zonder het eerst met jou te overleggen,' zei ze.

'Trouwen is samenwerken. We staan hier als gelijken in, en we moeten elkaar respecteren. Dat heb ik wel tijdens mijn lerarenopleiding in Waterford geleerd. Ik denk dat de helft van de studenten vrouw was en ze waren net zo slim als de mannen. Zo niet slimmer,' grinnikte hij. 'Goed, nu dat van de tafel is... Vertel eens over onze bruiloft. Hoe ver zijn we met de plannen?'

14

Nuala werd wakker op de ochtend van haar huwelijk met het gevoel dat ze geen minuut had geslapen. Elke keer dat ze in gedachten aan de arm van haar daddy door het gangpad liep, met tweehonderd paar ogen op zich gericht, vreesde ze te moeten overgeven op die prachtige witte jurk die Hannah en haar naaisters in hun vrije uren in de winkel hadden gemaakt.

Ze ging rechtop zitten en zag dat de zon zijn gezicht nog niet boven de andere kant van de vallei had laten zien, wat inhield dat het nog geen vijf uur was.

Ze ging weer languit liggen. Dit zou de laatste keer zijn dat ze met haar zus Hannah in één bed had geslapen. En bij die gedachte kreeg ze meteen een nieuwe knoop in haar maag van de spanning… Ze kon niet eens aan haar grote zus vragen hoe 'het' was, omdat zij als eerste trouwde, en het was geen onderwerp dat ze met mammy kon bespreken. Ze keek naar Hannah – haar zus was altijd zo levendig en wereldwijs, al was ze ook lichtgeraakt, zoals daddy altijd zei. Er zaten altijd genoeg jongens achter haar aan, maar er was er niet één die haar kon bekoren.

Neem je het me kwalijk dat ik als eerste naar het altaar loop?

Nou, ook al zou Hannah vandaag snibbig tegen haar doen, ze zou alle steken onder water negeren. In de loop der tijd had Nuala zich gerealiseerd dat de oudste dochter het altijd lastiger had op de boerderij. Mammy wendde zich altijd tot Hannah als er extra werk was, en Hannah gehoorzaamde vrijwel altijd zonder morren.

'Ik zal je missen…' fluisterde ze tegen haar slapende zus. Hannah leek op mammy, met die lichte huid, de sproeten en de bos haar in de kleur van een koperen pan. Nuala daarentegen had het donkere van haar vader geërfd. Ze vond zichzelf altijd de minst aantrekkelijke van hun tweeën, op trouwerijen en ceilidhs stond Hannah altijd in het middelpunt van de belangstelling. Fergus leek helemaal geen interesse te hebben voor vrouwen en had alleen aandacht voor de koeien in het weiland. En daar was ze dan, op de ochtend van haar huwelijk, de jongste van het nest, maar de eerste die ging trouwen...

Ze sprong uit bed, met het voornemen om voor de laatste keer de kippen te voeren en het ontbijt voor iedereen te verzorgen.

Toen ze zachtjes de trap af sloop om niemand wakker te maken, schrok ze toen ze haar mammy beneden in haar nachtgewaad aantrof, die in een ketel boven het vuur stond te roeren.

'Waarom ben je zo vroeg op?'

'Dat is een domme vraag op de dag van mijn dochters huwelijk,' zei Eileen schamper.

'Ik wilde de kippen voeren en...'

'Geen sprake van! Vandaag is het jóúw dag, meisje, en we zullen je van het begin tot het eind als een prinses behandelen. Dus ga jij maar lekker zitten, dan krijg je van mij een beker thee en een kom pap, dus. Daarna neem je een bad voordat iedereen komt binnendruppelen.'

'Maar ik...'

'Nee, niks daarvan, juffertje. Vandaag is de laatste dag dat mijn wil wet is. Nu zul je een keer doen wat ík zeg.' Eileen stak haar armen naar haar uit en legde haar handen om haar dochters gezicht. 'Ik ben trots op je, Nuala. Finn is echt een prima kerel. Vergeet niet om het ook een poos samen heel erg leuk te hebben voordat de kleintjes komen, goed?'

'Ja, mammy, dat beloof ik.'

Veertien uur later lag Nuala in haar nieuwe bed, in haar nieuwe huis, naast haar nieuwe man. Met het laken strak over de vreemde gewaarwording van haar eigen naaktheid getrokken keek ze naar haar man, die, al net zo naakt, vredig naast haar lag te slapen. Hoe uitgeput ze ook was – in haar hele uitputtende leven had ze zich nog nooit zo uitgeput gevoeld – ze wilde toch in gedachten deze hele dag nog een keer doornemen, zodat ze alles op een veilig plekje in haar geheugen kon opbergen om er geen moment meer van te vergeten.

Eerst was er de tocht in een met guirlandes behangen koets met paard naar de kerk, waar tot aan Timoleague de hele weg lang mensen uit hun huis en hun winkel waren gekomen om voor haar te klappen. Daarna was ze aan de arm van haar vader naar het altaar gelopen en had ze de blik in Finns ogen gezien toen hij zich naar haar omdraaide. 'Je bent beeldschoon,' had hij in haar oor gefluisterd, waarna daddy haar arm had losgelaten en haar aan Finns zorg had overgedragen. Het buffet dat haar vrienden en familie hadden georganiseerd was heerlijk, en zelfs Finns moeder was er na twee glazen sherry over te spreken geweest. De band ging spelen toen de ceilidh begon, en iedereen had vrolijk en opgewekt gedanst alsof ze geen enkele zorg hadden. Zij had met Finn in het midden van de kring gestaan, waar hij haar eindeloos in het rond had laten zwieren... Toen was er het werpen van het bruidsboeket van wilde fuchsia, viooltjes en vergeet-me-nietjes. Hannah was degene die het had gevangen en er werd luid voor haar gejuicht, vooral toen een zekere jongeman haar aandacht leek te trekken.

Vervolgens was er de manier waarop Finn haar over de drempel van hun kleine cottage had gedragen, die voortaan haar nieuwe thuis zou zijn. Hij had haar helemaal naar boven gedragen en teder op bed neergelegd. Hij had geworsteld met de kleine witte knoopjes van haar jurk, en ondertussen was hij haar blijven kussen, terwijl ze onder hem lag en ze langzaam aan hun liefdesspel waren begonnen.

Tot haar verbijstering had ze ontdekt, in weerwil van de verhalen dat mannen 'het' fijner vonden dan vrouwen, dat zij er ook van genoot. Ja, in eerste instantie deed het pijn, maar even later niet meer, want toen werd ze opgetild en meegevoerd door allerlei verrukkelijke gevoelens die ze met lichaam en geest beleefde.

Het was perfect, helemaal perfect, dacht ze dromerig, en toen viel ze eindelijk in slaap.

'Zo, en hoe gaat het met de kakelverse Mrs. Casey?'

Philip keek haar aan toen ze binnenkwam, in haar nieuwe blouseje van wit popeline en de lange grijze rok van een erg delicate stof, die warempel niet aan haar benen kriebelde. Ze had ook een paar zwarte, hoge knooplaarsjes gekregen en een stapel keurige, witte, gesteven schorten.

'Prima, dank je,' zei Nuala. 'En hoe gaat het met jou?'

'Ach, hetzelfde als de laatste keer. Jij echter... Mijn hemel, ik herken je niet meer. Lieve Nuala, met die nieuwe kleren en dat opgestoken haar ben je van het ene op het andere moment van een meisje in een jonge vrouw veranderd. Kom, ga zitten.'

Nuala nam plaats, maar ze voelde zich erg opgelaten. Philips toon was luchthartig geweest, maar ze wist heel goed waar hij op zinspeelde.

'Mrs. Houghton vond het geschikter voor iemand in mijn positie om mijn haar op te steken,' antwoordde ze defensief.

'Het staat je goed, al vind ik het mooier als het los over je schouders valt. Gelukkig heeft mijn moeder geen verpleegsterskapje afgedwongen, dus ik ben dankbaar voor elke meevaller. Hoe was je bruiloft?'

'Volmaakt, dank je, Philip. De dag kon niet beter zijn verlopen.'

'En je schoonouders? Zijn ze blij met jullie huwelijk?'

'Finn heeft geen vader meer, die is overleden toen hij nog jong was. Zijn mammy...' Ze corrigeerde zichzelf direct. '... zijn moeder is erg aardig. Ze is een paar jaar geleden hertrouwd, toen Finn ging studeren, en ze woont ver weg, helemaal bij Howe Strand in Kilbrittain.'

'Kijk eens aan, dat scheelt,' zei Philip. 'Zo hoef je tenminste niet met je schoonmoeder onder één dak te wonen, zoals bij veel Ierse gezinnen het geval is. Ik heb me regelmatig afgevraagd hoe mijn lieve moeder zich zou opstellen jegens de vrouw die ik zou kiezen. Niet dat ik daar nog langer mijn hoofd over hoef te breken. Wie wil mij nog?'

'Er zullen genoeg gegadigden zijn als ze je eenmaal leren kennen, denk ik zo.'

'Lief van je, Nuala, maar laten we ons geen illusies maken. Ik ben een gedrocht en kan me niet meer in het openbaar vertonen. Ik zal de rest van mijn dagen hier slijten, in deze kamer. Enfin, ik ben blij dat je gelukkig bent, en sorry dat ik zo zit te somberen. Eigenlijk ben ik best jaloers dat...' Philip dacht even na. '... zo'n normale stap in een mensenleven mij niet meer is vergund. Hoe dan ook, ik neem aan dat je vandaag wel moe zult zijn. Dus ik zal je niet verder uitputten met het schaakspel, ik kan je beter backgammon leren. De kist vind je in hetzelfde compartiment als die met de schaakstukken.'

'Zoals je wilt,' zei Nuala, en ze liep naar de buffetkast. De houten kist bleek al net zo mooi te zijn, en gevuld met zwarte en witte schijfjes. Ze dacht aan Finn, die thuis in de cottage zat, en voor het eerst vond ze het vervelend dat ze haar tijd met Philip door moest brengen.

Nuala zou zich de eerste weken van haar huwelijk herinneren als de gelukkigste periode van haar leven. Ze verkeerde bijna voortdurend in een dromerige staat van vreugde. Ze werd wakker in Finns armen en bleef dan een hele poos zo liggen. Daarna gingen ze samen naar beneden om te ontbijten, en dan vertrok Finn op de fiets om haar vader en de buren te helpen met de oogst, want het nieuwe schooljaar was nog niet begonnen. Zij hield zich bezig met het wasgoed voor de IRA, die haar vriendin Florence naar het kleine schuurtje achter de cottage bracht. Als ze alles in de achtertuin aan de lijn had gehangen, bakte ze brood en cake voor hun avondmaal, en vervolgens ging ze op de fiets naar het Grote Huis. Als ze 's avonds thuiskwam, had Finn het avondeten al bereid. Ze aten samen bij kaarslicht, dan pakte hij haar hand en nam haar mee naar hun slaapkamer.

Hij had haar laten zien hoe ze de kans op zwangerschap konden verkleinen, en hij verzekerde haar dat het niet tegen Gods wetten voor zijn katholieke aanhang op deze aarde indruiste, omdat ze amper afweken van de normale gang van zaken en dit trucje allesbehalve waterdicht was. Met enige schroom was ze elke keer blij als ze ongesteld werd, al begon haar moeder haar na een poos zijdelingse blikken toe te werpen als ze zich met Finn op zondag bij haar familie voegde in de kerk van Timoleague. Na afloop van de kerkdienst bezochten ze traditiegetrouw de kleine graven van de vier kinderen die haar moeder had verloren – de zieltjes die in een ander leven haar broers en zussen zouden zijn geweest. Nuala huiverde bij de gedachte om een kind te krijgen dat in haar armen zou sterven, en ze besloot dat Finn en zij vooralsnog niets verkeerds deden.

Ondertussen ging de strijd tegen de Engelsen onverdroten voort. Op een avond in september, toen Finn alweer lesgaf in de school vlak bij hun cottage, pakte hij haar hand over de kleine tafel waar ze altijd aan aten.

'Ze hebben gevraagd of ik me op wil geven voor het trainingskamp. Ik ga er vrijdag heen en ben pas volgende week zondag laat terug,' zei hij.

'Ik... Waar? Waarom? En de school dan?'

'Dat "waar" is bij de O'Briens in Clonbuig, het "waarom" heb ik je verteld, we hebben ons kranig geweerd, maar de jongens moeten hun conditie opvijzelen als we het van de Engelsen willen winnen, en nu jouw Auxies...'

'Het zijn niet *mijn* Auxies, Finn.'

'Je weet dat ik het zo niet bedoel. Het was een godsgeschenk dat we op die monsters waren voorbereid. Ze zijn net aangekomen – zo'n honderdvijftig man, en er komen er meer, dat weet ik zeker – en nu al zijn ze de Ierse burgers aan het terroriseren. Voorlopig zijn ze hier een eind vandaan gestationeerd, helemaal in Macroom, maar kennelijk willen ze snel deze kant op komen. Ze trekken met hun vrachtauto's de dorpen in, bevelen alle bewoners naar buiten te komen en schieten in de lucht. Ze zetten de mensen in een rij tegen de muur, ook de ouderen en de zieken, ze beuken op hen in met hun revolvers en ze slaan de mannen met hun patroongordels.' Finn sloeg zijn handen voor zijn gezicht. 'Het zijn beesten, Nuala, doorgewinterde militairen, met veel ervaring op het slagveld, en ze willen hier zo veel mogelijk Ieren de vernieling in jagen, op elke denkbare manier. Met de Black and Tans, het Essex Regiment en nu deze smeerlappen er nog bij, moeten we echt iets aan onze training gaan doen, willen we nog een vuist kunnen maken. Tom Barry zal het kamp leiden.'

'Blijf je dan de hele week weg?'

'Ja. Het hoofdkwartier in Dublin wil getrainde Flying Columns oprichten, kleine militaire eenheden die zich snel kunnen verplaatsen, waarvoor alleen de beste IRA-leden worden uitgekozen. Dat betekent dat we geen aparte brigade of peloton vormen. We zijn een eliteteam dat waar nodig direct kan worden ingezet.'

'Maar Finn, je bent onderwijzer! Geen soldaat!'

'Dat is het punt juist. Ik moet deze training doen, wil ik iets kunnen uitrichten. Je weet dat ik een goede conditie heb, ik ben sterk, ik kan orders uitdelen en opvolgen – ik kan beslist iets voor de zaak betekenen. Vrijdag ga ik weg, maandag moet jij naar de school gaan en hoofdmeester O'Driscoll laten weten dat ik steeds moet overgeven en niet kan lesgeven. Daarna ga je naar huis en trek je alle gordijnen dicht. Als er iemand langskomt om te vragen hoe het met me gaat, zeg je dat ik ziek op bed lig.'

'En als die Auxies of de Tans ons dorp ondersteboven keren? Als ze de mensen naar buiten jagen en op een rij zetten, zal iedereen zien dat je weg bent.'

'Dan zeg je dat ik te ziek ben om op te staan en hopelijk zal je hen met je mooie glimlach overtuigen, zodat ze niet binnen komen kijken.'

'En als ze iets over een trainingskamp horen?'

'Alleen degenen die ernaartoe gaan en de vrouwen van Cumann na mBan in Kilbrittain weten ervan.'

'Dan kom ik zondag naar je toe om te helpen, hoor.'

'Nee, Nuala, jij gaat zoals gewoonlijk met je familie naar de kerk en je zegt tegen iedereen dat ik voldoende ben opgeknapt om maandag weer les te geven. Vergeet niet dat ze ons nergens van verdenken en dat willen we zo houden. Niet alleen voor ons, maar ook voor onze families en voor alle andere mensen die hun leven op het spel zetten voor Ierland.'

'O, Finn…' Nuala beet op haar onderlip. 'Wat moet ik zonder jou, hier in dit lege huis?'

'Je redt je wel. Echt. Maar nu ben ik er nog. Wat dacht je ervan om vroeg naar bed te gaan?' Hij glimlachte.

'Je ziet een beetje bleek vandaag, Nuala,' zei Philip opmerkzaam toen ze op de damasten bank plaatsnam.

'O, het stelt niets voor, Philip. Finn heeft iets opgelopen waardoor hij erg misselijk is en ik was de halve nacht met hem in de weer,' antwoordde ze zo kalm mogelijk.

'De volmaakte echtgenote, hè? Kan hij zich wel alleen redden?'

'Het is gisteravond begonnen en toen ik wegging, was hij eindelijk in slaap gevallen. Ik betwijfel of hij vandaag nog een hap door zijn keel kan krijgen.'

'Ik ken het van de loopgraven. Een blikje vlees dat bedorven bleek te zijn. Ik was er verschrikkelijk ziek van, maar ik heb wel een paar dagen aaneen goed kunnen slapen in het veldhospitaal.' Hij schudde zijn hoofd alsof hij de herinnering wilde verjagen. 'Het is een mooie dag vandaag, vind je ook niet?'

'Ja, zeker, daarom had ik bedacht dat dit de dag zou kunnen zijn voor een wandeling. Zullen we, Philip? Toe…'

'Ik…'

'Als je het nu niet doet, komt het er nooit meer van. Je bent zo'n doorzetter. Het is alleen maar met de lift naar beneden en dan ben je in de frisse buitenlucht. Toe, Philip… doe het dan voor mij.'

Hij keek haar aan met zijn ene goede oog, waar ze een groot scala aan emoties in zag. Uiteindelijk knikte hij.

'Jij wint. Maar ik doe het voor jou, Nuala. Je kunt me meenemen naar de privétuin van moeder, aan de zijkant van het huis. Daar zal niemand ons storen.'

‘Dank je, Philip,’ zei Nuala, bijna in tranen. Haar zenuwen waren tot het uiterste gespannen. Finn was weg, ze had die ochtend met een stalen gezicht tegen hoofdmeester O’Driscoll moeten liegen, en bovendien was ze als de dood dat de Fitzgeralds haar verraad zouden ontdekken. ‘Ik zal Mrs. Houghton laten weten dat we naar beneden komen.’

Ze hielp Philip in het tweedjasje dat hij haar in zijn kledingkast had aangewezen, en stond erop dat hij een sjaal omdeed voor het geval er een windje zou opsteken.

‘Lieve help, Nuala. Ik zal op een warme dag als vandaag echt geen verkoudheid oplopen.’

‘Nou, voorkomen is beter dan genezen. Kom, zet je hoed op.’

‘Ik wil nog een blik in de spiegel werpen voor we weggaan.’

Nuala reed hem ernaartoe. ‘Met die sjaal en die hoed schuin op je hoofd is er bijna niets te zien, hè?’

‘Zo ver zou ik niet willen gaan, maar enfin. Leg nog even een plaid over mijn benen, of beter gezegd, over mijn ene been. En dan moet het er maar van komen.’

Er werd op de deur geklopt en Nuala deed open. Het was Mrs. Houghton.

‘De lift staat klaar en ik heb de rest van het personeel opgedragen zich niet in de hal bij de voordeur of in Lady Fitzgeralds privétuin te vertonen,’ zei ze.

‘Zullen we gaan?’ vroeg Nuala.

‘Als het moet,’ gromde Philip. Zijn stem werd gesmoord door de dikke sjaal, waar hij de helft van zijn gezicht in had weggestopt.

Nuala duwde zijn rolstoel over de gang.

‘Goed,’ zei Mrs. Houghton. ‘Er is alleen plek voor jou en de rolstoel, dus ik zie jullie beneden. Druk maar op BG, dan sluit ik de lift achter jullie.’

‘Ik ben nog nooit met een lift geweest,’ zei Nuala. ‘Het is als vliegen!’

‘Alleen als je naar boven gaat, Nuala,’ zei Philip droogjes.

Het inklapbare ijzeren hek werd achter hen dichtgetrokken, en met een licht schokje en veel luidruchtig geratel zag Nuala Mrs. Houghtons gezicht boven haar verdwijnen. Vijf seconden later landde de lift met een bonsje op de begane grond. Nuala draaide zich om en zag de entreehal achter het ijzeren rooster.

'Toverkunst! We staan op de grond, Philip. En wat moet ik nu doen?'
'De liftkooi openen, lijkt me.'
Nuala vond de hendel en trok het hek opzij, terwijl Mrs. Houghton vanaf de andere kant aan kwam gelopen.
'We zijn er, Philip. Nog een paar seconden, dan zijn we buiten in de frisse lucht,' zei Nuala.
Ze zag hem dieper wegkruipen in zijn stoel toen ze door de hal reden. De hoge voordeur stond al open en Mrs. Houghton wees op de brede plank die ze over de bordestrap had laten leggen.
'Het is niet steil, maar hou zijn stoel toch maar goed vast,' zei ze.
'Komt in orde,' zei Nuala. 'We willen niet dat je dwars door de tuin heen schiet, toch, Philip? Goed, welke kant moeten we op?'
'Zal ik met jullie meegaan?' vroeg Mrs. Houghton.
'Nee hoor, dat hoeft niet. Ik weet zeker dat Nuala ervoor zorgt dat me niets overkomt,' zei Philip. 'Kom, laten we voortmaken.'
Ze duwde de rolstoel over de plavuizen aan de zijkant van het huis, waarna ze in een symmetrisch aangelegde tuin belandden. Er liep een pad door de prachtig onderhouden bloembedden, waar weelderige rozenstruiken en edelsteenkleurige bloemen in stonden die ze nog nooit van haar leven had gezien. Even later bereikten ze een betegeld gedeelte waar in het midden een rond ornament stond.
'O, Philip! Wat een tuin! Ik heb nog nooit zoiets moois gezien!' riep Nuala uit. Ze liet de rolstoel even stilstaan om de omgeving in zich op te nemen.
'Het is mijn moeders trots,' zei Philip. 'Ondanks alle hoveniers die we in dienst hebben, zit ze hier uren op haar knieën, druk in de weer met al deze plantensoorten die vader altijd voor haar meeneemt van zijn reizen. We zaten hier vaak op de bank en dan vertelde ze me de namen van alle siergewassen die ze hier plantte.'
'Nou, je hoeft in elk geval niet bang te zijn voor spiedende blikken, met al deze bomen en struiken kan niemand je hier zien. Het lijkt wel een geheime tuin.'
'Dat zei moeder ook altijd. Ik wed dat ze zich hier vaak verstopt voor vader,' zei hij glimlachend.
'Wat is dat?' Nuala wees naar het ronde metalen ornament dat midden op de tegels op een sokkel stond.
'Dat is een zonnewijzer. Voor we klokken en horloges kregen, wisten

we dankzij die wijzer hoe laat het was. Als de zon een boog beschrijft vanuit het oosten naar het westen, vertelt de schaduw ons of het middag is en of de schemering weldra komt. Moeder zegt altijd dat het tijd is voor een gin-tonic of een glas whiskey als de zon over de rand is,' grinnikte hij. Hij draaide zijn gezicht naar de zon. 'Lieve help, wat voelt dat heerlijk. Breng me maar naar de bank, dan kun je ook zitten.'

Ze bleven een hele tijd in de tuin. Philip zei niet veel, het deed hem al goed om gewoon buiten te zijn. Nuala bedacht dat 'buiten zijn' voor haar altijd werk aan de winkel inhield. Het kwam zelden voor dat ze bij haar thuis buiten zaten en niets deden.

Er klonk geritsel, gevolgd door voetstappen op het stenen pad.

'Wel verdraaid! Wie is daar? Ik dacht dat Mrs. Houghton iedereen had opgedragen...'

'Philip, lieverd, ik ben het maar.'

Lady Fitzgerald dook op tussen de bloembedden. Nuala stond direct op en maakte een lichte buiging.

'Blijf maar zitten, lieve Nuala. Ik wilde alleen even kijken hoe het met je ging, Philip.'

'Prima, dank je, moeder.'

Lady Fitzgerald liep naar haar zoon, knielde neer voor zijn stoel en nam zijn handen in de hare. 'Lieve jongen, ik ben zo blij dat je hebt besloten naar buiten te gaan. Wat vind je van mijn tuin?'

'Prachtig, moeder. Het is hier in de afgelopen jaren nog mooier geworden.'

'Ik heb me beziggehouden met tuinieren in de tijd dat jij aan het front was. Het was een welkome afleiding. Nuala, vind je het erg als ik een klein rondje maak met Philip? Ik wil hem zo graag de nieuwe kruidenhoek laten zien. En lieverd, zie je die waaiers van paarse bloemen? Dat is de boomhortensia, en kijk, daar heb ik een muskaatroos geplant, voor een rozerode sluier. En zie ook mijn lampenpoetser, het zijn net roze borsteltjes. Die heb ik jaren geleden al in de tuin gezet, weet je nog? Ik wist niet zeker of ze het hier zouden doen, maar zoals je ziet doen ze het meer dan goed, ze hebben de tuin compleet overgenomen!'

Nuala genoot ervan om moeder en zoon samen buiten te zien. Ze was ook nieuwsgierig naar Sir Reginald. Tot dusver had ze vanuit het raam boven hooguit een glimp opgevangen van een forse gestalte met een enorme grijze snor die beneden de gasten uitliet. Ze bespeurde enige kilte bij Philip als hij het over zijn vader had. Ze hadden duidelijk geen hechte band.

Philip en Lady Fitzgerald kwamen weer terug naar de bank. Philip geeuwde.

'Misschien is het tijd dat Nuala je naar binnen brengt, lieveling,' zei Lady Fitzgerald tegen Philip. 'Je bent vast moe van al die frisse lucht. O, en je vader is naar Londen om met de aannemer te spreken. We laten ons huis aan Eaton Square renoveren, compleet met fatsoenlijke badkamers en een telefoon. Ik was van plan om straks naar boven te komen en dan samen een hapje met je te eten. Dat betekent dat jij eerder naar huis kunt, Nuala. Ik breng Philip wel naar bed.'

'Dank u, milady.'

'Wil jij Philip nu naar binnen brengen?' vroeg ze. 'Ik moet helaas weg om een paar brieven te schrijven.'

Eenmaal boven bracht Nuala Philip naar de badkamer en daarna kregen ze thee. Ze kon zien dat hij erg slaperig was.

'Zullen we de spelletjes vandaag maar overslaan? Dan kun je een beetje uitrusten.'

'Ik geef toe dat ik moe ben van het uitstapje. En dan te bedenken dat ik een paar jaar geleden nog vijftig kilometer achter elkaar door de Franse velden kon marcheren. Wil je me anders misschien voorlezen, Nuala?'

Vanaf de dag dat ze naar Argideen House was gekomen, had ze als een berg tegen dit moment opgezien.

'Ik wil een poging wagen, maar ik weet niet of ik aan je eisen voldoe.'

'Maar je kunt wel lezen?' vroeg hij.

'Jazeker, dat wel, maar hardop voorlezen is...'

Nuala zweeg. Ze had bijna gezegd dat ze thuis alleen boeken in het Gaelisch hadden. Maar dat zou Philip vast opvatten als een soort ketterij, dus ze had net op tijd haar woorden ingeslikt.

'Dat is niet erg, we beginnen gewoon langzaam. Er staat een boek met gedichten van Wordsworth op die plank daarboven.'

Nuala draaide zich om naar de boekenkast, die achter in de kamer tegen de muur stond.

'Derde plank links. Zoek naar "Word".'

Nuala vond de dunne, in leer gebonden uitgave en gaf het boek aan hem.

'Goed, Wordsworth is dus een heel beroemde Engelse dichter,' zei hij. 'Zijn bekendste werk gaat over narcissen. Weet je wat dat zijn, narcissen?'

'Nee, dat weet ik niet.'

'Het zijn behoorlijk mooie bloemen en in de lente bloeien ze hier bij ons in de tuin. Hun kelk lijkt op een geel trompetje met een oranje hart. Wil je het gedicht proberen voor te lezen? Dan kan ik luisteren.'

Nuala pakte het boek van hem aan en keek naar de bladzijde die Philip had aangewezen. Ze had het gevoel dat ze weer in de schoolbanken zat en dat ze was uitgekozen naar voren te komen om iets hardop voor de hele klas voor te lezen.

'Nou, ik wil het wel proberen, maar...' Ze haalde diep adem. 'In eenzaamheid doolde ik rond / zoals een wolk boven de vallei / en heuvel...'

'En heuvel zweven kon,' vulde Philip aan. 'Ga door, het gaat prima.'

Zes versregels later wilde Nuala het boek het liefst in de open haard gooien. Ze voelde zich een uilskuiken.

'Ik zei toch al dat voorlezen me niet lag? Vooral gedichten niet. Ik snap het ritme niet, ik snap niet wat er staat. Ik kan beter uit de voeten met de Bijbel, of met beschrijvingen van het menselijk lichaam of van ziektes, dankzij mijn verpleegstersopleiding.'

'Het is goed om af en toe je grenzen te verleggen. Dat heb je mij vandaag ook laten doen, en ik ging erin mee, weet je nog?'

'Ah, je hebt gelijk. Dus nu krijg ik het voor mijn kiezen omdat ik je mee naar buiten heb gesleept?'

'Jazeker, en ik ben je er dankbaar voor. Hetzelfde geldt voor jou en lezen. Het enige wat je nodig hebt om een poging te wagen is moed. Waarom neem je dat boek niet mee naar huis om het gedicht in alle rust te bestuderen? Dan kunnen we het morgen doornemen en her en der nader verklaren. En nogmaals, Nuala, mijn dank is groot dat je me hebt overgehaald mee naar buiten te gaan. Ik wil nu even slapen, als je wilt kun je nog een paar andere gedichten lezen.'

Philips ogen waren nog steeds gesloten toen er een uur later zachtjes op de deur werd geklopt en zijn moeder binnenkwam.

Nuala legde een vinger tegen haar lippen.

'Mijn lieve jongen is duidelijk doodmoe,' zei Lady Fitzgerald. 'Hij heeft in de afgelopen paar uur meer opwinding gehad dan in het hele jaar na zijn terugkeer. Ik kan je niet genoeg bedanken dat je hem hebt overgehaald naar buiten te gaan. Hij zei dat het geheel en al jouw verdienste is. Mijn dank is groot. Hier.' Ze drukte een munt in Nuala's hand. 'Ik weet dat je pas bent getrouwd, dus beschouw dit als een bescheiden huwelijkscadeau van mij, en vertel het alsjeblieft niet aan het andere personeel.'

'Dank u, Lady Fitzgerald, maar dat hoeft echt niet.'

'Toch wel. Ga jij maar naar huis, naar je man, dan breng ik Philip naar bed.'

'Dat zal ik doen, dank u.'

'Dat jij onze jonge meester hebt overgehaald naar buiten te gaan, zeg,' zei Lucy glimlachend toen Nuala, die inmiddels haar eigen kleren weer had aangetrokken, door de keuken naar de achterdeur liep. 'Iedereen heeft het erover. Ja toch, Maureen?'

'Zeg dat wel, Lucy. Ik zou me bijna afvragen wat Nuala daarboven met hem heeft gedaan om hem zover te krijgen.'

Terwijl Maureen zich omdraaide en door de deur liep die naar de voorkant van het huis leidde, staarde Nuala Lucy met open mond aan.

'Hoorde ik dat nou goed?' stamelde ze.

'Ja, ik hoorde het ook. Ach, kom, Nuala, trek je niets van dat oude kreng aan. We weten allemaal dat haar man is gesneuveld en dat haar kind dood geboren is. Al is dat nog geen reden om zo bot te zijn.'

'Vorige week zei ze tegen me dat ik te zwaar was om mijn werk goed te kunnen doen.' Kokkie draaide zich hoofdschuddend om. 'Ik vroeg haar of ze ooit een magere kok had gezien.' Kokkie, die eigenlijk Mrs. O'Sullivan heette, grinnikte. 'En zo ja, zou je die dan vertrouwen? Let maar niet op haar, Nuala. Ze is gewoon jaloers dat je dikke mik bent met de jonge meester en Lady Fitzgerald.'

Nuala nam afscheid van hen en stapte op haar fiets. Ze ziedde nog steeds van woede. Onder de eikenboom liet ze haar frustraties de vrije loop.

'Die feeks weet best dat ik pasgetrouwd ben. Hoe durft ze te insinueren dat ik Philip heb verleid? Jezus! Ik ben zijn verpleegster, het zou bijna...'

De gedachte was zo afschrikwekkend dat ze geen woord kon vinden om die zin mee aan te vullen. Gedreven door woede was ze twee keer zo snel thuis als normaal, en net toen ze haar fiets tegen de zijkant van de cottage wilde zetten, dook Mrs. Grady, haar buurvrouw, opeens voor haar op.

'Is je man ziek, Nuala? Zoiets heb ik opgevangen in het dorp.'

'Ja, dat klopt.'

'Ik heb hem helemaal niet meer gehoord sinds je bent weggegaan. Ik heb aangeklopt en wilde door het raam aan de voorkant naar binnen kijken, maar alle gordijnen zijn dicht.'

'Hij lag vast te slapen, hij heeft zo'n beroerde nacht gehad. Ik ga nu naar binnen om te kijken hoe hij zich voelt.'

'Als hij zo ziek is, kan hij beter niet alleen thuisblijven,' zei Mrs. Grady licht verwijtend. 'Ik wil met alle plezier 's middags even bij hem langsgaan om te kijken of hij iets nodig heeft als jij naar je werk bent.'

'Dat is heel aardig van u, Mrs. Grady, en als zijn toestand niet verbetert, maak ik graag gebruik van uw aanbod.'

'Doe maar,' zei Mrs. Grady terwijl Nuala de sleutel in het slot stak. 'Zal ik nu meekomen, voor het geval...'

'Ik zal u meteen roepen als er iets is. Goedenavond, Mrs. Grady, en dank u wel.'

Nuala deed de deur achter zich dicht. Ze had de boel het liefst op slot gedaan, maar dat zou juist argwaan wekken bij haar vriendelijke maar bemoeizieke buurvrouw. Een snelle blik door het raam zei haar dat Mrs. Grady er nog steeds stond. Ze liep zuchtend de trap op naar de slaapkamer die ze met Finn deelde. Ze trok de gordijnen opzij en deed het raam open.

'Hij is springlevend, Mrs. Grady,' riep ze naar beneden. 'Maakt u zich maar geen zorgen. Fijne avond.'

Nuala deed het raam en de gordijnen dicht en liet zich op de rand van het bed zakken. Dit zou een lange, lange week worden.

Finn hield zich aan zijn belofte en kwam in de nacht van zondag op maandag thuis. Hij was zo stil binnengekomen dat ze niet eens de achterdeur had gehoord.

'Finn! O, Finn! Wat fijn dat je heelhuids thuis bent.'

'Zeg dat wel.' Hij trok snel zijn kleren uit en kroop naast haar in bed. 'Vergeef me, ik ruik vast naar zweet en vuil... Het was een lange, taaie week.'

'Maar je hebt het overleefd.'

'Jawel. Kom eens hier, Nuala van me.' Hij schoof een arm onder haar rug en ze legde haar hoofd op zijn borst.

'Wie waren er allemaal?' vroeg ze. 'Wat heb je gedaan? Zijn er nog invallen...'

'Nuala, ik ben bekaf. Ik wil graag even...'

Nuala zag dat hij zijn ogen dicht had. Ze lag wakker naast hem, verrukt door het gevoel van zijn lichaamswarmte en luisterend naar zijn regelmatige hartslag tegen haar oor. Ze was immens dankbaar dat hij weer thuis was, want de mensen uit de buurt waren elke dag langsgekomen om naar hem te vragen. Moest ze geen dokter bellen als hij maar niet beter wilde worden? Zou het besmettelijk kunnen zijn? Uiteindelijk was ze op de fiets naar Hannahs winkel in Timoleague gegaan om haar te vertellen dat de buren achterdochtig werden.

'Ik heb een naam nodig voor een ziekte waarbij mensen steeds overgeven.'

'Ga maar langs de apotheker. Daar staat Susan achter de toonbank, je kunt haar vertrouwen,' had Hannah met gedempte stem gezegd. 'Zeg maar tegen haar dat Finn iets heeft opgelopen waardoor hij constant moet braken en vraag haar om poedertjes. Ik weet zeker dat ze je een paar dure termen kan geven voor zulke aandoeningen.'

Nuala had haar advies opgevolgd, en Susan was in hoogsteigen persoon met pillen en poeders op de fiets naar de cottage gekomen om de 'patiënt' te zien. Het feit dat Susan langs was geweest en dat Nuala nu tegen iedereen kon zeggen dat Finn 'gastro-enteritis' had, deed haar reputatie als kokkin weliswaar geen goed, maar de buren waren tenminste gerustgesteld. Hannah had zich nu ook 'ziek gemeld' bij de kleermaker zodat ze de vrouwelijke kookploeg in het kamp van Kilbrittain kon versterken, en dat had de mythe nog verder aangewakkerd.

Het was vooral bizar als je bedacht dat Mrs. Grady en de rest van het dorp Finn zouden bejubelen als ze wisten hoe de vork in de steel zat. Anderzijds, als ze op de hoogte waren, zou iedereen ook meteen gevaar lopen.

Mijn leven is één grote leugen, dacht Nuala, voor ze in een rusteloze slaap wegzonk.

Om zeven uur 's morgens moest ze Finn wakker maken. Ze had al thee voor hem gezet en pap gekookt, en ze nam alles mee naar boven voor een ontbijt op bed.

'Lukt het je om vandaag les te geven?' vroeg ze.

'Ik zal wel moeten.'

'Tja. Iedereen heeft gevraagd hoe het met je ging, dus je moet je gezicht laten zien. Hoe is deze week verlopen?'

'Zoals het moest gaan, zou ik zeggen. We werden in pelotons opgedeeld en moesten ons gedragen alsof de vijand elk moment kon binnenvallen. We leerden hoe we handgranaten onklaar kunnen maken, daarna hebben we met Lee-Enfield-geweren geoefend: richten, constante druk op de trekker houden, we sliepen er zelfs mee. Als er alarm werd geslagen en iemand was niet snel genoeg uit bed, dan moesten we de hele riedel opnieuw doen. We hebben beurtelings het bevel over de pelotons gevoerd en 's avonds, na het eten, verzamelden we ons in de schuur. Dan kregen we allerlei instructies te horen, of we lazen de opgeschreven oefeningen door.'

'Ze nemen het serieus. Weet je zeker dat de vijand niet wist wat jullie daarboven uitvoerden? De boerderij is vlak bij een post van de Black and Tans in Kilbrittain.'

'Er waren bataljons van Bandon en Kilbrittain die de omgeving verkenden en die hebben ons prima kunnen beschermen. We kenden allemaal het fluitje ten teken dat ze onderweg waren, maar gelukkig is het niet zover gekomen. We hebben veel tijd buiten doorgebracht, waar we met natuurlijke dekking om leerden gaan, hoe we ons geruisloos moesten verplaatsen en hoe we in formatie blijven bij een charge op een wegpatrouille.'

'Zo ben je wel goed voorbereid op een aanslag,' zei ze.

'Dat zeker, maar met dit verschil, Nuala: wíj zijn nu degenen die aanvallen. We blijven niet meer afwachten en ons verdedigen, we moeten vaker zelf in de aanval gaan, willen we deze strijd ooit winnen. Er liggen plannen om binnenkort ten uitvoer te brengen en ik ben erbij. De komende maanden zal ik veel minder voor de klas kunnen staan.'

'Maar hoe dan, Finn? Je hebt een prima baan als onderwijzer, je overweegt toch niet om ontslag te nemen?'

'Nee, dat niet, maar zo nodig wil ik hoofdmeester O'Driscoll op de hoogte stellen van mijn aandeel in de Flying Column. Misschien dat mijn "ziekte" erger bleek dan in eerste instantie gedacht en heb ik meer tijd nodig om te herstellen, als je begrijpt wat ik bedoel.'

'Nou, je ziet bleek en mager en je ogen zijn bloeddoorlopen, dus je uiterlijk heb je mee.' Nuala zuchtte. 'Weet je zeker dat je de hoofdmeester kunt vertrouwen?'

'Ja, beslist. Hij wil Ierland net zo graag terug als ik, en hij heeft meer dan eens gezegd dat hij zich bij de IRA had aangesloten als hij een paar jaartjes jonger was geweest. Ik moet hem vertrouwen, Nuala,' zei Finn, terwijl hij het laatste restje pap oplepelde.

Nuala bleef hem een poosje aankijken. Uiteindelijk zei ze: 'Je weet dat ik net zo veel hart heb voor de zaak als jij, maar als dat betekent dat ik jou moet verliezen, dan stap ik liever aan boord van een schip en steek de oceaan over om in Amerika een nieuw leven op te bouwen. En je weet hoe eng ik de zee vind.'

Finn stak een hand uit en streelde haar wang. 'Ik weet het, liefste. Maar dit gevecht moeten we winnen, tegen elke prijs. O, en voor ik het vergeet, Tom Barry vroeg of je majoor Percival nog in het Grote Huis hebt gezien.'

'Er zijn een paar dure auto's voor komen rijden, maar ik heb Philip alleen die ene keer over generaal Strickland gehoord.'

'Percival is de smeerlap die we in het vizier hebben, meer dan wie ook. En we zullen hem krijgen, Nuala, let op mijn woorden. Tom Barry heeft in Bandon opdracht gegeven hem dag en nacht in de gaten te houden. Zodra we zijn gangen kennen...'

'Willen jullie hem doodschieten?' Nuala keek haar man vol afgrijzen aan. 'Heilige Maagd Maria... Gaan jullie hem vermoorden?'

'Moord bestaat niet in een oorlog, Nuala. Enfin, ik moet nu naar school.'

'Ben je hier als ik vanavond thuiskom?' vroeg ze, terwijl hij zijn nette kleren aantrok. Overhemd, broek, stropdas.

'We hebben afgesproken het deze week rustig aan te doen, maar... ik kan eigenlijk niets meer beloven. En vergeet niet om her en der in het dorp te laten vallen dat ik nog steeds last heb van de naweeën van mijn ziekte, en dat je je zorgen maakt over mijn gezondheid. Dag, liefste, ik zie je gauw.'

'Zullen we vandaag weer naar buiten gaan en in de tuin gaan zitten, Philip?' vroeg ze later die middag in Argideen House. Ze had net het gedicht van Wordsworth voorgelezen dat hij had aangewezen. Hij was vol lof over haar voordracht.

'Nee, vader krijgt die vreselijke majoor Percival op bezoek. Moeder en ik kunnen hem niet uitstaan. Het is een arrogante rotzak, als je het mij vraagt. Van alle Engelsen hier in Ierland is hij wel de ergste.'

'Heb je hem ontmoet?'

'Nee, maar moeder zegt dat hij het liefst alle Ieren, zowel mannen als vrouwen, uit de weg wil ruimen. Hij heeft hier nooit gewoond, weet je, hij begrijpt niet hoe hard we jullie nodig hebben om onze boerderijen en huizen draaiende te houden. En dat we het tot een paar jaar geleden best goed met elkaar konden vinden. Net als jij en ik, toch, Nuala?'

'Ja, Philip, natuurlijk.'

Alhoewel ze besefte dat Philip het niet verkeerd bedoelde, vond ze het toch ergerlijk dat hij de Engelse superioriteit als een door God gegeven recht zag.

'Nou, gaan we de tuin in of niet?' vroeg ze bruusk.

'Majoor Percival was vanmorgen op bezoek in het Grote Huis.'

Ze zaten samen aan tafel te eten. Finn staarde haar aan.

'Heb je hem horen praten? Heb je hem gezien?' vroeg hij.

'Nee, Philip wilde beslist niet naar buiten, voor het geval dat we de majoor zouden tegenkomen. Hij schaamt zich voor zijn uiterlijk.'

'Kun je achterhalen waar het gesprek over ging? Majoor Percival staat bovenaan onze zwarte lijst en hij wordt voortdurend geschaduwd.'

'Ik zal het proberen, Finn, maar Philip heeft de man nog nooit ontmoet. Hij hoort alleen zo nu en dan iets over hem van zijn moeder, want met zijn vader praat hij nauwelijks.'

'Je hebt ons verteld over Philips verminkingen. Misschien schaamt die vader zich voor zijn zoon.'

'Misschien. Hoe was het vandaag op school? Heb je hoofdmeester O'Driscoll gesproken?'

'Ja, inderdaad. We zijn na school naar de pub gegaan voor een glaasje. Christy stond achter de bar en hield in de gaten dat we niet werden afgeluisterd.'

'En?'

'O'Driscoll is bereid een uitvlucht te verzinnen voor mijn afwezigheid. Hij kent een dokter in Timoleague die vierkant achter de IRA staat. Morgen stuurt hij hem naar me toe, zodat iedereen in het dorp kan zien dat er een echte dokter naar me is komen kijken, dus dan moet het wel ernstig zijn.' Finn glimlachte zwakjes, pakte haar hand en kneep er even in. 'We zullen ons erdoorheen slaan, Nuala, dat weet ik zeker. Voor onze kinderen zullen er betere tijden aanbreken.'

'Ah, dat wel, maar nu we allebei een dubbele agenda hebben en in een dorp wonen waar iedereen wil weten wat we uitspoken, is het een stuk linker geworden, Finn, vind je ook niet?'

'Nou, vanavond zitten we hier en zijn we samen. Stapje voor stapje, liefste. Het is de enige manier om met deze situatie om te gaan.'

De dag erop werd er geen bezoek in het landhuis verwacht, en Philip wilde graag dat ze hem naar de tuin bracht. Ze was van plan nog iets anders aan te kaarten wat zijn rehabilitatie ten goede zou kunnen komen.

'Philip?'

'Hm?' Hij zat naast haar met gesloten ogen te genieten van de heerlijke geuren die van de bloemen opstegen.

'Ik heb zitten denken...'

Philip opende zijn ogen. 'Altijd een slecht teken. Wat heb je nu weer voor me bekokstoofd? Een duik in de Argideen? Een ritje op een van de hengsten in de stallen?'

'O nee, zover zijn we nog lang niet. Ik had alleen... Tja, ik zag je kunstbeen in de slaapkamer staan. Waarom gebruik je hem niet? Want dan zou je kunnen opstaan en naast me kunnen lopen, in plaats van de hele tijd in die stoel te moeten zitten waar je zo'n hekel aan hebt.'

'Ik kan hier heel kort over zijn, Nuala. Toen de arts dat been vastmaakte aan wat er van mijn knieschijf over was, moest ik er met mijn volle gewicht op leunen. Hoe licht ik ook was, ik dacht dat ik kapotging. De pijn was bijna net zo erg als toen ik bijkwam na de mijnexplosie. Eigenlijk was het zelfs nóg erger, omdat ik volledig bij kennis was. Oftewel, het antwoord is nee.'

'Je hebt het eenmaal geprobeerd, zei je?'

'Ja. Dat was eens, maar nooit weer.'

'Maar... de wond van de amputatie is volledig genezen. Misschien heeft die arts het aan je gevraagd toen het daar nog helemaal rauw was. Dus, ja, dat moet een helse pijn zijn geweest. Maar ik weet zeker dat het nu anders is. Stel je voor dat je weer kunt lopen! Dan ben je onafhankelijk! Zou dat niet fantastisch zijn?'

'Het zou fantastisch zijn als de mens naar de maan kon vliegen, maar sommige dingen zijn nu eenmaal onmogelijk. Enfin, wil je me nu even met rust laten? Ik wil van dit moment in de tuin genieten.'

Ze kende de koppigheid van Philip inmiddels maar al te goed, dus ze liet het onderwerp rusten. Er was immers nog iets wat ze met hem wilde bespreken, en zodra ze boven waren, verzamelde ze al haar moed om het onderwerp aan te snijden.

'Heeft je daddy gisteren een goed gesprek gehad met majoor Percival?' vroeg ze, toen Maureen binnenkwam met de thee en alles voor hen klaarzette.

'Ik weet niet of er bij deze man ook maar op afstand sprake kan zijn van iets goeds. Percival zei in elk geval wel zeker te weten dat hij door de IRA wordt gadegeslagen, vertelde moeder. Hij ziet de gordijnen bewegen in de woningen tegenover de Bandon Barracks zodra hij naar buiten gaat om een paar deuren verderop te eten. Hij denkt dat de IRA een moordaanslag op hem beraamt en hij zei ook dat hij zijn manschappen eropuit wil sturen om elk huis in Bandon binnenstebuiten te keren en de daders op te sporen. Dank je, Maureen, je kunt gaan,' zei hij tegen de bediende. 'Nuala neemt het hier van je over.'

Nuala deed haar best om haar handen niet al te zeer te laten beven tijdens het inschenken van de thee.

'Alsjeblieft,' zei ze en ze reikte Philip zijn kopje aan. Ze nam zelf ook een slokje. Ze had haar middagmaal weer eens overgeslagen en rammelde van de honger, maar bij de gedachte aan eten werd ze al misselijk.

'Wat zie je pips, Nuala. Is er iets?'

'Nee hoor, ik voel me prima. Ik heb heel veel zin om te schaken.'

Toen Nuala die avond Argideen House verliet, fietste ze naar haar eik en bleef daar een poosje staan piekeren. Aan wie kon ze het bericht doorgeven, zodat het de mannen die majoor Percival schaduwden het snelst zou bereiken? Uiteindelijk koos ze voor Christy, die tegenover haar cottage in de pub werkte, en ze trapte als een bezetene door naar Clogagh.

Thuis krabbelde ze snel een paar regels op een briefje en liep direct naar de pub aan de overkant. Ze begroette de weinige stamgasten die over hun glas gebogen aan de tafels zaten en kroop op een barkruk bij de toog, waar Christy net drie whiskeys stond in te schenken.

'Hallo, Nuala,' zei hij. 'Wat kom je op dit uur van de avond doen? Je komt toch geen whiskey drinken, hè?' plaagde hij. Hij streek zijn dikke, donkere haar naar achteren zodat Nuala hem recht in zijn ernstige, warme bruine ogen kon kijken.

'Er is een kalf met stuitligging op de boerderij, we hebben acuut je hulp nodig.' Nuala gebruikte de gecodeerde zin die haar familie haar had geleerd voor als er een noodgeval was.

'Goed, ik zal het even aan John doorgeven. Ik mag vast eerder weg, want het is toch niet druk.'

Hij keek naar haar hand die ze over de toog naar hem toe schoof. Hij legde de zijne er even op, kneep in haar vingers en toen trokken ze allebei hun hand terug.

'Ik hoop dat het kalf het redt,' zei ze, terwijl ze zich tussen de tafels door naar de deur begaf.

Haar hart bonsde in haar keel door de adrenaline, en ze haalde een paar keer diep adem voor ze de cottage weer binnenging.

'Wat is er aan de hand? Waarom was je in de pub?' vroeg Finn, die in een ketel met soep stond te roeren.

'Philip heeft me verteld dat majoor Percival vermoedt dat hij wordt bespioneerd. Hij zei dat hij elk huis in Bandon af wil breken om de daders te vinden. Hij weet dat onze mensen het op hem gemunt hebben.' Nuala stond te hijgen, maar dat was vooral uit opluchting omdat ze nu thuis was en het eindelijk kon vertellen. Ze had drie lange uren tegenover Philip gezeten en al die tijd had ze moeten doen alsof er niets aan de hand was. Hij had gezegd dat ze schaakte als een driejarige, en eerlijk gezegd had hij daar nog gelijk in gehad ook.

'Ik had al gehoord dat ze in Brandon huiszoekingen deden, maar niet dat ze van een complot op de hoogte waren. We moeten de mannen waarschuwen,' zei Finn.

'Ik heb Christy in de pub al een briefje gegeven. Hij rijdt op zijn paard naar Charlie Hurley, en die zal het doorgeven aan Bandon.'

‘Goed gedaan, Nuala.’ Finn glimlachte. ‘Die vele uren schaken zullen toch de moeite waard zijn als het een paar man heeft behoed voor een aframmeling en gevangenisstraf.’

‘Als we op tijd zijn.’

‘Ja,’ gaf Finn toe. ‘Als we op tijd zijn.’

15

Nuala hoorde die avond niets meer, en ook de volgende ochtend hoorde ze niets. Finn was naar school gegaan met een bemoedigend 'slecht nieuws krijg je het snelst, Nuala', maar dat had haar zenuwen niet tot bedaren gebracht.

Finn had haar toevertrouwd dat Tom Barry de leiding had over de groep spionnen in Bandon. Ze kon niet wachten om te horen of hij het bericht op tijd had gekregen en had kunnen vluchten.

'O, heremetijd,' hijgde ze toen ze naar het Grote Huis fietste. 'Ik ben maar een eenvoudige boerendochter, ik ben niet geschikt voor dit soort intriges.'

Zonder zich de tijd te gunnen op adem te komen, gaf ze Lucy in de keuken een vluchtig knikje en haastte zich rechtstreeks naar Philips kamer. Pas toen hij zich omdraaide in zijn rolstoel en haar met zijn halve glimlach begroette, slaakte ze een zucht van verlichting.

'Dag, Nuala,' zei hij. 'Je ziet eruit alsof je net de Ben Nevis hebt beklommen. Ga even zitten en kom tot rust.'

Dankbaar nam ze plaats op een stoel. Ze vroeg zich af wat en waar Ben Nevis was.

'Vandaag zou ik het leuk vinden iets van jóú te leren,' zei Philip. 'Even ons hoofd opfrissen voor we gaan schaken.'

Ze glimlachte naar hem, overweldigd door de opluchting dat ze niet was ontmaskerd. 'Wat had je in gedachten?'

'Ken je Ierse spelletjes die we zouden kunnen spelen? Hurling of gaelic football zit er niet in, vrees ik, maar misschien een bordspel of iets dergelijks?'

Ze dacht even na. 'Eerlijk gezegd, Philip, hebben onze mannen geen tijd om te schaken of dat soort dingen. Soms kaarten ze, of ze leggen weddenschappen af om sterkedrank, maar...'

Philip grinnikte. 'Ja, dat ken ik uit de loopgraven. De alcohol hield ons beter op de been dan wat ook. Maar ik vrees dat zulke spelletjes een stuk minder spannend zijn wanneer de inzet een kopje darjeeling is.'

Nuala dacht diep na. Ze wilde Philip graag iets bieden wat hij nooit zou tegenkomen in zijn Engelse wereldje, een wereldje dat in feite niet verder reikte dan dit ommuurde landgoed.

'Daddy vertelde ons in de winter weleens Ierse sagen om de tijd te verdrijven. Hannah, mijn zus, vond de griezelige verhalen over de *pooka* altijd het leukst, paarden die in het water leven en iedereen die hen wil bestijgen, laten verdrinken.'

'Laten we ons verre houden van griezelige verhalen, Nuala.' Philip huiverde. 'Ik weet dat Ieren in *faeries* geloven. Er zijn een heleboel verhalen over die elfen, als ik me niet vergis.'

'Ja, het hoort bij onze folklore over de aarde en de natuur om ons heen. Ik denk dat je Finnvara, de elfenkoning, wel interessant zou vinden. Mijn Finn is naar hem vernoemd, en ik naar Nuala, de elfenkoningin.'

Inmiddels kon Nuala er niet langer omheen. Elke keer dat ze de naam van haar man liet vallen, zag ze Philips mond even vertrekken.

'Nou, verras me dan maar met de belevenissen van koning Finn en koningin Nuala,' zei hij met een wrang glimlachje.

En zo vertelde Nuala hem het verhaal van hun naamgenoten die over het elfenrijk heersten, of 'The Folk', zoals ze op fluistertoon werden genoemd. Het waren machtige wezens die vlak bij de mensen woonden, loerend vanuit hun elfenheuvels en steencirkels, wachtend tot er een argeloze wandelaar zou verdwalen, die dan ontvoerd werd door de almachtige en charismatische Finnvara.

'Net zoals Finn jou heeft ontvoerd?' zei Philip, met een licht snerende ondertoon.

'O, ik heb me met alle liefde laten ontvoeren. En nu het feest van Samhain in aantocht is, doen de boeren hun uiterste best om het Finnvara naar de zin te maken en zich te verzekeren van een geslaagde oogst.'

'Net als onze druïden vroeger in Engeland. De mens kent allerlei soorten folklore.'

'Is dat zo?' vroeg Nuala verbaasd.

'Reken maar. En die elfenkoningin van jou vertoont overeenkomsten met personages van Shakespeare, zoals Titania en Morgan le Fay. Ze zijn allemaal mooi en betoverend, maar ook slim en manipulatief. Misschien lijk je zelf ook wel wat op een elfenkoningin, Nuala.'

'Nou, dat zou ik niet willen zeggen.' Ze bloosde. 'Wie is Morgan le Fay?'

'Ze was een pupil van Merlijn aan het hof van onze Britse koning Arthur. Hij leerde haar alles wat hij wist, al zijn geheime magie en zijn oude wijsheid. Daarna heeft ze hem verraden.'

'Ze klinkt als een inslechte vrouw. Onze elfenkoningin Nuala zou Finnvara nooit verraden.'

'O, Morgana, zoals ze ook wel bekendstond, had haar redenen. Kijk maar in de boekenkast, daar staat een groot groen boek in, geschreven door Sir Thomas Malory, *Le Morte d'Arthur*.'

Nuala vond het boek, ging zitten en opende het op haar schoot. Ze zuchtte inwendig toen ze de bladzijden vol priegelig kleine lettertjes zag.

'Ik denk dat we de Uther Pendragon-verhalen kunnen overslaan,' zei hij, 'en meteen door kunnen gaan naar hoofdstuk vijfentwintig – dat is geschreven als XXV – waar Merlijn Arthur helpt met het verkrijgen van het zwaard Excalibur van de Vrouwe van het Meer. Lees maar voor, Nuala.'

'Ik zal het proberen, Philip.'

Toen Nuala die avond thuiskwam, hoorde ze dat Tom Barry en zijn manschappen dankzij haar informatie uit het Grote Huis nipt waren ontkomen aan de klauwen van het Essex Regiment. De rest van de week liep ze rond met een gevoel van voorzichtig optimisme en trots.

De herfst was aangebroken, de bladeren in het bos werden rood, brons en goud. 's Morgens vroeg was ze altijd samen met Finn voor hij naar school ging. Het was een kortstondige periode van rust in hun nog prille huwelijk. Daarna vertrok ze vaak op de fiets naar de boerderijen waar andere vrouwen van hun organisatie woonden, om berichten door te geven – één keer met een pistool onder haar rok om haar dijbeen gegespt – of om de was te doen voor IRA-leden. De middagen waren altijd gereserveerd voor Philip, en nu het vroeg donker werd, was ze blij met het warme vuurtje in de grote open haard in zijn kamer. Het lezen van *Le Morte d'Arthur* – ze begon het vreemde Engels waarin het was geschreven al aardig onder de knie te krijgen – wisselden ze af met schaakpartijen en ommetjes in de tuin met de prachtige herfsttinten.

Finn was 's avonds meestal van huis nu de Flying Column steeds meer zelfvertrouwen kreeg en vaker in de aanval ging. Als hij in de vroege uurtjes bij haar in bed kroop, wenste ze vurig dat ze hem naar het land van het Fearie Folk kon wensen, waar ze samen over hun rijk zouden heersen, een rijk waar het dagelijks leven in het teken stond van muziek, vrolijkheid en dans.

Nuala had een nieuw plannetje bedacht voor Philip en op een avond ging ze na haar werk naar Christy in de pub.

'Alles goed, Nuala?' vroeg hij, en met een knipoog zette hij een klein glaasje whiskey voor haar neer.

'Ja hoor, dank je,' zei ze, en ze nam een slok om op te warmen na haar fietstocht. 'Zeg, mag ik je iets vragen?'

'Vraag maar raak,' zei hij schouderophalend.

'Philip, de zoon van de Fitzgeralds, heeft in Frankrijk zijn been verloren. Wist je dat?'

'Ja, dat heb je me verteld.' Hij knikte. 'Gelukkig heeft hij het overleefd, en met zo'n rijke familie had hij vast elk uur van de dag een dokter aan zijn bed staan, voor de allerbeste zorg.'

'Dat is zo, maar hij is zo ontzettend koppig, Christy. Hij weigert alle hulp die hem wordt aangeboden. Hij heeft een op maat gemaakt houten kunstbeen, maar dat staat ergens in een hoek stof te vergaren omdat hij er niet eens naar wil kijken. Het is te pijnlijk, zegt hij.'

'Hoe lang geleden is het gebeurd?' vroeg Christy. Hij liep om de toog heen en nam plaats op een kruk naast haar om zijn slechte been een beetje te ontlasten.

'Meer dan twee jaar geleden. Ik heb hem nog maar net kunnen overhalen om in zijn rolstoel de tuin in te gaan. Het is alsof hij het heeft opgegeven. Schaken en boeken, dat zijn zo'n beetje de enige dingen die hem nog kunnen bekoren. Maar het leven zou hem nog zo veel kunnen bieden als hij zou willen lopen!'

'Vast wel, maar vergeet niet dat dit soort verwondingen zowel lichamelijk als geestelijk zijn. Weet je nog hoe ik na mijn ongeluk was? Een en al zelfmedelijden, het voelde alsof ik geen enkel nut meer had.'

'Maar je weet dat dat niet zo is. Wat moesten mammy en daddy zonder jou op de boerderij, ook omdat Fergus zo vaak... weg is, en nu al helemaal. Je werkt harder dan de eerste de beste die niets mankeert, Christy.'

'Misschien.' Hij dempte zijn stem. 'Maar als ik Fergus en Finn de deur uit zie gaan, voel ik me toch een waardeloze lor. Er gaat geen dag voorbij zonder dat ik aan de pijn in mijn voet en scheenbeen denk, die door de dorsmachine zijn verbrijzeld. Ik droom er ook heel vaak over, en ik weet zeker dat die Philip ook nachtmerries heeft waarin hij de oorlog steeds opnieuw beleeft. Het is moeilijk voor te stellen hoe zwaar dat is. Hij moet leren leven met één been, terwijl ik het mijne nog kan gebruiken. Het heeft me een hele poos gekost voor ik op kon staan en deze stok kon gebruiken.' Hij tikte ermee op de grond en glimlachte dankbaar.

'Hoe ben je erbovenop gekomen? Door te blijven hopen?'

'Dankzij je familie en jouw goede zorgen, Nuala.'

Ze werd verlegen onder zijn indringende blik. Ze sloeg haar ogen neer en keek naar zijn grote, eeltige hand die op de eiken wandelstok rustte.

'Het was jouw zonnige glimlach elke dag,' vervolgde hij, 'anders was ik niet eens uit bed gekomen, zo veel pijn had ik. Maar jij was er altijd, al was je toen net dertien. Je bent een geboren verpleegster, Nuala. En als Philip weet wat goed voor hem is, zal hij naar jou luisteren.'

'Misschien, maar tot dusver lukt het me niet, Christy.'

'Luister eens, dankzij mijn wandelstok kon ik mijn slechte been ontlasten, en ik heb er een over. Wil die Philip van jou hem soms proberen?'

'Ik zou het hem op zijn minst kunnen voorstellen,' zei ze. 'Dank je, Christy.'

'En laat hem geen nee zeggen!' riep hij haar achterna. 'Dat heb je bij mij ook nooit geaccepteerd!'

De volgende middag bracht Christy haar met zijn paard-en-wagen naar Argideen House, omdat ze de wandelstok bij zich had. Zoals altijd liep ze via de keuken meteen door naar boven en klopte aan.

'Kom binnen, Nuala,' zei Philip.

Ze deed open en zag meteen dat het grote boek van koning Arthur op het tafeltje naast de damasten bank op haar lag te wachten.

'Hallo, Philip. We gaan vandaag iets nieuws doen,' zei ze kordaat.

'O ja? Wat heb je voor me in petto?' Hij keek ietwat argwanend naar de wandelstok in haar hand. 'Als dat is wat ik denk dat het is, dan waarschuw ik je: ik hou mijn poot stijf. Bij wijze van spreken.'

Nuala ging met de stok in haar hand op de bank zitten. 'Weet je nog dat ik je over mijn neef Christy vertelde?'

'Ik meen van wel. Hij werkt toch in de pub?'

'Ja. En deze is van hem.' Ze tikte met de stok op de vloer. 'Hij was vijftien toen hij op een dorsmachine zat tijdens het oogsten van gerst. Dorsen is...'

'Ik weet wat dorsen inhoudt, Nuala.'

'Dan weet je ook hoe gevaarlijk het kan zijn. Christy was altijd een sterke knul, slim ook, maar hij gleed uit en schoot met zijn rechtervoet tot halverwege zijn onderbeen in de machine. Ik hoef je niet te vertellen hoe erg hij eraan toe was.'

'Ik zie het voor me. Moest het been geamputeerd worden?'

'Nee, ze konden het redden, maar Christy heeft een jaar in de lappenmand gelegen, en sindsdien kan hij niet zonder stok lopen. Hij zal nooit meer kunnen rennen of zijn meisje tijdens de ceilidh over de dansvloer laten zwieren, maar hij loopt en rijdt paard.'

'Dat is fijn voor hem, maar ik weet niet wat dat met mij te maken heeft,' zei Philip geërgerd. 'Christy heeft twee benen, en ik neem aan ook twee ogen en een compleet gezicht.'

'En jij hebt een perfect, op maat gemaakt houten kunstbeen dat hier in je slaapkamer staat te verstoffen,' kaatste ze terug.

'Nuala, ik zei nee en dat meende ik!'

Ze negeerde hem en liep naar de slaapkamer om het kunstbeen te halen. Het stond zoals gewoonlijk in de hoek schuin tegen de muur, en Mrs. Houghton had haar al eerder laten zien in welke kast ze zijn katoenen sokken kon vinden. Ze kon die sokken over zijn stomp trekken en zo de gevoelige, met littekens overdekte huid beschermen.

Het kunstbeen bleek verrassend zwaar toen ze het naar de zitkamer droeg. Ze zag de angst in zijn ogen.

'Nee, laat nou, Nuala!'

'Luister, we doen het rustig aan,' zei ze kalmerend. 'Maar je moet op zijn minst een poging wagen. Dit is het plan: ik maak het vast en je laat het gewoon een poosje zitten terwijl we een partij schaak spelen. Dan kun je eraan wennen, dus.'

'Ik weet dat je het goed bedoelt, maar het heeft geen zin. Ik heb het prima naar mijn zin, hier in mijn stoel.'

'O ja, Philip?' Ze keek hem direct aan. 'Ik ben hier elke dag en ik zie je gekrenkte trots omdat je constant mensen om hulp moet vragen. Ik zou me precies zo voelen, en om dezelfde reden is Christy uiteindelijk opgestaan en gaan lopen. Bovendien hebben de meeste soldaten in jouw positie niets anders dan een lomp stuk hout, jij hebt een op maat gemaakt been! Je moet het op zijn minst proberen, laat je koppigheid je niet in de weg staan.'

Ze had hem zo vrijpostig toegesproken dat ze ervan bloosde. Ze verwachtte half dat hij haar op staande voet zou ontslaan.

Na een lange stilte, waarin ze zich geen van beiden verroerden, slaakte Philip een diepe zucht en knikte hij om aan te geven dat hij zich gewonnen gaf.

'Vooruit. Maar ik ga er niet op staan.'

'Dank je. Goed, aan de slag.' Ze knielde voor hem neer. 'Ik rol je ene broekspijp op, zodat die niet in de weg zit,' zei ze terwijl ze zijn stomp blootlegde. Alhoewel hij eraan gewend was 's avonds door haar gewassen te worden, voelde ze hoe gespannen hij was. 'Nu gaat er een katoenen sok overheen,' vervolgde ze, terwijl ze er een over de stomp trok. 'Ik maak nu de gespen en riemen vast.'

Het kunstbeen was van donker hout gemaakt, gladgeschuurd, ingewreven met olie en gelakt. Aan het ene uiteinde was een voet uitgesneden en aan het andere zaten leren riemen, waarmee ze het om Philips dijbeen kon vastmaken. Ze ging zo zelfverzekerd mogelijk te werk om hem niet te laten merken dat ze dit nooit eerder had gedaan.

Zodra het been vastzat en Philip had aangegeven dat hij geen last had, controleerde ze of de scharnieren soepel genoeg meebewogen met zijn knie en zette ze zijn voeten naast elkaar op de steunen van de rolstoel. Vervolgens reed ze hem naar het raam en bracht zwijgend het schaakbord in gereedheid.

Ze speelden in stilte. Het rustgevende getik van de stukken op het houten bord was het enige geluid in de kamer, afgezien van het knapperende houtvuur. Zodra hij haar schaakmat had gezet en voor de thee had gebeld, ging ze zelf beneden het dienblad ophalen, om te voorkomen dat Maureen naar zijn kunstbeen zou staren.

Ze schonk hem een kopje in met een wolkje melk, zoals hij zijn thee graag dronk.

Hij schraapte zijn keel.

'Zeg, heb je veel... soldaten met geamputeerde ledematen gezien in het ziekenhuis van Cork?' vroeg hij.

'Ja. De oorlog was afgelopen en veel patiënten lagen daar met hetzelfde soort verwondingen als jij hebt. Ik was nog in de leer, dus ik moest voornamelijk ondersteken legen en zo, ik hoefde hen verder niet te verplegen. Maar ik heb veel leed gezien. En ook veel moed,' voegde ze er voor de goede orde aan toe.

Hij at zijn mond leeg voor hij antwoord gaf. 'Dat zal best. En ik weet ook dat ik meer geluk heb dan de meeste jongens, maar ik denk niet dat ik er ooit echt vrede mee zal hebben.'

'Toch denk ik dat dat wel kan, Philip. Als je onafhankelijker zou worden, bijvoorbeeld. Het zal je veel inspanning en moed kosten, maar je kunt het, echt. Daar ben ik van overtuigd.'

'Dat onverwoestbare optimisme van jou.' Hij zuchtte.

'Het heeft gewoon geen zin om er anders naar te kijken, vind ik. Jij wel? En ik heb nu eenmaal veel vertrouwen, Philip. Ook in jou.'

'Ik zou het vreselijk vinden om je teleur te stellen, maar...'

'Doe dat dan niet.'

Na een lange stilte zuchtte hij opnieuw. 'Vooruit dan maar. Laten we het proberen.'

Haar hart sloeg over van vreugde. Ze duwde hem naar de brede boekenkast met de stevige planken die hem op de juiste hoogte houvast konden bieden. Ze zette zijn ene voet op de vloer, gaf hem Christy's wandelstok aan en sloeg voorzichtig haar armen om zijn middel, net zoals wanneer ze hem 's avonds naar bed bracht.

'Goed, ik heb je stevig vast, Philip,' zei ze. 'Ik help je eerst te gaan staan, en dan steun je voorlopig op je goede been. Zodra je je evenwicht hebt gevonden, proberen we je gewicht te verplaatsen naar je slechte been.'

Terwijl ze hem overeind hield, voelde ze hem trillen van inspanning en van de zenuwen. De knokkels van de hand waarmee hij Christy's stok vasthield, zagen wit.

'Rustig ademhalen, Philip, in en uit.'

Hij hijgde en haalde zo gejaagd adem dat ze even bang was dat hij zou gaan hyperventileren.

'Zo, ja. Hou je met je andere hand hier vast aan de plank...' Nuala wees de juiste hoogte aan. 'Nu moet je proberen een klein beetje op het houten been te steunen. Ik beloof je dat het niet zo'n pijn doet als de vorige keer,' zei ze bemoedigend.

Ze voelde de beweging van zijn lichaam toen hij langzaam wat gewicht naar het houten been verplaatste, en ze hoorde hem opnieuw naar adem snakken.

'Wat is er? Wil je weer zitten?' vroeg ze.

'Nee,' zei hij hijgend, terwijl het zweet hem op het voorhoofd parelde. 'Nee, ik geef niet op nu ik al zo ver ben gekomen. Het is niet zo erg als toen. Laat me even mijn evenwicht hervinden, dan probeer ik zelf te blijven staan.'

'Geweldig,' zei ze. 'Moedig van je. Goed, ben je zover?'

Philip zocht naar de juiste houding. 'Ik ben zover,' mompelde hij even later.

'Leun op de stok en laat de plank los... Ik sta naast je om je op te vangen als je valt.'

Langzaam trok hij zijn hand terug terwijl zij met uitgestoken armen voor hem bleef staan.

'Kijk nou toch! Philip!' riep ze uit. Ze was zo trots op hem dat haar hart bijna uit elkaar barstte. 'Je kunt zelf staan! Wat fantastisch!'

Plotseling werd er geklopt en de deur ging al open voor Nuala kon roepen dat ze moesten wachten.

'Philip?' Het was Lady Fitzgerald. 'O... O, mijn hemel...'

Philip verstarde toen zijn moeder binnenkwam, en Nuala schoot naar voren voor het geval hij zijn evenwicht zou verliezen.

'Het is maar een experiment, moeder, om te kijken of het been nog goed past,' zei hij zo nonchalant mogelijk, terwijl Nuala hem weer in zijn stoel hielp.

Lady Fitzgerald keek naar Nuala, die haar een veelbetekenende blik toewierp.

'Natuurlijk,' zei Lady Fitzgerald, die haar direct begreep. 'Ik kwam alleen vragen of je vanavond samen wilde eten, want onze gasten hebben afgezegd.'

'Ja, heel fijn, moeder.'

'Goed, ik kom om zeven uur naar je toe,' zei Lady Fitzgerald. 'Nuala.' Ze knikte even naar haar en keek haar zo blij en dankbaar aan dat Nuala tranen in haar ogen kreeg.

Zodra de deur achter Lady Fitzgerald was dichtgevallen, keek Philip op naar Nuala en grinnikte.

'Zag je moeders gezicht toen ze binnenkwam? Die blik van verbijstering alleen al was de inspanning dubbel en dwars waard. Dank je, Nuala. Ik had het al veel eerder een kans moeten geven, maar ik... ik was bang.'

'Dat begrijp ik wel, hoor,' zei ze en ze bracht hem naar het raam. De zon was aan het zakken en baadde de kamer in een gouden gloed. 'Ik zal je niet voorliegen. Je hebt nog een heleboel werk voor de boeg voor je weer zonder hulp kunt lopen,' zei ze, terwijl ze het kunstbeen losmaakte.

'Maar daar help je me toch bij, Nuala?'

'Natuurlijk, Philip.'

Iets voor zevenen, toen Nuala naar huis wilde gaan, hield Lady Fitzgerald haar beneden bij de trap tegen.

'Nuala, heb je een momentje?'

'Natuurlijk, milady.' Nuala zag dat ze rode ogen had, alsof ze had gehuild.

'Nuala, wat je vandaag bij Philip hebt klaargespeeld is niets minder dan een wonder,' zei ze zacht. 'Ik wil je bedanken, vanuit het diepst van mijn hart.'

'Uw zoon heeft het zelf gedaan,' zei ze. 'Goedenavond, Lady Fitzgerald.'

Nuala moest die avond lopend naar huis. Ze voelde de koude wind niet eens die in haar wangen beet. Het enige waaraan ze kon denken, was de blik in Philips ogen toen hij zelf overeind was blijven staan, zonder hulp van iemand anders, voor het eerst sinds hij gewond was geraakt. Ze was vastbesloten hem bij te staan in het vinden van een soort vrede met zijn situatie, én het gevoel van trots waar hij zo vurig naar verlangde.

16

Terwijl de herfst West Cork in een stevige greep hield, laaide de strijd om de Ierse onafhankelijkheid hoog op. De Engelsen reden het ene dorp na het andere binnen en staken overal boerderijen in brand uit wraak voor de vele succesvolle aanslagen. De IRA probeerde hen zo veel mogelijk te dwarsbomen door bruggen op te blazen, naamborden weg te halen en waar mogelijk telegraafkabels door te knippen. Finn was 's nachts vaak van huis, en Nuala had het drukker dan ooit met het afleveren en ophalen van berichten en wapens.

Lady Fitzgerald had een van de stalknechten van Ardigeen House opgedragen een houten rek met twee dwarsbalken te maken, waaraan Philip zich vast kon houden tijdens het oefenen met zijn kunstbeen. Het rek was in Philips kamer geplaatst en Nuala had zijn toestemming om hem aan een rigoureus oefeningsschema te onderwerpen, zodat ze zijn beenspieren konden trainen.

'Volgens mij moet je dat rek even laten voor wat het is en een paar stappen met je wandelstok proberen,' zei ze op een nevelige middag in oktober.

'Als ik had geweten dat je zo'n slavendrijver was, had ik moeder nooit overgehaald jou in dienst te nemen,' zei Philip. Met trillende armen, een bezweet voorhoofd en zijn handen stevig om de dwarsbalken geklemd was hij aan het zwoegen om stapje voor stapje over het tapijt te schuifelen.

'Dan proberen we het morgen wel, dus,' zei Nuala. Ze hielp hem in zijn stoel en gespte zijn kunstbeen los.

Ze was die avond net een uurtje thuis toen Finn, die een paar nachten voor de Flying Columns op pad was geweest, via de achterdeur naar binnen kwam. Hij zag er geradbraakt uit.

'Dag, liefste, wat ruikt het hier heerlijk,' zei hij. Hij omhelsde haar en snoof de dampen op van de ketel die boven het vuur hing.

'En jij ziet eruit alsof je dringend aan een warme maaltijd toe bent, Finn Casey. Je wordt met de dag magerder.'

'We marcheren achter elkaar door, vandaar. Maar ik ben nog nooit zo fit geweest. Ik ben één bonk spier, Nuala.' Hij knipoogde naar haar.

'Hoe staat het ervoor?' vroeg ze.

'Gunstig, voor de verandering,' zei hij, en hij viel hongerig aan op de stoofschotel die ze hem voorzette. 'De Column heeft het vuur geopend op een Essex Regiment in Newcestown. We hebben twee officieren gedood en drie verwond. Eindelijk hebben we een overwinning behaald!'

Nuala sloeg een kruis en zei een schietgebedje op voor de dode mannen. Finn zag het haar doen.

'Liefste, het doden van nog meer zielen is wel het laatste wat we willen, maar...' Hij haalde zijn schouders op. 'Het is de enige manier. Wij of de Engelsen, meer smaken zijn er niet. Een paar van onze jongens zijn gearresteerd, hun huis is geplunderd en tot de grond toe afgebrand. Vrouwen worden niet gespaard, Nuala. Ik weet van drie meisjes bij Cumann na mBan die zijn veroordeeld tot een gevangenisstraf in Cork. Ik maak me zorgen om jou hier in je eentje als ik 's nachts weg ben, en dat zal nog veel vaker gebeuren. Het zou veiliger zijn als je naar je familie op Cross Farm zou gaan.'

'Ik heb Christy aan de overkant die me kan beschermen als...'

'Niemand kan een vrouw alleen in een huis beschermen tegen de Engelsen, vooral 's nachts niet. We kregen deze week het bericht dat er een vrouw in Kerry is geterroriseerd en mishandeld door twee Tans. Dus, van nu af aan blijf je op de boerderij slapen als ik niet thuis ben, en je komt pas terug als je zeker weet dat ik er weer ben.'

'Maar wat moeten de buren wel niet denken als we allebei van huis zijn, Finn?'

'Ik heb overlegd met Christy en hoofdmeester O'Driscoll. Ze zijn er allebei van overtuigd dat er geen spionnen in dit dorp zitten. Hier wonen alleen maar mensen die achter onze beweging staan en vrouwen die voor ons werken.'

'Misschien. Maar ik kan mijn positie bij de Fitzgeralds niet in gevaar brengen. Als het uitkomt...'

'Dat zal niet gebeuren. We kunnen O'Driscoll en onze vrienden in het dorp vertrouwen. En, liefste, zo nodig wil ik dat je je werk opzegt, als je dan veiliger bent.'

'Maar ik wil daar helemaal niet weg!' wierp ze tegen. 'Je hebt zelf gezegd dat ik daar een belangrijke positie heb. Tom Barry en zijn jongens in Bandon zijn er al door gered!'

'Dat klopt, al ben je niet onze enige spion, Nuala. En je bent bovenal mijn vrouw.' Hij nam haar handen in de zijne en zei op zachte toon: 'We kunnen misschien niet langer de schijn ophouden dat we een doorsnee stel zijn, maar het is mijn plicht jou te beschermen. Kom, laten we nu gaan eten voor het koud wordt.'

Het werd november. Finn was nu zo vaak van huis dat Nuala bijna de helft van de tijd op Cross Farm overnachtte. Nuala merkte dat Philip zelden naar haar man vroeg – misschien was hij te druk bezig met het oefenen van zijn beenspieren. Ze hadden *Le Morte d'Arthur* al bijna uit. Het verhaal over de Britse koning was aan het einde steeds grimmiger geworden, al begreep Nuala heel goed dat de koning het als zijn levensmissie zag om de heilige graal te verkrijgen.

'Wat is eigenlijk jouw heilige graal, Nuala?' had Philip gevraagd toen ze het boek ten slotte dichtsloeg.

Vrijheid voor Ierland, had ze bij zichzelf gedacht, maar ze had hardop gezegd: 'Dat jij van je rolstoel bent verlost en ik je niet langer hoef te duwen.'

Philip had grinnikend gebeld voor de thee.

Finn was weer weg, dus Nuala moest naast Hannah slapen. Ze bedacht dat het vroeger nooit in haar was opgekomen dat ze hier als getrouwde vrouw nog eens zou liggen. Gelukkig had ze het te druk om er al te lang bij stil te staan. De strijd was verhard, steeds meer mannen raakten gewond, dus ze had met Hannah bedacht om voor Cumann na mBann een cursus spoedeisende hulp te organiseren op Cross Farm. Een vriendin van de verpleegstersopleiding in Cork, Aoife, was naar hen toe gekomen om hun te laten zien hoe ze basiszorg konden verlenen, zoals het schoonmaken en verbinden van een wond, het behandelen van een bewusteloze patiënt, en zelfs het verwijderen van kogels. Nuala had de vrouwen verzocht zo veel mogelijk ontsmettingsmiddelen, verband en basale medicijnen uit de apotheken en ziekenhuizen in de buurt bij elkaar te sprokkelen. De vrouwen waren inmiddels gearriveerd en hun buit werd in een hoek van de schuur uitgestald. Aoife maakte er veldkits van die ze na afloop van de cursus mee konden nemen.

'Dit doet me deugd,' zei Nuala aan het eind van de intensieve dag tegen Hannah. Ze stonden samen de stoofpot in kommen te scheppen om uit te delen in de schuur.

'Ja, het is goed voor de moraal om samen te komen, én dat de mannen voor de verandering een keer voor de vrouwen op de uitkijk staan. Zolang ze maar niet voor ons koken,' grinnikte Hannah.

Na het eten kregen de deelnemers, zestien in totaal, nadere instructies van hun plaatselijke aanvoerders. Er kwamen diverse onderwerpen aan de orde, zoals het benutten van elk vrij moment om sokken, sjaals en truien te breien die de jongens dringend nodig hadden, tot het demonstreren van Webley-revolvers en geweren. Ook werd hen opnieuw verzocht om vooral hun best te doen geld in te zamelen.

'Hoe dan? Ik kan moeilijk bij mij in het dorp een high tea organiseren op het plein om te collecteren, of wel?' riep Florence cynisch. 'Ze slaan me in de boeien voor ik de kopjes kan opruimen.'

'Daar heb je gelijk in, Florence, maar vraag het dan aan alle vrouwen die jij vertrouwt, zodat zij op hun beurt weer aan alle vrouwen die zíj vertrouwen vragen of ze iets kunnen missen voor onze helden.'

'Wij hebben ook steun nodig!' viel een andere vrouw haar bij. 'Ik krijg bergen wasgoed te verstouwen! Dat vreet stukken zeep, hoor.'

'En voedsel…'

'En wol!'

'We moeten doen wat we kunnen, meiden,' zei Hannah. 'Onze jongens rekenen op ons en we laten ze niet in de kou staan, toch?'

Er steeg een gejubel op in de schuur dat onmiddellijk werd gesust. Ze gingen op hun strozakken liggen en trokken de dekens op tot aan hun kin, want het was bitter koud. Nuala's voeten waren halfbevroren en terwijl de regen op het dak kletterde, dacht ze aan Finn en zijn kameraden, die deze beproeving nachten aaneen moesten doorstaan, soms nadat ze uren hadden gemarcheerd of in een modderige greppel hadden gelegen, wachtend tot de vijand zich liet zien. Ze was diep onder de indruk van hun doorzettingsvermogen.

Zodra de laatste vrouw na het ontbijt was vertrokken, deden Hannah, Nuala en hun moeder de vaat.

'De cursus was een succes, Nuala,' zei Eileen. 'Goed gedaan.'

'Zeg dat wel,' zei Hannah. 'Toen ze weggingen, waren ze allemaal weer helemaal gemotiveerd.'

'Ik ga de varkens voeren, meisjes,' zei Eileen. 'Blijven jullie maar hier, dan kunnen jullie weer opwarmen na die kille nacht in de schuur.'

'Dank je, mammy.'

De twee zussen luisterden naar het knapperende houtvuur. Na een poosje zei Hannah: 'Zeg, nu we alleen zijn, zou ik je iets willen vertellen. Maar je moet zweren dat je het voor je houdt.'

'Natuurlijk, Hannah. Kom maar op.'

'Ken je Ryan nog, die vriend van Finn uit Kinsale die op jullie bruiloft was?'

'Ja, ik weet nog dat jullie samen op de dansvloer stonden. Hoezo?'

'We hebben elkaar daarna nog een paar keer ontmoet. Hij werkt in het postkantoor dat in dezelfde straat zit als de kleermaker in Timoleague. Hij heeft een tijd geleden zijn examen civiele dienst afgelegd en zou daarna naar Engeland gaan, maar toen de Paasopstand uitbrak, besloot hij daarvan af te zien.'

'Stouterd. Je hebt me niets over hem verteld.' Nuala glimlachte.

'Omdat er niets te vertellen is. We gaan weleens wandelen in de lunchpauze, soms zien we elkaar na werktijd, als ik tenminste geen berichten hoef door te geven, maar nu...'

'Nou?' Nuala voelde de opwinding bij haar zus.

'Afgelopen woensdag hadden we een halve dag vrij en toen nam hij me mee voor een lange wandeling op het strand, en...'

'Treuzel niet zo, mens! Vertel op!'

'Hij heeft me ten huwelijk gevraagd!'

'O, heilige Maagd Maria. Wat vertel je me nu! En...'

'Ik heb ja gezegd. O, Nuala...' Hannah pakte haar zus bij de hand en kneep er even in. 'Ik ben zo blij! Ik kan wel juichen!'

'Wat ontzettend fijn voor je, Hannah. Het is echt geweldig, precies de opkikker die onze familie op dit moment kan gebruiken.'

'Misschien. Maar je weet hoe daddy kan zijn met dat soort dingen. Ryan is geboren en getogen in Kinsale, dus hij kent onze familie niet.'

'Maar hij is toch goed bevriend met Finn?'

'Dat wel, maar als Ryan naar ons toe komt en daddy om mijn hand vraagt, zal daddy hem minstens een uur aan de tand willen voelen, net als Finn destijds.'

'Ja, en als vader is dat zijn goed recht, Ryan kan zich er maar beter op voorbereiden. Wanneer komt hij langs?'

'Volgende week zondag. Wil je de ring zien?'

'Natuurlijk!'

Hannah keek even om zich heen, alsof er misschien iemand onder de keukentafel mee zat te gluren. Toen pakte ze de ring uit haar blouseje, die aan een koord om haar hals hing.

Het was de traditionele Ierse *claddagh*, een hart dat door twee handen wordt vastgehouden. 'Hij is verzilverd, hoor,' zei Hannah, 'want na aftrek van het kostgeld houdt Ryan niet veel over, maar ik vind hem toch schitterend.'

Nuala bewonderde de kleine ring, die Hannah met glinsterende ogen even naar haar lippen bracht.

'Prachtige ring. Wat is Ryan voor jongen?'

'Hij zit goed in elkaar. Zo goed, eigenlijk, dat ik er maar magertjes bij afsteek. Volgens mij heeft hij nog nooit één slechte gedachte gehad. Hij heeft me verteld dat hij vroeger priester wilde worden. Het probleem is alleen...'

'Nou?'

'Hij weet niets van mijn werk voor Cumann na mBan. Hij zou het ook niet prettig vinden om te horen. Hij is tegen de oorlog, weet je?'

'Je vertelde net dat hij vanwege de Paasopstand niet meer naar Engeland wilde om daar carrière te maken. Dan zal hij toch zeker wel achter jouw werk staan?'

'Ik wil maar zeggen dat er een verschil is tussen de Engelsen haten en actief meedoen aan de strijd. Hij is een pacifist, dat betekent dat hij elke vorm van geweld afzweert.'

Nuala keek haar zus ontsteld aan. 'Maar jij bent een van de meest bevlogen deelnemers aan onze strijd, Hannah! Bedoel je dat je al je activiteiten voor hem wilt opgeven?'

'Natuurlijk niet, maar na ons huwelijk zal ik voorzichtiger moeten zijn. Misschien dat Ryan het begrijpt als ik hem uitleg dat we het allemaal voor Mick Collins doen. Volgens mij houdt hij nog meer van Mick dan ik,' giechelde Hannah. 'Ryan vindt hem een rasechte politicus, iemand die zijn verstand gebruikt om dingen te bereiken, in plaats van de botte bijl.'

'Dat is niet helemaal waar, Hannah, en dat weet jij net zo goed als ik. Michael Collins was een uitstekende soldaat voor hij de politiek in ging. Hij heeft samen met Éamon de Valera de opstand aangestuurd, en dat heeft hij met twee jaar cel moeten bekopen.'

'Jawel, maar als hij nu in de krant staat, is hij altijd keurig in het pak gestoken. Hij ziet er piekfijn en belangrijk uit.'

'Weet Ryan ook dat zijn held aan het hoofd staat van de inlichtingendienst van de IRA?' vroeg Nuala. 'En dat de IRA nergens in Ierland ook maar iets onderneemt zonder dat Collins ervan afweet? En dat hij vaak zelf het bevel heeft gegeven?'

'Misschien wel, misschien niet. Het punt is dat Ryan er allesbehalve gelukkig mee zal zijn als hij ontdekt dat zijn verloofde vuistdiep in een wereld zit die het geweld steunt.' Hannah slaakte een zucht en keek haar zus aan. 'Wat moet ik doen, Nuala? Ik sterf als ik hem kwijtraak...'

'Ik weet het niet. Bij ons in de familie zijn we verknochte Fenians, we zijn allemaal bereid ons leven voor Ierland te geven.'

'Vertel mij wat. Stel dat daddy iets tegen hem zegt waarmee hij ons allemaal prijsgeeft?' zei Hannah bezorgd. 'Dan draait Ryan zich meteen om en rent dwars door de vallei terug naar zijn kosthuis in Timoleague.'

'Je hebt al gezegd dat Ryan niet hiervandaan komt. Daddy zal niets tegen hem zeggen voor hij zeker weet of hij hem wel kan vertrouwen.'

'Daar heb je gelijk in,' zei Hannah. 'En het is niet omdat Ryan niet achter de zaak staat...'

'Hij staat niet achter de oorlog.' Nuala moest meteen aan Philip denken. 'Hij is tenminste geen Engelsman,' grinnikte ze.

'Of een Black and Tan...'

'Of een Auxie...'

'Of een protestant!' Hannah schoot in de lach. Haar gezicht stond al minder gespannen.

'Als je net zo veel van hem houdt als ik van Finn, dan denk ik dat je voor hem door het vuur zult gaan.'

'O ja, ik ben smoorverliefd op hem. Ik zou nog steeds doen wat ik nu doe – breien, collecteren – maar... Zou je dat begrijpen, Nuala?'

'Ik zou mijn uiterste best doen, Hannah.' Nuala haalde gelaten haar schouders op. 'Liefde zet alles in een ander daglicht.'

Nog geen week later wist de hele familie dat Hannah 'een vriend' had uitgenodigd voor het zondagse middagmaal na de kerk.

Ze lieten zich geen van allen foppen, vooral Eileen niet. Ze bestookte Nuala, Christy en Fergus met vragen.

'Hou toch op, mammy, ik weet nergens van, echt niet,' zei Nuala bezwerend toen het gezin na de mis met paard-en-wagen naar huis reed. Hannah zou met haar 'vriend' achter hen aan komen.

Toen ze uiteindelijk arriveerden, had Nuala het te doen met de bleke, lange jonge man met de krullen die achter Hannah liep.

'Dit is Ryan O'Reilly. Jullie kennen hem vast nog van de trouwerij van Finn en Nuala,' zei Hannah. Er kroop een dieprode blos vanuit haar hals naar haar gezicht.

Finn, die tot Nuala's grote vreugde een paar dagen geleden was thuisgekomen, stond op.

'Hoe gaat het, Ryan?' vroeg hij en hij gaf zijn vriend een hand. Nuala zag dat de arme knul doodsbang uit zijn ogen keek, alsof hij voor een vuurpeloton van de Black and Tans stond.

Ryan werd aan de hele familie voorgesteld, daarna gingen ze zitten om te eten. Haar vader zat aan het hoofd van de tafel. Voor de verandering was hij een keer stil, maar zijn ogen lieten Ryan geen seconde los.

Na het eten, gesterkt door de porter die uit het vat dat buiten stond was geschept, schraapte Ryan zijn keel en stapte op Daniel af.

'Kan ik u even onder vier ogen spreken, sir?' vroeg hij.

'Zoals je ziet zijn hier overal ogen. Laten we naar buiten gaan,' zei Daniel. 'Het is niet al te koud op dit moment.'

'Graag.'

Iedereen keek hen na terwijl Daniel hem mee naar buiten nam.

'Als een lam naar de slachtbank,' zei Fergus.

'Hij heeft tenminste een vrouw gevonden, broertje, jij niet,' zei Nuala half schertsend, half serieus.

'Het zou niet eerlijk zijn jegens het meisje, aangezien ik niet eens weet of ik het eind van het jaar wel haal,' antwoordde Fergus. 'Bovendien vind ik het prettiger in mijn eentje, denk ik. Sommige mensen zijn nu eenmaal zo.' Hij haalde zijn schouders op.

'Je broer is een verstokte vrijgezel aan het worden, Nuala,' zei Eileen zuchtend.

'Dat soort heisa blijft me in elk geval bespaard.' Fergus wees naar Ryan en Daniel, die buiten op het bankje zaten.

'Ach, Ryan redt zich wel,' glimlachte Finn. 'Hij is uit het goede hout gesneden. Een rustige kerel, in tegenstelling tot jullie.'

Nuala stond bij het raam naar de twee mannen te kijken. 'Ryan staat nu op en hij...'

'Weg bij dat raam, jij,' zei Eileen. 'Gun ze een beetje privacy.'

Iedereen draaide zich om naar Hannah.

'Kijk niet zo naar me!' riep ze, waarna ze de trap op rende, naar haar kamer.

Terwijl ze in de keuken aan tafel zaten te wachten, voerden Finn, Christy en Fergus op gedempte toon een gesprek. Nuala wist niet of het over Ryan O'Reilly als de aanstaande van Hannah ging, of over de IRA. Twee heel verschillende dingen, maar allebei even belangrijk.

'Jezus, Maria en Jozef. Zien jullie hoe laat het al is? Ik moet nodig theezetten,' zei Eileen luidkeels voor degenen die in de keuken waren. Het water werd opgezet en even later kwamen de twee mannen binnen.

'Ik wil jullie graag laten weten dat Ryan O'Reilly om de hand van onze Hannah heeft gevraagd. Na kort overleg kreeg hij mijn toestemming,' verklaarde Daniel.

Er steeg meteen een luid gejuich op. Terwijl de mannen Ryan de hand schudden en hem welkom heetten in de familie, pakte Daniel een fles whiskey uit de voorraadkast. Nuala en Eileen keken verwachtingsvol naar de aanstaande bruid, die op hetzelfde moment haastig van de trap af kwam en haar moeder in de armen vloog.

'Ik ben zo blij voor je,' snikte Eileen. 'Ik was zo bang dat je een oude vrijster zou worden.'

'Jemig, mammy, ik ben nog maar twintig.' Hannah glimlachte naar haar.

Nu was het Nuala's beurt om haar grote zus te omhelzen.

'Gefeliciteerd, zus. En ik wil beslist geen roze jurk aan als ik je bruidsmeisje mag zijn.'

'Wie zegt dat ik jou als bruidsmeisje wil?' plaagde Hannah, en ze omhelsde haar opnieuw. 'Dank je, Nuala. Ik zou niet weten wat ik zonder je zou moeten.'

17

Op een dag aan het eind van november, de dag na de dag die al meteen bekendstond als Bloody Sunday, arriveerde Nuala bij Argideen House. Ze probeerde niets van haar woede te laten merken. Philip kon zich inmiddels zonder de steun van het houten rek behelpen, en gebruikte Christy's wandelstok om door de kamer te lopen, met Nuala aan zijn zijde voor het geval hij zijn evenwicht zou verliezen. Pas toen ze waren gaan zitten voor de middagthee met scones, vroeg hij haar op de man af hoe ze zich voelde over de gebeurtenissen in Croke Park.

Nuala treuzelde met haar slokje thee om tijd te winnen. 'Het is tragisch wat er gebeurd is,' zei ze ten slotte, en ze probeerde de emotie uit haar stem te weren. 'Het waren maar gewoon mensen die naar een wedstrijd gaelic football kwamen kijken, en opeens, zonder enige waarschuwing vooraf, openen de Engelsen het vuur. Veertien doden, waaronder kinderen.'

'Alleen de doden maken het einde van een oorlog mee,' zei Philip. Nuala kon uit zijn gedragen toon opmaken dat hij iemand citeerde die ze niet kende.

'Daar hebben hun familieleden weinig aan, hè?' De opwinding kroop haar stem in. 'Hoort het vermoorden van kinderen ook bij een oorlog?'

'Nee, natuurlijk niet, en ik vind het net zo erg als jij, Nuala.' Hij zuchtte. 'Ik zag ook het liefst dat de Engelsen en de Ieren tot een vreedzaam akkoord kwamen. Maar voorlopig zit dat er niet in, als ik afga op de toon die majoor Percival hier gisteren aansloeg.'

'Was de majoor hier?' vroeg ze.

'Ja. Moeder wilde me overhalen om beneden thee met hem te drinken, maar ik bleef liever boven in mijn rolstoel zitten. Ik hoef die man niet te zien.'

'Weet je waarom hij langskwam?' vroeg ze.

'Afgaande op zijn zelfingenomen gebulder zou ik zeggen dat hij enorm zat op te scheppen tegenover mijn vader. Gezien de gruwelen die gisteren hebben plaatsgevonden, kunnen we allebei concluderen waar hij het over had.'

Op dat moment wenste Nuala majoor Percival de vreselijkste dood toe die God maar voor hem kon bedenken. En ze wist dat ze die wrede, genadeloze man haatte, vanuit de grond van haar hart, net zo vurig als alle dappere jongens van de IRA die door zijn toedoen hadden geleden.

De bruiloft van Hannah en Ryan stond gepland voor medio december.

'Geen ideale tijd om te trouwen, maar gezien de situatie kunnen we het maar beter zo snel mogelijk doen,' had Hannah zuchtend gezegd.

Nuala begreep als geen ander waarom Hannah zo'n haast had. Ze had haar op allerlei manieren getroost door dingen te opperen die een winterse bruiloft heel bijzonder konden maken. Philip had gezegd dat ze altijd een versierde dennenboom in de entreehal van Argideen House hadden staan, een traditie in navolging van de Engelse koningin Victoria, die het op haar beurt weer van haar man had, de Duitse prins Albert. Nuala vond het een aanlokkelijk idee, maar ze realiseerde zich ook dat zo'n boom niet bij hen paste.

'We kunnen de kerk versieren met hulsttakken en kaarsen en...'

'... modderpoelen die op de zoom van mijn witte jurk spatten,' had Hannah grommend aangevuld. Maar wel met een vrolijke ondertoon, en ze had tot Nuala's genoegen een gloedvolle blos op haar wangen gehad.

Ze had Finn verteld dat majoor Percival weer in het Grote Huis was geweest, en het frustreerde haar dat ze er niet meer over kon zeggen.

'Het is niet erg, liefste, hou gewoon je ogen en oren open,' had Finn gezegd. Hij was die ochtend weggegaan voor een bijeenkomst van de burgerbrigade in Kilbritain, en ze wist dat hij pas laat zou thuiskomen. Toch begon haar hart sneller te kloppen toen hij om drie uur 's nachts nog steeds niet thuis was. Eindelijk hoorde ze om half vijf de achterdeur opengaan. Ze vloog de trap af en trof Finn aan, doorweekt en hijgend. Er stond iemand achter hem.

'Hallo, Nuala, vind je het goed als ik binnenkom?' Charlie Hurley veegde zijn natgeregende haar uit zijn bleke, magere gezicht.

'Natuurlijk, Charlie, kom zitten.'

'Ik denk dat we allebei wel iets sterks kunnen gebruiken,' zei Finn, die zo zacht mogelijk de deur achter hem dichtdeed. Ze waren allebei in tenue. Niet dat de Flying Column een echt uniform had, maar ze droegen allemaal dezelfde pet met een klep en lange jassen die geschikt waren om de regen te trotseren en wapens te verbergen.

'Wat is er gebeurd?' Nuala praatte op fluistertoon om Mrs. Grady, hun oude buurvrouw, niet te wekken.

'Eerst een glas whiskey,' zei Finn. Hij liep naar de keukenkast, pakte twee glazen en goot een fikse scheut in allebei.

Terwijl de mannen hun doorweekte kleren uittrokken, rende Nuala naar boven om een stel droge overhemden, broeken en sokken voor hen te halen.

'Na de bijeenkomst zijn we weggegaan, in groepjes van drie,' vertelde Finn. 'We wilden naar Coppeen, maar toen kwam er opeens een vrachtauto met Auxies aan. Zij zagen ons voor wij hen in de gaten kregen, en ze hebben ons allemaal gefouilleerd. Goddank hadden we geen belastende documenten bij ons.'

'We deden alsof we dronken waren,' zei Charlie. 'We zeiden dat we in de pub waren geweest en dat ze vooral niks tegen onze vrouwen moesten zeggen.'

'Lieten ze jullie gaan?' vroeg Nuala.

'Ja, gelukkig wel. Sean Hales en zijn mannen liepen een heel stuk achter ons, samen met Con Crowley en John O'Mahoney, die wel papieren bij zich hadden. De notulen van de bijeenkomst. We gingen terug om hen te waarschuwen, maar we kwamen te laat.' Finn zuchtte. 'We lagen verdekt opgesteld in een greppel terwijl de Auxies hen fouilleerden. Ze vonden het bewijsmateriaal dat ze zochten en Con en John moesten achter in de vrachtauto plaatsnemen.'

'We stonden machteloos, Finn,' zei Charlie. Hij dronk zijn glas leeg en schonk opnieuw in. 'Jezus. Arme stakkers.'

'Was het heel erg belastend materiaal?' vroeg Nuala.

'Gelukkig had Con alles gecodeerd, maar er is genoeg bewijs dat ze bij de IRA zitten, ja.'

'En Sean?'

'Sean, tja. Sean lult zich nog uit een zwaarbewaakt fort. Hij zei tegen Crake – zo heette de bevelhebber van de Auxies – dat hij was overgekomen om vee te kopen. Hij gaf een valse naam op en die sukkel geloofde hem nog ook. Hij zei dat Sean zo'n eerlijk gezicht had en dat de wereld een betere plek zou zijn als alle Ieren zoals hij waren.'

Finn en Charlie konden er nog steeds smakelijk om lachen, opgekikkerd door de whiskey.

'Sst,' waarschuwde Nuala. 'Hoe zou het nu met John en Con zijn?'

'Afgaande op de behandeling die Tom Hales en Pat Harte hebben gekregen, wil ik niet weten hoe ze er nu uitzien.' Finn huiverde.

'Hebben de Auxies jullie goed kunnen bekijken?' vroeg ze.

'Ze schenen met hun zaklantaarn recht in ons gezicht.' Charlie zuchtte. 'Dus ze hebben ons goed gezien, maar ach, volgens hen lijken alle Ieren op elkaar.'

'Wat gaat er gebeuren met wat er tijdens de bijeenkomst is besloten?' vroeg Finn aan Charlie.

'Ik denk dat Sean nu gemotiveerder dan ooit is.'

'Waarvoor?' vroeg Nuala.

Charlie wierp Finn een blik toe.

'Je kunt alles tegen Nuala zeggen,' zei Finn geruststellend. 'Ze doet niet onder voor onze jongens.'

'Dan komt ze het ook snel genoeg te weten,' zei Charlie. 'Alle mannen hier in de regio zullen ervoor opgetrommeld worden... We willen de RIC-post in Timoleague opblazen en het kasteel van Timoleague in brand steken, samen met het huis van Travers ernaast.'

Nuala's mond zakte open.

'Dat meen je niet!' bracht ze stamelend uit. 'Dat is hier vlakbij! Ze zullen elk huis binnenstebuiten keren als jullie dat plan uitvoeren.'

'Ik weet het, Nuala, maar we hebben een bericht gekregen van het hoofdkwartier in Dublin,' zei Charlie. 'De Engelsen willen het kasteel en dat huis van Travers confisqueren om hun manschappen in onder te brengen, omdat we het hen hier veel te lastig maken. Dat kunnen we niet toestaan, want voor je het weet sterft het hier van die smeerlappen, dus.'

'De RIC-post van Timoleague is geëvacueerd, toch?'

'Ja,' zei Charlie, 'maar de Engelsen willen die opnieuw bemannen. Onze jongens in Clogagh, en ook van elders, zullen opgeroepen worden. We moeten geligniet aan de andere kant van de stad ophalen en ergens in de buurt opslaan. We denken aan Cross Farm, Nuala, als je ouders tenminste akkoord gaan. Het is vlak bij Timoleague.'

'Maar de familie Travers is nog niet geëvacueerd! Wil je de boel in de fik steken terwijl zij nog in hun bed liggen?' vroeg Nuala ontsteld. Ze had de oude Robert Travers van Timoleague House een keer door het raam van Argideen House gezien, toen hij met zijn vrouw op visite ging bij de Fitzgeralds.

Finn stelde haar gerust. 'De Engelsen zouden ons zonder blikken of blozen allemaal in ons bed laten affikken, Nuala, maar nee, de Travers worden eerst in veiligheid gebracht, maak je geen zorgen,' zei hij.

Ze haalde diep adem.

'Goed, je kunt beter naar boven gaan en wat rusten, Nuala,' zei Finn. 'Ik zal een strozak voor je uit de schuur halen, Charlie.'

'Joh, ik zit prima in deze stoel. Gaan jullie maar naar boven. Ik...'

'Hij is al in slaap gevallen, de stakker,' fluisterde Finn. 'Hij heeft een takenpakket waar vijf man hun handen vol aan zouden hebben. En als leidinggevende trekt hij zich elk sterfgeval en elke verwonding persoonlijk aan.'

Boven sloeg Nuala haar armen om haar man, die in slaap viel zodra zijn hoofd het kussen raakte.

'Ik hou van je, liefste,' fluisterde ze, en strelend over zijn haar lag ze een poosje in het donker te somberen. Hoeveel dagen en nachten waarin ze zijn hart tegen het hare voelde kloppen waren haar nog gegund?

Op de maandelijkse grote markt in Timoleague, waar de boeren in de omgeving hun vee te koop aanboden en je bij de stalletjes allerlei waren kon kopen, van zelfgemaakte jam tot paardenzadels, was de gebruikelijke gezelligheid ver te zoeken, ontdekte Nuala. Het Essex Regiment was overal dreigend aanwezig. Ze marcheerden door de straten en trokken zonder omhaal willekeurige mannen uit de pubs omdat zij op hun stoel wilden zitten. Toen de winkel van de kleermaker dichtging voor de eetpauze, kwam Hannah naar haar toe en ze liepen samen door de straten, kijkend naar de stalletjes.

'Heb je gehoord wat ze van plan zijn?' fluisterde Nuala tegen Hannah.

'Ja. Ik hoorde ook dat de "compost" twee dagen geleden bij Cross Farm is afgeleverd.'

'O, heilige Maagd Maria, straks staat hier de hele boel op stelten.'

'Vertel mij wat. Ik ga over drie weken trouwen en ik ben bang dat dan de helft van onze gasten in Bandon Barracks zit opgesloten. Of erger nog, als ze worden betrapt.'

Nuala pakte de hand van haar zus. 'We moeten blijven geloven in de goede afloop,' zei ze troostend, terwijl ze haar opzijtrok om plaats te maken voor een jonge os die door zijn trotse nieuwe eigenaar door de straat werd geleid.

'Kom, zullen we *crubeens* kopen bij de kraam van Mrs. McNally? Als we het ophebben, gaan we in de winkel naar je jurk kijken.' Nuala forceerde een opgewekt glimlachje. 'En naar de mijne natuurlijk, al krijg ik al de kriebels als ik eraan dénk.'

'Ik vind lila een mooie kleur,' zei Hannah defensief. 'In Parijs is het dé kleur van het moment, dat heb ik in mijn tijdschrift gelezen.'

Nuala rolde met haar ogen en ging crubeens voor hen halen. Ze namen plaats op hun favoriete bank, vanwaar ze over de baai van Courtmacsherry uitkeken. Het was een heldere dag en beneden zagen ze de ruïne van de oude stenen abdij. Bij het geluid van de golven in de branding kwamen Nuala's zenuwen langzaamaan tot bedaren.

'Weet je aanstaande wat ze van plan zijn?' vroeg ze.

'Nee, en van mij zal hij niets te horen krijgen,' zei Hannah kordaat. 'Ik zal de dag erna net zo verbaasd reageren als hij.'

'Niet dat het mij iets aangaat, Hannah, maar vind je het zo vlak voor de bruiloft wel correct om te moeten liegen over iets waar jij met hart en ziel in gelooft? En over de dappere dingen die jij voor je land – en ook zijn land – doet?'

'Deze oorlog zal niet eeuwig duren, en als ik een paar maanden de schijn moet ophouden, dan is dat maar zo. Doen we niet allemaal alsof?' merkte ze scherpzinnig op.

'Maar toch niet tegen onze eigen man?'

'Wil je erover ophouden, Nuala? Iedereen weet dat ik straks met Ryan ga trouwen, dus ze vragen me al niet eens meer om berichten door te geven. Dan lieg ik toch niet tegen hem, of wel?'

Nuala wilde nog iets zeggen, maar ze wist dat het niet aan haar was. 'Goed, laten we naar de winkel gaan. Dan pas ik die lila hobbezak die jij voor mij in gedachten hebt.'

'Kun je het al aan om buiten te lopen?' vroeg Nuala een paar dagen later aan Philip. Ze had het gevoel dat ze voor de duizendste keer hetzelfde rondje door de zitkamer maakten. Na een maand van dagelijkse training was Philips bovenlichaam een stuk sterker geworden. Hetzelfde gold voor zijn benen, dus als hij stond, kon hij zich in zijn volle lengte oprichten. Het verbaasde Nuala hoe lang hij eigenlijk was, wel een meter tachtig.

'Buiten?' Philip snoof verachtelijk. 'Het is hartje winter. Wil je me echt die vochtige, kille buitenlucht in slepen?'

'Jazeker,' zei ze. 'Het zal je goeddoen. We pakken je stevig in en als je eenmaal aan de wandel bent, word je vanzelf warm,' voegde ze er bemoedigend aan toe.

'Goed dan,' zei hij op zachtere toon. 'Per slot van rekening heb ik met temperaturen onder het vriespunt in de loopgraven gelegen, dus een ommetje in de tuin van moeder is daarbij vergeleken een peulenschil.'

'Prima, ik zal Mrs. Houghton waarschuwen dat we naar buiten willen.'

'Ach, dat hoeft niet. Help je me met aankleden?'

Ze pakte zijn wollen jas, sjaal en hoed, en even later liepen ze samen door de gang naar de lift. Toen ze de entreehal beneden bereikten, kwam Maureen net voorbij met een dienblad. Ze bleef als aan de grond genageld staan en staarde Philip in opperste verbazing aan. Nuala kon een gevoel van voldoening niet onderdrukken.

Buiten was de lucht scherp en koud, en hun adem maakte vrieswolkjes. Maar de zon was tevoorschijn gekomen om over de winterse grond van de uitgestrekte landerijen te schijnen. Philip steunde op zijn stok en Nuala had hem aan zijn andere zijde een arm gegeven. Ze liepen behoedzaam over het pad, zodat Philip niet over een glibberig stukje mos zou uitglijden.

'Ah...' Hij snoof de lucht op. 'De glorieuze Ierse geur van verbrande turf. Ik denk dat je écht een elfenkoningin bent, Nuala,' zei hij, toen ze Lady Fitzgeralds privétuin hadden bereikt en langs de stenen potten vol winterviooltjes kwamen, die prachtig paars en geel afstaken tegen de sluimerende vaste planten. 'Het is alsof je me hebt behekst. Ik had in mijn stoutste dromen niet bedacht dat ik ooit nog zou kunnen lopen. Mijn eigen gang gaan, onafhankelijk zijn...'

'Het is geen toverkunst, Philip,' zei ze. 'Het is je eigen inspanning en je kracht.'

'En jouw steun,' zei hij, en hij draaide zich naar haar toe. 'Ik zal je nooit genoeg kunnen bedanken voor wat je allemaal voor me hebt gedaan. Je hebt me mijn leven teruggegeven.'

Toen pakte hij haar hand en drukte er een kus op. 'Beloof me dat je me nooit zult verlaten, Nuala. Ik zal sterven zonder jou, dat zweer ik. Jij hebt me een reden gegeven om te blijven leven. Beloof het me, Nuala, toe.'

Ze keek naar hem op en zag de ontroering in zijn mismaakte gezicht.

'Ik beloof het,' zei ze. Wat kon ze anders zeggen?

Die avond had Philip haar om zeven uur laten weten dat hij moe was, waarna ze haar uniform verruilde voor haar gewone kleren en net op het punt stond om naar huis te gaan toen Mrs. Houghton haar riep.

'Lady Fitzgerald wil je spreken, Nuala,' zei ze. Ze leidde haar door de gang naar een heel mooi boudoir. Er stond een schrijftafel voor het raam dat uitzicht bood op de tuin waar Nuala die middag met Philip in had gewandeld. Lady Fitzgerald was net een brief aan het lezen, maar ze draaide zich om en stond op toen Nuala binnenkwam.

'Dank u, Mrs. Houghton. U kunt ons alleen laten. Nuala, neem plaats, alsjeblieft.' Ze wees haar een stoel aan.

'Alles in orde, milady? Philip had zin om naar buiten te gaan, maar als u liever hebt dat hij binnen in de warme...'

'Lieve help, nee, integendeel zelfs. Ik wilde je alleen bedanken,' zei Lady Fitzgerald. 'Deze fantastische vooruitgang van Philip is geheel op jouw conto te schrijven. En dan niet alleen in lichamelijke zin. Hij is ook weer zo... vol hoop. Ik hoor jullie samen lachen en dat maakt me zo gelukkig. Ik...' Haar stem trilde en ze haalde diep adem. 'Als blijk van erkenning wilde ik je loon verhogen naar tien shilling per week. Ik weet dat je enorm je best hebt gedaan, en ik hoop dat je...'

Er werd op de deur geklopt en Mrs. Houghton kwam weer binnen.

'Pardon, milady, maar Mr. Lewis is hier voor het schilderij in de leliekamer, dat u opnieuw wilde laten inlijsten.'

'Dank u, Mrs. Houghton, ik kom zo.' Lady Fitzgerald wendde zich tot Nuala. 'Zou je even willen wachten? Ik kom zo terug om ons gesprek af te ronden.'

Toen de twee vrouwen weggingen en de deur achter zich dichtdeden om de warmte binnen te houden, kon Nuala een verrukt lachje niet onderdrukken.

'Tien shilling!' Ze moest even naar adem happen bij het idee wat Finn en zij allemaal met dat zeer welkome extraatje konden doen. Ze stond op, liep door de prachtige kamer en keek vol bewondering naar de landschapsschilderijen aan de muur, de houten lambrisering en het leren blad van de schrijftafel.

Gedachteloos keek ze naar de brief die Lady Fitzgerald zojuist had zitten lezen.

Zeer gewaardeerde Laura en Reginald,

Ik wil jullie nogmaals bedanken voor het diner onlangs bij jullie thuis, een veilige haven in wat een steeds woeliger zee lijkt. Op dat gebied is er tenminste goed nieuws te melden, want twee van onze spionnen, die zich uitgaven voor deserteurs, hebben het vertrouwen van de vijand weten te winnen en een ontmoeting geregeld met aanvoerder TB op 3 december. Dan zullen wij hem arresteren.

Nuala las snel de rest van de brief door en keek naar de ondertekening.

Arthur Percival.

Op dat moment hoorde ze voetstappen op de gang en ze vloog terug naar haar stoel.

'Excuus,' zei Lady Fitzgerald toen ze binnenkwam. Ze liep naar haar schrijftafel en trok een lade open. 'Je loon van deze week, plus twee shilling extra.' Ze drukte de envelop in Nuala's handen. 'Nogmaals dank, lieve. En ga nu maar gauw naar die echtgenoot van je.'

Nuala fietste naar Clogagh alsof de duivel haar op de hielen zat. Ze kwam thuis en trof daar tot haar opluchting Finn aan, die aan de keukentafel het huiswerk van zijn leerlingen zat na te kijken.

'Finn,' hijgde ze, 'ik heb een dringend bericht voor Tom Barry!'

Terwijl ze slokjes water dronk uit het glas dat hij voor haar had neergezet, vertelde ze over de brief van majoor Percival.

Finn liet haar mededeling op zich inwerken terwijl hij voor de haard ijsbeerde.

'Nuala, de aanval op Timoleague vindt morgen plaats, en de hele Column staat paraat, met overal manschappen op geheime locaties… Ik weet niet of ik Tom op tijd kan vinden om hem te vertellen…'

'Je moet wel!' riep Nuala. 'Die zogenaamde deserteurs met wie hij een ontmoeting heeft, zijn spionnen voor de Engelsen! Essex zal daar op Tom wachten en we weten allemaal wat ze met hem zullen doen! Ze weten dat hij het brein is achter de Flying Column, dus ze zullen hem nog veel harder aanpakken dan Tom Hales en Pat Harte!'

Finn hurkte naast zijn vrouw neer en nam haar in zijn armen.

'Ik vind er iets op, liefste, maak je geen zorgen. Je ontdekking is van vitaal belang en we hebben nog kans om die ontmoeting tegen te houden. En toe, eet nu iets voor je flauwvalt van uitputting.'

18

Niet lang daarna ging Finn weg, en toen hij terugkwam, kon hij Nuala geruststellen. Hij had bij een heleboel manschappen een bericht voor Tom Barry achtergelaten. De volgende ochtend, de dag waarop de aanslagen in Timoleague stonden gepland, trok hij kalm de kleren aan waarin hij altijd gekleed ging als hij voor de klas stond.

'Luister, Nuala, als je vanavond uit je werk komt, fiets je regelrecht naar Cross Farm. Daar blijf je wachten tot je van mij of iemand anders het teken krijgt dat de kust veilig is.'

'En de explosieven... ik bedoel de "compost", ligt die nog steeds in de schuur?' Nuala was zo nerveus dat ze vergat in code te spreken.

'Die hebben ze dichter bij de beoogde plek geplaatst,' zei Finn. 'Ik ga ze nu helpen om de compost verder te verspreiden.' Hij drukte zijn lippen op de hare en trok haar stevig tegen zich aan. 'Dag, mijn lieve Nuala. Ik hou van je en ik zie je gauw.'

En weg was hij.

Die avond hielden ze zich op Cross Farm aan hun gebruikelijke routine. Fergus was op pad om mee te helpen 'de compost te verspreiden', en Christy, die daar al eerder mee bezig was geweest, werkte weer in de pub. Nuala zat met haar ouders en Hannah aan tafel te eten, en al vermeden ze het onderwerp, de spanning was bij hen alle vier duidelijk voelbaar. Zelfs haar vader, die altijd het hoogste woord voerde, deed er het zwijgen toe. Ze wisten allemaal hoeveel mannen, jong en oud, bezig waren met de voorbereidingen voor die avond.

'Zullen we wat liedjes uit de oude doos zingen, echtgenoot? Wat denk je?' vroeg Eileen, nadat ze met haar dochters de tafel had afgeruimd. 'Heb je zin om je *fiddle* te pakken?'

'Vanavond niet. Zelfs nu de jongens daarboven staan te posten ben ik nog bang dat er straks wordt aangeklopt.'

'Echt, daddy, zodra de compost is verspreid, hebben ze daarbeneden wel wat anders aan hun hoofd,' zei Nuala.

'Vast, meisje, maar het is geen avond om risico's te nemen. Hannah, wil jij ons voorlezen uit de Bijbel? Ik stel het verhaal voor over het splijten van de Rode Zee, en Mozes die zijn volk naar het Beloofde Land leidt.'

Daniel schonk zijn gezin een lepe grijns, en ze knikten instemmend. Zijn keus was buitengewoon toepasselijk.

Nuala zat in kleermakerszit tussen haar ouders bij het vuur te luisteren naar Hannah die voorlas. Het maakte haar rustig.

O, lieve Heer, o, heilige Maagd Maria, waakt u over Finn en over Fergus, en geef ons, de Ieren, ons eigen Beloofde Land terug, dacht ze bij zichzelf.

Ze wilden net de olielampen uitdoen toen Seamus O'Hanlon, de buurjongen die had staan posten, door de achterdeur naar binnen stormde. Ze bleven allemaal als aan de grond genageld staan.

'Ze hebben het geflikt, onze jongens! Kom mee, boven op de heuvel kunnen jullie het zelf zien!'

De Murphy's volgden hem door de achterdeur naar buiten en beklommen het steile pad naar de top van de heuvel. En daar, aan de overkant van de vallei, aan de voet van de heuvel nabij Timoleague, zagen ze de gele vlammen hoog oplaaien in de nachtelijke hemel.

Ze sloegen snel een kruis en lieten zich in het vochtige gras zakken. Nuala meende de rook te kunnen opsnuiven die in de koude avondlucht hing.

'Ik hoop dat het vuur niet overslaat,' mompelde Hannah tegen Nuala.

'Ryan is niet in zijn kamer, hè?' fluisterde Nuala terug. 'Je hebt hem toch wel gewaarschuwd?'

'Hoe zou ik dat hebben moeten doen? Dan had hij meteen geweten dat ik van deze aanslag op de hoogte was.'

'Hij loopt daar vast geen gevaar, Hannah. Hij woont er een heel eind vandaan. Ik ben aan het bidden dat mijn Finn en onze Fergus vanavond veilig huiswaarts keren.'

'Dat zal de Engelsen leren! Nu weten ze dat er met ons niet te sollen valt.' Daniel stak verrukt zijn vuist in de lucht.

'Sst, Daniel!' maande zijn vrouw. 'Je weet nooit wie er op de loer ligt.'

'Vanavond zijn alleen wij hier, vrouw, en ik ben op mijn eigen land zo blij als ik zelf wil zijn.'

Toen ze later teruggingen naar huis, ging Eileen naast haar dochters lopen. 'Ik heb jullie vader verteld dat ik onze boerderij voorlopig niet meer als munitieopslag wil laten gebruiken. Want vergis je niet, ze zullen naar wraak dorsten.'

'En dan zullen we daar klaar voor zijn, mammy,' zei Nuala dapper. Hannah zei niets en liep zwijgend in haar eentje de heuvel af.

Tot haar opluchting keerden Fergus en Finn in het holst van de nacht veilig terug op het honk, maar de volgende ochtend was het doodstil in de hoofdstraat van Clogagh. Iedereen bleef binnen, zowel uit angst voor represailles als door de stank van verbrande turf die nog steeds overal in de lucht hing.

'Hallo, Lucy,' zei ze toen ze de keuken van Argideen House binnenkwam.

Lucy was de vloer aan het schrobben en keek op. 'Hallo, Nuala. Je hoeft je niet om te kleden, Lady Fitzgerald wil je meteen spreken.'

'O ja? Waarom?'

'Geen idee. Mrs. Houghton brengt je zo naar haar boudoir.'

Nuala liet zich op de eerste de beste stoel zakken.

Lucy had duidelijk geen zin om te praten en er hing een drukkende stilte in de keuken terwijl ze wachtte tot Mrs. Houghton haar kwam ophalen.

'Deze kant op, Nuala.'

Ze liepen door de gang en Mrs. Houghton klopte aan bij het boudoir.

'Binnen,' zei een stem.

Lady Fitzgerald stond voor het raam naar haar tuin te kijken. Haar rug was kaarsrecht in de donkergroene japon.

Toen ze zich omdraaide, zag Nuala dat haar gezicht net zo gespannen was als haar lichaam.

'Neem plaats, Nuala,' gebaarde Lady Fitzgerald.

Nuala ging zitten.

'Wel,' begon ze, 'ik wil je laten weten dat mijn man vanmorgen werd gebeld door majoor Percival, en dat hij hem op de hoogte heeft gebracht van de ongeregeldheden die gisteravond hebben plaatsgevonden.'

'O,' zei Nuala. Ze deed haar uiterste best haar gezicht in de plooi te houden. 'De branden, bedoelt u? Ja, dat was vreselijk om te zien.'

'Dat was het zeker, en de Travers, die Timoleague House bewoonden, hebben hun toevlucht bij ons gezocht. Het enige wat ze nog hebben zijn de kleren die ze aanhadden, maar ze zijn desondanks dankbaar dat de Ieren die de aanslag op hun huis hebben gepleegd, hen lieten vertrekken. Enfin...'

Lady Fitzgerald veegde afwezig met haar hand over haar voorhoofd.

'We beleven duistere tijden op dit moment, Nuala. Er is ontdekt dat er bepaalde... gevoelige informatie naar de IRA is gelekt, zekere details die majoor Percival in een brief met ons heeft gedeeld. De man over wie in de brief wordt geschreven, middels zijn initialen dan, is niet op de overeengekomen plek verschenen, maar heeft anderen in zijn plaats gestuurd. Uiteraard is er met hen afgerekend, maar majoor Percival en zijn manschappen zijn maanden in de weer geweest om deze hinderlaag voor te bereiden. Nu is deze man nog altijd op vrije voeten en kan hij opnieuw gruwelijkheden als die van gisteravond beramen.'

Nuala voelde dat Lady Fitzgerald haar blik op haar liet rusten.

'De brief lag hier twee dagen geleden open en bloot op mijn schrijftafel. Jij zat hier in deze stoel, en ik heb je een paar minuten alleen gelaten om Mr. Lewis te woord te staan.'

Nuala kreeg bijna geen adem. 'Ik...'

'Door dit incident heb ik mijn licht eens laten schijnen op andere gebeurtenissen,' vervolgde Lady Fitzgerald. 'Een paar maanden geleden heeft de majoor in Bandon een aanslag op zijn leven weten te voorkomen, maar de moordenaar was kennelijk gewaarschuwd en is verdwenen. Niemand anders dan de majoor, zijn manschappen en mijn echtgenoot was ervan op de hoogte dat het Essex Regiment huizen zou binnenvallen om de dader te grijpen. Ik wist het wel, natuurlijk, en ik had mijn zoon in vertrouwen genomen. Nu vraag ik je, Nuala, om eerlijk tegen me te zijn. Heeft Philip dit met jou besproken?'

'Ik... Het is lang geleden, maar ik meen dat Philip heeft gezegd dat majoor Percival de dag ervoor bij Sir Reginald op bezoek zou gaan, en dat hij zich niet in de tuin waagde zolang er visite was. Dat is alles.'

'Weet je dat zeker, Nuala?'

'Ja, heel zeker.' Ze knikte.

Lady Fitzgerald slaakte een verslagen zucht. ‘Helaas weet ik dat je liegt. Ik heb Philip vandaag gevraagd of hij de plannen van majoor Percival met jou heeft besproken, en dat beaamde hij. Zijn verhaal wordt ook ondersteund door Maureen, die erg overstuur was dat dit gesprek plaatsvond op het moment dat zij jullie thee inschonk.’

‘Ach ja, nu u het zo zegt… Dat klopt wel, milady. Philip heeft inderdaad een opmerking over majoor Percival gemaakt. Ik wilde het net niet zeggen om hem niet in de problemen te brengen. We hebben het vaker over… de lastige situatie. We zijn… tja… we zijn bevriend.’

‘En hij vertrouwt je. Dat begrijp ik,’ zuchtte Lady Fitzgerald. ‘Dat maakt deze toestand nog precairder.’

‘Ik zweer u dat ik hem op het hart zal drukken dit soort dingen nooit meer met mij te bespreken. Het kwam alleen doordat hij niemand anders had om mee te praten, afgezien van u, natuurlijk,’ haastte Nuala zich te zeggen. ‘En ik zou nooit in uw persoonlijke spullen neuzen, of brieven lezen…’

‘Het spijt me, Nuala, maar ik vind dat niet aannemelijk. Want na mijn gesprek met Maureen, waarin ze mijn zoons verhaal bevestigde, kreeg het arme kind het te kwaad. Ze zei dat ze verscheurd werd door haar gevoel van loyaliteit tegenover jou, als lid van onze staf, maar dat ze me eigenlijk ook had moeten vertellen dat ze bij jou thuis gezworen Fenians zijn, en dat je broer bekendstaat als lid van de IRA. Ze zei ook dat je zus Hannah een belangrijke positie heeft bij een Ierse vrouwenorganisatie. Ze vermoedt dat jij er ook deel van uitmaakt, of dat je minstens zijdelings de… activiteiten van je familie ondersteunt. Wat heb je daarop te zeggen, Nuala?’

‘Niets. Alleen dat mijn familie trotse, rasechte Ieren zijn, ja, maar meer valt er niet te weten. Bovendien woon ik niet langer bij mijn ouders thuis. Mijn man heet Finn Casey, hij geeft les op de school in Clogagh.’

‘Dat weet ik heel goed, Nuala, en ik weet ook dat hij op raadselachtige wijze erg vaak verstek heeft laten gaan in de afgelopen maanden.’

‘Hij was ziek, Lady Fitzgerald, hij had last van zijn maag. Wat is daar vreemd aan?’

‘Ogenschijnlijk niets, maar een van Maureens vriendinnen woont vlak bij jou in de buurt, en kennelijk ging ze ’s middags weleens langs bij je man als jij naar je werk was, om te kijken of hij iets nodig had. Ze zei tegen Maureen dat de gordijnen altijd dicht waren en dat er nooit een reactie kwam als ze klopte. Alsof er nooit iemand thuis was.'

'Hij was echt ziek, Lady Fitzgerald, en niet in staat de buren te ontvangen.'

'Zo ziek dat je hem al die middagen aan zijn lot overliet om acht uur lang hier te kunnen zijn?'

De vraag bleef een poosje in de lucht hangen voor Lady Fitzgerald opnieuw het woord nam.

'Dit is Ierland, Nuala, en ik mag dan in Engeland zijn geboren, ik woon hier al zesentwintig jaar. Ik weet heel goed hoe ze hier in de gemeenschap voor elkaar zorgen. En dat een pasgetrouwde vrouw nooit haar zwaar zieke man alleen zou achterlaten zonder dat er iemand voor hem zorgde. Er zou altijd iemand bij hem zijn geweest, Nuala, of minstens iemand die af en toe kwam kijken.'

'Ik...'

'Het is niet aan mij om over jou te oordelen, en ook niet over je familie of over je man en hun activiteiten buiten dit huis. In feite had ik het liefst helemaal nergens van geweten, want ik ben erg op je gesteld, Nuala. En, wat nog tragischer is, mijn zoon ook.'

Nuala zag tranen in de ogen van Lady Fitzgerald opwellen.

'Niettemin, gezien deze nieuwe informatie en die verschrikkelijke brandhaarden gisteravond in Timoleague, kan ik je niet langer vertrouwen. En je familie ook niet.'

'Maar ik ken Maureen amper! Waarom denkt ze zo veel van ons te weten? Ze heeft me gewoon nooit gemogen, dat is het.'

'Komkom, Nuala, doe nu niet zo schijnheilig. Zo ben je niet. De simpele waarheid is dat ik niet het risico wil lopen dat mijn lieve, onschuldige Philip nog meer informatie wordt ontfutseld door een vrouw die hij als een vriendin beschouwt. Ik zie me daarom genoodzaakt jouw dienstverband bij ons te beëindigen. Je moet dit huis stante pede verlaten.' Lady Fitzgerald liep naar haar schrijftafel en pakte er een kleine bruine envelop uit. 'Dit is je loon tot aan het einde van deze week.'

Nuala stond op, haar ogen opengesperd van ontzetting. 'Mag ik Philip niet eens gedag zeggen?'

'Het lijkt me beter van niet. Ik heb hem verteld dat je man ernstig ziek is en dat je thuis moet blijven om voor hem te zorgen, zoals het een goede echtgenote betaamt.'

De tranen stroomden nu over Nuala's wangen. 'Toe... zegt u alstublieft tegen hem dat ik hem ontzettend zal missen en dat ik hem eeuwig dankbaar ben voor het schaken. Ik heb nooit van hem kunnen winnen, want hij was echt briljant en...'

'Ik zal het tegen hem zeggen, en wees gerust dat ik niemand iets over ons gesprek zal vertellen. Ik zal je geheimen – als het geheimen zijn – niet naar buiten brengen, maar besef wel dat anderen minder terughoudend zullen zijn. Het leven is een aaneenschakeling van moeilijke keuzes, Nuala, en we leven in moeilijke tijden. Ik heb er begrip voor dat jouw loyaliteit als vanzelfsprekend naar je echtgenoot en je familie uitgaat.'

Het snot stroomde inmiddels zo snel uit Nuala's neus dat ze het tot haar schaamte met haar blote hand moest wegvegen.

'Vergeef me, Lady Fitzgerald. U bent zo goed voor me geweest...'

Nuala voelde een hand op haar schouder. 'En jij bent heel goed geweest voor Philip, daar ben ik je dankbaar voor.'

Toen Nuala thuiskwam, trok ze de gordijnen aan de voorkant van het huis dicht. Ze liet zich op een stoel zakken en barstte in tranen uit.

'O, Philip, het spijt me zo dat ik je in de steek heb gelaten. Je zou nooit een vlieg kwaad doen, en nu kan ik niet langer voor je zorgen.'

Op een gegeven moment had ze geen tranen meer over en had ze enorme behoefte om met iemand te praten. Ze spetterde koud water over haar gezicht, fatsoeneerde haar haar en liep naar Christy's pub aan de overkant. Toch mocht niemand weten hoe oprecht veel hartzeer ze had om Philip – zelfs Finn niet – want dan zouden ze haar meteen als een verrader beschouwen.

'Kom je straks bij mij een glaasje halen als je klaar bent?' vroeg ze aan haar neef.

'Ja hoor, het is toch niet druk vandaag.'

Terug in de cottage dwong Nuala zichzelf wat brood met boter te eten, pakte de fles whiskey uit de kast en vond twee bekers. Christy kwam twintig minuten later binnen en ze schonk hem een bodempje in.

'Zit jij nou ook al aan het sterke spul, Nuala?' zei Christy lachend.

'Na zo'n dag als ik vandaag heb gehad zul je begrijpen waarom.'

Ze vertelde haar neef wat er in het Grote Huis was voorgevallen. Hij schonk nogmaals voor zichzelf in.

'Jezus,' zei hij ademloos. 'Denk je dat ze haar vermoedens niet met majoor Percival zal delen? Ze heeft er alle reden toe, Nuala.'

'Nee, ik denk het niet. Misschien ben ik naïef, maar ze was uiterst vriendelijk, Christy, zelfs toen ze me ontsloeg. Het was alsof ze me begreep en ergens ook sympathie voor mijn situatie had.'

'Die vrouw heeft een man en een zoon die in twee oorlogen hebben gevochten. En nu zijn ze allemaal betrokken bij een nieuwe. Ik kan uit je woorden opmaken dat zij een Engelse is van de zeldzame soort, een met een hart. Het is die Maureen voor wie je moet uitkijken. Wat een feeks, zeg, dat ze jou erbij heeft gelapt.'

'Ze had al vanaf dag één een hekel aan me. Ze kon het niet uitstaan dat Philip en ik bevriend raakten en dat ze elke dag mijn thee moest serveren.' Alhoewel dat laatste haar, ondanks alles, toch een glimlachje ontlokte.

'Zo te horen was ze stikjaloers.'

'Lucy, mijn vriendin daar, zei dat ze haar man en haar kind heeft verloren. Ik denk dat die vrouw gewoon echt door en door verbitterd is.'

'Dat kan oorlog met mensen doen, ja. Luister, ik moet terug naar de pub. Ik ga straks naar Cross Farm en ik zal je familie op de hoogte stellen. We moeten ons op het ergste voorbereiden. Finn kan elk moment uit school komen.'

'En dan gaat hij rechtstreeks door naar de Flying Column. Ik denk dat ze weer iets van plan zijn.'

'Je moet kalm blijven, Nuala. Ik ben aan de overkant als je me nodig hebt.' Christy stond op en drukte een kus op haar kruin. 'Tot gauw,' zei hij, en toen liep hij de deur uit.

De hele familie was de daaropvolgende paar dagen bang dat het nieuws over Nuala's abrupte vertrek uit Argideen House op de een of andere manier bij de instanties terecht zou komen. Tot hun opluchting kwam er geen inval, niet op Cross Farm en ook niet in de cottage van Finn en Nuala. Toen ze in Timoleague bij Hannah een bericht ophaalde om door te geven aan de leidster van Cumann na mBan in Darrara, zag

Nuala Lady Fitzgerald in de verte lopen. Ze had haar graag willen bedanken dat ze zich aan haar woord had gehouden, maar Nuala draaide zich toch maar om en besloot van richting te veranderen.

Gelukkig ging de school dicht voor de kerstvakantie, dus Finn had geen uitvlucht meer nodig om zijn training in het kamp van de Flying Column voort te zetten.

'Ik weet niet zeker wanneer ik weer terug ben, liefste. We willen eerst trainen en voor later een nieuwe aanval plannen. De Auxies wagen zich steeds verder bij Macroom Castle vandaan, tot diep in ons territorium, en we moeten ze laten zien wie hier de baas is. Ga maar een paar dagen op Cross Farm logeren, het kan zijn dat ik een poosje wegblijf.'

Ze maakte zich zorgen om Finn, maar de voorbereidingen voor de bruiloft van haar zus gaven haar de nodige afleiding, en bovendien zou het ook gauw kerst zijn. Vaak fietste ze tegen het middaguur naar Timoleague om samen met Hannah een hapje te eten.

'Ben je al in Ryans kamer geweest?' vroeg Nuala. Ze zaten met hun lunch op een bank die over de baai uitkeek.

'Ja. Het huis is van Mrs. O'Flanaghan, en Ryan heeft de hele zolder voor zichzelf.'

'Staat er een tweepersoonsbed in?' Ze gaf Hannah een lichte por.

'Nee, een eenpersoons, maar voorlopig is dat prima. We gaan op zoek naar een woonruimte voor ons tweeën, want ik heb graag een keuken en een badkamer voor mezelf. Met ons gezamenlijke inkomen kunnen we ons dat veroorloven, dus, er is alleen niets op dit moment.'

Nu ze de middagen vrij had, tijd die ze normaal gesproken met Philip doorbracht, stortte Nuala zich op het naaien van een lappendeken dat ze als huwelijksgeschenk wilde geven. In de loop der jaren had ze allerlei stukken textiel verzameld die ze hier mooi voor kon gebruiken. Ze was niet zo'n bedreven naaister als haar zus, dus het kostte haar de nodige moeite, maar ze deed haar best en daar ging het om, dacht ze bij zichzelf toen ze voor de zoveelste keer een stiknaad moest lostornen. Op die manier zat ze tenminste ook niet voortdurend te tobben of Philip zijn loopoefeningen wel bleef doen, en of Finn veilig was. Er werden nog altijd wraakacties uitgevoerd vanwege de branden in Timoleague, en er spookten gruwelijke beelden door haar hoofd van jongens die in de handen van de Engelsen waren gevallen en gemarteld werden.

'Stel dat hun leed is veroorzaakt doordat ik ben ontdekt...' Ze huiverde bij de gedachte, maar ze sprak zichzelf streng toe dat niemand er een steek mee opschoot als ze zo bleef piekeren. Ze klemde haar kiezen op elkaar en concentreerde zich op haar lappendeken.

19

Een paar dagen later kregen ze nog meer slecht nieuws te verwerken: in het graafschap Cork was er een krijgswet in werking getreden. Dat betekende dat iedere man zomaar kon worden aangehouden en gefouilleerd, en als er munitie of wapens bij hem werden aangetroffen, werd hij direct gearresteerd en voor de krijgsraad gebracht. Indien schuldig kon hij geëxecuteerd worden. Ook werd er in het graafschap een avondklok ingesteld; niemand mocht zich nog tussen acht uur 's avonds en zes uur 's morgens op straat vertonen.

'Maar stel dat een familielid op sterven ligt in een nabijgelegen dorp, of zelfs in een straat verderop?' zei Nuala, die Finn *The Cork Examiner* voorhield waar het nieuws in stond.

'Dan zou de patrouille je ter plekke arresteren.' Finn haalde zijn schouders op.

'Er staat hier ook dat je gearresteerd kunt worden als je iemand van de IRA onderdak verleent, voor "plunderen", of als je gewoon ergens met je handen in je zakken staat,' smaalde Nuala hoofdschuddend.

'Het goede nieuws is dat alle bewoners van alle steden en dorpen een nog grotere hekel aan de Engelsen hebben gekregen. Charlie zei dat zich veertig nieuwe leden bij hem hebben aangemeld. We zullen deze strijd winnen, Nuala, ik zweer het. Echt.'

Ondanks de avondklok verdween Finn nog steeds regelmatig als het nacht werd, en ondertussen stroopten de Tans en het Essex de straten af om de lokale bewoners te intimideren. Nuala had Finn gezworen dat ze niet naar buiten zou gaan, en ze zat de meeste avonden in haar eentje in de cottage aan Hannahs lappendeken te werken. Ze wist dat ze in geval van nood altijd een beroep kon doen op Christy, die vanwege de avondklok na zijn werk in een kamer boven de pub bleef slapen. En als ze een arm om haar schouder nodig had, fietste ze naar haar familie op Cross Farm, zolang de avondklok haar dat toestond.

'Jezus! Heb je dit gezien?' Daniel sloeg met de krant op tafel en wees met een eeltige vinger naar de kop. 'Dit kan hij toch niet maken? Wij vechten met man en macht om de Engelse tirannen uit zijn parochie te verjagen.'

Het gezin verzamelde zich rondom de tafel om te lezen hoe de bisschop van Cork een decreet had uitgevaardigd waarin stond dat iedere katholiek die deelnam aan een aanslag zich schuldig zou maken aan moord en onmiddellijk geëxcommuniceerd zou worden.

'Jezus, Maria en Jozef,' mompelde Eileen. Ze sloeg een kruis en liet zich moeizaam op een stoel zakken. 'Bijna al die jongens zijn katholiek! Ze moeten wel het gevoel hebben dat God aan hun zijde staat als ze vechten, niet dat Hij hun straks de hemel weigert en naar de hel zendt!'

'Dus dit is wat hij te zeggen heeft,' spuwde Daniel, 'nadat de Black and Tans de helft van Cork in brand hebben gezet!'

'Denk je dat hij de loop van een Engels geweer in zijn rug heeft gevoeld toen hij dit uitvaardigde?' vroeg Fergus.

'Ja, misschien, maar ik weet zeker dat híj bij de hemelpoort wordt weggestuurd, in plaats van onze dappere mannen en vrouwen.'

'Maar vechten ze wel door?' vroeg Nuala.

'Zou het jou weerhouden?' Daniel keek haar aan. 'Zou het iemand van jullie weerhouden?'

Nuala wisselde een blik met haar broer.

'Mij niet,' zei Fergus.

'Mij ook niet,' mompelde Nuala, terwijl haar vingers naar de geborgenheid van haar moeders hand zochten.

Bij dit soort ontwikkelingen had ze een sterke behoefte om bij haar familie te zijn, en Nuala besloot op Cross Farm te blijven slapen. Hannah was ondertussen ook thuisgekomen en na de avondthee gingen ze samen naar boven.

'Hoe is het met je aanstaande?' vroeg Nuala toen ze in bed lagen.

'Hij zou naar de kerk gaan toen ik wegging,' zuchtte Hannah. 'Hij zei dat hij wilde nadenken over dat decreet van de bisschop. Ik zei je al eerder dat Ryan geloviger is dan wij allemaal bij elkaar.'

'Vindt hij het decreet terecht?'

'Hij zei dat het op zijn minst een aantal jongens zou tegenhouden om gewelddaden te plegen, en dat dat toch goed moest zijn. Hij wil vrede, Nuala, dat is alles.'

'Weet Ryan dat het overgrote deel van zijn bruiloftsgasten betrokken is bij de strijd?'

'Ik heb hem dat niet verteld. Niemand heeft hem dat verteld. Hoe je het ook wendt of keert, hij heeft recht op zijn eigen mening.' Hannah wierp haar zus een zijdelingse blik toe. 'Hij streeft naar vrijheid voor de Ieren, maar zijn ideeën om die vrijheid te bereiken wijken af van de onze.'

'Ja, en? Moeten we hier blijven zitten en wachten tot de Engelsen ons allemaal hebben uitgemoord? Hij zou eens een paar berichten moeten lezen die door zijn held Michael Collins zijn ondertekend. Het was zijn idee om de Flying Columns te formeren en...'

'Denk je soms dat ik dat niet weet? Maar wat kan ik doen? Over een paar dagen gaan we trouwen. En daarmee uit.'

Op de dag van Hannahs bruiloft werd er 's morgens op de deur van de cottage geklopt. Nuala deed open en zag Lucy staan, haar vriendin van het Grote Huis.

'Dag, Lucy, wat leuk om je te zien. Kom binnen.'

'Ik ben op weg naar mijn werk, maar ik wilde eerst langs jou, zodat je het niet van een ander zou horen.'

'Wat is er?' vroeg Nuala, en ze liet Lucy binnen. Lucy was altijd al een spichtig ding geweest, maar vandaag zag ze er echt uit als een bang, kwetsbaar vogeltje.

'Nuala, ik denk dat je beter even kunt gaan zitten. Ik moet je iets vervelends vertellen.'

'Wat is er? Is er iets aan de hand?'

'Ik weet niet hoe ik het moet zeggen, maar gisteren... klonk er een schot in de kamer van onze jonge meester. Lady Fitzgerald rende zo snel mogelijk naar boven, maar het schot was door zijn hoofd gegaan en... hij was al dood.'

'Wat?' Nuala schudde ontzet haar hoofd. 'Wie was er al dood?'

'Philip. Hij heeft zijn dienstwapen uit de lade gepakt en zichzelf door zijn hoofd geschoten. Ik vind het heel erg, Nuala. Ik weet dat jullie een hechte band hadden.'

'Dat kan niet waar zijn...' bracht Nuala fluisterend uit. 'Waarom? Het ging steeds beter met hem, hij kon alweer zelf lopen, naar buiten gaan, en...'

'Hij deed niets van dat alles meer sinds jouw vertrek, Nuala. Ze hebben Maureen gevraagd om zolang voor hem te zorgen terwijl ze naar een nieuwe verpleegster zochten. Ze zei dat hij alleen maar in zijn stoel voor het raam zat en geen woord tegen haar zei. Lady Fitzgerald was zo bezorgd dat ze er een dokter bij heeft gehaald en die heeft hem medicijnen voorgeschreven, maar...'

'Hoe... hoe gaat het met haar?'

'Ze heeft zich opgesloten in haar kamer en wil niemand zien. Jij weet als geen ander hoeveel ze van die jongen hield.'

'O ja, zeker, en ze... o...'

Nuala kon geen woord meer uitbrengen. Bedroefd sloeg ze haar handen voor haar gezicht.

'Luister, ik moet weg, maar zal ik de buurvrouw vragen om even bij je te blijven?'

'Nee! Niemand mag zien dat ik zo veel verdriet heb om de vijand, Lucy. Dat snap je toch wel?'

'Ja, je hebt gelijk,' zei Lucy. 'Pas goed op jezelf, Nuala. En veel sterkte.'

Nadat Lucy was weggegaan, stapte Nuala op haar fiets en reed naar de enige plek waar ze troost hoopte te vinden. Terwijl ze tot op haar botten verkleumde in de kille decemberregen, keek ze op naar de kale takken van haar eikenboom.

'Philip, kun je me horen? Ik ben het, Nuala,' fluisterde ze. 'Ik vind het zo erg, zo erg dat ik je in de steek heb gelaten, maar je mammy kon me door al dit gedoe niet aanhouden. Het is mijn fout. Ik heb je vertrouwen beschaamd en ik zal het mezelf nooit vergeven, nooit.'

Drijfnat stond ze op en fietste naar Timoleague. Het regende zo hard dat ze even vreesde te verdrinken, en dat had haar niet eens iets kunnen schelen. Voor de poort van de kerk stapte ze van haar fiets en liep naar binnen. Ze sloeg een kruis, boog voor het altaar en liet zich op haar knieën zakken om God en de Heilige Maagd om vergeving te smeken. Toen stond ze op en liep naar het rek met de offerkaarsen. Ze pakte een penny uit haar zak, stopte die in de bus en stak een kaars op voor Philip Fitzgerald zaliger, protestant, zoon van de regionale landheer, en haar vriend.

'Rust in vrede, Philip, ik zal je nooit vergeten,' mompelde ze, en ze zette haar brandende kaars te midden van de andere kaarsen voor de katholieke zieken.

Ze draaide zich om en verliet de kerk.

MERRY

CLARIDGE HOTEL
LONDEN, ENGELAND
JUNI 2008

20

Ik reikte naar een tissue, snoot krachtig mijn neus en sloeg de volgende bladzijde van het gehavende schrift om.

Ik kan nie meer srijve

Daarna volgden alleen blanco bladzijden.

Ik sloeg het schrift dicht en ging liggen. Ik dacht aan deze jonge vrouw, die het gewicht van de wereld op haar schouders had gedragen en een strijd had gestreden die ze alleen maar leek te kunnen verliezen. Ze was jonger dan mijn eigen dochter, maar had al gruwelen meegemaakt die noch Mary-Kate, noch ik, noch iemand anders die geen oorlog had meegemaakt zich ook maar enigszins kon voorstellen. Maar ik besefte nu dat het zaad van het geweld dat bijna negentig jaar geleden in Nuala's leven was gezaaid ook mijn leven had geraakt, met alle rampzalige gevolgen van dien.

Mijn hoofd was nog vol stemmen uit het verleden, met die melodieuze, voor West Cork zo typerende cadans die doorklonk in Nuala's dagboek. Ik hoorde de vertrouwde plaatsnamen die ik al zo lang uit mijn geest had verbannen.

Híj had me dit dagboek al die jaren geleden gegeven, omdat hij wilde dat ik het zou begrijpen. En als dit de woorden van zijn grootmoeder waren, dan was zijn haat tegen de Britten volkomen te verklaren. Een van de dingen die ik me uit mijn tijd in Ierland nog heel goed herinnerde, was dat iedereen herinneringen had die ver teruggingen. En dat oude grieven zelden werden vergeven of vergeten en van generatie op generatie werden overgedragen.

Ik moest hard geeuwen en merkte dat ik uitgeput was. Het verleden was zo lang een vreemd land geweest, maar ik kwam er zowel letterlijk als figuurlijk steeds dichter bij in de buurt…

21

Star
Claridge Hotel, Londen

'Waar blijft ze nou? Zou ze wel komen, denk je?'

Star ijsbeerde door de zitkamer van haar suite en raadpleegde nerveus haar horloge. 'Het is al tien over zeven. We moeten haar nu niet kwijtraken, Orlando.'

'Geen paniek, Lady Sabrina, ik weet zeker dat mijn plan niet gaat mislukken,' antwoordde hij, en hij nam een slok champagne.

'Ik zou willen dat ik net zo relaxed was als jij,' mompelde Star. Ze pakte de hoorn van de telefoon en drukte de nul in. 'Hallo, spreek ik met de receptie? Wilt u me alstublieft doorverbinden met Mrs. Mary McDougal in kamer 112? Dank u, heel vriendelijk van u.' Star wachtte tot de receptioniste haar doorverbond en trok ondertussen een afkeurende wenkbrauw op naar Orlando, die hun champagneglazen bijvulde. Het duurde ondraaglijk lang voordat er werd opgenomen.

'Hallo?' vroeg een slaperige stem.

'Mrs. McDougal? U spreekt met Sabrina Vaughan. Orlando en ik vroegen ons af of u nog van plan was langs te komen.'

'Ik... eh, ja. Lieve help, ik was even op bed gaan zitten en vrees dat ik weggedommeld ben. Heel onbeleefd van me. Ik ben er over tien minuten.'

'Geen enkel probleem, Mrs. McDougal. Dan zien we u straks.'

Toen Star ophing, hief Orlando zijn glas. 'De vis zit in het net.'

'Orlando, heus, we zijn niet op jacht, we willen haar alleen spreken! Ik ga me even opknappen.'

Een kwartier later werd er op de deur geklopt. Terwijl Star naar de voordeur liep streek ze nerveus de onderkant van haar jurk glad.

Daar stond Merry McDougal, in een smaakvolle jadegroene jurk met daaronder een stel zwarte pumps. Ze had blond haar, dat in een golvende boblijn tot op haar schouders viel en fijne trekken omhulde. Haar ogen waren saffierblauw en contrasteerden met haar bleke huid. Het viel Star op hoe elegant ze eruitzag, hoewel ze nog maar net wakker geworden was na een ongepland dutje. Ze omklemde een handtasje, en Stars adem stokte toen ze aan een van haar vingers een smaragdgroene schittering zag.

'Hallo, Mrs. McDougal, komt u binnen,' zei ze, op zo natuurlijk mogelijke toon. Ze leidde Merry naar de royale zitkamer en constateerde dat Orlando naar de slaapkamer was verdwenen. 'Gaat u zitten, alstublieft, dan haal ik Orlando. Hij was net aan het bellen met een... wijnleverancier, hij is zo terug,' zei ze, en ze dook de slaapkamer in. Orlando stond naast de deur en had duidelijk staan fluisteren.

'Ze is er,' fluisterde ze. 'O, mijn god, ik ben zo zenuwachtig. En weet je wat?'

'Nou?'

'Ik kon alleen een snelle blik werpen, maar het lijkt erop dat ze de ring om heeft.'

'High five, zoals ze tegenwoordig zeggen,' zei Orlando, zonder het bijbehorende gebaar, en hij zwaaide de deur open.

'Mrs. McDougal, zeer bedankt voor het feit dat u bent gekomen. Blijft u alstublieft zitten,' zei hij, toen de bezoekster wilde opstaan.

'Het spijt me dat ik te laat ben. Zoals ik al tegen Sabrina zei, ik vrees dat ik getroffen ben door een jetlag, ik was in slaap gevallen.'

Star bespeurde een licht accent in haar prettige, lage stem dat ze niet kon thuisbrengen.

'U hoeft zich echt niet te verontschuldigen, Mrs. McDougal. Het bood mij en mijn oude maatje, Sabrina, de gelegenheid bij te praten, hoewel u misschien degene bent die op het alcoholische front wat in te halen hebt.' Orlando knikte naar zijn champagneglas. 'Deze viel in de smaak, misschien zelfs iets te veel. Hij is van een nieuwe *cave*, betaalbaarder dan Krug en Dom Pérignon, en werkelijk hoogst aangenaam. Ik ben zelf niet echt een fan van champagne, vooral wanneer het bruisgehalte de smaak domineert, wat bij een aantal merken het geval is, maar deze is heel goed te drinken. Wel, wilt u het staartje van deze fles met ons delen of drinkt u liever iets anders?'

'Het klinkt misschien heel saai, maar ik kan het tijdens het interview beter bij water houden. Ik ben al een beetje duf. O, en zeg alsjeblieft

Merry,' zei ze toen Star twee flessen water uit een nis pakte en omhooghield.

'Met of zonder bubbels?' vroeg Star.

'Met bubbels graag, dan krijg ik tenminste een wat feestelijker gevoel.'

Nadat Star het glas water had neergezet, ging Orlando in de leren rookstoel tegenover Merry zitten. Hij gebaarde naar de dictafoon op het tafeltje tussen hen in. 'Vind je het erg bezwaarlijk als ik dit opneem? Ik ben volstrekt onbekend met steno, en ik wil elk woord dat je lippen verlaat indrinken.'

'Natuurlijk niet,' antwoordde Merry, en ze nam een slokje water. 'Wat wil je precies weten?'

'Laten we beginnen bij het allereerste begin. Ik meen in je tongval te bespeuren dat je geen kiwi van geboorte bent. In feite... Vergeef me als ik het mis heb,' zei hij, terwijl Star op de bank ging zitten, 'maar ik meen nog een uiterst gering spoortje van een Ierse "r" te horen.'

Star zag een lichte blos op de wangen van de vrouw verschijnen.

'Je hebt een goed gehoor, want ik ben direct na de universiteit weggegaan uit Dublin. Ik woon al tientallen jaren in Nieuw-Zeeland.'

'Ah, een van de vele miljoenen Ierse emigranten?'

'Helaas, ja. We waren destijds allemaal op zoek naar een beter leven.'

'Een paar vriendjes van me hebben op Trinity College gezeten. Heb je daar gestudeerd of aan University College Dublin?'

'Trinity. Ik heb klassieke talen gestudeerd.'

Orlando's gezicht lichtte op. 'Dan hebben we wellicht nog veel meer om te bespreken dan wijn. De Griekse filosofie en mythologie zijn een grote passie van me, en soms zou ik willen dat ik er na mijn studie verder in was gegaan.'

'Dat waren ook *míjn* grote passies. Als kind leefde en ademde ik Griekse mythen.'

'Het was mijn vader die mijn passie heeft gevoed,' vertelde Orlando. 'En hoe was dat bij jou?'

'Ik had een peetoom die fellow in de klassieke talen aan Trinity was toen ik hem leerde kennen. Hij is later hoofd van de afdeling geworden. Hij is natuurlijk allang met pensioen, misschien leeft hij niet eens meer.'

'Je bent het contact met hem kwijtgeraakt?' informeerde Orlando.

'Ja, ik... eh...' Merry haalde haar schouders op. 'Je weet hoe dat gaat. Hoe dan ook, zal ik je vertellen hoe mijn man en ik The Vinery zijn begonnen?'

'Alsjeblieft, ik ben een en al oor, geachte dame.'

'Nou, Jock en ik ontmoetten elkaar kort nadat ik in Nieuw-Zeeland was aangekomen, toen we allebei in een hotel werkten, het Hermitage Hotel. Het ligt aan de voet van Mount Cook, op het Zuidereiland. Ik was daar serveerster. Hij was er begonnen als kelner, maar had zich opgewerkt tot hoofdkelner en sommelier. Hij had toen al een passie voor wijn. Sorry, ik ga waarschijnlijk te ver terug voor je artikel...'

'Alsjeblieft, Merry, neem vooral alle ruimte. Vertel zo veel als je wilt, ik vind het fascinerend.'

Star luisterde ingespannen toen Mary haar verhaal vertelde, over hoe ze getrouwd waren, hoe ze op een reisje naar Gibbston Valley, in Central Otago, op de ruïne van een stenen huis waren gestuit waarvan Mary vermoedde dat het tijdens de goldrush was gebouwd. Hoe ze er verliefd op waren geworden en dat het jaren had geduurd om het opnieuw op te bouwen.

'We gingen er elk weekend en elke vakantie naartoe. Jack was nog een peuter in die tijd, maar we waren zo dol op het huis en dat prachtige dal dat Jock en ik uiteindelijk besloten al ons spaargeld in het starten van een wijngaard te steken.'

Toen Merry eenmaal goed op dreef was en aan Orlando vertelde hoe keihard Jock en zij hadden geploeterd en hoe ze in een rivier baadden totdat ze een badkamer konden aanleggen, verplaatste Star haar blik onopvallend van Merry's gezicht naar haar kleine, bleke, delicate handen. Eén hand rustte in haar schoot, en Star zag dat de ring onmiskenbaar smaragdjes bevatte, die in een stervormig ontwerp rond een diamant waren geplaatst. Ze nam een mentale foto van de ring en stond op.

'Excuseer me, ik ga even naar het toilet,' zei ze. Ze ging naar de slaapkamer en deed de deur achter zich dicht. Ze zette haar weekendtas op het bed en zocht in het binnenvak naar de envelop met de tekening. Ze ging ermee naar de wc, deed de deur achter zich op slot, haalde de tekening tevoorschijn en staarde er een tijdje naar.

Het was precies dezelfde ring.

Ze trok door, liep de slaapkamer in, verstopte de tekening in de la van haar nachtkastje en ging terug naar de woonkamer.

'Als je meer wilt weten over onze huidige combinatie van druivenrassen, zul je met Jack, mijn zoon, moeten praten. Hij verblijft op dit moment in het Rhônedal, waar hij zich verdiept in de plaatselijke wijnbouw en nieuwe technieken wil ontdekken die hij in onze wijngaard kan toepassen. Otago is zoals je weet beroemd om zijn pinot noir. Ik zal zijn mobiele nummer voor je opschrijven.'

Toen Merry zich vooroverboog om haar mobieltje uit haar tas te pakken en Orlando haar een pen en hotelblocnote overhandigde, keek Star nog eens goed naar de ring, omdat ze absolute zekerheid wilde hebben.

'Dit is zijn mobiele nummer in Frankrijk. Je kunt het beste na vier uur 's middags onze tijd bellen.'

'Heel hartelijk dank, Merry. Ik denk dat je verhaal tot een inspirerend artikel leidt. Zou ik misschien ook jouw mobiele nummer mogen hebben, voor het geval ik nog vragen heb?'

'Natuurlijk,' antwoordde Merry, en ze schreef haar nummer erbij.

'Weet je zeker dat je geen drankje met ons wilt nuttigen?'

'Nou, vooruit dan, een whiskey graag.'

'Star nam het gesprek over terwijl Orlando naar de minibar liep. 'En, hoe lang blijf je in Londen?'

'Dat weet ik nog niet, misschien een paar dagen, misschien twee weken, twee maanden... Sinds Jock is overleden en Jack de zaak heeft overgenomen, ben ik zo vrij als een vogeltje. Jammer genoeg heb ik mijn dochter niet bij me. Die is nog nooit in Europa geweest,' voegde ze eraan toe terwijl ze het glas whiskey van Orlando aannam.

'*Sláinte*, zoals ze in Ierland zeggen,' toostte Orlando.

'Sláinte!' herhaalde Merry, terwijl ze proostten.

'En hoe oud is je dochter?' vroeg Star, hoewel ze dat heel goed wist.

'Mary-Kate is tweeëntwintig, Jack scheelt tien jaar met zijn zus. Nadat we Jack hadden gekregen, lukte het niet opnieuw zwanger te worden, dus hebben we een kind geadopteerd.'

'Voelt Mary-Kate er iets voor om in het familiebedrijf te gaan werken?' vroeg Orlando.

'O nee, totaal niet. Ze studeerde aan het conservatorium en wil carrière maken in de muziek.'

'Wel, laten we hopen dat de onderneming die jij en Jock met zo veel liefde hebben opgebouwd dankzij de leiding van je zoon en dit artikel in bredere kringen van de wijnwereld onder de aandacht komt.'

'Dat hoop ik van harte. Het was Jocks grote passie.' Merry glimlachte droevig.

'Wat ik zo interessant vind, is dat je, net als ik, na je afstuderen geen richting hebt gekozen waarin je je bezighoudt met jóúw passie,' peinsde Orlando hardop. 'Mag ik vragen waarom?'

'Nou, ik was aan een masteropleiding begonnen en overwoog daarna te promoveren, maar het leven had andere plannen met me...'

'Zoals met velen van ons,' beaamde Orlando met een zucht.

'Wat een mooie ring is dat,' zei Star. Ze wist dat ze nu iets moest zeggen, voor het te laat was. 'Heel apart, die stervorm.'

'Dank je. Ik heb hem van mijn peetoom gekregen, op mijn eenentwintigste verjaardag.'

'Zijn dat de zeven punten van een ster?' vroeg Star. 'Het doet me een beetje denken aan de Zeven Zusters van de Pleiaden, die sterrengroep.'

'Ja, de mythen over die zusters hebben me altijd gefascineerd,' viel Orlando in. 'Vooral het verhaal over de missende zuster. Ik zou daar dolgraag eens met je over filosoferen, als je tijd hebt. Morgenavond bij een etentje, wellicht? Uiteraard pas nadat ik mijn interview heb uitgewerkt,' voegde hij er haastig aan toe. 'Zou jij daar bij kunnen zijn, Sabrina?'

'Misschien, hoewel ik eerst moet kijken, eh... wat Julian voor plannen heeft.' Star voelde haar waakzaamheid verslappen, maar zolang ze Merry hier nog in gijzeling hadden, moest en zou ze vragen blijven stellen.

'Ja, dat lijkt me erg leuk,' zei Merry. Ze stond abrupt op en zette haar glas op tafel. 'Willen jullie me excuseren? Ik moet nu echt weg, wil ik hier niet in mijn stoel in slaap vallen.'

Star en Orlando stonden op en keken Merry na terwijl ze naar de deur liep.

'Wat dacht je van morgenavond half negen bij Gordon Ramsay, hierbeneden?' riep Orlando haar na.

'Prima. Tot ziens, Sabrina, Orlando.'

Voordat Star en Orlando iets konden terugzeggen, trok ze de deur met een klap achter zich dicht.

Ze stonden elkaar verbluft aan te staren. Orlando ging zitten en nam een flinke slok champagne.

'Shit!' Een woord dat de zwaar gefrustreerde Star maar zelden gebruikte. 'Ze schrok zich rot toen je over de missende zuster begon.'

'Misschien verkeerd ingeschat,' zuchtte Orlando. 'Maar jij begon over die bijzondere ring.'

'Ik moest toch íéts zeggen, Orlando. Toen ik de kamer uit ging, was dat om haar ring te vergelijken met de tekening die Ally heeft gefaxt. Geen twijfel mogelijk, het ís de ring. Exact dezelfde. En die ring heeft zíj! Ik moet Atlantis bellen en Maia en Ally spreken...'

'Wacht even, Star. We moeten hier heel goed over nadenken. Het is zonneklaar dat Mrs. Merry McDougal iets te verbergen heeft. En aangezien ze schrok op het moment dat ik over de zevende zus begon, mogen we veronderstellen dat het daarmee te maken heeft. Er moet een aantal zaken worden onderzocht: waarom heeft ze Trinity voortijdig verlaten, nog voordat ze haar master had afgemaakt?'

'Ik...'

'Dat kan een simpele reden hebben, dat begrijp ik, maar laat me even uitpraten. Deze duidelijk intelligente vrouw is verhuisd, zo ver mogelijk van Ierland vandaan. Ze heeft zichzelf in een prachtig maar afgelegen dal begraven en nooit meer een wetenschappelijke carrière geambieerd. Naar mijn overtuiging heeft ze zich de afgelopen decennia verstopt. De vraag is: voor wat? Of eigenlijk: voor wie?'

'Maak je nu geen erg grote sprong, Orlando? Ik bedoel, het feit dat ze geen wetenschappelijke carrière ambieerde, zegt nog niks. Misschien werd ze verliefd.'

'Misschien, maar als je haar levensloop voegt bij het feit dat ze overduidelijk je op speurtocht zijnde zussen heeft willen ontlopen, terwijl haar dochter haar niet méér heeft verteld dan dat ze misschien familie van jullie is en dat die stervormige smaragden ring het bewijs daarvoor is, dan kun je alleen maar concluderen dat deze vrouw bang is voor de consequenties die zo'n onthulling voor haar kan hebben. En voor haar dochter,' voegde hij eraan toe.

'Misschien lees je te veel misdaadromans, maar ik ben het wel met je eens dat ze ergens bang voor is, absoluut. Het frustrerende is dat de vrouw die een paar deuren verderop slaapt de oplossing van het mysterie heeft, maar dat we haar niet nog meer kunnen pushen omdat

dat haar zal afschrikken. CeCe vertelde me dat Mary-Kate zich nooit in haar biologische familie heeft verdiept. Maar als we denken dat zij echt de zevende zus zou kunnen zijn, zouden we haar kunnen bellen en meevragen op onze boottocht. Maar...' Star zuchtte.

'Vanwege mama Mary's duidelijke terughoudendheid heb je het gevoel dat dat ongepast zou zijn.'

'Klopt. We hebben ons al liegend en bedriegend in deze situatie weten te manoeuvreren en ik vind het niet... netjes om op basis van deze informatie achter haar rug om contact met haar dochter op te nemen. O, lieve Orlando, we hebben onszelf behoorlijk in de nesten gewerkt,' verzuchtte Star.

Zwijgend bleven ze een tijdje zitten nadenken.

'Misschien is er nóg een manier om informatie over Mary-Kates adoptie te verkrijgen,' zei Orlando uiteindelijk. 'Om redenen die alleen Merry kent wil ze niet dat haar dochter haar ware afkomst ontdekt. Maar laten we niet vergeten dat Merry een zoon heeft die Jack heet. Mag ik een voorstel doen?'

'Ga je gang.'

'Ik zou Atlantis bellen en vragen of Maia naar Frankrijk kan gaan om hem te ontmoeten. Genève ligt niet ver van de Provence en ik heb het adres van de wijngaard waar hij verblijft op mijn tape. Ze zei dat hij tweeëndertig is en tien jaar oud was toen Mary-Kate in het gezin kwam. Hij moet zich beslist iets herinneren van dat moment en zal misschien ook meer weten over zijn moeders afkomst.'

'Dat zou kunnen, maar Mary-Kate weet niets over haar adoptieouders, dus waarom zou Jack dan wel iets weten? Orlando, we kunnen Merry gewoonweg niet de deur uit laten gaan zonder haar nog een keer te spreken. Ik wil eigenlijk gewoon open kaart spelen en zeggen wie we zijn. Ik voel me echt vreselijk na deze teleurstelling. Dit is geen spelletje, Orlando, echt niet.'

'Nee. Nou, ik beloof je dat we haar niet ongemerkt laten weggaan, ook al moet ik de hele nacht in kleermakerszit voor haar deur zitten,' zei Orlando vastberaden. 'Ik ga nu naar mijn kamer om na te denken, en als mijn brein weer helder is, hebben we weer telefonisch contact. Ondertussen kun jij Atlantis bellen en tegen je zussen zeggen dat een van hen naar de Provence zal moeten. Merry vertelde tijdens het interview bij welke wijngaard hij verblijft, dus ik geef je het exacte adres

door. Voor nu, adieu.' Met die woorden verliet Orlando de suite.
Star hees zich met moeite overeind en liep lusteloos naar de slaapkamer, waar ze vanaf een comfortabele plek met Maia en Ally kon praten. Voordat ze belde probeerde ze eerst alle feiten die ze haar zussen wilde vertellen op een rijtje te krijgen.
Ze draaide het nummer van Atlantis op haar mobiele telefoon en terwijl ze wachtte op verbinding, opende ze haar nachtkastje en haalde er de envelop met de tekening van de stervormige ring uit.
'Hallo, Ma, met Star. Hoe gaat het met je?'
'Met mij goed, chérie, ik geniet van het prachtige zomerweer, en uiteraard van het gezelschap van je zusjes. En met jou? Alles goed?'
'Ja hoor, dank je. Ik...' Star zweeg even omdat ze niet wist of haar zussen Ma hadden geïnformeerd over hun speurtocht. 'Kan ik een van mijn zussen spreken?'
'Natuurlijk, ze zitten buiten op het terras en ik weet dat ze je dolgraag willen spreken. Ik verheug me er ook enorm op om jou binnenkort weer te zien.'
Terwijl Star wachtte tot Ma haar zussen had gehaald, schoot haar te binnen dat ze meteen na dit gesprek Mouse moest bellen om te controleren of hij Rory te eten had gegeven en in bed had gestopt.
'Star! Met Ally, Maia luistert mee.'
'Hoi, Star,' zei Maia. 'Heb je nieuws voor ons?'
'Dat heb ik. Orlando's masterplan werkte, ik heb net een uur met Merry McDougal doorgebracht.'
Het bleef even stil aan de andere kant, tot haar zussen tegelijk reageerden.
'Wauw!'
'Wat zei ze?'
'Is Mary-Kate de zevende zus?'
'Even rustig allebei, dan zal ik jullie alles vertellen, maar ik ben het zelf nog allemaal aan het verwerken. Het eerste, en waarschijnlijk belangrijkste: toen ze binnenkwam, zag ik onmiddellijk dat ze dé ring omhad. Terwijl Orlando haar interviewde over haar wijngaard, ben ik naar de slaapkamer gegaan om hem te vergelijken met de tekening die jullie hadden gefaxt. En het is echt precies dezelfde ring.'
'Wat een fantastisch nieuws! Heb je gevraagd hoe ze aan die ring kwam?' vroeg Maia.

'Ze zei dat het een cadeau van haar peetoom was voor haar eenentwintigste verjaardag, hij was kennelijk hoogleraar klassieke talen aan Trinity College in Dublin. Ze is zelf ook in dat vak afgestudeerd.'

'En heb je gezegd dat die ring betekende dat haar dochter de zevende zus is?' onderbrak Ally haar.

'Nee, want toen ik zei dat ik het ontwerp van haar ring heel apart vond en Orlando vervolgens opmerkte dat hij erg geïnteresseerd was in het verhaal van de missende zuster van de Pleiaden, stond ze op en vertrok. Ze was duidelijk geschrokken. Orlando en ik hebben haar uitgenodigd voor een dinertje morgenavond. Ik wil haar eigenlijk gewoon eerlijk vertellen wie we zijn, maar we zijn bang dat ze er dan misschien weer vandoor gaat. Het was duidelijk dat ze om wat voor reden ook CeCe en Chrissie heeft ontlopen toen die naar dat eiland gingen, en Electra toen ze naar Canada vloog. En nu probeert ze ons misschien ook uit de weg te gaan. Ik heb er echt een rotgevoel over dat ik haar onder valse voorwendselen hierheen heb gelokt.'

Het was even stil. Star hoorde haar zussen met elkaar fluisteren.

'Dat begrijp ik, Star. De enige reden die we kunnen bedenken, is dat haar dochter niet mag weten wie haar echte ouders zijn,' zei Maia. 'Dat moet het zijn, denk je niet?'

'Ik denk het wel. Ze was duidelijk doodsbang toen ze wegging,' zei Star met een zucht. 'Zelfs Orlando stond perplex. Hij zegt dat hij een plan heeft waarmee we kunnen voorkomen – vraag me niet hóé – dat ze ongemerkt uit het hotel vertrekt. Maar stel dat we haar weer kwijtraken, dan moet een van jullie naar de Provence, vindt Orlando, om met de broer van Mary-Kate, Jack, te praten. Misschien weet hij meer over zijn moeder en haar verleden.'

'Zou kunnen, maar hoe kan hij nu meer over de adoptie en de biologische ouders van Mary-Kate weten dan zijn zus?' vroeg Ally.

'Hij is tien jaar ouder dan Mary-Kate, dus misschien kan hij zich nog iets herinneren. En het is voor hem waarschijnlijk minder emotioneel dan voor zijn moeder.'

'Weten we waar hij precies verblijft in de Provence?' vroeg Maia.

'Ik zal jullie het adres van de wijngaard waar hij logeert sms'en. Maar kan een van jullie daarheen? Morgen, bijvoorbeeld?'

'Het is zeker zo'n vijf of zes uur rijden vanaf Genève,' zei Maia.

'Stuur dat adres maar, dan hoor je weer van ons als we hier de koppen bij elkaar hebben gestoken en hebben gekeken hoe we dat organiseren,' vulde Ally aan.

'Oké,' zei Star.

'En bedank Orlando alsjeblieft voor zijn hulp, jullie zijn tot nu toe de enigen die het gelukt is Merry persoonlijk te ontmoeten,' zei Maia.

'Hoewel mijn rol als Lady Sabrina een belabberde vertoning was,' zei Star, die zachtjes grinnikte. 'Orlando was briljant. Het klinkt misschien raar, maar op een of andere manier deed Merry me aan iemand denken die ik al eens heb ontmoet, ik kan alleen niet bedenken aan wie dan.'

'Laat het ons weten als het je te binnen schiet. We spreken elkaar, Star. En goed gedaan hoor, echt waar. Tot snel.'

Star hing op, ging op bed liggen en sloot haar ogen. Ze haalde diep adem, opende haar ogen en belde het mobiele nummer van Mouse. Het duurde eindeloos voordat hij opnam.

'Hallo, schat, hoe gaat het?' klonk zijn diepe stem in haar oor.

'Prima, dank je. Ik bel even om je welterusten te wensen en te checken of je Rory zijn avondeten hebt gegeven en hem in bed hebt gestopt,' zei ze glimlachend.

'Natúúrlijk heb ik dat gedaan! Ik ben prima in staat om voor mijn eigen kind te zorgen als jij er niet bent, Star.'

'Dat weet ik, maar je hebt het ook zo druk.'

'Dat is zo. Maar hoe is dat "iets" wat jij en Orlando in Londen moesten doen verlopen?'

'O, dat ging... best. Het is ingewikkeld, Mouse. Ik leg het wel uit als ik thuis ben.'

'Het klinkt allemaal erg mysterieus, lieverd.'

'Zoals ik gisteravond al zei, heeft het te maken met mijn familie en het regelen van Pa's herdenkingsbijeenkomst. Ik kom morgen of overmorgen in de ochtend thuis. Je kunt niet toevallig morgenavond naar Londen komen? De suite is prachtig en ik weet zeker dat Jenny, de babysitter, bereid is een keer 's nachts bij Rory te blijven.'

'Sorry, maar ik kom echt om in het werk.'

'Ik... Oké.'

'Goed, schat. Hou contact.'

'Doe ik, en geef Rory een knuffel van me. Welterusten.'

'Welterusten.'

Zuchtend hing Star op. Waarom vond ze het nog altijd zo moeilijk om te zeggen wat ze voelde? Misschien zat het erin gebakken na al die jaren met CeCe, of misschien zat ze gewoon zo in elkaar. Maar het was niet gezond om alles op te kroppen, en het had bijna de relatie met haar dierbare zus geruïneerd. Ze wist dat Mouse van haar hield, maar hij behoorde tot dat speciale ras Engelsen dat net zo slecht was als zij in het uiten van gevoelens. Dat begreep ze, maar hun communicatie was niet zoals die zou moeten zijn. Dat kwam door haar onvermogen om te zeggen wat ze van hem wilde – zoals af en toe een avond samen doorbrengen en niet te hoeven denken aan werk of huizen – in combinatie met de moeite die het Mouse kostte om zijn gevoelens te tonen. 'Je moet het toch proberen,' mompelde ze tegen zichzelf, toen de telefoon naast haar op het nachtkastje overging.

'Kamer 161 voor u, mevrouw. Zal ik hem doorverbinden?'

'Ja, dank u.'

'Lieve Star, heb je contact met je zussen kunnen opnemen?' klonk de zoetgevooisde stem van Orlando.

'Dat is gelukt, ze bellen terug zodra ze een plan hebben bedacht.'

'Heb je wel benadrukt dat ze liefst zo snel mogelijk naar de Provence moeten reizen?'

'Ja, Orlando, ik denk dat Maia vast wel wil gaan.'

'Mooi, mooi. Nou, ik heb geregeld dat we op de hoogte worden gesteld als onze Mrs. McDougal op enig moment vanaf nu het hotel wil verlaten. Ik bel je als ik van mijn... contactpersoon hoor dat ze aanstalten maakt.'

Star moest ondanks alles lachen. 'Orlando, je geniet hier echt van, hè?'

'Dat is zo, moet ik tot mijn schande bekennen, al is de oplossing van dit raadsel nog lang niet in zicht. Maar zorg ervoor dat je de telefoon op je kamer vrijhoudt en dat je je mobieltje hebt opgeladen en de hele avond aan laat staan.'

'Dat beloof ik. O, ik moet het adres van Jack in de Provence nog hebben.'

'Het is de Minuet Cave in Châteauneuf-du-Pape. Goed, ik blijf hier in mijn relatief krappe hok nadenken. Voor nu wens ik je een goede avond.'

'Dag, Orlando, welterusten, en dank je wel.'

Nadat ze het adres van Jack aan Ally had ge-sms't, voerde ze haar dagelijkse avondritueel uit. Ze grinnikte nog na om Orlando en zijn excentrieke trekjes. Waar Mouse bloedserieus was en volledig opging in zijn werk, toverde zijn broer vaak een glimlach op haar gezicht. Ze stapte in bed en deed het licht uit, en ze dankte de hemel voor het feit dat Orlando in haar leven was gekomen.

22

Atlantis

'Ik heb het gevonden,' zei Ally, toen ze door de openslaande deuren van de keuken het terras op liep, waar Maia zat. De zon ging onder achter de bergen en kleurde de hemel intens paars. 'De wijngaard ligt in Châteauneuf-du-Pape, in het Rhônedal, en het dichtstbijzijnde vliegveld is Marseille. Maar je kunt er ook rechtstreeks met de auto naartoe, dat is waarschijnlijk sneller, anders moet je eerst naar het vliegveld van Genève, daar een tijdje rondlummelen, en dan bij aankomst in Marseille weer een auto huren.'

'Oké,' zei Maia zachtjes.

'Je hebt toch wel zin om te gaan?'

Maia slaakte een vermoeide zucht. 'Ik voel me gewoon niet zo lekker de laatste tijd, Ally.'

'Ik zei een paar dagen geleden al tegen je dat je naar de dokter moet gaan. Hoe eerder ze ontdekken wat het is, hoe beter, en dan...'

'Ally, ik weet al wat het is, dat is het probleem niet.'

'Je weet het al?'

'Ja, ik weet het. Ik wilde het je niet vertellen voordat Floriano volgende week komt, maar...'

'Wat is het dan? Zeg het alsjeblieft, want mijn verbeelding schiet alle kanten op.'

'Echt, het is niks om je zorgen over te maken. Het gaat goed met me, en...'

'O, mijn god!' Ally keek haar zus aan en gooide lachend haar hoofd achterover. 'Aha, Maia, dan weet ik het al. Je bent...'

'Zwanger, ja. Toen ik met Christian naar Genève ging, heb ik een test gekocht, en de uitslag is positief. Ik heb zelfs drie tests gekocht, die heb ik verstopt in mijn ondergoedla in het paviljoen, en ze zijn alle drie positief!'

'Wat een fantastisch nieuws!' Ally stond op en sloeg haar armen om Maia heen. 'Je bent toch wel blij?'

'Natuurlijk, maar het heeft wel wat dingen uit mijn verleden opgerakeld.'

'O,' zei Ally, terwijl ze Maia aankeek. 'Ik begrijp het.'

'En afgezien daarvan ben ik continu misselijk! En als ik niet misselijk ben, ben ik bang dat ik het word, snap je?'

'Natuurlijk snap ik dat, lieverd. Ik weet waar je het over hebt.'

'Daar komt bij dat Floriano en ik... nou ja, niet getrouwd zijn, en dan is Valentina er ook nog. Hoe zal zij het vinden om een broertje of zusje te krijgen?'

'Volgens mij maakt het tegenwoordig niet meer uit of je getrouwd bent of niet, Maia. Je woont al bijna een jaar met Floriano samen en ik heb je nog nooit zo gelukkig gezien. Ik denk echt dat hij heel blij zal zijn, en Valentina ook. Ik weet zeker dat het de band tussen jullie drieën zal versterken. En als je het zo belangrijk vindt om te trouwen, dan heeft Floriano daar vast geen bezwaar tegen.'

'Nee.' Voor het eerst glimlachte Maia. 'Daar heeft hij helemaal geen bezwaar tegen. Hij deed me al snel nadat ik bij hem introk een aanzoek. Ik was degene die wilde wachten. Maar je begrijpt wel waarom dit me terugvoert naar het verleden, hè?' Maia boog haar hoofd en legde haar hand tegen haar voorhoofd. 'Ik bedoel, als ik dit kind wél kan krijgen en grootbrengen, waarom kon ik dan al die jaren geleden mijn zoon niet houden? O, Ally, het is zo'n warboel in mijn hoofd... De zwangerschapsverschijnselen die ik toen ook had, voeren me terug naar de tijd dat ik in Parijs studeerde en me zo alleen en bang voelde. En dat ik daarna het leven schonk aan een kind dat me nooit als moeder zou kennen en dat ik nooit als mijn zoon zou kennen! Ik... Hoe heb ik hem ooit kunnen afstaan? Hoe kon ik?'

Ally nam haar zus in haar armen terwijl Maia al het verdriet van de afgelopen vijftien jaar eruit huilde.

'Daar komt nog bij dat Zed Eszu de vader van mijn kind is! Die man is een duivel, Ally. We weten dat hij ook achter Tiggy en Electra aan heeft gezeten. Waarom deed hij dat? Het kan toch geen toeval zijn dat hij door drie zussen uit onze familie geobsedeerd is? Hij laat ons gezin gewoon niet met rust!'

'Ja, daar heb ik ook over nagedacht,' beaamde Ally.

'Ik ben de enige die zijn kind heeft gedragen, maar dat komt hij in elk geval nooit te weten.'

'Dat wil je niet?'

'Nee, nooit! Van zijn manier van zakendoen weet ik niets af, maar als mens ken ik hem door en door. Hij krijgt wat hij hebben wil en gaat er vervolgens vandoor. Hij heeft totaal geen scrupules. En geen enkel schuldgevoel,' vervolgde Maia, terwijl Ally een tissue uit de zak van haar jeans haalde en aan haar zus gaf.

'Een gebrek aan schuldgevoel of empathie kan een aanwijzing voor psychopathie zijn. Misschien is hij een psychopaat.'

'Ik weet het niet,' zei Maia. Ze snoot haar neus en ging verder. 'Maar dat hij eerst zo door mij gefascineerd was, destijds in Parijs, en later door twee van onze zussen is beslist geen toeval.'

'Wat het nog extra vreemd maakt, is dat zijn vaders boot naast die van Pa lag toen ik vorig jaar juni radioverbinding met de Titan zocht om een afspraak te maken. De Olympus was op de radar te zien,' zei Ally. 'Hoe dan ook, Maia, genoeg daarover, laten we het er maar niet meer over hebben. Ik zou willen dat je wat blijer kon zijn met dit geweldige nieuws.'

'Was jij dat toen je zwanger was?'

'Ja en nee. Ik had net als jij gemengde gevoelens. Misschien hebben de meeste vrouwen dat in het begin in meer of mindere mate, ook als hun situatie minder ingewikkeld is dan die van jou en mij.'

'Maar jij hebt doorgezet en je kind gehouden, ook al had je je geliefde Theo verloren. Zo heel anders waren mijn omstandigheden destijds niet.'

'Maia, alsjeblieft, ik was geen negentien en had niet mijn hele leven en mijn hele carrière voor me. Ik was een vrouw van dertig die wist dat ze de vader van haar baby intens liefhad en besefte dat die baby een geschenk was, waardoor een deel van Theo altijd bij me zou kunnen zijn.'

'Lief dat je probeert me een beter gevoel te geven over het feit dat ik afstand heb gedaan van mijn kind, maar niets of niemand kan aan dat gevoel iets veranderen, Ally, echt niet.'

'Wellicht, maar tegelijkertijd mag je je huidige leven en je toekomst niet laten beïnvloeden door je schuldgevoel over het verleden, Maia. Dit kindje betekent het begin van een nieuw leven voor jou, Floriano en Valentina. Het zou heel verdrietig zijn, voor jou én voor hen, als je dit feit niet kunt koesteren.'

Maia zweeg een poosje. Toen keek ze Ally met tranen in haar mooie donkere ogen aan, en knikte. 'Je hebt gelijk. Ik moet het voor hen koesteren. Dank je, Ally.'

'Weet je,' peinsde Ally hardop, 'we hebben Pa vorig jaar verloren, maar voor mijn gevoel hebben wij elkaar teruggevonden. Al die jaren waarin je nooit echt met me hebt gepraat! Ik miste mijn grote zus echt heel erg.'

'Wil je me dat alsjeblieft vergeven? Ik schaamde me zo… Ik heb mezelf zo lang gehaat. Maar je hebt gelijk, ik moet door met mijn leven.'

'Ja, dat moet je. Nog één vraag: heb je ooit overwogen om je zoon te zoeken?'

'Elke vezel in mijn lijf verlangt ernaar hem te leren kennen, hem in mijn armen te nemen en te zeggen dat ik van hem hou, en sinds ik hem heb afgestaan, is er geen dag in mijn leven geweest dat ik niet aan hem heb gedacht of me heb afgevraagd waar hij nu is en hoe het met hem gaat… Maar ik kan het niet. Ik zou het voor mezelf doen, niet voor hem. Ik weet niet eens of zijn ouders hem wel hebben verteld dat hij geadopteerd is. Als ik nu zijn leven zou komen binnenwandelen, zou ik het compleet kunnen verstoren. Hij heeft nu toch al zo'n kwetsbare leeftijd, vijftien. Hij is geen baby meer, zelfs geen kind meer, bijna volwassen. En dan zijn er nog zijn ouders, die vanaf de eerste dag van hem hebben gehouden – althans dat hoop ik – alsof hij hun eigen zoon was. Hoe zouden die zich voelen als ik als biologische moeder daar ineens binnen kom lopen?'

'Dat weet ik niet, maar ik begrijp je wel.'

'Misschien ontmoet ik hem ooit nog eens, als hij contact met mij zoekt. Als hij contact wil, zal dat vast wel mogelijk zijn.' Maia zuchtte.

'Nu we het daarover hebben, ik ben er nog steeds van overtuigd dat dat Merry's probleem is. Ze wil duidelijk niet dat een andere familie haar geliefde dochter wegkaapt.'

'Dat ben ik met je eens,' zei Maia, 'maar is het niet aan Mary-Kate om te besluiten of ze haar biologische familie – of wat we dan ook van haar zijn – wil ontmoeten? Zoals dat ook voor mijn zoon geldt.'

'CeCe zei dat het nooit bij Mary-Kate was opgekomen om op zoek te gaan naar haar biologische ouders. Ze zat er totaal niet mee dat ze het niet wist.'

'Is het dan aan ons om ons daarmee te bemoeien? Ze zou er eerst met haar moeder over moeten praten,' zei Maia.

'Door die telefoongesprekjes met Mary-Kate lijkt het erop dat ze er nu wél naar verlangt om meer te weten,' zei Ally. 'Lieve help, uit wat Star vertelde maak ik op dat die ring bevestigt dat zij mogelijk degene is die we zoeken, maar nu zij in Nieuw-Zeeland zit en haar moeder tot wie weet wanneer in Londen verblijft, ziet het er niet naar uit dat ze ons vergezelt op de boottocht.'

'Ik heb het al honderd keer gezegd, maar ik zou willen dat Pa hier was om ons te vertellen wat we moeten doen,' zei Maia.

'Nou, dat is hij niet. En voordat we Mary-Kate bellen om te zeggen dat het om dezelfde ring gaat, denk ik eerlijk gezegd dat je inderdaad eerst naar de Provence zou moeten gaan om Jack te spreken, zoals Orlando voorstelde.'

'Ally.' Maia keek haar zus aan. 'Het spijt me, maar ik voel me echt niet goed genoeg om zo'n reis te ondernemen. Ik ben voortdurend misselijk, ik moet er niet aan denken om auto te rijden.'

'Oké, dat begrijp ik. Nou ja, het is niet anders. Wel jammer, want ik zag op de website dat er bij die wijngaard een heel leuke gîte is die je kunt huren. Hij is op dit moment vrij. Ik weet dat je dol bent op Frankrijk, vooral sinds je hebt ontdekt dat daar je roots liggen. Frankrijk zit in je genen, Maia.'

'Het spijt me, Ally. Je hebt gelijk, en ik zou ook dolgraag naar de Provence gaan, maar ik kan het gewoon niet.'

'Dan bel ik Tiggy en vraag of zij wil gaan. Zo ver weg ligt het toch niet van Schotland?'

'Nee, maar... Waarom ga jíj niet, Ally?'

'Ik?! Heb je enig idee hoe een vijf uur lange autorit voor Bear zou zijn? Nee, dat gaat echt niet.'

'Volgens mij kun je Bear best een paar dagen bij Ma en mij achterlaten. Het zou je goeddoen, Ally. Je bent sinds zijn geboorte nog geen paar uur van hem gescheiden geweest. En je vertelde me onlangs dat je hem aanvullende voeding geeft omdat hij zo'n hongerige baby is. Je zou vanavond en morgenochtend voordat je vertrekt kunnen kolven.'

'O, Maia, dat zou ik echt niet kunnen. Stel dat hij ziek wordt? Of koorts krijgt? Hoe zou ik hem hier kunnen achterlaten? Ik...'

'Ik wil niet betuttelend overkomen, maar Ma heeft zes baby's grootgebracht en is uitstekend in staat om met een baby met koorts of nog erger om te gaan. Ze is werkelijk idolaat van Bear en hij lijkt ook dol op haar te zijn. En mij vindt hij ook aardig,' zei Maia met een glimlach.

'Wil je beweren dat hij zijn moeder niet nodig heeft?'

'Nee, natuurlijk zeg ik dat niet, Ally. Wat ik bedoel is dat zelfs jíj zult moeten toegeven dat je uitgeput bent en het zwaar vindt om alles in je eentje te moeten doen. Volgens mij zouden een ritje door een beeldschoon landschap naar een gîte in het Rhônedal en een paar dagen en nachten voor jezelf je enorm goeddoen. Het is doodnormaal voor moeders om hun baby aan de zorg van een grootouder én een tante toe te vertrouwen. Wil je er op zijn minst over nadenken?'

'Oké, maar...'

'Geen gemaar, Ally. Denk er nou maar gewoon over na. Ik ga vanavond in elk geval vroeg mijn nest in. Ma staat erop om voor het slapengaan warme melk voor me te maken, net als vroeger, toen we klein waren.' Maia glimlachte naar haar zus. 'Slaap lekker, Ally, en dank je wel. Je hebt me echt geholpen met dit gesprek. Vertel het nieuws alsjeblieft aan niemand, ook niet aan Ma. Ik wil eerst Floriano spreken.'

'Je weet dat je me kunt vertrouwen.'

'Altijd. Welterusten, lieverd.' Maia kuste Ally op haar rode krullen en liep naar de keuken.

Ally leunde achterover en keek naar de insecten die rond de tuinverlichting zoemden. Ze dacht na over Maia's voorstel, dat ze eerst spontaan had afgewezen omdat het haar zo'n vreemd idee leek. Bear was een deel van haar, al bijna een jaar. Hij was één met haar, nu en toen hij nog in haar buik zat. Anderzijds was de gedachte om in haar eentje naar de Provence te rijden erg aanlokkelijk. Ze kon de oude Mercedes-sportwagen met open dak nemen die Pa in de garage naast de ponton had staan. Hij had haar daarin een keer afgehaald van het vliegveld, na een zeilwedstrijd. Ze waren daarna samen naar Nice gereden, waar de Titan lag, en hadden uit volle borst stukken uit *Die Zauberflöte* gezongen terwijl de wind door hun haren wapperde.

'Wat voelde ik me toen vrij...' zei ze zachtjes.

Ze keek op haar horloge en zag dat het al over tienen was. Toen ze de keuken binnenkwam, was Ma al bezig Bears flesjes klaar te maken.

'Ma, het is al laat, dat had ik zelf ook wel kunnen doen.'

'Geen probleem, Ally. Ik doe de nachtvoedingen wel weer. Als ik je nou zeg dat ik geniet van die momenten waarop de rest van de wereld zwijgt en er een tevreden baby in mijn armen ligt, verklaar je me dan voor gek?'

'Helemaal niet.' Ally nam een fles uit de sterilisator en zette die op tafel om mee naar boven te nemen, zodat ze alvast wat melk voor morgenochtend kon kolven.

'Ik hoor net van Maia dat er een reisje naar de Provence moet worden ondernomen,' zei Ma. 'En dat ze jou heeft voorgesteld om te gaan nu ze zich niet goed voelt. Je weet dat ik met veel plezier op de kleine Bear pas als jij weg bent. Sterker nog, ik doe het heel graag.'

'Maia drong erg aan, maar ik weet niet of ik wel wil.'

'Het is uiteraard aan jou, maar als zo'n ontmoeting noodzakelijk is om meer over de zevende zus te weten te komen, dan zou ik het zeker overwegen. Ik weet hoe sterk je vader ernaar verlangde haar te vinden,' zei ze. 'Nou ja, je moet doen wat voor jou het beste voelt, Ally. En misschien wordt ze niet op tijd voor de boottocht gevonden, maar het belangrijkste is dát ze wordt gevonden.'

'Maar als ze nou niet bij onze familie wil horen of daar geen behoefte aan heeft? Ik begreep van CeCe en Chrissie dat ze in een heel liefdevol adoptiegezin is opgenomen, al heeft zij ook onlangs haar vader verloren. En haar moeder is er duidelijk niet blij mee dat wij in het leven van haar dochter zijn verschenen. Ik weet dat Pa het altijd heeft gewild, maar soms is iets wat je wilt om wat voor reden dan ook gewoon niet mogelijk.'

'Dat weet ik, Ally. Raak er alsjeblieft niet door van streek, dat is het laatste wat je vader zou hebben gewild. En kom nu maar mee naar boven, naar bed, of blijf je hierbeneden?'

'Ik loop met je mee.'

Ze deden het licht in de keuken uit en liepen de trap op.

'Welterusten,' zei Ally, die op een logeerkamer op de eerste verdieping sliep. 'Ma?'

'Ja, chérie?'

'Is er… Ik bedoel, weet jij dingen over Pa's leven die ons misschien verder kunnen helpen?'

‘Ik weet maar heel weinig, Ally, geloof me. Je vader was erg op zichzelf en heeft nooit ook maar één geheim met me gedeeld.’

‘Maar er waren wél geheimen, toch?’

‘Ja, chérie, dat denk ik wel. Welterusten.’

Op de overloop bleef Ally voor de deur van Pa’s slaapkamer staan. Aarzelend stak ze haar hand uit naar de deurknop, maar toen bedacht ze zich. Ze moest vannacht slapen, niet bestookt worden door spoken uit het verleden.

In de comfortabele logeerkamer kleedde ze zich snel uit en gleed in bed.

‘Wie was jij, Pa? Wie was jij...’ mompelde ze voordat ze in slaap viel.

23

'Ik ga naar de Provence,' zei Ally 's ochtends vroeg, toen ze Ma's suite binnenkwam en naar Bears ledikantje liep. Ze pakte met een zwaai de krijsende baby eruit, ging in de stoel zitten en begon hem te voeden. Een heerlijke stilte daalde neer in de kamer. Ma, die het klaarspeelde om er op dit vroege uur al elegant uit te zien in haar pauwblauwe zijden ochtendjas, ging op de bank tegenover haar zitten.

'Dat vind ik een heel goed idee, Ally.'

'Het is pas zes uur,' zei Ally, met een blik naar buiten, waar de zon al boven de bergen uit piepte. 'Als ik over ongeveer een uur vertrek, kan ik vanmiddag in de Provence zijn.'

'Ally, heb je niet liever dat Christian je brengt? Dan kun jij je ontspannen en van het landschap genieten.'

'Nee, het is eeuwen geleden dat ik een lange autorit heb gemaakt, en als ik Bear niet bij me heb, heb ik alle ruimte en kan ik onderweg helemaal losgaan en keihard zingen.'

'En ik zal ondertussen zo goed mogelijk voor het kleine mannetje zorgen,' zei Ma.

'Ik weet dat je dat zal doen, Ma. Ik zat gisteravond te denken dat ik weer eens aan het werk moet, maar wat voor werk en waar weet ik nog niet. Dus ik zal eraan moeten wennen om hem aan de zorg van anderen toe te vertrouwen.'

'Stapje voor stapje, Ally. Je hebt een heel traumatisch jaar achter de rug. Je hebt nog tijd genoeg om over je toekomst te beslissen.'

'Nou, ik moet Georg in elk geval vragen of ik wat geld kan opnemen uit de trust die Pa voor ons heeft opgezet. Ik weet dat ik het alleen maar hoef te vragen,' zei Ally, terwijl ze Bear van de ene borst naar de andere verhuisde, 'maar wij vinden hem alle zes intimiderend.'

'Ik kan je verzekeren dat Georg een van de aardigste mensen is die ik ooit heb ontmoet. Ik weet dat hij, als jullie eenmaal bij elkaar op de

Titan zijn, met jullie wil praten over hoe de trust voortaan moet worden beheerd. Hij is niet meer dan een tijdelijke poortwachter, zoals hij het formuleert, totdat jullie alle zes zover zijn dat jullie het zelf kunnen beheren. Als je verder niets meer nodig hebt, ga ik me nu aankleden. Zal ik Christian bellen om te vragen of hij ervoor kan zorgen dat de boot over een uur klaarstaat?'

'Ja, graag. En wil je tegen hem zeggen dat ik de oude Mercedes met open dak neem?'

'Natuurlijk, Ally. Dan zie ik je straks beneden, samen met Bear.'

'De gekolfde melk staat in de koelkast, en wil je zijn temperatuur in de gaten houden, want hij had een paar dagen geleden lichte verhoging, en...'

'Ally, vertrouw de zorg voor je lieve kleintje maar met een gerust hart aan mij toe. We spreken elkaar weer als je terug bent,' zei Ma. Ze gaf Ally een kus op haar wang en stapte achteruit op het gazon achter de steiger waar de speedboot lag aangemeerd.

'Dag, Ally.' Maia gaf Ally een knuffel. 'Laat van je horen.'

'Doe ik. Au revoir!'

Ze bleef zwaaien terwijl Christian de speedboot van de steiger af duwde. Andere keren nam ze altijd het roer over, maar ze besloot dit keer relaxed achterover te leunen en van alweer een glorieuze ochtend op het meer te genieten. Het water schitterde in het zonlicht, de boot zette al vlug een flinke snelheid in en ze koersten richting Genève. Christian wist dat zijn passagier zeebenen had, dus hij ging met volle vaart vooruit. Ally keek naar zijn diepgebruinde huid en zijn brede, ontspannen schouders, en zag hoe hij zich aan het roer van de boot volledig in zijn element voelde.

Ze was nog wat van streek na het eerste echte afscheid van Bear, maar het bood haar troost om op het water te zijn, en het deed haar denken aan wie ze vroeger was, voordat ze Bear kreeg.

Een jaar geleden was ze rond deze tijd aan het trainen met de bemanning en verkeerde ze in topconditie. En toen was ze verliefd geworden...

'Ik zal me die paar weken altijd als de mooiste periode in mijn leven herinneren,' zei ze zachtjes tegen de hemel, terwijl Christian vaart minderde en de boot naar de ponton stuurde. Ally sprong eraf om de trossen vast te maken, terwijl Christian haar reistas pakte en naast haar aan wal stapte. Naast de aanlegsteiger stond de kleine sportwagen met zijn racegroene carrosserie te glanzen in de zon met het dak omlaag. Christian nam de sleutels aan van een jonge man in een smetteloos wit T-shirt en een korte broek. Ze stonden even te praten, en even later zwaaide de man ten afscheid en slenterde naar zijn fiets.

'Ik heb Julien van de plaatselijke garage gevraagd om de olie te controleren en de tank te vullen,' zei Christian. 'Hij wordt oud, maar volgens Julien ziet alles er prima uit, dus hij zou niet voor problemen moeten zorgen.'

'Hij zal zo langzamerhand vintage zijn,' zei Ally grinnikend, toen ze de sleutels van Christian overnam.

'Je wilt echt niet dat ik rij, Ally?'

'Zeker weten,' antwoordde ze. Ze stapte in en startte de motor. 'Bedankt, Christian. Ik bel je als je me weer moet ophalen.'

'Pas op jezelf, Ally, en rij voorzichtig!' riep hij boven het lawaai van de motor uit, terwijl Ally achteruitreed.

'Zal ik doen, tot ziens!'

Ze was vrij snel Genève door en de grens naar Frankrijk over. Ze had een verzameling cd's meegenomen en schakelde onderweg tussen klassiek en pop, en zong uit volle borst mee met haar favoriete hits. Ze stopte bij een *aire* voor een kop koffie en een baguette en om te kolven. Hoewel Bear aanvullende voeding kreeg, wilde ze nog niet stoppen met borstvoeding geven.

Ter hoogte van Grenoble verliet ze de *autoroute* even. Ze was ineens doodmoe. Na een hazenslaapje van twintig minuten begon ze aan de laatste etappe, de Provence in. Ze zag het landschap geleidelijk aan minder ruig worden.

'Wat is het hier toch mooi,' zei ze zachtjes tegen zichzelf bij het zien van een uitzonderlijk mooie pastelkleurige boerenwoning. Tegen een licht glooiende helling bedekt met wijngaarden stond een indrukwekkend chateau. Het toegangshek stond open en ze was graag even naar de wijngaard gereden die daar werd aangekondigd om een van haar favoriete wijnen, de Provençaalse rosé, te proeven. Een bord langs de weg meldde dat ze nog maar drie kilometer van Châteauneuf-du-Pape af was. Nu ze al zo dichtbij was, besloot ze even langs de kant te gaan staan en haar gedachten op een rijtje te zetten. Ze pakte haar mobieltje uit haar tas en zag dat ze een aantal sms'jes had, allemaal van Star. 'Bel me!' luidde de kernboodschap.

Ze belde Stars nummer en kreeg haar onmiddellijk aan de lijn.

'Hoi, Star, wat is er?'

'Geen zorgen, Ally, er is niks ergs gebeurd. Voor zover we weten is Merry McDougal nog niet uitgecheckt bij het hotel. Ze heeft wél haar kamer verlaten, en Orlando is haar gevolgd om te zien waar ze naartoe gaat. Volgens de receptionist staan haar koffers er nog.'

'Oké. Nou, ik ben bijna bij de wijngaard waar die Jack kennelijk logeert. Ik heb zo ontzettend genoten van de reis dat ik nog even niet wilde nadenken over wat ik ga zeggen als ik daar eenmaal ben. Ik weet niet of ik me moet voordoen als toerist en in een gesprek met Jack losjes over zijn familie moet beginnen, of direct open kaart moet spelen. Wat vind jij?'

'Jeetje, Ally, dat hangt er denk ik van af of Merry hem al iets heeft verteld over de bezoekjes van CeCe en Electra.'

'Ik zal mijn best doen, áls het me al lukt hem te ontmoeten en aan de praat te krijgen zonder hem te moeten kidnappen, vast te binden op een stoel en onder schot te houden. Je had gelijk, Star, nu ik daadwerkelijk hier ben, voelt dit allemaal erg ongemakkelijk. Als Merry niet wil dat haar dochter meer te weten komt over haar afkomst, vind ik het niet goed om dat te forceren, wat voor redenen Pa ook heeft gehad om haar te willen zoeken.'

'Vind ik ook. Als ik jou was zou ik gewoon kijken hoe het loopt. Wees jezelf en laat de dingen op een natuurlijke manier verlopen. Succes, Ally, en hou contact.'

'Jij ook. Doei, Star.'

Met een zucht startte Ally de motor en reed de weg weer op. Ze bedacht dat iedere zus bij haar speurtocht iemand bij zich had gehad: CeCe had Chrissie, Electra had Mariam bij zich en Star had de steun van Orlando.

'En ik mag het weer in mijn eentje opknappen,' mompelde ze, toen ze een bord naar de Minuet Cave zag. Het gebouw dat ze naderde leek sprekend op alle andere over het landschap verspreide boerderijen: een oude boerenhoeve met terracotta daken en grote vensters met blauwe luiken. Ze stopte even bij de bocht van een landweggetje, dat langs een krijtachtig pad langs de wijnstokken liep, haalde diep adem en zag in gedachten Theo voor zich.

'Sta me bij, wil je, liefste?'

En na die woorden reed ze verder, in de richting van de boerderij.

'Daar gaan we dan,' fluisterde ze terwijl ze uitstapte. Ze volgde de borden naar de winkel. Dat bleek een donkere, kelderachtige ruimte aan de zijkant van de boerderij te zijn. Er was niemand. Er stonden flessen Châteauneuf-du-Pape dicht tegen elkaar gedrukt, elke centimeter was benut. Ze wilde net iemand gaan zoeken toen er een jongen van een jaar of zestien binnenkwam en naar haar glimlachte.

'*Je peux vous aider*?'

'Ja, ik zag buiten het bord waarop u de gîte te huur aanbiedt en ik vroeg me af of die beschikbaar was.'

'Voor wanneer, *mademoiselle*?' De tiener liep om de minuscule, in een hoekje geperste toonbank heen en pakte een boek van de plank eronder.

'Eigenlijk al voor vannacht.'

Hij bladerde door het boek en knikte. 'Ja, dan is hij beschikbaar.'

'Wat kost het?'

Nadat de jongen het tarief had genoemd, zei Ally dat ze ten minste twee nachten wilde blijven en haalde haar creditcard tevoorschijn.

'Nee, nee, mademoiselle. U betaalt als u vertrekt. Eén moment, dan roep ik *maman*, dan kan zij u naar de gîte brengen.' Hij liep naar een stokoud koelkastje en haalde er een fles rosé uit. 'Wilt u misschien een glas?'

'Best wel, eigenlijk,' zei Ally met een glimlach. 'Ik heb een lange rit achter de rug.'

Nadat ze was voorzien van een glas lichtroze wijn liep de jongen weer naar de deur. '*Excusez-moi,* maman komt zo.'

Ally ging naar buiten en liep de binnenplaats op, waar ze op een antiek gietijzeren bankje wachtte. De binnenplaats stond vol houten wijnpallets, maar ze zag ook kinderstepjes, fietsen en een roestig klimtoestel. De zon stond inmiddels lager aan de azuurblauwe hemel en Ally hield haar hoofd achterover om van de warmte te genieten. De rosé smaakte verrukkelijk. Ze deed haar ogen dicht, haalde diep adem en probeerde te ontspannen.

'*Bonjour,* mademoiselle, ik ben Ginette Valmer, ik neem u mee naar de gîte,' zei een heldere stem. Ally opende haar ogen en zag een vrouw van een jaar of veertig, met donker haar, in T-shirt, jeans en een schort met vlekken. Ze had een mandje met etenswaren bij zich.

'Aangenaam met u kennis te maken, ik ben Ally D'Aplièse,' zei Ally in vormelijk Frans, en ze gaf de vrouw een hand. Ze haalde haar reistas uit de auto, en samen liepen ze langs het krijtachtige pad naar de gîte, het vakantiehuisje dat links van de boerderij lag, idyllisch genesteld tussen de wijnstruiken. Onderweg voerde ze een beleefd gesprek in reactie op de vragen van Madame Valmer.

'Ja, ik woon in Genève en ik ben hier een paar dagen op bezoek.'

'Om wijn te proeven?'

'Ja, en ook om... uit te kijken naar een huis hier in de buurt.' Het was eruit voordat ze het kon tegenhouden.

'Wel, er zijn *immobiliers*, makelaarskantoren, in Gigondas en Vacqueyras, en er is er ook een in Beaumes-de-Venise. Ik kan je hun telefoonnummer geven, maar je kunt er ook zelf naartoe gaan als je wilt,' antwoordde Madame Valmer toen ze bij de voordeur van de gîte stonden. 'Zo, we zijn er. Het is erg klein, maar groot genoeg voor één persoon of een stel,' zei ze, toen ze naar binnen gingen. Ally zag een tamelijk primitieve maar schone ruimte met langs één muur een kitchenette. Verder stonden er een zwaar mahoniehouten ledikant, een bank en twee stoelen rond een kleine open hoekhaard.

'De douche en wc zijn daarachter,' vervolgde Madame Valmer, wijzend naar een houten deur achter in de ruimte. Ze zette het mandje op het kleine aanrecht. 'Ik heb hier een verse baguette, wat boter, kaas en melk, en er staat al rosé in de koelkast.'

'Dank u wel, maar ik kan ook wel zelf boodschappen doen, hoor.'

'Hier zal alles inmiddels gesloten zijn. Je weet hoe dat gaat in Frankrijk,' zei Madame Valmer glimlachend en met een twinkeling in haar donkere ogen. 'Als je iets nodig hebt, is alles dicht.'

'Misschien kent u dan een restaurant of café in de buurt waar ik een hapje kan eten? Het was een hele reis vanaf Genève.'

'O, er zijn er wel een paar, maar...'

Het bleef even stil terwijl Madame Valmer Ally van top tot teen opnam.

'Kom vanavond maar bij ons eten.'

'Weet u het zeker? Ik kan best iets zoeken in Gigondas.'

'Een extra mond maakt geen verschil. Ik heb drie kinderen en vier hongerige werklui, dus een erbij is geen probleem,' zei Madame Valmer met een expressief gebaar naar Ally. 'En het is weer eens wat anders om nog iemand van het vrouwelijk geslacht aan tafel te hebben!'

'Dat zou ik heel fijn vinden, als het niet te veel moeite is.'

'Het is maar een eenvoudige maaltijd, we eten om half acht. Tot dan.'

'*Merci*, Madame Valmer, *à ce soir*.'

'Zeg maar Ginette,' antwoordde ze, en met een korte zwaai vertrok ze.

Ally pakte de ijskoude fles rosé uit de koelkast en maakte hem open. Ze ging naar buiten, waar een oude, versleten tafel en twee ijzeren stoeltjes langs de muur stonden. Ze ging zitten om van de zon op haar gezicht te genieten en naar Atlantis te bellen. Het vaste nummer was bezet, dus belde ze Maia.

'Hoi, Maia, ik bel even om te zeggen dat ik veilig ben aangekomen. Hoe gaat het met Bear?'

'Die zit in bad, waar Ma lekker met hem aan het tutten is. Het gaat prima met hem, en volgens mij vindt ze het echt heerlijk om op hem te passen. En, heb je Jack al ontmoet?'

'Nee, alleen een zoon van het gezin en een vrouw die naar ik aanneem de vrouw van de eigenaar is. Ze vroeg me waarom ik hier was, en toen zei ik om de een of andere reden dat ik op zoek was naar een huis!' zei Ally grinnikend. 'Hoe dan ook, het goede nieuws is dat ik vanavond bij de familie te eten ben gevraagd. Hopelijk is die Jack daar ook bij, dan kan ik alvast een gesprek met hem beginnen.'

'Geweldig! Wat er verder ook gebeurt, logeren in een gîte in de Provence en bij Fransen thuis een maaltijd voorgezet krijgen klinkt verrukkelijk.'

'Nou, het is hier zo mooi dat dat huis kopen weleens serieus kon worden. De gedachte aan weer een ijskoude en regenachtige winter in Bergen is niet bepaald aanlokkelijk.'

'Kijken kan geen kwaad, toch?'

'Het was een grapje, Maia. Ik heb daar Thom en mijn vader. Ik moet Felix eigenlijk even bellen om te checken of hij niet ergens laveloos in een plas whiskey ligt. Zeg tegen Ma dat ze Bear een dikke nachtzoen van zijn maman geeft, ja?'

'Tuurlijk, doe ik. En Ally?'

'Ja?'

'Denk maar even niet aan Jack en geniet maar gewoon van je verblijf daar. À bientôt.'

Ally wilde na de lange rit haar benen strekken en ging een wandeling maken door de wijngaard. De bijna rijpe druiven hadden nog niet de donkerblauwe tint waarmee ze de wereldberoemde Châteauneuf-du-Pape zouden voortbrengen. Om haar heen vibreerde het getsjirp van krekels en het gezoem van insecten in de warme, roerloze lucht. Verderop lag een boerenhond in de schaduw van een parasolvormige pijnboom te hijgen. Het late, milde strijklicht van de namiddag deed de wijnbladeren fonkelen.

Ze ging in de schaduw van een wilde lavendelstruik zitten en streek met haar handen over de zware paarse bloemtrossen om de rustgevende geur op te snuiven. Ze was eindelijk blij dat Maia en Ma haar hadden overgehaald hierheen te gaan.

Terug in de gîte nam ze een snelle douche in de minuscule cabine. Het water was lauw, maar bij dit weer toch verfrissend. Ze trok een schone jeans aan, bracht een likje mascara en een vleugje lippenstift aan en liet haar haar los over haar schouders vallen.

'Jeetje, wat is het lang geleden dat ik uit eten ben geweest,' zei ze tegen zichzelf toen ze door de wijngaard naar de boerderij liep. Blij dat het anderhalve glas rosé haar zelfvertrouwen had opgekrikt, klopte ze op de voordeur.

'We zitten achter!' Ginette had haar hoofd uit een raam gestoken. 'Loop maar om, Ally.'

Achter het huis trof Ally een loggia die volhing met ranken van de wijnstruiken tegen de achtergevel. Het huis keek aan die kant uit op een gebergte, de Dentelles, wist ze. Overal in de loggia stonden lantarentjes, klaar om te worden aangestoken zodra de snel invallende schemering zou plaatsmaken voor duisternis. Aan tafel zaten vier mannen, en verder nog de tiener die ze 's middags had ontmoet, een jongen van een jaar of twaalf en een jongetje van een jaar of zeven. Toen Ally de tafel naderde, hoorde ze de mannen in lachen uitbarsten. Even later draaiden ze zich om en keken naar haar. Een van hen, een kleine, gespierde man, stond op.

'Neemt u me niet kwalijk, mademoiselle, we lachten niet om u, maar om de rare kiwi-uitdrukkingen van onze vriend. Komt u er alstublieft bij zitten. Ik ben François, de eigenaar van de cave. Dit zijn Vincent en Pierre-Jean, mijn medewerkers, en dit zijn mijn zoons: Tomás, Olivier en Gérard. En dit...' Hij wees naar de man naast wie ze net wilde gaan zitten. '... is Jack McDougal, helemaal vanuit Nieuw-Zeeland.'

Ally bleef achter haar stoel staan toen de man die het doel van haar reis vormde zich naar haar omdraaide en opstond. Jack McDougal torende boven haar uit. Hij had een erg lichte huid, felblauwe ogen en kort, blond haar met een slag erin.

'*Enchanté,* mademoiselle,' zei hij met een merkwaardig accent. 'Ik moet me verontschuldigen voor mijn slechte Frans. Gaat u alstublieft zitten,' zei hij terwijl hij een hand uitstak.

'Spreekt u Engels, mademoiselle?' vroeg haar gastheer.

'Ja.'

'Ah, Jack, dan is er vanavond eindelijk iemand die je verstaat!'

Weer begon iedereen te lachen.

'En hij liegt niet als hij zegt dat zijn Frans slecht is,' vervolgde François, 'maar vergeet niet dat ons Engels nog slechter is! Wilt u een glas wijn, mademoiselle?'

Vincent, die tegenover haar zat, tikte tegen een fles rode wijn. 'Dit is een vroeg monster van onze 2006 vintage, en we hopen allemaal dat hij een van onze beste tot nu toe wordt.'

'Graag,' zei Ally, terwijl haar glas tot de rand toe werd gevuld. 'Ik ben bang dat ik niet veel verstand heb van wijn, maar santé!'

'Santé!' Iedereen hief het glas, en het viel Ally op dat zelfs de kleine Gérard een bodempje wijn had.

De wijn had een volle en zachte smaak en gleed fluweelzacht door haar keel. 'U hebt gelijk, dit is een mooie wijn,' zei ze tegen François.

'We hopen en bidden dat we met deze wijn, als hij eindelijk klaar is, medailles winnen,' antwoordde hij.

Ally zag Jack enigszins achterdochtig de tafel rondkijken.

'François zegt dat hij hoopt met deze wijn medailles te winnen,' vertaalde ze voor hem.

'Ah, dank je. Ik ben hier nu een paar weken en ik doe vreselijk mijn best om mijn woordenschat te vergroten, maar ze praten zo snel dat ik maar een enkele zin versta.'

'Frans is een moeilijke taal. Ik heb geboft dat mijn vader mij en mijn zussen van jongs af aan bewust tweetalig heeft opgevoed. Dat is de enige manier.'

'Mee eens. Mijn moeder spreekt vrij behoorlijk Frans en kan Latijn en Grieks lezen, maar die gave is niet op mij overgedragen, vrees ik,' zei Jack. 'Sorry, wat was je naam?'

'Ally. Ik heet Ally D'Aplièse.' Gespannen afwachtend of hij de achternaam zou herkennen hield Ally haar adem in.

'Jack McDougal. Je hebt net al gehoord dat ik een kiwi uit Nieuw-Zeeland ben. En jij?'

'Genève.' Er ging een golf van opluchting door haar heen. De naam zei hem kennelijk niets.

Ginette kwam naar buiten met een blad vol eten en Jack stond direct op om haar te helpen met het op tafel zetten van schalen salade.

'Genève, hè? Daar ben ik nog nooit geweest, nergens in Europa trouwens, behalve in Frankrijk dan. Is het prettig wonen daar?' vroeg hij terwijl de anderen zichzelf opschepten.

'Ja, het is er prachtig. We wonen aan het meer, met een beeldschoon uitzicht op de bergen. Op dit moment woon ik in Noorwegen, maar mijn familie woont in Genève,' zei ze terwijl Jack haar de schaal met salade niçoise voorhield. 'Dank je,' zei ze, en ze schepte met de houten lepel een royale portie op. Ze had razende trek.

'Even een tip: neem hier niet te veel van, dit is slechts een voorgerecht. Hierna komt er nog vlees en vervolgens kaas,' zei hij met een grijns. 'Wauw, die Fransen weten wel wat lekker eten is.'

Ally hoorde een heel licht accent, het leek Australisch, maar minder zwaar. 'Bedankt voor de tip. Ik heb nogal trek, ik heb een lange rit achter de rug.'

'Hoe ver is het?'

'O, vanaf Genève bijna vierhonderd kilometer, maar er is een redelijk goede autoroute.'

'En wat brengt je hier?'

'Ik ben… op huizenjacht.'

'Ik kan je geen ongelijk geven. Als ik geen wijngaard in Nieuw-Zeeland te runnen had en die taal niet zo moeilijk was, dan wist ik het wel.'

'Waarom ben je eigenlijk hier, zo ver van huis?' vroeg Ally, terwijl ze een portie salade met tonijn, knapperige sperziebonen en ei, overdekt met een pittige, romige dressing, aan haar vork prikte.

'Ik ben hier om de fijne kneepjes van de Franse wijnbouw onder de knie te krijgen en te zien of ik een paar van hun oude tradities en nieuwe ideeën kan overnemen. En misschien een paar nieuwe druivencombinaties kan uitproberen,' zei hij, na een flinke slok wijn. 'Maar ik zou al in vrede kunnen sterven als ik iets had gemaakt dat hier zelfs maar bij in de buurt komt.'

'Dus je hebt een grote passie voor wijn?'

'Nou en of. Ik ben opgegroeid op de wijngaard die mijn vader heeft opgebouwd. Hij was een van de eersten in Nieuw-Zeeland. Het heeft mijn ouders bloed, zweet en tranen gekost en ze hebben een hoop offers moeten brengen om het bedrijf te krijgen waar het nu is. Het is een familie-erfenis, zeg maar. Mijn vader is een paar maanden geleden overleden, dus nu komt alles op mij neer. Ik mis mijn ouwe. Hij was soms knap lastig, maar het is best zwaar om het zonder hem te moeten stellen.' Hij reikte naar de fles en schonk zichzelf nog een glas in. Ally kon nauwelijks geloven dat het gesprek zo soepel verliep. Jack leek zo'n open, natuurlijk type... totaal geen gewichtigdoenerij.

Ze hielp Ginette met afruimen en het op tafel zetten van schalen gebakken krielaardappeltjes en sperziebonen, terwijl Ginette een *filet de boeuf* voor haar man neerzette zodat die het stuk vlees onder de eters kon verdelen.

'*Mon Dieu*!' zei Ally, toen ze het malse vlees proefde. Het was precies bereid zoals ze het het lekkerst vond, roze in het midden. 'Dit is verrukkelijk.'

'Alles hier is verrukkelijk, en deze steak is voor mij een feestje, want in Nieuw-Zeeland hebben we meer lamsvlees dan rundvlees,' zei Jack met een glimlach. 'Hoewel we tegenwoordig wel steeds meer vee krijgen. Maar Ally, ik hoorde je net zeggen dat je zussen had?'

'Dat klopt, ja,' zei Ally, die zich plotseling realiseerde dat ze nu op haar woorden moest letten. 'Vijf stuks.'

'Wauw! Ik heb één zus, en dat vind ik mooi genoeg, dank je wel.'

'Heb je een hechte band met haar?' vroeg ze, om het gesprek weer zijn kant op te sturen.

'Tegenwoordig wel, ja. Ze is geadopteerd. Ik was tien toen ze bij ons kwam, dus we zijn niet echt samen opgegroeid, maar naarmate ze ouder werd kregen we een steeds hechtere band. Ze was er echt kapot van toen mijn vader doodging. Ze is pas tweeëntwintig, snap je. Ik denk dat ze zich een beetje benadeeld voelt omdat ze hem niet echt lang heeft mogen meemaken. En mijn moeder mist hem natuurlijk vreselijk.'

'Dat geloof ik graag. Ik heb zelf vorig jaar mijn vader en mijn verloofde verloren, dus zo te horen hebben we allebei heel wat voor onze kiezen gekregen.'

'Is dat zo? Wat erg voor je, Ally. Ik kan over het afgelopen jaar alleen maar zeggen dat ik hopelijk een redelijk goede pinot noir heb gemaakt. Dat wordt dan mijn eerste productie. Is dat trouwens de reden dat je hier bent?'

'Hoe bedoel je?'

'Nou, mijn moeder maakt op dit moment een wereldreis, geen idee waar ze nu is. Misschien willen vrouwen wel weg als ze iets ergs overkomt… Niet dat ik bedoel dat… jij… of zo. Sorry, ik weet helemaal niets over jouw situatie.'

Jacks gezicht kleurde rood van verlegenheid.

'Je hoeft echt niet je excuses aan te bieden. Misschien heb je wel gelijk. Ik denk dat iedereen op een andere manier met verdriet omgaat, dat geldt in elk geval voor mijn zussen,' zei Ally, en ze wendde zich in het afnemende licht met een glimlach tot Jack. 'Trouwens, jij bent ook behoorlijk ver van huis.'

'Touché!' zei hij, en hij tikte zijn glas tegen het hare. 'Hoewel mijn reis al gepland was voordat mijn pa overleed, dus ik heb een excuus. Ieder mens moet er op zijn eigen manier overheen zien te komen, is wat ik dan maar denk.'

Ze onderbraken hun gesprek om te helpen de borden af te ruimen en kaas op tafel te zetten. Iemand had de lantarens aangestoken, zodat een zacht licht zich in de loggia verspreidde.

'Zo, Miss… Jeetje, ik ben je achternaam vergeten.'

'D'Aplièse.'

'Zo, Miss D'Aplièse,' ging Jack verder toen de dessertwijn rondging. 'Ik heb als gewoonlijk van alles over mezelf uitgekraamd, maar hoe zit het met jou? Ik bedoel, wat is jouw passie?'

'Ik ben opgeleid tot fluitist, maar ben op een ander spoor beland en heb uiteindelijk aan een paar grote zeilraces deelgenomen. Vorig jaar rond deze tijd zat ik in Griekenland, op de Egeïsche Zee. Ik heb aan de Fastnet meegedaan en…'

'Wát? Dat meen je niet, jij hebt meegedaan aan de Fastnet? Dat is, nou ja, de ultieme zeiluitdaging! Dan hoor jij dus bij de top van de zeilwereld... Bij ons in Gibbston Valley wordt ook gezeild, op de meren, dus ik heb een paar lessen genomen en ik vond het geweldig. Tijdens mijn tussenjaar was ik lid van een bemanningsteam en heb ik zeiltochten langs de kust van Nieuw-Zeeland gemaakt. Dat waren natuurlijk geen echte wedstrijden, we deden het voor ons plezier, maar het heeft wel iets, varen op de oceaan, vind je niet?'

'Nou en of. Ik ben onder de indruk, Jack. Er zijn maar weinig mensen die weten wat de Fastnet Race is! Helaas heb ik tijdens die wedstrijd mijn verloofde verloren. Hij was de captain van onze boot. We kwamen in een storm terecht en... hij is omgekomen toen hij een lid van onze bemanning wilde redden.'

'Jezus, wat erg voor je, Ally. Volgens mij heb ik destijds iets over dat ongeluk gelezen. De zee geeft, de zee neemt, zeggen ze, maar dat geldt voor jou dus al helemaal.'

'Dat is zeker zo, maar ik heb tenminste...' Ally wilde hem vertellen over Bear, maar iets hield haar tegen. 'Het gaat al beter met me.'

'En hoe lang blijf je hier?'

'Dat weet ik nog niet,' zei ze. Ze hield liever nog een slag om de arm.

'Nou, als je hier een tijdje blijft, kunnen we een keer naar Marseille gaan en daar voor een dag een boot huren. Dan ben ik tweede stuurman en laat jij me het echte werk zien.'

'Klinkt aantrekkelijk, maar ik weet niet of ik daar wel tijd voor heb. Ik hou wel van de Middellandse Zee, die is een makkie vergeleken met de Keltische Zee en de Atlantische Oceaan.'

'En wie woont er op dit moment bij jullie thuis in Genève? Je moeder? Je zussen?' informeerde hij.

'Ma woont er, maar mijn zussen zijn uitgevlogen.' Opnieuw stuurde Ally het gesprek naar Jacks situatie. 'Sorry als ik nieuwsgierig overkom, maar heb je enig idee waarom je ouders je zusje pas tien jaar na jouw komst hebben geadopteerd? Ik bedoel, waren ze altijd al van plan om te adopteren, of was er een speciale reden?'

'Dat weet ik eerlijk gezegd niet. Je weet hoe ouders zijn, ze vertellen hun kinderen lang niet alles. En ik was nog maar tien en stelde geen vragen. Zoals ik het me herinner, kwam ik op een dag thuis van school en lag Mary-Kate daar in mijn moeders armen, terwijl mijn vader toekeek. Hij was helemaal verrukt van haar. Ik moet eerlijk zeggen dat ik die eerste paar jaar behoorlijk pissig was.'

'Het lijkt me ook niet makkelijk als je zo lang enig kind bent en plotseling een babyzusje krijgt.'

'Dat kun je wel stellen,' zei Jack grijnzend. 'Ik stond ineens niet meer in het middelpunt van de belangstelling. Maar op mijn achttiende ging ik het huis uit om te studeren en werd ik een stuk bescheidener. Achteraf gezien maar goed ook. Ik was tijdens mijn jeugd waarschijnlijk een verwend knulletje en heb mijn zusje het leven best wel zuur gemaakt, snap je? Pesten, dat soort dingen. Maar Mary-Kate is nu een geweldige meid en we kunnen goed met elkaar opschieten, en mijn pa's dood heeft ons absoluut dichter bij elkaar gebracht.'

Toen de koffie arriveerde, schonk Ally zichzelf een groot glas water in uit de keramieken kan op tafel.

'Een slokje Beaumes-de-Venise proberen?' vroeg Jack, terwijl hij zijn glas hief. 'De plaatselijke godendrank in een glas, zou je kunnen zeggen.'

'Nee, dank je. Ik heb sinds ik hier ben al veel meer gedronken dan ik normaal doe!'

Jack moest lachen. 'Wijn is hier onderdeel van het dagelijkse menu. Daarbij vergeleken was mijn vader broodnuchter, en die dronk een fles wijn per dag. Puur uit nieuwsgierigheid: hoe ben jij in Noorwegen terechtgekomen?'

'Ik ben ook geadopteerd. Ik heb mijn biologische familie opgespoord, tot aan Noorwegen. Daarom ben ik daarheen verhuisd. Mijn biologische moeder is dood, maar ik woon samen met mijn tweelingbroer Thom. Mijn biologische vader, Felix, voor wie al deze alcohol het paradijs zou zijn, woont iets verder heuvelopwaarts.'

'Wat vind jij daar nou van? Ik bedoel, vind je het een goed idee om je biologische familie op te sporen? Ik had mijn zus onlangs aan de lijn en die vertelde me dat er een paar jonge vrouwen bij haar voor de deur stonden met de mededeling dat ze misschien familie van haar waren. Ik ken de details niet, maar ik vraag me af wat jij daarvan vindt.'

Ally moest even slikken en had spijt dat ze geen glaasje van die dessertwijn had genomen. Ze had verwacht informatie aan deze man te moeten ontfutselen, maar alles wat ze wilde weten kwam op een heel natuurlijke manier ter sprake.

'Eerlijk gezegd heb ik dat totdat Pa stierf nooit overwogen,' antwoordde ze. Hij was... tsja, aan hem had ik genoeg, als je begrijpt wat ik bedoel. Voor mij, althans. Om op je vraag terug te komen, ik vond het fantastisch om mijn biologische familie te vinden. Maar zoals ik al zei, ik heb een paar maanden na elkaar de twee grote liefdes van mijn leven verloren, dus het was heel mooi om te ontdekken dat ik een broer en een biologische vader had, wat voor enorme zuipschuit hij ook is.'

'Nou ja, nu mijn pa er niet meer is en Mary-Kate door die vrouwen is benaderd, gaat ze zich misschien ook verdiepen in haar biologische familie. Ik hoop dat ze het dan net zo treft als jij.'

'Dus ze weet niet wie haar biologische ouders zijn?'

'Nee.' Jack haalde zijn schouders op. 'Ik kan me niet herinneren dat mijn pa en ma op reis gingen om haar op te halen of zo, dus het zal een plaatselijke adoptie zijn geweest.' Hij nam een slok dessertwijn. 'Wauw, wat een gesprek is dit, Ally. Ik heb je hopelijk niet van streek gemaakt met iets wat ik heb gezegd?'

'Totaal niet. Het is soms makkelijker om over dat soort dingen te praten met onbekenden dan met de mensen van wie je houdt, vind je niet?'

'Klopt, maar ik hoop dat je de komende dagen geen onbekende blijft. Het is prettig om voor de verandering Engels te kunnen spreken,' zei hij grijnzend. 'Dus morgen ga je op huizenjacht?'

'Ik heb de naam van een paar heel goede immobiliers voor je genoteerd,' kwam Ginette in het Frans tussenbeide, toen ze hun koffie kwam bijschenken. 'Ik zal ze even halen.'

'Ik ben moe van die lange rit, dus ik denk dat ik gelijk maar mijn bed in duik,' zei Ally, en ze stond op. Haar borsten hadden zich voorbereid op Bears avondeten en voelden zwaar van de melk. 'Welterusten, Jack, het was fijn je te ontmoeten.'

'Vond ik ook, Ally. Hopelijk zie ik je de komende dagen nog,' antwoordde hij, terwijl Ally Ginette naar de keuken volgde.

'À bientôt,' antwoordde ze met een glimlach.

'Alsjeblieft.' Ginette gaf haar een gebruikte envelop waarop ze de namen en telefoonnummers van drie immobiliers had gekrabbeld.

'Hartelijk dank voor deze geweldige avond, Ginette. Het eten was heerlijk.'

'Merci, Ally. Ik ben blij dat je hebt genoten,' zei Ginette terwijl ze Ally naar de voordeur begeleidde. 'Jij en Jack lijken het goed met elkaar te kunnen vinden,' vervolgde ze toen ze de voordeur opende.

'O, maar dat komt doordat we allebei Engels spreken,' zei Ally, die haar gezicht vuurrood voelde worden. 'Maar het lijkt me een heel aardige man.'

'Dat is hij ook, en het was goed dat hij iemand had om Engels mee te spreken. Het baart me zorgen dat hij zich tijdens onze gesprekken vaak buitengesloten voelt, maar wat doe je eraan? *Bonne nuit*, Ally.'

'Bonne nuit, Ginette, en nogmaals bedankt.'

24

Toen Ally de volgende ochtend wakker werd, rolde ze zich om en keek op de oude wekkerradio. Tot haar stomme verbazing was het al over tienen.

Ze liet zich weer op haar rug rollen, spreidde haar armen en benen en genoot van het weldadige gevoel echt uitgerust te zijn, al was het met een lichte hoofdpijn als gevolg van de hoeveelheid wijn die ze had gedronken. Ze checkte haar mobiel. Er waren geen berichten van Atlantis, maar wel een sms'je van Star: *Bel me!*

Ze wilde het vredige gevoel nog niet kwijtraken en stond op om koffie te zetten. Terwijl ze in kleermakerszit op het zachte bed zat, nipte ze van haar koffie en keek vanuit haar raam naar de wijngaard. Ze kon zich niet herinneren wanneer ze voor het laatst zo'n leuke avond had gehad. Ze had genoten van de combinatie van de verrukkelijke ambiance en het vrolijke, gastvrije gezelschap. Er was heel wat afgelachen aan tafel, en het gesprek met Jack was weliswaar een mijnenveld geweest, maar toch heel plezierig. Ze hadden zo openhartig met elkaar gepraat, net zoals ze dat met Theo had gekund. Toch was er geen groter verschil denkbaar dan tussen die twee mannen: Theo, ondanks zijn 'bijbaan' een echte intellectueel, en Jack, intelligent en duidelijk heel attent, maar met een minder complex karakter dan haar verloofde. Zelfs qua uiterlijk waren ze elkaars tegenpolen. Theo was niet lang, maar erg sterk, en met zijn gebruinde huid en donkere haar het tegenovergestelde van Jack, die lang en blond was.

'Ho, Ally!' sprak ze zichzelf streng toe. Ze had bijna het gevoel dat ze Theo verraadde door van het gezelschap van een andere man te genieten. Dat was sinds Theo's dood echter nog niet eerder voorgekomen, en het was toch oké om nieuwe vrienden te maken, of dat nou mannen of vrouwen waren? Maar… was dat wel alles?

'En waarom heb je hem dan niet over Bear verteld, of gewoon eerlijk gezegd waarom je hier bent?' mompelde ze, terwijl ze opstond om haar koffiebeker bij te vullen.

Ze wist het echt niet, of misschien wílde ze het voorlopig niet weten.

Haar mobieltje, dat naast haar op het bed lag, ging over. Toen Ally zag dat het niet Atlantis, maar alweer Star was, had ze niet de moed om met haar zus te praten zolang ze haar gedachten niet op een rijtje had. Haar schuldgevoelens namen nog meer toe toen ze dacht aan Jacks openhartigheid, terwijl zij hier onder valse voorwendselen was.

Met een zucht pakte ze haar mobieltje en belde naar Atlantis.

'Hoi, Ma, hoe gaat het met Bear?'

'Perfect, Ally. Ik heb net een stukje met hem gewandeld, en hij ligt nu zoet te slapen in zijn kinderwagen, in de schaduw van de eik net voorbij het terras...'

'... waar jij ons vroeger ook altijd neerzette,' vulde Ally aan.

'En hoe gaat het met jou, chérie? En wat vind je van mijn prachtige Provence?'

'Het is inderdaad prachtig, ja. De eigenaars van de cave bij wie ik logeer zijn ook ontzettend aardig en ik heb vannacht echt goed geslapen. Dus bedankt dat jij en Maia me hebben overgehaald om hierheen te gaan. Hoe gaat het trouwens met Maia?'

'O, nog hetzelfde,' zei Ma, 'maar... zo gaat dat nou eenmaal, *n'est-ce-pas*?'

Ma weet dat Maia zwanger is, schoot het door Ally heen.

'Ze zit in haar paviljoen om wat dingen uit te zoeken om mee te nemen naar Brazilië,' ging Ma verder. 'En ze wil daar alles in orde hebben voor als Floriano en Valentina komen. Ze heeft haar mobieltje bij zich, voor het geval je haar wilt bellen, maar ik moest van haar zeggen dat Star je heel graag wil spreken. Misschien kun je haar bellen?'

'Natuurlijk.'

'Wanneer denk je terug te komen, Ally?'

'Zo snel mogelijk, maar ik moet nog wat informatie zien te verzamelen.'

'Blijf zolang je wilt, chérie. Ik geniet ervan om de *grand-mère* van dat lieve jongetje van je te zijn.'

'Dank je wel, Ma. Wil je hem een dikke knuffel van me geven?'

'Natuurlijk. Dag, Ally.'

Ally trok een korte broek en een T-shirt aan, en nadat ze op een stuk inmiddels belegen stokbrood met boter had zitten kauwen, besloot ze op zoek te gaan naar de dichtstbijzijnde supermarkt om wat proviand in te slaan. Ze zette haar petje en zonnebril op om de eindeloze mars der sproeten over haar al roze verbrande gezicht tot een minimum te beperken en ging naar buiten om tijdens het gesprek met Star van het milde ochtendbriesje te genieten.

'Hoi, Ally, hoe gaat het?'

'Prima, dank je. Je klinkt een beetje ademloos, is alles oké?'

'Ja hoor, ik zou alleen willen weten of je de zoon van Mrs. McDougal al hebt gespot in de cave.'

'Dat heb ik. Sterker nog, ik heb gisteren de hele avond naast hem gezeten tijdens het avondeten.'

'O! Dat is fantastisch, Ally. En ben je iets te weten gekomen over Mary-Kates biologische ouders?'

'Helaas niet, ben ik bang. Maar we hebben wel een heel openhartig gesprek over adoptie gehad. Hij zegt dat hij zich alleen herinnert dat zijn ouders op een middag thuiskwamen met Mary-Kate, dus hij nam aan dat het om een plaatselijke adoptie ging. Ik kreeg niet de indruk dat zijn moeder hem heeft gewaarschuwd om zich verre te houden van alles wat met de zussen D'Aplièse te maken heeft. Hij zei wél dat Mary-Kate hem tijdens hun laatste telefoongesprek over het bezoek van CeCe en Chrissie had verteld. En dat hij dacht dat ze misschien meer zou willen weten over haar biologische familie. Hij was zo aardig, ik voel me heel akelig dat ik niet gewoon heb gezegd waarom ik hier ben. En hoe staan de zaken er daar bij jou voor? Is Merry er weer vandoor?'

'We denken van niet, nee. Orlando is haar gisteren naar Clerkenwell gevolgd, ze wilde kennelijk de geboorte-, huwelijks- en overlijdensregisters inzien. Hij is haar teruggevolgd naar het hotel, waar ze rechtstreeks naar haar kamer ging. Om een uur of zes belde ze naar mijn suite met de mededeling dat ze zich niet goed voelde en of we dat gezamenlijke etentje konden annuleren. Ze zou ons vanochtend bellen om te laten weten hoe ze zich voelde en of ze misschien vandaag met ons kon lunchen. Het probleem is alleen dat ik terug moet naar Kent om Rory van school te halen en Orlando terug moet naar de boekwinkel. Als Merry toch met ons wil lunchen, blijft hij natuurlijk, maar... o, ik weet het niet, het voelt allemaal niet goed. Zelfs Orlando is gedeprimeerd, en dat gebeurt maar zelden. Ik vind het een heel naar idee dat ze bang voor ons is, terwijl wij haar maar blijven achtervolgen. Ik bedoel, zó'n ramp is het toch niet als Mary-Kate er niet bij kan zijn als we die krans werpen, Ally? Nu ik die ring met eigen ogen heb gezien, denk ik dat het dezelfde ring is als op de tekening, maar misschien moeten we maar gewoon wachten tot die arme Merry van haar wereldreis heeft kunnen genieten en weer thuis is bij haar dochter. Dan kunnen ze samen beslissen of Mary-Kate ons wil ontmoeten.'

'Ik snap wat je bedoelt,' zei Ally met een zucht. 'Nou ja, ik bel je nog wel als ik Jack tegen het lijf ben gelopen, maar ik ga er niet nadrukkelijk op aansturen, Star.'

'Nee, dat begrijp ik helemaal. Ik moet er nu vandoor. Dag, Ally, bel me gauw weer.'

Na het telefoongesprek was Ally net als Orlando enigszins gedeprimeerd door de hele situatie. Ergens wilde ze haar oorspronkelijke beweegreden om hier te komen vergeten en het gevoel van rust vasthouden waarmee ze wakker was geworden. Ze wilde net opstaan voor een wandelingetje naar de boerderij om Ginette de weg naar de plaatselijke supermarkt te vragen toen Jack plotseling om de hoek verscheen.

'Goeiemorgen! Ik stoor toch hopelijk niet?' Hij wees naar het mobieltje dat Ally nog in haar hand had.

'Helemaal niet. Kom je even bij me zitten?'

'Sorry, dat gaat niet lukken. Ik kwam eigenlijk om te vragen of je nog wat levensmiddelen nodig hebt. François is naar een vergadering over de aanstaande oogst, en als ik niks te doen heb, stuurt Ginette me naar het dorp om boodschappen te doen. Ze zegt dat dat goed is voor mijn Frans,' zei hij grinnikend.

'Nou, ik wilde net naar haar toe gaan om naar de dichtstbijzijnde supermarkt te vragen. En naar de immobiliers, natuurlijk,' zei ze er snel achteraan. 'Ik moet me daar in elk geval laten registreren.'

'Waarom rij je niet mee naar Gigondas? Dan slaan we twee vliegen in één klap en kun jij me helpen in de supermarkt, zodat ik ananas en *anis* niet door elkaar haal!'

'Oké, maar kan ik je niet beter in mijn eigen auto volgen? Anders moet je op me wachten als ik bij die immobilier zit.'

'Dat maakt niet uit. Als François weg is, zit ik toch in een Frans woordenboek te turen om wijnbouwkundige termen op te zoeken, óf ik zit in het mooie dorpje Gigondas een biertje te drinken in de zon.'

'Je kunt het ook allebei tegelijk doen,' suggereerde Ally, waarop ze allebei moesten grinniken.

'Goed, ga jij dan maar halen wat je nodig hebt, dan zie ik je om tien uur bij de auto, oké?'

'Oké, dank je wel, Jack.'

'Geen probleem.'

Even later arriveerden ze in het schilderachtige dorp Gigondas, dat volgens Jack tot de mooiste delen van de wijnstreek behoorde. Het dorp werd overspoeld door toeristen, die dol waren op het proeven van de wijnen die de plaatselijke caves aanboden. In de cafés was het een en al geroezemoes, de tafeltjes stonden tot op de stoep. Ze vonden met moeite een plekje voor de gebutste Citroën van Ginette.

'Wat een verrukkelijk plaatsje is dit,' merkte Ally op toen ze in het heldere zonlicht de heuvel af liepen.

'Dat is het zeker! Oké, zullen we de supermarkt in duiken en het lijstje van Ginette afwerken?' Hij ging een smalle winkel binnen, een pijpenla die vanbinnen iets weg had van de Tardis uit *Doctor Who* en tot de nok toe gevuld was met levensmiddelen.

'Dat is goed, maar ik ga je niet helpen,' zei Ally resoluut. 'Fouten maken is de enige manier om een taal te leren.'

Ze pakten ieder een winkelmandje en gingen ieder hun eigen weg tot ze bij de kassa waren.

'Kun je dan in elk geval even checken of deze spullen overeenkomen met het lijstje?' vroeg hij, toen ze in de rij voor de kassa stonden.

Ally vergeleek snel de inhoud van het winkelmandje met het lijstje. 'Bijna perfect, maar ze wil de melk niet *entier*, maar *demi-écremé*.'

'Fijn, bedankt,' zei hij en hij snelde terug om het pak om te ruilen.

Nadat ze de tassen in de auto hadden gezet, liep Jack met haar mee naar het kantoor van de immobilier. Ally probeerde de deur te openen, maar die zat potdicht.

'Verdomme! Het is precies één over twaalf en ze zijn al gesloten. Typische klote-eigenschap van de Fransen.' Jack grinnikte. 'De lunch gaat altijd voor. Sorry, we praten Engels met elkaar, ik vergeet steeds dat je eigenlijk Frans bent.'

'Nee, Jack, ik ben Zwitserse, weet je nog?'

'Tuurlijk, sorry,' zei hij toen ze langs de hellende straat terugliepen naar de auto. 'Eigenlijk hebben die Fransen hun prioriteiten prima op orde. Genieten van de goede dingen in het leven, daar gaat het toch om? Je leeft tenslotte maar één keer,' merkte Jack op.

'Mijn zusje Tiggy zou het absoluut niet met je eens zijn.'

'Echt waar? Moet je luisteren,' zei Jack en hij wees naar een caféterras dat vol lunchgangers zat. 'Waarom gaan we niet daar zitten tot dat kantoor om twee uur weer opengaat? Of heb je iets anders te doen?'

'Nee, maar heeft Ginette haar boodschappen niet nodig?'

'Voorlopig niet, en bovendien is ze waarschijnlijk blij dat ik even de hort op ben. Zullen we dan maar?'

'Waarom ook niet?'

Op het terras wees Jack naar een vrij tafeltje voor twee. 'Bier? Wijn?' vroeg hij toen ze waren gaan zitten. 'Nu ik hier ben, kan ik wel gelijk een hapje eten. Jij?'

'Voor mij graag een glas rosé, en dit lijkt me inderdaad een heerlijk menu.'

'En nou nog zien of we bediend worden, dan kunnen we bestellen.' Jack liet zijn ogen rollen. 'Ik heb hier eens twintig minuten gezeten voordat iemand mijn bestaan opmerkte. Zoiets zou in Nieuw-Zeeland echt nooit gebeuren.'

'Ik hoor van iedereen die daar geweest is dat het een heel mooi land is.'

'Ja, dat is het zeker. Het heeft zo'n beetje alles, weet je? 's Winters skien, 's zomers mooi weer en strand, en het binnenland, waar ik woon, is supermooi. Het enige wat je buiten de steden en dorpen niet ziet, zijn mensen. Onze dichtstbijzijnde buurman woont op een kwartier rijden. Dus als je van eenzaamheid houdt, is het fantastisch.'

'En hou je daarvan? Van eenzaamheid?'

'Niet toen ik terugkwam van de universiteit, nee, maar ik denk dat ik eraan gewend ben geraakt. Maar als je dan hier komt, in zo'n dorp waar het gonst van de drukte, vraag je je af waar je in godsnaam mee bezig bent. Maar ik klaag niet. Ik hou van mijn werk en ik woon in een onwijs mooi deel van de wereld.'

'Nieuw-Zeeland staat nog altijd op mijn bucketlist,' zei Ally, terwijl ze haar menu omhoogstak naar een passerende kelner, die haar botweg negeerde.

'Uiteraard hebben we je graag een keer te gast op The Vinery. Nóg een probleem van Gibbston Valley is dat de jongeren wegtrekken naar de bewoonde wereld, dus ik heb voornamelijk oudjes om me heen. Ik ben altijd blij als er een rondtrekkende backpacker langskomt om op The Vinery te overnachten.'

Toen de kelner weer langskwam, zwaaide Ally met haar menu, en eindelijk werd hun bestelling van bier, rosé, een karaf water en twee *steaks hachés* opgenomen.

'Dus je ouders zijn kiwi's, neem ik aan?' vroeg ze.

'Afgezien van de Maori is geen enkele kiwi "oorspronkelijk", als je begrijpt wat ik bedoel. Het merendeel van de bevolking is erheen geemigreerd. Ik ben er geboren, maar de ouders van mijn vader komen uit Schotland, vandaar de naam McDougal. En mijn moeder komt uit Ierland. Maar ik denk wel dat ze zichzelf kiwi's noemen nu ze er al zo lang wonen.'

'Gaan je ouders nog weleens naar Schotland en Ierland?'

'Pa is geloof ik een paar keer met zijn ouders naar Schotland geweest, maar voor zover ik weet is mam nooit teruggegaan naar Ierland. Er staat bij ons een foto van haar tijdens haar diploma-uitreiking, maar ik neem aan dat mensen die een nieuw leven beginnen zich niet op het verleden, maar op het heden focussen.'

'En terecht,' zei Ally, terwijl de kelner met een klap twee kannen, een flesje bier en een aantal glazen op tafel zette. Ze wierp een blik in de kannen. 'Mon Dieu! In deze kan zit rosé! Ik had maar één glas besteld!'

'Zo werkt dat hier niet,' zei Jack glimlachend, terwijl hij water en rosé voor haar inschonk.

'Cheers,' zei Ally, haar glas heffend. 'Om nog even terug te komen op je moeder, zoals ik je gisteravond vertelde, vond ik het deels pijnlijk en deels fantastisch om op zoek te gaan naar mijn eigen stamboom.'

'Nou, mijn moeder heeft inderdaad gezegd dat ze tijdens die wereldreis ook op een gegeven moment naar Ierland wil.'

'Oké. Is ze in haar eentje op vakantie?'

'Ja, en dat beviel MK – zo noem ik mijn kleine zusje – en mij helemaal niet, maar ma is behoorlijk zelfstandig en bovendien een slimme tante, weet je? Ik heb eerlijk gezegd nooit begrepen waarom ze zichzelf samen met mijn vader in Gibbston Valley heeft begraven, in plaats van iets te doen met haar opleiding.'

'Misschien omdat ze van je vader hield,' opperde Ally. 'Liefde kan alles veranderen.'

'Dat is zo, al heb ik dat gevoel eerlijk gezegd nog niet ervaren. Maar jij duidelijk wel.'

'Ja, en ook al zou het me nooit meer overkomen, dan weet ik dat ik het heb gekend. Maar je zus bewaakt het fort in Nieuw-Zeeland terwijl je moeder en jij van huis zijn?'

'Niet echt. We hebben een prima manager die de leiding over de wijngaard heeft. Mijn zus is aankomend singer-songwriter, ze werkt samen met een knul die ze van de universiteit kent.'

'Wauw. Een vreselijke vraag, maar... is ze goed?'

'Je zult haar waarschijnlijk toch nooit ontmoeten, dus ik kan eerlijk zijn,' grinnikte Jack. 'Het antwoord is: géén idee. Ze heeft een Joni Mitchell-obsessie, en meer van dat soort liedjes met van die sombere teksten, terwijl ik tien jaar eerder geboren ben en van een lekker pittig nummer hou, weet je?'

'Ja, dat weet ik wel,' beaamde Ally. 'Zo'n feelgoodnummer waarop je lekker kunt dansen en keihard mee kunt zingen. Dat soort muziek had ik aanstaan tijdens de rit hiernaartoe.'

'Het is misschien onbeleefd om aan een dame te vragen, maar zijn wij ongeveer van dezelfde leeftijd? Ik ben tweeëndertig.'

'Ik ben eenendertig.'

'Dus we zijn van dezelfde generatie en houden allebei van een goeie hit,' zei hij grijnzend.

De steaks hachés arriveerden. Jack bestelde nog een biertje.

'Jij rijdt,' herinnerde Ally hem.

'Ja, maar dit grote lijf kan heel wat alcohol absorberen. Het zijn maar kleine flesjes, Ally, en ik hou me altijd aan de limiet.'

'Dat geloof ik, en het goede nieuws is dat ik hiervan zo veel kan nemen als ik maar wil,' zei Ally, en ze schonk zichzelf glimlachend een tweede glas rosé in.

'Maar vertel eens over je zusje Tiggy. Ze klinkt interessant,' zei Jack, terwijl hij zijn mes in zijn steak zette.

'O, ál mijn zussen zijn interessant, en we verschillen hemelsbreed van elkaar.'

'In welk opzicht?'

Onder het eten voorzag Ally Jack van een ingekorte biografie van iedere zus. Toen ze over Electra begon, kwam Jack met de gebruikelijke reactie.

'Niet te geloven, jij bent familie van haar? Vorige week kwam je haar foto hier overal tegen. Wauw, daarbij vergeleken heb ik een oersaaie familie,' zuchtte Jack. 'Je pa klinkt trouwens als een echte filantroop, zoals hij jullie allemaal heeft geadopteerd.'

'Dat was hij, en ook als mens was hij fantastisch. En erg slim, net als jouw moeder.'

'Wat voor werk deed hij?'

'Je zult het niet geloven, maar geen van ons zessen weet dat precies. We weten dat hij een of andere onderneming runde, maar wát voor onderneming, geen idee. Hij was vaak van huis, veel op reis.'

'Was hij misschien een spion, denk je?'

'Misschien, maar ik vraag me af of spionnen zo veel verdienen als Pa,' zei Ally grinnikend. 'We zijn in grote luxe opgegroeid, maar het interessante is dat we nooit meer dan een basistoelage kregen. We hebben ons op financieel gebied allemaal zelf moeten redden.'

'Nou, misschien vind je het dan fijn om te horen dat je niet op me overkomt als een verwend krengetje.'

'Dat is inderdaad prettig, dank je.'

'Afgezien van die poenige wagen waarmee je hier aankwam,' plaagde Jack. 'Wat een beauty. Is die van jou?'

'Hij was van Pa, maar we mochten hem gebruiken wanneer we maar wilden. Na zijn overlijden wilde geen van ons zich met de financiële details bezighouden. Gelukkig hadden we mensen die de trust beheerden die hij voor ons heeft nagelaten, maar we hebben ergens in de komende weken een bespreking met onze advocaat, dan gaat die het ons allemaal uitleggen. Het wordt tijd om volwassen te worden en onze verantwoordelijkheid te nemen.'

'Dat klinkt me allemaal veel te ingewikkeld. Als je niet veel hebt, heb je ook niet veel te regelen.' Jack haalde zijn schouders op. 'Toen mijn pa overleed, ging het huis naar ma en het wijnbedrijf naar ons drieën. Punt. Koffie?'

'Ja, laat ik dat maar doen,' zei Ally. 'Die immobilier zal zo wel opengaan, dan ga ik daar na de koffie heen om me te laten inschrijven.'

'Oké, en hé, Ally, denk alsjeblieft niet dat ik een probleem heb met jouw rijke afkomst en zo. Het siert jou en je vader dat ik dat nooit had vermoed.'

'Afgezien van die auto dan,' zeiden ze tegelijkertijd lachend.

'Deze is van mij,' zei Ally toen de serveerster de rekening bracht, en ze kwakte snel wat eurobiljetten op tafel.

'Nee, rijk meisje, deze is van míj,' zei Jack, die even snel hetzelfde deed.

Nadat ze besloten allebei de helft te betalen, liepen ze naar de makelaar, waar Ally zich liet inschrijven. Ze voelde zich opgelaten toen ze de lijst met te koop staande panden bestudeerde, uit angst dat Jack haar een verwend prinsesje zou vinden. Daarom zocht ze nadrukkelijk naar huizen onder de tweehonderdduizend euro.

'Die daar is wel aardig,' zei Jack, die over haar schouder meekeek.

'Dat is een ruïne, en het laatste wat ik wil is een ploeg bouwvakkers moeten inhuren voor een renovatie. Wat vind je hiervan?'

Terwijl ze zo stonden te babbelen over de panden die ze zogenaamd zou kunnen kopen, voelde Ally zich een complete charlatan.

'Kom, laten we maar teruggaan naar de cave. Ik word nu al treurig als ik zie wat ik met mijn budget kan krijgen. En nee, hoger kan ik niet gaan,' zei ze resoluut toen ze naar buiten gingen en door de smalle straat terugliepen naar de auto. 'Lukt het jou met die taalbarrière eigenlijk om hier iets te leren?'

'O ja, ik heb een hele hoop geleerd,' antwoordde hij toen ze instapten en hij de motor startte. 'Ik leer al heel veel van toekijken tijdens het hele proces, daar heb je geen mondelinge toelichting bij nodig. Het probleem is dat de bodem hier veel alkalischer is dan thuis, maar ik ga zeker een paar verschillende soorten kweken en de combinatie uitproberen die ze hier gebruiken voor de Châteauneuf-du-Pape.'

'Hoe lang blijf je nog?'

'Officieel tot na de oogst. Maar ik zou als ik wil nog wat langer in Europa kunnen blijven, want het is voor mij nu het rustige seizoen in de wijngaard. Dus nu ik de kans heb, zou ik ook meteen wat andere landen kunnen bezoeken. Misschien kom ik wel een keer langs in Noorwegen, je weet maar nooit.'

'Je bent welkom,' zei Ally. Ze waren inmiddels terug bij de cave en ze stapte uit om Jack te helpen de boodschappen naar binnen te brengen.

'Goedemiddag,' zei Ginette, die op de binnenplaats stond. 'Ik vroeg me al af wat jullie uitspookten. Kun je die boodschappen in de keuken leggen? Ik moet de kinderen van school halen.'

'Tuurlijk,' zei Jack.

'O, en Ally? Je bent vanavond weer van harte welkom bij het diner.'

'Dank je, Ginette,' zei Ally, en ze volgde Jack de keuken in. Die was, net als de hele boerderij, dringend aan renovatie toe, bedacht ze, terwijl ze de boodschappen uitpakte en de bederfelijke etenswaren in de koelkast legde.

'Verdient François eigenlijk geld met zijn wijn?' vroeg ze Jack.

'Niet veel, want elk beetje winst wordt in uitbreiding van de wijngaard of vernieuwing van de machines gestopt. De eikenhouten vaten in de kelder zijn meer dan honderd jaar oud. Vorige winter kwam de regen met bakken uit de lucht, dus toen was hij een hoop geld kwijt aan het waterdicht maken van de kelder. Dat is nou klimaatverandering,' zei Jack schouderophalend. 'Zo, nu lust ik wel een bakkie.'

'Een bakkie?'

'Een bakkie thee,' legde Jack uit. Hij pakte een ketel en vulde die bij de kraan. 'Ze zijn hier in de Provence niet zo van de thee. Ik heb deze zelf moeten kopen,' zei hij, terwijl hij de ketel aanzette. 'En theezakjes. Wil je ook thee?'

'O nee, dank je. Ik ga terug naar mijn gîte. Ik moet nog een paar telefoontjes plegen.'

'Oké. Kom je vanavond ook?'

'Ik... Nodigt Ginette iedere gast uit om samen met de familie te eten?'

'Alleen degenen die ze aardig vindt. Dus jou vindt ze duidelijk aardig.'

'Ik wil haar niet tot last zijn.'

'Geloof me maar als ik zeg dat als Ginette je hier niet wil hebben, ze je ook niet uitnodigt. Zij is degene die hier de lakens uitdeelt, niet François. Net als alle vrouwen, neem ik aan,' zei Jack met een glimlach. 'Zie ik je straks?'

'Oké, ja. Dag, Jack.'

Ally liep met haar tas met boodschappen tussen de wijnranken door naar haar gîte. Ze had de boodschappen eigenlijk niet nodig nu ze op de boerderij ging eten. Ze schonk zichzelf een groot glas water in om de hoofdpijn af te weren die ze steevast kreeg als ze bij de lunch had gedronken. Ze ging buiten zitten en doorzocht haar handtas naar haar mobiele telefoon, die ze bij haar vertrek naar Gigondas op stil had gezet. Ze had, zoals verwacht, een aantal gemiste oproepen. Goddank geen enkele van Atlantis, alleen van Star. Ally belde haar terug.

'Hoi, Star, met mij. Ik heb geen enkel bericht afgeluisterd, maar wat is er gebeurd?'

'Ik vrees dat we haar kwijt zijn, Ally. Orlando heeft de hele dag in de lobby van het hotel gezeten, hij is even naar de wc geweest en toen hij terugkwam, was ze weg. Ik ben terug in Kent en sta op het punt om Rory op te halen. Orlando komt later, met de trein. We hebben geen idee waar ze naartoe is, Ally. Het spoor loopt dood.'

'O jee.' Ally beet op haar lip. 'Wat vervelend, Star. Ik weet dat je ontzettend je best hebt gedaan om haar aan het praten te krijgen.'

'Dat hebben we zeker. Orlando is laaiend op zichzelf omdat hij haar is kwijtgeraakt. De portier van dienst had opdracht gekregen om haar in de gaten te houden, maar er was kennelijk net een grote groep gasten gearriveerd, waardoor ze kon wegglippen. Ben jij nog op de cave?'

'Ja, ik heb een groot deel van de dag met Jack doorgebracht, hij heeft me naar het dorp gebracht zodat ik naar een makelaar kon, maar die was dicht, dus zijn we maar gaan lunchen. En Star, hij weet echt niks over het verleden van zijn familie. Hij vertelde me dat zijn moeder uit Dublin komt en aan Trinity College is afgestudeerd, maar dat wisten we al, en ik ben bang dat dat alles is. Ik zie hem vanavond, want dan ga ik weer op de boerderij eten, maar ik voel me er niet prettig bij om hem nog verder uit te horen.'

'Orlando is ervan overtuigd dat het met de missende zus te maken heeft. Misschien kun je hem vragen of dat hem iets zegt.'

'Nee, Star, dat kan ik echt niet doen. Sorry, maar het is zo'n aardige jongen en ik kan heel slecht liegen. Het is inmiddels overduidelijk dat ze onze familie uit de weg gaat, en ik vraag me zo langzamerhand af of we de hele zaak niet een tijdje moeten laten rusten.'

Het bleef even stil aan de andere kant.

'Dat begrijp ik, Ally, en ik ben het met je eens. Het klinkt trouwens alsof je al aardig bevriend bent geraakt met Jack. Wat is hij voor iemand?'

'Hij is geweldig.' Het woord was eruit voordat ze het kon tegenhouden.

'Echt waar?' Star grinnikte. 'Dat heb ik je nog niet horen zeggen sinds… nou ja. Hoe dan ook, vergeet alle andere dingen en geniet van je diner. Ik moet ervandoor om Rory op te halen. Doei, Ally.'

'Doei, Star.'

Ally worstelde met een enorm dilemma toen ze die avond naar de boerderij liep. Aan de ene kant wilde ze genieten van het diner en Jacks gezelschap, wilde ze zich mee laten voeren in de sfeer. Aan de andere kant voelde ze sterke behoefte om Jack over de ware reden van haar verblijf te vertellen. Ze had altijd geprobeerd om zo oprecht mogelijk te leven, en geen mensen te kwetsen door eruit te flappen hoe ze ergens over dacht, iets wat Electra en CeCe vaak deden. Dus als zíj Jack was en gaandeweg zou ontdekken dat de aardige vrouw met wie hij een deel van de dag had doorgebracht er alleen maar op uit was om informatie uit hem te krijgen, zou ze niets meer met die persoon te maken willen hebben.

Is het erg als dat gebeurt, peinsde ze. En zo ja, waarom eigenlijk?

'Omdat hij geen slachtoffer is, maar een aardige, fatsoenlijke vent, die jou als een normaal menselijk wezen heeft behandeld,' zei ze tegen zichzelf terwijl ze op de voordeur afstevende. 'Drink vooral wijn, veel wijn,' mompelde ze, terwijl ze naar de keuken liep om Ginette te groeten.

'Ik heb iets voor je meegenomen, omdat je zo'n geweldige gastvrouw bent,' zei Ally tegen haar. 'Sorry dat het misschien niet erg origineel is, maar het is moeilijk iets te bedenken als je te gast bent in een cave op een van de mooiste plekken ter wereld. Zelfs je bloemperken staan vol met prachtige soorten.' Ally wees naar een vaas met vers geplukte bloemen op de keukentafel.

'O, Ladurée-macarons! Wat een traktatie, dank je wel. Wil je ze alsjeblieft in die la daar leggen, dan kan ik ze allemaal zelf opeten. Je vertrekt morgen?'

'Ja, helaas, maar ik kom graag een keer terug, en dan blijf ik langer.'

'Heb je nog interessante huizen gezien?'

'Nee, vastgoed hier blijkt veel duurder te zijn dan ik dacht.'

'Of misschien werd je te veel afgeleid…' Ginettes ogen twinkelden terwijl ze een courgette omhooghield. 'Ik hoor dat monsieur Jack en jij samen hebben geluncht.' Ze giechelde terwijl ze een scherp mes pakte en de courgette in stukjes sneed.

'Jack en ik vonden het fijn met elkaar te praten omdat ik Engels spreek.'

'Mon Dieu!' Ginette haalde een hand door haar golvende donkere haar. 'Waarom durft niemand tegenwoordig meer te zeggen dat ze zich tot iemand aangetrokken voelen? Vanaf het moment dat jij gisteravond aan tafel ging zitten, was het duidelijk dat er chemie tussen jullie was. Dat viel iedereen op die jullie heeft gezien. Dit is Frankrijk, Ally, wij hebben het woord "liefde" uitgevonden. En wat dan nog als jullie een nacht, een week, een maand of misschien een leven samen doorbrengen? Die momenten waarop je iemand ontmoet die zich tot jou aangetrokken voelt en jij tot hem zijn zo zeldzaam. En op zo'n moment is alles zo simpel. Je hebt geen oude bagage hoeven uit te pakken, niet in elkaars ziel hoeven speuren.' Ginette trok in een typisch Frans gebaar haar schouders op. 'Waarom zou je er niet van genieten? Zo, wil je dit blad met borden mee naar buiten nemen?'

'Natuurlijk,' zei Ally, en ze pakte het volgeladen dienblad, blij dat ze even iets kon doen. Misschien had Ginette gelijk. Misschien moest ze op haar laatste avond maar gewoon genieten van het gezelschap van iemand die ze aardig – en misschien zelfs aantrekkelijk – vond.

Ze werd door iedereen aan tafel hartelijk verwelkomd en naar dezelfde plaats als gisteren gedirigeerd, naast Jack.

'Goeienavond,' zei hij, en hij vulde haar glas, dit keer niet uit een fles, maar uit een aardewerken kan. 'We zitten vanavond aan de gebruikelijke côtes du Rhône. Een simpele tafelwijn, maar nog altijd een kanjer.'

'O, ik ben niet kieskeurig, ik drink alles wat me wordt voorgezet.'

'O ja? Dus dat wordt straks wodkaatjes?'

'Zo bedoelde ik het niet, maar als je een tijdje op zee zit en je loopt met een stel dorstige kerels een haven binnen, dan leer je wel om te gaan met alcohol. Santé!' Ze hief haar glas en glimlachte naar Jack.

'Santé. Ik durf te wedden dat je ze goed onder de duim had, of niet?' plaagde hij.

'Nou, eigenlijk helemaal niet. Voor we van wal staken kreeg ik nog de gebruikelijke seksistische opmerkingen naar mijn hoofd geslingerd en tegen de tijd dat we terugkwamen, noemden ze me Al en wisten ze nauwelijks meer tot welk geslacht ik behoorde. Ik deed altijd maar of ik een belabberde kok was, zodat ze me niet de kombuis in stuurden omdat ik een vrouw was.'

'En ben je dat, een belabberde kok?'

'Zou kunnen,' zei Ally grinnikend.

'Wat mij altijd weer verbaast, is dat in de meeste huizen waar ik als kind kwam altijd de moeder in de keuken stond, terwijl de meeste beroemde chefs mannen zijn. Hoe zou dat komen, denk je?' vroeg Jack.

'Ik weet niet of ik op dit moment wel een discussie over genderpolitiek met je wil voeren, Jack,' antwoordde Ally, en ze nam nog een flinke slok wijn.

'Je bedoelt dat je anders na afloop met die kan op mijn kop inbeukt?'

'Zo dramatisch zou het hopelijk niet worden, maar na jaren in een mannenwereld te hebben geleefd, heb ik er wel een paar dingen over te zeggen, ja,' stemde ze met zichzelf in, terwijl Jack haar glas nog eens volschonk.

'Nou ja, ik wil wel even opmerken dat mijn moeder me zodanig heeft opgevoed dat ik alle respect voor het andere geslacht heb, dat van jou, dus,' zei hij grijnzend. 'Ze heeft me geleerd om pasta te koken, een stuk vlees te braden en een tonijnsalade te maken. Met die drie gerechten kan ik me volgens haar bij elke gelegenheid redden.'

'Kan ze goed koken?'

'Ze is niet een ware keukenprinses, maar ze maakt zo voor een heel gezelschap een heerlijke stoofpot met wat er nog aan eten in huis is, en dat doet ze fantastisch. Want je kunt bij ons niet even naar de winkel om de hoek, snap je? Ze is geobsedeerd door het gebruik van restjes, dat zal wel te maken hebben met haar jeugd. Zo gaat dat meestal, als ik me mag verlaten op het kleine beetje kennis van psychologie dat ik heb.'

'Ik...' Het was Ally niet te doen om het vergaren van meer informatie, ze was oprecht geïnteresseerd, en toch voelde ze zich schuldig omdat ze doorvroeg. 'Denk je dat ze een moeilijke jeugd heeft gehad?'

'Zoals ik al zei, ze praat er niet over, en volgens mij heeft geen enkel kind er behoefte aan zijn ouwelui aan te horen over vroeger. Maar nu mijn pa is overleden, kan ik hem niks meer vragen. Had ik dat maar gedaan.'

'Dat is bij mij net zo,' zei Ally, terwijl boven hen onzichtbare handen schaaltjes met hartige hapjes en olijfolie op tafel zetten. 'Je wilt niet weten hoeveel vragen ik nu voor Pa heb.'

'Voor zover ik kan concluderen uit wat je me hebt verteld, had je een behoorlijk idyllische jeugd,' zei Jack, terwijl hij haar de schaal met hapjes voorhield.

'Ja, daar hadden we eigenlijk alle ingrediënten voor. Een liefdevolle moederfiguur in Ma, ons kindermeisje. Pa's volledige aandacht als we die nodig hadden, en we hadden elkaar. Als ik nu terugkijk, heb ik bijna het gevoel dat het té idyllisch was. Ik denk dat Pa ons daarom op ons dertiende naar kostschool stuurde. Hij wilde ons de echte wereld laten ontdekken.'

'Wil je beweren dat een kostschool de echte wereld is?' vroeg Jack. 'Ten eerste zal je pa hebben moeten dokken om jou daarop te krijgen. Dat soort plekken waren – en zijn – alleen beschikbaar voor de elite, toch?'

'Ja, dat is zo, maar die van mij had niets gezelligs of huiselijks. Het leek meer op een heropvoedingsgesticht waar je voor moet betalen, en je leert de mensheid echt wel kennen als je daar vierentwintig uur per dag doorbrengt. Je moet zonder enige steun van je ouders je eigen boontjes doppen.'

'Dus de rijken gaan naar kostschool om te weten wat armoe is?'

'Dat is nogal sterk uitgedrukt, maar daar komt het wel op neer, ja. Maar was ik liever naar een openbare school gegaan, zodat ik elke avond naar huis kon, ongeacht wat er 's avonds op tafel kwam of in wat voor huis we woonden? Toen ik net op kostschool zat, zou ik dat gewild hebben. Maar toen ik er enigszins gesetteld was en steeds onafhankelijker werd, begon ik te beseffen hoe bevoorrecht ik was. De school bood allerlei buitenschoolse mogelijkheden die ik op een openbare school nooit zou hebben gehad.'

'Mijn moeder heeft ook op kostschool gezeten, en zij zegt dat het haar heeft gevormd, om dezelfde redenen die jij noemt, ook al vond zij het in het begin ook vreselijk. Ik ben benieuwd wat jij met je kinderen gaat doen als het zover is.'

Jack keek haar recht aan, en Ally voelde een blos vanuit haar hals opstijgen.

'Ja, wie weet,' antwoordde ze slapjes.

Na een verrukkelijk hoofdgerecht van wild zwijn, waarvan niemand aan tafel zich afvroeg waar het vandaan kwam nu de jacht in deze tijd van het jaar verboden was, ging Ally naar de dichtstbijzijnde wc en perste wat melk uit haar borsten om de druk te verlichten en te voorkomen dat ze gingen lekken.

Ze spoelde haar gezicht met koud water en staarde naar zichzelf in de spiegel.

'Denk aan wat Ginette zei,' fluisterde ze, 'en geniet nou maar gewoon. Morgen ben je weg.'

'Ik moet zo langzamerhand naar bed,' zei Ally na de koffie en een glas onnodige, maar heerlijke cognac. 'Ik moet morgen vroeg op.'

'Oké, zal ik met je meelopen?' bood Jack aan.

Nadat Ally afscheid had genomen, iedereen had beloofd dat ze zou terugkomen en tegen Ginette had gezegd dat ze de volgende ochtend zou afrekenen, liepen Jack en zij over het maanverlichte pad naar haar gîte.

'Als ik hier al iets zou kopen, zou de gîte bijna perfect zijn,' merkte ze op.

'Behalve in de oogsttijd, dan is het hier knap lawaaiig. Bovendien zou er dan 's morgens vroeg een menigte verhitte druivenplukkers bij je naar binnen staan koekeloeren, en verder zou je bezoek krijgen van spinnen uit de wijnstruiken.'

'Je weet het wel mooi te verkopen, zeg!' zei ze glimlachend. 'Ik vond het er juist zo schilderachtig uitzien in het maanlicht. Ik ben niet meer bang voor spinnen sinds ik een keer aan boord een rat op mijn matras aantrof. Die was naar binnen geschoten toen we bij een haven lagen en besloot mee te reizen met de volgende etappe.'

'Wauw. Dat had zelfs ík waarschijnlijk een probleem gevonden. En wat heb je toen gedaan?'

'Ik moet bekennen dat ik heb staan schreeuwen tot een van de jongens me te hulp kwam,' zei Ally lachend.

'Maakt niet uit, zou ik ook hebben gedaan, maar onder dat delicate uiterlijk van jou gaat volgens mij best een stoere tante schuil, of niet soms?'

'Dat weet ik niet, maar ik ben tegenwoordig voor maar weinig dingen bang, behalve om iemand te verliezen om wie ik geef.'

'Ja, de dood zet alles in een ander perspectief, vind je niet? Waar ik het weleens benauwd van krijg, is de gedachte dat ik over dertig jaar nog steeds in die wijngaard werk, oud en eenzaam. Zoals ik al vertelde zijn er maar weinig mogelijkheden om in contact te komen met leeftijdgenoten. Ik zie om me heen heel wat oudere alleenstaande boeren en wijnboeren.'

'Zouden er mensen bestaan die écht liever alleen willen blijven?' verzuchtte Ally.

'Nou ja, beter zo dan genoegen nemen met iemand, puur om niet alleen te zijn, toch?'

'Absoluut.'

'Zijn jij en je verloofde lang samen geweest? Sorry, ik wil niet te nieuwsgierig zijn of zo.'

'Nee, dat maakt niet uit. Niet echt, nee. We hadden een stormachtige relatie. Ik wist gewoon dat hij de ware was, en dat was wederzijds, dus we hadden ons vrij snel verloofd.'

'Ik heb het gevoel dat het bij mijn pa en ma net zo ging, al weet je natuurlijk nooit wat zich achter gesloten deuren afspeelt. Maar als ik hun huwelijk vergelijk met dat van ouders van vrienden, dan maakten ze altijd een heel gelukkige indruk. Nooit ruzie, weet je? Althans niet dat wij meekregen. Ik maak me wel zorgen over mijn moeder nu mijn pa er niet meer is. Ze is bijna zestig, dus het ziet er niet naar uit dat ze nog iemand ontmoet.'

'Wat dacht je van al die vrijgezelle boeren waar je het net over had?'

'Dacht het niet. Ma en pa zijn meer dan vijfendertig jaar samen geweest. Over ma gesproken, ik kreeg vlak voor het eten een heel raar telefoontje van haar.'

'O ja?' Ze waren inmiddels bij de ingang van de gîte. Ally's hart begon te bonzen. 'Hoezo?'

'Ze belde om te zeggen dat ze vandaag naar Dublin was gevlogen, wat ik vreemd vond, want ik dacht dat ze nog even in New York zou blijven om oude vrienden te ontmoeten en daarna naar Londen zou gaan. Ik zei iets over dat ze het wel spannend zou vinden om na al die tijd haar geboorteland terug te zien, en zij zei dat ze er wel heen moest gaan, maar dat je nooit weet wie je uit het verleden tegenkomt. Misschien was het een grap, maar eerlijk gezegd, Ally, klonk ze nogal...' Jack trok zijn schouders op. '... bang.'

'Ik... Misschien is iedereen die na lange tijd teruggaat naar zijn geboorteplek zenuwachtig?'

'Ja, maar toen zei ze ineens hoeveel ze van me hield en hoe trots ze op me was, dat soort dingen. Het klonk alsof ze bijna in tranen was. Ik vraag me af of ik niet naar Ierland moet vliegen om te zien of het wel goed met haar gaat. Het is maar een paar uur vliegen van Marseille naar Dublin, en ze klonk gewoon zo... raar. Wat vind jij?' Jack keek haar recht aan en Ally had wel door de grond willen zakken of in een rookwolk willen verdwijnen.

'Nou, ik... ik... denk dat je moet gaan als je je echt zorgen maakt en het inderdaad niet ver is,' stamelde ze.

'Ik kan nog steeds niet wennen aan het idee dat in Europa niks echt ver is,' zei hij met een glimlach. 'Ik ben eraan gewend dat alles aan de andere kant van de wereld ligt.'

'Weet je ook waar ze logeert? Ik bedoel, bij vrienden, of...'

'Ja, ze moest lachen omdat het hotel waar ze zit blijkbaar het Merrion Hotel heet, ze maakte een grapje dat het naar haar was genoemd. Haar koosnaam is namelijk Merry. Nou ja, ik bel haar morgenochtend, eens kijken hoe ze dan klinkt, en dan neem ik een besluit.'

'Goed idee. Oké, hoog tijd voor mij om naar bed te gaan,' zei Ally, die een blos vanuit haar hals omhoog voelde kruipen en alleen nog maar naar binnen wilde.

'Luister, voor het geval ik je morgen niet meer zie, wil ik zeggen dat ik een heel leuke tijd met je heb gehad. Kunnen we contact houden?'

'Ja, natuurlijk.'

'Fijn. Dan geef ik je mijn Nieuw-Zeelandse en Franse mobiele nummer.'

'En ik jou mijn Zwitserse en Noorse.'

Ze zetten hun nummers in elkaars mobiel.

'Nou, welterusten dan,' zei ze, en ze pakte de sleutel van de gîte uit de zak van haar jeans om die in het slot te steken. Toen ze de sleutel omdraaide, voelde ze handen op haar schouders. Ze maakte van schrik een klein sprongetje.

'O, sorry, Ally, ik...' Jack deed een stap naar achteren met zijn handen omhoog, alsof hij onder schot werd gehouden. 'Ik wilde niet... Het was niet mijn bedoeling... Shit!'

'Nee, maak je geen zorgen, echt niet. Alleen... ik ben ...'

'Er nog niet aan toe?'

'Ja, precies, nu in ieder geval nog niet, maar ik vond het echt leuk met je, Jack, en...' Ze keek naar hem op. 'Is een knuffel genoeg?'

'Tuurlijk is dat genoeg,' zei hij glimlachend. 'Kom.' Hij nam haar in zijn armen en alles aan hem rook precies zoals ze had verwacht: fris, natuurlijk, schoon. Ze voelde zijn kracht en kreeg door zijn rijzige figuur het ongewone gevoel dat ze een kwetsbare bloem was.

Om allerlei redenen maakte ze zich sneller dan ze eigenlijk wilde los uit zijn omarming. Hij boog zich voorover en gaf een lichte kus op haar wang.

'Bonne nuit, Ally,' zei hij. 'Ik hoop dat we elkaar snel weer zien.'

Met een treurige glimlach draaide hij zich om en liep langzaam over het grindpad terug naar de boerderij.

Eenmaal binnen kreeg Ally een aanval van benauwdheid, een 'hijgerig' gevoel, zoals ze de paniekaanval vlak voor haar eerste fluitexamen aan Ma had beschreven. Ze ging op het bed zitten, boog zich voorover en probeerde haar ademhaling onder controle te brengen. Terwijl ze naar het flesje water naast haar bed reikte en een flinke teug nam, vroeg ze zich af wat er in de afgelopen tien minuten was gebeurd dat deze reactie had veroorzaakt. Eindelijk werd haar ademhaling rustig en vertraagde haar polsslag. Ze keek op haar mobieltje en zag dat er geen voicemailberichten waren. Het ging dus goed met Bear. Er waren sms'jes van Star, die vroeg hoe de avond was verlopen, en sms'jes van Maia, met min of meer dezelfde vraag. Beide berichtjes eindigden met 'Bel me!'.

Ally schudde haar hoofd. 'Nee hoor, vanavond niet,' zei ze hardop. Ze wilde de fijne avond en die heerlijke omhelzing nog een paar uur voor zichzelf houden voordat ze haar zussen verslag moest uitbrengen en het bij hun verzameling gezamenlijke geheimen werd gevoegd. Bovendien, bedacht ze terwijl ze zich uitkleedde, als Jack morgen inderdaad naar zijn moeder ging, zou die hem ongetwijfeld vertellen over die rare vrouwen die achter haar aan zaten en zijn zus als hun eigen zus wilden claimen.

'En dan wil hij natuurlijk geen contact meer met me,' mompelde ze, terwijl ze in bed stapte, de wekker zette en het licht uitdeed. Ze lag nog een tijdje in het donker te staren en dacht terug aan de omhelzing en de momenten waarop ze samen hadden gelachen. Ze had al een hele tijd niet meer echt gelachen, en Jack had dan wel gezegd dat het hem ontbrak aan academisch intellect, hij was duidelijk heel intelligent.

'Om wijs te zijn heb je geen stapel diploma's nodig,' had Pa ooit tegen haar gezegd toen ze hem vertelde hoe onzeker ze zich voelde over het feit dat ze geen graad in de wetenschap of literatuur had, maar in de muziek.

Jack is wijs, dacht ze, voordat ze in slaap viel.

25

Ally werd tegen half zeven wakker, klaar om een uur later te vertrekken. Ze wist dat Ginette al op was om de kinderen op tijd naar school te brengen, dus wipte ze de keuken binnen om af te rekenen en afscheid te nemen.

'Het was een genoegen jou als gast te hebben, Ally, kom ons gauw weer eens opzoeken,' zei Ginette, terwijl de kinderen in en uit renden om hun lunchbox, sportspullen en boeken te verzamelen.

'Heel graag,' antwoordde Ally. Ze liepen samen naar buiten en volgens de lokale gewoonte gaf Ginette Ally drie kussen op de wang.

Blij dat ze Jack niet tegen het lijf was gelopen, ging Ally op weg naar Genève.

Op de autoroute stopte ze bij een aire om naar het toilet te gaan en naar Atlantis te bellen.

'Hoi, Ma, ik ben onderweg naar huis. Alles goed met Bear?'

'Als dat niet zo was, had je het wel gehoord. Hij verheugt zich er heel erg op om zijn maman weer te zien.'

'Daar geloof ik niks van, maar fijn dat je het zegt, Ma,' zei Ally glimlachend. 'Tot straks.'

'Maia wil je nog even spreken.'

'Zeg maar dat ik haar spreek als ik thuis ben,' zei Ally resoluut. 'Ik moet nu gaan, Ma, tot straks.'

Terug in de auto ging ze over op cd's met haar favoriete klassieke stukken en beleefde ze opnieuw elke seconde van de afgelopen twee dagen. Herinneringen die voorlopig alleen van haar en haar alleen waren…

Bij aankomst op Atlantis lag Bear te knikkebollen op Ma's schouder, klaar voor zijn middagslaapje. Ally nam hem mee naar haar slaapkamer en drukte hem tegen haar borst aan.

'Maman is weer thuis, schatje, en ze heeft je zo gemist.'

Bear maakte een paar zuigbeweginkjes, daarna lieten zijn kleine lipjes los en liet hij zich, diep in slaap, achteroverzakken in haar armen.

Ze was natuurlijk blij dat Bear geen moeite had gehad met haar afwezigheid, maar toen ze hem in zijn bedje legde, stak het toch even dat hij haar zo snel al niet meer nodig had.

Ze was zelf het liefst ook even haar bed in gedoken voor een dutje, maar dat vond ze niet fair tegenover Maia en de andere zussen die hadden meegedaan aan de speurtocht naar de voortdurend vluchtende Merry. Ze had al sinds gisteravond gewacht met de mededeling dat ze precies wist waar Merry was. Hoe slecht ze zich ook voelde over haar aandeel in het bedrog, dit moest ze in elk geval vertellen.

'Hallo, Ally,' zei Maia, toen haar zus de keuken binnenkwam. 'Sorry dat ik er niet was om je te begroeten. Floriano belde net en ik moest hem de gegevens over zijn vlucht doorgeven. En, hoe was de Provence?'

'Prachtig, zoals ik door de telefoon ook al tegen Ma zei. Hoor eens, Maia, ik ben heel moe na die lange rit, dus vergeef me als ik het kort hou. Jack heeft me verteld dat hij door zijn moeder werd gebeld. Ze zei tegen hem dat ze in Dublin, in Ierland, is. Ze logeert daar in het Merrion Hotel. Het enige wat ik verder uit hem heb kunnen krijgen, was dat ze "bang" klonk, zoals hij het uitdrukte. Nu ze zo snel uit Londen is vertrokken, hebben we haar duidelijk de stuipen op het lijf gejaagd. Dat zit me niet lekker.'

'Lieve help, dat is niet goed,' beaamde Maia, 'maar ik kan het wel begrijpen. Ze wil vast niet dat het kind voor wie ze al vanaf de geboorte zorgt door een ander gezin wordt geclaimd. Misschien is ze bang dat Mary-Kate meer van hen gaat houden.' Maia keek Ally aan en beet op haar lip. 'Moeten we de hele zaak misschien maar laten rusten?'

'Dat heb ik gisteren ook tegen Star gezegd. Ik bedoel, Jack is een fatsoenlijke, openhartige vent en ik vond het afschuwelijk om me te moeten voordoen als iemand anders, een passerende toerist op zoek naar een huis in die streek. Vooral toen hij zei dat hij zich zorgen maakte over de mentale toestand van zijn moeder. Volgens mij moeten we nu óf open kaart spelen tegenover Merry, óf dit maar helemaal laten zitten. Het is geen spelletje, en ik begin bijna het gevoel te krijgen dat Orlando het wel zo zag.'

'Hij probeerde alleen maar te helpen, maar misschien geniet hij inderdaad te veel van de spanning van de achtervolging. Ik ben het wel met je eens, Ally, maar ik blijf ook maar denken aan Pa en hoe lang hij volgens Georg naar onze zevende zus heeft gezocht. Ik weet nog dat ik hem als tiener een keer vroeg waarom ze er nog steeds niet was. Hij zei dat dat kwam doordat hij haar nog niet had gevonden, en toen hij dat zei, was zijn blik hartverscheurend,' zei Maia met een zucht. 'Ik weet niet wat we moeten doen, ik weet het echt niet.'

'Nou, hoe het ook zit, ik denk echt dat we Merry persoonlijk moeten spreken en haar geruststellen door duidelijk te maken dat we er niet op uit zijn om haar iets aan te doen.'

Maia zag de spanning op het gezicht van haar zus. 'O, Ally, ik had zo gehoopt dat je met die rit naar de Provence wat had kunnen relaxen, maar je lijkt nog gespannener dan toen je vertrok.'

'Je weet hoe belangrijk ik het vind eerlijk te zijn. Ik voel me gewoon niet op mijn gemak bij listen en leugens... Ik zou een bar slechte spion zijn.'

'En als we Tiggy nou eens sturen? Zij is tenslotte de enige zus die niet heeft meegedaan aan onze zoektocht, en voor Tiggy kan echt geen mens bang zijn, zij is de liefste van ons allemaal. Als íémand Merry kan uitleggen dat we goede bedoelingen hebben, is zij het wel.'

'Wat een prachtidee, Maia! En Schotland is niet ver van Ierland, toch?'

'Nee, volgens mij niet.'

'Oké,' zei Ally met een zucht. 'Laten we het haar dan in elk geval voorleggen en kijken hoe ze reageert.'

Maia haalde haar mobieltje tevoorschijn en belde Tiggy's nummer. Tot haar verrassing hoorde ze al na een paar keer overgaan de stem van haar zus.

'Hallo, Maia, ik las Ally's mailtje over de missende zus en pak net mijn mobieltje om te bellen... Is alles goed?'

'Ja, alles goed met iedereen hier,' antwoordde Maia. 'Ally is hier bij me. Hoe gaat het met jou?'

'O, goed. Ik kan niet wachten jullie te zien. Hebben jullie onze missende zus en haar ring al gevonden?'

'Het is een lang verhaal, maar...' Maia vertelde zo beknopt mogelijk wat er de afgelopen paar dagen was gebeurd.

'We denken dat het misschien komt doordat ze niet wil dat Mary-

Kate, haar dochter, informatie krijgt over haar biologische ouders,' eindigde ze haar relaas.

'Wat vind jij, Tiggy?' vroeg Ally.

Het was even stil.

'Ik heb het gevoel dat ze... bang is.'

'Dat is interessant,' zei Ally, 'want dat is precies wat haar zoon Jack tegen me zei nadat hij haar had gesproken. Heb jij, of iemand die je kent, hier of, eh... daarboven, enig idee waarom?' Ally bloosde toen ze zinspeelde op Tiggy's bovennatuurlijke gaven, maar sinds ze daar zelf in Granada getuige van was geweest, was ze volledig bekeerd.

'Daar zou ik over moeten nadenken. Het is veel makkelijker om iemand persoonlijk te spreken dan vanuit de verte dingen te ervaren. Maar inderdaad, mijn instinct zegt me dat ze bang is.'

Nu was het Maia's beurt. 'Tiggy, Ally en ik vroegen ons af of jij dat misschien zou kunnen doen, haar persoonlijk spreken dus.'

'Heb je haar telefoonnummer?'

'Ja, dat heeft Orlando, maar we moeten eigenlijk iemand hebben die haar in het echt op kan zoeken en kan uitleggen dat we geen kwade bedoelingen hebben,' zei Ally. 'We weten precies waar ze is, en dat is niet ver bij jou vandaan.'

'Alles is hier ver vandaan,' grinnikte Tiggy. 'Is ze in Schotland?'

'Nee, in Dublin. Het kan nooit meer dan een uur of twee vliegen zijn.'

'Ik kan denk ik wel, Cal redt het vast een paar dagen zonder me. Het is alleen, nou ja, het ethische aspect dat me dwarszit. Er is duidelijk een reden waarom ze voor ons wegloopt en ik wil haar niet nog meer angst aanjagen door uit het niets op te duiken. Mag ik erover nadenken?'

'Natuurlijk,' antwoordde Maia. 'En als het niet goed voelt, doen we het niet.'

'Geef me een half uur. O, trouwens, Maia, bij jouw symptomen zou gemberthee kunnen helpen. Doei,' zei ze en de verbinding werd verbroken.

Ally en Maia keken elkaar stomverbaasd aan.

'Je hebt toch verder niemand verteld over je... je-weet-wel?' fluisterde Ally, en ze wees naar Maia's buik.

'Nee, echt niemand, Ally!'

'Nou, ik ook niet.'

‘Hoe kan ze het dan weten?’ vroeg Maia.

‘Ze weet het gewoon,’ zei Ally schouderophalend. ‘In Granada, vlak voordat Bear werd geboren, vertelde ze me dingen over Theo en over de hanger die ik van hem heb gekregen. Dingen die ze onmogelijk kon weten. Ze zei… Ze zei dat ze hem zag staan. Ik…’ Er verschenen tranen in Ally’s ogen. ‘Het was een heel bijzonder moment. Ons kleine zusje heeft een unieke gave.’

‘Als jíj dat zegt, Ally, terwijl je altijd cynisch staat tegenover dingen die je niet met logica kunt verklaren, dan zegt dat nogal wat. We moeten maar even afwachten wat ze besluit.’

Ally hoorde een ping en keek op haar mobieltje.

> *Hoi, Ally, hier Jack uit de Provence/NZ. Even checken of je veilig in Genève bent aangekomen. Het was geweldig je te ontmoeten. Hou contact en misschien kunnen we elkaar nog in Europa ontmoeten voordat ik terugvlieg naar huis. Jack.*

Het bericht was afgesloten met een kus. Ally voelde een kriebel in haar buik.

‘Van wie is dat?’ informeerde Maia.

‘Van Jack, Merry’s zoon.’

‘Echt waar? Aan je gezicht te zien konden jullie goed met elkaar overweg.’

‘Ik moest toch in contact met hem komen? Ik moest hem informatie over zijn moeder zien te ontfutselen. Nou, ik ga naar boven, eens kijken of Bear al wakker is.’

Maia keek haar zus glimlachend na. ‘*The lady doth protests too much, methinks*,’ citeerde ze uit Shakespeares *Hamlet*.

Toen Ally die avond in bed wilde stappen, werd er op de deur geklopt, waarna Maia kwam binnenlopen.

‘Tiggy zegt dat ze gaat. Ze kijkt of ze morgenmiddag een vlucht naar Dublin kan krijgen. Het is minder dan twee uur vanaf Aberdeen.’

‘Mooi. Geweldig. Nou, laten we hopen dat Merry dan niet wéér verdwijnt en dat Tiggy de kans krijgt om het uit te leggen.’

‘In de woorden van Tiggy: “Ik betwijfel of ze erg ver weg is.” Hoe dan ook, ik vond dat ik je dit even moest vertellen.’

‘Ik ben heel blij dat ze gaat. Als ze de kans krijgt Merry te ontmoeten, kan ze in elk geval een aantal misverstanden ophelderen.’

‘Ja. Nou, welterusten, Ally.’

‘Jij ook.’

Nadat Maia de deur achter zich had dichtgetrokken, ging Ally liggen. Ze werd plotseling overvallen door tegenstrijdige gevoelens over Tiggy’s besluit. Vanuit ethisch oogpunt was het goed dat ze ging, anderzijds zou het betekenen dat Jack uiteindelijk van zijn moeder te horen zou krijgen wat haar aandeel in dit bedrog was.

‘Godsamme, Ally, je kent hem nog geen achtenveertig uur,’ sprak ze zichzelf streng toe.

Niettemin pijnigde ze een tijdlang haar hersens over de vraag of ze terug moest sms’en, en wát dan, en viel uiteindelijk in slaap terwijl ze dacht aan de kus aan het einde van zijn berichtje…

26

Merry
Dublin, Ierland

Ik werd wakker van de wekker, die ik op negen uur had ingesteld. Ik voelde me uitgerust na mijn eerste fatsoenlijke nachtrust sinds ik uit Nieuw-Zeeland was vertrokken. Dat had misschien voor een deel te maken met het feit dat ik me op 'eigen terrein' bevond. Het was een rustgevend gevoel om terug te zijn in Ierland, wat enigszins ironisch was als je bedacht waarom ik jaren geleden was weggegaan uit Dublin. Maar ik was wel emotioneel vanaf het moment dat het vliegtuig landde, omdat ik wist dat een deel van me hier thuishoorde en dat op dit unieke en prachtige eiland mijn roots lagen.

Jock had me herhaaldelijk gevraagd of ik mijn familie in het 'oude land', zoals hij het noemde, niet eens wilde bezoeken, maar ik had dat altijd afgewimpeld. Hoezeer ik mijn familieleden ook miste, ik wist dat ze tegenover Jock iets zouden kunnen loslaten over mijn overhaaste vertrek en, wat nog belangrijker was, ik wilde hen ook beschermen. Het kwam erop neer dat ik zevenendertig jaar lang geen enkel familielid had gesproken.

Leugens, leugens, leugens...

'Genoeg is genoeg,' zei ik hardop tegen de zoveelste fraai ingerichte en van alle gemakken voorziene hotelkamer. En voor het geval er iemand achter de deur stond te luisteren, zei ik er hardop achteraan: 'Ik ben niet bang meer!'

Ik belde roomservice en bestelde een pot thee en een paar *breakfast biscuits*. Biscuits als ontbijt voelde als een luxe, vooral de eigengemaakte die je in hotels als het Merrion Hotel kreeg, en waarom zou ik mezelf niet eens verwennen? Ik pakte een van de glimmende folders die naast de telefoon waren gelegd om me te verleiden. Ik was nog nooit naar een spa geweest. Steeds als ik me er een inbeeldde, zag ik een antiek Romeins badhuis voor me, vol dames die zich in een verkwikkend bad wentelden. Ik had onlangs de hedendaagse variant ontdekt, die steevast in het souterrain van een hotel was gevestigd, met lange gangen die uitkwamen op behandelruimtes waar tinkelende achtergrondmuziek uit een discreet verstopte cd-speler klonk. Ik bladerde de folders door en vroeg me af of ik de sprong zou wagen en mezelf op een van de talloze massages zou trakteren, maar het overzicht van behandelingen was even gevarieerd en verwarrend als het menu van een afhaalchinees.

Er werd geklopt, en onmiddellijk begon mijn hart sneller te kloppen. Ik haalde diep adem en antwoordde. Het waren waarschijnlijk het zangerige accent en de typisch Ierse vriendelijkheid van de kelner die voor de deur stond en me begroette, die me op mijn gemak stelden. Hij kwam binnen om mijn ontbijt op een tafeltje te installeren en vroeg waar ik vandaan kwam.

'Londen.'

'En woont u daar?'

'Nee, ik woon in Nieuw-Zeeland.'

'Daar woont u nu? Zo, dan hebt u een lange reis gemaakt. Ik hoop dat u een fijn verblijf hebt, Mrs. McDougal.'

Toen de kelner was vertrokken, pakte ik een reservetheezakje uit mijn reistas en deed dat in de thee die hij had ingeschonken. Hotelthee was slap, wist ik inmiddels, waar ter wereld je je ook bevond. Maar ik was dan ook opgegroeid met een brouwsel dat sterk genoeg was om je huid mee af te stropen, zoals Jock graag opmerkte.

Toen ik weer in bed zat met mijn kop thee, dacht ik terug aan het moment waarop ik voet op Ierse bodem had gezet en hoe hevig ik er toen naar had verlangd om uit mijn schuilplaats te komen. Bij de paspoortcontrole had ik graag in het vette accent uit mijn jeugd verklaard dat ik hier geboren was en ooit in het bezit van een Iers paspoort was geweest, maar dat ik alles om me heen en de plek waar ik vandaan kwam had opgegeven om mezelf en de mensen die ik liefhad te beschermen.

Nou, hier zat ik dan, met een andere naam en een andere nationaliteit, terug in het land dat me had grootgebracht, maar ook de problemen had veroorzaakt waardoor ik het in allerijl had moeten ontvluchten. En vandaag zou ik op zoek gaan naar de enige persoon op de wereld die ik meer dan wie ook vertrouwde, maar die ik ook had moeten achterlaten. Ik had zijn hulp nodig, en mijn achtervolgers, die al sinds ik uit Nieuw-Zeeland was vertrokken achter me aan zaten, waren er de oorzaak van dat ik niemand anders had bij wie ik terechtkon.

Ik keek naar de ring die mijn lieve Ambrose me op mijn eenentwintigste verjaardag had gegeven. Wie had gedacht dat zoiets kleins en moois, uit liefde gegeven, dit alles had veroorzaakt, puur omdat het mijn vroegere identiteit bevestigde? Althans, ik geloofde dat de ring uit liefde was gegeven...

'Nee, Merry, begin nou niet aan hém te twijfelen. Als je dat doet, ben je helemáál verloren!' berispte ik mezelf. 'Kom op, meisje, tijd voor een douche, en daarna gaan we een eindje wandelen.'

Om twaalf uur 's middags stond ik op Merrion Square, voor het hoge, elegante huis met op de begane grond en het souterrain de maisonnette waar Ambrose woonde. Ik keek stiekem naar binnen en zag dezelfde gordijnen, lamp en boekenplanken.

In het ergste scenario was Ambrose dood en had een familielid, koper of huurder het huis overgenomen zonder de moeite te nemen iets te veranderen.

'Ga nou maar gewoon die trap op en bel aan, Merry,' zei ik tegen mezelf. 'Hij is vijfentachtig, je denkt toch niet dat hij je ter plekke zal neerschieten?'

Ik liep de trap op en drukte op de bel, die dezelfde twee tonen liet horen als decennia geleden. Het duurde even voordat er een reactie kwam, maar toen hoorde ik boven me, uit de intercom boven de bel, een mij zeer bekende, geliefde stem.

'Wie is daar?'

'Ik... ik ben het, Mary O'Reilly. Het meisje van jaren geleden. Ambrose, ik ben het!' riep ik smekend, met mijn gezicht zo dicht bij de luidspreker dat ik die bijna kuste. 'Mag ik binnenkomen?'

'Mary? Mary O'Reilly?'

'Ja, ik ben het, maar ik heb niet zo'n zwaar accent meer, Ambrose. Ik ben het.'

Er viel een stilte. Ik moest een paar tranen wegslikken omdat ik hem zou terugzien en in die paar seconden aan mijn vroegere ik terugdacht. Toen ging de deur open. Daar stond hij.

'Jezus, Maria en Jozef!' zei ik ademloos. 'Sorry, ik sta te huilen.'

'Goeie genade, ik ben in vijfentachtig jaar niet zo verbaasd geweest. Kom binnen, alsjeblieft, anders maken we onszelf te schande op deze openbare stoep.'

Ambrose loodste me naar binnen, en hoewel hij inmiddels met een stok liep en minder haar had (dat destijds ook al schaars was geweest), zag hij er nog precies zo uit als ik me herinnerde. Hij droeg een oud tweed jasje, een ruitjesoverhemd met een donkergroen strikje, en achter de ronde bril met dikke glazen hadden zijn vriendelijke bruine ogen iets uilachtigs. Hij was de enige die me liever Mary dan Merry noemde, en ik had het gevoel dat mijn hart zou ontploffen toen ik hem in dat afgemeten accent mijn naam hoorde uitspreken.

Toen de voordeur dicht was, voerde hij me door de gang naar de zitkamer. Het bureau voor het raam en de twee leren fauteuils aan weerszijden van de open haard stonden nog op precies dezelfde plek. De inmiddels tot op de draad versleten bank stond nog altijd tegen de muur, tegenover de uitpuilende boekenplanken aan weerskanten van de open haard. Hij sloot de deur, draaide zich om en keek me aan.

'Zo, zo...' was het enige wat hij kon uitbrengen.

Bij mij kwam er ook niet veel meer uit. Ik had moeite mijn tranen in bedwang te houden.

'Hoewel het pas elf uur is, denk ik dat dit moment om een sterk medicijn vraagt.'

Ambrose pakte een fles whiskey van een van de boekenplanken en twee glazen uit het kastje eronder. Ik zag dat zijn handen trilden toen hij ze op het bureau zette.

'Zal ík inschenken?' vroeg ik.

'Zou je dat willen doen, lieve? Ik merk dat ik nogal van slag ben.'

'Ga jij maar zitten, ik doe het wel.'

Terwijl Ambrose zich in zijn favoriete leren stoel liet zakken, schonk ik twee royale glazen whiskey in en reikte hem er een aan. Daarna ging ik in de stoel tegenover hem zitten.

'Sláinté!'

'Sláinté!'

We namen allebei een forse teug, die een seconde later een brandend, maar niet onprettig gevoel in mijn maag veroorzaakte. Nadat we in stilte ons glas hadden leeggedronken, zette Ambrose het zijne op het tafeltje naast hem. Hij had inmiddels gelukkig een wat vastere hand.

‘Ik zou heel wat citaten van befaamde lieden kunnen aanhalen om dit moment te markeren,’ zei hij, ‘maar ik wil niet mijn toevlucht nemen tot clichés of overdreven termen. Ik hou het bij de vraag waar je de afgelopen zevenendertig jaar in hemelsnaam hebt gezeten.’ Hij stak een vinger op, wat betekende dat hij nog niet klaar was. ‘En dan zul jij ongetwijfeld zeggen dat dat een lang verhaal is. Die zijn altijd het beste, maar misschien kun je het om te beginnen kort houden en tot de kern van de zaak komen.’

‘Ik woon in Nieuw-Zeeland,’ zei ik. ‘Daar ben ik getrouwd met een man die Jock heet en we hebben twee kinderen. Een zoon van tweeendertig, die Jack heet, en een dochter, Mary-Kate, die tien jaar jonger is, tweeëntwintig.’

‘En nu de belangrijkste vraag: ben je gelukkig?’

‘Toen ik uit Ierland wegging, was ik vreselijk ongelukkig,’ bekende ik. ‘Maar nu ben ik gelukkig, ja. Toen ik Jock ontmoette, besefte ik dat ik het verleden moest vergeten en moest leven met wat ik had gekregen. Toen ik dat had gedaan, was ik in staat om te genieten van het leven en dankbaar te zijn.’

Ambrose zweeg. Hij rustte met zijn ellebogen op de leuning van zijn stoel en hield zijn vingers tegen zijn kin gedrukt.

‘De volgende vraag is of je de tijd en de mogelijkheden hebt om me tot in detail over de tussenliggende jaren te vertellen. Of moet je al snel weer vertrekken?’

‘Op dit moment heb ik geen vaste plannen. Ironisch genoeg ben ik om redenen waarover ik met jou wil praten aan een grand tour begonnen die maanden in beslag zou nemen. Tot nu toe ben ik in ongeveer een week tijd in vier landen geweest. Ik had Ierland als laatste bestemming gepland.’

Om dat laatste moest Ambrose glimlachen. ‘Wat muizen en mensen al niet plannen… of moet ik zeggen “en vrouwen”. Waar het om gaat, is dat jij nu hier bent, en ook al gaat mijn gezichtsvermogen in rap tempo achteruit, ik zie dat je geen steek bent veranderd. Je bent nog steeds de mooie jonge vrouw van wie ik hield en die ik voor het laatst in deze zelfde kamer zag toen ze pas tweeëntwintig jaar oud was.’

‘Dan gaat je gezichtsvermogen inderdaad sterk achteruit, lieve Ambrose. Ik ben achtenvijftig, ik word oud.’

‘Welnu, is het mogelijk dat je wat tijd overhebt om mij de komende uren – of dagen – uit te leggen waarom je überhaupt Ierland moest verlaten en alle contact met mij hebt verbroken?'

'Dat ben ik wel van plan, ja. Maar... dat hangt af van jouw reactie op wat ik je over mijn huidige probleem vertel. En dat heeft veel te maken met de reden waarom ik in eerste instantie wegging uit Ierland.'

'Goeie genade! Ben je een Griekse tragedie aan het schrijven of ga je me het verhaal van je leven vertellen?' Ambrose trok expressief een wenkbrauw op.

'Misschien doe ik wat dramatisch, maar dat verhaal is de reden waarom ik hier nu bij jou zit. Jij bent de enige aan wie ik nog advies kan vragen.'

'En je echtgenoot? Jock?'

'Mijn lieve Jock is vijf maanden geleden overleden. En toen besloot ik om...'

'Je verleden te bezoeken?'

'Ja.'

'En heb je het gevoel dat je verleden je wellicht heeft ingehaald?' vroeg hij, opmerkzaam als altijd.

'Dat heb ik, ja... Volledig.' Ik stond op. 'Vind je het goed als ik mezelf nog een whiskey inschenk?'

'Uiteraard, Mary. Schenk mij ook nog maar een slokje in. Met een zeker percentage alcohol in mijn lichaam kan ik beter denken. Maar vertel dat niet aan mijn andere oud-studenten,' zei hij met een knipoog. 'Er staat ook nog een blad met tamelijk goede sandwiches in de keuken, die zullen het wel absorberen. Mijn dagelijkse hulp, die alles – of niet alles, dat hangt ervan af – voor me doet, heeft ze vlak voordat ze vertrok klaargemaakt.'

'Ik zal ze even halen.'

Ik liep door de schemerige gang naar de keuken. Sinds ik hier voor het laatst was geweest, was daar nog geen kastje veranderd. Er stond wel een nieuw fornuis, en ik ontdekte zelfs een magnetron in een hoek. De sandwiches van sodabrood waren in vershoudfolie gewikkeld.

'Zo, hier zijn ze,' zei ik toen ik terugkwam, en ik zette het bord op het tafeltje naast hem.

'Tast toe. De ene zal met kaas en sla zijn belegd, de andere met ham en sla, dat is altijd zo.'

'Ze zien er best lekker uit, in elk geval beter dan wat Mrs. Cavanagh ons voorzette,' zei ik met een glimlach, en ik pakte een kaassandwich.

'Ah, Mrs. Cavanagh,' zei hij met een zucht. 'Nou, lieve Mary, ik mag dan wel een behoorlijke portie van je leven hebben gemist, jij hebt op jouw beurt ook een tamelijk groot deel van het mijne gemist. Over porties gesproken, laten we eerst maar eten en daarna verder praten.'

Weer was het een tijdje stil terwijl we onze sandwich aten. Ik had van Ambrose geleerd dat het onbeleefd was om met volle mond te praten, en ik had dat mijn eigen kinderen ook bijgebracht.

'En gaat het goed met je, afgezien van je gezichtsvermogen?' vroeg ik toen we klaar waren.

'Ik denk dat het woord "afgezien" de gemene deler is van iedere persoon van mijn leeftijd. Afgezien van mijn reuma en mijn hoge cholesterolgehalte, waar ik direct bij moet zeggen dat ik daar al vanaf mijn vijftigste jaar mee moet leven, ben ik zo fit als een hoentje.'

'Kom je tegenwoordig nog vaak in West Cork?'

Ambrose' glimlach verflauwde. 'Helaas niet. Ik ben er zelfs sinds begin jaren zeventig niet meer geweest, ongeveer een jaar nadat jij vertrok.'

'Maar pastoor O'Brien dan? Jullie waren zo goed bevriend.'

'Ach, Mary, dat is een verhaal voor een andere keer.'

Ambrose' blik dwaalde naar het raam, en ik besefte dat het einde van de vriendschap, wat de oorzaak ervan ook was, een pijnlijke ervaring voor hem moest zijn geweest.

Hij wendde zich weer tot mij en wees naar mijn ring. 'Ik zie dat je nog steeds de ring draagt die ik je heb gegeven,' zei hij.

'Ja, hoewel hij inmiddels officieel van mijn dochter is. Ik heb hem haar op háár eenentwintigste verjaardag gegeven, maar ik heb haar gevraagd of ik hem voor deze reis mocht lenen. Ik was bang dat je me na al die jaren misschien niet zou herkennen, daarom heb ik hem als bewijs meegenomen.'

'Jou niet herkennen? Mary, je bent wellicht de persoon van wie ik het meest heb gehouden in mijn hele leven! Hoe zou je dat nu kunnen denken? Tenzij... Aha!' Hij wees met een vinger naar zijn hoofd. 'Je dacht dat ik ze misschien niet meer op een rijtje had, dat ik op mijn ouwe dag seniel was geworden, hè?'

'Om je de waarheid te zeggen was het wel bij me opgekomen dat ik misschien iets bij me moest hebben om je geheugen op te frissen. Vergeef me, Ambrose.'

'Als jij een kop koffie voor ons klaarmaakt, overweeg ik in de tussentijd of je mijn vergiffenis verdient. Ik veronderstel dat je nog weet hoe ik hem graag drink?'

'Sterk, met een drupje melk en één lepeltje rietsuiker?' Ik stond op.

'Precies, liefje, precies.'

Vijf minuten later kwam ik terug met koffie voor hem en een kop thee voor mezelf.

'En, waar wil je beginnen?' vroeg hij.

'Ik weet dat ik bij het allereerste begin zou moeten beginnen, maar misschien moeten we een beetje van achteren naar voren werken. Vind je het goed als ik later de hiaten invul, en ik nu eerst de grote lijnen schets?'

'Wat je maar wilt. Studenten of collega's bij Trinity hebben me niet meer nodig, ik ben ruim vijftien jaar geleden met pensioen gegaan. Neem dus alle ruimte, hoe lang je zelf maar wilt.'

'Eigenlijk heb ik de ring niet alleen meegenomen om je geheugen op te frissen, Ambrose. Ik heb hem bij me omdat hij het middelpunt van mijn probleem lijkt te worden. Destijds én nu.'

'Is dat heus? Het spijt me dat te horen.'

'Het punt is... De reden waarom ik ben weggegaan uit Ierland is omdat ik, nou ja, voor iemand moest vluchten. Ik ben eerst naar Londen gegaan, maar vervolgens moest ik opnieuw vluchten, ik had geen andere keus. Ik heb toen besloten om zo ver mogelijk weg te vluchten, eerst naar Canada, daarna naar Nieuw-Zeeland.'

Ambrose bleef zwijgen, terwijl ik mezelf herpakte om verder te kunnen gaan.

'Toen ik trouwde, ben ik van achternaam veranderd, ik heet nu McDougal. Een paar jaar later werd ik dankzij mijn huwelijk Nieuw-Zeelands staatsburger. Ik had een nieuwe identiteit en geloofde oprecht dat daarmee het risico dat hij me zou vinden, was verdwenen. Zoals ik al zei, was ik in staat om te genieten van mijn leven daar, van het runnen van een wijngaard, van mijn gezin, de opvoeding van mijn zoon Jack. Maar toen...'

'Ja?'

'Ik was nog maar net begonnen aan mijn grand tour. Mijn eerste aanvlieghaven was Norfolk Island, een minuscuul eiland tussen Nieuw-Zeeland en Australië. Ik ging daar mijn oude vriendin Bridget opzoeken, die daar onlangs naartoe was verhuisd. Herinner je je Bridget nog?'

'Hoe kan ik haar vergeten nu we hebben vastgesteld dat ik beslist niet seniel ben? Als kind je vijand met de vlammende haardos, aan de universiteit je beste vriendin.'

'Ja, die bedoel ik. Hoe dan ook, ik was dus op Norfolk Island en zat aan een borrel met Bridget en haar nieuwe echtgenoot toen ik een voicemailbericht kreeg van mijn dochter, Mary-Kate. Ze had kennelijk twee vrouwen aan de deur gehad die zeiden dat zij misschien de "missende zus" was in hun gezin van zes zussen en dat ze meer over haar wilden weten. Die zussen waren alle zes geadopteerd door een zo te horen wat merkwaardig figuur, een man die kennelijk een jaar geleden is overleden. Het bewijs van die relatie was een stervormige smaragden ring, met zeven punten rond een kleine diamant.' Ik hield mijn hand omhoog en wees naar mijn ring. 'Mary-Kate zei dat die vrouwen een tekening van die ring bij zich hadden, die ze haar lieten zien. Mary-Kate was er tamelijk zeker van dat het dezelfde ring was.'

'Werkelijk? Ga verder, alsjeblieft.'

'Hoe dan ook, deze vrouwen waren er zo op gebrand om me op te sporen dat ze volgens Mary-Kate speciaal naar Norfolk Island zouden vliegen om mij te ontmoeten.'

'Weet je ook waarom ze daar zo op gebrand waren?'

'Een of ander fantasieverhaal over hun dode vader en dat het zijn dierbaarste wens was geweest om die "missende zus" te vinden. Voor hun vader zou het te laat zijn geweest, maar die zussen wilden een jaar na zijn dood een herdenkingsbijeenkomst houden op de plek waar hij op zee begraven zou moeten zijn. Die zussen zijn zelfs vernoemd naar de Zeven Zusters van de Pleiaden! Heb je ooit zo'n belachelijk verhaal gehoord?'

'Nou, ik herinner me het thema van de missende zuster wel, dat in diverse mythen over de hele wereld voorkomt. Jij vast ook wel, Mary. Je hebt tenslotte je bachelorscriptie gewijd aan Orions jacht op Merope.'

'Dat weet ik wel, Ambrose, maar de Zeven Zusters waren… zijn denkbeeldige wezens, geen echt gezin van vlees en bloed.'

'Als je dat tegen de oude Grieken had gezegd, Mary, hadden ze je als offerande aan de goden achtergelaten op de top van de Olympus.'

'Ambrose, alsjeblieft, dit is niet om te lachen.'

'Vergeef me, Mary. Ga verder. Er zit ongetwijfeld een systeem achter deze merkwaardige gebeurtenissen.'

'Goed, toen ik hoorde dat ze naar Norfolk Island wilden vliegen, heb ik het daar met Bridget over gehad, omdat zij alles over mijn verleden weet, en ze was het met me eens dat ik maar beter eerder kon vertrekken, zodat ik ze niet hoefde te ontmoeten. Ik ben naar Canada gevlogen, dat was de volgende bestemming op mijn reis, maar al op mijn eerste dag in Toronto kreeg ik telefoontjes en berichten van de receptionist dat twee vrouwen me wilden komen bezoeken. Toen ze bij de receptie waren aangekomen, heb ik de receptionist gevraagd hoe ze eruitzagen, en hij zei dat ze gekleed waren als moslima's.'

'Dus dat waren niet de twee vrouwen die je naar Norfolk Island waren gevolgd?'

'Nee. Ik heb maar een vluchtige indruk van ze gekregen, maar ze hadden een donkere huid, en hoewel ik de receptionist had gevraagd te zeggen dat ik er niet was, bleven ze gewoon zitten wachten in de lobby. Omdat ik het niet langer uithield, ben ik op een gegeven moment naar beneden gegaan om ze met eigen ogen te zien. Een van de twee moet me hebben herkend, want toen ze me zag, riep ze mijn naam toen ik op weg was naar de lift. Goddank ging de liftdeur net voor haar neus dicht. Ze heeft ook een brief voor me achtergelaten, waarin hetzelfde stond als wat die twee andere vrouwen Mary-Kate al hadden verteld. Ik was zo bang dat ik besloot om rechtstreeks naar Londen te vliegen.'

'Het wordt steeds curieuzer,' zei Ambrose, toen ik even op adem kwam en een slok thee nam.

'Toevallig liep ik bij de receptie van mijn hotel in Londen een sympathiek ogende man tegen het lijf. Hij vroeg of ik geïnteresseerd was in een interview over de wijngaard die mijn man en ik samen hebben opgebouwd en gerund, hij was namelijk wijnjournalist. Hij nodigde me uit in zijn suite, samen met een vriendin die zich voorstelde als Lady Sabrina. Ze kwamen heel eerlijk over.' Ik stopte even om een slok thee te nemen. 'Maar tijdens het interview met die man, Orlando, zat die vrouw de hele tijd naar mijn ring te staren. Na afloop van het interview vroeg ze me ernaar. Ze zei dat ze die zeven punten heel apart vond en vervolgens begon die man over de Zeven Zusters van de Pleiaden, en over de missende zus...' Ik schudde vertwijfeld mijn hoofd.

'Op dat moment ben ik opgestaan en weggegaan. En de dag daarop merkte ik dat de man me volgde toen ik naar Clerkenwell ging om de huwelijks- en overlijdensregisters in te zien. Ze hadden me voor die avond uitgenodigd voor het diner, maar ik heb afgezegd. Ik heb die nacht geen oog dichtgedaan, de uren kropen voorbij. De volgende ochtend dacht ik er vroeg tussenuit te kunnen knijpen, maar toen ik beneden kwam, zat die man al de krant te lezen in de lobby. Uiteindelijk liet ik mijn bagage naar beneden brengen en door een portier opslaan. Ik kon pas naar buiten glippen toen die Orlando naar het toilet moest. En nu zit ik hier...'

Ik legde een hand tegen mijn voorhoofd. Ik schaamde me een beetje omdat ik zin had om mijn hoofd op zijn schoot te leggen en het uit te snikken, zoals ik als kind soms had gedaan als het me allemaal te veel werd. 'Ik ben zo verschrikkelijk moe, Ambrose, echt. Ze zitten me weer achterna, dat wéét ik gewoon.'

'Wie zijn "ze"?'

'Een aantal in- en inslechte, gewelddadige lui die me lang geleden hebben bedreigd, of iemand die hen kende. Hij heeft ook mijn familie en iedereen van wie ik hield bedreigd, jou ook. Daarom ben ik...'

'Gevlucht?' vroeg Ambrose.

'Ja. Heb je toevallig een tissue voor me?'

'Hier, Mary, droog je tranen.' Hij gaf me zijn zakdoek, en die rook zo sterk naar mijn jeugd met hem dat er nog meer tranen kwamen. 'Ik ben zo ongerust over Mary-Kate. Die is nu helemaal alleen op de wijngaard in Nieuw-Zeeland en weet helemaal niets over mijn verleden. Jack, mijn zoon, trouwens ook niet. Hij is ertoe in staat ze op mijn kinderen af te sturen, dat weet ik gewoon, en...'

'Rustig maar,' zei Ambrose op vriendelijke toon. 'Ik weet uiteraard niets van het verleden dat je me nu schetst, maar...'

'De missende zus, zo noemde híj me altijd! Dat was toen...' zei ik, en ik kon geen woorden vinden om uit te leggen hoe ingewikkeld de situatie destijds was.

'Ik neem aan dat je het nu hebt over iemand die ik ken uit de tijd waarin je hier bij mij woonde?'

'Ja, dat klopt, maar spreek zijn naam alsjeblieft niet uit. Dat zou ik niet kunnen verdragen. Hij heeft me gevonden, Ambrose. Ik wéét gewoon dat hij me heeft gevonden.'

Ambrose legde zijn vingers in een driehoek tegen zijn kin en bleef me een tijdje – voor mijn gevoel uren – aanstaren. Er trok een scala aan emoties over zijn gezicht, die ik niet allemaal kon thuisbrengen. Uiteindelijk slaakte hij een diepe zucht.

'Ik begrijp het, Mary, en misschien kan ik je angsten enigszins temperen. Maar ik vrees dat je me nu zult moeten excuseren. Mijn enige concessie aan mijn leeftijd is dat ik 's middags een dutje doe. En ik zou hier niet graag zitten doezelen of, erger nog, binnen jouw gehoorsafstand luid snurken, dus heb je er bezwaar tegen als ik me voor een paar uur terugtrek in mijn slaapkamer? Jouw plotselinge verschijning lijkt me nogal te hebben uitgeput.'

'O, Ambrose, natuurlijk niet. Ik ga nu weg en kom later weer terug. Het spijt me zo, echt. Ik had niet verwacht dat onze eerste ontmoeting na al die jaren op deze manier zou verlopen.'

'Verontschuldig je alsjeblieft niet, mijn lieve Mary. Aanvaard maar gewoon dat ik niet meer zo jong ben als vroeger,' zei Ambrose met een flauwe glimlach. Hij stond op en samen liepen we door de smalle gang naar de achterkant van zijn maisonnette. 'Voel je alsjeblieft vrij om hier te blijven. Zoals je weet, staat er een overvloed aan boeken tot je beschikking. Als je de deur uit wilt, ligt de sleutel waar hij altijd heeft gelegen, in de blauwe porseleinen bloempot op het tafeltje in de gang.'

'Heb je hulp nodig?' vroeg ik, toen hij de trap naar het souterrain, waar twee slaapkamers en een badkamer waren, af wilde lopen.

'Ik lijk me uitstekend te hebben gered in de jaren sinds jij vertrok, en ik hoop dat nog een aantal jaren op dezelfde manier voort te zetten. Ik zie je om half vijf, Mary, maar... wees alsjeblieft gerust, ik denk dat je volkomen veilig bent.'

Toen hij uit het zicht verdween, besloot ik dat ik misschien ook maar terug moest gaan naar het hotel voor een middagdutje. Ik verliet de maisonnette en liep de paar honderd meter terug naar het hotel, dat om de hoek lag. Ik ademde de vertrouwde sfeer van de omgeving en de stemmen om me heen in. Deze stad had de achtergrond gevormd van een paar van de gelukkigste momenten van mijn leven, voordat het zo verschrikkelijk was misgegaan.

Ik liep het hotel binnen en ging naar de receptie om mijn sleutel op te halen.

'Alstublieft, Mrs. McDougal,' zei de receptionist toen hij me mijn sleutel overhandigde. 'O, er zit overigens iemand op u te wachten in de lobby.'

Mijn hart begon zo razendsnel te bonzen dat ik dacht dat ik ter plekke zou flauwvallen. Ik leunde tegen de balie en hield mijn hoofd omlaag in een poging weer op adem te komen.

'Gaat het, Mrs. McDougal?'

'Jaja, prima. Hebt u de naam van deze... persoon?'

'Ja, die heb ik. Hij kwam een kwartiertje geleden binnen. Even kijken...' Ik voelde een hand op mijn schouder en slaakte een verschrikt kreetje.

'Mam, ik ben het!'

'O, ik...' Ik klampte me nog harder vast aan de balie, terwijl alles om me heen draaide.

'Waarom neemt u uw moeder niet mee naar de lounge om daar even te gaan zitten? Dan brengen we haar een glaasje water,' stelde de receptionist voor.

'Nee, het gaat goed met me, echt.' Ik draaide me om naar de forse, lange man die ik ter wereld had gebracht en liet mijn hoofd tegen zijn borst rusten, terwijl hij me omhelsde.

'Het spijt me zo dat ik je heb laten schrikken, mam. Waarom gaan we niet even naar de lounge, zoals de receptionist voorstelde, dan kunnen we daar misschien wat thee bestellen?'

'Oké,' stemde ik in. Jack sloeg zijn arm om mijn middel om me te ondersteunen, en zo liepen we naar de lounge.

Toen we eenmaal in de rustige lounge zaten en thee hadden besteld, merkte ik dat Jack naar me zat te staren.

'Heus, het gaat weer prima. Maar vertel eens, wat doe jij hier in hemelsnaam?' vroeg ik.

'Heel simpel, mam. Ik maakte me zorgen om je.'

'Waarom?'

'Je klonk zo... vreemd toen ik je aan de lijn had. Ik heb je vanochtend vroeg weer geprobeerd te bellen, maar je nam niet op.'

'Het gaat uitstekend met me, Jack. Het spijt me dat je het nodig vond om de halve wereld over te vliegen om me te spreken.'

'Ik hoefde niet de halve wereld over, weet je nog, mam? Het is maar een paar uur vliegen vanaf de Provence. De vlucht duurde niet langer dan van Christchurch naar Auckland. Nou, in elk geval ben ik hier, en daar ben ik blij om, zeker na je reactie bij de receptie. Wat is er aan de hand, mam?' vroeg hij, nadat de thee was gearriveerd.

'Zullen we eerst maar eens een kop thee drinken? Schenk jij maar in,' zei ik, want ik vertrouwde mijn eigen trillende handen niet. 'Voor mij graag een extra schep suiker.'

Dankzij een kop hete, mierzoete thee en de aanwezigheid van Jack ging mijn hartslag uiteindelijk omlaag en werd het weer helder in mijn hoofd.

'Ik voel me al een stuk beter,' zei ik, want ik wilde dat die bezorgde blik van mijn zoon verdween. 'Sorry dat ik zo vreselijk schrok.'

'Geeft niet.' Jack haalde zijn schouders op. 'Je dacht duidelijk dat ik iemand was die je niet wilde zien.' Mijn zoon wierp me met zijn felblauwe ogen – de kleur van míjn ogen – tersluiks een blik toe.

'Ja, dat dacht ik.' Ik zuchtte. Ik had het altijd heel moeilijk gevonden om tegen Jack te liegen. Door zijn open en eerlijke karakter en die opmerkzaamheid, vooral waar het mij betrof, was dat gewoonweg onmogelijk.

'Maar wie verwachtte je dan?'

'O, Jack, dat is zo'n lang verhaal. Kort gezegd komt het hierop neer. Ik denk... Ik denk dat iemand die vroeger hier in Dublin woonde – een gevaarlijk iemand – mij misschien weer op het spoor is.'

Jack nipte rustig van zijn thee terwijl hij dit aanhoorde. 'Oké. En hoe weet je dat?'

'Ik wéét het gewoon.'

'Goed. En wat is er de afgelopen week gebeurd waardoor je dat denkt?'

Ik keek zenuwachtig om me heen. 'Ik praat hier liever niet over in een publieke ruimte. Je weet nooit wie er meeluistert.'

'Goeie help, mam, je klinkt compleet paranoïde! En eerlijk gezegd ook een beetje getikt. Dat vind ik wel iets om me zorgen over te maken, want jij was altijd de rustigste en evenwichtigste persoon die ik ken. Ik geef je voorlopig het voordeel van de twijfel en ga je niet meeslepen naar de dichtstbijzijnde psychiater om uit te zoeken of je niet ineens aan waanideeën lijdt. Vertel eerst maar eens wie die man is.'

'Ik ben bij mijn volle verstand,' zei ik. Ik ging wat zachter praten voor het geval de serveerster die in de hoek van de uitgestorven lounge stond, ons kon horen. 'Het is allemaal begonnen toen die vrouwen je zus bij The Vinery kwamen opzoeken met een of ander verhaal over dat zij de zevende zus was naar wie hun overleden vader op zoek was geweest.'

'Aha.' Jack knikte. 'Oké. MK zei dat het bewijs daarvoor iets te maken had met die smaragden ring die je nu omhebt. Ze hoefden hem alleen maar te zien.'

'Klopt. Nou, sinds die vrouwen daar zijn geweest doken er in elk hotel waar ik kwam onbekenden op die me wilden spreken. En weet je nog dat ik je vanuit Londen belde en vertelde over die man die me voor een artikel wilde interviewen over The Vinery?'

'Ja, dat weet ik nog. Wacht eens even, je zei toch dat je in New York was?' Jack kneep zijn ogen tot spleetjes.

'Sorry, Jack. Ik wist dat je ongerust zou worden als je merkte dat ik zo sterk van mijn oorspronkelijke planning was afgeweken. Nou, hoe dan ook, die man was absoluut niet wie en wat hij beweerde te zijn. De vrouw met wie hij daar was, zag mijn ring en begon er vragen over te stellen. Die man is me de dag daarna zelfs gevolgd toen ik het hotel verliet. Op dat moment besloot ik naar Ierland te gaan. Daarom klonk ik ook zo raar toen we elkaar gisteren aan de telefoon spraken.'

'Oké.' Jack knikte. 'En weet je ook waarom die lui je achtervolgen? Ik bedoel, wat willen ze eigenlijk? Gaat het hun alleen om de ring?' Hij keek ernaar. 'Hij is maar klein,' zei hij. 'Zo kostbaar lijkt hij me niet… O, mam, je hebt hem toch niet gestolen, hè?' Hij keek me met een wrang glimlachje aan.

'Natuurlijk heb ik hem niet gestolen. Ik zal je het hele verhaal nog wel een keer vertellen, het is tijd, denk ik.' Ik zuchtte en keek op mijn horloge. 'Ik moet zo weer weg. Ik ben maar voor een uurtje terug in het hotel terwijl mijn vriend zijn middagdutje doet.'

'Je vriend?'

'Eigenlijk is hij mijn peetoom. Ik ben bij hem op bezoek geweest. Ik had hem zevenendertig jaar lang niet gezien.'

'Je peetoom?' vroeg Jack fronsend. 'Waarom heb je ons nooit iets over hem verteld?'

'Laten we zeggen dat ik het verleden achter me wilde laten. Dat was voor iedereen het beste. Hij is degene die me de ring op mijn eenentwintigste verjaardag heeft gegeven.'

'Dus hij is hierbij… wat dat "hierbij" dan ook is, betrokken?'

'Nee, dat is hij niet.' Ik glimlachte verdrietig naar mijn zoon. 'Heb je trouwens al iets van Mary-Kate gehoord?'

'Nee, de afgelopen paar dagen niet.'

'Het klinkt misschien belachelijk, maar ik maak me ongerust omdat ze daar helemaal in haar eentje op The Vinery zit. Je hebt zelf niet toevallig bezoek gehad in de Provence? Mensen die naar mij vroegen?'

'Nee, ik heb wel een heel aardige vrouw ontmoet, die op de gîte bij de boerderij van François en Ginette kwam logeren, en…' Hij fronste zijn wenkbrauwen. 'Wauw,' mompelde hij.

'Wat is er?' Mijn hart sloeg weer op hol.

'O, niks. Het is vast niks. Ik bedoel, we konden goed met elkaar opschieten. Ik was heel blij dat ik tijdens het eten in het Engels met iemand kon praten. Ze zei dat ze geadopteerde zussen had en nu ik erover nadenk… Ze stelde best wel veel vragen over jou en over MK's adoptie.'

'O nee, Jack.' Ik zuchtte diep en legde mijn hand tegen mijn voorhoofd. 'Ze hebben jou ook gevonden.'

'Mam, wie zijn die "ze"?' drong hij aan. 'Die Ally was een geweldig mens, en het was puur toeval dat we aan tafel naast elkaar werden gezet. En ik was nota bene degene die aanbood haar de volgende dag naar het dorp te rijden, want ik mocht haar echt graag. Ze heeft ook niks gezegd over een missende zus, of over de Zeven Zusters, of over een ring…'

'Oké, nou, dat is dan misschien toeval, maar zolang we dat niet zeker weten, vraag ik Mary-Kate om The Vinery te verlaten en hierheen te komen.'

'Mam, wat krijgen we nou? Wil je zeggen dat we in gevaar zijn?'

'Dat zou kunnen, ja, en zolang ik niet zeker weet dat we veilig zijn, moeten we bij elkaar blijven.'

Ik keek naar het gezicht van mijn geliefde zoon, dat schrik en twijfel uitdrukte. Ik besefte dat ik hem nu iets moest vertellen, wilde ik voorkomen dat hij me naar een psychiatrische kliniek afvoerde.

'Het zit namelijk zo, Jack, dat iemand die bij een groep uiterst gevaarlijke lui hoorde, gedreigd heeft me op te sporen en te vermoorden.' Ik slikte. 'Het mag dan belachelijk en overdreven dramatisch klinken, maar zo ging dat hier in die tijd. Hij noemde mij altijd de missende zus, en hij haatte deze ring én mijn peetoom, omdat die hem aan mij had gegeven. Dit speelde allemaal heel lang geleden, Jack, en zolang ik niet weet of deze man dood is of leeft, zal ik me niet kunnen ontspannen, begrijp je dat? Daarom ben ik hier in Ierland. Ik moet dit voor eens en altijd kunnen afsluiten.'

'Oké.' Jack knikte. 'Dus je denkt dat hij en zijn... mensen weer achter je aan zitten?'

'Totdat het tegendeel bewezen is, denk ik dat dat mogelijk is, ja. Je hebt hem niet gekend, Jack. Je weet niet waar hij in geloofde, je kent de zaak niet waarvoor hij dacht te vechten.' Ik snakte naar adem. 'Die had hem volledig in zijn macht, zijn hele leven al.'

'Oké, nu kan ik je weer wat beter volgen. Heb je daarom nooit iets verteld over je verleden, hier in Ierland? En ben je daarom naar Nieuw-Zeeland vertrokken, zo ver weg van alles wat je kende?'

'Ja, dat klopt. Maar nu moet ik weer naar Ambrose. Hij zal zich wel afvragen waar ik blijf.'

'Vind je het goed als ik met je meega, mam? Na wat je net hebt verteld, lijkt me dat wel nodig, voor het geval dat.'

'Ik... Oké. Misschien wordt het ook tijd dat jij je achtergrond leert kennen.' Ik wenkte de serveerster om de rekening. Nadat ik die had ondertekend, liepen we samen het hotel uit.

'Heb je een tas bij je?' vroeg ik mijn zoon toen we de hoek naar Merrion Square omsloegen.

'Ja, die heb ik bij de portier afgegeven, en ze hebben een kamer voor me, maar ik wilde voordat ik incheckte eerst zeker weten of jij hier was. Die man die je volgens jou achtervolgt, hoorde die bij een extremistische groepering?'

'Niet toen ik hem leerde kennen, maar op het laatst hoorde hij daar wel degelijk bij. Jack, ik zweer het je, ik overdrijf niet. Ik weet dat de groep waarvan hij lid was over een netwerk beschikte. Hij zei dat hij behoorlijk hoog in de organisatie zat, dus hij hoefde maar een opdracht te geven en er... gebeurden dingen.'

Voor Ambrose' woning bleef ik staan. 'Vergeet niet dat mijn peetoom al heel oud is, maar denk maar niet dat hij ook maar één grammetje van dat enorme brein kwijt is. Ambrose was en is de slimste man die ik ken.'

'Nou,' zei Jack, opkijkend naar het hoge, elegante gebouw van rode baksteen, met zijn ouderwetse ramen met panelen, 'hij moet wel erg rijk zijn, dat hij zo'n pand aan dit mooie stadspark bezit.'

'Hij bezit alleen de begane grond en het souterrain, maar je hebt gelijk. Zelfs zo'n maisonnette zou tegenwoordig al een flink bedrag opleveren. Hij heeft het al heel lang geleden gekocht. En Jack...?'

'Maak je niet druk, mam,' zei Jack, vriendelijk zijn schouders ophalend. 'Ik zal aan mijn manieren denken.'

'Ik weet dat je dat doet, schat. Goed, zullen we dan maar naar binnen gaan?'

Ik deed de voordeur open met de sleutel en stond in de hal met zijn originele zwart-wittegels.

'Ambrose? Ik ben het, Mary,' kondigde ik aan toen ik de deur naar de woonkamer opende.

'Goedenavond,' zei Ambrose, en hij stond al op uit zijn favoriete stoel om me te begroeten. In een flits nam hij Jack op, die zijn gebruikelijke casual outfit droeg die bestond uit een korte broek, T-shirt en niet al te witte gympen.

'En wie mag dit wel zijn?' vroeg Ambrose.

'Jack McDougal, Merry's zoon.' Jack stak zijn hand uit. 'Hoe maakt u het?'

Ik wilde mijn zoon omhelzen voor die formele uitdrukking, want daarmee zou hij Ambrose voor zich innemen.

'Ik maak het uitstekend, dank je, jongeman. Wel, aangezien we met zijn drieën zijn, stel ik voor dat jullie op de bank gaan zitten. Mary, je had me niet verteld dat je je zoon bij je had.'

'Dat was nog niet zo toen ik je vanochtend sprak, maar hij verscheen ineens bij het hotel, op zoek naar mij.'

'Ah, juist,' zei hij. 'Wel, wil iemand misschien iets drinken? Ik vrees dat ik weinig anders te bieden heb dan de twee essentialia van mijn bestaan, whiskey en water.' Ambrose keek naar de klok op de schoorsteenmantel. 'Het is bijna vijf uur, derhalve neem ik een whiskey. Je moeder weet waar ik de fles en de glazen bewaar,' vervolgde hij toen Jack opstond.

'Ik hou het nu graag bij wat water, Jack. De keuken is aan het eind van de gang, en kraanwater is prima.'

Jack knikte en ging de kamer uit terwijl ik de whiskeyfles en een glas pakte.

'Een fijne jongeman, die sprekend op zijn moeder lijkt,' zei Ambrose. 'Ik waag het te beweren dat er geen greintje kwaad in hem steekt.'

'Dat is ook echt zo, Ambrose, hoewel hij niet zo jong meer is. Ik maak me weleens zorgen dat hij een beetje vastgeroest raakt in zijn dagelijkse patroon als vrijgezel en geen gezin sticht.'

'Zou er een vrouw bestaan die goed genoeg voor hem is? Of om het preciezer uit te drukken, goed genoeg voor zijn moeder?' Ambrose keek me met een opgetrokken wenkbrauw aan toen ik hem zijn whiskey aanreikte.

'Waarschijnlijk niet. Hij is zo totaal onbevangen.' Ik zuchtte. 'Dat heeft hem al een paar keer een gebroken hart bezorgd.'

'Ik moet je voordat hij terugkomt iets vragen. Heb je er vrede mee dat we openlijk praten waar hij bij is?'

'Dat moet ik wel hebben, Ambrose. Ik heb hem verteld wat er volgens mij onlangs is gebeurd, en dat die gebeurtenissen alles te maken hebben met het verleden. Het moet maar eens afgelopen zijn met die geheimen. Ik heb er te lang mee geleefd.'

Jack kwam terug met twee glazen water, reikte mij er een aan en ging zitten.

'Sláinte!' Ambrose hief zijn glas. 'Dat betekent "proost" in het Gaelisch,' legde hij aan Jack uit.

'Sláinte!' toostten Jack en ik.

'Bent u zelf Iers, meneer?'

'Noem me alsjeblieft Ambrose. En inderdaad, ik ben Iers. Sterker nog, als ik zo'n traditionele Ierse zuurstok was, zou daar MADE IN IRELAND op staan.'

'Maar u hebt geen Iers accent.'

'Je had je moeder moeten horen toen die nog een klein meisje was, Jack. Ze had het vetste West Corks accent dat je maar kon bedenken. Dat heb ik haar natuurlijk met harde hand afgeleerd toen ze naar Dublin kwam.'

'Waar ligt West Cork?'

'In een ander graafschap, in het zuidwesten.'

'Dus je bent niet in Dublin opgegroeid, mam?'

'Nee hoor.' Ik schudde mijn hoofd. 'Ik ben in West Cork opgegroeid, op het platteland... We hadden tot mijn zesde geen elektriciteit!'

'Maar zó oud ben je toch nog niet, mam? Je bent eind jaren veertig geboren, toch?'

'West Cork liep toen behoorlijk achter,' merkte Ambrose op.

'Dus u hebt mams familie goed gekend?'

'In zekere zin,' zei Ambrose, met een blik op mij. 'Heb je je zoon nooit over je jeugd verteld?'

'Nee, en mijn echtgenoot en Mary-Kate ook niet.'

'Mag ik vragen waarom?'

'Omdat... omdat ik het verleden achter me wilde laten en met een schone lei wilde beginnen.'

'Ik zou echt heel graag meer over je jeugd willen weten, mam,' moedigde Jack me aan.

'Wel, misschien is nu het moment gekomen om de jonge Jack iets over zijn afkomst te vertellen?' opperde Ambrose vriendelijk. 'Ik ben erbij om in te gaan op details die jij je niet volledig herinnert. Mijn geheugen reikt ongetwijfeld tot mijn reeds lang verloren jeugd.'

Ik keerde me naar mijn zoon, die me verwachtingsvol aankeek. Het lezen van Nuala's dagboek had beslist herinneringen aan de vertrouwde plekken uit mijn jeugd naar boven gebracht. Ik sloot mijn ogen en werd overspoeld door een golf van emoties en herinneringen die ik gedurende meer dan de helft van mijn leven zo wanhopig had willen vergeten.

Maar vergeten kun je het niet, Merry, dit is wie je bent...

Dus liet ik me zonder me te verzetten door de golf overspoelen. En ik besefte dat ik me hier, in het bijzijn van mijn zoon en mijn geliefde peetoom, veilig in al het water van het verleden kon laten zakken zonder erin te verdrinken.

Ik haalde diep adem en begon.

MERRY

ARGIDEEN VALLEY

WEST CORK, IERLAND

Oktober 1955

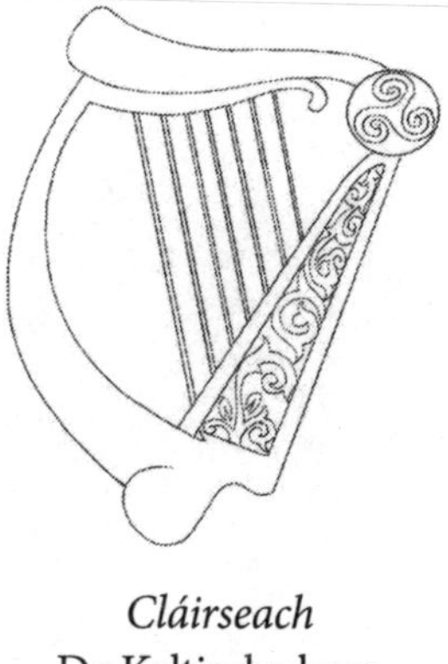

Cláirseach
De Keltische harp

27

Merry schrok wakker van een arm die op haar borst zwiepte. Katie, haar twee jaar oudere zus, lag weer eens te dromen. Merry legde de arm terug op de kant van Katie, die zich omdraaide op haar andere zij en zich opkrulde tot een bal, met haar rode krullen uitgespreid over het kussen. Ook Merry draaide zich op haar zij, zodat ze op het smalle bed met hun bips tegen elkaar aan lagen. Ze keek uit het raam om te zien hoe hoog de zon stond en of daddy al bezig was in de melkstal. De lucht was hetzelfde als altijd, vol grote grijze wolken die eruitzagen alsof het elk moment kon gaan regenen. Ze had nog ongeveer een uurtje om onder de warme dekens te blijven liggen, dacht ze, en dan moest ze eruit om de kippen te voeren.

Aan de andere kant van de kamer lag Nora, die een bed deelde met hun oudste zus Ellen, zachtjes te snurken. Toen haar hoofd eenmaal wakker was, voelde Merry iets van spanning in haar buik, en ze wist meteen wat er was.

Vandaag ging de elektriciteit aan en zouden ze verhuizen naar het Nieuwe Huis aan de andere kant van het erf. Haar vader en oudere broer John, en soms hun buren als ze even weg konden bij hun eigen boerderij, had ze het huis zelf zien bouwen. Al zolang als ze zich kon herinneren waren ze ermee bezig geweest. Als vader niet in de schuur was bij de koeien, of op de gerstakkers, dan was hij aan de overkant van het erf, waar het Nieuwe Huis onder zijn handen verrees.

Merry keek naar het plafond, dat heel laag was en de vorm van een driehoek had (op haar nieuwe school had ze geleerd over driehoeken) met bovenin een balk om het omhoog te houden. Merry vond die balk niet fijn, want hij was donker en er zaten altijd van die grote spinnen, die recht boven haar hoofd hun huisjes maakten. Eén keer hing toen ze wakker werd de grootste spin van de hele wereld recht boven haar neus aan zijn zilveren draadje. Ze had gegild en toen was haar moeder gekomen, die hem had gevangen en had gezegd dat ze geen 'gekke kleine domkop' moest zijn en dat spinnen juist goed waren omdat ze vliegen vingen, maar Merry vond ze helemaal niet goed, wat mammy ook zei.

In de nieuwe slaapkamer was er een plat plafond dat wit was geschilderd, waardoor het veel makkelijker zou zijn om de webben te zien en weg te halen voordat ze hun huisjes nog groter konden maken. Merry wist zeker dat ze in het Nieuwe Huis veel beter zou slapen.

Er waren vier slaapkamers boven, wat betekende dat Ellen en Nora een eigen kamer kregen, en Katie en zij samen een kamer zouden delen. De jongens, John en kleine Bill, hadden de andere kamer en haar ouders de grootste kamer. Mammy had een nieuwe baby in haar buik en Merry had tot Jezus gebeden dat het weer een jongen was, want dan konden Katie en zij voor altijd samen hun nieuwe kamer houden. Hoewel ze wist dat ze van haar broers en zussen moest houden, stond in de Bijbel niet dat ze hen ook léúk moest vinden.

En Merry en Katie vonden Nora niet zo leuk. Ze speelde altijd de baas en liet hen steeds klusjes doen die Ellen, hun oudste zus, juist aan haar had gegeven.

Haar ouders hoopten ook op een jongen – nog een grote stevige knul om te helpen op de boerderij. Merry's en Katies handen waren nog te klein om te melken en Ellen dacht maar aan één ding, aan zoenen met haar vriendje. Merry en Katie hadden gezien dat ze dat stonden te doen achter de melkstal en dat vonden ze heel vies. Er waren nog veel meer karweitjes op de boerderij en daddy zei vaak dat John de enige nuttige was van het hele stel, wat Merry best oneerlijk vond, want zij zorgde het meest voor baby Bill. En trouwens, het was niet haar schuld dat ze een meisje was, toch?

Behalve Katie was Merry's andere favoriete persoon om mee te praten een man die Ambrose heette, die soms bij pastoor O'Brien kwam in de pastorie waar moeder elke maandag schoonmaakte. Ambrose was haar al begonnen het alfabet te leren voordat ze voor het eerst naar school was gegaan, een maand geleden. Ze wist niet zo goed waarom zij altijd degene was die mee mocht naar het huis van de pastoor om schoon te maken met haar moeder, maar ze vond het helemaal niet erg. Sterker nog, ze vond het hartstikke leuk! Een van de leukste dingen die ze zich kon herinneren was dat ze samen voor het warme haardvuur zaten en zo'n klein rond gebakje aten dat net uit de oven kwam, met aardbeienjam en iets wits, dat heel zoet en lekker was. Nu ze wat groter was, wist ze dat die gebakjes "scones" heten. Terwijl ze de scone aten, praatte Ambrose met haar, en dan vond ze het moeilijk om antwoord te geven, omdat je niet mocht praten met volle mond. Hij las ook weleens voor uit een sprookjesboek over een prinses die honderd jaar moest slapen tot ze wakker werd door de kus van een prins.

Ambrose was erg lief voor haar, al wist ze niet precies waarom. Toen ze een keer aan de pastoor vroeg wat hij van haar was, en waarom ze hem bij zijn voornaam mocht noemen in plaats van Mr. Lister, zoals haar moeder altijd deed, had het even geduurd voordat hij antwoord gaf.

'Je zou kunnen zeggen dat hij je peetoom is, Merry.'

Op dat moment had ze geen zin om te vragen wat een 'peetoom' eigenlijk was. Ambrose leek niet op God in de Hemel en ook niet op haar vader. Hij had kleine ronde uilenogen achter heel dikke brillenglazen, en plukjes dun blond haar op zijn hoofd – veel minder haar dan de pastoor of dan haar vader. Hij was ook een stuk kleiner dan zij waren, maar zijn gezicht stond altijd vrolijker en minder serieus dan dat van hen.

En toen had de pastoor geglimlacht, alsof hij haar gedachten kon lezen.

'Beschouw hem maar als jouw speciale beschermer hier op aarde.'

'O. Hebben al mijn broers en zussen er ook een?'

'Ja, zij hebben ook peettantes en peetooms, maar omdat Ambrose jou meer kan verwennen dan zij dat kunnen, is het beter om het geheim te houden als hij je een cadeautje geeft, anders worden ze misschien jaloers.'

'Maar mammy weet het toch wel?'

'Ja, en je vader ook, dus je hoeft niet bang te zijn dat je iets doet wat niet mag.'

'Ik snap het,' had ze toen plechtig knikkend gezegd.

Afgelopen Kerstmis had Ambrose haar een soort boek gegeven, maar dan een boek waar niets in stond, alleen maar lijntjes waarop ze moest oefenen met letters schrijven en woorden maken. Ambrose zei dat het niet gaf als ze verkeerd gespeld waren, want hij zou het verbeteren en dan werd ze er steeds beter in.

Ze stak haar hand onder het matras en trok het boek tevoorschijn. Er was bijna geen licht, maar dat was ze gewend.

De omslag was glad en zacht, en voelde heel fijn aan, maar toen ze Ambrose had gevraagd waar dat van gemaakt was, had hij verteld dat het leer was, wat van koeienhuid was gemaakt. Dat sloeg nergens op, want alle koeien die zij kende, hadden een ruige, harige vacht, helemaal vies van de modder.

Ze sloeg het open en haalde de pen uit de houder, een klein bandje aan de zijkant van het boek, en bladerde naar de laatste pagina die ze had beschreven.

Mijn vaamilie

Ellen: 16 jaar. Speelt de baas. Soent met haar vrient.
John: 14 jaar. Helpt Dady. Hout van koeien. Ruikt naar koeien. Leuke broer.
Nora: 12 jaar. Vint niks leuk.
Katie: bijna 8 jaar. Mijn beste vriendin. HEEL mooi. Helpt niet vaak met Bill.
Ik: bijna 6. Hou van boeken. Niet heel mooi. Ik heet Merry want ik giegel ALTIJD.
Bill: bijna 2 jaar. Stinkt.
Beebie: nog in de buik.

Ze vond dat ze ook wat over haar ouders moest zeggen. Maar wat precies, daar moest ze even over nadenken.

Merry hield van allebei heel veel, maar haar moeder was altijd zo druk met koken en wassen en meer kindjes krijgen dat het moeilijk was om ooit over de dingen te praten die haar bezighielden. Altijd als haar moeder haar zag, gaf ze haar weer een karweitje, zoals vers stro in de varkensstal leggen of kool uit de grond halen voor het avondeten.

En wat haar vader betreft, die was altijd op de boerderij en ook geen prater.

Dady: werkt HEEL hard. Ruikt naar koe.

Dat vond Merry niet zo aardig klinken, dus schreef ze erbij:

HEEL knap.

Voordat ze een maand geleden voor het eerst naar school was gegaan, was Merry's favoriete dag van de week altijd de maandag geweest, als ze samen met haar moeder naar het huis van de pastoor liepen. Dan kletsten ze over van alles (Merry wist dat haar broers en zussen haar een kletskous vonden, maar er waren gewoon zo veel dingen die je interessant kon vinden). Moeder kuste haar weleens op haar kruin en dan noemde ze haar 'mijn bijzondere meisje'.

'Mammy,' schreef ze netjes, *'HEEL mooi. Lief. Ik hou HEEL veel van haar.'*

Als mammy het huis van de pastoor schoonmaakte, dan ging ze als een wervelwind door het huis, al mopperend op Mrs. Cavanagh. Thuis noemde moeder haar 'die oude kraai', maar Merry had te horen gekregen dat ze dat ergens anders nooit mocht zeggen, ook al leek Mrs. Cavanagh echt op een oude kraai. Wanneer ze haar op zondag in de kerk zag zitten, daar helemaal vooraan met zo'n kaarsrechte rug, minnetjes en schichtig om zich heen kijkend naar de andere parochianen, met die snavelneus van haar, dan was het net alsof ze een grote zwarte vogel zag. De pastoor had gezegd dat Merry niet bang hoefde te zijn voor haar, Mrs. Cavanagh werkte de hele week behalve op maandag als schoonmaakster bij hem in de pastorie en klaagde dan dat haar moeder haar werk niet goed genoeg deed, waar Merry nog bozer van werd.

Mrs. Cavanagh had het er vaak over dat ze in het Grote Huis had gewerkt, en Merry's vriend Bobby zei dat het kwam doordat Mrs. Cavanagh zó lang voor een Britse familie had gewerkt (en hij sprak het woord 'Brits' met dezelfde toon uit zoals Katie het woord 'naaktslak' uitsprak) dat ze helemaal kolonialistisch was geworden en dat ze haar boosheid afreageerde op de 'hardwerkende Ieren'. Toen Merry aan Bobby vroeg wat kolonialistisch was, was hij rood geworden, waardoor zij dacht dat het een woord was dat hij thuis had gehoord, maar waarvan hij de betekenis ook niet kende.

Bobby zat bij haar in de klas op school in Clogagh, en omdat hij vlak bij woonde, liepen Katie en zij na school een deel van de terugweg met hem naar huis. Omdat Merry en Bobby hetzelfde leesniveau hadden, had hun lerares Miss Lucey, op wie Merry gek was omdat ze zo knap was en alles leek te weten wat er te weten viel in de wereld, hen tweeën vaak naast elkaar gezet. In het begin vond Merry het leuk om iemand te kennen die ook van lezen hield. Hoewel de andere kinderen in de klas afstand van hem hielden vanwege zijn opvliegende karakter en de roddels over zijn familie, kon Bobby ook aardig zijn als hij zijn best deed. Hij had haar eens een roze kleurpotlood gegeven en gezegd dat ze die mocht houden, ook al wist iedereen dat zijn familie heel arm was. Zijn trui zat onder de gaten en zijn lange zwarte haar zag eruit alsof het nog nooit een borstel van dichtbij had gezien. Hij, zijn moeder en zusje (die ze nog nooit had gezien) woonden in een piepklein hutje waar volgens Nora geen waterkraan in zat en ze hadden ook geen elektriciteit.

Katie zei dat hij gillend gek was en zou moeten worden opgepakt door de Gardaí, maar ondanks zijn slechte en vaak vreemde gedrag, had Merry alleen maar medelijden met hem. Ze dacht weleens dat zijn hond Hunter, een zwart-witte collie die waarschijnlijk nog nooit ergens op had gejaagd, de enige was die van hem hield. Hunter zat Bobby altijd op te wachten op de weg bij Inchybridge, kwispelend en met zijn tong uit zijn bek, helemaal blij. Als Katie, Bobby en zij uit elkaar gingen, dan keek Merry soms om en dan zag ze Hunter trouw naast Bobby sjokken. Hunter kreeg Bobby altijd rustig als hij een driftbui had, zelfs als het Merry niet lukte.

Ze deed haar schrijfboek voorzichtig dicht, stak de pen in de houder en legde het terug onder het matras. Toen ging ze rechtop zitten en staarde uit het raam naar het Nieuwe Huis. Ze kon amper geloven dat ze daar vanaf vandaag zouden wonen. Er was zelfs een kraan met stromend water, uit de beek op de heuvel achter het huis. Ze had het een keer geprobeerd, het was net tovenarij. Het water kwam eruit als je hem opendraaide, en stopte weer als je hem dichtdraaide. Er was een fornuis voor mammy om op te koken, zodat ze niet meer de stoofpot boven het vuur hoefde te gebruiken, en een grote keukentafel die daddy had gemaakt van hout, waar ze alle achtenhalf aan konden eten, en dan was er nog ruimte over. En het mooist van alles was het hok buiten, waar ze naartoe kon lopen vanaf de keuken. Daar zat zo'n grote witte pot in met een rand waar je op kon zitten, zoals ze alleen nog maar had gezien in het huis van de pastoor, en als je aan de ketting trok, spoelde alles weg met water.

Het betekende in elk geval dat ze niet meer het veld in hoefden om hun 'behoefte' te doen, zoals mammy het noemde. Hoe het werkte wist Merry niet, maar zoals alles aan het Nieuwe Huis, was het magisch.

Merry rilde toen door een kiertje in het raamkozijn de wind naar binnen blies, en ze ging snel weer onder de dekens liggen. En voor het eerst in haar leven, los van verjaardagen of Kerstmis of als ze met mammy meeging naar de pastorie, kon Merry niet wachten tot het tijd was om de kippen te voeren, want dat betekende dat de allerspannendste dag ooit was begonnen.

'Merry, til die deken op, wil je? Je sleept hem door de modder!' riep mammy, terwijl Katie en zij voor de honderdste keer hun moeder door de tuin achternaliepen om de spullen naar het Nieuwe Huis te brengen.

De twee meisjes keken toe hoe mammy de pannen die ze had meegesjouwd op de lange tafel zette, en een oude lap gebruikte om het deurtje open te maken van het nieuwe fornuis. Katie en zij hadden duidelijk te horen gekregen dat ze hem niet mochten aanraken, omdat het heel heet was. Er kwam een heerlijke geur uit toen hij openging.

'Is dat *brack cake*, mammy?' vroeg Merry.

'Ja, Merry. We willen natuurlijk wel iets lekkers bij de thee, op onze eerste dag hier.'

'Zitten daar ook rozijntjes in?' vroeg Katie.

'Ja, er zitten ook krenten en rozijnen in,' antwoordde mammy terwijl ze hem uit de oven haalde en op een tafel naast het fornuis zette om af te koelen. 'En jullie mogen hem nog niet aanraken, want anders laat ik je de varkensstal uitmesten. Merry, loop even terug naar de overkant en zorg voor Bill, wil je?'

'Waar is Nora?' vroeg Merry. 'Natuurlijk weer foetsie.'

'Ik heb geen flauw idee, maar let jij op Bill terwijl ik met Ellen en Katie boven de bedden opmaak.'

'Ja, mammy,' zei Merry, terwijl ze met haar ogen rolde en even naar Katie keek.

Terwijl ze de tuin overstak, was Merry zo boos op Nora dat haar hart er sneller van ging slaan. Nora zorgde altijd dat ze weg was als er werk gedaan moest worden. En nu betekende dat dus weer dat Merry een vieze luier moest verschonen, terwijl het eigenlijk Nora's beurt was. Bill zat in zijn kleine houten box in de hoek van de oude keuken, de enige kamer op de begane grond en de plek waar de hele familie altijd was als ze niet in bed lagen of buiten waren. Voor de eerste keer ooit zag Merry dat het vuur dat eerder was aangestoken in de grote haard, die bijna een hele muur in beslag nam, was uitgebrand.

'Vaarwel, vuurtje,' zei Merry hardop. 'We hebben je niet meer nodig om op te koken.' Vervolgens liep ze naar Bill, die erger stonk dan het weiland wanneer vader en John de mest hadden verspreid, haalde een laken uit het dressoir en spreidde het over de koude stenen vloer. Toen tilde ze Bill uit zijn box en legde hem erop. Daarna pakte ze een schone luier en de emmer water, die ze gebruikten om Bill mee schoon te maken.

'Bill, hoor eens, je bent bijna twee jaar, tijd om uit de luiers te stappen!'

Bill, die Merry als twee druppels water op vader vond lijken, met zijn donkere haar en blauwe ogen, giechelde naar haar terwijl Merry met ingehouden adem de veiligheidsspeld losmaakte van de luier, waarna ze die met vieze troep en al onder hem vandaan trok. Ze rolde de vieze luier op, zodat hij later leeggeschraapt en gewassen kon worden. Ze pakte een doekje en doopte dat in het water, om zijn billen mee te wassen. Vervolgens deed ze hem heel vaardig een schone luier om. Meteen nadat ze dat had gedaan, rolde Bill op zijn zij en duwde zichzelf omhoog op handen en knieën. Hij kon weliswaar al lopen, maar hij kroop nog graag, en kon dat razendsnel. Hij wist ook precies hoe hij zo onder de tafel met stoelen moest gaan zitten dat er geen handen bij hem konden komen. Hij vond dat een prachtig spelletje, en dan zat hij daar te kraaien terwijl Merry de stoelen opzij moest schuiven om bij hem te komen.

'Aha!' riep Merry terwijl ze onder de tafel dook en hem onder zijn oksels greep. 'Geen stoelen vandaag, Mr. Bill! Die zijn allemaal al naar het Nieuwe Huis.' Ze haalde een tegenstribbelende Bill onder de tafel vandaan en tilde hem op om hem weer veilig in zijn box te zetten. Hij zette een keel op, en dus pakte ze zijn lege fles en vulde die weer met melk uit de emmer die buiten naast de deur stond om hem gekoeld te houden.

'Zo, hier is je melk. Wel zoet zijn, hoor, als wij in het Nieuwe Huis werken,' zei Merry. 'Hier is je hondje om mee te spelen,' zei ze, terwijl ze een houten speeltje oppakte waarvan ze nog goed wist hoe dol ze er zelf als peuter op was geweest.

Terwijl Merry de vieze luier naar buiten bracht om uit te schrapen boven de emmer die later in de wei zou worden geleegd, vroeg ze zich af waarom mammy eigenlijk baby's wilde. Hoeveel ze ook van haar kleine broertje hield, ze zag nog goed voor zich hoe angstig moeder had gekeken toen ze in de keuken stond en er opeens een grote plas water tussen haar benen was verschenen. Merry dacht dat moeder had geplast, maar het bleek het teken te zijn dat Bill eraan kwam. De mevrouw die de baby kwam halen, was er al snel, en ze hadden met zijn allen in de keuken zitten luisteren hoe moeder boven gilde.

'Gaat ze dood, daddy?' had Merry durven vragen. 'Gaat ze nu naar de hemel, naar Jezus?'

'Nee, lieverd. Mammy is aan het bevallen. Net zoals toen je broer en zusjes werden geboren.'

Merry bedacht dat deze nieuwe baby betekende dat er nog veel meer vieze luiers bij zouden komen.

'En dat is dus ook nog iets wat straks beter wordt, Bill,' riep ze, terwijl ze de luier onderdompelde in de speciale vloeistof die de bruine vlekken liet verdwijnen. 'In het Nieuwe Huis krijgen we een kraan, dus dan wordt het veel makkelijker om deze vieze dingen te wassen.'

Merry liet de deur op een kier staan, zodat ze Bill zou horen als hij schreeuwde, en rende de tuin door naar het Nieuwe Huis om mammy te helpen.

28

'Dan ga ik maar, eerwaarde,' zei Mrs. Cavanagh in de deuropening van James' studeerkamer. 'De kamer van uw vriend is gestoft, en het bed is schoon. Het houtvuur ligt klaar en uw avondeten staat in de oven.'

'Dank u wel, Mrs. Cavanagh. Voor morgen wens ik u een fijne vrije dag, en dan zie ik u zoals altijd dinsdag weer.'

'Als u maar zorgt dat Mrs. O'Reilly haar tijd niet verdoet met kletsen in plaats van schoon te maken. Ik ben het zat om elke keer dubbel zo veel werk te moeten doen als ik weer kom werken. Goedenavond, eerwaarde.'

Vervolgens deed ze harder dan nodig de deur achter zich dicht, om haar punt te onderstrepen. Een punt dat ze elke zondagavond maakte, vlak voor haar vrije dag. De laatste zeven jaar had James vaak de neiging gehad om haar de waarheid te vertellen, namelijk dat het een groot plezier was om de jonge Maggie O'Reilly in huis te hebben, met haar lieve glimlach en mooie hoge stem, zachtjes zingend tijdens het werk. Ze kon ook nog eens veel lekkerder koken dan Mrs. Cavanagh, en in die paar uur dat ze bij hem was, kreeg ze het hele huis blinkend schoon. Maar toen hij eens over deze kwestie had gebeden, begreep hij dat hoe hij erover dacht precies hetzelfde was als wat Mrs. Cavanagh zelf ook kon bedenken als ze bij zichzelf te rade ging: ze voelde zich bedreigd door de jongere vrouw en dat was waarom ze zich zo gedroeg ten opzichte van haar.

Zittend aan zijn bureau rekte pastoor James O'Brien zich zuchtend uit. Zijn zondagse taken waren gedaan en deze avond, de start van zijn officieuze vrije dag (hoewel zijn deur altijd openbleef voor parochianen met een probleem), werd nog beter doordat zijn dierbaarste vriend Ambrose onderweg was uit Dublin voor zijn maandelijkse bezoek.

James stond op om de elektrische lamp, die midden in de kamer hing, aan te zetten. Het werd al vroeger donker, hoewel het pas begin oktober was.

Ambrose' bezoek deed James denken aan hoeveel er was veranderd sinds hij in de parochie van Timoleague was begonnen, nu bijna zeven jaar geleden. Ambrose had destijds gezegd dat het even zou duren voordat hij zou worden geaccepteerd, en daar had hij gelijk in gekregen. Inmiddels had hij niet alleen het gevoel dat hij was geaccepteerd, maar belangrijker nog, dat hij ook werd gerespecteerd door de gemeenschap die hij diende. En in plaats van dat zijn jonge leeftijd hem tegenwerkte, was hij erin geslaagd het in zijn voordeel te laten werken, door de mannen te helpen bij de oogst en de vrouwen, die voor de zoveelste keer zwanger bij hem kwamen met de vraag hoe het in vredesnaam allemaal moest met nog een baby erbij, te begeleiden in plaats van ze vermanend toe te spreken.

Hoewel hij aanvankelijk had gedacht dat hij zou doorschuiven naar een post met meer prestige in een parochie met een grotere gemeenschap, besloot hij toen hij zo'n vacature in Cork kreeg aangeboden, na dagen van reflectie en bidden, dat hij het niet moest doen. Hier was hij gelukkig, hier werd hij bij elk huis waar hij op bezoek ging met een lach verwelkomd, en volgestopt met genoeg cake en scones om Mrs. Cavanaghs gebrek aan talent in de keuken te compenseren.

Dat hij vier jaar geleden elektriciteit in zijn woning had gekregen, had enorm geholpen, want het had betekend dat hij tenminste naar de radio kon luisteren en in contact kon blijven met wat hij tegenwoordig 'de buitenwereld' was gaan noemen. Die keer dat hij terug naar Dublin was gereisd om Ambrose te bezoeken, had hij de stad waar hij was opgegroeid en waar hij met heel zijn hart van hield, ervaren als benauwd en luidruchtig. Hij besefte toen dat de rust en de schoonheid die hij hier in West Cork had gevonden, goed bij zijn persoonlijkheid paste. Wat kon je beter doen als je over de dilemma's van je parochianen wilde nadenken dan naar het magnifieke strand van Inchydoney bij Clonakilty gaan, en daar over het zand langs de brullende branding lopen terwijl de wind om je soutane zwiept? Of tijdens een lange wandeling langs de kliffen van Dunworley, waar je geen ziel tegenkwam tot je op het eind van een landtong stond die van alle kanten uitkeek op de Atlantische Oceaan eronder. Vooralsnog had James besloten dat hij goed op het platteland paste, en dat hij hier best de rest van zijn door God gegeven leven zou kunnen doorbrengen.

Ambrose, die senior fellow was aan de faculteit klassieke talen aan

Trinity College, was natuurlijk altijd bezig om hem over te halen om terug te komen naar het bruisende Dublin, dan hoefde je maar de hoek om te slaan om elkaar te zien, in plaats van vier of vijf uur te moeten rijden om hem te bezoeken in Timoleague. Maar de wegen tussen Dublin en West Cork waren de laatste jaren sterk verbeterd, en dat moest ook wel, nu de gewone man ook een auto kon kopen en niet meer alleen de adel, en trouwens, volgens James vond zijn vriend het leuk om de trip te maken in zijn felrode Kever. James had de bijnaam Lieveheersbeestje bedacht, aangezien hij vaak onder de grote donkere vlekken van de modder aankwam, uit de vele kuilen in de weg waar hij doorheen had gereden op weg naar hem toe. Hij zou er nu wel snel zijn…

Terwijl hij wachtte, liep James naar de platenspeler en trok een plaat uit de hoes. Hij legde de schijf van vinyl op het vilt en bracht de naald naar zijn favoriete variatie van *Rapsodie op een Thema van Paganini.* Hij had van Ambrose begrepen dat Rachmaninov het hoofdthema van Paganini had omgekeerd, door de noten als het ware op hun kop te zetten, om tot dit bijzondere klassieke stuk te komen. Hij zat in zijn leren stoel terwijl de pianist de eerste eenvoudige akkoorden aansloeg…

'Ach, kerel, maak ik je nu wakker terwijl je zo'n lange dag hard werken achter de rug hebt "op de zaak"…'

James deed zijn ogen open en zag Ambrose' gezicht boven hem. Wat nieuw was, aangezien hij normaal gesproken degene was die neerkeek op Ambrose.

'Vergeef me, Ambrose. Ik… tja, ik moet in slaap zijn gesukkeld.'

'En nog wel op Rachmaninov, zie ik.' Ambrose liep naar de grammofoon en tilde de naald op van zijn eeuwige groef aan het einde van de opname. 'Mijn hemel, het zit vol krassen, ik zal de volgende keer een nieuwe voor je meenemen.'

'Dat hoeft niet, hoor. Ik hou wel van die krassen, het geeft het stuk een vleugje ouderdom mee dat wel past,' glimlachte James terwijl hij zijn armen om Ambrose' schouders sloeg. 'Een waar genoegen om je te zien, als altijd. Trek?'

'Eerlijk gezegd, niet, nee.' Ambrose deed zijn pet af en zijn handschoentjes uit en legde ze op James' bureau. 'Althans, niet in Mrs. Cavanaghs kookkunsten. Ik ben onderweg gestopt voor een picknick uit de mand die mijn eigen huishoudster me heeft meegegeven, net voordat ik Cork in reed.'

'Mooi, dan trakteer ik mezelf op een homp brood, ham, en de huisgemaakte chutney die ik van een van mijn parochianen heb gekregen. Mrs. Cavanaghs soep kan door het kippenvoer,' zei James met een knipoog.

Een uur later brandde er een mooi vuurtje in de open haard, een nieuwe opname van Rimski-Korsakovs *Sjeherazade*, die Ambrose had meegenomen, draaide op de grammofoon, en de twee mannen zaten tegenover elkaar in hun leren stoelen.

'Ik heb uitgekeken naar onze avond en dag van stil contempleren en filosofische discussie,' zei Ambrose met een spottende glimlach. 'Maar ik maak me altijd zorgen dat je gaat proberen mijn ziel te redden voor God terwijl ik er ben.'

'Je weet heel goed dat ik daar jaren geleden al mee ben gestopt. Je bent een hopeloos geval.'

'Misschien is dat wel zo, maar laat het een troost zijn dat ik mezelf omring met mythen en legendes binnen mijn eigen filosofische reis. De Griekse mythologie was eigenlijk gewoon een voorloper van de Bijbel: verhalen met een moraal, om de mens te temmen.'

'En wellicht ook om hem wat te leren,' mijmerde James. 'Mijn vraag is dan, hebben we ook maar iets geleerd, sinds de oudheid?'

'Als je me vraagt of we beschaafder zijn geworden, dan betwijfel ik dat, gezien het feit dat we in de laatste veertig jaar twee van de meest wrede wereldoorlogen ooit hebben meegemaakt. Misschien lijkt het iets beschaafder om vliegtuigen of tanks te gebruiken om zo duizenden slachtoffers te maken. Ik zou zelf ook liever worden opgeblazen door een granaat dan dat ik word geradbraakt, gevierendeeld of opgehangen, maar...'

'Het antwoord is nee, lijkt me,' zei James. 'Moet je eens zien hoe de Ieren hebben geleden onder de Britse heerschappij. Hun land werd van ze afgepakt, velen werden gedwongen om van godsdienst te veranderen tijdens de Reformatie. Nu ik hier in het zuiden word omringd door een veel eenvoudigere bevolking dan in Dublin, zijn mijn ogen wel geopend voor hoe keihard hun levens zijn geweest.'

'Daar zie ik warempel een sprankje republicanisme in je ziel, pastoor O'Brien, maar aangezien het grootste deel van Ierland al een republiek is, zou ik toch zeggen dat de beschaving weer een stukje verder is. Dit moet je lezen,' zei Ambrose, wijzend naar het boek dat hij had meegenomen voor zijn vriend. 'Kierkegaard was een zeer religieus man en filosoof. In zijn woorden is het leven niet een probleem dat dient te worden opgelost, maar een werkelijkheid die dient te worden ervaren.'

'Misschien moeten we dan niet langer discussiëren over de hemelse en menselijke conditie, en hem beiden daarin volgen,' reageerde James terwijl hij omlaagkeek naar de titel van het boek. '*Vrees en beven*... De titel voorspelt weinig goeds.'

'Lees het. Ik beloof dat het je zal bevallen, James, ook al was de man een fanatiek protestant.'

'Dan moet ik er ook nog bij zeggen dat mijn bisschop zou vinden dat jij een slechte invloed hebt op mij,' gniffelde James.

'Dan heb ik pas echt mijn doel bereikt. Goed, vertel me eens hoe het gaat met de kleine Mary O'Reilly. Zijn ze al over naar hun nieuwe huis?'

'Ja, zeker. Gisteren, toevallig. Ik ben er vandaag na de mis naartoe gegaan om het in te zegenen.'

'En?'

'Aangezien John O'Reilly het steen voor steen en met zijn eigen handen heeft gebouwd, is het sterk genoeg om de wind buiten te houden, en drie keer zo groot als hun oude huis. Er is elektriciteit, er is een fornuis en de keukenkraan doet het. De hele familie zag er doodmoe uit, maar erg gelukkig.'

'Godzijdank. Hun oude huis was eigenlijk gewoon een krot,' zei Ambrose.

'Tja, Fergus Murphy, de vorige eigenaar, had het geld niet om mee te gaan in de moderne landbouwtechnieken. Die arme John heeft eigenlijk meer een museum geërfd dan een boerderij, toen zijn oom stierf.'

'Dan komen ze nu dus eindelijk ook in de twintigste eeuw terecht.'

'Ja, en nu kan hij tenminste zijn kinderen elke dag te eten geven, en misschien zelfs wat winst behalen met zijn harde werk.'

'En Mary, hoe is het met haar?'

'Net zo slim en lief als altijd. Vanochtend vertelde ze me dat ze het heel leuk vindt op school.'

'Ik ben heel blij dat ze nu naar school gaat. Dat koppie van haar moet worden gestimuleerd. Hoe gaat het met lezen?'

'Ik wist dat je dat zou vragen, daarom heb ik haar gevraagd een paar eenvoudige zinnen uit de "De parabel van de zaaier" voor te lezen, waar ze les over had gehad. Ze las het voor zonder te hakkelen, hoewel ik wel bang ben dat ze thuis te weinig leesboeken heeft. Ze is haar oudere broer en zussen al voorbijgestreefd en voor zover ik weet, hebben de O'Reilly's maar één boek in huis, en dat is natuurlijk de Bijbel. Ik heb Merry en Katie gezegd dat ze zinnetjes van "De verloren zoon" moeten lezen en leren en dat ik ze de volgende keer dat ik kom, zal overhoren. Dan lijkt het niet of Merry wordt voorgetrokken.'

'Heel goed van je. Ik weet dat de O'Reilly's geld hebben om haar oudere zussen te laten doorleren als ze dat willen, dus niet alleen voor Mary. En je hebt zelf natuurlijk ook baat bij het feit dat ze extra Bijbelstudie krijgt,' glimlachte Ambrose. 'Het is jammer dat ik haar niet zo vaak meer zie als voorheen, doordat ze nu naar school gaat, maar ik hoop haar te zien in de kerstvakantie en het is veel belangrijker dat ze op zijn minst een vorm van onderwijs krijgt.'

'Wel, haar onderwijzeres, Miss Lucey, is jong en enthousiast, ze wil haar leerlingen graag vooruithelpen. Ik zou zeggen dat Merry in veilige handen is. Toen ik er laatst was, vertelde ze me dat ze verbaasd was om te zien dat die nieuwe kleine meid van O'Reilly nu al kon lezen.'

'Ik zou willen dat ik haar meer leesmateriaal kon geven om thuis te lezen,' zei Ambrose.

'We weten allebei dat dat niet gaat, mijn vriend. Een cadeau in de handen van een kind dat uit het huis van de pastoor komt, kan als verdacht worden gezien.'

'Natuurlijk, James. Natuurlijk. Je weet dat ik nooit iets zou doen waarmee ik jouw positie zou ondermijnen. Zoals je zei, de parochianen vertrouwen je nu.'

'Ik heb hun gebruiken leren kennen, en zij de mijne, hoewel ik onlangs wel een onfortuinlijk incident heb meegemaakt met een jong vrouwelijk parochielid.'

'Laat me raden, na de mis kwam ze naar je toe, enigszins overstuur. Je nam haar mee voor een wandeling over het kerkhof. En daar verklaarde ze je de liefde.'

James keek Ambrose verbijsterd aan. 'Hoe weet je dat?'

'Omdat je een knappe man bent in de bloei van je leven, die troost geeft aan de zieken en de stervenden bedient. Je hebt de functie van moreel kompas voor de gemeenschap. Je bent benaderbaar, en toch onbereikbaar. Bij elkaar opgeteld is dat een zinnenprikkelend recept voor jonge meisjes die niemand anders hebben om te aanbidden.'

'Ik ben priester!' zei James, met frustratie in zijn stem. 'Ik zei ook tegen Colleen dat als ik haar al bijzondere aandacht heb gegeven, dat puur en alleen was omdat haar moeder kort daarvoor was overleden, waardoor ze met vijf kleine broertjes en zusjes achterbleef waar ze op haar veertiende voor moest zorgen. Ik wilde haar steunen, meer niet.'

'Ik ben alleen verbaasd dat zoiets niet eerder is gebeurd, James. Ik weet zeker dat het nog wel vaker zal gebeuren, dus wees maar voorbereid.'

'Ik ben bang dat ik de situatie met Colleen helemaal verkeerd heb aangepakt. Ik heb haar sinds die tijd niet meer in de kerk gezien, en toen ik bij haar langsging voor een bezoek, liet ze me niet binnen.'

'Laat haar maar even. Ze komt er wel overheen als ze een beter geschikt slachtoffer vindt voor haar hartstocht.'

'Je klinkt als een deskundige, dus,' zei James met een grijns.

'Helemaal niet, en ik waarschuw je maar even, je begint het woordje "dus" te zeggen aan het eind van je zin. Je wordt een échte West Corker.'

'En hoe erg is dat?' James moest gniffelen. 'Dit is nu mijn nieuwe thuis, hier zal ik de rest van mijn leven doorbrengen.'

'En het lijkt ook wel of je alle ambitie hebt laten varen om een parochie met meer aanzien te leiden.'

'Voorlopig heb ik het hier goed.'

'Nou, ik zie het zo: al moet ik dwars door de zompige Midlands reizen om je te bezoeken, ik weet tenminste dat je in de buurt bent bij mijn bijzondere petekind, en daar ben ik dankbaar voor.'

Die avond probeerde Ambrose zijn draai te vinden op het smalle ijzeren bedje met het harde paardenharen matras, en zuchtte diep. Niet voor het eerst vroeg hij zich af waar hij mee bezig was, door elke maand naar dit van God verlaten oord aan de zuidwestkust te reizen om zijn oude vriend te bezoeken, terwijl hij net zo goed een ontspannen dag in zijn comfortabele appartement aan Merrion Square had kunnen doorbrengen, die hij daarna wellicht af had kunnen sluiten door een hapje te gaan eten met zijn collega Mairead O'Connell, die hoogleraar Engels was aan Trinity.

Terwijl de rest van de wereld al ruim de klok rond aan het rocken was op Bill Haley & His Comets, leefde West Cork nog in het verleden, met een varkenskop als lekkernij bij het zaterdagse avondmaal. Hier had nog lang niet elk huishouden een radio, laat staan een televisie, zoals al wel hier en daar het geval was in Dublin sinds er een zendmast was neergezet in Belfast. En los daarvan reisde hij dat hele stuk om een man te bezoeken die hem voor altijd zou blijven zien als zijn beste vriend en niet meer dan dat.

Toen ze lang geleden samen op kostschool zaten, had hij ervan gedroomd dat James zou inzien dat hij was wie hij volgens Ambrose echt was, dat hij het zou accepteren, en dat hij zijn plannen zo zou aanpassen dat hij op die manier kon leven. En in Ambrose' gedroomde scenario zou hij natuurlijk ook deel uitmaken van dat leven. Maar vijfentwintig jaar later moest Ambrose accepteren dat dit een droom was, en zou blijven, omdat God zelf de liefde van James' leven was.

Hij wist dat hij een keuze had. Hij kon het loslaten en verdergaan, zijn prettige, voldoening schenkende leven leiden, terwijl hij zijn studenten lesgaf aan de universiteit, of hij kon blijven hunkeren naar iets wat toch nooit ging gebeuren. Vriendschap was het enige wat James bereid was te geven, of zelfs maar kón geven. Maar was dat pijnlijker dan James helemaal niet in zijn leven te hebben?

Hij wist het antwoord al. James hield van hem op zijn eigen manier en daar moest Ambrose het mee doen, want een leven zonder James, dat was ondenkbaar.

29

Toen Merry in haar nieuwe slaapkamer wakker werd, voelde ze meteen iets in haar buik en begon haar hart sneller te kloppen. Het was haar verjaardag, 7 november, en mammy had speciaal voor vandaag een roze jurk gemaakt die ze kon dragen op haar eigen feestje. Haar hele klas kwam, met alle ouders.

Mammy had hen al vanaf gistermorgen alle oppervlakken laten poetsen, tot de binnenkant van de buffetkast aan toe.

'Niemand kan zeggen dat de O'Reilly's vies zijn,' zei ze voor de zoveelste keer. Merry's oudste broer John had gezegd dat het gewoon een kans was voor hun ouders om te pronken met hun nieuwe huis, maar zelfs als hij daar gelijk in had, dan nog was vandaag heel spannend. Al haar vriendjes van school waren uitgenodigd, behalve Bobby Noiro, die om een of andere reden die zij niet kende nooit bij hen op de boerderij mocht komen.

Merry wist ook dat Bridget O'Mahoney, die net als haar moeder en Katie een bleke huid had en rood haar, een veel duurdere jurk aan zou hebben dan zij, gemaakt door de naaister die voor de kleermaker werkte in Timoleague, zoals al haar kleding. Bridget kwam uit de rijkste familie uit deze streek. Ze woonden in een huis dat nog groter was dan het huis waar pastoor O'Brien in woonde. Haar vader bracht haar altijd naar school in een grote glimmende auto, terwijl de rest van haar klas door de velden moest lopen (wat eigenlijk meer moerassen waren als het regende in de winter). Miss Lucey liet ze hun laarzen altijd bij het vuur zetten om te drogen als ze lesgaf. Het was ontzettend aardig van haar om daaraan te denken, maar meestal waren hun laarzen als ze naar huis gingen binnen een paar meter weer doorweekt.

Merry wiebelde met haar tenen. Ze was verbaasd dat ze er nog aan zaten en niet waren veranderd in vissenvinnen, zo vaak zaten ze in het water. Soms kwam het water waar ze doorheen moest waden helemaal tot aan het stuk tussen haar enkel en knie (ze moest Miss Lucey vragen hoe dat stukje been heette). Maar goed, vandaag regende het niet en Merry was van plan om te genieten van elk moment.

Omdat het zondag was ging het hele gezin naar de mis, en nadien wenste pastoor O'Brien haar buiten een heel fijne zesde verjaardag.

Zondag was de een-na-leukste dag, na de maandag, wanneer ze met mammy naar het huis van de pastoor ging. Merry verheugde zich er de hele week op, omdat dit het enige moment was dat zij en haar broer en zussen tijd hadden om samen spelletjes te doen als de tafel na de lunch was afgeruimd. Dan gingen ze naar buiten, wat voor weer het ook was, om lekker te rennen. Ze speelden bijvoorbeeld hurling, waarbij ze het harde balletje tussen de geïmproviseerde doelpalen moesten zien te krijgen die vader en John in het weiland hadden opgezet. Of tikkertje, of verstoppertje, waarbij ze steevast als eerste werd gevonden omdat ze altijd moest giechelen. Vandaag mocht ze bepalen welk spelletje het werd, omdat ze jarig was.

Terwijl de familie op de ponywagen klom om huiswaarts te gaan, nam Merry zich voor dat ze zich er niets van aan zou trekken dat Bridget O'Mahoney een mooiere jurk aan zou hebben, hoeveel laagjes tule onderrokken die ook zou hebben, want het was haar verjaardag, en vandaag was een LEUKE dag.

'Mammy, wat zie je er mooi uit in die jurk,' had Merry vol bewondering gezegd toen haar moeder de keuken in kwam net voordat het feestje zou beginnen. 'Vind je niet, daddy?'

'Een plaatje, je hebt gelijk, lieverd,' zei daddy, terwijl hij een beschermende hand op haar enorme buik legde. Merry wierp een blik op het lekkers op de lange houten tafel: schalen met verschillende belegde sandwiches, mammy's speciale gebakken ham, scones, en in het midden stond een verjaardagstaart met roze glazuur en LANG LEVE MERRY erop.

Op een andere tafel stonden bekers klaar die de mannen in het vat konden dopen dat daddy een paar dagen geleden achter op de wagen had meegenomen. Hij ging niet vaak naar de pub, maar ze had hem horen zeggen dat niets een feestje zo op gang bracht als een glas bier.

'Klaar?' vroeg mammy aan daddy.

Daddy antwoordde met een stiekeme blik en een glimlach.

'Klaar.'

'Daar heb je de eerste gasten!' riep Nora, toen ze de familie Sheehy het erf op zag lopen.

'Het feest kan beginnen,' hoorde Merry mammy prevelen, terwijl ze haar grote babybuik aanraakte.

Maar een paar uur later lagen Merry en Katie in bed. Allebei hielden ze hun hoofd onder hun kussen om het gegil van mammy niet te horen. Het water was weer tussen haar benen op de grond gevallen, net nadat de gasten waren vertrokken, en de babyvrouw was opgeroepen. Mrs. Moran was gekomen en ze had iedereen weggejaagd en mammy naar boven geholpen, naar haar slaapkamer.

'Gaat mammy dood?' had Katie haar zussen gevraagd, en Merry kon haar dunne lijfje tegen zich aan voelen beven. Alle vier de meisjes stonden in Merry en Katies kamer, met kleine Bill erbij, omdat die kamer het verste weg was van het gegil.

'Nee, Katie,' zei Ellen. 'Het hoort erbij. Zo is het ook gegaan toen mammy Bill kreeg.'

'Dan neem ik dus nooit baby's,' zei Katie, die precies uitsprak hoe Merry er ook over dacht.

'Maak je geen zorgen, Het zal snel voorbij zijn en dan hebben we een mooi babybroertje of -zusje om mee te spelen. Mammy en daddy zullen zo trots zijn als een pauw,' zei Nora.

'Wat als er iets misgaat?'

'Het gaat niet mis,' zei Ellen ferm.

'Nou, Orla's mammy is wel doodgegaan toen ze haar zusje kreeg,' hield Katie vol.

'Het zal wel goed komen, ga nu maar slapen, Katie,' zei Ellen sussend.

'Hoe kan ik nou slapen als mammy zo schreeuwt?'

'Zullen we dan maar iets zingen? Bijvoorbeeld "Be Thou My Vision"?'

En dus zongen de vier meisjes hun favoriete hymnes en een paar van de oude liedjes die daddy soms op zondagavond speelde op zijn fiddle. Het gepijnigde geschreeuw ging nog een groot deel van de nacht door. Ellen en Nora gingen terug naar hun kamer met Bill, en Merry en Katie doezelden af en toe even weg totdat het licht werd, en er een zwak gehuil te horen viel in de kamer van hun ouders.

'De baby is er, Katie,' murmelde Merry, terwijl er een deken van stilte over het huis viel, net zo oorverdovend als het geschreeuw was geweest.

'Wanneer mogen we de nieuwe baby zien?'

Alle kinderen dromden de volgende ochtend om hun vader heen.

'Is het een meisje of een jongen?' vroeg John. 'Ik wil een jongen!'

'Het is een jongen,' mompelde daddy, met een grauw gezicht.

'Jongens zijn sukkels,' verzuchtte Nora.

'Meisjes zijn sukkels,' snauwde John terug.

'Mogen we naar mammy?' vroeg Merry.

'Nog niet, Merry. De vroedvrouw is nog met haar bezig. Deze geboorte heeft veel van haar gevraagd,' antwoordde daddy.

'Maar ze wordt weer beter, toch?' vroeg Merry, die de bezorgdheid van haar vaders gezicht kon aflezen.

'Tuurlijk, de vroedvrouw zegt dat het allemaal goed komt, we moeten ons geen zorgen maken.'

Maar dat deed Merry wel, zelfs toen Mrs. Moran uiteindelijk naar buiten kwam met de nieuwe baby in een dekentje gewikkeld. Ze staarden hem allemaal aan.

'Wat is-ie klein!'

'Zijn ogen zijn niet open!'

'Hij lijkt op daddy!'

'Mr. O'Reilly, wilt u misschien uw zoontje vasthouden?' vroeg Mrs. Moran. John O'Reilly stak zijn handen uit en zij legde de baby in zijn armen.

'Wilt u misschien een kopje thee, Mrs. Moran?' vroeg Ellen, het oudste meisje en daarmee degene die over huishoudelijke taken ging als mammy er niet was, beleefd aan de vrouw.

'Nee, liefje, dank je wel. Ik heb nog een dame in barensweeën in Clogagh, naar wie ik toe moet om te zien of het goed gaat. Goed dan, meisjes, lopen jullie even met me mee naar buiten?'

Ellen ging Mrs. Moran voor naar de deur, en Nora, Katie en Merry volgden.

'Jullie moeder heeft veel bloed verloren tijdens het baren, maar God zij gedankt en geprezen, voorlopig is het bloeden nu gestopt,' zei Mrs. Moran zacht. 'Jullie moeten regelmatig bij haar kijken om te controleren dat het niet weer gaat bloeden, en ze moet in bed blijven totdat ze is aangesterkt.'

Ellen knikte en toen Mrs. Moran gedag zwaaide, trok Merry aan Ellens rok.

'Waar moeten we dan controleren?' vroeg Merry.

'Tussen haar benen, natuurlijk!' zei Ellen ongeduldig. 'Nou, maak jullie geen zorgen, hoor. Dat doe ik wel. Mammy moet de komende dagen rusten, dus Nora, Katie en jij zullen meer klusjes in huis doen, hoor je? Jij moet niet alleen Bill en de kippen doen, maar ook het ontbijt klaarmaken en soep trekken van kippenbotjes voor mammy, daar wordt ze sterker van, want daar heb ik straks allemaal helemaal geen tijd voor.'

'Maar vandaag is er school en ik weet niet hoe ik kippensoep moet maken,' fluisterde Merry.

'Dan kun je maar beter thuisblijven en leren hoe het moet, nietwaar?' zei Ellen voordat ze zich omdraaide om naar binnen en terug naar mammy's slaapkamer boven te gaan. 'O ja. Een van jullie moet naar de pastoor toe om te zeggen dat mammy vandaag niet komt schoonmaken.'

Pastoor O'Brien stond op het punt om te vertrekken voor de mis toen er werd aangeklopt. Hij deed de deur open en zag Katie O'Reilly staan, een kleine versie van haar moeder Maggie, hijgend en druipnat van de regen.

'Dag, meneer pastoor, ik heb een bericht voor u. Ons broertje is vannacht geboren en mammy is erg moe van de geboorte en ze moet in bed blijven om te rusten en ze kan vandaag niet komen om bij u schoon te maken en we mogen niet naar school omdat we moeten helpen en Nora doet de kippen, maar Merry weet niet hoe ze soep moet maken en daddy wilde weten wanneer u kunt komen om mammy te zegenen en het kind te dopen en...'

'Rustig maar, Katie.' James legde zachtjes een hand op Katies schouder. 'Haal maar even rustig adem. Je ziet eruit als een verzopen katje. Kom even naar binnen om warm te worden bij het vuur.'

'O, meneer pastoor, ik moet terug om mijn zusjes te helpen.'

'Vijf minuutjes maar, dat kan vast geen kwaad.'

James gaf haar voorzichtig een duwtje en dreef haar door de deur naar zijn studeerkamer, waar Ambrose de krant zat te lezen, *The Cork Examiner*.

'Dit is mijn vriend Ambrose Lister. Ambrose, dit is Katie, Maggie O'Reilly's dochter. Goed, Katie, trek je laarzen even uit, dan zetten we ze bij de open haard om te drogen. Jij mag hier zitten.' James wees naar de stoel tegenover die van Ambrose, die naar het kleine meisje met de vuurrode krullen staarde.

'Dus je hebt een nieuw broertje?' vroeg James.

'Ja, en hij heet Patrick.'

'Dat is een mooie naam. En zei je dat Merry niet weet hoe ze kippensoep moet maken?'

'Klopt, meneer pastoor. Ellen zei dat zij het moest maken, maar Ellen is veel te druk met zorgen voor mammy, daarom kan ze haar er niet mee helpen, en we weten wel dat er kippenbotjes in zitten, en dat mammy het moet eten om weer sterk te worden, maar...'

James voelde zijn hart breken. Het meisje stond handenwringend voor hem.

'Luister eens, ik ga zo naar de kerk voor de mis, maar zal ik daarna even langskomen om een handje te helpen?' stelde hij voor.

'Weet u hoe je kippensoep moet maken?' vroeg Katie terwijl ze hem hoopvol aankeek met haar grote groene ogen.

'Ik kan vast wat advies inwinnen zodat ik je kan helpen, en dan kan ik meteen je moeder bedienen en je nieuwe broertje dopen. Heb je al ontbeten?'

'Nee, meneer pastoor, want Merry heeft geprobeerd *goodie* klaar te maken, maar het was heel vies.' Katie trok een vies gezicht. 'Ze kan eigenlijk niet zo goed koken.'

'Wacht hier maar even, dan ben ik in twee tellen weer terug.'

'Het spijt me dat ik u lastigval, meneer pastoor,' zei Katie, die haar voetjes instinctief uitstak naar de warmte van het vuur. 'En u natuurlijk ook, sir,' zei ze tegen Ambrose terwijl James naar de keuken verdween.

'O, maak je over mij geen zorgen, hoor. Ik vind het leuk om te worden lastiggevallen.'

Katie keek hem met een serieus gezichtje aan. 'Wat hebt u een grappig accent, als ik het zeggen mag.'

'Dat mag, Katie. En ik ben het met je eens.'

'U bent niet van hier, hè, sir?'

'Dat klopt, inderdaad. Ik woon in Dublin.'

'Dublin! Dat is een grote stad, toch, sir? En heel, heel ver weg?'

'Ja, dat klopt, Katie.'

'Is dat uw auto voor de deur? Ik vind de kleur mooi.' Katie wees door het raam naar de rode Kever op de oprit. 'Ook wel een gekke vorm voor een auto.'

'Dat noemen ze een Kever, want hij lijkt ook wel een beetje op een kevertje, vind je niet? Wil je er een ritje in maken?'

'O, sir, ik heb nog nooit in een auto gezeten. Ik word misschien wel heel bang van het geluid.'

James kwam de kamer in met een picknickmand, die hij bij Katies voeten neerzette. 'Er zit een half brood in en kaas en ham, dat moet genoeg zijn voor de ochtend, voor jullie allemaal.'

'O, dank u wel, meneer pastoor. Dan maakt Merry zich tenminste niet zo druk dat we niets te eten hebben voor als daddy en John terugkomen van de akkers.' Ze stond op, pakte haar laarzen en trok ze aan. Vervolgens pakte ze de picknickmand. 'Ik denk dat mammy volgende week wel weer komt schoonmaken,' verzekerde ze beide heren.

'Goed dan, Katie. Na de mis kom ik direct naar je toe.'

'Weet je zeker dat je niet in mijn rode auto naar huis wilt rijden?' vroeg Ambrose terwijl het meisje naar de deur liep met de mand, die bijna net zo groot was als zijzelf, in haar armen.

'Nee hoor. Ik kan wel naar huis lopen.'

Nadat hij Katie had uitgelaten, liep James de studeerkamer weer in.

'Wat een schatje,' zei Ambrose. 'Het klinkt alsof het chaos is op de boerderij van O'Reilly. Het kan toch niet zo zijn dat Mary en haar zussen opdraaien voor het hele huishouden terwijl hun moeder herstelt van de geboorte? De oudste zus kan toch voor het huishouden zorgen, zodat de jongsten gewoon naar school kunnen? En wat is in hemelsnaam goodie?'

'Een goedkope soort pap, met oud brood, en het antwoord is nee. Het is een grote boerderij om te runnen en Merry en Katie zijn oud genoeg om te helpen.'

'Die arme drommels,' zuchtte Ambrose. 'Laten we doen wat we kunnen om ze te helpen.'

'Ik kan natuurlijk de soep meenemen die wij gisteravond niet hebben aangeraakt, in plaats van hem door het kippenvoer te mengen. Als ik daar eenmaal ben, zie ik vanzelf wel hoe het ervoor staat.'

Er werd opnieuw aangeklopt op de voordeur, waarna ze het geluid van de hendel hoorden en het bekende getik van een paar stevige brogues in de hal.

Na een paar korte klopjes stak Mrs. Cavanagh haar hoofd om de deur. 'Neemt u me niet kwalijk dat ik u stoor, maar ik heb horen zeggen dat Mrs. O'Reilly vandaag niet komt werken. Dus ik vond het mijn plicht om mezelf in haar plaats te komen aanbieden.'

Ze klinkt net alsof ze zich aanbiedt voor het offeraltaar, dacht Ambrose bij zichzelf terwijl hij de haar zo typerende afkeurende blik voelde branden.

'Dat is heel vriendelijk van u, Mrs. Cavanagh, maar ik weet zeker dat Mr. Lister en ik ons vandaag prima zullen redden als u andere dingen heeft die u moet doen,' zei James.

'Ach, die kan ik voor u uitstellen, eerwaarde. Hebt u al ontbeten?'

'Nee, maar...'

'Dan ga ik dat voor u klaarzetten. Het is maar goed dat ik geen kleine kinderen heb die mij verhinderen voor u te werken als u mij nodig heeft.'

En na die woorden draaide Mrs. Cavanagh zich om en verliet de studeerkamer.

In plaats van haar nieuwe sprei te bekijken, die bestond uit allerlei verschillende gekleurde vierkantjes die mammy voor haar verjaardag aan elkaar had genaaid, of in plaats van de munten te tellen die ze had gekregen van alle mensen die op haar feestje waren gekomen, had Merry de rotste dag van haar leven.

Het allerergste was dat moeder net zo bleek en grauw zag als de lakens op haar bed. Ze was te zwak om ook maar een slokje water te drinken, laat staan dat ze Patrick kon vasthouden. De nieuwe baby was kleiner dan Katies houten pop en hij zag er net zo grauw uit als mammy. Ellen zei dat hij niet eens wist hoe hij moest zuigen. Maar nu Merry op haar knietjes naast mammy's bed een gebedje opzegde voor de Heilige Maagd Maria kreeg ze tenminste wel een klopje op haar arm en een glimlach. Ellen kwam de slaapkamer in en duwde haar opzij om mammy te controleren.

'Ga jij naar beneden, naar de keuken,' blafte ze.

Door een kiertje in de houten deur zag Merry hoe Ellen het laken omhoogdeed en tussen mammy's benen keek. Er zat geen grote rode plek, waar Mrs. Moran voor had gewaarschuwd, en daarom slaakte ze een zucht van verlichting.

'Merry, ik zei toch dat je weg moest gaan,' siste Ellen. 'Ga kippensoep maken, jij.'

Merry snelde de trap af en de keuken in, waar ze daddy, die nooit dronk, aantrof met naast zich de fles whiskey die hij in de buffetkast in de Nieuwe Kamer bewaarde. Hij lag onderuitgezakt in zijn stoel en was diep in slaap, met de fles naast zijn heup.

Katie was in de keuken en Bill lag op haar smalle schoot te slapen.

'Ik moet soep maken voor mammy,' zei Merry wanhopig. 'Ellen zei dat. Maar wat als ze vannacht doodgaat omdat ik niet weet hoe dat moet?'

'Pastoor O'Brien zei dat hij straks komt om ons te leren hoe het moet, ik zal Bill naar boven dragen en bij ons in bed leggen en dan breng ik een kan water naar mammy. Ik zal er een schep suiker in doen, ik heb gehoord van Mrs. Moran dat suikerwater goed is voor energie.'

Merry stond bij het fornuis, omlaag starend naar de berg kippenbotjes die ze op een of andere manier moest zien te veranderen in die waterige soep die mammy weleens maakte als er iemand ziek was. Ze dacht diep na en herinnerde zich toen dat er wortels en aardappels in moesten, dus die moest ze gaan halen.

Ze schilde en sneed er een paar, deed ze in de pan met de botjes, goot er water bij en zette het op het hete plaatje op het fornuis. Ze bleef erbij staan totdat het ging koken, en ze hoopte maar dat er iets magisch zou gebeuren, maar dat was niet zo. In plaats daarvan begon het rond te spetteren, dus moest ze de pan van het vuur halen. De pan was zwaar en er kwam water op haar vingers terecht, wat vreselijk veel pijn deed.

'Au!' gilde ze, razendsnel de pan loslatend om haar vingers onder koud water te houden, terwijl de tranen over haar wangen stroomden. Tegelijk werd er aangeklopt en kwam pastoor O'Brien binnen met een mand onder zijn arm.

'Merry! Wat is er gebeurd?'

'O, niets ergs, meneer pastoor,' zei ze, haar ogen deppend met het dichtstbijzijnde doekje. 'Ik was bezig om kippensoep te maken.'

'Ik heb soep meegenomen voor je.' Pastoor O'Brien zette de mand neer, haalde de doek eraf en gaf haar twee thermosflessen. 'Met wat van die wortels en aardappels uit jouw pan moet dit de komende paar dagen genoeg zijn voor je moeder. Waar zijn je zusjes?'

'Ellen is boven bij mammy, Nora helpt John buiten omdat daddy slaapt, en Katie is met Bill naar boven voor zijn middagslaapje en ze is nog niet terug.' Merry staarde de pastoor aan, en het schoot haar te binnen dat mammy hem altijd een kop thee aanbood en een stuk cake. Maar voordat ze de kans kreeg, had hij zijn mand al opgepakt.

'Nou, laat mij maar even zien waar mammy's kamer is, dan zorg ik dat de kerkelijke zaken worden gedaan.' Hij glimlachte naar haar, terwijl hij een derde thermosfles pakte, waar hij de dop vanaf draaide en vervolgens aan rook. 'Ik controleer even of dit wel de fles is met het heilige water. Ik kan toch moeilijk je broertje dopen met soep, of wel?'

Merry giechelde, en terwijl ze hem voorging op de trap, dacht ze bij zichzelf hoe dol ze op hem was, omdat hij altijd wist wat hij moest doen.

Vanaf het moment dat hij er was, werd de dag een stuk beter. Toen moeder eenmaal was bediend (wat dat ook mocht betekenen), had Ellen daddy wakker gemaakt en gingen ze allemaal naar boven om te zien hoe Patrick werd gedoopt. Ellen nam het koken over, na een vriendelijk woordje van pastoor O'Brien over de gevaren van kleine kinderen en kokend water, en Nora werd met de soep naar boven gestuurd om bij moeder te gaan zitten.

Uiteindelijk viel de avond en werden Merry en Katie door Ellen naar bed gestuurd.

'Bill slaapt vanavond bij jullie, mammy mag niet worden gestoord,' zei ze.

'Neem jij hem maar even,' zei Katie, en ze stopte Bill onder de nieuwe sprei bij Merry. Toen pakte ze de haarborstel die ze deelden uit de bovenste la van de ladekast. 'Tel jij even tot honderd voor me?' vroeg Katie, want Merry wist dat haar zus altijd de tel kwijtraakte na de dertig.

Dat deed ze, en ze vond het haar van haar zusje zo mooi glanzen, net zo mooi als gesponnen koper.

'Ik weet zeker dat jij ooit met een heel knappe prins gaat trouwen,' zei Merry vol bewondering.

'Ik zweer dat ik later een man neem die nog rijker is dan de vader van Bridget, met een huis dat tien keer zo groot is als dit huis. Zelfs als ik niet van hem hou en zelfs al heeft-ie een nog grotere neus dan Mrs. Cavanagh,' zei Katie stellig. 'Mag ik zien hoeveel penny's je gisteren hebt gekregen?'

'Als je belooft dat je tegen niemand zegt waar ik ze heb verstopt. Eerst zweren. Zweer het op alle heiligen.'

Katie sloeg een kruisje. 'Ik zweer het op alle heiligen.'

Merry klom uit bed, liep naar de ladekast en trok de la open waar haar ondergoed en sokken in zaten. Zelfs haar zusjes zouden niet tussen haar ondergoed zoeken naar geld, dacht ze. Ze haalde er een zwarte sok uit, liep ermee terug naar hun bed en liet de inhoud eruit vallen.

'Jezus, Maria en Jozef! Wat veel! Daar kun je bijna je eigen koe van kopen!' Katie legde een glimmend muntje in haar hand en aaide het. 'Hoeveel heb je er?'

'Dertien.'

'Dat brengt ongeluk, Merry. Misschien moet je er eentje aan mij geven om te bewaren.'

'Natuurlijk mag je er eentje, Katie, maar niet aan de anderen vertellen, hoor, anders wil straks iedereen.'

'Gaan we deze week naar Timoleague om snoep te kopen?' opperde Katie.

'Misschien, maar de rest bewaar ik.'

'Waarvoor?'

'Weet ik niet,' zei Merry. 'Gewoon voor iets.'

'John heeft me een keer een geheimpje verteld.'

'Wat voor geheimpje?'

'O, over hoe we meer snoep krijgen als...'

'Wat?'

'Ik weet niet of ik het moet vertellen.'

'Katie O'Reilly! Ik heb je net laten zien waar ik mijn geld verstop. Je moet het me vertellen, anders...'

'Nu is het jouw beurt om te zweren op alle heiligen dat je niet zegt dat ik het heb verteld.'

Merry zwoer het. 'Kom op, Katie, vertel het me nou.'

'John heeft gezegd dat toen hij zo oud was als ik, er jongens waren bij hem in de klas die penny's hadden en dat ze die meenamen naar het treinspoor als de trein bijna moest komen. Als ze de fluit hoorden, dan renden ze naar het spoor en legden ze de muntjes op de rails. Dan kwam de trein eraan en reed-ie eroverheen. En Mrs. Delaney in de snoepwinkel gaf ze dan altijd wat extra snoepjes als de jongens die platte penny's bij zich hadden. Als je het mij vraagt, was dat omdat ze er groter van worden.' Katie knikte wijs.

'Dat heeft John toch nooit gedaan, of wel?'

Op dat punt kleurde Katies bleke gezicht dieprood, hoewel ze haar hoofd schudde.

'Niet aan mammy en daddy vertellen, hoor.'

'Maar het is gevaarlijk, Katie, hij had wel dood kunnen gaan!' zei Merry terwijl ze haar muntjes verzamelde en terug in de sok stopte. Ze legde de sok weer in de la.

Ze was net weer terug in bed gekropen toen Nora binnenkwam.

'Merry, ga jij even bij mammy zitten, want ik moet naar beneden om dit laken te wassen.' Ze liet een harde geeuw horen. 'Ik ben doodmoe van al het werk, en jullie liggen hier gewoon lekker samen in bed.' Met een ruk draaide Nora zich om en marcheerde de deur weer uit.

'Het enige wat zij heeft gedaan, is de hele middag bij mammy zitten,' klaagde Katie. 'Ik ben degene die alle luiers heeft gewassen.'

'Nou, dan ga ik maar bij mammy zitten, zoals ze zei.'

Merry liep over de smalle overloop en deed de deur van de kamer van haar ouders open. Tot haar opluchting zag ze dat zowel haar moeder als de nieuwe baby sliep, ook al waren ze nog steeds stil en lijkbleek.

Ze knielde neer en zei een gebedje, en toen tilde ze heel voorzichtig het laken omhoog om te controleren of er bloed was, zoals Ellen eerder ook had gedaan. Het was schoon.

'Dank u wel, Moeder Maria, dat u mijn familie beschermt,' fluisterde ze terwijl ze het laken teruglegde en ging zitten op de stoel, wachtend tot Nora terugkwam.

De eerste week dat baby Patrick er was, voelde voor Merry als de langste week in haar hele leven. Katie en zij waren tenminste wel weer naar school gestuurd, want Nora had aangekondigd dat het tijd was dat ze stopte met de nonnenschool in Clonakilty. Nu moeder ziek was, hadden Ellen, John en daddy hulp nodig in huis en op de boerderij. En trouwens, zei Nora, wat had zij nou aan cijfers en letters?

Als Merry thuis was, dan leek het net of de baby de hele tijd huilde en Ellen en Nora alleen maar aan het klagen waren over al het werk dat ze te doen hadden, terwijl daddy mopperde dat hij amper had geslapen door het geschreeuw van de baby. Daddy sliep inmiddels in de Nieuwe Kamer. Hij zei dat het beneden stiller was. De Nieuwe Kamer was naast de keuken en de kinderen mochten er nooit komen, want dat was 'maar beter zo'. Er was een grote open haard met twee fauteuils voor daddy en mammy, en daar sliep hij nu dus, rechtop in de stoel.

Nora gaf Bill meteen over aan Merry en Katie zodra ze weer thuis waren. Hij kon nu behoorlijk snel rennen op die kleine mollige beentjes van hem, en dus moesten zij twee constant achter hem aan, zowel binnen als buiten.

Merry ging altijd eerst naar boven om mammy te groeten als ze thuiskwam. Dan was ze wakker en vroeg ze wat ze had geleerd, terwijl ze kleine Pat de borst gaf, die nu wist hoe hij moest zuigen. Ze vertelde over haar nieuwe leesboek, en hoe Miss Lucey hun les gaf in iets wat 'aarderskunde' heette, wat over allemaal andere landen in de wereld ging. Daarna ging ze naar beneden om haar huiswerk te doen aan de keukentafel.

Op een mistige avond zat Katie op de grond en gooide een bal naar Bill.

'Ik zweer dat ik nooit kinderen neem. Nooit,' zei Katie een tweede keer, toen Bill achter de bal aan lopend viel, met zijn hoofd tegen een tafelpoot stootte en begon te blèren.

'Maar dat is wat God wil dat we doen, Katie. De pastoor heeft het gezegd. Als niemand kinderen kreeg, dan zouden er geen mensen op de aarde zijn, toch? En trouwens, mammy zegt dat ze zich veel beter voelt en het is de laatste dag dat Ellen de baas is,' voegde Merry eraan toe, om Katie op te vrolijken.

'Bridget O'Mahoney heeft een dienstmeid thuis,' zei Katie, terwijl ze Bill in haar kleine armen nam om hem te troosten. 'Ik neem er later ook een als ik groot ben.'

Opeens klonk er geklop op de deur. Verbaasd keek Merry Katie aan, want de voordeur werd nooit gebruikt.

‘Ga maar opendoen,’ zei Katie schouderophalend.

Merry stond op en deed open. Buiten in het donker stond een dunne man met een hoge hoed op.

‘Hallo, ik ben dokter Townsend.’ Hij glimlachte naar haar. ‘En wie ben jij?’

‘Ik ben Merry O’Reilly,’ antwoordde ze beleefd. Dat gekke accent wilde zeggen dat hij Brits was.

‘Dat is mooi, lieverd. Pastoor O’Brien zei dat ik even langs moest komen. Mag ik je moeder misschien even zien?’

Hij volgde Merry de keuken in, nam zijn mooie hoed af en liet Katie hem toen voorgaan naar boven, naar mammy. Hij deed de deur achter zich dicht.

Zowel Merry als Katie besloot een schietgebedje omhoog te sturen naar de Heilige Maria dat er maar geen slecht nieuws was, want Bobby Noiro had haar verteld dat dat de enige keer was dat er ooit een dokter bij je langskwam. Er was ook een dokter aan de deur gekomen toen zijn vader was omgekomen in een brand in hun schuur, maar dat was het enige wat Bobby erover kwijt wilde.

Ellen kwam de keuken in om aan het eten te beginnen, en Nora verscheen van waar ze zich ook had verstopt om aan haar corvee te ontsnappen.

‘Wie was die man?’ vroeg ze.

‘De dokter. Ik heb hem binnengelaten,’ zei Merry gewichtig.

Ellen en Nora wisselden een blik uit die Merry’s hart vervulde met angst. Er bleef een stilte in de keuken hangen zolang de vier meisjes wachtten tot de dokter de trap af zou komen.

Uiteindelijk kwam hij naar beneden, en werd Nora gevraagd om daddy uit de koeienstal te gaan halen.

‘Kan ik u even onder vier ogen spreken, Mr. O’Reilly?’

Daddy ging hem voor naar de Nieuwe Kamer en de deur ging dicht.

Vijftien minuten later kwamen de twee mannen de keuken weer in.

‘Is alles in orde, dokter?’ vroeg Katie, die altijd als eerste het woord nam.

‘Zeker, jongedame,’ zei de dokter met een geruststellende glimlach. ‘Jullie moeder wordt straks weer helemaal gezond en jullie broertje ook.’

Merry zag de uitdrukking op daddy’s gezicht en vond dat hij eruitzag alsof mammy al dood was en naar het vagevuur was gestuurd om daar eeuwig te branden.

'En, dokter, wat kost me dit?' vroeg daddy.

'Aangezien het alleen om advies ging, zal ik u niets in rekening brengen. Ik laat mezelf wel even uit,' zei hij. 'Goedenavond, allemaal.'

'Wat een zalig nieuws, dat mammy in orde is, hè, daddy?' zei Merry.

'Ja,' antwoordde hij, maar zijn gezicht zei iets heel anders.

Toen het gezin aan tafel ging voor het avondeten, kwetterend als een zwerm vogels, zat daddy er stil bij, met een uitgestreken gezicht.

Toen ze de soep en het brood hadden opgegeten en samen hadden gebeden, gingen Katie en Merry naar hun kamer.

'Daddy leek helemaal niet zo blij dat mammy weer beter wordt, zag je dat?' zei Merry.

'Ja, vond ik ook. Denk je... Denk je dat de dokter gewoon jokte en dat mammy misschien toch doodgaat?' vroeg Katie.

'Ik weet het niet.' Merry huiverde bij de gedachte.

'Moeder Maria, wat is het hier koud,' zei Katie. 'Het wordt winter. Mag ik vanavond bij jou in bed?'

'Tuurlijk,' zei ze, zich afvragend waarom daddy en mammy hun eigenlijk twee aparte bedden hadden gegeven. Katie lag bijna nooit in haar eigen bed.

Ze kropen dicht tegen elkaar aan en eindelijk kwam er weer gevoel in Merry's bevroren voeten.

'Zijn volwassenen niet een raadsel, Katie?' zei ze hardop in het donker.

'Nou en of. En Merry, wat denk je?'

'Ik heb geen idee, Katie, wat dan?'

'Op een dag zijn we zelf ook volwassen!'

30

Het was bijna Kerstmis en Merry had al een engel gespeeld in het toneelstuk dat Miss Lucey in de aula had georganiseerd voor ouders die wilden komen kijken. Katie had tegen haar zin een herder gespeeld, maar Merry was in haar nopjes geweest in haar kostuum, ook al was het gemaakt van een simpel oud laken en droeg ze enkel gouden kerstversiering als een kroon op haar hoofd. Ze moest zich goed concentreren, want ze moest ook zinnetjes onthouden.

'En Maria zal een zoon baren, en gij zult hem de naam Jezus geven. Want hij is het, die zijn volk zal redden van hun zonden.'

Aangezien ze Mary heette, had ze liever de Heilige Maagd zelf gespeeld, maar er zaten nog vier Mary's op school (en dus was het veel beter om bij haar bijnaam genoemd te worden dan 'Mary M.' of 'Mary O.' of 'Mary D.' te worden genoemd). Geen van de Mary's had de rol gekregen. Die eer was Bridget O'Mahoney te beurt gevallen. Haar moeder had haar kostuum natuurlijk laten maken door hun naaister, en terwijl Merry zo naar Bridget staarde, in haar prachtige blauwe jurk die precies bij de kleur van haar ogen paste, bedacht ze dat als zij zo'n jurk had, ze hem nooit meer zou uitdoen.

Mammy was komen kijken, en hoewel baby Pat dwars door het lied 'Stille Nacht' had geschreeuwd, had Merry besloten dat ze de mooiste moeder in de zaal was. Ze was weer gezond, had weer kleur op haar wangen en, zoals haar broer John had gezegd, 'iets meer vlees op haar botten'.

Omdat hij Seamus Daly op zijn hoofd had geslagen, had Bobby Noiro voor straf geen rol gekregen in het toneelstuk. Sindsdien zei Seamus steeds dat Bobby's familieleden allemaal verraders en moordenaars waren. Bobby zou Seamus waarschijnlijk nog wel een paar klappen hebben verkocht als Mr. Byrne, de conciërge, ze niet uit elkaar had gehaald.

Tijdens de wandeling naar huis was het Bobby's nieuwe grapje om achter bomen te verdwijnen en dan tevoorschijn te springen en 'Pang!' te roepen. Hij zei dat hij alle Black and Tans neerschoot. Merry wist niet waar hij het over had, want dat waren toch gewoon kleuren? Katie was altijd boos op hem, dan zwaaide ze haar rode haar over haar schouder en ging sneller lopen, waardoor Merry en Bobby samen opliepen en hij de verhalen van 'vroeger' vertelde, die zijn grootmoeder aan hem had verteld, en die allemaal te maken hadden met een of andere oorlog.

Ze wist dat dit de laatste keer was dat ze met Bobby naar huis liep omdat er de volgende dag geen school was vanwege de kerstvakantie, dus daarom gaf ze hem een kaartje dat ze voor hem had gemaakt, met daarop het woord 'Kerstmis' heel netjes geschreven. Ze had het de dag ervoor pas gemaakt, toen de klas onderling kaartjes had uitgewisseld, maar Bobby was de enige die er niet één had gekregen. Ook al had hij niets gezegd, Merry kon zien dat hij het niet leuk vond.

Toen hij de kaart zag die ze voor hem had gemaakt, gaf hij haar een stralende lach, en een verfrommeld stukje lint.

'Die is blauw, net als je ogen,' zei hij, starend naar zijn laarzen.

'Harstikke bedankt, Bobby. Ik zal het dragen als de Kerstman komt,' zei ze. Toen was hij omgedraaid en weggerend naar zijn cottage, met Hunter vlak achter hem aan, en Katie maakte de hele weg naar huis kusgeluidjes.

Merry wist niet wat het was, maar op een of andere manier hing er een andere sfeer in huis dan gewoonlijk met Kerstmis. Ze hadden de kamer versierd met hulst en papieren slingers, en ze hadden ook wel kerstliedjes gezongen, maar toch voelde het niet hetzelfde.

Merry dacht dat het kwam doordat haar ouders er zo ongelukkig uitzagen. Voordat Pat was geboren en voor het bezoek van de dokter, had ze daddy vaak een kus op haar mammy's hoofd zien geven en ze zag ook weleens dat ze onder de tafel in elkaars hand knepen, alsof ze een geheimpje deelden waardoor ze allebei moesten glimlachen. Maar de laatste tijd zeiden ze bijna niets en Merry had de whiskey in daddy's fles zien zakken tot-ie haast op was.

Misschien beeld ik het me in, dacht ze bij zichzelf toen ze op de ochtend van kerstavond wakker werd en die fijne vlinders van opwinding in haar buik voelde. 'Vandaag wordt een goede dag,' zei ze hardop tegen zichzelf. Deze ochtend zou ze naar het huis van de pastoor gaan met mammy om haar te helpen met schoonmaken, want het was kerstvakantie. Ze hoopte dat Ambrose er zou zijn, want die had ze al heel lang niet gezien. Ze zat graag in de studeerkamer van pastoor O'Brien terwijl er een vuurtje brandde in de open haard. De vorige keer hadden ze gepraat over hoe het op school ging, en toen had hij een boek met sprookjes van Hans Christian Andersen gepakt en 'Het meisje met de zwavelstokjes' voorgelezen. Het verhaal ging over een meisje dat op oudejaarsavond lucifers aanstak omdat ze licht en warmte gaven. Ze stierf van de kou, buiten op straat, maar toen werd haar ziel naar de hemel gestuurd en was ze gelukkig, herenigd met haar lieve grootmoeder.

'Dat klinkt wel heel erg zielig,' had Katie gepruild nadat Merry haar het verhaaltje had verteld. 'En er zitten helemaal geen faeries in!'

Merry hoorde Pat huilen in de slaapkamer van haar ouders. Het leek wel of de baby altijd honger had, en als Merry naar haar mammy met Pat aan haar borst keek, deed het haar soms denken aan de koeien die 's ochtends en 's avonds werden leeggemolken.

Ze kon niet wachten tot de dag zou beginnen, en ze trok haar warmste trui aan, die haar eigenlijk te klein was geworden, en een rok en wollen sokken, en ging toen naar beneden. Aangezien mammy zwak was sinds de baby was geboren en ze Pat vroeg in de ochtend moest voeden, was Merry inmiddels heel goed geworden in het maken van goodie, door het oude brood van de dag ervoor te mengen met melk en wat suiker. Maar omdat het vanavond kerstavond was, had mammy gezegd dat ze echte pap zouden eten. Merry deed het licht aan, pakte de bus havermout uit de kast en schepte een kan melk uit de melkbus buiten bij de deur. Terwijl ze aan het fornuis in de pan met pap roerde, keek Merry naar buiten en zag dat de velden voor de boerderij glinsterden door de rijp.

'Het ziet er echt uit als Kerstmis,' zei ze tegen zichzelf. Ze vond die stille momenten alleen in de keuken, voordat iedereen de trap af kwam en daddy en John uit de melkstal naar huis kwamen om te ontbijten, inmiddels eigenlijk wel prettig. Terwijl de pap op het vuur stond, pakte Merry het sodabrood dat mammy de dag ervoor had gebakken en legde dat met de boter op tafel. Daarna zette ze de kommetjes op het fornuis om ze warm te laten worden. Ondertussen dacht ze aan de cadeaus die ze van haar verjaardagsgeld voor haar familieleden had gekocht. Prachtige nieuwe linten voor Ellen en Nora, een speciale kam voor Katies haar, en een speelgoedkonijn en -muis voor Pat en Bill. Ze had ook borduurgaren gekocht om voor haar ouders zakdoeken te maken van vierkante katoenen lappen, alleen waren sommige letters niet helemaal gelukt. Nu had ze nog maar twee muntjes over, en die zou ze bewaren voor een regenachtige dag, zoals mammy altijd zei dat je met spaargeld moest doen. Aangezien het bijna elke dag wel regende, geloofde Merry dat spaargeld dus wel heel belangrijk moest zijn.

'Goedemorgen, Merry,' zei mammy terwijl ze de keuken binnenliep met baby Pat in de draagdoek voor haar borst.

'Ga maar zitten, mammy. Het is allemaal al klaar.'

Mammy glimlachte naar haar terwijl ze ging zitten. 'Pat wilde maar niet slapen gisteravond, vandaar dat ik vanochtend nog niet veel waard ben. Dank je wel, Merry, heel goed van je, hoor.'

'Het is kerstavond, mammy, de mooiste dag van het jaar.'

'En ik moet naar de pastorie,' zuchtte moeder.

'Ik ga je echt helpen, dat beloof ik.'

'Ach, Merry, zo bedoelde ik het niet, hoor. Je doet al heel veel. En Mr. Lister is zo'n aardige man. Als hij er niet was...'

Merry, die aan het fornuis in de pap stond te roeren om te voorkomen dat hij te dik werd, draaide zich om en keek naar haar moeder.

'Wat bedoel je, mammy?'

'O, niets, hoor, Merry, hij helpt je alleen met lezen en taal. Hij geeft les op een beroemde universiteit en slimmer dan dat kan iemand niet worden. Ik hoop maar dat die kleine zich koest houdt als we daar zijn, zodat ik mijn werk afkrijg en op tijd thuis kan zijn om alles klaar te maken voor morgen.'

'Ik kan wel op Pat letten daar, echt waar.'

'Dat weet ik, schatje.' Maggie glimlachte. 'Ik wil wel een lekker bordje van die pap, met misschien nog een extra schepje suiker erin voor meer energie.'

'Waar wil je wat extra van, mammy?' vroeg Ellen terwijl ze de keuken in liep met een kronkelende Bill op de arm.

'O, niks, hoor,' zei ze. 'We hadden het over de Kerstman, hè?'

'Ja, inderdaad,' zei Merry lachend, terwijl ze een beetje suiker over de kommetjes pap strooide en die vervolgens naar de tafel bracht.

Een uur later waren ze onderweg naar het huis van de pastoor boven op de heuvel, uitkijkend over het dorp Timoleague. Toen ze aankwamen, klopte mammy aan en wachtte beleefd op antwoord. Ambrose deed open.

'Goedemorgen, dames,' zei hij met een glimlach. 'Meneer pastoor is bezig met zijn ronde visites aan patiënten, voor hun kerstzegen. Maar u weet wat u moet doen, Mrs. O'Reilly. O, van de pastoor moest ik zeggen dat alle ingrediënten die u nodig hebt in de voorraadkast staan.'

'Goed, Mr. Lister. Het spijt me dat ik baby Pat mee moest brengen, maar hij wilde maar niet slapen en mijn andere dochters waren ook druk in huis...'

'Geen probleem, Mrs. O'Reilly. Goed, ik heb de theepot gevuld met heet water. Mag ik jullie een kopje lekkere warme thee aanbieden, na die wandeling? Het is echt ijzig koud.'

Tien minuutjes later, na een kop thee waar ze zo veel suiker in had gedaan als ze maar wilde uit het schaaltje dat Ambrose voor hen had neergezet, nam ze Pat in haar armen mee naar de studeerkamer, terwijl mammy aan het werk ging.

'Ik weet zeker dat hij straks wel weer rustig wordt, Ambrose, maar hij is gewoon echt een kleine schreeuwlelijk.'

'Dat zei mijn moeder vroeger ook over mij.' Ambrose glimlachte terwijl Merry de baby in haar armen wiegde, hem stilletjes smekend om in slaap te vallen. 'Misschien valt hij zo wel in slaap door de warmte van het vuur.'

'Als hij maar ergens van in slaap valt,' zuchtte Merry.

'Nou, Mary, hoe gaat het op school sinds we elkaar voor het laatst zagen?'

Ambrose noemde haar altijd Mary, want hij hield niet van bijnamen, zei hij.

'O, heel goed, Ambrose. Ik lees nu leesboek tien, wat volgens Miss Lucey normaal voor grotere kinderen is. En rekenen gaat ook wel goed, dacht ik, ook al vind ik dat moeilijker dan letters lezen. Letters hoef je tenminste niet bij elkaar op te tellen, toch?'

'Dat is waar, Mary.'

'Kijk, Pat heeft eindelijk zijn oogjes dicht. Ik zal hem hier op het kleed leggen, als u het niet erg vindt.'

'Natuurlijk niet. Zullen we fluisteren, zodat we hem niet wekken?'

'O, nee hoor. U zou de herrie eens moeten horen die mijn broers en zussen maken terwijl hij slaapt. Hij ligt zo goed, dus.'

Ambrose bekeek het meisje terwijl ze de baby heel voorzichtig neerlegde en hem daarna toedekte met een versleten dekentje.

'En hoe gaat het met je familie thuis, Mary?'

'Een paar weken geleden waren we allemaal verkouden, maar nu is iedereen weer beter, dank u wel,' zei Merry terwijl ze ging zitten. 'Met mammy gaat het ook een stuk beter, maar deze baby drinkt wel erg veel melk.'

'En je vader?'

'Nou, die drinkt vaker whiskey dan eerst en soms ziet hij er verdrietig uit...' Merry schudde haar hoofd. 'Ik weet niet waarom, Ambrose, want we zijn net verhuisd naar ons nieuwe huis, de oogst was goed, en...' Merry haalde haar schouders op. 'Soms snap ik grote mensen gewoon niet.'

'Nee, Mary,' antwoordde Ambrose terwijl hij een lach onderdrukte. 'Ik soms ook niet, en ik ben er zelf een! Nou, zal ik wat voorlezen?'

'Ja, uit "Het meisje met de zwavelstokjes"?'

'Nou, aangezien het kerstavond is... Zal ik een nieuw kerstverhaal voorlezen?'

'Ja, graag.' Merry volgde zijn beweging terwijl hij van de tafel naast hem een heel oud uitziend boek pakte.

'Dit verhaal is van een Engelse schrijver die Charles Dickens heet. Het is een vrij volwassen verhaal, Mary, en ook best lang, dus waarschijnlijk doen we vandaag maar een deel. Er komen ook spoken in voor. Weet je wat spoken zijn?'

'O ja, Ambrose! Mammy vertelt ons altijd Ierse sprookjes van heel vroeger, en daar komen ook spoken in voor. Katie en ik denken dat ze echt bestaan, maar Ellen en Nora zeggen dan dat we domkoppen zijn.'

'Ik zou jou geen domkop willen noemen, Mary, maar ik ben het wel eens met je zusjes, spoken bestaan niet. Maar soms is het wel leuk om even te griezelen, toch?'

'Ja, best wel, maar niet midden in de nacht, wanneer iedereen in huis ligt te slapen behalve ik.'

'Volgens mij ben jij slim genoeg om het verschil te weten tussen het echte leven en verhaaltjes. Misschien kan ik maar het beste beginnen met lezen en dan zeg jij het gewoon als je te bang wordt, goed?'

Merry knikte, met grote ogen.

'Goed, dit verhaal is getiteld...' Ambrose hield de bladzijde omhoog en wees op de titel.

'*A Christmas Carol*!'

'Heel goed, Mary. Het is het verhaal over een man die Ebenezer Scrooge heet. Als je denkt aan de gemeenste persoon die je kent, die er altijd ongelukkig uitziet, dan kun je je misschien voorstellen hoe hij is.'

'Net als Mrs. Cavanagh, bedoelt u?' vroeg Merry, en ze sloeg een hand voor haar mond toen ze besefte wat ze had gezegd.

Ambrose gniffelde. 'Misschien wel, hoewel pastoor O'Brien dat een tikje onchristelijk van ons zou vinden. Niet dat mij dat wat uitmaakt, hoor.'

'Wat bedoelt u? Bent u dan niet katholiek?' vroeg Merry terwijl ze opeens besefte dat Ambrose dan wel goed bevriend was met de pastoor, maar dat ze hem op zondag nooit in de mis zag als hij hier in het weekend was, op bezoek uit Dublin.

'Wel,' zei hij, terwijl hij zijn bril afnam en met zijn zakdoek de glazen begon te poetsen. Zonder zijn bril zag hij eruit als een molletje. 'Dat is best een heel grote vraag, Mary.'

'O ja? Maar iedereen is toch katholiek?' zei ze.

'Nou, eigenlijk zijn er heel veel verschillende godsdiensten op deze wereld,' zei hij, terwijl hij zijn bril weer opzette. 'En daar is het katholieke geloof er één van. In India heb je hindoes, bijvoorbeeld. Zij geloven in vele goden...'

'Maar er is maar één God!' protesteerde ze.

'In het katholieke geloof wel, ja, maar er zijn mensen op deze aarde die meerdere goden tegelijk aanbidden.'

'Betekent dat dat ze allemaal naar de hel gaan?' vroeg ze. 'Omdat ze niet in de echte God geloven?'

'Vind je dat dat zou moeten gebeuren, Mary?' vroeg hij.

Merry wreef over haar neus terwijl ze bedacht dat ze het best wel vervelend vond dat Ambrose vaak een vraag terug stelde als zij hem wat vroeg.

'Ik vind...' zei ze en ze beet op haar lip. 'Ik vind dat als ze goed zijn geweest op aarde, dat ze dan niet naar de hel hoeven, want de hel is alleen voor slechte mensen. Maar als je helemaal niet in God gelooft, dan ben je wel heel slecht.'

'Dus als ik niet in God geloof, dan ben ik slecht?' vroeg hij.

Ze gaapte hem met open mond aan. 'Nee, ik...'

'Het geeft niet, Mary,' zei Ambrose vriendelijk. 'Het spijt me als ik je in de war maak. Ik probeer je alleen maar uit te leggen dat mensen in verschillende dingen geloven. Zoals jij en Katie in spoken geloven, terwijl je andere zussen dat niet doen. Het is niet zo dat iemand het dan fout heeft, het betekent alleen dat jullie iets anders geloven. En dat is helemaal niet erg.'

Ze knikte, want ze begreep wel wat hij bedoelde, al was God geen spook.

'Goed dan. Zullen we beginnen met het verhaal?' zei hij. 'Daar gaan we...'

Merry werd zo gegrepen door het verhaal dat Ambrose naar baby Pat moest wijzen om haar uiteindelijk uit haar concentratie te halen. 'Misschien moeten we nu even stoppen, lieve Mary, want volgens mij heeft je broertje honger.'

Merry kwam met een schokje terug in de echte wereld. Ze waren net aanbeland bij het stuk waar de Geest van Voorbije Kerstmis arriveert, die zo vrolijk overkomt na de vreselijk enge geest van Jacob Marley. Ze liet haar blik naar de huilende Pat glijden en kon zich er nog net van weerhouden haar tong naar hem uit te steken.

'Ik zal mammy even halen.' Ze pakte de huilende baby op en beende met hem in haar armen naar de keuken, waar haar moeder bezig was deeg uit te rollen.

'Sorry, mammy, maar...'

Haar mammy zuchtte en streek met een bebloemde hand over haar voorhoofd, een vleugje wit poeder achterlatend.

'En hij stinkt,' voegde Merry eraan toe terwijl ze hem overgaf aan haar mammy, waarna ze snel terugliep naar de keukendeur, om zo snel mogelijk verder te kunnen met het verhaal.

'Hoor eens, vrouwtje, wil je hem eerst even voor me verschonen voor je gaat? Tenzij je iets beters te doen hebt, natuurlijk.'

Merry rolde met haar ogen en draaide zich berustend om naar haar mammy. 'Natuurlijk, mammy,' zei ze.

Het was bijna tijd om naar huis te gaan toen Ambrose Merry terugriep naar de studeerkamer. Ze had nog altijd een jammerende Pat in haar armen. Elke keer dat ze hem had neergelegd, had hij weer een keel opgezet, waardoor ze niet verder waren gekomen met het verhaal.

'Vandaag kan ik je echt niet uitstaan, Patrick O'Reilly,' fluisterde ze tegen hem terwijl ze door de gang naar de studeerkamer liep.

'Zal ik hem anders even van je overnemen?' vroeg Ambrose, waarna hij meteen de daad bij het woord voegde. Pat stopte onmiddellijk met kronkelen en keek recht omhoog in de uilenogen van Ambrose. 'Wat een schatje,' zei Ambrose. 'En met dat donkere haar, net je vader.'

'Ik hoopte nog dat hij blond zou zijn, net als ik, dan was ik niet meer de enige in de familie,' zei ze. 'Katie zegt dat het komt doordat ik de jongste zus ben. Toen had God geen kleur meer over en daarom is mijn haar zo licht.'

'Katie heeft wel fantasie,' gniffelde Ambrose. 'Goed dan, Mary, ik blijf hier de komende paar dagen bij pastoor O'Brien, dus misschien kunnen we *A Christmas Carol* nog uitlezen voordat ik vertrek. Maar voor nu...'

Hij wees op een plat pakketje op het bureau, dat was ingepakt in felrood papier met kleine kerstmannetjes erop. Het was echt kerstpapier, niet dat suffe bruine spul dat bij haar thuis altijd voor cadeaus werd gebruikt.

'O! Ambrose, ik...'

'Misschien is het beter om het hier alvast open te maken, dan worden je broers en zussen niet jaloers, hè?'

'Maar mag dat wel, nu de Kerstman er nog niet is?'

'Jawel, omdat het van mij is, voor Kerstmis. Kom, ga maar even zitten en maak het open.'

Merry deed wat hij zei. Ze trilde van opwinding over wat erin zou kunnen zitten, hoewel ze door de vorm en hoe het voelde wel kon raden wat het was. Ze trok het lint los en maakte het papier voorzichtig open, want als het mocht van Ambrose, dan wilde ze het graag houden en gebruiken voor haar eigen cadeautjes. Toen ze het papier optilde, staarde ze naar de woorden op de voorkant van wat ze al wist dat het zou zijn: een boek.

'Wat mooi. Dank je wel, Ambrose.'

'Kun je de naam van het boek lezen, Mary?'

'Eh... zal ik het proberen?'

'Ja, doe maar.'

'My-then en le-gen-des van de Grie... Griekse goden!' Merry keek op om te zien of ze het goed had gelezen.

'Heel goed. Er staat dus: *Mythen en legendes van de Griekse goden*. Mythen en legendes zijn een beetje hetzelfde als de Ierse verhalen die je van je ouders hebt gehoord. Deze verhalen gaan over de goden die lang geleden in Griekenland woonden, boven op de berg Olympus.'

Merry was nog steeds gehypnotiseerd door de voorkant. De letters waren goudkleurig. Ze liet haar vingers eroverheen glijden. Er stond een afbeelding op van een man met een blote borst, maar hij had wel een soort doek over zijn edele delen, dus zag hij er net zo uit als Jezus aan het kruis. Alleen had hij twee vleugels op zijn rug, wat Jezus niet had, want vleugels hoorden bij vogels en engelen.

'We moeten nu naar huis, dus misschien mag ik het hier laten liggen bij mijn andere boeken en dan is het een traktatie om heel rustig naar elke bladzijde te kijken en het te lezen als ik hier op bezoek kom.' Vol bewondering streek ze over de voorkant. 'Dank je wel, Ambrose, dit is het mooiste wat ik ooit heb gezien.'

'Graag gedaan, Mary, en ik wens je een heel vrolijk kerstfeest.'

Onderweg naar huis probeerde Merry te begrijpen wat Ambrose haar had verteld over God. Haar hele hoofd zat vol met allemaal nieuwe gedachten.

'Wat ben je stil, Merry, dat is niets voor jou,' zei mammy, terwijl ze haar glimlachend aankeek. 'Zit je soms aan je kerstcadeautjes te denken?'

'Ik denk aan wat Ambrose zei, hij zei dat hij niet in God gelooft. Gaat hij dan naar de hel?' floepte ze eruit.

'Ik... Heeft hij dat echt gezegd?'

Merry kon merken dat moeder erg was geschrokken.

'Ik dacht van wel, maar het was wel een beetje gek.'

'Ik weet haast zeker dat hij dat niet meende.'

'Ik weet het ook haast zeker. Ambrose is heel vriendelijk, en ook geduldig.' 'Geduldig' was een woord dat mammy beviel, want ze zei altijd dat Katie en zij dat moesten zijn.

'Dat is hij ook, Merry, en hij is altijd zo lief voor je, hij helpt je met lezen en je krijgt altijd boeken van hem. Ik ken Mr. Lister al vanaf dat je een baby was, en hij is inderdaad een heel goed mens. Vergeet niet, hij komt uit Dublin, en in Dublin denken mensen soms een beetje raar, misschien denken ze ook over heel andere dingen dan wij, maar ik weet zeker dat hij God in zijn hart heeft.'

'Ja, dat denk ik ook,' zei Merry en ze knikte, opgelucht dat ze haar vriendschap met Ambrose kon behouden zonder God boos te maken. En trouwens, ze wilde heel graag het vervolg horen van *A Christmas Carol*...

'Die lieve kleine Mary kreeg tranen in haar ogen toen ze het boek zag. Ze streelde de letters alsof ze van echt goud waren. Ik kreeg er zelf tranen van in mijn ogen, James, echt waar.'

James zat tegenover Ambrose, met een beker thee in zijn handen, terwijl Ambrose aan een grote bel whiskey zat. Het was een lange, drukke dag geweest, zoals altijd op kerstavond, en James moest de nachtmis nog leiden. Hij had een zwaar gevoel in zijn maag van de vele kerstbaksels waarmee de parochianen hem hadden overladen. Hij voelde zich verplicht om het lekkers dankbaar op te eten om meteen iets te kunnen zeggen over de heerlijke smaak.

'Gaat het wel goed met de O'Reilly's?' vroeg Ambrose nu. 'Ik kreeg van Mary duidelijk het gevoel dat haar ouders nou niet wat je noemt gelukkig zijn. En die arme moeder van haar is veel te dun en ziet er totaal afgepeigerd uit.'

'Ik heb de dokter langsgestuurd, zoals je had gevraagd. Hij zei tegen mij dat Maggie O'Reilly's vermoeidheid het gevolg is van het krijgen van te veel kinderen. Ik ken de precieze medische details niet, maar de dokter heeft zowel tegen de echtgenoot als de vrouw gezegd dat de kleine Patrick echt hun laatste kind moet zijn. Kennelijk is het zeer de vraag of Maggie nog een zwangerschap zou overleven.'

'Wat betekent dat in de praktijk?'

'Volgens mij weet je heel goed wat dat betekent, Ambrose. Volgens de katholieke leer mag niemand behalve Moeder Natuur proberen te verhinderen dat Gods kinderen ter wereld komen.'

'Dit huwelijkse recht is nu dus veranderd in een huwelijks verbod?' vroeg Ambrose.

'Ja. Maggie en John kunnen zich niet langer overgeven aan de natuurlijke vleselijke geneugten, want als er een kind wordt verwekt, zal dat haar dood betekenen. En ze kunnen ook geen voorbehoedsmiddelen gebruiken, want dan gaan ze tegen de wil van God in en tegen alles waar hun geloof voor staat.'

'Geen wonder dat het zelfs een zesjarige opvalt dat haar vader net iets vaker een slokje whiskey drinkt dan voorheen,' verzuchtte Ambrose. 'Zes jaar geleden was Maggie O'Reilly een prachtige jonge vrouw, en haar echtgenoot een sterke, knappe man. Nu ziet ze eruit alsof ze het gewicht van de wereld op haar schouders draagt.'

'Dat geldt ook voor hem,' verzuchtte James. 'Helaas zijn ze maar een van de vele jonge stellen in de parochie die in deze benarde situatie zitten.'

'Denk je dat ik nog extra steun moet aanbieden? Als het gezin een huishoudhulp zou kunnen inhuren, dan...'

'Nee, Ambrose. Afgezien van de rijkste boeren en handelaren, en ikzelf als pastoor natuurlijk, is hier niemand in staat om huishoudelijk personeel in dienst te nemen. Het zou worden gezien als iets wat ver boven de stand is van de O'Reilly's, en dat zou hen vervreemden van hun gemeenschap.'

'Dus we kunnen verder niets doen?'

'Ik moet nu weg om de nachtmis te gaan voorbereiden. Laten we verder praten als ik terug ben, maar nee, ik denk het niet.'

Ambrose keek James na terwijl hij de kamer verliet om een van de meest heilige avonden van het jaar in het christelijke geloof te gaan vieren. Hij had al eens gezegd dat de meerderheid van zijn parochie een nog lager inkomen had dan de O'Reilly's. De hoop op een hemels bestaan na alle ontberingen van het aardse was een makkelijk aan de armen te voeren mythe.

Hij vroeg zich af of hij voor God speelde met Mary, uit genegenheid voor haar.

Ook hij had als kind zijn eigen eerste boek over Griekse sages gekregen, net zo een als hij even daarvoor aan Mary had gegeven. Hij had het gelezen en was erdoor gefascineerd, en je zou kunnen zeggen dat dit boek hem had gebracht tot waar hij nu was: een senior fellow klassieke talen aan Trinity College in Dublin.

Destijds had hij zich de goden op de top van de Olympus voorgesteld als poppenspelers. Daarbij beheerste elke god een paar miljoen mensen die als mieren onder hen op de aarde leefden.

'Het spel der goden,' prevelde Ambrose terwijl hij nog een glas whiskey voor zichzelf inschonk. Maar nu was hij een menselijke god, in staat om met geld dat hij niet eens zelf had verdiend het leven van een klein kind te veranderen. Hij was er zeker van geworden dat Mary een succesvolle academische toekomst voor zich had, maar was hij zoals andere ouders – zij het als namaakouder – bezig om Mary te kneden naar zijn eigen gelijkenis?

Zijn Griekse filosofen hadden daar meer dan genoeg over te zeggen. Maar voor één keer wilde Ambrose liever zelf zijn gedachten vormen.

Toen de klok luidde voor middernacht, sloeg Ambrose een kruis, uit gewoonte. James had gelijk, ze moesten er vertrouwen in hebben dat de O'Reilly's de betrouwbare en stabiele wieg vormden die Mary nodig had totdat ze groot was – of tot het moment dat het lot iets anders bepaalde en hij eerder kon inspringen.

31

Juni 1960
Vijf jaar later

'Ik zou willen dat ik had geleefd in de tijd van de onafhankelijkheidsoorlog tegen de Britten,' zei Bobby terwijl Merry en hij over de velden van Clogagh naar huis liepen. Haar broertje Bill, die de voorgaande herfst op school was begonnen, liep achter hen aan, hand in hand met Bobby's kleinere zus Helen, een rustig, verlegen meisje met dezelfde kleur huid en haar als Bobby, maar zonder zijn woede.

'Dan had je doodgeschoten kunnen worden, Bobby Noiro,' antwoordde Merry terwijl ze toekeek hoe hij plotseling bleef stilstaan. De laatste tijd was stenen wegschieten met zijn katapult een van zijn favoriete bezigheden. Dan speelde hij dat hij bij de IRA zat.

'Ooit zal ik je het vuurwapen laten zien waar mijn opa Britse kolonisten mee heeft doodgemaakt,' zei hij, terwijl hij haar weer inhaalde.

'Wat is een kolonist?' vroeg ze hem, puur om te testen of hij dat wel wist.

'Britten die landen inpikten voor zichzelf. Dat heeft mijn grootmoeder me verteld,' zei hij gewichtig.

Merry zuchtte en schudde haar hoofd. Naarmate Bobby was gegroeid, was ook zijn agressie en haat jegens de Britten gegroeid. En omdat ze wist dat Ambrose oorspronkelijk uit een Britse familie kwam, al waren ze hier honderden jaren geleden aangekomen, wat hem dus eigenlijk Iers maakte, vond ze het niet leuk als Bobby weer met dat verhaal kwam over hoe slecht de Britten waren.

'Pang!' riep hij opeens. 'Hebbes!'

Merry keek met afschuw toe hoe hij op de koeien in het weiland van de O'Hanlons begon te schieten.

'Hou daarmee op, Bobby!'

'Ik oefen met mikken, Merry,' sputterde hij tegen toen ze hem wegtrok bij de koeien, die stonden te loeien van de stress. Helen was aan het huilen en ze keek geschrokken. 'Ze gaan binnenkort toch naar de slacht.'

'Je mag geen dieren pijn doen, alleen maar voor de sport,' berispte ze hem, terwijl ze Helen optilde en Bill bij de hand pakte. 'Het is nergens voor nodig.'

'Dat is anders wel wat de Britten met ons hebben gedaan,' sputterde hij tegen, maar toch liet hij de koeien met rust en bleef de rest van de weg naast haar lopen.

Merry wist dat ze beter niets kon zeggen als hij die kant opging. In de jaren dat ze samen op school hadden gezeten, had ze geleerd dat zijn stemming bliksemsnel kon omslaan. Hoewel de rest van hun klas hem amper nog zag staan omdat hij zo agressief kon reageren als ze op de speelplaats voetbalden en iemand riep dat hij gemeen speelde, kreeg Merry wel zijn andere gezicht te zien als ze alleen waren. In de klas was hij de enige die ongeveer net zo goed kon lezen als zij en die belangstelling had voor de wereld buiten hun eigen boerengehucht. Bobby wilde iets leren, net zoals zij, en die band, opgeteld bij zijn zachtere kant die zij wel zag, maar die de anderen niet kenden, gaf Merry de hoop dat Bobby over zijn slechte gedrag heen zou groeien. Bovendien had ze medelijden met hem omdat hij geen vriendjes had en thuis de man in het gezin moest zijn omdat hij geen vader had.

Ze zou de dag waarop hij als een baby op Merry's schouder had gehuild nooit vergeten. Zijn hond Hunter was per ongeluk geraakt toen de buurman op konijnen aan het jagen was. Hij had zich verkneukeld toen de varkensstal van de boer een paar dagen later op mysterieuze wijze in brand vloog.

'Oog om oog, tand om tand, zo staat het in de Bijbel, Merry,' had Bobby gezegd, hoe vaak ze ook had geprobeerd uit te leggen dat Hunters dood een ongeluk was geweest.

Maar hoe raar en soms zelfs uitgesproken wreed Bobby ook was, Merry wist dat hij buiten haar geen vrienden had, en ze kon niet anders dan met hem meevoelen.

Wat het erger maakte, was dat Katie, die nu dertien was, vorige Kerstmis van school was gegaan, omdat ze naar eigen zeggen 'schoon genoeg had van leren'.

'En trouwens, nu Ellen getrouwd is en het huis uit, en Nora in het Grote Huis werkt in het jachtseizoen en als de familie er is in de zomer, ben ik het oudste meisje en heeft mammy me nodig in huis,' had Katie gezegd.

Bobby was bang geweest voor Katie, die altijd precies zei wat ze dacht. Nu liepen alleen Merry en de kleintjes met hem mee naar huis.

Sinds ze een half jaar eerder met school was gestopt, had Katie geen boek meer gelezen en ze was alleen maar geïnteresseerd in de verschillende manieren waarop ze haar haar kon opsteken, of luisteren naar harde muziek van een zanger die Elvis heette op de nieuwe radio die daddy een jaar geleden had gekocht. Nora en zij probeerden vaak nieuwe dansjes uit in de keuken. Merry voelde zich buitengesloten, ook al hield Katie vol dat ze nog altijd haar beste vriendin was.

'Ik vind het maar niks dat je zo veel tijd doorbrengt met Bobby Noiro,' had ze tegen Merry gezegd. 'Die gozer is zo gek als een deur.'

'Helemaal niet, hij heeft gewoon een levendige fantasie, dat is alles,' had Merry ter verdediging gezegd, maar ze was het ergens toch ook wel met haar zus eens. Ze had ontdekt dat je hem het snelst rustig kreeg door een verhaal te vertellen. Ze had hem Griekse mythen en legendes verteld uit het boek dat Ambrose haar ooit met kerst had gegeven. Waar Bobby de gewelddadige stukken over goden die wraak namen op andere goden het mooist vond, was Merry's favoriet het verhaal van de Zeven Zussen, omdat ze zelf ook uit een nest van zeven broers en zussen kwam.

'Je weet dat de IRA tijdens de revolutie vuurwapens opsloeg bij mijn familie in de stal, hè?' vervolgde Bobby. 'Mijn grootmoeder heeft me verteld dat ze 's ochtends altijd weer weg waren. Ze haat de Britten, en ik ook,' voegde hij eraan toe, voor het geval dat ze het de eerste duizend keer dat hij het had verteld niet had begrepen.

'Bobby, we moeten niet haten. In de Bijbel staat...' begon Merry.

'Het kan me niet schelen wat er in de Bijbel staat. De Britse protestanten hebben te lang over ons land geregeerd. Ze hebben onze landerijen gejat, ons behandeld als domme boeren en ze hebben ons uitgehongerd! Grootmoeder zegt dat ze dat in het noorden nog steeds doen.' Hij draaide zich om naar Merry. Zijn zwarte haar was nu zo lang geworden dat het wapperde in de wind, en zijn zware donkere wenkbrauwen staken fel af tegen zijn blauwe ogen. 'Je zou denken dat een goede God ons niet zo zou hebben laten lijden, of wel?'

'Nee, maar Hij heeft vast wel zijn redenen gehad. En kijk! Ierland is nu een republiek, Bobby. We zijn vrij!' zei ze.

'Maar de Engelsen zijn er nog steeds, hier, in dit land dat van ons had moeten zijn, en dan ook helemaal van ons, ook het noorden.'

'De wereld is nu eenmaal niet perfect, of wel? Trouwens, moet je eens kijken naar de wereld waarin we leven,' zei ze, zich omdraaiend met haar armen wijd. 'Moet je eens zien hoe mooi die is!'

Merry keek uit over de velden, terwijl Bill een lieveheersbeestje oppakte en aan Helen gaf, die een gilletje slaakte en het meteen liet vallen.

'Kijk naar die prachtige fuchsia overal,' zei Merry terwijl ze om zich heen wees. 'En de groene velden, en de bomen, en de blauwe zee voorbij de vallei.'

'Dat is het probleem met meisjes,' morde Bobby. 'Altijd met jullie hoofd in de wolken, altijd aan het dromen. Daarom moeten wij mannen altijd oorlog voeren en jullie thuis achterlaten met de kinderen.'

'Dat is niet eerlijk, Bobby Noiro,' weersprak Merry hem terwijl ze doorliepen naar Inchybridge. 'Met lezen ben ik verder dan jij. Wedden dat je niet weet wie Charles Dickens is?'

'Nee, maar ik weet wel dat het een vieze Brit is, met zo'n naam, dus.'

'En wat dan nog? Shakespeare, de grootste schrijver van de hele wereld, was ook een Engelsman. Nou ja, we zijn er,' zei ze opgelucht toen ze bij de magere brug waren die over de smalle Argideen River liep. 'Ik zie je morgen, Bobby. Acht uur, anders ga ik weg zonder je. Dag, Helen,' zei ze tegen het kleine meisje, dat knikte en haar grote broer achternarende. Merry had ook medelijden met haar. Ze was zo ontzettend dun en ze zei bijna nooit wat.

'Ik zie je later,' zei Bobby terwijl hij zich omdraaide en wegliep over de laan naar zijn huis verder de vallei in. Merry liep door met Bill, genietend van de zeldzame zon op haar gezicht. Er hing iets in de lucht wat Merry alleen maar kon omschrijven als een soort frisheid. De velden waren bespikkeld met margrietjes en paardenbloemen. Ze zakte neer op de grond en ging toen gestrekt op haar rug liggen. Bill, die zijn oudere zus adoreerde, volgde haar voorbeeld. Ze was verdrietig dat er nog maar een paar dagen les waren voor het eind van het schooljaar. Volgend jaar was haar laatste jaar bij Miss Lucey, want dan was ze elf. Daarna wist ze nog niet waar ze naar school zou worden gestuurd, misschien naar het St Mary-klooster in Clonakilty, waar al haar zussen een tijdje op hadden gezeten.

'De nonnen slaan je met een liniaal als je rok niet tot je enkels komt of als je schoenen niet zijn gepoetst,' had Katie verklaard toen ze erop zat. 'En er zijn geen jongens,' had ze er met een zucht bij gezegd.

Merry vond dat wel een voordeel, maar de nonnen zagen er ook echt eng uit, en ze zou elke dag een flink stuk moeten lopen om de schoolbus te halen.

Ze kwam weer overeind en besloot dat ze, anders dan Nora en Katie, helemaal niet volwassen wilde worden.

'Pfff, wat is het hier heet, zeg!' kreunde Merry, terwijl ze haar schooltas op de keukentafel liet vallen.

'Niet zeuren dat het hier te warm is als je de hele winter klaagt over de kou,' wees Katie haar terecht.

'Wil je wat brood met jam?' vroeg Merry terwijl ze een snee afsneed en besmeerde met de rijke aardbeienjam die pastoor O'Brien had meegegeven aan mammy. Merry vond het het lekkerste wat ze ooit had geproefd. 'Waar is mammy vandaag? Is ze met Pat op visite?'

'Ik denk dat ze in bed ligt. Ze is steeds doodop, dus het is maar goed dat ik hier ben om het huishouden te doen.'

'Ik ben hier, meisjes.' Hun mammy glimlachte met enige moeite, terwijl ze door de keukendeur kwam. 'Waar is Pat?'

'Op het land met daddy en John,' zei Katie.

Merry bekeek haar mammy en vond dat ze dezelfde grauwe kleur op haar gezicht had als toen Pat net was geboren. De laatste jaren ging het vrij aardig met haar gezondheid, maar toen Merry toekeek hoe haar moeder zich omdraaide naar het fornuis om de ketel op het vuur te zetten, zag ze tot haar afschuw een beginnende bolle buik.

'Katie, roep jij de jongens naar binnen voor de thee?' droeg mammy haar op.

Katie wierp haar vuurrode krullen over haar schouder en ging naar buiten.

'Mammy,' zei Merry zacht terwijl ze naar haar toe liep. 'Ben je, eh... Ben je weer in verwachting?'

Maggie draaide zich om en aaide haar dochter over haar blonde haar.

'Jij ziet echt alles, hè, Merry? Ja, dat klopt, maar het is nog geheim voor je broers en zussen.'

'Maar… ik dacht dat de dokter had gezegd dat je geen kindjes meer mocht krijgen, want anders word je toch weer zo ziek?' Merry voelde paniek opkomen. Ze herinnerde zich die weken na Pats geboorte als de rotste maanden van haar leven.

'Ik weet het, maar weet je… soms gebeuren die dingen gewoon. God heeft gezorgd voor nieuw leven in mijn buik en…' Merry zag haar lieve mammy een brok wegslikken terwijl haar ogen glinsterden van de tranen. 'En als dat zijn wens is, dan kan niemand zeggen dat het verkeerd is,' zei Maggie en ze legde een vinger tegen haar lippen, 'Nou, Merry, sst, beloofd?'

'Ja, ik beloof het.'

Die avond kon Merry niet slapen. Als er iets ergs met haar mammy zou gebeuren, dan zou ze zelf ook doodgaan.

'Alstublieft, God, ik zal alles doen, echt alles, zelfs Britten doden, maar laat u mammy alstublieft leven!'

'Maggie is toch weer in verwachting,' zuchtte James, die samen met Ambrose van een zeldzame zonnige dag zat te genieten in de prachtige tuin, uitkijkend over de baai van Courtmacsherry.

Geschrokken keek Ambrose hem aan.

'Maar… dat is rampzalig! Ze tekent haar eigen doodvonnis.'

'We moeten bidden dat ze nu sterker is dan vijf jaar geleden. Misschien had de dokter het mis.'

'James, je weet wat dit betekent voor Mary, en ze doet het juist zo goed op school.'

'Dat is zo, en wat het nog erger maakt, is dat Miss Lucey onlangs op bezoek kwam om met mij over haar te praten. Merry heeft echt dringend behoefte aan onderwijs van een veel hoger niveau. Ze heeft alle andere kinderen op school al ingehaald en voor Miss Lucey is het een groot dilemma wat ze volgend jaar met haar aan moet. En daarna, tja…' zei James zuchtend. 'Als haar moeder nog een kind krijgt, dan moet ze misschien wel thuisblijven om te helpen.'

'Wat kan ik doen?'

'Op dit moment heel weinig,' zei James. 'Het minste wat ik kan doen, is zorgen dat de dokter Maggie in het ziekenhuis laat opnemen voor de bevalling. Dan heeft ze tenminste professionele hulp om zich heen, mocht het misgaan.'

'Mary móét door met haar opleiding, James,' drukte Ambrose hem op het hart. 'Ze heeft het volledige oeuvre van Charles Dickens gelezen, en de laatste keer dat ik haar zag, heb ik haar *Jane Eyre* gegeven.'

'Vind je de... romantiek erin niet een beetje te volwassen voor haar?'

'Het verhaal belicht niet de lichamelijke kant van de liefde, James.'

'Nee, en we moeten ook niet vergeten dat Mary is opgegroeid tussen de stieren die koeien bestijgen. De kinderen hier zijn in veel opzichten onschuldig, maar tegelijkertijd moeten ze zo snel volwassen worden.'

'Maar niet zo snel als de jonge vrouwen die in Dublin opgroeien. Heb je gehoord van dat nieuwe boek, *The Country Girls*, van een jonge auteur genaamd Edna O'Brien? In Ierland mag het niet worden gepubliceerd omdat er openlijk wordt gepraat over vrouwen die seks hebben voor het huwelijk. De kerk is mordicus tegen, maar een hoogleraar Engels met wie ik goed bevriend ben, heeft me een exemplaar gegeven,' grijnsde Ambrose.

'En?'

'Het is een geweldig boek. Tenminste, voor wie grenzen wil doorbreken en Ierland – en het leven van vrouwen hier – mee wil krijgen in de vaart der volkeren. Hoewel ik betwijfel of het iets voor jou is. We krijgen binnenkort natuurlijk ook een nationale televisiezender, en dat zal ons land zoals we het nu kennen ook weer veranderen.'

'Heb jij weleens een televisietoestel gezien?'

'Jazeker. Een vriend van me woont bij de grens met Noord-Ierland, en hij ontvangt beeld van de Britse zender. Het is net een kleine bioscoop in je eigen huiskamer.'

'Het zal nog wel jaren duren voordat zo'n ding zijn weg vindt naar West Cork,' zei James.

'En ben je daar blij mee, of juist niet?'

James keek naar de velden heuvelafwaarts, naar het dorpje daarachter en naar de baai. 'Ik wil natuurlijk graag dat de mensen in mijn parochie boven het bestaansminimum leven, en dat ze toegang hebben tot de juiste medicijnen... daar ben ik helemaal voor.'

'Ook voor contraceptie?'

James zag een ondeugende glinstering in de ogen van zijn vriend.

'We weten allebei wat het antwoord daarop is. Hoe kan ik daarvoor zijn, als priester?'

'Zelfs niet als het Maggie O'Reilly had kunnen beschermen?'

'Nee, Ambrose. Bewust een einde maken aan nieuw leven gaat tegen alles in waar het christelijke geloof voor staat. Het is aan God om leven te schenken of te nemen. Niet aan ons.'

'En dit komt van de man die vorige maand, na een paar druppels whiskey, het met me eens was dat de meeste oorlogen zijn gevoerd en miljoenen levens zijn verloren in naam van religie.'

James kon niet ontkennen dat hij het daarmee eens was geweest, dus dronk hij zijn kop thee leeg en zette hem terug op de schotel.

'Maar goed, mijn beste, we zijn enorm afgedwaald,' zei Ambrose. 'Of we het nu leuk vinden of niet, Mrs. O'Reilly verwacht haar kind over... wat is het... zes maanden ongeveer? Dan zullen we weten welk lot Mary beschoren is. Afwachten, dat is het enige wat we kunnen doen.'

'En bidden voor beiden,' fluisterde James.

Terwijl de zalige zomermaanden vergleden in de herfst en daarna in de winter, nam Merry waar hoe de buik van haar mammy groter en dikker werd en al haar energie opslokte. Dokter Townsend was een week geleden nog geweest, en tot ieders opluchting had hij geconcludeerd dat moeder en kind het goed maakten.

'Desondanks moet ik, gegeven de schade die Mrs. O'Reilly bij haar vorige bevalling heeft opgelopen en het feit dat ze zelf een te laag lichaamsgewicht heeft, adviseren volledige bedrust te houden. Op die manier krijgt ze de kans om de energie op te sparen die ze nodig heeft voor als het zover is.'

Merry had verschrikt naar haar daddy gekeken, maar die leek amper te horen wat de dokter zei. Dezer dagen zag ze hem bijna nooit, en hij zijn gezin ook niet. Meestal was hij de hele dag op de boerderij, kwam thuis om te eten, en dan ging hij naar de Henry Ford Pub of de Abbey Bar in Timoleague om met de andere boeren te kletsen. Pa Griffin, de eigenaar van de Abbey Bar, was iemand wiens naam Merry liever niet hoorde vallen. Als hij niet bezig was bier of whiskey te schenken, dan was hij doden aan het ophalen en kisten aan het timmeren om ze in te begraven, want hij was ook doodgraver. Merry lag altijd al lang in bed als ze daddy thuis hoorde komen. Als hij dan 's ochtends voor het ontbijt de keuken in kwam, had hij bloeddoorlopen ogen en leek hij wel op de duivel.

'Wat moeten we nu, daddy?' vroeg ze hem toen de dokter weg was. 'Als mammy in bed moet blijven,' voegde ze eraan toe, voor het geval hij het niet begreep.

Daddy had zijn schouders opgehaald. 'Nou, jij, Katie en Nora zijn de vrouwen in dit huis. Dat kunnen jullie samen vast wel regelen.'

Toen hij de keuken uit liep, kwam mammy naar beneden. Ze zag nog bleker dan voordat de dokter was geweest en liet zich met veel moeite in de stoel bij het fornuis zakken.

Katie keek iedereen een voor een hulpeloos aan.

'Niet naar mij kijken, Katie,' zei Nora. 'Meestal ben ik in het Grote Huis, als hulp in de keuken.'

'Je kunt je baan opgeven en mij helpen,' zei Katie.

'Wat? En dan die paar shilling die ze me betalen kwijtraken?' Nora schudde haar hoofd. 'Dan doe ik hetzelfde hier, maar voor niks.'

'Ja, maar wij hebben niks aan jouw loon, of wel soms? Dat geld gaat op aan al die chique kleren van je en je tripjes naar Cork om te winkelen, terwijl ik hier alles doe,' beet Katie terug.

'Meisjes, alsjeblieft!' zei mammy terwijl Nora en Katie woest naar elkaar keken. 'We kunnen er heus wel iets op verzinnen.'

'Bill kan tenminste met mij mee naar school lopen,' stelde Merry voor. 'En ik zal voor het ontbijt zorgen voordat ik wegga.'

'Maar dan moet er nog iemand op Pat letten, en dan heb je nog de was en koken, en het huis moet schoon, en de varkens... Wie doet de varkens?' Katie had tranen in haar ogen.

'We hoeven niet elk woord dat de dokter zegt zo letterlijk te nemen,' zei mammy. 'Ik kan rusten als Merry en Bill uit school zijn gekomen.'

'Mammy, we moeten doen wat de dokter heeft gezegd, toch, Katie?' smeekte Merry.

'Ja,' antwoordde Katie aarzelend. 'Maar Nora, je moet wel echt helpen als je hier bent, hoor.'

'Wil jij zeggen dat ik nu niet help? Dat is gelogen, Katie O'Reilly, en...'

'Ik...'

'Hou op!' onderbrak Merry hen voordat ze ruzie zouden krijgen. 'Het is nog maar een paar weken totdat de baby wordt geboren, en ik heb ook kerstvakantie van school. Ik zal zo veel mogelijk helpen, ik zweer het.'

'Ik wil niet dat je huishoudwerk doet in plaats van huiswerk, Merry,' zei mammy beslist. 'Ik zal Ellen vragen of ze elke dag wil komen om ons te helpen.'

'Ach, mammy, dan neemt ze haar eigen baby mee hiernaartoe en dan wordt het een gekkenhuis,' klaagde Nora.

'Jongens, willen jullie ophouden nu!' zei mammy, en Merry zag dat er tranen in haar ogen stonden. 'Goed. Kan een van jullie de tafel dekken voor het eten?'

Toen ze 's avonds in hun slaapkamer waren, bespraken Merry en Katie de situatie.

'Mammy kan wel zeggen dat ze een oplossing zal vinden, maar om te beginnen kan ze al niet op maandag werken bij pastoor O'Brien,' zei Merry. 'Het is echt een heel groot huis en Mrs. Cavanagh wordt altijd boos als ze het niet blinkend schoon achterlaat. En daarna gaat ze overal over mammy roddelen, dat ze niet weet hoe je goed moet schoonmaken.'

'Ach, let toch niet op haar, iedereen weet dat ze een gemene oude heks is. Op een dag verandert haar hart in steen en dan gaat ze voor eeuwig naar de hel.'

'Misschien kan ik schoonmaken bij pastoor O'Brien,' dacht Merry hardop. 'Misschien is een dag school missen niet zo erg. John is op mijn leeftijd ook gestopt met school om daddy te helpen op de boerderij.'

'Maar hij is geboren voor het boerenleven, Merry. Iedereen weet dat jij veel slimmer bent dan wie dan ook hier in de buurt. En hoe graag je leert. Pastoor O'Brien zal er niets van willen horen.'

Merry zuchtte en deed toen het lampje uit dat op het houten nachtkastje stond dat daddy een keer met kerst voor hen had gemaakt.

'Merry?' klonk het in het donker.

'Ja?'

'Denk jij... Denk jij dat daddy een dronkaard is?'

'Waarom vraag je dat?'

'Alleen maar omdat ik Seamus O'Hanlon hoorde lachen over dat daddy gek is op de fles. Je weet dat John vaak degene is die vroeg opstaat om te beginnen met melken. En de meeste ochtenden rijdt hij met de wagen de melkbussen naar de melkfabriek, omdat daddy dan nog beneden ligt te slapen.'

Merry lag op haar rug te bedenken dat Katie altijd hardop zei wat zij alleen durfde te denken. Natuurlijk was haar dat ook opgevallen, maar wat kon ze doen?

Niets, was het antwoord.

In de twee maanden die volgden, deden Merry en Katie hun uiterste best om te zorgen dat mammy kon rusten. Samen verdeelden ze de klusjes van de vroege ochtend door ervoor te zorgen dat iedereen had gegeten voordat Merry en Bill naar school vertrokken. Als Nora niet in het Grote Huis werkte, dan zorgde zij voor Pat, hoewel ze zoals altijd vaak nergens te bekennen was als ze nodig was.

'Ik denk dat ze op weg naar huis afspreekt met een vriendje,' zei Katie tegen Merry. 'Die Charlie Doonan woont vlak bij het Grote Huis, en ze heeft altijd al een oogje op hem gehad.'

Mammy zat vaak in de leren stoel naast het fornuis en dan leerde ze haar jongste dochters hoe je soep moest maken en stoofschotels van de groenten die ze verbouwden. Merry besloot dat ze nooit meer één raap zou klaarmaken als ze later groot was. Ze hadden ook geleerd hoe ze een kip de nek moesten omdraaien, wat verschrikkelijk was omdat de meisjes ze elke ochtend voerden en alle kippen een naam hadden gegeven. Hoewel mammy ze ook had geleerd hoe je zoetigheid moest maken, zoals fruitcake en scones, leek Merry altijd iets fout te doen. Al haar baksels kwamen verkeerd uit de oven. Ze liet het maar over aan Katie, want die was er veel beter in.

Toch kwam mammy vaker dan goed was naar beneden, omdat ze wilde toezien op hun werk.

'Ik ben jullie mammy, meisjes, en ik ben niet ziek, ik ben in verwachting,' zei ze, als ze haar een standje gaven omdat ze weer in de keuken zat.

Ellen had mammy's taken tijdelijk overgenomen bij de pastoor, zodat ze daar gewoon weer terug kon komen als de baby eenmaal was geboren.

'Dat baantje heb ik nodig, meisjes,' had ze op een avond gezegd toen ze voor het haardvuur in de Nieuwe Kamer sokjes en mutsjes zaten te breien voor de baby. 'Want kijk, van mijn opgespaarde salaris heb ik de wol betaald om te zorgen dat dit kind het nooit koud zal hebben.'

De kerstvakantie was begonnen en de baby zou in de week van Kerstmis worden geboren. Merry vond het heel jammer dat ze nu niet met haar moeder de heuvel op kon wandelen naar het huis van de pastoor om daar met Ambrose bij het vuur te zitten, om samen fijn te kletsen en te lezen. Alle boeken die hij haar had gegeven lagen nog in de studeerkamer van pastoor O'Brien, en ze had alle boeken van school al gelezen, wat eigenlijk toch al boeken voor kleuters waren.

Kom alsjeblieft snel, baby, dacht Merry bij zichzelf, toen ze zich op een regenachtige morgen moeizaam uit bed sleepte om beneden goodie te maken. Terwijl de pap op het vuur stond in te dikken, liep ze de gang door om bij de Nieuwe Kamer naar binnen te gluren. Sinds mammy's zwangerschap was daddy weer beneden gaan slapen, want hij had nu een lange sofa waar hij helemaal uitgestrekt op kon liggen. Ja hoor, daar lag hij te snurken, met zijn laarzen nog aan, en het stonk er naar whiskey. Ze had John eerder al gehoord, toen hij opstond om de koeien te gaan melken, en later hoorde ze de hoeven van de ezel toen hij met een wagen de melkbussen naar de melkfabriek bracht.

'Daddy?' fluisterde ze, maar ze kreeg geen antwoord. 'Daddy! Moet je niet opstaan?' vroeg ze, iets harder dit keer. 'John is al met de melk naar de fabriek.'

Hij bewoog even, maar sliep door. Merry zuchtte en rolde met haar ogen. John was tenminste standvastig, en hij werkte hard, zonder ooit te klagen over al het extra werk dat hij moest doen, dacht ze bij zichzelf terwijl ze de deur achter zich dichtdeed. Niemand in het gezin zei ooit iets over daddy's liefde voor de fles, maar Merry zorgde altijd dat John een extra schep suiker in zijn goodie kreeg bij het ontbijt. Het was voor hem ook moeilijk.

Katie kwam gapend de keuken binnen, gevolgd door Pat en Bill.

'Zodra hij wakker is, begint Pat meteen op die trommel te slaan die Ellen hem voor zijn verjaardag heeft gegeven,' mopperde Katie terwijl ze uit het raam keek. 'Het ziet er niet echt uit alsof het bijna Kerstmis is, of wel?'

'Alles wordt beter als de baby er eenmaal is, Katie.'

'Waarom moet die nou precies met kerst komen?'

'Misschien is het wel het nieuwe kindje Jezus,' giechelde Merry. 'Dan wordt onze boerderij net als Bethlehem, en gaan we heel veel geld vragen aan pelgrims die willen zien waar hij is geboren.'

'Dat wordt dan dus Bon Secours Hospital,' antwoordde Katie praktisch.

'Moeder Maria, dat lijkt me vreselijk, dat je baby wordt gehaald door nonnen!'

'Er zijn ook artsen, Merry, en het is veiliger voor mammy.'

'Over kerst gesproken, doe je wel elke dag wat whiskey bij de fruitcake?' vroeg Merry.

'Dat was de bedoeling, maar altijd als ik de fles wil pakken, is-ie leeg. Waar is daddy nu?'

'Hij ligt te slapen in de Nieuwe Kamer. Die kunnen we net zo goed daddy's slaapkamer noemen.'

'Kun je hem niet wakker maken? Het is al zeven uur geweest,' opperde Katie.

'Dat heb ik geprobeerd, maar hij wilde niet wakker worden, dus,' zei Merry schouderophalend. 'Hij zal wel komen als zijn maag begint te knorren.'

'Daddy zou al buiten met John aan het werk moeten zijn. Zijn zoon zou hem moeten helpen, niet andersom. Net zoals Nora ook al op zou moeten zijn om ons te helpen.'

'Ik weet het, Katie, maar het komt allemaal goed als de baby er is, ik zweer het.'

'Als er maar niets fout gaat,' zei Katie met een somber gezicht terwijl ze goodie in een kom schepte. 'Ik ga dit naar mammy brengen en de was ophalen uit de kamer van de jongens. Je moest eens zien wat een troep ze maken. Het zijn net zwijnen, die jongens. En ik zal Nora ook uit bed schoppen,' riep ze, terwijl ze de keuken verliet.

Terwijl Merry de goodie even goed doorroerde, besefte ze dat haar zus onbewust precies had verwoord waarom het niet als Kerstmis voelde. Iedereen binnen het gezin hield zijn adem in totdat de baby veilig ter wereld was gekomen.

Met nog maar een week te gaan tot Kerstmis liet Merry dokter Townsend binnen.

'Goedemiddag,' zei hij, terwijl hij zijn hoed afnam. 'Ik kom voor je moeder. Hoe gaat het met haar?'

'Ik...'

Merry vond dokter Townsend een beetje eng, ook al was hij heel vriendelijk en had pastoor O'Brien gezegd dat ze hem kon vertrouwen. 'Het gaat wel, dokter, maar ze zei wel dat ze last had van hoofdpijn en ze klaagt dat haar enkels dik zijn, maar dat komt gewoon door het gewicht van de baby, toch? Wilt u een kop thee, dokter? Met een *mince pie*, misschien? Mijn zus heeft er vanochtend een gebakken.'

'Dat lijkt me heerlijk, Katie, dank je wel. Ik ga eerst naar boven, naar je moeder, en dan kom ik daarna naar beneden voor de thee.'

Merry deed geen moeite om hem te verbeteren omdat hij haar met haar zus had verward. Het feit dat hij probeerde te onthouden wie wie was, maakte hem wat menselijker in haar ogen.

Tien minuten later kwam dokter Townsend de keuken binnen, precies toen ze de warme mince pie uit de oven haalde en de thee genoeg had getrokken.

'Ah, daar bent u, dokter,' zei ze, wijzend naar de kop-en-schotel (mammy had gezegd dat ze hem thee moesten serveren in een van de twee porseleinen kopjes die ze bezaten). 'Gaat u zitten, alstublieft.'

'Dank je wel, Katie. Is je vader er ook?'

'Ik denk dat hij in de melkstal is,' antwoordde Merry terwijl ze thee voor hem inschonk.

'Goed. Ren jij even naar hem toe om hem te halen, terwijl ik mijn thee opdrink? Ik moet even met hem praten.'

'Ja, natuurlijk. Is er iets met mammy?'

'Niets wat we niet kunnen verhelpen, maak je maar niet druk. Ga hem maar even halen, als je wilt.'

Een paar minuten later kwam Merry terug met daddy en John, en Bill en Pat kwamen achter hen aan. Katie kwam uit de bijkeuken, en Nora kwam thuis van haar werk. Merry was blij dat het nog zo vroeg in de avond was dat daddy nog niet naar de pub was vertrokken.

'Wat is er, dokter?' vroeg hij. Hoewel het eng was om angst in zijn ogen te zien, was ze er ook blij mee, want dat wilde zeggen dat hij niet dronken was. Ze reikte hem een mok thee aan en schonk toen in voor de anderen.

'Maakt u zich geen zorgen, Mr. O'Reilly. Zoals ik al zei tegen uw dochter, het is gelukkig niets waar we niets aan kunnen doen. En tussen twee haakjes, Katie,' zei dokter Townsend terwijl hij zich tot Merry wendde, 'het is heel goed van je dat je je moeders dikke enkels noemde. Dat heet oedeem, en het komt vaak voor bij vrouwen die bijna moeten bevallen. Maar gezien het feit dat uw vrouw ook last heeft van hoofdpijn en eerder problemen heeft gehad, wil ik graag zorgen dat ze wordt opgenomen, zodat we haar van dichtbij in de gaten kunnen houden tot aan de bevalling. Als u het goedvindt, rij ik naar de pastorie om daar gebruik te maken van de telefoon om het ziekenhuis te laten weten dat uw vrouw eraan komt.' Hij draaide zich weer om naar Merry. 'Misschien kun jij boven wat spulletjes inpakken voor je moeder, zoals een nachtjapon, slippers en een kamerjas. En natuurlijk ook kleertjes voor de baby. Ik neem aan dat u geen vervoer heeft?'

'Nee, dokter, alleen een ezel met wagen en een tractor,' zei daddy.

'Dan ben ik over een uur terug om uw vrouw naar Cork te brengen. Tot straks,' zei dokter Townsend, en hij vertrok.

In de keuken bleef het stil.

'Ik ga even naar boven om mammy's spullen in te pakken,' zei Merry. Toen ze bij de deur was, keek ze om naar daddy. Hij zag er doodsbang uit, omdat iedereen in deze streek wel wist dat geen mens ooit naar het ziekenhuis ging om er nog levend uit te komen.

Hou op, Merry, je wist vanaf het begin al dat mammy daar zou bevallen. Ze gaat gewoon wat vroeger, meer niet.

Ze tikte zachtjes op mammy's deur voordat ze naar binnen ging. Haar moeder zat op de rand van het bed, met haar handen om haar enorme buik. Ze was dodelijk bleek en er parelde zweet op haar voorhoofd.

'Ik kom je helpen een tas in te pakken voor het ziekenhuis.'

'Dank je wel, Merry. Mijn schone nachtjapon ligt in de kast, en...'

Ze dirigeerde haar dochter de kamer rond om alle spullen te pakken die ze nodig had.

'Ben je weleens in een ziekenhuis geweest, mammy?'

'Nee, maar ik ben weleens in Cork geweest met daddy. Dat is echt een grote stad.'

Merry vond haar eruitzien als een bang kind.

Toen de tas voor haar en de baby klaar was en ze haar moeder had geholpen bij het aantrekken van een zwangerschapsjurk, kwam Merry naast haar zitten op het bed en pakte haar hand.

'Het is goed dat ze voor je gaan zorgen, mammy.'

'Wat zullen die vrouwen uit de grote stad wel niet van me denken?'

zei mammy, terwijl ze met haar hand over haar oude zwangerschapsjurk streek.

'Dat maakt niet uit. Het enige wat uitmaakt, is dat jij en de baby veilig en gezond zijn. Pastoor O'Brien zegt dat het een heel goed ziekenhuis is.'

Maggie nam Merry's hoofd tussen haar handen en drukte een kus op haar kruin. 'Je bent een schat, Merry. Wat er ook met mij gebeurt, luister altijd goed naar de pastoor en Mr. Lister. Ze zullen je helpen, dat weet ik zeker.'

'Ja, mammy, dat zal ik doen, natuurlijk, maar je bent vast snel weer thuis.'

Maggie nam haar dochter in haar armen en hield haar een tijdje stevig vast, alsof ze niet los wilde laten.

'Je moet wel je dromen blijven volgen, hoor je me? Je bent een heel bijzonder meisje, Merry, en dat mag je nooit vergeten. Beloof je dat?'

'Dat beloof ik.'

Het was het laatste gesprek dat Merry ooit zou voeren met haar geliefde mammy.

32

De begrafenis van Maggie O'Reilly en haar pasgeboren baby vond plaats op een bitterkoude januaridag op het kerkhof van Timoleague. Pastoor O'Brien leidde de dienst, en Merry hield Pat op haar schoot, met haar broers en zussen links en rechts van haar, lamgeslagen van verdriet. Pat had nog niet begrepen dat zijn moeder dood was. Het was niemand gelukt om het vijfjarige jongetje uit te leggen wat er was gebeurd.

Merry was opgelucht toen Nora hem van haar overnam tijdens de wake op de boerderij en hem naar boven bracht. Hij bleef maar schreeuwen, gillend om zijn moeder.

'Ik kan er niet tegen, tegen die herrie,' mopperde Katie zacht, terwijl ze nog een schaal met scones neerzette voor het bezoek. 'Wat moeten we nu, Merry? Wat zal er nu met ons gezin gebeuren?'

'Ik weet het niet.' Afgeleid krabde Merry aan haar nek, bij het hoge kraagje van haar zwarte jurk, te verdoofd door verdriet om goed te kunnen nadenken.

'Heb je al die mensen in de kerk gezien?' zei Katie. 'Sommigen had ik nog nooit gezien. Wie was die oude man die met die stok liep? En die strenge vrouw die aan zijn arm liep? Kende mammy hen?'

'Katie O'Reilly, praat eens wat zachter,' siste Ellen, terwijl ze hen van achteren naderde met haar tweejarige dochtertje op haar arm, die ze Maggie had genoemd, naar hun moeder. 'Volgens mij was die dame de moeder van mammy,' fluisterde ze.

'Onze grootmoeder, bedoel je?' vroeg Katie geschrokken.

'Ik herinner me dat ik haar weleens op straat heb gezien, jaren geleden, toen ik een keer met mammy in Timoleague was,' zei Ellen. 'Mammy keek haar aan, en net toen die vrouw haar straal voorbij wilde lopen, zei ze: "Hallo, mammy." Die dame liep gewoon door, zonder iets te zeggen.'

'Zei ze haar eigen dochter geen gedag?' zei Merry, die haar oren haast niet geloofde. 'Waarom niet?'

'Geen idee,' zei Ellen, terwijl ze haar schouders ophaalde. 'Maar naar de begrafenis van haar dochter komen was wel het minste wat die vrouw kon doen,' mopperde ze boos, waarna ze zich omdraaide om de glazen van het bezoek bij te vullen.

Merry bleef staan, zo lamgeslagen dat ze het niet kon opbrengen om door te vragen. Het was bloedheet in huis, en het stond propvol mensen. Al hun vrienden en buren waren er, maar Bobby had haar een dag eerder aangeschoten bij Inchybridge, toen ze terugliep na het boodschappen doen in Timoleague.

'Het spijt me van je mammy, Merry. Ik wilde je laten weten dat mijn mammy heeft gezegd dat mijn zus en ik thuis moeten blijven. Misschien is het omdat ze sinds mijn daddy dood is niet meer naar begrafenissen wil. Het is niet uit gebrek aan respect voor je mammy, of voor je familie, Merry.'

Ze had geknikt, en opnieuw had ze tranen voelen opwellen, voor de zoveelste keer sinds dokter Townsend met pastoor O'Brien naar hun huis was gekomen om het vreselijke nieuws te vertellen.

'Het geeft niet, Bobby. Het is aardig van je dat je het uitlegt.'

'Het heeft met onze families te maken, denk ik. Iets wat lang geleden is gebeurd, maar ik weet niet wat. Ik zie je later.' En toen had hij haar een knuffel gegeven, op de enige manier die hij kende, door haar hard tegen zich aan te drukken, met zijn armen om haar ribben.

Merry had het gevoel dat ze stikte. Ze moest weg zien te komen bij de tientallen mensen die rondhingen in de Nieuwe Kamer en de keuken. Buiten hoorde ze de koeien loeien in de stal, alsof alles heel gewoon was, terwijl er juist helemaal niets meer gewoon was. En dat zou het ook nooit meer worden, want mammy kwam niet meer terug.

'Goeie genade, wat een afschuwelijk weer,' mopperde Ambrose terwijl hij uit het raam keek naar een lucht vol zware grijze wolken. Net als de meeste mensen in Noord-Europa had hij een hekel aan de maand januari. Als kind al had hij het een ramp gevonden om na de kerstvakantie weer terug naar school te moeten. Niets om naar uit te kijken, afschuwelijk weer, net als nu. Tot zijn knieën in de modder voortploeterend over een rugbyveld, terwijl hij elk moment kon worden besprongen door een van de grotere jongens, en gezien zijn geringe lengte betekende dat zo'n beetje iedereen op het veld.

En nu, zo veel jaar later, had hij andere redenen om zich zo ellendig en machteloos te voelen.

'Nou, hoe gaan we dit aanpakken?' vroeg Ambrose terwijl hij ging zitten en James in de ogen keek, die tegenover hem zat voor het haardvuur in zijn studeerkamer. Er was een week voorbijgegaan sinds de begrafenis van Maggie O'Reilly, waar hij heel graag naartoe had willen gaan, maar James had gezegd dat zijn aanwezigheid te veel aandacht zou trekken binnen de hechte boerengemeenschap.

'Helaas denk ik niet dat we veel kunnen doen, Ambrose,' zei James. 'Ze moeten kapot zijn.'

'Logisch, hoe kan het ook anders? Het was Maggie die dat gezin bijeenhield. Zeker vanaf het moment dat John O'Reilly zijn misère begon weg te zuipen.'

'Hoe gaat het nu met hem?'

'Ik heb geprobeerd met hem te praten op de wake, maar hij zei niet veel.'

'Weet Mary al wat het voor haar gaat betekenen?' vroeg Ambrose.

'O, jawel, alle meisjes weten dat het hard werken wordt.'

'Maar hoe zit het dan met haar school, James?'

'Ik ben bang dat in deze contreien de opleiding het niet wint van twee kleine jongetjes die verzorging nodig hebben, laat staan het voeren van de kippen, de was doen, boodschappen en koken, de koeien verzorgen en helpen met de oogst.'

'Maar… er is toch sprake van een leerplicht?'

'Alleen voor de lagere school, tot het elfde jaar, en dat is Merry nu. En dan nog, vooral in een boerenomgeving zoals deze zullen leraren er altijd rekening mee houden dat er wat absenties zijn van kinderen van Merry's leeftijd.'

'Jij zegt dus dat Mary's officiële opleiding over zes maanden tot een einde kan komen, op het moment dat ze klaar is met de lagere school?' Ambrose schudde vertwijfeld zijn hoofd. 'Die slimme, onderzoekende geest van haar te zien worden teruggebracht tot taartjes bakken en onderbroeken wassen, dat is een gotspe! Het mag gewoon niet!'

'Ik ben het natuurlijk met je eens, maar ik zie niet in hoe we het kunnen omzeilen,' zei James.

'James, het enige wat ik wil, als officieuze peetoom, is haar beschermen en een opleiding geven. Begrijp je dat?'

'Ja, natuurlijk...'

'Je weet dat ik het geld heb om te helpen. Zie jij een mogelijkheid?'

'Ik zou zeggen dat als je het geld aan John zou geven, het meteen op zou gaan aan één ding, en dat zou noch voor Merry, noch voor de rest van het gezin bevorderlijk zijn.'

'En wat als ik haar mee zou nemen naar Dublin en haar daar naar school zou laten gaan? Daar zou O'Reilly moeilijk bezwaar tegen kunnen maken. Ik zou een van zijn kinderen onder zijn vleugels vandaan halen, toch weer één kind minder om eten te moeten geven...'

James haalde diep adem om rustig te worden en even na te denken voordat hij wat zei. Ze waren het in de loop der jaren wel vaker niet eens geweest, maar dan ging het over politiek of over godsdienst, en niet over een elfjarig meisje en haar familie, die deel uitmaakten van zijn parochie.

'Ambrose, is het nooit in je opgekomen dat John O'Reilly misschien gewoon echt van zijn dochter houdt? En dat Merry's broers en zussen van haar houden? En, nog belangrijker, dat zij van hén houdt? Ze rouwt om haar moeder. Afgaande op wat ik heb gezien, is Nora, haar oudere zus die nog thuis woont, een nogal egoïstisch ingestelde jongedame, die steeds een manier vindt om onder het werk uit te komen. Waardoor het draaiend houden van het huishouden en de zorg voor de kleine broertjes volledig op de schouders komt te liggen van Katie en Merry. Is het dan eerlijk tegenover Katie om Merry daar weg te halen? Ik ben ook dol op die meid, maar het gaat om het belang van het hele gezin.'

'Is er niemand die ze kennen die in deze fase iets kan betekenen? Ik neem aan dat John O'Reilly uit een grote familie komt? Zoals alle Ieren, vooral hier.'

'Aan beide kanten is er familie, maar zij, eh... ze zijn van elkaar vervreemd. Het is een lang verhaal, maar zoals met de meeste dingen in deze streek gaat het heel ver terug,' zuchtte James. 'Ik heb wel geleerd dat oude wonden hier heel diep zitten. Het is tenslotte de streek waar Michael Collins heeft geleefd en is gestorven.'

'Aha, maar zijn er dan geen vrienden, of buren?'

'Vrienden en buren krijgen we niet zover dat ze er nog een huishouden bij nemen, Ambrose. Die hebben hun handen vol aan hun eigen gezin.'

Ambrose nam een slokje whiskey. 'Als ik dat hoor, vraag ik me af wanneer Ierland eens ophoudt naar het verleden te kijken, en eindelijk eens oog krijgt voor de toekomst.'

'Ik denk dat dat nog flink wat meer jaren kost dan we nu hebben. Vaak worden rond het haardvuur de verhalen aan de kinderen doorverteld van de helden van de familie uit de Ierse onafhankelijkheidsoorlog, waardoor de haat vaak al vroeg wordt gezaaid in de nieuwe generatie.'

'Maar goed, dan is de kwestie rond Mary nog niet opgelost,' zei Ambrose.

'Ik denk dat je moet accepteren dat er op dit moment niets is wat je kunt doen. Merry rouwt nog, ze heeft haar familie nodig en zij haar.'

'Maar als ze nu een stuk educatie misloopt, dan krijgt ze de kans niet om haar universitaire graad te behalen, waarvan ik weet dat die binnen haar handbereik ligt. Dan krijgt ze een heel ander leven, James.'

James legde een hand op die van Ambrose. 'Geloof me. Laat het maar even.'

Er werd geklopt, de deur ging open en Mrs. Cavanagh verscheen. James trok meteen zijn hand terug.

Na een korte stilte schoten Mrs. Cavanaghs kraaloogjes van James' hand naar zijn ogen. 'Mijn excuses als ik stoor, maar hoe laat wilt u aan tafel?'

'Mr. Lister rijdt over een minuut of twintig terug naar Dublin. Ik maak straks zelf wel een sandwich,' zei James beslist.

'Zoals u wilt,' knikte Mrs. Cavanagh. 'Dan ga ik maar, en we moeten binnenkort een vaste vervanging vinden voor Mrs. O'Reilly. Haar dochter Ellen is in mijn ogen niet betrouwbaar, en ik kan niet zonder mijn vrije dag. Goedenavond, meneer pastoor,' zei ze, en ze knikte naar Ambrose. 'Sir.' De deur sloeg dicht.

'Die vrouw doet me steeds weer denken aan Mrs. Danvers in *Rebecca* van Daphne du Maurier,' zuchtte Ambrose. 'En je hebt gelijk, vriend, ik moet gaan.' Ambrose stond op. 'Bel je me zodra je hebt nagedacht over Mary?'

'Dat zal ik doen, en maak je niet te veel zorgen. Ik zorg wel dat het brein van je dierbare kleine meid niet verstoft,' zei hij terwijl hij Ambrose volgde naar de voordeur. 'Dat God tot onze volgende ontmoeting voor je moge zorgen.'

'En dat jij moge zorgen voor Mary,' zei Ambrose binnensmonds terwijl hij in zijn Kever klom, klaar om door de regen van West Cork naar zijn huis in Dublin te rijden.

James stelde het gesprek dat hij met John O'Reilly moest voeren twee maanden uit. In die tijd overlegde hij met Miss Lucey op Merry's school, die ook per se wilde dat haar beste leerling zichzelf kon blijven ontplooien.

'Ze is heel begaafd, meneer pastoor,' zei Geraldine Lucey tegen James, die tegenover haar zat in de salon van haar ouderlijk huis, aan een naar zijn mening (en op dit gebied beschouwde hij zichzelf als een kenner) uitstekende fruitcake, gebakken door Miss Luceys moeder. Hij begreep nu waarom alle ervaren priesters steevast extra kilo's met zich meedroegen.

'Ze komt nog steeds naar school met haar broertje Bill, maar ze ziet eruit als een spook. Ik denk dat ze thuis nog meer klussen op zich neemt, want ze heeft haar huiswerk bijna nooit af. Dat is nu niet zo'n probleem, want ze is de anderen ver vooruit. Maar als ze in juni met school stopt om voltijds op de boerderij te helpen, dan is dat een enorme verspilling van haar talent.'

'Ja, dat zou tragisch zijn,' beaamde James.

Geraldine schudde haar hoofd en zuchtte geagiteerd. 'Ik begrijp wel hoe het hier gaat, maar... het is 1961, meneer pastoor! Een nieuw decennium. U zou de foto's moeten zien in de bladen, wat de meisjes dragen in Londen, en zelfs in Dublin! Broeken, minirokken! De vrouwenemancipatie komt eraan, dat staat vast, en ik geloof dat Merry O'Reilly alles in zich heeft om een geweldige lerares te worden, wie weet wel meer. Ze heeft een stel hersens dat stimulans nodig heeft.'

'Ik ben het met u eens, Miss Lucey, maar die emancipatie heeft het zuidwesten van Ierland nog niet bereikt. Welnu, misschien kan ik voor de nabije toekomst wel iets voor haar betekenen.'

'Hoe dan? Zoals ik eerder al zei, Merry heeft alle boeken in de schoolbibliotheek al gelezen.'

'Ik wil u wel wat boeken uitlenen uit mijn eigen bibliotheek. Ik heb *Tales from Shakespeare*, wat Austen en Brontë. En wat zou u ervan vinden als we haar lieten kennismaken met moderne poëzie? T.S. Eliot, misschien?'

'Ik zou zeggen dat ze daar wel klaar voor is, meneer pastoor, en ik zou er natuurlijk heel voorzichtig mee zijn, en ze achter slot en grendel in mijn kantoor wegzetten nadat Merry ze heeft gelezen.'

'Ik zou dit alleen kunnen doen als de boeken ook aan de andere kinderen in haar klas werden aangeboden.'

'Dat kan natuurlijk, maar aan de andere elfjarigen zijn ze niet besteed. De meesten worstelen nog om een goede zin te formuleren. Op één leerling na: Bobby Noiro. Hij is erg slim, maar wel een moeilijke jongen,' verzuchtte Miss Lucey.

'Hij komt uit een gezin met problemen, zoals u weet. Hoe dan ook, wat de boeken betreft, het kan geen kwaad als u ze op zijn minst aan de andere kinderen aanbiedt.' James glimlachte. 'Wel, ik moet gaan, maar ik ben u dankbaar voor uw steun en discretie.'

James stapte op zijn fiets en reed weg van het gekleurde huis halverwege de heuvel, aan een van de kronkelige straatjes van Timoleague. Opkijkend naar de steile helling en vervolgens zijn dikke buik, trapte hij flink door, vastberaden om het hele stuk omhoog naar huis fietsend af te leggen en niet af te stappen.

Ambrose arriveerde voor zijn maandelijkse bezoek, met een auto vol met boeken om Merry's ontwikkeling te stimuleren.

'Ze moet leren over de wereld om haar heen,' zei hij, terwijl hij de laatste paar in leer gebonden volumes op James' bureau stapelde. 'Dit is de volledige set van de kinderencyclopedie, de *Children's Britannica*, de editie van vorig jaar. Ze zijn voor kinderen van zeven tot veertien jaar, een uitloper van de volwassen encyclopedie, en ik heb ze laten opsturen vanuit boekhandel Hatchards in Londen. Bijna alle onderwerpen komen erin voor, en dit is precies wat een leergierig kind als Mary nodig heeft.'

James bestudeerde de titel en schonk Ambrose een spottend lachje. 'Ik weet niet of het woord "Britannica" hier zo goed zal vallen.'

'Goeie genade, James, dit is het meest volledige compendium van collectieve kennis dat je in het Engels kunt lezen! Het lijkt me dat niemand zich toch druk hoeft te maken over het land van herkomst. De Ieren hebben nu toch hun republiek, en ze spreken per slot van rekening dezelfde taal!'

'Ik zal de inschatting overlaten aan Miss Lucey. Misschien kan ze de reeks in haar kantoor neerzetten, dan kunnen de kinderen erin lezen wanneer ze dat willen.'

'Wat jij en Miss Lucey het beste vinden. Nou, hoe is het met Mary?'

'Ze is nog steeds heel verdrietig over de dood van haar moeder, net als de rest van het gezin. De laatste keer dat ik haar op school zag, zei ze tegen me dat ze op dit moment leeft voor school. Gelukkig is haar oudere zus Nora voltijds terug op de boerderij, nu het jachtseizoen voorbij is en ze niet langer hoeft te helpen in de keuken van Argideen House. En... ik heb iets opgevangen wat van pas kan komen. Bridget O'Mahoney, een klasgenootje van Merry, gaat vanaf september naar een kostschool in Dublin. Haar moeder komt daar vandaan en heeft ook op die school gezeten. Het is een rijke familie, en ze willen voor Bridget de allerbeste opleiding die er maar is.'

'Aha...' zei Ambrose, terwijl hij in de studeerkamer ging zitten en zijn vriend verwachtingsvol aankeek.

'Het inschrijfgeld is weliswaar buitensporig hoog, maar de school biedt een beurs aan voor slimme katholieke meisjes uit arme gezinnen.' James keek naar Ambrose. 'Wat denk je?'

'Wat ik denk? Ik denk dat je het probleem misschien wel hebt opgelost, James. Je bent een genie!'

'Dat lijkt me niet, Ambrose. Om te beginnen moet Mary de beurs krijgen. Bovendien moet ze het zelf willen. En dan is er nog het punt dat haar vader het goed moet vinden, hoewel het feit dat Bridget ook naar die school gaat enorm zal helpen. De O'Mahoneys staan in hoog aanzien in deze contreien.'

'Wat ik al zei, James, je bent een genie. Goed, hoe nu verder?'

Een week later ging James op schoolbezoek, zoals hij regelmatig deed. Aan het einde liet hij Merry naar Miss Luceys kantoortje komen. Het kind zag er uitgeput uit en ze was afgevallen, waardoor haar grote blauwe ogen nog meer opvielen in haar bleke, magere gezicht.

Hij legde het idee voor aan Merry, en zag een scala aan emoties over haar gezicht trekken.

'Wat vind je ervan, Merry?'

'Volgens mij heeft het geen zin om iets te vinden, want ik ben helemaal niet slim genoeg om iets te winnen, laat staan dat ik van meisjes uit Dublin zou winnen. Die zijn veel slimmer dan ik, meneer pastoor.'

'Wel, Miss Lucey, Ambrose en ik denken alle drie dat je absoluut slim genoeg bent om het te proberen, Merry. Het zal net zoiets zijn als een proefwerk van Miss Lucey. En ze kan zorgen dat je genoeg kunt oefenen.'

'Maar zelfs als ik een beurs zou winnen, dan nog wil ik iedereen hier niet achterlaten. Ik ben nodig op de boerderij. En Dublin is ver weg.'

'Ambrose woont er, zoals je weet, en ik heb er ook gewoond. Het is een prachtige stad. En vergeet niet, Bridget O'Mahoney gaat ook.'

'Jawel, maar...'

'Wat, Merry?'

'Niets, meneer pastoor.'

James zag Merry op haar lip bijten en begreep dat ze niet iets lelijks wilde zeggen over een klasgenootje.

'Mag ik voorstellen dat je gewoon gaat proberen om die beurs te krijgen? Want als je toch denkt dat je het niet haalt, wat heb je dan te verliezen?'

'Niks, eigenlijk,' fluisterde Merry. 'Maar als ik het niet haal en Bridget komt erachter, dan gaat ze me daarmee pesten, omdat zij wel gaat.'

'Oké, maar dan hou je de test toch nog even geheim? Als je het dan niet haalt, hoeft niemand het te weten.' James besefte dat hij zijn boekje als priester te buiten ging, maar wat moest, dat moest.

'Ja, meneer pastoor. Dat is een beter idee. Dank u wel.'

In de weken erna zette Miss Lucey haar beste leerling aan het werk, in het geheim geholpen door Ambrose, die de stof verzamelde die Merry moest bestuderen.

Merry was nog nooit zo moe geweest. Elke dag nam ze boeken mee naar huis om te bestuderen zodra ze klaar was met haar taken.

'Waarom is je tas zo zwaar?' vroeg Bobby op een regenachtige middag toen ze hem optilde om over het hek te klimmen. 'Zit er een lading kogels in, of zo?'

'Wat zeg jij toch stomme dingen soms, Bobby Noiro,' zei ze toen ze Helen en Bill eroverheen had geholpen en haar tas terugpakte uit Bobby's handen. 'Wie zou ik dan willen doodschieten?'

'Die Britse dokter die je moeder naar het ziekenhuis stuurde om te sterven?'

'Hij wilde haar helpen, niet vermoorden! Hou nou eens op met die onzin!'

'Je kunt het wel onzin noemen, maar ik heb het dagboek van mijn grootmoeder gelezen, geschreven tijdens de onafhankelijkheidsoorlog, en...'

'Hou nou eens op over oorlog! Kom, Bill,' zei ze, terwijl ze haar broertje bij de hand pakte en hem met zich meetrok over het veld.

'Tot morgen, Merry,' riep Bobby, en Helen stak haar hand op en zwaaide.

Merry reageerde niet.

De dag van het toelatingsexamen voor de beurs brak aan. Merry werd in Miss Luceys kantoor gezet om de toets te maken.

'Zo, Merry, alsjeblieft,' zei Miss Lucey toen ze aankwam. 'Een lekker kopje thee met suiker, met een zandkoekje van mijn moeder.'

'Dank u wel, Miss Lucey,' zei Merry. Haar hand trilde zo erg dat ze het kopje neer moest zetten.

'Probeer maar wat te drinken, en eet lekker je koekje op. Je hebt de suiker nodig voor je hersenen.'

Merry deed een schietgebedje voordat het tijd was om het examen om te draaien. Toen ze dat deed, was ze verrast om te zien hoe makkelijk de meeste vragen waren, en ze was twintig minuten voor tijd al klaar.

Miss Lucey kwam weer binnen. 'Ben je klaar, Merry?'

Merry knikte en veegde snel met twee handen haar ogen af.

'Ach, was het zo moeilijk?'

'Nee... Ik bedoel, ik dacht van niet, want ik ben al heel lang klaar en... Ik zal het wel verkeerd hebben gedaan of zo...' snikte Merry.

'Dat lijkt me sterk, Merry,' zei Miss Lucey terwijl ze de papieren oppakte van het bureau. 'Soms zijn dingen makkelijker dan je van tevoren had gedacht. Nou, droog je ogen en eet je koekje. Je hebt je best gedaan, en het enige wat we nu kunnen doen, is afwachten.'

'Wat deed jij de hele ochtend in Miss Luceys kantoor?' vroeg Bobby haar die middag.

Merry had haar antwoord al klaar. 'Ik had Bridgets gum gepikt, en daarom moest ik strafregels schrijven.'

'Dat geloof ik niet,' zei Bobby, terwijl hij wachtte tot zij, Helen en Bill hem hadden ingehaald.

'Het kan me niet schelen wat je gelooft, Bobby Noiro,' zei ze, en ze dacht bij zichzelf dat ze zich nog nooit zo moe had gevoeld.

'Nou, ik ken jou en ik weet wanneer je liegt, Merry O'Reilly. Jij en ik zijn hetzelfde, weet je dat?'

'Niet waar, Bobby, wij zijn echt niet hetzelfde.'

'We zijn wel hetzelfde, dat zul je nog wel zien. We gaan elkaar nog heel, heel lang kennen!' riep hij, terwijl Merry Bills hand pakte en zonder om te kijken met haar laatste beetje energie over het veld naar huis liep.

33

Op een heldere ochtend in maart deed James de voordeur open en trof daar Geraldine Lucey aan.

'Goedemorgen, meneer pastoor, sorry dat ik u stoor, maar ik heb nieuws over Merry O'Reilly.'

'Aha. Kom binnen.' James leidde haar naar zijn studeerkamer en wees naar een van de leren leunstoelen bij de open haard. 'Aan je gezicht te zien is het geen goed nieuws.'

'O, jawel hoor, ik bedoel, Merry heeft de beurs gekregen, alleen...'

James voelde een brok in zijn keel. Hij slikte, want het zou ongepast zijn om zo veel emotie te voelen voor één bepaalde jonge parochiaan.

'Dat is geweldig nieuws, Geraldine! Echt geweldig. Maar wat is dan het probleem?'

'Het probleem is, meneer pastoor, dat de beurs wel het schoolgeld dekt, maar meer ook niet. Moet u maar kijken,' zei Geraldine terwijl ze een envelop uit haar tas haalde. 'Haar uniform krijgt ze, maar ze heeft een hele lijst van andere dingen nodig: een setje gymkleding, allerlei soorten schoenen, een camogiestick, nachtponnen, een kamerjas, slippers... en dan zijn er nog de treinkaartjes van hier naar Dublin. Ach, meneer pastoor, we weten allebei dat John O'Reilly amper genoeg geld heeft om zijn gezin eten te geven, laat staan om dit allemaal voor Merry te kopen!'

'Nee, dat is waar, maar... Hoort u eens, zou u me wat tijd willen geven om erover na te denken? Misschien is er toch een manier om aan dat geld te komen.'

'Echt? Hoe dan?'

'Zoals ik al zei, laat u het maar aan mij over. Zegt u nog maar niets tegen Merry. Ik wil haar niet blij maken met een dode mus.'

'Natuurlijk, meneer pastoor. Zal ik het papierwerk aan u geven? We moeten binnen twee weken doorgeven of Merry de beurs aanneemt.'

'Jazeker, dank u wel,' zei hij, terwijl Geraldine opstond en hij haar naar de deur begeleidde.

‘O, ik hoop toch zo dat ze kan gaan. Ze verdient de beste opleiding die er is.’

‘Dat ben ik met u eens, en ik zal er alles aan doen om te zorgen dat ze die krijgt.’

‘Nou en of ik dat wil betalen! Lieve hemel, James, dat hoef je niet eens te vragen,’ zei Ambrose later die dag aan de telefoon. ‘Wat ben ik ontzettend blij dat Mary de beurs heeft gekregen. We zouden dat moeten vieren, in plaats van ons zorgen te maken over details.’

‘Het kunnen “details” zijn voor jou, Ambrose, maar voor haar vader en haar familie is Merry’s mogelijke vertrek dat zeker niet. Ik moet een manier zien te vinden om John ervan te overtuigen dat dit het beste is voor Merry.’

‘Ik weet het, James. Vergeef me, maar ik ben gewoon zo opgelucht en blij. Nou, hoe wil je het aanpakken?’

‘Ik weet het nog niet, maar ik zal bidden voor sturing, zoals altijd.’

‘Nou, als God oppert om hem een tractor aan te bieden als verzachting van de pijn van het verlies van zijn dochter, laat het me dan weten,’ gniffelde Ambrose.

Nadat hij had gebeden, maar geen direct antwoord had verkregen, besloot James dat hij op zijn instinct moest varen. De daaropvolgende zondag vroeg hij een wazig overkomende John na de mis of hij de avond erop bij hem langs kon komen.

‘Om zes uur kan ik, meneer pastoor. Om zeven uur… heb ik wat te doen. Is er iets aan de hand?’

‘Geenszins. Integendeel, ik heb heel goed nieuws.’

‘Dat kan ik nu wel gebruiken. Tot morgen, meneer pastoor.’

James keek hem na terwijl hij naar de lange rij O’Reilly-graven op het kerkhof rond de kerk liep. De rest van zijn gezin zat geknield bij de plek waar hun moeder en haar pasgeboren baby waren begraven. Er was nog geen grafsteen en de aanblik van Maggie O’Reilly’s kinderen die bosjes van het veld en uit hagen geplukte lentebloemen neerlegden, bezorgde hem tranen in de ogen. Zelfs Bill en kleine Pat strooiden geplette wilde viooltjes op de aarde.

‘Ik vertrouw u, Heer, maar soms begrijp ik gewoon niet hoe u werkt,’ prevelde James, terwijl hij de kerk weer in liep.

‘Dus dit is de situatie, John. Wat denk je ervan? Als vader heb jij het uiteindelijk voor het zeggen.’

James zag verschillende emoties op John O’Reilly’s gezicht. Het duurde even voordat hij sprak.

‘Is het uw vriend Ambrose Lister die alles gaat betalen?’

‘Nee. Merry heeft de beurs zelf eerlijk gekregen. Dat is een enorme prestatie, John, en volledig haar eigen verdienste.’

Er volgde een lange stilte.

‘Ik... Wij... Maggie en ik, we hielden zo veel van haar. Maggie zei altijd dat ze zo bijzonder was. Merry heeft een goed stel hersenen, maar ook een groot hart, en ze is ook heel sterk. Zij is degene die de kleintjes troost en bij ze in bed slaapt als ze verdrietig zijn over hun moeder. Nora en Katie zijn misschien beter in wassen en koken, maar het is Merry die ons gezin overeind houdt sinds...’

James kon alleen maar toekijken toen John zijn hoofd in zijn handen liet zakken.

‘Neemt u me niet kwalijk, meneer pastoor. Ik hield al van Maggie vanaf het moment dat ik haar zag bij een ceilidh in Timoleague. Onze ouders waren tegen ons huwelijk en die van haar wilden ons hun zegen niet geven, maar Maggie en ik zijn toch getrouwd. Zij heeft alles opgegeven om samen te zijn met mij, en wat heb ik haar gegeven? Een verschrikkelijk leven! Haar leven was niets beter geweest als ik haar had vastgeketend in een kelder en op rantsoen had gezet. En toen... Goeie God, meneer pastoor, ik heb haar vermoord door haar met kind te schoppen, maar Maggie en ik... die kant van ons was het enige wat we hadden in ons huwelijk.’

‘Je hebt ook zeven prachtige kinderen die uit die liefde zijn voortgekomen,’ zei James zacht. ‘En daar moet je God dankbaar voor zijn.’

John keek naar hem op. ‘Ik wil Merry niet kwijt, maar is het mijn taak om die beslissing voor haar te nemen?’

‘Jij bent haar vader, John, dus ja, dat is jouw beslissing.’

‘Wat zegt Mr. Lister ervan?’

‘Hij zegt dat ze het moet doen. Maar goed, hij is erg op onderwijs gericht, want hij geeft natuurlijk les op een beroemde universiteit. Hij ziet het als een kans voor Merry om zichzelf te ontwikkelen.’

John zweeg opnieuw. ‘Dan moet ze dat doen. Het is ook wat mijn

Maggie zou hebben gewild. Ook al blijf ik achter met een gebroken hart.'

'Ze komt gewoon thuis in de vakanties, John. En Bridget O'Mahoney gaat er ook heen, dus dan is ze er tenminste samen met iemand die ze kent. Ze kunnen samen met de trein naar Dublin. Wil jij het haar vertellen, of zal ik het doen?'

'Doet u het maar, meneer pastoor. Ik zou niet weten wat ik moest zeggen.'

Toen James de kamer verliet, zag hij vanuit zijn ooghoek dat John naast zijn stoel naar de whiskeyfles reikte. En hij voelde een diep medelijden met deze goede man, die was gebroken door het harde leven dat God voor hem had uitgestippeld.

Merry en Katie waren bezig de keukentafel te dekken voor het eten toen pastoor O'Brien binnenkwam en Merry vroeg of ze naar buiten kwam om even te praten. Hij liet haar plaatsnemen op het bankje op het erf.

'Heb ik iets verkeerds gedaan, meneer pastoor?'

'Nee, nee, Merry, zeker niet. Integendeel, zou ik zeggen. Je hebt de beurs gekregen.'

'Wat zegt u?' Merry staarde hem aan alsof ze water zag branden.

'Je hebt de beurs gekregen voor de kostschool in Dublin.'

'Ik...'

En ze barstte in tranen uit.

'Merry, niet huilen. Dit is geweldig nieuws. Je hebt meisjes uit het hele land verslagen. Dat betekent dat je heel slim bent.'

'Maar... dat kan niet kloppen! Ik weet zeker dat ik het niet heb gehaald. Het moet een fout zijn, meneer pastoor, echt.'

'Nee hoor, Merry, het klopt. Kijk, hier is de brief.'

James keek toe terwijl ze las. Van haar gezicht was eerst verbazing af te lezen, en toen weer verdriet.

'Nou, wat vind je ervan?' vroeg hij.

'Ik vind het aardig van ze dat ze mij dit aanbieden, maar het kan niet.'

'Waarom niet?'

'Omdat Nora en Katie en de kleintjes mij hier nodig hebben. Ik kan niet weg van mijn familie. Wat zal daddy wel niet zeggen?'

‘Ik heb het met hem besproken en hij heeft ja gezegd. Hij is zo trots als een pauw, Merry.’

‘Wil hij dat ik ga?’

‘Ja. Hij vindt het een geweldige kans. Net als ik, en Ambrose,’ voegde hij eraan toe.

‘Maar het is in Dublin, en zo ver weg.’

‘Dat snap ik, maar als het vakantie is, kun je naar huis, en...’ James zweeg even, omdat hij zijn woorden zorgvuldig wilde kiezen. ‘Merry, de wereld is zo veel groter dan West Cork, en vooral voor jonge vrouwen. Met de juiste opleiding heb je een geweldige toekomst voor de boeg. Ambrose heeft altijd geloofd dat dat er voor jou in zit.’

‘Mag... mag ik erover nadenken?’

‘Maar natuurlijk. Laat het me maar weten als je een besluit hebt genomen.’

Die avond in bed bekende Merry aan Katie wat pastoor O’Brien haar had verteld. Ze had gedacht dat haar zus woest zou worden, dat ze haar niet zou laten vertrekken omdat zij dan nog meer werk zou hebben, maar Merry schrok toen Katie instemmend knikte.

‘Dat is wat je nodig hebt, Merry,’ zei ze.

‘Niet! Ik moet hier blijven en jou en Nora helpen zorgen voor Pat en Bill en daddy op de boerderij...’

‘En dat doe je door naar Dublin te gaan en nog slimmer te worden dan je al bent, en ons rijk te maken,’ zei ze. ‘Ellen liet me een paar tijdschriften zien, Merry, in Dublin rijden meisjes auto! En ze dansen op rockconcerten, niet op ceilidhs... Misschien kan ik je ook eens komen opzoeken en het zelf zien. Wij redden het hier echt wel zonder jou. We gaan je natuurlijk heel erg missen, maar we zien je toch vaak genoeg tijdens de vakanties.’

‘O, Katie, ik vind het eng. Dublin is zo groot en ik weet dat ik heimwee krijg.’

‘Ik weet het,’ zei ze, terwijl ze haar zus omhelsde. ‘Maar ik zal je wat vertellen, Merry O’Reilly, als ik groot ben, dan blijf ik niet vastzitten in hoe we nu leven. Het heeft mammy het leven gekost, en kijk naar Ellen, zij is met een boerenzoon getrouwd, en ze heeft al een kind en er komt er nog eentje aan. Ze heeft het ene zware leven ingewisseld voor het andere en dat ga ik niet doen. Mijn uitweg is mijn uiterlijk en bij jou is het je koppie. Gebruik wat God je heeft gegeven, Merry, net als ik ga doen, en dan hoeven we geen van twee de rest van ons leven varkensmest te scheppen. Denk aan wat mammy zou hebben gewild. Ik weet wat ze zou zeggen. Ze zou zeggen dat het de juiste keuze is voor jou.'

Met de steun van haar geliefde zus, haar vader, Miss Lucey, pastoor O'Brien en Ambrose, die allemaal zeiden dat ze moest gaan, ging Merry uiteindelijk akkoord.

Het werd gevierd op de boerderij, en voor één keer vond Merry het niet erg dat haar vader whiskey dronk, want hij pakte zijn fiddle en begon te spelen, en de kinderen dansten rond in de Nieuwe Kamer.

De kleine Pat begreep niet waarom iedereen zo vrolijk aan het dansen was, maar dat gaf niet, vond Merry, want het was de eerste keer dat ze haar familie zag lachen sinds mammy was gestorven. Iedereen behalve Nora, die haar vies had aangekeken toen daddy het goede nieuws had aangekondigd. Maar iedereen wist dat ze een jaloerse domkop was, dus negeerde Merry haar.

Begin september liep Merry in haar nieuwe schooluniform het erf op om afscheid te nemen van de dieren. Bridgets vader zou haar zo met de auto komen halen om hen twee naar het station in Cork te brengen, zodat ze samen de trein naar Dublin konden nemen. Het was Merry's eerste keer met de trein, en toen ze dat had opgebiecht aan Bridget, had ze niet gelachen, zoals ze had verwacht, maar gezegd dat ze het heerlijk zouden hebben, want hun dienstmeid zou een picknickmand inpakken met meer dan genoeg sandwiches en een grote reep chocolade voor erna.

'Er is echt genoeg voor ons alle twee, dat beloof ik.'

Misschien konden ze toch wel vriendinnen worden, dacht Merry.

Het was warm in de koeienstal, en ze hoorde het vertrouwde geritsel van jonge kalfjes.

'Merry!' riep haar broer John, die bezig was het hooi te verversen. 'Kijk uit dat je je mooie nieuwe kleren niet vies maakt. Kom, weg hier!' Hij joeg haar terug het erf op, waar hij haar stevig omhelsde. 'En waag het niet om het hoog in je bol te krijgen en straks terug te komen met een zacht Dublins accent,' zei hij. 'Zorg goed voor jezelf in de grote stad.'

'Dat zal ik doen, John. Tot snel.'

Nadat ze de varkens en kippen gedag had gezegd, liep Merry het veld over om hetzelfde te doen bij de koeien, en vervolgens klom ze op een hek om uit te kijken over de vallei. Ze deed haar best om geen angst te voelen bij de gedachte aan haar nieuwe leven in Dublin, want ze wist tenminste dat Ambrose daar ook zou zijn. Hij had gezegd dat ze bij hem mocht logeren tijdens wat de school *exeats* noemde. Ambrose had uitgelegd dat dat betekende dat leerlingen in het weekend de school mochten verlaten, en dan zou het te ver zijn om naar huis te reizen.

'Hallo, Merry.'

Ze schrok zich dood van de stem achter haar.

'Bobby Noiro!' riep ze uit, terwijl ze zich omdraaide. 'Kun je niet gewoon hallo zeggen als een normaal mens?' klaagde Merry.

'Ga je vandaag weg?'

'Ja, Bridgets vader brengt ons naar het treinstation in Cork.'

'Hij heult met de Britten,' schimpte hij. 'Zo heeft hij zijn geld verdiend.'

'Dat kan zijn, maar het is beter dan te voet mijn koffer naar het station moeten sjouwen,' zei ze. Ze was inmiddels immuun geworden voor zijn stekelige opmerkingen.

'Ik heb iets voor je,' zei hij en hij haalde een klein zwart boekje uit zijn broekzak. 'Dit is een heel speciaal boek. Het is het dagboek van mijn grootmoeder Nuala, over wie ik je heb verteld. Lees dit, Merry, dan zul je het begrijpen.' Hij drukte het boekje in haar hand.

'O, Bobby, dat kan ik niet aannemen! Het is je vast heel dierbaar.'

'Nou, ik geef het aan jou omdat ik wil dat je over het leven van mijn grootmoeder Nuala leest en begrijpt wat de Britten ons hebben aangedaan, en hoe mijn familie voor Ierland en voor onze vrijheid heeft gevochten. Dit is mijn geschenk aan jou, Merry. Lees het alsjeblieft.'

'Ik... Dank je wel, Bobby.'

Hij bleef haar een tijdje aankijken, met zijn donkerblauwe, bijna zwarte irissen. 'Je komt toch wel terug?' vroeg hij uiteindelijk.

'Natuurlijk! Met Kerstmis kom ik thuis.'

'Zolang je weg bent, noem ik je de missende zuster, zoals in het Griekse verhaal van de Zeven Zusters en Iron, dat je me ooit hebt verteld,' zei hij. 'Ik heb je hier nodig, Merry. Je bent de enige met wie ik kan praten.'

'Het is Orion, en ik weet zeker dat je je prima zult redden zonder mij,' antwoordde ze.

'Niet waar.' Bobby schudde zijn hoofd. 'Ik heb je nodig. Wij zijn anders dan iedereen hier. Tot ziens, Merry. Zorg goed voor jezelf, daar in Dublin. En onthou, je bent van mij.'

Met een rilling over haar rug keek Merry hem na toen hij over het veld wegrende. En voor het eerst was ze blij dat ze ergens ver weg ging wonen.

Ze hoorde een auto en zag Bridgets vader de heuvel op rijden naar de boerderij, en dus sprong ze van het hek af en rende terug door het weiland.

John, Katie en Nora waren naar buiten gekomen om afscheid te nemen, met Bill en Pat, die hun haren hadden gekamd en hun gezicht hadden schoongeboend om er netjes uit te zien voor Emmet O'Mahoney. Merry voelde de tranen branden in haar ogen toen ze zag dat daddy ook in een schoon gestreken overhemd naar buiten kwam. Hij kwam bij haar staan en gaf haar een stevige zoen op haar wang.

'Mammy zou maar wat trots op je zijn, Merry,' fluisterde hij in haar oor. 'En ik ben ook heel trots op je.'

Merry knikte. Ze had een brok in haar keel.

'Zorg goed voor jezelf in Dublin, en zorg dat je heel veel opsteekt van je tijd daar.'

Ze voelde dat hij een munt in haar hand drukte en haar vervolgens omhelsde. Opeens wilde ze niets liever dan thuisblijven.

Ze nam plaats in de auto, naast Bridget op de met leer beklede achterbank, en ze probeerde haar tranen in te houden. Terwijl ze het erf af reden, zwaaide ze naar iedereen, en dacht aan haar moeders laatste woorden:

Je bent een heel bijzonder meisje, Merry, en dat mag je nooit vergeten. Beloof je dat?

Ze had haar moeder een belofte gedaan. En ze zou haar best doen om die na te komen.

MERRY

DUBLIN, IERLAND

JUNI 2008

34

'En vanaf dat moment werd ik door Bobby als ik thuiskwam in de vakantie steevast de missende zus genoemd,' zuchtte ik. Ik was kapot, ik had twee uur aan één stuk gepraat, waarbij Ambrose de gaten had ingevuld over de rol die hij en pastoor O'Brien hadden gespeeld achter de schermen.

'Het moet verpletterend zijn geweest toen je moeder stierf,' zei Jack met een verdrietige frons. 'Je was nog zo jong.'

'Dat was het ook. Ik denk nog steeds elke dag aan haar, zelfs na al die jaren. Ik aanbad haar.'

'Maggie was echt een opmerkelijke vrouw,' zei Ambrose, en ik zag dat hij wat grauw zag in zijn gezicht. 'Ik zag hoeveel verdriet jullie hadden, en om dan zo weinig te kunnen doen om te helpen...'

'Maar je hebt me wel geholpen, Ambrose, en ik kom er nu pas achter wat je allemaal hebt gedaan. Dus jij was degene die de *Children's Brittanica* aan Miss Lucey heeft gegeven? Dat heb ik me altijd afgevraagd.'

'Ja, en dat was me een groot genoegen, Mary. Je was zo'n sterk, vrolijk meisje, en je ontplooide je in zo'n rap tempo toen je eenmaal op de kostschool in Dublin zat, met de juiste docenten en middelen om het vuur van je nieuwsgierigheid aan te wakkeren. Hoewel ik me vaak heb afgevraagd of het niet beter zou zijn geweest als je bij je familie was gebleven, met de liefde van je broers en zussen om je heen.'

'Ambrose, ik heb er geen spijt van dat ik naar Dublin ben gegaan voor mijn opleiding,' verzekerde ik hem. 'Ik was weliswaar pas elf, maar ik mocht het zelf beslissen, en ik weet dat ik er goed aan heb gedaan. Als ik in Cork was gebleven, dan was ik nooit naar de universiteit gegaan. Dan was ik waarschijnlijk getrouwd met een boer en had ik evenveel kinderen gekregen als mijn moeder.'

'Ik wil heel graag jouw... míjn familie ontmoeten,' zei Jack. 'Het is zo vreemd om te bedenken dat er een paar uur hiervandaan bloedverwanten van ons wonen.'

Ambrose stond op en begon de glazen af te ruimen.
'Laat maar staan, Ambrose,' zei ik. 'Ik doe de afwas wel voordat we gaan.'
'Mary, zo versleten ben ik nou ook weer niet,' zei hij, maar ik kon zien dat zijn hand trilde toen hij mijn lege waterglas oppakte. Ik stond op en nam het voorzichtig van hem over.
'Wat is er, Ambrose?'
Hij keek op en glimlachte droevig. 'Je kent me heel goed, Mary. Ik... Er zijn... aspecten van jouw verleden die ik met je had moeten bespreken toen ik je die ring met smaragden gaf, zo veel jaar geleden. Destijds kon het altijd morgen nog, maar toen verdween je zevenendertig jaar lang. En nu zitten we hier en moet ik je nog steeds uitleggen wat er is gebeurd.'
'Wat bedoel je?'
'Ach jee, zoals je ziet ben ik inderdaad wat moe. Misschien is het beter als Jack en jij morgen terugkomen? Dan zijn we allemaal weer fris. Als je me maar wel belooft dat jullie terugkomen.'
'Natuurlijk,' zei ik, en ik sloeg mijn armen om hem heen en omhelsde hem, verteerd door schuldgevoel omdat ik deze man had verlaten, die niets minder dan een vader voor me was geweest.
Toen Jack en ik de glazen en kopjes hadden afgewassen en ervoor hadden gezorgd dat Ambrose weer lekker in zijn stoel zat, liepen we naar buiten, de warme avondlucht in. Het was rustig op Merrion Square en de straatlantaarns waren nog maar net aan, want het was nog niet donker, zo laat op een lange zomeravond.
Jack en ik aten vlug een portie fish-and-chips in het restaurant van ons hotel, en mijn hoofd zat zo vol herinneringen aan mijn familie dat ik amper hoorde dat Jack iets zei.
'Weet je wat ik denk, mam?' begon hij, mijn gedachtestroom onderbrekend. 'Volgens mij moet Mary-Kate ook naar Dublin komen. Ik denk dat we nog wel een tijdje in Ierland zullen zijn, dus ik vind dat je haar moet vragen of ze hierheen wil vliegen. Hoe deze puzzel van de zevende zus ook in elkaar zit, ik zou me een stuk beter voelen als we hier met z'n allen samen waren.'
'Ja,' beaamde ik. 'Je hebt helemaal gelijk. Ze moet ook hier zijn, voor het geval dat...'
'Voor het geval dat wat, mam? Wil je me alsjeblieft vertellen waar je

zo bang voor bent? Je verhaal stopte op het moment dat je naar kostschool ging, dus wat is er daarna gebeurd? Had het iets te maken met die rare Bobby die jou de missende zuster noemde?'

'Ik... Je wilde horen over mijn jeugd, Jack, en wat Ambrose' rol daarin was. Ik heb het je nu verteld. Dus nee, Jack, meer kan ik je niet vertellen. Niet voordat ik eerst zelf wat feiten heb achterhaald.'

'Maar als Ambrose nooit meer iets van jou heeft gehoord sinds je bent weggegaan, dan moet daar toch een reden voor zijn?'

'Alsjeblieft, Jack, even geen vragen meer. Ik ben ook heel moe en wil slapen. Zoals mijn lieve mammy altijd zei, morgenochtend ziet alles er weer anders uit.'

We aten in stilte en liepen daarna samen naar de lift.

'Op welke verdieping zit jij?' vroeg ik terwijl we in de lift stapten.

'Aan het einde van jouw gang, dus als er wat is, ben ik er zo.'

'Er gebeurt heus niets,' zei ik, 'maar wil jij Mary-Kate even bellen en vragen of ze zo snel mogelijk hierheen kan komen?' zei ik, en ik graaide in mijn handtas naar mijn portemonnee en gaf Jack mijn creditcard. 'Hiermee kun je de vlucht betalen, en jaag haar alsjeblieft niet de stuipen op het lijf.'

'Alsof ik dat ooit zou doen,' zei Jack, en ik trok een gezicht. 'Ik zeg haar gewoon dat onze moeder een zelfontdekkingsreis gaat maken en dat ze daarbij aanwezig moet zijn. Welterusten, mam.' Jack gaf me een kus op mijn voorhoofd, draaide zich om en liep de gang door, op weg naar zijn kamer.

'Slaap lekker!' riep ik.

'Tot aan de wekker!' rijmde hij, zoals hij al van jongs af aan had gedaan.

Ik ging mijn kamer in, kleedde me uit, deed mijn avondverzorging in de badkamer en kroop toen in het heerlijk comfortabele bed. Ik maakte een mentale notitie dat ik mijn vijfendertig jaar oude matras moest vervangen zodra ik weer thuis was in Nieuw-Zeeland. Ik lag nog steeds op dat matras van paardenhaar dat Jock had gekocht vlak na ons trouwen. Ik lag daar en deed mijn ogen dicht om in te slapen, maar er gonsde zo veel in mijn brein dat het leek alsof een bijenkolonie bezit had genomen van mijn schedel. Ik realiseerde me dat er in Nuala's dagboek namen waren genoemd die ik nu herkende uit mijn eigen jeugd.

'Het heeft geen zin om te proberen er vanavond helemaal uit te komen,' sprak ik mezelf toe. Maar toch wilde de slaap niet komen.

Ik gebruikte de ontspanningsoefeningen die ik door de jaren heen had opgepikt, hoewel ik er eerder meer gespannen door raakte omdat ze niet werkten. Uiteindelijk ging ik mijn bed uit om de fles whiskey te pakken, en benevelde ik mezelf tot ik wegviel in een onrustige slaap.

'Goed,' zei Jack, toen hij de volgende ochtend beneden kwam voor het ontbijt. 'MK's vlucht is al vertrokken, en met alle tussenstops en het tijdsverschil moet ze hier iets na middernacht aankomen,' zei hij terwijl we gingen zitten om te eten.

'De wonderen van de moderne tijd,' glimlachte ik. 'Naar de andere kant van de wereld in één dag. Wat zijn we ver gekomen, wij mensen. In mijn jeugd had men dat als een wonder gezien.'

'Afgaande op wat je me gisteren hebt verteld, klinkt het alsof je een harde jeugd hebt gehad,' zei Jack aftastend terwijl hij naast me aan het buffet stond en bacon en eieren op zijn bord schepte.

'Een ontbijt als dit hadden we in elk geval niet, maar we hebben ook nooit hongergeleden. Ja, het boerenleven was hard en iedereen had zijn taken, maar er was veel liefde en er werd veel gelachen. Ik miste het heel erg toen ik naar kostschool ging, ook al hoefde ik geen varkensmest meer uit de stal te scheppen op natte winterochtenden. Ik wilde altijd dolgraag naar huis als het vakantie was.'

'Misgunden je broers en zussen je het niet, dat je een betere opleiding kreeg dan zij?'

'Nee, helemaal niet. Ik denk eigenlijk dat ze medelijden met me hadden. Ik moest wel uitkijken dat ik het in Dublin niet te hoog in mijn bol zou krijgen, zo noemden ze dat. Katie heb ik het meest gemist,' zuchtte ik. 'We waren heel close toen we klein waren.'

'Dat maakte ik ook op uit wat je vertelde. Maar toch heb je geen contact gehouden. Je hebt iedereen uit je verleden gewoon laten vallen toen je vertrok. Waarom, mam?'

Mijn zoon keek me aan, met zijn blauwe ogen, een uitleg afdwingend.

'Zoals ik al zei, ik zal je alles vertellen, maar nu nog niet. Kom, we gaan naar Ambrose, horen wat hij me te vertellen heeft.'

'Oké, ik ga even naar mijn kamer om mijn telefoon te halen, dan bel ik Ginette van de cave in de Provençe en zeg dat ik nog wel even weg ben.'

'Jack, alsjeblieft,' zei ik en ik greep hem bij zijn arm voordat hij van tafel ging. 'Als ze je daar nodig hebben, kan ik dit best alleen af, echt.'

'Dat weet ik wel, mam, maar de oogst is pas over een maand, en dit is veel belangrijker. Over een kwartier in de lobby, oké?'

Toen we afstevenden op Ambrose' voordeur, bekroop mij het sterke voorgevoel dat hij me iets belangrijks wilde vertellen – zo belangrijk zelfs dat het mijn leven zou veranderen. Ik belde aan en voelde dat ik trilde over mijn hele lijf.

Ambrose verwelkomde ons, en toen hij ons voorging naar de zitkamer, zag ik de vijfentachtig jaar die hij op deze aarde had doorgebracht ook echt aan hem af.

Jack en ik gingen op de bank zitten, net als de dag ervoor.

'Hoe gaat het met je? Je ziet een beetje bleekjes vandaag,' zei ik.

'Ik geef toe dat ik niet zo rustig heb geslapen als normaal, Mary.'

'Zal ik koffie zetten? Of thee?' opperde Jack.

'Nee, dank je wel. Ik heb water, dat, na de hoeveelheid whiskey die ik gisteren heb gedronken, de vitale organen waar we zo afhankelijk van zijn zou moeten helpen herstellen. Waar het op neerkomt, is dat ik aan niets anders lijd dan aan een geweldige kater,' glimlachte hij.

'Wil je liever dat we later terugkomen? Dat je nog even terug naar bed kunt?'

'Nee hoor, nee hoor. Nu ik er nog ben en jou eindelijk voor me heb, wil ik je meteen de waarheid vertellen. Het alternatief is namelijk dat je na mijn dood een brief krijgt van een of andere naamloze advocaat. Dat is eigenlijk wat het plan was totdat je opeens op de stoep stond,' grinnikte hij.

Instinctief zocht ik Jacks hand, en hij gaf er een kneepje in.

'Ambrose, wat het ook is, het kan maar beter worden gezegd, toch?'

'Dat is zo, schat. Toen ik je gisteren zo liefhebbend over je jeugd en je familie hoorde vertellen, wist ik dat het erg moeilijk zou worden om je dit te zeggen...'

'Ambrose, alsjeblieft, we hadden afgesproken dat er geen geheimen meer zouden zijn,' smeekte ik hem. 'Ik bedoel, er is niets wat je mij of Jack kunt zeggen dat ik niet al weet, toch?'

'Nou, dat is er eigenlijk wel. Toen ik jou die ring gaf op je eenentwintigste verjaardag,' zei hij, gebarend naar mijn hand, 'zwoer ik dat ik je de waarheid zou vertellen over zijn herkomst. Maar uiteindelijk heb ik dat niet gedaan.'

'Waarom? En waarom is die ring zo belangrijk?'

'Dat ga ik je nu vertellen, maar ik ben bang dat het verhaal dat je me gisteren vertelde, over de mensen die je volgens jou van hotel naar hotel volgen, er iets mee te maken heeft.'

'Neem me niet kwalijk, Ambrose, ik kan je even niet meer volgen.'

'Probeer te begrijpen dat voorwerpen soms belangrijke symbolen kunnen worden voor verschillende partijen. De vrouwen die bij je dochter op de stoep stonden in Nieuw-Zeeland en die beweerden dat Mary-Kate de zevende zus is, hebben volgens mij niets te maken met jouw tijd hier in Dublin voordat je vertrok.'

'Dat kun je niet zeker weten, Ambrose...'

'Mijn lieve Mary, misschien zal het je niet verrassen dat ik enig idee had over de situatie waarin je verzeild was geraakt. Vooral gedurende dat laatste jaar. Je woonde toen bij me, weet je nog?'

Ik bloosde. 'Ja. Het spijt me, Ambrose. Maar deze ring...' Ik hield mijn hand op zodat Jack hem kon zien. 'Je zei dat de zeven punten om de diamant heen voor ons als zussen en broers stond, met onze moeder in het midden.'

'Dat heb ik gezegd, ja, maar helaas, Mary, en ik schaam me diep, was dat een leugen. Of om precies te zijn, ik verzon een verhaal over het ontwerp waarvan ik wist dat het je zou aanspreken, vanwege je fascinatie met de mythe van de Zeven Zusters, en vanwege het feit dat je zelf uit een nest van zeven komt.'

Ik staarde hem aan, ten diepste geschokt dat deze man, die ik zo had aanbeden en meer vertrouwde dan wie dan ook, tegen me had gelogen.

'Oké,' zei ik, en ik moest gevoelsmatig iets groots wegslikken. 'Waar komt de ring dan vandaan?'

'Voordat ik jullie vertel hoe ik eraan ben gekomen, moet ik de context schetsen. Misschien is het eerste wat je moet begrijpen, Jack, dat ondanks het feit dat de Ieren hun droom van onafhankelijkheid hadden bereikt, het wel op Britse voorwaarden was. Het land werd verdeeld in het noorden, waar de Britten de baas waren, en de Ierse republiek in het zuiden. Voor de armen was er niet veel verbeterd, aan beide kanten van de grens niet. Tegen de tijd dat jij werd geboren, Mary, in 1949, was Ierland net een republiek geworden, maar de levensstandaarden waren nog net zo armoedig als in de jaren na 1920. Veel mensen waren naar Amerika geëmigreerd, maar wie bleef, leed al weer onder nóg een recessie, namelijk de depressie die na de Tweede Wereldoorlog in heel Europa heerste. Het waren donkere tijden in Ierland, en zoals jij zelf aan den lijve hebt ondervonden, Mary, huishoudens zoals die van jou verdienden maar net het bestaansminimum. Met andere woorden, wat ze verbouwden, was net genoeg om de eigen familie te voeden en te kleden. En voor Ierse vrouwen in het bijzonder was er bijna niets veranderd.'

'U zegt dus dat Ierland nog in het verleden leefde, ook al was er op politiek vlak veel veranderd,' zei Jack.

'Dat geldt in elk geval voor plattelandsregio's zoals West Cork,' knikte Ambrose. 'In de tijd rond jouw geboorte, Mary, had ik net mijn bul behaald hier aan Trinity en een promotieplek gekregen. Zoals je gisteren hebt gehoord, reisde ik regelmatig naar Timoleague om mijn goede vriend James te bezoeken, pastoor O'Brien, die recent zijn eerste positie had verworven als pastoor van een parochie die Timoleague, Clogagh en Ballinascarthy omvatte. Ik had weinig vrienden en nog minder familie, en James was mijn meest hechte vriend en vertrouweling.'

'Het was een lange rit voor u, nietwaar?' opperde ik.

'Nog langer voor jouw geboorte, liefje, want toen had ik mijn rode Kever nog niet. Toen nam ik de trein, en ik herinner me Mrs. Cavanagh, de huishoudster van de pastorie, die me begroette alsof ik een vieze baal zeewier was die was aangespoeld,' grinnikte hij.

'Voor Mrs. Cavanagh was niemand ooit goed genoeg,' zei ik gemeend.

'Inderdaad. Nou, Mary, het was tijdens een van deze bezoeken aan James dat mijn leven veranderde. Dus laat me je mee terugnemen naar West Cork en de tijd die het toen was, en naar het moment van je geboorte in november 1949...'

AMBROSE EN JAMES

WEST CORK, IERLAND

November 1949

Cros Cheilteach
Het Keltisch kruis

35

Pastoor O'Brien schrok wakker en ging rechtop zitten. Hij had gedroomd over een huilende baby en nu hij goed luisterde, kon hij haar nog steeds horen. Hij kneep in zijn arm om zich ervan te verzekeren dat hij niet sliep, en stapte toen uit zijn warme bed. Hij liep naar het raam aan de voorkant van het huis en trok het gordijn opzij. Hij zag niemand op het pad of in de tuin – hij had een jonge moeder verwacht die al te veel kinderen had en zich dus geen raad wist, die naar hem toe kwam voor soelaas. Hij schoof het raam omhoog en leunde voorover om te zien of er iemand voor de deur stond, en slaakte toen een zucht van verbazing. In een rieten mand met hengsel lag een klein spartelend bundeltje. En het gehuil kwam daarvandaan.

James sloeg een kruis. Bij de pastorie in Dublin was er weleens een baby voor de deur achtergelaten, maar pastoor O'Donovan, onder wie hij daar diaken was, had dat soort gevallen altijd afgehandeld. Op James' vraag waar ze naartoe werden gebracht, had hij zijn schouders opgehaald.

'Vondelingen gaan naar het kloosterweeshuis. Dat de Heer zich over hen moge ontfermen, als ze daar eenmaal zijn...'

In een grote stad als Dublin was het niet raar dat zulke dingen gebeurden wanneer jonge dames zich in de nesten hadden gewerkt, maar dat het gebeurde in een hechte gemeenschap als deze, waar James in de zes maanden dat hij er was, had geleerd dat iedereen meer afwist van de ander dan van zichzelf, verbaasde hem. Hij kleedde zich haastig aan, trok een dikke kabeltrui over zijn hoofd om zich te beschermen tegen de West Corkse winter, en ging toen in gedachten iedereen af die lid was van zijn parochie. Ja, er waren een paar jonge dames in blijde verwachting, maar dat waren getrouwde vrouwen en zij hadden zich erbij neergelegd dat er weer een baby op komst was. Terwijl hij zijn slaapkamerdeur uit liep en na de gang te hebben doorgelopen de trap af ging, kruiste hij mentaal de tienerdochters uit zijn parochie af.

'Goeie God! Waar komt dat gekrijs vandaan?'

James keek op en zag zijn vriend Ambrose bovenaan de trap staan, gekleed in een geruite pyjamabroek.

'Iemand heeft een baby op het stoepje achtergelaten. Ik wilde hem net binnenhalen.'

'Ik trek snel even mijn kamerjas aan en dan kom ik,' zei Ambrose terwijl James de grendels van de deur haalde en de voordeur opentrok.

Door het gekrijs wist hij gelukkig al dat hij onder de lakens geen blauw en levenloos kindje zou aantreffen. Huiverend in de koude wind pakte hij de rieten mand bij het hengsel en tilde hem snel naar binnen.

'Tjongejonge, dit pakket is nog interessanter dan de pakketten boeken die ik altijd toegestuurd krijg van Hatchards,' zei Ambrose terwijl ze met z'n tweeën over de mand gebogen stonden.

'Goed dan,' zei James terwijl hij diep inademde en zich voorbereidde op het onthullen van de baby, hopend dat het arme kind niet mismaakt was en dat de moeder het om die reden had achtergelaten.

'Ach, moet je nou toch eens zien,' zei Ambrose bij het zien van wat eruitzag als een – zelfs voor twee amateurs – welgevormd, enigszins rood aangelopen, pasgeboren kind. 'Zou het een meisje zijn of een jongen?' vroeg hij zich af, wijzend naar een lap die als een soort luier losjes om de baby zat.

'Dat zien we zo wel, maar laten we eerst snel naar de studeerkamer gaan en het vuur aansteken. Die kleine vingertjes zijn helemaal blauw...'

Terwijl James de mand op het kleed voor de open haard neerzette en het vuur aanstak, bleef Ambrose maar naar de baby staren. Inmiddels was het krijsen afgezwakt tot af en toe een kreetje van ongenoegen.

'Er lijkt iets mis met het naveltje,' zei Ambrose. 'Er komt een bloederig grijs slangetje uit.'

'Weet je dat niet meer van biologie?' grinnikte James. 'Dat is wat er overblijft van de navelstreng waarmee de baby en de moeder zijn verbonden.' Hij knielde neer bij de mand. 'Als ik het goed zie, is dit kleine wolkje maar een paar uur oud. Even kijken of het een meisje of een jongen is.'

'Ik durf te wedden dat het een meisje is. Moet je die ogen zien.'

Hoewel de huid rond de oogjes rood was van het huilen, zag James inderdaad enorm grote kijkers, diepblauw van kleur, en lange donkere wimpers.

'Ik denk dat je gelijk hebt,' zei James terwijl hij voorzichtig de vochtige lap wegtrok, waarmee werd onthuld dat het kind in de mand inderdaad van het vrouwelijke geslacht was.

'Hè, wat zonde, nu kun je haar niet Mozes noemen,' grapte Ambrose. 'Je denkt dat ze net geboren is vanwege de navelstreng, maar ze is wel behoorlijk flink. Niet dat ik verstand heb van dit soort dingen,' zei hij er snel achteraan.

James bekeek de mollige armpjes en dijtjes – babybeentjes deden hem altijd denken aan kikkers – en knikte. 'Dat is waar, ja, dit kind lijkt beter doorvoed dan de meeste magere scharminkeltjes die ik hier doop. Goed dan, kan ik haar even aan jou overlaten terwijl ik een doek zoek in de keuken om deze vieze luier te vervangen?'

'Natuurlijk. Ik ben altijd al dol geweest op baby's, en zij op mij,' zei Ambrose. 'Tuttut, kleintje,' suste hij het kind terwijl James wegliep. 'Je bent nu veilig bij ons.'

Toen James weer terugkwam, met een lap die hij had afgescheurd van een laken dat hij van de keurig door Mrs. Cavanagh gestreken stapel had gepakt, lag de baby te staren naar Ambrose, die zachtjes tegen haar brabbelde.

James moest lachen. 'Spreek je haar nu toe in het Latijn?'

'Natuurlijk. Je kunt niet vroeg genoeg beginnen, of wel?'

'Als zij er rustig van wordt terwijl ik met haar andere kant bezig ben, dan mag je van mij elke taal spreken die je maar wilt. We moeten haar uit de mand tillen en op de handdoek leggen, zodat ik haar kan schoonmaken.'

'Ik pak haar wel even op...'

Met oprechte verbazing keek James toe hoe Ambrose met één hand het hoofdje vasthield en de andere hand vlak boven haar billetjes schoof om haar voorzichtig neer te leggen op de handdoek die James voor het vuur had uitgespreid.

'Het ziet ernaar uit dat je hier een talent voor hebt,' merkte James op.

'Waarom zou ik die dan niet hebben?'

'Dat is waar. Nou, ik ga mijn best doen om een luier te vouwen, al is het mijn eerste keer.'

Terwijl Ambrose doorging met praten tegen de baby – dit keer in het Grieks – worstelde James met het schoonmaken en vervolgens met het netjes vastmaken van het afgescheurde stuk laken om de mollige babybips.

'Zo moet het maar,' zei hij terwijl hij een knoop legde, net onder haar navel.

'Zat er een briefje in de mand?' vroeg Ambrose. 'Of een aanwijzing over wie de moeder zou kunnen zijn?'

'Het lijkt me sterk dat er zoiets bij zit, maar...' James schudde het lakentje uit waar de baby onder had gelegen en er viel iets kleins op de grond. 'O jee,' zei James verschrikt, terwijl hij zich bukte om het op te rapen.

'Is dat een ring?' vroeg Ambrose.

Met z'n tweeën liepen ze naar het leeslampje op het bureau om het voorwerp in James' hand te bekijken. Het was inderdaad een ring, in de ongebruikelijke vorm van een ster, bestaande uit smaragdjes die om een diamant heen waren geplaatst.

'Zoiets heb ik nog nooit gezien,' zei Ambrose bewonderend. 'Kijk, dat zijn zeven puntjes... en die kleuren in het smaragd, zo helder en levendig... dat kan geen namaak zijn, James. Volgens mij is dit hartstikke echt.'

'Ja,' fronste James. 'Je zou denken dat mensen die zich zo'n ring kunnen veroorloven, hun pasgeboren dochtertje niet hoeven af te staan. In plaats van dat deze ring onze vragen beantwoordt, werpt dit ding alleen maar meer vragen op.'

'Misschien komt ze uit een rijke familie en is ze het product van een verboden liefde, en moest de moeder van haar af om zich niet de woede van haar ouders op de hals te halen,' opperde Ambrose.

'Jij hebt duidelijk te veel kasteelromans gelezen,' plaagde James hem. 'De ring kan ook gestolen zijn, wie zal het zeggen. Waar hij ook vandaan komt, ik zal hem op een veilige plek bewaren,' zei James. Uit zijn bureaula pakte hij een sleuteltje en de leren buidel waar hij het zilveren kruis in bewaarde, die hij ter ere van zijn vormsel van zijn ouders had gekregen. Hij stopte de ring erin, bij het kruis, en liep toen naar de kast en maakte een van de kastdeurtjes met het sleuteltje open.

'Is dat waar je je whiskey voor Mrs. Cavanagh verstopt?' grinnikte Ambrose.

'En andere dingen waarvan ik niet wil dat ze die vindt,' zei James, terwijl hij de leren buidel in het kastje legde en het deurtje weer op slot draaide.

'Nou, één ding is zeker,' zei Ambrose, terwijl hij omlaagkeek naar de baby die nu kalmpjes op de handdoek lag. 'Het ziet ernaar uit dat onze kleine meid heel bijzonder is. Ze is opvallend alert voor een pasgeboren baby.'

Toch kon zelfs Ambrose' tedere aandacht niet voorkomen dat de baby besefte dat haar buikje nog steeds leeg was en ze zette weer een keel op. Ambrose pakte haar op en wiegde haar in zijn armen, maar zonder succes.

'Deze meid heeft haar moeders melk nodig, of wiens melk dan ook,' zei Ambrose. 'En dat is iets wat jij en ik haar niet kunnen geven. Wat moeten we doen, James? Een koe ontvoeren en haar aanleggen aan de uier?'

'Ik heb geen idee,' zuchtte James hulpeloos. 'Ik kan pastoor Norton uit Bandon om raad vragen.'

'Ik bedoel niet wat er over een tijdje met haar zal gebeuren, ik bedoel nu!' Ambrose verhief zijn stem. 'Baby'tje toch, hoe kan zo'n kleintje nou zo'n herrie maken!'

Net toen beide mannen op het punt stonden om in paniek te raken, werd er geklopt op de studeerkamerdeur.

'Wie kan dat nu zijn, op dit vroege uur?' zei Ambrose.

'Ik denk Maggie, mijn huishoudhulp die op de vrije dag van Mrs. Cavanagh komt. Binnen!' riep James.

Een paar grote smaragdgroene ogen, in een gezicht met bleke Ierse huid, bespikkeld met sproetjes, verscheen tussen de kieren van de deur. Ze had een fantastische bos rode krullen die over haar schouders viel en in toom werd gehouden door een sjaaltje.

'Dag, meneer pastoor...'

'Kom binnen, Maggie, kom maar,' zei James. 'Zoals je ziet hebben we een gast. Iemand heeft haar vannacht in een mand voor mijn deur gezet.'

'O nee!' Maggie zette grote ogen op van verbazing en schrik.

'Zou jij... Ken jij misschien jonge vrouwen in het dorp die, eh... nou ja...'

'Zich in de nesten hebben gewerkt?' maakte Maggie zijn zin af.

'Ja.'

Ze fronste en dacht na. En voor het eerst zag James het begin van fijne lijntjes op haar jonge gezicht, veroorzaakt door het fysiek harde leven dat ze leidde. Hij wist dat ze vier kleine kinderen thuis had en opnieuw in verwachting was. Hij zag ook dat ze rode ogen had, alsof ze veel had gehuild, en donkere wallen van uitputting.

'Nee, meneer pastoor, ik kan niemand bedenken.'

'Weet je het zeker?'

'Ik weet het zeker,' zei ze, waarbij ze hem recht in de ogen keek. 'Die kleine moet drinken,' zei ze, benadrukkend wat geen nadruk behoefde. 'En die navelstreng moet verzorgd worden.'

'Ken jij misschien iemand die borstvoeding geeft, hier niet te ver vandaan? En ook bereid zou zijn om nog een kleintje te voeden totdat we een plek vinden waar ze heen kan? Voor als we de moeder niet kunnen achterhalen.'

Maggie staarde James aan en zweeg even.

'Ik...'

'Ja, Maggie?'

'O, meneer pastoor...'

Maggie liet haar hoofd zakken en sloeg haar handen voor haar ogen.

'God heeft mijn eigen kindje gisteren tot zich genomen...'

'Maggie, wat vreselijk om te horen. Ik had kunnen komen voor het heilige oliesel. Waarom heb je het me niet verteld?'

Toen Maggie weer opkeek, zag James de angst in haar ogen.

'Alstublieft, ik had het moeten zeggen, maar John en ik hebben geen geld voor een echte begrafenis. Ze kwam een maand te vroeg, ziet u, en ze... heeft haar laatste adem uitgeademd in mijn buik...' zei ze, terwijl ze snikkend diep inademde. 'We... Gisteren hebben we haar naast haar broertje neergelegd, die ook zo is gegaan, onder de grote eik op ons land. Vergeef me, meneer pastoor, maar...'

James' oren begonnen te piepen van het harde geschreeuw van de baby, en de gruwel waarover Maggie hem net had verteld. 'Maggie, je hoeft niet te vragen om mijn vergiffenis of die van God. Ik zal naar de boerderij komen en een mis voordragen, voor de geest van je kindje.'

'Echt? Wilt u dat doen?'

'Natuurlijk wil ik dat.'

'O, meneer pastoor, ik weet niet hoe ik u moet bedanken. Pastoor O'Malley zou hebben gezegd dat de ziel van mijn baby gedoemd was om naar de hel te gaan, omdat ze niet in gewijde aarde was begraven.'

'En ik zeg je, als Zijn boodschapper op aarde, dat de ziel van jouw baby zeer zeker niet naar de hel zal gaan. Maar goed, Maggie, je zegt dus dat je… melk hebt?'

'Ja, ik voel het opkomen alsof ze hier bij me is en honger heeft.'

'En… zou je dan bereid zijn om dit kind te voeden?'

'Jazeker, maar… ik heb de andere haardvuren nog niet aangestoken, het fornuis nog niet, en…'

'Maak je daar nu maar niet druk om. Ik weet zeker dat we ons prima kunnen redden terwijl jij voor de baby zorgt. Nietwaar, Ambrose?'

'Natuurlijk. Hier, alsjeblieft.' Ambrose gaf de baby over aan Maggie. Toen hij de gepijnigde blik zag die Maggie op het meisje wierp, voelde hij een steek in zijn hart.

'Ik zal haar meenemen naar de keuken om haar daar te voeden,' zei ze en ze herpakte zichzelf.

'Nee, daar is het veel te koud,' zei James. 'Ga jij maar hier zitten, lekker dicht bij het vuur. Laat maar weten als ze genoeg heeft gedronken.'

'Weet u het zeker, meneer pastoor? Ik…'

'Ja, natuurlijk. Wij zorgen voor de rest, toch, Ambrose?'

'Absoluut. Neem alle tijd die je nodig hebt, schat.'

De twee mannen verlieten de studeerkamer.

In de keuken nam Ambrose plaats op een stoel, met een deken om zijn schouders geslagen, terwijl James een blok in het fornuis gooide en wachtte tot het water kookte, zodat ze een kop thee konden drinken.

'Gaat het, mijn vriend?' vroeg James. 'Je ziet nogal bleekjes.'

'Ik geef toe dat ik enorm ben geschrokken door alles wat er net is gebeurd. Niet alleen door de komst van de baby, maar ook door die arme Maggie…' Ambrose zuchtte en schudde zijn hoofd. 'Gisteren heeft ze haar baby moeten begraven, en toch is ze nu al weer hier, aan het werk, ondanks die enorme uitputtingsslag en dat immense verdriet.'

'Ja,' zei James. Hij warmde zijn handen bij het fornuis, biddend dat het water snel zou koken. Ook hij had behoefte aan soelaas, en die kon alleen komen in de vorm van een kop hete, zoete thee. 'Hier is een mensenleven niet erg veel waard, Ambrose. Besef alsjeblieft dat jij en ik zeer bevoorrecht zijn, op verschillende manieren. In mijn kerk in Dublin werd ik beschermd door mijn pastoor, maar hier, hier sta ik zelf in de frontlinie. Als ik hier wil blijven en overleven, dan moet ik begrijpen hoe mijn parochianen in elkaar zitten. En die parochie is overwegend arm en moet worstelen om in leven te blijven.'

'Afgaande op wat ik vanochtend heb gezien, zal dit alles ongetwijfeld zelfs je geloof in God beproeven?'

'Ik zal ervan leren, en ik hoop dat ik troost kan bieden aan diegenen die situaties moeten meemaken die ik me niet eens kan voorstellen. Het is geen beproeving, Ambrose, eerder een versterking van mijn geloof, want ik ben Gods handen hier op aarde. En het weinige wat ik voor ze kan doen, dat zal ik doen.'

De ketel liet eindelijk een zwakke fluit horen en James schonk het kokende water op de theeblaadjes.

'En hoe moet het met de baby? Dat kostbare nieuwe leven?'

'Zoals ik al zei: we moeten een bericht sturen naar pastoor Norton. Hij zal het plaatselijke weeshuis kennen, maar...' James schudde zijn hoofd. 'Ik ben eens naar een kloosterweeshuis in de buurt van mijn oude parochie in Dublin gestuurd om de ziekenzalving te geven aan een kind dat op sterven lag door tuberculose. Ik vond het daar vreselijk, ik kan niet anders zeggen. De baby's lagen met zijn drieën in een wieg, smerig van de ontlasting, helemaal onder de luizen... De nonnen daar werden overspoeld door ongewenste kinderen, simpelweg omdat de ouders niet nog een mond konden voeden.'

'Misschien zouden ze zich moeten onthouden van de activiteit die ze in die situatie brengt,' zei Ambrose terwijl James een mok thee voor zijn neus zette.

'Ik denk niet dat dat ooit het antwoord zou kunnen zijn,' temperde James. 'Het is een natuurlijk menselijk instinct, zoals je weet. En de enige vorm van soelaas die veel van die arme stellen hebben.'

Er klonk een bescheiden klopje op de keukendeur.

'Binnen!' riep James, en Maggie verscheen met een slapende baby in haar armen.

'Ze heeft goed gedronken en is nu rustig. Ik wilde vragen, meneer pastoor, of ik wat zout mag pakken, en wat heet water, om de navelstreng te wassen, zodat die niet gaat ontsteken.'

'Natuurlijk. Ga maar zitten, Maggie, dan pak ik een kom en doe ik er wat zout water in.'

'Dank u wel, meneer pastoor.'

'Ambrose zal thee voor je inschenken, Maggie. Je ziet heel pips. Je bent gisteren bevallen, en om dan ook nog het verdriet over het verlies van je kind te moeten dragen… Eigenlijk zou je hier niet moeten zijn.'

'O nee, meneer pastoor, het gaat goed met me en ik kan vandaag gewoon werken.'

'Hoe gaan je kinderen ermee om?' vroeg James.

'Ze weten het nog niet. Toen ik voelde dat de baby eraan kwam en dat er iets mis was, heb ik Ellen, mijn oudste, hen naar de buren laten brengen. Ik… ik heb ze nog niet opgehaald om het ze te vertellen, omdat ik vandaag ging werken. Ik ga nu meteen weer verder met mijn schoonmaakwerk, meneer pastoor.'

'Alsjeblieft, rust wat,' zei Ambrose toen hij een beker thee voor haar neerzette en James naar de voorraadkamer ging om zout te halen. 'Waarom geef je de baby niet even aan mij, terwijl je je thee opdrinkt?'

'Het gaat echt, sir,' herhaalde Maggie.

'Maar toch, ik wil haar graag even vasthouden.'

Ambrose nam het kindje over van Maggie, ging voorzichtig zitten en wiegde het bundeltje in zijn armen.

'Wat is ze mooi,' zei hij, terwijl hij het slapende gezichtje bekeek.

'Dat is ze zeker, sir, en flink. Dikker dan mijn kleintjes. Het zal een lastige bevalling zijn geweest voor de moeder.'

'Je weet niet van wie de baby kan zijn?'

'Geen idee, sir. En ik ken alle zwangere moeders hier in de buurt.'

'Dan moet het kind dus van buiten het dorp komen?' vroeg Ambrose.

'Dat lijkt me wel, ja.'

James kwam terug met zout en een kom. Op Maggies aanwijzing schonk hij er wat heet water uit de ketel in en mengde het met koud water. Hij verbaasde zich dat Ambrose erop stond om de baby vast te houden voor Maggie terwijl zij de navelstreng verzorgde.

'Zo, die is schoon. Nu droogt het de komende dagen in en dan valt-ie eraf,' zei ze, terwijl ze de baby weer toedekte. 'Als u het niet erg vindt, ga ik nu verder met mijn werk, anders krijg ik problemen met Mrs. Cavanagh, als ik haar weer zie.'

Met een knikje verliet Maggie de keuken.

'Ze is gisteren haar kind verloren, dan zou ze toch in bed moeten liggen? Ze is doodsbang dat ze haar baan hier kwijtraakt, of niet? En voor Mrs. Cavanagh,' merkte Ambrose op.

'Ja, dat is zo. Laten we proberen haar zo veel mogelijk te laten rusten vandaag. Die paar extra shillings die ze krijgt voor haar ene dag per week kunnen voor haar gezin precies het verschil maken tussen honger en genoeg te eten hebben.'

'Ik vraag me af wie voor haar kinderen zorgt als ze hier is?'

'Daar durf ik niet bij stil te staan, Ambrose,' sidderde James. 'Waarschijnlijk zorgen ze voor zichzelf.'

'Hoe ze deze gezonde baby in haar armen kon houden en liet drinken van de moedermelk die voor haar eigen dode kind bestemd was, vind ik echt onvoorstelbaar. Zo dapper, en ik...'

James zag tranen in de ogen van zijn vriend. Dat was niet eerder gebeurd, zelfs niet toen hij erg gepest werd op school.

'Is een weeshuis echt de enige weg voor dit arme, onschuldige kind?' Ambrose keek op. 'Ik bedoel, je hebt die ring gezien, misschien kunnen we achterhalen van wie die is, haar familie vinden... En anders heb je ook vrouwen die geen kinderen kunnen krijgen, die dolgraag willen adopteren. Mijn collega die op de faculteit Engels werkt, zegt dat veel echtparen uit Amerika hierheen komen om kinderen uit weeshuizen te adopteren.'

'Wel, als de Ieren ergens goed in zijn, dan is het wel in het voortbrengen van gezonde kinderen. Zal ik haar even van je overnemen? Ik zal haar boven op mijn bed leggen. Maggie wil haar straks vast nog wel een keer voeden.'

'Wat is je volgende stap, James?'

'Na de mis zal ik met pastoor Norton spreken om te horen wat het protocol is in dit soort gevallen.' James schepte de baby uit de armen van zijn vriend. 'Zo... geef haar maar even aan mij, voordat je haar zelf nog adopteert.' Met een glimlach en een verdrietige blik liep hij de keuken uit.

36

Toen James was vertrokken om de ochtendmis te leiden in de kerk van Timoleague, maakte Ambrose een wandeling, de heuvel af, naar de baai van Courtmacsherry. Er stond slechts een milde bries terwijl hij langs de kustlijn liep. Het zeewater was zo vlak als een spiegel. Het was een frisse, heldere novemberdag. Ambrose was dol op dit weer, en ofschoon hij zich niet kon voorstellen hoe het geloof in een onzichtbaar wezen zijn beste vriend kon hebben weggelokt naar dit van God verlaten stuk Ierland, deze rauwe natuurlijke schoonheid kon hij wel waarderen.

Vanaf de dag dat hij James had leren kennen – al was hij nog maar elf, lang en schelmachtig knap – had Ambrose geweten dat deze jongen, die later de prachtige man zou worden die hij nu was, zijn leven had beloofd aan God. Hij herinnerde zich nog dat hij op de harde, oncomfortabele kerkbank van de Blackrock College-kapel zat, steevast met een pocketboekje in zijn hand om ongemerkt te kunnen lezen tijdens de eindeloze treurzang van de vespers. Af en toe spiekte hij opzij naar James, die naast hem zat, het hoofd gebogen in gebed, met een blik die hij alleen maar als extatisch kon beschrijven.

Ambrose wist dat hij niet openlijk over zijn gebrek aan geloof in God kon praten. Hij zat tenslotte op een katholieke jongensschool en werd onderwezen door vrome monniken. De orde de Holy Ghost Fathers, die de school leidde, bereidde zijn leerlingen voor op een missiepost in westelijk Afrika. Maar als kleine jongen al had het idee om ver over zee naar een onbekend land te reizen hem angst ingeboezemd. Als hij maar even zijn bril verkeerd weglegde, veranderde zijn omgeving al in een vage, niet te ontwarren wereld. In tegenstelling tot James, wiens constitutie de natste, koudste dagen kon weerstaan op het rugbyveld, konden ze Ambrose zelfs al na één potje afvoeren naar het sanatorium, om daar dagen bij te komen van zijn hoest en verkoudheid.

Wees een man, zei zijn vader altijd, vooral omdat Ambrose erfgenaam was van een Anglo-Ierse dynastie, of wat daarvan over was. Ooit, drie eeuwen geleden, had de familie half Wicklow County bezeten, als meesters over de katholieke armen. Maar door het filantropische werk dat zijn voorvaderen hadden gedaan voor hun pachters en hun boerderijen, was de familie geliefd geworden. Lord Lister had het ethos overgebracht op zijn zoon, die het nog een stap verder had gebracht en zijn land bij testament aan zijn pachters had nagelaten. Door deze daad bleven de volgende generaties Lister achter met alleen nog een enorm landhuis en weinig middelen om het te onderhouden. Maar die vrijgevigheid had er wel voor gezorgd dat het pand niet tot de grond toe was afgebrand, zoals met zo veel andere grote huizen was gebeurd tijdens de onafhankelijkheidsoorlog. En daar woonde zijn vader tot op de dag van vandaag. Technisch gesproken was Ambrose als erfgenaam van de dynastie een gentleman, met als enige markering van zijn adellijke afkomst slechts een gouden zegelring die hem op zijn eenentwintigste verjaardag was geschonken. Zijn vader gebruikte de zijne ook maar zelden, tenzij hij een Engelsman moest zien te imponeren, die hem, zoals hij bij wijze van grap weleens zei, best een 'Iers boertje' kon vinden vanwege zijn nationaliteit. Ambrose moest altijd grinniken als zijn vader terugkwam uit Engeland en dit zei, want ondanks alles had hij een messcherp Engels accent.

Ambrose zou er niet van opkijken als Lister House tot aan de nok toe beleend was. Zelfs op zijn elfde al wist hij zeker dat de Lister-dynastie gedoemd was bij hem te eindigen, want hij zou nooit trouwen. Zijn moeder was jong gestorven, hem achterlatend met een aanzienlijk trustfonds, geërfd van haar eigen familie. Aangezien zijn vader nog in leven was en alles wat er nog over was van zijn Lister-erfgoed bezig was op te drinken, had zij geprobeerd haar zoon te beschermen. Ambrose koesterde de droom om Lister House te verkopen aan een of andere rijke Ierse familie die haar fortuin had vergaard tijdens de oorlog, om dan een klein, knus appartementje te kopen bij Trinity College, waar hij zichzelf kon omgeven met zijn boeken en, belangrijker, warmte...

Wat nu verre van het geval was.

'Wat heb ik toch een hekel aan kou...' mopperde hij terwijl hij koers zette naar het dorp met zijn schattige pastelkleurige huisjes, waarvan de meeste eigenaren hun inkomsten verwierven met de winkeltjes die ze op de begane grond hadden geopend. Zoals altijd torende de katholieke kerk boven alles uit – geen ziel in Timoleague en omgeving zou de zondagsdienst overslaan. Vaak, zei James, moesten mensen staan blijven, hoewel er zitplaatsen waren voor minstens driehonderd mensen.

Toen keek Ambrose naar links, naar de veel kleinere protestantse kerk, die net onder de enorme breedte van de katholieke kerk van de Church of the Nativity of the Blessed Virgin Mary was gebouwd. Hier had zeker een zeer onheilige oorlog plaatsgevonden en hij was nog niet voorbij. Zelfs na de partitie van Ierland, waarbij Noord-Ierland was afgescheiden van de rest van de nieuwe Ierse republiek, was er woede over het feit dat de protestantse Britten een deel van het eiland bestuurden. En toch... stond het ter communie gaan niet centraal in zowel de katholieke als de protestantse dienst?

'Lieve James,' verzuchtte hij, 'ik hou echt heel veel van je, maar ik ben tegelijk bang dat je bent getrouwd met een lege belofte.'

Toch accepteerde Ambrose dat zijn geliefde vriend, net als de franciscaner monniken die de abdij van Timoleague achthonderd jaar ervoor hadden gebouwd, goed wilde doen zolang hij hier op deze aarde rondliep. Denkend aan die schattige pasgeboren baby, en hoe het had gevoeld om haar vast te houden, in de wetenschap dat hij er nooit een van zichzelf zou vasthouden, voelde Ambrose een steek in zijn hart.

Hij draaide zich weer om en zette zich schrap voor de rest van de wandeling, die hem heuvelopwaarts naar het huis van de pastoor zou leiden.

'Hoe gaat het met de kleine?' vroeg James aan Maggie, die bezig was de tafel te dekken voor de lunch.

'Heel goed, meneer pastoor. Ik heb haar weer gevoed en ze ligt nu lekker te slapen op uw bed.'

'En jij, Maggie? Je zult wel doodop zijn.'

'Het gaat goed, meneer pastoor,' antwoordde ze, hoewel haar gezicht iets anders zei. 'Hebt u de pastoor in Bandon al gesproken?'

'Nee, ik kom net uit de mis. Weet jij misschien waar het dichtstbijzijnde weeshuis is?'

'Ik geloof in Clonakilty. Daar is een klooster dat baby's opneemt zoals die van ons... Die van u,' zei Maggie blozend.

Ze roerde in de soep, maar James kon zien dat ze tegen haar tranen vocht. Ze trok de ovendeur open en haalde er iets uit wat een heerlijke geur verspreidde.

'Ik heb brack cake gemaakt, meneer pastoor. Ik vond wat gedroogd fruit in de voorraadkamer en dacht dat u dat misschien wel lekker zou vinden voor bij de thee vanmiddag.'

'Dank je wel, Maggie. Dat heb ik voor het laatst gegeten toen ik nog in Dublin was. Aha,' zei hij toen hij de voordeur open en dicht hoorde gaan. 'Daar zul je Ambrose hebben. Snijd de cake maar voor ons aan, als je wilt.'

Ambrose kwam hijgend de keuken binnen.

'Het is een flinke klim vanaf de zee,' zei James. 'Gaat het wel, vriend?'

'Jawel, ik ben gewoon niet gewend om heuvelop te lopen, dat is alles.' Ambrose ging zitten en dronk water uit het glas dat Maggie op tafel had gezet. 'Hoe was de mis?'

'Drukbezocht, voor een maandagochtend. Daarna waren er nog wat mensen die kwamen biechten.'

'Laat me raden waarover, alcohol op de dag des Heren,' glimlachte Ambrose terwijl Maggie een kom soep voor hem neerzette.

'Er staat ook brood en boter voor u allebei. Dan ga ik nu verder met mijn werk, als u alles hebt wat u nodig hebt.'

'Dank je wel, Maggie. Dit ruikt heerlijk.'

'Het is gewoon maar knolraap met aardappel, maar ik heb er een appel bij gedaan uit de zak appels in de voorraadkamer. Daar wordt het wat zoeter van, vind ik altijd.'

Met een knikje verliet Maggie de keuken weer.

'Dit is zelfs net zo lekker als het eruitziet,' zei James, waarna hij over zijn lepel blies en een hapje nam, om vervolgens een homp zelfgebakken brood af te snijden en het te beboteren. 'Wil je brood, Ambrose?'

'Graag. En de soep is inderdaad erg lekker. Jammer dat je haar niet op alle dagen van Mrs. Cavanagh kunt inzetten.'

'Kon dat maar,' verzuchtte James. 'Maar dan zou er stront aan de knikker zijn, echt waar. Die vrouw heeft jaren voor mijn voorganger gezorgd.'

'Maggie is ook echt een schoonheid. Zij het te mager,' merkte Ambrose op. 'Luister, makker. Ik heb nagedacht tijdens mijn wandeling.'

'Ik weet dat dat gevaarlijk is,' zei James lachend.

'Om een of andere reden dacht ik aan mijn eigen familieboom, helemaal tot aan Henry Lister, die bij ons bekendstaat als de Grote Weldoener. Hij heeft de Listers bijna bankroet laten gaan door zijn vrijgevigheid. Ik zat ook te denken aan die baby die boven ligt te slapen. En jij weet net zo goed als ik dat voor haar het hoogst haalbare, mocht ze haar kindertijd überhaupt overleven, de allerlaagste vorm van onderwijs zal zijn, waarmee ze niets anders tegemoet gaat dan een toekomst als dienstmeid, of een ander slechtbetaald baantje.'

'Ja... En?'

'Nou, om ter zake te komen, ik heb geld, James. En aangezien ik weet dat ik zelf nooit een gezin zal stichten...'

'Dat kun je niet weten.'

'Toch wel,' antwoordde Ambrose overtuigd. 'Ik weet ook wel dat ik de wereld niet kan veranderen, laat staan redden, maar misschien kan een kleine daad van liefdadigheid wel één leven veranderen.'

'Dat begrijp ik.' James at peinzend door. 'Betekent dit dat je van plan bent de baby die nu boven ligt te slapen te adopteren? Het leek er vanochtend op dat je bezig was je aan haar te hechten.'

'Lieve Heer, nee! Ik zou niet weten waar ik zou moeten beginnen,' grinnikte Ambrose. 'Maar het schijnt me wel toe dat er met mijn hulp langs de zijlijn een oplossing tot deze puzzel onder ons dak bevindt.'

'En die oplossing is?'

'We hebben een vrouw die net haar baby heeft verloren. En een pasgeboren wees die een moeder en moedermelk nodig heeft. Het enige obstakel waardoor ze niet verenigd kunnen worden is geld. Wat als ik Maggie zou voorstellen dat ik alle kosten op me neem, en een beetje extra om haar en haar gezin ook te helpen? Wat vind je ervan?'

'Ik weet niet wat ik ervan vind, eerlijk gezegd. Zeg je nu dat je Maggie wilt betalen om deze baby te adopteren?'

'In een notendop, ja.'

'Ambrose, dat klinkt als omkoperij. Om te beginnen weten we niet eens of ze wel het kind van iemand anders zou willen.'

'De blik in haar ogen toen ze voor haar zorgde, zegt me dat dat zo is.'

'Misschien. Maar ze heeft ook een man, en wie weet denkt hij er heel anders over.'

'Ken je hem? Hoe is hij?'

'Afgaande op wat ik van hem tijdens de mis heb gezien, is John

O'Reilly een goede, godvrezende man. Er doen geen praatjes de ronde over dat hij een kroegtijger zou zijn, en geloof me, daar zou ik van hebben gehoord. Maar toch, andermans kind grootbrengen zou een voorstel kunnen zijn dat hij niet in overweging wil nemen.'

'Dan moeten we met hem praten. En de rest van haar gezin? Hoe staat het met hen?'

'Hun oudste, Ellen, is tien, hun zoon John is acht, en dan zijn er nog twee meisjes, van zes en twee. Ik heb gehoord dat Maggie en John uit liefde zijn getrouwd, tegen de wens in van hun beider ouders, en dat ze echt van elkaar houden.'

Ambrose glimlachte. 'Fortuin en liefde begunstigen de dapperen.'

'Dat zal wel, maar je koopt er natuurlijk geen brood voor. Johns familie heeft wat varkens en kippen en een paar koeien op ongeveer een hectare grond. Ze wonen in een kleine, donkere hut zonder elektriciteit of stromend water. Ambrose, ik weet niet of je een idee hebt in wat voor een verschrikkelijke armoede sommige gezinnen hier moeten leven.'

'James, ik weet dat ik bevoorrecht ben, maar ik ben niet blind voor de erbarmelijke omstandigheden van anderen. Hoe arm ze ook mogen zijn, volgens mij hebben de O'Reilly's de juiste basis om dit kind een stabiele toekomst te bieden, met een beetje steun van mij. En we moeten snel handelen. Maggie zei vanochtend dat ze nog aan niemand iets had verteld over de dood van haar kind, en dat ze haar kinderen nog niet heeft opgehaald bij de buren. Als we opschieten, dan kunnen we dit onder ons regelen. Zoals ik al zei, ben ik bereid overal voor te betalen. Hoeveel dat ook moge zijn,' voegde Ambrose er overtuigd aan toe.

Peinzend bestudeerde James het gezicht van zijn vriend. 'Neem me niet kwalijk, maar je verhaal over een weldoende voorvader is niet genoeg om me te overtuigen van je plotselinge behoefte om tot zo'n altruïstische daad over te gaan.'

'Misschien hebben de Holy Ghost Fathers me nooit zover gekregen dat ik in een God ben gaan geloven, zij het rooms of zij het van een andere gezindte, maar de pure onschuld van die pasgeboren baby die boven ligt te slapen heeft meer nobele gevoelens bij me opgewekt dan hun in een heel mensenleven zou zijn gelukt. Ik heb het gevoel dat ik in mijn zesentwintig jaar op deze aarde nog niet veel voor een ander heb gedaan, niet zoals jij dat elke dag doet. En ik wil helpen, James, zo simpel is het.'

'Ach, Ambrose,' zuchtte James. 'Je vraagt wel veel van me, met mijn positie hier als pastoor. Het kind zou legaal moeten worden geregistreerd in mijn kerknotities als te vondeling gelegd, en...'

'Zouden we de toorn van de Heer over ons afroepen als we haar een beter leven proberen te geven, beter dan wat er via de kerkelijke weg mogelijk is?'

'Wie zegt dat het beter zal zijn? Maggie en haar man zijn erg arm, Ambrose. Dit nieuwe kind zou bij meerdere broers en zussen terechtkomen die zelf misschien al niet eens genoeg te eten hebben. Haar zal worden gevraagd om hard te werken op de boerderij, en ze krijgt vast geen betere opleiding dan ze zou krijgen als ze naar het weeshuis ging.'

'Maar dan wordt er van haar gehouden! Dan heeft ze een familie! En laat me je dit vertellen, als enig kind met een vader die amper aandacht voor me had, zou ik hebben gekozen voor een rauwer leven, maar dan met broers en zussen. Zeker nu jij en ik er zullen zijn om op haar te letten terwijl ze opgroeit.'

James staarde zijn vriend aan en zag tranen in zijn ogen. Zolang als hij hem kende, had hij hem nog nooit zo over zijn vader horen praten.

'Mag ik er even over nadenken, Ambrose? Maggie gaat hier niet voor zessen weg, nadat ze ons avondeten heeft geserveerd. Ik moet naar mijn kerk om te bidden en na te denken over wat je zojuist hebt voorgesteld.'

'Natuurlijk.' Ambrose schraapte zijn keel, nam een schone, gestreken zakdoek uit zijn broekzak en snoot zijn neus. 'Neem me niet kwalijk, James. De komst van die baby heeft me flink geraakt. Ik besef dat ik heel wat van je vraag.'

'Ik zal terug zijn voor de avondthee en een plak van Maggies zalig ruikende brack cake.' James knikte kort en liep de keuken uit.

Zoals altijd in een crisis ging Ambrose naar zijn kamer en pakte Homerus' *Odyssee* uit zijn oude Gladstone-tas. Hij putte troost uit de wijsheid van duizenden jaren geleden. Eenmaal weer beneden zei hij tegen Maggie, die voor de baby zorgde, dat ze bij het fornuis in de keuken moest rusten en hij maakte een kop hete, zoete thee voor haar klaar. Hij ging naar James' studeerkamer, stookte daar het vuur op en ging in de leren leunstoel zitten om te lezen. Maar vandaag kalmeerden zelfs Homerus' woorden hem niet. Met het boek opengeslagen op zijn schoot bevroeg hij zijn eigen motieven voor het helpen van dit kind. Toen hij het antwoord eindelijk had doorgrond, vroeg hij zichzelf af of, zelfs als zijn motieven intrinsiek egoïstisch van aard waren, dat het resultaat slechter maakte?

Nee, hij wist zeker van niet. Het kind had een liefhebbend thuis nodig en dat thuis was misschien wel beschikbaar. En daar was moreel gezien niets mis mee.

'Hoe ging het bidden?' vroeg hij toen James een uur later de studeerkamer binnenkwam.

'We hebben goed gepraat, dank je wel.'

'Ben je tot een beslissing gekomen?'

'Ik vind dat we eerst met Maggie moeten praten. Als zij en haar man tegen het idee zijn, dan valt er weinig te beslissen.'

'Ze is aan het rusten met de baby, daar stond ik op.'

'Dan zal ik haar even gaan halen.'

James verliet de studeerkamer en Ambrose bleef achter, starend naar het vuur. Voor het eerst in zijn leven voelde ook hij de behoefte om te bidden.

James kwam terug met Maggie in zijn kielzog. Ze had de andere helft van het gescheurde laken gebruikt om een draagdoek te maken, zodat de baby tegen haar borst aan lag.

'Heb ik iets verkeerds gedaan, meneer pastoor?' vroeg ze, terwijl James haar de leunstoel bij de haard aanbood. 'De baby was onrustig en ik moest koken, dus daarom heb ik het laken gepakt en...'

'Maggie, maak je niet druk. Ambrose had gezegd dat je lekker moest rusten,' zei James, terwijl beide mannen naar de kleine vuistjes en voetjes keken die uit de draagdoek staken. 'Goed,' ging James verder terwijl de baby kirde, een beetje zoals een kitten. 'Het zit zo... Misschien kan Ambrose het beter even uitleggen.'

'Ik weet dat je net je eigen kindje hebt verloren, Maggie, en dat het een meisje was.'

'Ja, sir, het was een meisje.'

'Ik vind het heel erg voor je dat je zoiets vreselijks hebt moeten meemaken. En nu ben je hier, en voed je een pasgeboren zuigeling.'

Er blonken tranen in Maggies ogen. 'Ze weegt zo veel meer dan mijn dochtertje. Mary – zo hebben John en ik haar genoemd toen ze nog in mijn buik zat – was maar een heel klein poppetje...'

Ambrose reikte Maggie een zakdoekje en liet haar tot zichzelf komen voordat hij verderging.

'Goed, we weten allemaal waar dit arme kind terechtkomt als pastoor O'Brien pastoor Norton benadert.'

'Ik heb gehoord dat weeshuizen vreselijke plekken zijn,' beaamde Maggie. 'Niet zo lang geleden was er een uitbraak van de mazelen in het weeshuis in Clonakilty en veel baby's zijn toen gestorven.' Maggie keek naar de baby en aaide zachtjes met één vinger over het wangetje. 'Maar wat doe je ertegen?'

'Je zei dat je nog niemand hebt verteld over de dood van je arme dochtertje Mary?' vroeg James om het zeker te weten.

'Nee, meneer pastoor,' slikte ze. 'Zoals ik zal zei, het is allemaal zo snel gegaan, en toen hebben we besloten dat het beter was om het niet te vertellen, aangezien we de wake niet konden betalen. We zijn geen heidenen, ik zweer het u. We hebben voor haar gebeden toen we haar te ruste hadden gelegd en...'

'Ik begrijp het, Maggie, en ik weet zeker dat jullie niet de enige ouders zijn die dat hebben moeten doen.'

'Het zit namelijk zo,' zei Ambrose, 'ik vroeg me af of jij – en je man, natuurlijk – ervoor zou voelen om dit kleintje te adopteren?'

'Ik... Als ik kon, zou ik haar natuurlijk opnemen als mijn eigen kind, maar...' Maggie bloosde tot aan de wortels van haar prachtige rode haar, 'we hebben al vier hongerige kleintjes, en het is al moeilijk genoeg zoals het nu is...'

'Maggie, alsjeblieft, rustig maar,' suste James, die haar schaamte en angst zag. 'Luister eerst even naar wat mijn vriend Ambrose te zeggen heeft. Dit was zijn idee, niet het mijne, maar ik heb gezegd dat hij het op zijn minst aan je voor moest leggen.'

Ambrose schraapte zijn keel. 'Ik ben op de hoogte van jullie financiele situatie, en als jij en je man zouden overwegen om haar op te nemen als jullie eigen kind, dan zou ik meer dan bereid zijn om de kosten die ze met zich meebrengt voor mijn rekening te nemen tot haar eenentwintigste jaar. Inclusief haar opleiding, als ze verder wil leren na de middelbare school. Het benodigde bedrag zou dan elke vijf jaar in één keer aan jullie worden betaald. Daar zou ik nog een tweede bedrag bij voegen, dat ik jullie direct zou betalen, voor jullie moeite, en ook voor jullie discretie. Jullie vrienden en familie moeten geloven dat de baby een en dezelfde is als het kind dat je zelf hebt gedragen. Anders zou het pastoor O'Brien in een onmogelijke positie brengen, omdat hij haar komst niet via de juiste kanalen heeft aangegeven. Kijk, dit is het bedrag dat ik jou wil geven om de kosten te dekken voor de eerste vijf jaar van haar leven.' Hij overhandigde Maggie een briefje waar hij eerder een cijfer op had geschreven. 'En dit is het bedrag dat ik jou en je man wil betalen voor jullie moeite, en voor tussentijdse extra uitgaven.'

James en Ambrose bestudeerden Maggie terwijl ze de bedragen ontcijferde. Het schoot door James heen dat ze misschien niet kon lezen, maar de geschokte blik op Maggies gezicht toen ze opkeek naar Ambrose zei genoeg.

'Jezus, Maria en Jozef!' Maggie sloeg een hand voor haar mond terwijl ze naar James keek. 'Neem me niet kwalijk, meneer pastoor, dat mag ik niet zeggen, maar ik ben... Ik ben in shock. Die bedragen, hebt u er niet per ongeluk een nulletje te veel aan vastgeplakt?'

'Nee, Maggie. Dat zijn inderdaad de bedragen die ik bereid ben te betalen als je het kind aanneemt.'

'Maar sir, dat eerste bedrag is meer dan we ooit zouden kunnen verdienen in vijf jaar of langer! En het tweede... nou... daarvan zouden we een nieuw huis kunnen bouwen, of nog een hectare land erbij kunnen kopen...'

'Je moet natuurlijk je man nog raadplegen, uitleggen wat mijn voorstel inhoudt. Maar als hij akkoord gaat, dan zou ik morgen naar de bank in de stad kunnen gaan om je het bedrag in contanten te geven. Is hij nu op de boerderij?'

'Ja, op dit tijdstip zit hij in de melkstal, maar hij zal denken dat ik gek ben geworden als hij deze bedragen hoort.'

'Wel, misschien is het dan goed om nu naar huis te gaan en hem uit te leggen wat Ambrose heeft voorgesteld, en als je het prettig vindt kun je hem hierheen brengen, dan kan ik hem verzekeren dat het waar is.'

'Maar uw avondeten dan, meneer pastoor? De kool is nog niet gekookt.'

'Ik denk dat we ons wel zullen redden,' zei James. 'Als dit gaat gebeuren, dan is het van het grootste belang dat de baby vanavond nog met je mee naar huis gaat. We willen niet dat Mrs. Cavanagh ervan weet, of wel?'

‘Nee, zeker niet. Nou, dan ga ik maar, als u het zeker weet.’

‘Ik weet het zeker,’ zei Ambrose. ‘Wij zorgen voor haar tot je terug bent.’

Hij stond op om de baby uit de draagdoek te tillen.

Toen Maggie weg was, namen ze de baby mee naar de keuken waar James een heerlijk geurende Ierse rundstoofschotel uit de oven pakte.

‘Als je het niet erg vindt, laat ik de kool even zitten. Het zal fijn zijn om het een avondje over te slaan.’ Hij bekeek zijn vriend, die met zijn aandacht volledig bij de baby was. Hij wiegde haar zachtjes in zijn armen.

‘Mag ik vragen hoeveel je haar hebt geboden?’ vroeg James.

‘Dat mag je niet.’

‘De reden dat ik het vraag, is dat ik denk dat de kans bestaat dat ze de baby alleen maar aannemen vanwege die enorme stapel geld.’

‘Het is zeker genoeg om ze aan te moedigen de baby te nemen, en voor Maggie om wat aan te komen in gewicht, maar niet om een dure garderobe aan te schaffen. En ja, om ze een wat aangenamer leven te geven. Deze baby is echt een schoonheid, vind je niet?’ mompelde hij.

‘Je bent verkikkerd, Ambrose. Wie weet laat ze je straks toch nog van gedachten veranderen over het krijgen van kinderen.’

‘Dat lijkt me sterk, maar ik zou zeker een vaderlijk oog in het zeil willen houden gedurende haar opvoeding. En dat moet jij ook doen als ik in Dublin ben.’

‘Natuurlijk, maar laten we eerst even afwachten of Maggies man ja zegt. Kom, schuif aan, deze rundvleesstoof is echt verrukkelijk.’

Een uur later was Maggie terug met een knappe, gespierde man aan haar zijde. Hij had duidelijk zijn beste kleren aangetrokken voor de gelegenheid en hij droeg een platte pet, die de meeste parochianen droegen als ze naar de mis kwamen.

‘Kom verder, kom verder,’ zei James terwijl hij hen verwelkomde en snel de deur achter hen dichtdeed, blij met de honderden vierkante meters winderige velden die om het huis lagen, wat betekende dat er geen nieuwsgierige buren waren die konden meekijken. Hij nam hen mee naar zijn studeerkamer, waar Ambrose de baby in de mand had gelegd waarin ze was gekomen. Hij wist dat de echtgenoot het misschien raar zou vinden als een man voor een zuigeling zorgde.

'Dit is John, mijn man,' zei Maggie verlegen.

'En dit is mijn vriend uit Dublin, Ambrose Lister, hoogleraar aan Trinity College.'

'Aangenaam kennis te maken, sir,' mompelde John. James kon zien hoe ongemakkelijk hij zich voelde. De meeste boeren in deze omgeving brachten het grootste deel van de dag door op het land, en de enige keer dat ze iemand spraken buiten de familiekring was op zondag, heel kort, voor de kerk na de mis.

'Goed om u te ontmoeten, Mr. O'Reilly,' zei Ambrose, terwijl hij zag hoe Johns lichaam verstijfde bij het horen van zijn Engelse accent.

'Zullen we gaan zitten?' stelde James voor. 'John, nemen jullie lekker de stoelen bij het vuur.'

James nam plaats achter zijn bureau, zichzelf actief losmakend van Ambrose en de twee aspirant-ouders, want het was van het grootste belang dat hij niets van doen had met deze 'deal'.

Ambrose ging zitten op de houten stoel voor het bureau. Hij zag man en vrouw voorzichtig op de leren zittingen zakken naast de open haard, starend naar de mand.

'Maggie, hou de baby maar gerust vast, als je wilt, hoor,' zei Ambrose.

'Nee, sir, ik zal haar laten liggen totdat... Nou ja, voorlopig laat ik haar even liggen.'

'Dus, Mr. O'Reilly, Maggie zal u over mijn idee hebben verteld,' begon hij.

'Dat heeft ze inderdaad, sir.'

'En wat vindt u daarvan?'

'Ik zou u willen vragen waarom u dit wilt doen voor de baby?' zei John, zonder hem aan te kijken.

'Wel, dat is natuurlijk een zeer goede vraag. En het eerlijke antwoord is dat ik vrijgezel ben, in Dublin woon en het geluk heb dat ik een toelage ontvang waarmee ik mijn huidige studie aan Trinity College kan voldoen. Voor u het vraagt, ik ben katholiek,' zei Ambrose er snel bij, omdat hij zich realiseerde dat John O'Reilly dan een eenvoudige boer uit West Cork mocht zijn, maar hij kon natuurlijk hebben vernomen dat het beroemde Trinity College van oorsprong protestants was.

Ambrose haalde adem voor hij verderging, wetend dat hij zijn woorden zorgvuldig moest kiezen: 'En zodoende heb ik een inkomen beschikbaar. Toen deze zuigeling vanochtend op het stoepje bij de pastoor voor de deur stond en hij me vertelde welk lot haar wachtte, namelijk een weeshuis, merkte ik dat ik mezelf afvroeg wat ik kon doen om te helpen. En toen kwam uw vrouw en vertelde ze over jullie tragische verlies... Kort gezegd, ik zag een manier om de baby aan een familiaire opvoeding te helpen, en tegelijkertijd iets te doen aan het immense verdriet dat jullie allebei moeten voelen.'

Er viel een stilte. John dacht na over wat Ambrose had gezegd. Maggie keek haar echtgenoot aan met niets minder dan een onverholen hoopvolle blik.

Toen de stilte aanhield, kreeg Ambrose het gevoel dat hij hem moest opvullen.

'Niemand dwingt jullie natuurlijk om hiermee in te stemmen, maar ik dacht dat het geen kwaad kon om een mogelijk pad uit te stippelen waar alle partijen mee geholpen zijn. Pastoor O'Brien en ik hebben allebei onze schoolopleiding genoten bij de Holy Ghost Fathers, die ons hebben geleerd om barmhartig te zijn. De laatste tijd voelt het alsof ik niet genoeg heb gedaan om anderen te helpen die het minder hebben dan ik, omdat ik te druk was met mijn studie in Dublin.'

John keek op en ontmoette voor het eerst Ambrose' blik.

'Het is wel erg veel geld dat u ons biedt, sir. Wat wilt u ervoor terug?'

'Niets. Sterker nog, zoals Maggie u heeft uitgelegd, we mogen het nooit meer hebben over de transactie die tussen ons zal plaatsvinden. Omwille van ons, maar zeker ook omwille van de pastoor,' zei hij, met een knikje naar James. 'Men mag niet gaan denken dat pastoor O'Brien hier ook maar iets mee te maken heeft, en dat is ook niet het geval.'

John verlegde zijn aandacht naar James. 'U hebt op school gezeten met Mr...'

'Lister,' beaamde James. 'En ja, dat klopt. Ik steek mijn handen in het vuur voor hem, en ik kan u verzekeren dat het hier puur gaat om een daad van naastenliefde voor een kind dat geen moeder heeft.'

'En voor ons,' morde John. 'Voor zo'n kleintje hebben we niet zo'n groot bedrag nodig.'

De baby in kwestie had gedurende het gesprek wat liggen jengelen, en barstte nu in huilen uit.

'Mag ik haar oppakken en meenemen naar de keuken om te voeden?' Maggie keek haar man smekend aan.

John knikte. Maggie pakte het kindje op en snelde de kamer uit, alsof ze het niet aankon om nog meer te horen.

'Voordat jullie het überhaupt over geld gaan hebben, lijkt het mij veel belangrijker om allereerst te bepalen of jullie bereid zijn haar aan te nemen,' zei James van achter zijn bureau.

'Je kunt wel zien dat Maggie haar hart al heeft verpand aan de baby,' zei John. 'Haar hart brak gisteren zowat in tweeën toen onze Mary stierf. En nog maar een jaar geleden hebben we ook al een baby verloren. Natuurlijk hopen we dat we nog meer kindjes kunnen krijgen. Is dit kind gezond?'

'Ik zou zeggen van wel, afgaand op hoe stevig ze is,' antwoordde James. 'En je vrouw denkt ook dat ze gezond is, volgens mij.'

John O'Reilly keek een tijdje zwijgend voor zich uit.

'Weet u zeker dat u niets terug wilt van ons?'

'Helemaal niets,' bevestigde Ambrose. 'Ik weet zeker dat pastoor O'Brien me af en toe op de hoogte zal stellen van haar voortgang, en dat is alle beloning die ik verlang. Ik wil gewoon dat dit kind opgroeit in een gezin en dat er goed voor haar wordt gezorgd.'

'We zouden ons best doen, maar we kunnen niet garanderen dat ze niet bijvoorbeeld de mazelen of de griep krijgt.'

'Dat begrijp ik, Mr. O'Reilly, ik bedoelde alleen dat ik van een afstandje met belangstelling toekijk. Maar als u dat liever heeft, dan hou ik me afzijdig.'

'Wel, wat betreft het geld... U zei tegen Maggie dat het in contanten zou zijn? En dat we het morgen zouden hebben?'

'Ja.'

'Dan moet ik u zeggen dat wij een godvrezend gezin zijn, en als mijn vrouw was thuisgekomen en me over het kindje had verteld, om maar niet te spreken van haar moedermelk en alles, dan had ik haar misschien ook wel opgenomen zonder uw aanbod.'

Aan de stand van zijn schouders kon Ambrose zien dat de man weliswaar arm was, maar dat hij zijn trots had. Hij waardeerde hem daardoor des te meer.

'Dat geloof ik, Mr. O'Reilly. Ik kan zien dat u heel veel van uw vrouw houdt, dus misschien kan het geld het best beschouwd worden als een middel om haar leven en dat van uw familie aangenamer te maken dan het was.'

'Dat zou het zeker, sir. Ons huis is vreselijk vochtig. Daar kan ik misschien wat aan doen, of ik zou zelfs een nieuw huis voor ons allemaal kunnen bouwen. Niet meteen, natuurlijk, anders zouden de buren zich gaan afvragen waar al dat geld opeens vandaan komt. Ik wil hier geen geroddel over.'

'Ik weet zeker dat jullie beiden verstandig genoeg zijn om te zorgen dat dat niet gebeurt,' wierp James op. 'We moeten niet vergeten waar dit om gaat, namelijk om een pasgeboren kind dat een thuis en een familie nodig heeft. Iedereen die hierbij betrokken is, verricht een daad van liefdadigheid.'

'Jawel, meneer pastoor, dank u. En ik zal het geld verstandig uitgeven. Niet nu alles in één keer, maar langzaamaan.'

Er werd aangeklopt en Maggie verscheen met de baby in haar armen.

'Ze slaapt nu,' zei ze, en ze keek haar man aan. 'Kijk eens, John, vind je haar niet prachtig?'

John keek naar de baby en glimlachte. 'Dat is ze zeker, schat.'

'En?' Het was net of Maggie de vraag niet durfde te stellen.

John wendde zich weer tot Ambrose en James. 'Zouden we haar dan nu meteen meenemen?'

'Lieve hemel,' zei Ambrose toen James weer terug was, nadat hij het jonge echtpaar en hun gloednieuwe kindje gedag had gezegd. 'Het wordt me even te veel, geloof ik.'

James zag hoe Ambrose zijn zakdoek tevoorschijn haalde om zijn ogen te deppen. 'Wat is er dan?'

'Tja, volgens mij is het een mengeling van alles,' zei Ambrose. 'Maar vooral die O'Reilly, arm als een kerkmuis, maar ook zo trots.'

'Het is een goede vent,' beaamde James. 'En hij aanbidt zijn vrouw. Wat goed is om te zien, gezien het aantal huwelijken dat ik heb voltrokken waarbij het vaak meer voelde als het verenigen van lappen grond dan man en vrouw. Zij houden echt van elkaar.'

'Vind je het goed als ik een glas whiskey inschenk? Na al deze opwinding kan ik er wel eentje gebruiken, om een beetje tot rust te komen.'

'Je hebt vandaag iets goeds gedaan, vriend. Sláinte,' zei James terwijl hij een glas aannam van Ambrose en met hem proostte. 'Op jou, en op de baby.'

‘Die Mary zal heten, want dat is wat ze willen, jammer genoeg. Ik heb een hele lijst Griekse namen die ik mooi vind. Athena misschien, of Antigone...’

‘Dan ben ik maar blij dat ze al is vernoemd naar de Heilige Maagd,’ glimlachte James.

‘Mary is bijzonder, James, dat voel ik. Ze is op mijn pad gekomen zodat ik op haar kan letten.’

‘Ik ben het met je eens dat Gods wegen ondoorgrondelijk zijn.’

‘Het kan het lot zijn, maar ik moet toegeven dat mijn trip hierheen, in combinatie met de afwezigheid van Mrs. Cavanagh en een moeder die net een kindje heeft verloren, inderdaad voelt alsof het was voorbestemd.’

‘Ik krijg je wel bekeerd,’ lachte James.

De volgende ochtend liep Ambrose naar de bank in het centrum. Hij nam het bedrag op dat hij de O’Reilly’s had toegezegd en liep toen weer terug de heuvel op. Hij leende twee enveloppen van James’ bureau, deelde het geld op in twee bedragen en sloot de enveloppen af. Deze opname zou nog niet eens een deukje in zijn trust slaan, maar voor de O’Reilly’s betekende het financiële zekerheid voor de komende vijf jaar. Mrs. Cavanagh was druk in de weer, klagend bij alles wat ze maar tegenkwam, verzuchtend dat ‘die meid van O’Reilly’ er weer een zootje van had gemaakt, en dus legde hij de enveloppen weg in de bureaulade.

Er werd geklopt.

‘Binnen,’ zei hij luid.

‘Luncht u mee, Mr. Lister?’

‘Nee, Mrs. Cavanagh. De trein gaat om twaalf uur, dus ik vertrek over een kwartier naar het station,’ zei Ambrose, met een blik op zijn horloge.

‘Prima. Goede reis, dan maar,’ zei ze en ze smeet de deur haast achter zich dicht. Hij voelde de vijandigheid die van haar afstraalde. Hoewel hij had geaccepteerd dat de vrouw geen liefhebber was van de mensheid in het algemeen, was haar afkeer van hem, zelfs al was hij te gast bij de man voor wie ze werkte, tastbaar. Het was duidelijk dat ze het op de een of andere manier niet fatsoenlijk vond dat de pastoor een mannelijke vriend had die hem elke maand kwam opzoeken. Hij had zijn best gedaan om zo beleefd mogelijk tegen haar te zijn, dat deed hij vooral voor James, maar hij kon praktisch ruiken dat die vrouw niet deugde.

James kwam binnen met een vage glimlach. 'Je ziet er vermoeid uit, ouwe jongen.'

'Ik heb inderdaad niet zo goed geslapen, na alle... ophef van gisteren.'

'Maak je je zorgen?'

'Niet over wat we doen, maar wel over het bedrog. Als iemand erachter zou komen dat ik hiermee te maken heb, dan...'

'Niemand komt erachter. De O'Reilly's gaan niets zeggen. Dat weet ik zeker.'

James legde een vinger tegen zijn lippen toen ze voetstappen hoorden in de gang.

'Ik moet weg,' zei Ambrose met een normale stem terwijl hij naar het bureau liep om James te laten zien waar hij de enveloppen had achtergelaten.

James knikte. 'Ik zal ze volgende maandag aan Maggie geven als ze komt werken, zoals besproken,' fluisterde hij.

Opnieuw werd er geklopt en Mrs. Cavanagh verscheen weer in de deuropening.

'Vergeet u niet dat u over tien minuten bij de koorrepetitie moet zijn, meneer pastoor, de orgelspeler heeft het verplaatst van donderdag naar vandaag, omdat het marktdag is in het dorp waar hij heen moet met twee van zijn vaarzen.'

'Goed dat u het zegt, Mrs. Cavanagh. Ik was het vergeten. Ambrose, ik loop even met je mee tot aan de kerk.'

De twee mannen vertrokken en liepen het kleine stukje naar de hoofdingang van de kerk. Daar was het geluid van het orgel binnen al te horen.

'Enorm bedankt dat je bent gekomen, Ambrose. Ik zal je schrijven.'

'Geen dank, en ik doe mijn best om op zijn minst nog één keer te komen voor de kerst. Let je goed op onze Mary, alsjeblieft?' fluisterde Ambrose.

James legde een hand op zijn schouder. 'Goede reis, mijn vriend. Bedankt.'

Ambrose keek hem na toen hij de kerk in liep. Toen draaide hij zich om, daalde de traptreden af en ging op weg naar het kleine treinstation. Als hij afscheid nam van James voelde hij altijd iets van verlies, maar dit keer kon Ambrose zich tenminste troosten met de wetenschap dat ze een geheim deelden: dat van een kindje dat voor de deur te vondeling was gelegd, en dat was voor het leven.

MERRY

DUBLIN, IERLAND

JUNI 2008

37

Toen Ambrose was uitgepraat, was ik met stomheid geslagen. Ik had er geen woorden voor dat alles wat ik over mezelf had gedacht te weten – mijn kindertijd, mijn weg naar volwassenheid – in nog geen uur tijd was weerlegd.

'Dus, Ambrose...' nam mijn zoon op rustige toon het woord. Ik had zijn hand nog niet losgelaten sinds Ambrose van wal was gestoken over wie ik echt was. Of liever gezegd, wie ik níét was... 'Jij beweert dat mam geen bloedverwant is van haar ouders of van haar broers en zussen.'

'Dat klopt.'

'Ik...' Ik schraapte mijn keel, die droog aanvoelde door de schrik en emoties. 'Ik weet niet wat ik moet zeggen.'

'Dat geloof ik graag,' zei Ambrose. 'Het voelt vast alsof je hele kindertijd een leugen is geweest. Een leugen die ik veel te lang heb volgehouden. Liefste Mary, ik kan je alleen maar mijn nederige excuses aanbieden omdat ik zo laf ben geweest. Ik had het je moeten vertellen op je eenentwintigste verjaardag, toen ik je die ring gaf. Geloof me alsjeblieft, hoe fout het ook was, ik heb die leugen uit liefde voor jou volgehouden. Ik kon het gewoonweg niet over mijn hart verkrijgen om jouw liefde voor en vertrouwen in je familie kapot te maken. Ik heb er nooit bij stilgestaan dat we hier nu, jaren later, zouden zitten en dat ik je juist nog meer verdriet zou doen omdat ik je zo lang heb voorgelogen.'

Jack draaide zich naar me toe. 'Mam, ik begrijp dat je je nu ellendig voelt, maar je mag niet vergeten dat pap en jij Mary-Kate ook hebben geadopteerd. Zij is ook geen bloedverwant van ons, maar hou je daarom minder van haar?'

'Nee, natuurlijk niet. En dat geldt ook voor je vader. We hebben altijd van haar gehouden alsof ze ons eigen vlees en bloed was.'

'Ik ook. Ze is mijn zus, en dat zal ze altijd blijven.'

'Het verschil is alleen dat we haar zodra ze oud genoeg was om het te begrijpen hebben verteld dat ze geadopteerd is. Zodat ze later nooit het gevoel zou hebben dat we haar op de een of andere manier hadden misleid. Dat vonden je vader en ik heel belangrijk.' Terwijl ik het zei, kromp mijn hart weer in elkaar. Ik was me er sterk van bewust dat ik mijn verleden voor mijn man en kinderen had verzwegen. Was dat niet hypocriet?

'Mary, ik begrijp heel goed dat je boos op me bent, maar vergeef me alsjeblieft dat ik je dit niet verteld heb toen ik je die ring gaf. Je stond op het punt om naar je familie toe te gaan om je eenentwintigste verjaardag te vieren en zou bijna summa cum laude afstuderen. Je was zo gelukkig, dat kon ik toch niet bederven?'

Hoewel mijn beeld van mezelf zojuist compleet overhoop was gehaald, zag ik ook dat Ambrose bijna in tranen was. Ik was boos, natuurlijk was ik boos, maar aangezien ik zevenendertig jaar geleden plotseling was vertrokken en hem had achtergelaten, liep ik toch naar hem toe. Nadat ik me op mijn knieën had laten zakken, nam ik zijn hand in de mijne. 'Ik begrijp het, Ambrose, echt waar. Misschien liegen we allemaal weleens om onze dierbaren te beschermen. Of houden we op zijn minst dingen voor hen achter omdat we bang zijn om hen te kwetsen of bang te maken.'

'Dat is heel grootmoedig van je, lieverd. Ik denk dat ik het je uiteindelijk wel verteld zou hebben, maar toen verdween je opeens. Ik had geen idee waar je was. Zoals ik al zei, was ik van plan een brief te schrijven waarin ik je dit allemaal wilde uitleggen, in de hoop dat het een jurist wel zou lukken je op te sporen. Tot op de dag van vandaag ben jij de enige begunstigde in mijn testament…' Hij trok zijn hand terug uit de mijne om de smetteloze pochet uit de borstzak van zijn colbert te pakken en snoot luidruchtig zijn neus.

'Nou ja, zoals jij al zei, Jack, de O'Reilly's zullen altijd mijn familie blijven, ook al ben ik niet hun vlees en bloed.'

'Je moet weten dat ik vanaf het eerste moment dat ik je zag al van je hield,' merkte Ambrose op.

'En jij moest eens weten hoe vaak ik heb gewenst dat jij mijn vader was, lieve Ambrose. Wat je me zojuist verteld hebt, is een enorme schok, maar jij kon ook niet weten dat ik zevenendertig jaar lang uit je leven zou verdwijnen. Ik moet erop vertrouwen dat je het me anders allang had verteld. Trouwens, dankzij jou ben ik niet in een weeshuis terechtgekomen.'

'Dank je dat je het zo goed opvat, lieverd. Maar ik vrees dat ik ook deels verantwoordelijk ben voor de reden dat je uit Dublin bent vertrokken. Ik was me ervan bewust wat er gaande was, maar vond dat ik me er niet mee moest bemoeien. Per slot van rekening was je al een volwassen vrouw.'

'Zal ik theezetten?' vroeg Jack in de stilte die daarop volgde.

'Misschien is een glaasje whiskey nu beter op zijn plaats.' Ik wees naar de fles.

'Straks word ik nog een zuipschuit! Het is nog maar net middag,' zei Ambrose met een blik op de klok, die nog op zijn oude plekje op de schoorsteenmantel stond. Toch sloeg hij het glas dat Jack hem aanbood niet af.

Na een paar slokjes kreeg hij weer wat kleur op zijn wangen. Ik ging naast Jack zitten. 'Zo beter?'

'Veel beter.'

'Maar mam, als je inderdaad geadopteerd bent, zijn Ally en haar zussen misschien wel naar jou op zoek,' zei Jack toen er weer een stilte viel.

Verbaasd keek ik hem aan. 'Hemeltje, je hebt gelijk. Als die vrouwen tenminste eerlijk zijn over waarom ze achter me aan zitten.' Die gedachte spoorde me wel aan om Ambrose een belangrijke vraag te stellen. 'Weet jij... Ik bedoel, heb je enig idee wie mijn biologische ouders waren?' vroeg ik aarzelend.

'Geen flauw idee, Mary, echt niet. Je was een vondeling en omdat je de plaats innam van de Mary die was gestorven, is er nooit over geroddeld. Niemand wist dat je bij James voor de deur was achtergelaten, behalve dan de onbekende persoon die je te vondeling heeft gelegd.'

'Denk je... Nou ja, denk je dat mijn ouders me in huis hebben genomen omdat jij hun dat geld hebt gegeven?'

'Daar was ik in het begin natuurlijk wel bang voor, maar ik kan me nog heel levendig herinneren hoe je moeder keek toen ze je voor het eerst in haar armen hield. En je lieve vader hield zo veel van haar dat hij er alles voor overhad om haar gelukkig te maken. Daarna zag ik zijn liefde voor jou ook groeien. Het was heel makkelijk om van jou te houden, Mary.' Hij glimlachte.

'Misschien kom je er dan wel nooit achter wie je biologische ouders waren, mam,' merkte Jack op. 'Zou dat iets uitmaken?'

'Onder normale omstandigheden misschien niet,' kwam Ambrose tussenbeide, 'maar nu lijkt er een heuse klopjacht gaande door die zussen die vastbesloten zijn om die ring van je te bekijken. Aangezien die het enige aanknopingspunt over je ware afkomst is, lijkt het erop dat hun bedoelingen oprecht zijn. Zou je niet eens overwegen met een van die vrouwen in gesprek te gaan om erachter te komen wat ze willen?'

'Ik denk dat Ambrose gelijk heeft, mam,' viel Jack hem bij. 'Ik zou contact kunnen opnemen met Ally.'

'Maar je weet toch niet zeker of zij wel een van de zussen is?'

'Hoe langer ik terugdenk aan de gesprekken die we hebben gevoerd, hoe meer ik ervan overtuigd raak dat ze me bewust heeft opgezocht. Enfin, er is maar één manier om erachter te komen.'

'Ik bedenk opeens iets,' zei ik huiverend. 'Die man die ik in Londen heb ontmoet, die Orlando nog wat... Ik heb tegen hem gezegd in welke cave in de Provence je verbleef en heb hem zelfs je mobiele nummer gegeven, voor het geval dat hij nog technische details over onze wijngaard nodig had.'

'Nou, dat lijkt me dan duidelijk,' verzuchtte Jack verdrietig. 'Zo heeft ze me gevonden.'

'Die zussen lijken me erg vindingrijk.' Ambrose glimlachte zwakjes. 'Ik weet dat je bang bent dat hun beweegredenen iets te maken hebben met jouw verleden hier in Ierland, maar misschien ben jij, of is je dochter, écht hun missende zus.'

Ik voelde elke zenuw in mijn lichaam tintelen bij de gedachte aan wat het kon betekenen als ik dat inderdaad bleek te zijn. Ook al zei Ambrose dat hij wel een vermoeden had waarom ik jaren geleden was weggelopen en ook al was hij ervan overtuigd dat de vrouwen die nu achter me aan zaten daar niets mee te maken hadden... Ik was daar nog niet zo zeker van. Abrupt stond ik op. 'Vinden jullie het vervelend als ik een eindje ga wandelen? Ik heb behoefte aan frisse lucht.' Ik draaide me om en liep de gang door, het huis uit.

Buiten snoof ik een paar flinke teugen van de Ierse lucht op en liep vastberaden door Merrion Square Park, langs de stelletjes en groepjes studenten die zaten te picknicken in de schaduw van de hoge bomen, net als ik vroeger had gedaan. Ik liep langs het standbeeld van

Oscar Wilde, over hetzelfde pad dat ik in mijn studententijd had gevolgd. Toen ik aankwam op de kruising tussen Merrion Square West en North, zag ik dat er weinig veranderd was, ook al was er nu veel meer verkeer op straat en was er hier en daar een gebouw bij gekomen. Omdat ik de weidse vlaktes van West Cork miste, had ik het altijd prachtig gevonden dat alles hier in het stadscentrum zo groen was. Als verdwaasd bleef ik de weg volgen, langs The Lincoln's Inn, een kroeg die altijd populair was geweest bij studenten, en daarna langs College Park, waar in het wit geklede mannen bezig waren met een crickettraining. Ik kwam aan op de kleinere brink aan Fellow's Square en dacht terug aan de tijd dat ik Ambrose vaak opwachtte buiten de School of Humanities om samen met hem naar huis te lopen.

Ik zag dat er voor de Trinity Library toeristen in de rij stonden om het beroemde *Book of Kells* te bekijken, en vervolgde mijn weg naar Parliament Square. Daar keek ik omhoog naar de vrijstaande klokkentoren met de witte granieten façade die nog net zo imposant was als in mijn herinnering. Ik glimlachte zwakjes naar de toeristen die eronder poseerden voor een foto en dacht aan het studentenbijgeloof dat als je eronderdoor liep op het moment dat de klok sloeg, je voor al je tentamens zou zakken.

Het studentenleven had bol gestaan van het bijgeloof, oude tradities, bals, studentenfeesten en spanning over tentamens, allemaal versterkt door een flinke hoeveelheid alcohol. Het was heel stimulerend geweest om hier aan het begin van de jaren zeventig te zijn, in de eerste jaren van een decennium waarin de jeugd zijn stem vond. Dit plein had regelmatig vol gestaan met studenten die demonstreerden tegen de apartheid in Zuid-Afrika, of met republikeinse studentenclubs die zieltjes probeerden te winnen.

Ik ging op de traptreden voor de kapel zitten en sloot mijn ogen, overweldigd door de herinneringen die dit plein bij me opriep. Ik dacht terug aan de keren dat ik hier met mijn vrienden had gezeten, in mijn allereerste spijkerbroek van Levi's. Ik was begonnen met roken, simpelweg omdat iedereen dat in die tijd deed. Op Trinity hadden we zelfs een eigen sigarettenmerk, verkocht door een man bij de toegangspoort van de universiteit, die schaamteloos flirtte met ieder meisje dat hij zag. Hier had ik gevierd dat ik aan het begin van mijn tweede jaar de studiebeurs voor de studie klassieke talen in de wacht had gesleept.

Door die beurs hoefde ik me geen zorgen te maken over collegegeld, kosten voor huisvesting of eten, omdat de universiteit alles regelde. De concurrentie was hevig geweest en na maanden studeren had ik me nog nooit zo uitgelaten gevoeld als toen ik won. Iedereen had flesjes bier gedronken en daarna waren we naar de studentenkroeg aan New Square gegaan om er nóg meer te drinken. 'Hey Jude' van The Beatles en 'Congratulations' van Cliff Richard hadden uit de jukebox geschald, steeds opnieuw. Het was een van de gelukkigste dagen van mijn leven. Ik voelde me jong en vrij, alsof alles mogelijk was.

'Had mijn leven maar op dat moment stil kunnen blijven staan,' mompelde ik terwijl ik de studenten zag komen en gaan. Hun tentamens van dit jaar waren achter de rug en ze waren net zo zorgeloos als ik destijds, voordat alles was veranderd. Nu ik hier weer zat, jaren later, wist ik niet waar ik het zoeken moest. Normaal gesproken had ik alles op een rijtje, maar op dit moment was het een grote warboel in mijn hoofd.

'Ik stort in,' fluisterde ik, bijna in tranen. 'Ik had nooit uit Nieuw-Zeeland moeten weggaan.'

'Mam?'

Ik zag dat Jack onderaan de trap naar me stond te kijken. Ik had hem niet zien aankomen, omdat hij tussen al die jonge gezichten niet opviel.

'Gaat het wel?'

'Niet echt. Ik moest gewoon even...'

'Weet ik. Ik begrijp het. Wil je dat ik weer wegga?'

'Nee, kom erbij.'

Dat deed hij, en we bleven zij aan zij zitten, met onze gezichten opgeheven naar de zon, die net achter een typisch Ierse grijze wolk vandaan was gekomen.

'Wat is het hier mooi. Je zult het als student wel erg naar je zin hebben gehad.'

'Zeker.'

Jack kende me goed genoeg om te weten dat hij niet verder moest aandringen, dus bleef hij zwijgend naast me zitten.

'Gaat alles goed met Ambrose?' vroeg ik uiteindelijk.

'Jawel, alleen is hij er echt kapot van dat hij je zo van streek heeft gemaakt. Ik heb hem de sandwiches gebracht die zijn hulp, zoals hij haar noemt, voor de lunch had klaargemaakt. Hij is een aardige man, ik mag hem graag. Hij is echt dol op jou, mam.'

'Hij was als een vader voor me, Jack. En mijn mentor op academisch vlak. Om nog maar te zwijgen van het feit dat hij me blijkbaar ook financieel heeft gesteund. Hij had grote toekomstdromen voor me.'

'Zo te horen had hij een hechte band met die pastoor, James.'

'Dat klopt. Ik heb hem nog gevraagd hoe het met pastoor O'Brien gaat, maar hij zei dat hij hem al jaren niet meer gezien heeft.'

'Wat sneu. Ik vraag me af hoe dat komt.'

'Ja, ik ook,' verzuchtte ik. 'Hopelijk heeft het niets met mij te maken. Pastoor O'Brien was echt een goed mens. Soms kunnen priesters heel angstaanjagend overkomen, zeker in die tijd, maar pastoor O'Brien was benaderbaar. Menselijk.'

'Zullen we een wandelingetje maken en een pub opzoeken waar we kunnen lunchen? Ik wil mijn eerste pint Guinness proberen.' Jack stond op en stak me zijn hand toe. 'Heb jij suggesties?'

'Zeker.' Terwijl ik zijn hand vastpakte en me door hem overeind liet trekken, schoot het door me heen dat ik nog nooit zo veel van hem gehouden had als nu.

Ik nam hem mee naar The Bailey in Duke Street, waar ik als student ook vaak kwam. Ik was geschokt door hoeveel er veranderd was. Buiten stonden tafeltjes waaraan mannen en vrouwen in de zon verse fruits de mer zaten te eten. Luke, de stugge uitsmijter die in mijn tijd bij de deur had gestaan, was er natuurlijk niet meer, en het interieur van de pub was compleet vernieuwd. De voorheen zo aftandse tafeltjes en versleten leren bankjes hadden plaatsgemaakt voor strakke nieuwe meubels. De enige knipoog naar het verleden waren de foto's aan de wand. In plaats van naar verschaald bier en mannenzweet rook het er naar verrukkelijk eten.

Jack riep zijn Guinness uit tot de beste stout die hij ooit gedronken had, en op mijn aandringen bestelde hij *colcannon* met ham als lunch.

'Zoiets gaat er altijd wel in,' zei hij, toen hij zijn bestek weer neerlegde nadat hij de ham en romige stamppot van aardappelpuree en boerenkool in recordtempo naar binnen had gewerkt. 'Het doet me denken aan jouw kookkunsten, mam.'

'Nou ja, ik heb dan ook in Ierland leren koken.'

'Ja. Zeg, mam?'

'Ja?'

'Ik zat te denken dat we misschien eens moeten overwegen om naar je geboorteplaats te gaan. Ik bedoel, we zijn hier nu toch, nietwaar? Misschien is het wel fijn om een deel van je familie terug te zien.'

'Naar West Cork?' Ik sloeg mijn ogen ten hemel. 'O, Jack, na al die onthullingen van vanmorgen weet ik niet of ik dat wel aankan.'

'Afgezien van het feit dat je je familie na al die tijd weer zou kunnen zien, en het is nog steeds je familie, zelfs na wat Ambrose je verteld heeft, is het de enige plek waar je erachter zou kunnen komen wie je echte ouders zijn. Er moet toch iemand weten hoe je bij pastoor O'Brien voor de deur bent beland.'

'Nee, Jack. Ik bedoel, zelfs al heeft iemand er destijds van geweten, dan zal diegene inmiddels wel dood zijn, denk je niet?'

'Ambrose is anders nog springlevend. Hij zal vast niet de enige zijn.'

'Misschien niet, maar ik weet niet of ik het wel wil weten. Zou jij dat willen?'

'Over die vraag heb ik nog nooit hoeven nadenken, maar als ik in jouw schoenen stond, zou ik het denk ik wel willen weten. Kom op, mam,' drong hij aan. 'Ik zou zo graag zien waar je vandaan komt en je familie – míjn familie – leren kennen.'

'Oké, oké, ik zal erover nadenken,' zei ik, gewoon om hem de mond te snoeren. 'Zullen we gaan?'

We liepen terug door de stad en toen we in de lobby van het Merrion Hotel om onze sleutels vroegen, draaide de receptionist zich om om een envelop uit een postvakje te pakken. 'Er is een bericht voor u, Mrs. McDougal.'

'Dank u.'

Op weg naar de lift keek ik Jack aan. 'Van wie kan dat bericht nou zijn? Niemand weet dat ik hier ben.'

'Dan moet je het maar openmaken om erachter te komen, denk je niet?'

'Kun jij dat doen?'

'Oké,' zei hij, terwijl we mijn kamer binnengingen.

Ik ging in de dichtstbijzijnde stoel zitten. Mijn zenuwen stonden alweer op scherp. Als het zo doorging, zou ik nog een hartaanval krijgen en Jock achternagaan. Bizar genoeg vond ik het een troostende gedachte dat mijn as samen met de zijne zou worden uitgestrooid tussen de wijnstokken, voor altijd samen in de veilige haven die we hadden gecreëerd.

'Daar gaat-ie dan.' Jack scheurde de envelop open, haalde het briefje eruit en las voor:

Beste Mrs. McDougal,

Mijn naam is Tiggy D'Aplièse en zoals u misschien weet, hebben mijn zussen en ik geprobeerd u op te sporen omdat we u willen spreken. Het is niet mijn bedoeling om u te storen of, erger nog, angst aan te jagen, maar ik logeer in kamer 107 en mijn mobiele nummer staat hieronder. U kunt me te allen tijde bereiken.

Met vriendelijke groet,
Tiggy D'Aplièse.

'Nou ja...' Jack keek me aan terwijl hij me het briefje overhandigde. 'Nu weet ik in elk geval zeker dat Ally en Tiggy zussen zijn, want Ally had het erover dat ze een zusje heeft dat Tiggy heet. Zo vaak komt die naam niet voor, nietwaar?'

Toen ik opkeek, zag ik de uitdrukking op zijn gezicht. Tot nu toe was ik zo in beslag genomen door de vrouwen die achter me aan zaten dat ik een en een niet bij elkaar had opgeteld. 'Je vond die Ally echt leuk, hè?'

'Dat kun je wel zeggen, al was ze er dus alleen maar omdat ik jouw zoon ben en zij een verborgen agenda had,' zei hij bedroefd. 'Ik heb haar nog een berichtje gestuurd, maar daar heb ik niets meer op gehoord. Als het om vrouwen gaat, heb ik niet echt geluk, hè? Hoe dan ook, kennelijk logeert er nog een van die zussen in dit hotel. Wat wil je doen, mam?'

'Ik... Ik weet het niet.'

'Nou, ik weet niet waarom je uit Ierland vertrokken bent of waarom je sindsdien zo bang bent, maar ik weet wel dat Ally een goed mens is, want ik heb haar zelf ontmoet.'

'Dat dacht James Bond ook over Vesper Lynd in *Casino Royale*.' Ik glimlachte zwakjes.

'Hou toch op, mam. We zitten niet in een thriller...'

'Nou, Ian Flemings spionageverhalen waren anders wel op feiten gebaseerd. Geloof me, ik weet hoe het werkt binnen dat soort organisaties.'

'Misschien kun je me dat binnenkort eens vertellen, maar nu heb ik even genoeg van al die smoesjes. Zullen we gewoon zorgen dat we duidelijkheid krijgen? Dan bel ik die Tiggy en maak ik een afspraak. Jij kunt gewoon hier blijven tot ik je een seintje geef dat het veilig is, oké?'

'Hoor eens...' Ik zuchtte, want ook al wilde ik niet dat mijn zoon dacht dat ik niet goed wijs was, ik wilde hem wel beschermen. 'Ik weet dat je denkt dat die ouwe moeder van je ze niet meer allemaal op een rijtje heeft, maar ik zweer dat ik een goede reden heb om bang te zijn.'

'Daarom ga ík ook naar dat nieuwste lid van de familie toe. Genoeg is genoeg. Zo te zien ben je een hoop afgevallen sinds je thuis bent weggegaan, en je bent er niet best aan toe. Aangezien pap er niet meer is om je te beschermen, doe ik het.' Hij liep naar de telefoon naast het bed en pakte de hoorn op. 'Goedendag, zou u me kunnen doorverbinden met kamer 107? Ja, mijn naam is Jack McDougal.'

We wachtten allebei af terwijl de receptie het telefoontje doorschakelde. Ik op van de zenuwen, hij de rust zelve.

'Dag, spreek ik met Tiggy D'Aplièse? Ja, hallo. Je spreekt met Jack McDougal, de zoon van Merry. Ik vroeg me af of we misschien in de lobby kunnen afspreken om met elkaar te praten.' Hij stak zijn duim naar me op. 'Goed, tot over tien minuten dan. Tot zo.' Hij hing op. 'Nou, dan ga ik zo maar. Ik denk niet dat ze me in een ruimte vol thee drinkende mensen zal neerschieten. Als jij nou even gaat liggen, dan probeer ik meer over haar te weten te komen. Zodra ik iets weet, bel ik je op je mobiel.'

'Maar...'

'Niks te maren, mam. Alsjeblieft, vertrouw me nou. Het is voor iedereen het beste als we dit tot op de bodem uitzoeken, oké?'

'Oké.' Ik knikte. Wat moest ik anders?

Toen hij de kamer uit beende, moest ik me inhouden om hem niet terug te roepen, omdat ik wist dat hij misschien gevaar liep, maar was ik tegelijkertijd nog nooit zo trots op hem geweest. Hij had de daadkrachtige, beheerste houding van zijn vader geërfd en deed me met de dag meer aan mijn geliefde echtgenoot denken.

'O, Merry,' zei ik terwijl ik zijn advies opvolgde en op het bed ging liggen. 'Wat heb je er toch een zootje van gemaakt...'

Natuurlijk kon ik de slaap niet vatten, dus stond ik vijf minuten later al weer op, schonk een kop hete, zoete thee voor mezelf in en wachtte gespannen af tot Jack zou bellen.

Een tergend lang kwartier later deed hij dat.

'Mam, met Jack. Ik heb Tiggy zojuist gesproken en ik kan je verzekeren dat je met een gerust hart naar beneden kunt komen.'

'O, Jack, ik weet het niet.'

'Nou, ik wel. Je moet echt komen, mam. Heb je die smaragden ring om?'

'Ja, hoezo?'

'Omdat Tiggy een tekening heeft die ze je wil laten zien. Ze is echt heel aardig, dat zweer ik je. Wil je dat ik je kom halen?'

'Nee, nee. Als je zeker weet dat het veilig is, kom ik wel. Tot zo.'

Ik fatsoeneerde mijn kapsel voor de spiegel, bracht rouge aan op mijn bleke wangen en stiftte mijn lippen. Jack had gelijk, ik moest ophouden met vluchten en mijn angsten onder ogen zien. Dus haalde ik diep adem, verliet mijn kamer en ging op weg naar de lift.

Beneden in de lobby zag ik meteen het blonde hoofd van mijn zoon en nam ik een paar tellen de tijd om de vrouw die bij hem zat te bestuderen. Ze was tenger gebouwd en had dik kastanjebruin haar dat mooi over haar schouders golfde. Toen ik dichterbij kwam, stonden ze allebei op en voelde ik instinctief aan dat de jonge vrouw iets kwetsbaars had. Haar expressieve lichtbruine ogen domineerden de rest van haar gezicht.

'Hoi, mam, dit is Tiggy D'Aplièse, nummer...' Jack keek haar vragend aan.

'Nummer vijf van de zes zussen,' zei ze met een zacht Frans accent. 'Het is me een genoegen om kennis met u te maken, Mrs. McDougal. Om te beginnen wil ik zeggen dat we echt geen kwaad in de zin hebben.' Ze glimlachte naar me.

Zelfs als je zo paranoïde was als ik, was het moeilijk te geloven dat deze zachtaardige jonge vrouw hier was omdat ze het op mij gemunt had.

'Dank je, Tiggy. Zeg maar Merry, trouwens.'

'Ga zitten, mam.' Jack klopte naast zich op de bank.

Toen ik plaatsnam, merkte ik dat Tiggy's blik van mijn gezicht naar de ring aan mijn linkerhand dwaalde. In een reflex legde ik mijn andere hand eroverheen.

'Tiggy heeft me zojuist precies hetzelfde verteld als wat MK ook al zei nadat ze bezoek had gehad van Tiggy's zus CeCe en haar vriendin Chrissie. Tiggy, zou jij het misschien nog eens aan mijn moeder kunnen uitleggen?'

'Natuurlijk, maar eerst wil ik mijn excuses aanbieden namens mijn zussen. Ik begrijp heel goed dat je ervan geschrokken bent dat we je hebben opgespoord. Maar zoals je dochter je waarschijnlijk wel verteld heeft, is onze vader een jaar geleden gestorven en zijn we van plan met z'n zessen een cruise te maken naar de plek waar mijn zus Ally – die Jack al heeft ontmoet – denkt te hebben gezien dat hij zijn zeemansgraf heeft gekregen. Kortgeleden heeft Pa's advocaat informatie ontvangen over iemand die mijn familie altijd "de missende zus" heeft genoemd. Pa heeft ons allemaal vernoemd naar de Zeven Zusters van de Pleiaden, zie je, en de zevende zus is...'

'Merope,' maakte ik haar zin af.

'Inderdaad. Als een van ons aan Pa vroeg waarom er geen zevende zusje was, zei hij altijd dat hij haar nooit had gevonden. Dus toen onze advocaat met deze informatie kwam, hebben onze twee oudste zussen contact opgenomen met de rest om te kijken of we konden helpen de zevende zus te zoeken. En om, als ze is wie we denken dat ze is, te vragen of ze met ons mee wil gaan om een krans te leggen op de plek waar Pa volgens ons op zee is begraven.'

Natuurlijk kende ik dit verhaal al, maar ik voelde me een stuk rustiger nu ik het hoorde van dit lieve meisje, in wier ogen iets blonk wat ik alleen maar kon omschrijven als integriteit.

'We hebben het niet goed voorbereid,' vervolgde ze. 'We hebben gewoon de zus gestuurd die het dichtst in de buurt was van de plek waar je volgens Mary-Kate naartoe was gereisd. Electra woont in New York, dat is de vrouw die je volgens Jack in de lobby van je hotel in Toronto hebt gezien. Ze ving op dat je van daaruit naar Londen zou gaan, dus werd mijn derde zus, Star, op pad gestuurd.'

'Ja, ik heb haar ontmoet. Ze stelde zichzelf voor als Sabrina. Een lange, slanke blondine, toch?'

'Ja, dat is Star. Ze was daar met haar aanstaande zwager, Orlando. Hij is een tikje excentriek en heeft het plan bedacht om je tot een gesprek met Star en hem te verleiden door te zeggen dat hij een wijnrecensent was.'

'Nou, ik ben erin getrapt, dus het was een goed plan.'

'Maar ze hebben je ook bang gemaakt, toch, mam?' bemoeide Jack zich ermee.

'Ja, want hij mag dan een goed verhaal hebben verzonnen, hij gaat niet bepaald op in de menigte. De volgende dag merkte ik dat hij me door Londen achtervolgde.'

'O jee.' Tiggy grinnikte beschaamd en slaakte een zucht. 'Het spijt me echt ontzettend dat we dit zo chaotisch en ondoordacht hebben aangepakt. Je zult je wel heel erg opgejaagd hebben gevoeld.'

'Zo voelde het precies, ja.'

'En dan was Ally er nog,' zei Jack. 'Ik had niks in de gaten, tot mam me vertelde over de andere vrouwen die overal waar zij kwam opdoken, waardoor ik argwaan kreeg.'

'Nu ben jij er, Tiggy,' merkte ik op. 'Betekent dat dat we inmiddels al je zussen hebben ontmoet?' Ik telde ze op mijn vingers af. 'Ja, met die twee moslimvrouwen in Toronto kom ik op zes uit. Was die andere Maia?'

'Weet je hoe ze heet?' vroeg ze verbaasd.

'Mam heeft haar scriptie over de mythen van Orion geschreven. Een deel ervan ging over de Zeven Zusters van de Pleiaden en Orions obsessie voor Merope,' vertelde Jack. 'Andere kinderen kregen voor het slapengaan verhaaltjes over Sneeuwwitje of Doornroosje te horen, maar wij kregen Griekse mythen.' Snel voegde hij eraan toe: 'Niet rot bedoeld, mam. Ook niet tegenover jou, Tiggy.'

'Zo vatte ik het ook niet op.' Toen ze glimlachte en haar blik langs me heen liet glijden, had ik het vreemde gevoel dat ze dwars door me heen keek. 'Wij zijn natuurlijk ook met die verhalen opgegroeid. Trouwens, Electra had niet Maia bij zich, maar haar personal assistant, Mariam. Maia bewaakt het fort in Genève, in ons ouderlijk huis. Dat heet trouwens Atlantis.'

'Wauw.' Jack schudde zijn hoofd. 'Ik bedoel, vind je het niet toevallig dat de kinderen in onze beide gezinnen zijn opgevoed door een ouder die geobsedeerd was door de Griekse mythologie?'

'Ik geloof niet in toeval,' antwoordde Tiggy, die mij weer doordringend aankeek.

'Geloof je dan in het lot?' vroeg ik.

'Jazeker, maar dat is een lang verhaal. Hoe dan ook, mijn zussen en ik waren naar je op zoek vanwege je ring.' Ze draaide een vel papier om dat op haar knieën lag en legde het voor me op de salontafel. 'Kijk, deze tekening hebben we van onze advocaat gekregen. Volgens Star is die identiek aan jouw ring. Ben je het daarmee eens?'

Nadat ik even naar de tekening had gestaard, haalde ik met tegenzin mijn linkerhand onder de rechter vandaan en stak hem uit, zodat Tiggy kon kijken. Met zijn drieën tuurden we naar de tekening en de ring.

'Ze zijn identiek, mam.'

Jack sprak voor ons allemaal, want de ring en de tekening kwamen tot in de kleinste details met elkaar overeen.

Een paar tellen lang bleven we allemaal zwijgend zitten, omdat we geen van allen wisten wat we moesten zeggen.

Daarna stak Tiggy haar hand naar me uit en pakte de mijne heel voorzichtig vast. Toen ze me aankeek, zag ik dat haar ogen vol tranen stonden. 'We hebben de missende zus gevonden,' zei ze. 'Dat weet ik zeker.'

De aanraking van haar tengere hand en haar overduidelijke ontroering en overtuiging verdreven mijn laatste restje angst.

'Wil er iemand thee?' vroeg Jack.

We dronken van de thee en Jack leek te merken hoe overweldigd ik me voelde, want hij nam het gesprek over. Hij vertelde dat dit zijn eerste keer in Dublin was en dat hij graag wat meer van de stad zou willen zien voordat hij weer vertrok. Zowel Tiggy als ik gaf eenlettergrepige antwoorden. We waren allebei in gedachten verzonken en probeerden overal wijs uit te worden. Althans, in ieder geval probeerde ík dat, zeker na het nieuws dat ik eerder die dag van Ambrose te horen had gekregen…

Ik kon mijn ogen amper van het meisje tegenover me afhouden. Op de een of andere manier voelde ik me met haar verbonden. Hoewel ze nog heel jong was, straalde ze een soort wijsheid uit, een diepgang waar ik mijn vinger niet op kon leggen. Alsof ze op de een of andere manier alle antwoorden kende, maar ze niet prijsgaf.

'Mag ik vragen waar de informatie over de ring vandaan kwam, Tiggy? Ik bedoel, wie was de bron van jullie advocaat?' vroeg ik.

'Ik kan alleen vertellen wat hij tegen ons gezegd heeft, dat hij door de jaren heen veel doodlopende sporen heeft nagetrokken, maar dat onze vader hem ervan verzekerd had dat deze ring het onomstotelijke bewijs vormde.'

'Hoe heette je vader?'

'Thuis noemden we hem altijd Pa Salt. Volgens mij heeft Maia of Ally hem zo genoemd, omdat ze vonden dat hij altijd naar de zee rook. Dat was ook zo.' Ze knikte. 'Jammer van die P in zijn naam, want de rest is een anagram van "Atlas".'

'Misschien staat de P wel voor Pleione, de moeder van de Zeven Zusters?'

'O!' Tiggy sloeg haar handen in elkaar. In haar enorme bruine ogen welden weer tranen op. 'Natuurlijk! Natuurlijk. Nu krijg ik echt de rillingen.'

'Ik ook, terwijl me dat tegenwoordig niet snel meer gebeurt.' Ik glimlachte.

'Nou, ik wil Mary-Kate heel graag leren kennen, maar ik begrijp het volkomen als je je daar nog niet prettig bij voelt.'

'Nu je het zegt, ze komt vanavond aan,' zei Jack. 'Mam maakte zich zorgen om haar en wilde niet dat ze in haar eentje in Nieuw-Zeeland zou blijven terwijl dit allemaal speelde...'

Ik verstijfde en wierp mijn zoon een dodelijke blik toe. Ik mocht deze vrouw dan wel vertrouwen, Mary-Kate was mijn dochter. Deze informatie had ik nog niet willen prijsgeven.

'O, wat fijn! Ik hoop dat je me aan haar wilt voorstellen,' zei Tiggy. 'CeCe vond haar heel aardig. En qua leeftijd past het perfect, ze zou de jongste van de zeven zussen kunnen zijn.'

'Ik kom ook uit een gezin met zeven kinderen,' probeerde ik van onderwerp te veranderen.

'Echt?!' Haar ogen lichtten op. 'De hoeveelste ben je dan?'

'Nummer vijf.'

'Ik ook! Wat leuk. Ik heb nog nooit een andere vijfde zus ontmoet.'

'Nou ja, ik had drie broers, dus het lag iets anders dan bij jou.'

'Toch voelt het goed.' Ze glimlachte. 'We moeten het later maar eens een keer hebben over onze gedeelde mythologie.'

'Ik ken de legende van Taygete al. Zeus maakte onophoudelijk jacht op haar,' zei ik.

'Dat klopt, ja. En... o, het is een lang verhaal, maar...' Ze haalde haar schouders op. 'Ik hoop dat we een keer de gelegenheid krijgen om wat langer te praten.'

'Ja. Dat zou ik fijn vinden.'

Jack keek me aan. 'Je ziet er doodmoe uit, mam. Zo voel ik me in elk geval wel, terwijl ik alleen maar vanaf de zijlijn heb toegekeken. Misschien kun je nog even gaan rusten voordat Mary-Kate aankomt.'

'Doe dat.' Tiggy's kleine, rustgevende handen lagen weer op de mijne, en ik voelde mijn hartslag tot bedaren komen. Wie dit meisje ook was en hoe ze ook aan mij verwant was, ze had iets magisch.

'Ja, ik geloof dat ik beter een dutje kan gaan doen.' Ik stond op. 'Als je het niet erg vindt?'

'Natuurlijk niet.' Tiggy kwam ook overeind. 'Bedankt voor je vertrouwen. Ik weet dat het verwarrend is, maar mijn intuïtie geeft me in dat alles nu is zoals het hoort te zijn.' Daarna omhelsde ze me stevig. 'Slaap lekker, Merry. Ik ben er voor je als je me nodig hebt.'

'Zal ik met je mee naar boven gaan, mam?' vroeg Jack.

'Nee, het gaat wel. Waarom gaan jullie vanmiddag niet de stad in? Ik kan het *Book of Kells* in de Trinity College Library van harte aanbevelen.'

'Dat heb ik altijd al eens willen zien,' zei Tiggy. 'Wat zeg je ervan, Jack?'

'Gaan we doen. Tot straks dan, mam.'

Tegen de tijd dat ik in mijn kamer was, kon ik amper nog op mijn benen staan. Nadat ik het bordje met NIET STOREN had opgehangen, trok ik de gordijnen dicht, aangezien ik nooit goed overdag had kunnen slapen, kleedde ik me uit en kroop ik onder het dekbed.

'Wie ben ik?' fluisterde ik slaperig voor me uit.

Voor het eerst in mijn leven besefte ik dat ik het niet wist.

38

Tiggy
Dublin

'Maia? Met Tiggy.'

'Hoi, Tiggy! Ally is hier ook, en CeCe en Chrissie zijn net aangekomen vanuit Londen. Heb je haar gevonden?'

'Jazeker.'

'Is het je gelukt haar te spreken te krijgen en alles uit te leggen?'

'Ja.'

'En?'

'Volgens mij heb ik haar gerust kunnen stellen. Ik heb haar de tekening van de ring laten zien en ook zij vindt dat die identiek is aan haar ring.'

'Fantastisch. Wat voor gevoel heb je bij haar?'

'O, ze is heel aardig, al geloof ik niet dat onze spontane undercoveracties onze zaak goed hebben gedaan. Volgens haar zoon was ze ervan overtuigd dat we bij een of andere organisatie hoorden die jacht op haar maakte, maar ik heb goede hoop dat ik haar ervan heb kunnen overtuigen dat dat niet het geval is.'

'Hoe zit het met haar dochter, Mary-Kate? Ik bedoel, hoe zou Merry het vinden als we allemaal met haar zouden kennismaken?' bemoeide CeCe zich ermee.

'Daar hebben we het nog niet over gehad. Het goede nieuws is dat Mary-Kate vanavond in Dublin aankomt, dus hopelijk kan ik haar dan leren kennen.'

'Wat spannend!' riep Maia uit.

'Doe haar maar de groeten van Chrissie en mij,' zei CeCe.

'Jij bent degene met de sterke intuïtie, Tiggy. Denk je dat we de missende zus hebben gevonden?' wilde Ally weten.

'Jawel, maar...'

'Wat?' vroegen alle drie de zussen in koor.

'Ik moet ergens over nadenken. Daarna breng ik jullie wel op de hoogte. Haar zoon Jack is ook heel aardig.'

'Hé, hij is toch zeker niet geadopteerd?' CeCe grinnikte. 'Zou het niet raar zijn als de zevende zus een kerel bleek te zijn?'

'Daar heeft Merry in elk geval niets over gezegd. Hij had het veel over jou, Ally.'

'Echt?'

'Ja.'

'Hij heeft vast een hekel aan me, nu hij weet dat ik heb gelogen om informatie aan hem te ontfutselen,' verzuchtte Ally.

'Helemaal niet, dat beloof ik je. Toen we vanmiddag samen naar het *Book of Kells* gingen kijken, zei hij dat hij wilde dat jij er ook bij was.'

'Kom nou toch, Tiggy. Dat was vast hatelijk bedoeld.'

'Wat voor gevoelens hij ook voor je heeft, haat hoort daar in elk geval niet bij.'

'Hoe dan ook, goed gedaan, Tiggy. Ik ben blij dat je haar gerust hebt kunnen stellen,' zei Maia. 'Denk je dat Mary-Kate misschien vanuit Dublin hierheen zou kunnen vliegen om met ons mee te gaan op de cruise?'

'Laten we maar even afwachten, oké? Als het voorbestemd is, dan...'

'Dan gebeurt het,' vielen haar zussen haar bij.

'Mijn intuïtie zegt me dat we op het goeie spoor zitten, maar zouden jullie contact met Georg kunnen opnemen om te zeggen dat ik Merry en de ring heb gevonden? Ik zou heel graag iets met hem bespreken.'

'Georg is er niet, vrees ik,' zei Ally. 'Ik heb al geprobeerd hem te bereiken, maar volgens zijn secretaresse komt hij pas vlak voor onze bootreis terug.'

'O jee, dat maakt het er niet eenvoudiger op. Ik bedoel, wij kunnen dan wel vertrouwen hebben in Georg en zijn informatie, maar dat geldt misschien niet voor iedereen. We hebben alleen de ring.'

'Toen ik erachter kwam wie mijn voorouders waren, zag ik wel de gelijkenis tussen mezelf en een schilderij van mijn overgrootmoeder Bel, maar was het uiteindelijk een sieraad, mijn maansteen, dat me ervan overtuigde dat ik haar achterkleindochter was,' bracht Maia in. 'Misschien gaat dat met de ring wel net zo.'

'Dat heb je al eens verteld, maar wij hebben geen schilderij en er is niemand die kan bevestigen dat Mary-Kate is wie wij denken dat ze is, nietwaar?'

'Tenzij ze uitzoekt wie haar biologische ouders waren,' opperde Ally.

'Dat is waar,' zei Tiggy. 'Daarom zou ik ook wel wat hulp van Georg kunnen gebruiken, om erachter te komen of hij nog meer weet. Kunnen jullie nog eens proberen contact met hem op te nemen? Anders weet ik niet of ik Mary-Kate en haar familie wel zover krijg dat ze met ons meegaan.'

'Bedoel je dat je Merry en Jack ook wilt uitnodigen?'

'Ja, ik vind dat ze er allemaal bij moeten zijn,' zei Tiggy resoluut. 'Goed, ik laat het jullie meteen weten als er nieuws is. Voorlopig zal ik op mijn intuïtie moeten afgaan.'

'Doe je weleens iets anders, dan?' vroeg Ally. 'Het zou echt geweldig zijn als Mary-Kate met ons meeging.'

'Ik zal mijn best doen, dat beloof ik. Doei, allemaal.'

Nadat Tiggy had opgehangen, belde ze Charlie op zijn mobiel. Tegenwoordig bracht hij veel minder tijd door in het ziekenhuis in Aberdeen, omdat ze op het landgoed Kinnaird alle hulp goed konden gebruiken. Hoewel hij nu nog maar drie dagen in de week werkte, sprong hij voor spoedgevallen nog regelmatig in zijn aftandse Range Rover (Ulrika had de nieuwe Jeep én de woning in Aberdeen aan de scheiding overgehouden) om de twee uur durende rit naar het ziekenhuis te maken. Zoals gewoonlijk kreeg ze zijn voicemail en sprak ze een bericht in.

'Hoi, schat, ik ben veilig in Ierland aangekomen en heb inmiddels kennisgemaakt met Merry. Ze is heel aardig, net als haar zoon Jack. Hoe dan ook, vanavond komt haar dochter aan, dus ik probeer morgen aan het eind van de dag weer thuis te zijn. Ik hou van je en ik mis je. Dag.'

Ze liet haar hoofd op het zachte hoofdkussen rusten, zuchtte gelukzalig en vroeg zich af of ze nog geld hadden om nieuwe kussens aan te schaffen voor Charlie en haarzelf. In de zomer verhuurden ze de luxe lodge aan rijke gezinnen en moesten zij hun intrek nemen in het bekrompen poorthuisje waar Fraser gewoond had. Niet dat ze dat erg vond, maar elke cent die de gasten opleverden, werd geïnvesteerd in de aanplant van jonge boompjes, het repareren van de hekken en het herintroduceren van inheemse diersoorten, zoals de eland, waar zij en Charlies dochter Zara hun zinnen op hadden gezet.

Haar grootste prestatie tot nu toe was dat haar wilde katten in april een gezonde kitten hadden voortgebracht. Het was verleidelijk geweest om het beestje te aaien, maar natuurlijk wist ze dat ze dat niet moest doen. Als ze de katten ooit nog wilde bevrijden uit de ren waar ze nu in verbleven en weer in het wild wilde loslaten, was contact met mensen uit den boze.

'Misschien moet ik maar eens aan Georg vragen of ik een bedrag uit het trustfonds van Pa Salt kan krijgen,' mijmerde ze hardop. Gelukkig leek het erop dat Ulrika niet van plan was om het landgoed in te pikken, maar ze eiste wel een torenhoog bedrag aan alimentatie. Na Charlies dood zou Zara het landgoed erven. Voor Tiggy's aanstaande stiefdochter was Kinnaird haar lust en haar leven, dus het zou eeuwig zonde zijn als een deel van het landgoed verkocht zou moeten worden zodat haar moeder dure designerkleding kon kopen.

'Dit komt ook wel weer goed,' mompelde Tiggy. Ze sloot haar ogen en ademde diep in. Sinds ze last had gekregen van haar hart en erachter was gekomen dat ze een chronische hartaandoening had, was ze zich bewuster geworden van haar hartslag. Op dit moment sloeg haar hart veel sneller dan gewoonlijk.

Tijdens de ontmoeting met Merry had ze iets gevoeld wat zo sterk was dat ze het amper kon beschrijven. En ook bij haar zoon Jack... Mary-Kate zou ze vanavond pas zien, maar ze was er vrijwel zeker van dat ze al wist hoe het zat.

'Heb ik gelijk, Pa?' vroeg ze.

Zoals gewoonlijk kwam er geen reactie. Kwam dat doordat hij nog geen rust had gevonden, of zorgden haar eigen emoties ervoor dat de normaal gesproken zo goede verbinding tussen hemel en aarde werd verstoord? Het bleef altijd stil wanneer ze haar vader om hulp vroeg. Dan ervoer ze een enorme leegte, alsof hij er niet was...

'Misschien kun je op een dag wel met me praten, Pa,' verzuchtte ze. Vervolgens richtte ze zich tot een van haar andere overleden familieleden. Ze dacht aan de vraag waar ze een antwoord op nodig had en stelde die.

Het antwoord luidde 'ja.'

Jack had de avond in zijn hotelkamer doorgebracht en alles opgeschreven wat hij tot dusver te weten was gekomen. Hij hield van orde, niet van chaos, en deze situatie met zijn moeder en zus bracht hem van zijn stuk. Hoe was het mogelijk dat twee werelden, die allebei op de een of andere manier met de Zeven Zusters van de Pleiaden verbonden waren, elkaar nu ontmoetten? Of was het gewoon toeval?

Tiggy zei dat toeval niet bestond. Zelf was hij daar echter niet zo zeker van.

Gezamenlijke interesses, had hij in zijn notitieblok geschreven.

Heeft mam de vader van de zussen vroeger gekend? Dat verklaart de gezamenlijke interesses.

Ambrose?

Pastoor O'Brien?

Bewijs? De ring. (Is dat genoeg?)

Ally: waarom kan ik haar niet uit mijn hoofd zetten?

'Ja,' zei hij hardop. 'Waarom moet ik de hele tijd aan haar denken? Ik lijk wel... Verdomme!' Gefrustreerd gooide hij het notitieblok op het bed. Gelukkig zou Mary-Kate straks komen, want hij moest hier nodig met iemand over praten.

'Waar is mam toch zo bang voor?' vroeg hij aan de breedbeeldtelevisie aan de muur. Gek genoeg kreeg hij geen antwoord.

'Tijd voor een biertje en iets te eten, Jack.' Hij stond op van het bed, trok zijn sportschoenen aan en liep naar de bar beneden.

Net toen hij wilde bestellen, kwam er een berichtje binnen op zijn telefoon.

> *Ik land om 22.00 uur in Dublin en neem een taxi naar het Merrion Hotel. Tot snel, broertje. MK xx*

Onder het genot van een biertje aan de bar luisterde hij naar het geroezemoes van Ierse stemmen en vroeg zich af of dit eiland in zijn genen zat. Als het deel uitmaakte van het DNA van zijn moeder, moest dat ook voor hem gelden. Maar wie zou het zeggen, nu ze er net achter was gekomen dat ze was geadopteerd?

Ik mis je, pa, dacht hij. Jij was altijd de verstandigste van ons allemaal. En jeetje, wat heb ik daar nu een behoefte aan...

Toen hij zag dat het even na negenen was, liep hij naar de receptionist en vroeg haar naar de kamer van zijn moeder te bellen om te vragen of ze zin had om een hapje met hem te eten terwijl ze wachtten tot Mary-Kate er was.

'Het spijt me, Mrs. McDougal heeft aangegeven dat ze niet gestoord wil worden,' zei de receptionist.

'O. Oké, bedankt.' Hij liep weg bij de balie en vroeg zich af of hij naar boven moest gaan om bij haar aan te kloppen.

Uiteindelijk besloot hij het er maar bij te laten zitten, want ze had er vanmiddag zo bleek uitgezien. Dus liep hij naar het restaurant, waar hij Tiggy alleen aan een tafeltje aantrof.

'Hoi,' zei hij.

'Hallo, Jack.' Ze glimlachte lief. 'Wil je erbij komen zitten? Ik wilde net iets te eten bestellen.'

'Graag.' Hij nam tegenover haar plaats. 'Ik ook.'

'Heeft je moeder geen trek?'

'Ik denk dat ze ligt te slapen. Dat hoop ik althans. De afgelopen dagen heeft ze het nogal zwaar te verduren gehad.'

'Omdat wij naar haar op zoek waren?'

'Deels wel, maar ook omdat...' Met een zucht schudde hij zijn hoofd. 'Zullen we maar iets bestellen?'

'Ik neem de pompoensoep.'

'En ik biefstuk met een portie frites.'

Tiggy nam er een glas witte wijn bij, hij nog een biertje.

'Proost,' zei Tiggy toen ze hun glazen lieten klinken. 'Op nieuwe vriendschappen.'

'Ja. Al moet ik zeggen... Nou ja, dit hele gedoe is wel een beetje vreemd. Niet rot bedoeld tegenover jou en je zussen, maar wie was die man die jullie allemaal geadopteerd heeft?'

'Dat is de grote vraag,' zei ze. 'Dat wist niemand van ons echt. We hadden geen idee waar hij vandaan kwam of zelfs maar wat hij voor de kost deed. Volgens mij zit het in de aard van de mens om te geloven dat de mensen van wie je houdt altijd zullen blijven leven. Daarom komen de belangrijke vragen pas in je op als het al te laat is. Ik denk dat mijn zussen er net als ik spijt van hebben dat we Pa niet vaker naar zijn leven hebben gevraagd, of naar de reden dat hij ons heeft uitgekozen.'

'Mag ik vragen hoe oud hij was?'

'Ook dat weten we niet precies, maar als ik moest gokken, zou ik zeggen dat hij al dik in de tachtig was. Hoe oud is jouw moeder?'

'In november wordt ze negenenvijftig… en dat weet ik zeker,' zei hij glimlachend. 'Vorig jaar heeft ze haar paspoort nog laten vernieuwen. Hoeveel schelen ze dan met elkaar? Vijfentwintig jaar, of misschien zelfs wel dertig.'

'Waar denk je aan?'

'Ik vroeg me gewoon af of ze…'

'Of ze elkaar al eens ontmoet hebben? Daar heb ik ook aan gedacht. Maar in dat geval…' Tiggy keek hem aan.

'Dan zou ik de missende broer zijn!' Hij grijnsde. 'Grapje, hoor. Mijn ouders hadden een heel liefdevolle relatie en ik ben absoluut een kind van mijn vader.'

'En als ik iets van mijn vader weet, is het wel dat hij heel precies was. Dus hij was absoluut op zoek naar de missende zus, en niet naar een broer.'

'Dan moet het Mary-Kate wel zijn, toch? Zij is wel geadopteerd, maar…'

'Ja?'

'Niets,' zei Jack.

'Weet Mary-Kate, of weet je moeder, wie de biologische ouders van Mary-Kate waren?'

'Geen idee, maar in deze tijd zal het vast niet moeilijk zijn om daarachter te komen, als Mary-Kate dat wil.'

'Wil ze dat, denk je?'

'Dat zou ik echt niet weten, maar ze is hier over een paar uur, dus dan vraag ik het wel.'

'En je moeder? Wie waren haar ouders?'

Jack nam een slok van zijn bier, zich ervan bewust dat het niet aan hem was om te vertellen wat Ambrose vanmorgen had gezegd. 'Die waren Iers, geloof ik.'

'Jack, is je moeder soms ook geadopteerd?'

Ongelovig staarde hij Tiggy aan, die rustig van haar soep zat te eten. 'Jezus! Hoe weet je dat? Mijn moeder heeft het vanmorgen pas te horen gekregen! Van wie heb je dit?'

'Van niemand, het was maar een gevoel. Dat heb ik wel vaker. Toen ik vandaag met je moeder kennismaakte, wist ik het gewoon.'

'Wat wist je?'

'Dat ze geadopteerd was, meer niet. Nu valt alles op zijn plaats.'

'Nou, je hebt het niet van mij. Dit mag echt niemand weten, Tiggy, je zussen ook niet. Mam was er behoorlijk kapot van, snap je? Ook al heeft ze het met ons nooit over haar verleden gehad, de wetenschap waar je vandaan komt en het geloof dat je familie je familie is... Die dingen bepalen wie je bent, vind je ook niet?'

'Ja... maar omdat ik zelf geadopteerd ben, ben ik er ook van overtuigd dat je genen er niet toe doen zolang je in een liefdevolle omgeving bent opgegroeid.'

'Ja, maar jij hebt net als Mary-Kate altijd geweten dat je geadopteerd was. Het is onderdeel geworden van wie je bent. Mijn moeder heeft haar leven lang gedacht dat ze het biologische kind van haar ouders was. En nu ze tegen de zestig loopt, heeft ze te horen gekregen dat dat allemaal een leugen was.'

'Dat lijkt me heel moeilijk te accepteren. Daar zal ze vast wel een poosje voor nodig hebben. Maak je alsjeblieft geen zorgen, ik kan heel goed geheimen bewaren. Ik zal niets zeggen totdat jullie het goedvinden, maar dit betekent wel dat we het misschien helemaal bij het verkeerde eind hebben.'

'Hoe bedoel je?'

'O, we hebben gewoon bepaalde aannames gedaan.' Ze haalde haar schouders op. 'Ach, het doet er ook niet toe.'

'Wat een gedoe, hè? Vooral voor mijn moeder. Ik hou niet van gedoe.'

'Misschien moet er eerst een moment komen waarop alles op zijn kop komt te staan, voordat het zijn plaatsje weer kan vinden. Het zou kunnen dat het daarna nog beter wordt dan voorheen. Zeg het maar als ik het mis heb, maar ik heb het gevoel dat je moeder nog ergens anders bang voor is, afgezien van al die zussen die achter haar aan zaten. Klopt dat?'

'Ja, zeker weten. Jeetje, kun jij gedachten lezen of zo?'

'Ik voelde het gewoon aan. Zullen we de dessertkaart eens bekijken? Ik heb nog steeds trek.'

Na het eten gingen ze met een kop koffie in de lounge zitten en kletsten ze wat over het feit dat ze allebei in een afgelegen gebied woonden toen Jacks telefoon ging.

'Neem me niet kwalijk,' zei hij voordat hij opnam.

'Jack, ik ben er!' klonk Mary-Kates heldere stemgeluid aan de lijn.

'Waar?'

'Ik sta in de lobby, sukkel! Waar zit je? In elk geval neem je de telefoon in je kamer niet op.'

Op zijn horloge zag hij dat het al na middernacht was. 'Natuurlijk! Sorry, ik was de tijd uit het oog verloren. Ik kom eraan.' Toen hij opstond, zei hij: 'Mary-Kate is er. Ik had helemaal niet door dat het al zo laat was.' Hij maakte aanstalten om naar de receptie te lopen.

'Jack,' riep Tiggy hem na, 'ik ga naar mijn kamer. Je moet nu tijd met je zusje doorbrengen.'

'Oké, maar wil je haar niet eerst even gedag zeggen? Per slot van rekening is ze misschien de zus die jullie nooit gekend hebben...'

'Als jullie er geen bezwaar tegen hebben.' Ze stond op en liep achter hem aan naar de lobby. Daar zag ze een jonge vrouw in een zwarte spijkerbroek en een capuchontrui staan, met haar haar in een knot boven op haar hoofd. Toen broer en zus elkaar in de armen vielen, voelde ze hoeveel warmte en genegenheid er tussen die twee was.

'Tiggy.' Jack wenkte haar. 'Dit is Mary-Kate, beter bekend als MK. MK, dit is Tiggy D'Aplièse, de vijfde zus.'

'Leuk je te ontmoeten, Tiggy. Sorry dat ik er zo belabberd uitzie. Het is een lange reis van Nieuw-Zeeland naar Ierland en ik ben nogal overhaast vertrokken om mijn vlucht te halen.'

'Je zult wel uitgeput zijn, maar ik ben heel blij je te zien, Mary-Kate. Mijn zus CeCe vertelde dat je haar en haar vriendin Chrissie heel gastvrij hebt ontvangen.'

'Zo doen wij kiwi's dat gewoon, nietwaar, Jack? Maar ja, ze waren heel aardig en we hebben een gezellige avond gehad met elkaar.'

'Fijn. Dan laat ik jullie nu alleen en wens ik jullie een goede nacht.'

'Welterusten, Tiggy, bedankt voor het gesprek,' riep Jack haar na toen ze naar de lift liep. Nadat Mary-Kate had ingecheckt, nam hij haar rugzak over. 'Kom, dan gaan we naar je kamer, zodat je een beetje slaap kunt inhalen.'

'Ik weet niet of ik wel kan slapen,' zei ze. 'Ik sta stijf van de spanning. Mijn lichaam heeft geen idee hoe laat het is of wat nu de bedoeling is. Waar is mam?'

'Die ligt te slapen. Ik heb haar maar niet wakker gemaakt. Daar zal ze morgen wel boos om zijn, maar ze heeft een zware dag achter de rug.'

'O? Gaat het wel goed met haar?'

'Dat komt vast wel weer.' Ze stapten de lift in en zetten koers naar haar kamer. 'Teruggaan naar Ierland is voor haar net zoiets als een steenpuist doorprikken. Eerst moet het vuil eruit, daarna kan het pas genezen.'

'Lekker poëtisch, Jacko,' merkte Mary-Kate op terwijl haar broer de deur van haar kamer voor haar openhield. 'Wat voor vuil bedoel je precies?'

'Dingen uit het verleden. Dat moet ze je zelf maar vertellen. Hoe dan ook, het is fijn je weer te zien, zusje. Ik ben blij dat je er bent.'

'Als je het mij vraagt, had ik weinig keus.' Ze klom op het bed en leunde achterover tegen de kussens. 'Wat is er allemaal gebeurd?'

'Dat zou ik je graag vertellen, maar op dit moment kan dat echt niet. Het komt erop neer dat mam bang is, voor iets of voor iemand. Toen al die zussen maar bleven opduiken in de hotels waar ze verbleef en haar wilden spreken, werd ze doodsbang.'

'Ze wilden alleen haar ring zien, Jack. Waarom zou ze daar zo bang voor zijn?'

'Geen flauw idee,' verzuchtte hij. 'Tot nu toe heb ik er alleen uit weten te krijgen dat zijzelf "de missende zuster" werd genoemd toen ze nog jong was. Hoor eens, ik heb ook een lange dag achter de rug en ben doodop, ook al heb ik dan niet net als jij de halve wereld rondgereisd. Het lijkt me beter als we nu proberen te slapen. Als morgen hetzelfde verloopt als vandaag, moet je scherp zijn.'

'Verwacht je vervelend gedoe?'

'Gewoon... gedoe. Laat ik het zo zeggen, na al die jaren dat mam nooit iets over haar verleden heeft gezegd, maakt ze er nu een reis dwars doorheen. Het is ingewikkeld.'

'Dus het heeft niks met mij te maken? Of met het feit dat ik misschien de zevende zus ben? In het vliegtuig bedacht ik dat ze misschien bang is om me kwijt te raken aan die andere familie.'

'Misschien wel, maar aangezien de andere zussen ook geadopteerd zijn en hun vader niet meer leeft, zou ik niet weten of ze wel familie van je zijn.'

'En de adoptiemoeder? Wie is dat?'

'Volgens mij is die er nooit geweest. Tiggy vertelde dat ze zijn grootgebracht door een kindermeisje. Eerlijk gezegd is het nogal een raar verhaal, maar Tiggy en haar zus Ally, die ik in de Provence heb ontmoet, zijn heel aardig en komen best normaal op me over.'

'CeCe en haar vriendin Chrissie waren ook heel leuk,' vond Mary-Kate. 'Hoe dan ook, morgen wil ik jou en mam iets vertellen. Nu ga ik maar eens douchen en daarna ga ik proberen te slapen. Welterusten, Jacko.'

'Welterusten, zusje.'

39

Merry
Dublin

Toen ik in het donker wakker werd, dacht ik dat ik thuis was. Ik tastte naar Jocks vertrouwde gestalte, maar vond alleen een lege plek naast me.

Op dat moment wist ik het weer.

'Ik mis je, liefste, elke dag een beetje meer. Het spijt me zo dat ik je nooit op waarde heb geschat toen je nog bij me was,' fluisterde ik in het donker voor me uit.

Er prikten tranen in mijn ogen toen het schrikbeeld van mijn huidige bestaan zich weer aan me opdrong. Snel deed ik de lamp op het nachtkastje aan om de nare gedachten te verdrijven. Tot mijn schrik gaf de wekkerradio aan dat het tien voor negen was.

''s Avonds?' mompelde ik terwijl ik het bed uit strompelde om de gordijnen open te doen. Het verbaasde me dat de zon al hoog aan de hemel stond. Deels omdat zo'n heldere lucht niet vaak voorkwam in Dublin, maar ook omdat het betekende dat het al ochtend was en ik dus bijna veertien uur achter elkaar had geslapen.

'Mary-Kate!' riep ik uit toen het me weer te binnen schoot. Snel belde ik naar Jacks kamer.

'Hoi, mam. Goed geslapen?'

'Jawel, maar is Mary-Kate er al? Is alles goed met haar?'

'Ja, het gaat prima. Ik ben vannacht rond één uur uit haar kamer weggegaan.'

'Waarom heb je me niet wakker gemaakt?'

'Omdat je wel wat slaap kon gebruiken. Je hebt gisteren een pittige dag gehad. Heb je zin om wat te ontbijten?'

'Ik moet nog even goed wakker worden, Jack. Het lijkt wel of ik gedrogeerd ben. Voorlopig hou ik het bij thee en een warm bad, maar ga zelf gerust alvast ontbijten.'

'Ik kan wel wachten. Bel me maar als je klaar bent om naar beneden te gaan.'

'Weet je zeker dat alles in orde is met Mary-Kate?'

'Heel zeker. Tot straks.'

Ik ging in bad liggen, nipte van mijn thee en dankte de Heer dat hij me met mijn twee kinderen had gezegend. Aangezien ik zelf uit een groot gezin kwam, had ik graag nog meer kinderen gewild, maar het had niet zo mogen zijn.

'Je kwam niet uit een groot gezin, Merry, daar ben je alleen in opgegroeid,' fluisterde ik tegen mezelf.

De gedachte aan Mary-Kate, in alle opzichten mijn dochter, behalve dan qua bloed, voorkwam dat ik medelijden met mezelf kreeg. Jock en ik hadden zielsveel van haar gehouden. Wij waren haar ouders en Jack was haar broer, wiens genen ze ook had, of juist niet had.

Na het bad voelde ik me een stuk rustiger. Ik droogde mijn haar en dacht na over de reden, de échte reden, dat ik had besloten op wereldreis te gaan. Nu was ik hier, in Dublin, en hoewel ik het doodeng vond, wist ik precies waar mijn kinderen en ik hierna naartoe moesten.

'Maar eerst...' zei ik tegen de spiegel terwijl ik zoals gewoonlijk een beetje lichtroze lippenstift aanbracht, '... moet ik naar mijn peetoom toe.'

'Mary-Kate, het is zo goed om je te zien!' zei ik toen ik bij ons tafeltje in de eetzaal aankwam.

'Ik vind het ook heel fijn om jou weer te zien.' We omhelsden elkaar. 'Je ziet er goed uit, mam. Ik maakte me zorgen toen Jacko belde en zei dat ik meteen in het vliegtuig moest springen.'

'Het gaat prima, hoor, schat. Heb je zin om te ontbijten?'

'Vreemd genoeg snak ik naar een glas van onze eigen wijn, het liefst rood.'

'Je biologische klok heeft zich nog niet aangepast.' Jack grijnsde. 'In Nieuw-Zeeland is het nu borreltijd. Hier zul je het moeten doen met deze superlekkere *black pudding* uit Clonakilty.' Hij wees naar zijn bord.

'Ieuw, wat ziet dat er smerig uit. Waar is het van gemaakt?'

'Voornamelijk van varkensbloed, zegt mam, maar het is echt overheerlijk.'

'Ik neem wel wat toast, als ze dat hier hebben,' zei ze, en ze liep naar het buffet.

'Dat hebben ze zeker. Probeer het sodabrood maar eens, met een beetje jam!' riep ik. 'Dat vind je vast lekker.'

Toen Mary-Kate haar duim opstak, nam ik een slok van mijn dampende cappuccino. 'Zulke koffie hadden ze hier niet toen ik nog jong was. Ik kan amper geloven hoeveel Ierland is veranderd, of in elk geval Dublin.'

'In welk opzicht?' vroeg Jack.

'In alle opzichten. Ik bedoel, Dublin ging altijd al meer met zijn tijd mee dan de rest van Ierland, dus ik ben benieuwd hoe het tegenwoordig in West Cork is, maar...'

'Geen wonder dat jij altijd zulke lekkere ontbijtjes maakt, mam,' zei Mary-Kate, die met een volgeladen bord terugkwam. 'Ik heb toast, eieren met spek, en ook wat van dat puddingspul. Ik ben uitgehongerd.'

Ik keek naar haar terwijl ze aanviel, genietend van het feit dat ik mijn kroost weer om me heen had.

'Dat brood is heerlijk, mam,' zei ze tussen twee happen door. 'En dat puddingspul is ook heel lekker, ook al zit het tjokvol dingen waar ik liever niet bij stilsta.' Ze legde haar mes en vork neer en keek me aan. 'Jacko had het erover dat je van alles over jezelf hebt ontdekt sinds je hier bent. Vertel eens.'

Ik keek op mijn horloge. 'Eigenlijk moet ik ergens naartoe.' Abrupt stond ik op. 'Ik blijf maar ongeveer een uurtje weg, daarna vertel ik je alles. Ga gerust de stad verkennen.'

'Oké,' zei Jack, en ik zag dat mijn kinderen een korte blik met elkaar wisselden.

'Tot straks.' Ik liep het hotel uit en ging weer op weg naar Merrion Square.

'Kom binnen, Mary.' Ambrose ging me langzaam voor naar zijn woonkamer en liet zich in zijn leren fauteuil zakken. 'Hoe gaat het, liefje? Ik maakte me zorgen om je, na wat ik je gisteren heb verteld. Nogmaals, ik hoop dat je het me kunt vergeven.'

'Maak je om mij maar niet druk. Natuurlijk ben ik geschrokken, maar daarna heb ik Tiggy ontmoet, de vijfde van de zes zussen die achter me aan zaten. Ze is gistermiddag in het hotel aangekomen.'

Ik vertelde wat we besproken hadden en dat ik daardoor gerust was gesteld. 'Vannacht heb ik verrassend goed geslapen en toen ik wakker werd, voelde ik me een stuk rustiger. Mijn dochter Mary-Kate is inmiddels ook aangekomen vanuit Nieuw-Zeeland en dat scheelt enorm, zeker aangezien zij ook geadopteerd is.'

'Ik zou haar heel graag ontmoeten.'

'Dat komt vast nog wel. Ambrose...' Ik stopte even met praten, om mijn gedachten op een rijtje te zetten. 'Je weet dat ik altijd naar jou toe kom als ik hulp of goede raad nodig heb. Tenminste, dat deed ik vroeger. En... nu kan ik je hulp wel gebruiken.'

'Brand maar los. Laten we hopen dat ik nu iets verstandigers te zeggen heb dan ik jaren geleden tegen mezelf heb gezegd, toen ik besloot je niet te vertellen dat James en ik je als baby hebben gevonden.'

'Ik... Nou ja, nadat Jock was overleden, vond ik dat het tijd werd om af te rekenen met mijn verleden. Dus toen ik aan het begin van mijn wereldreis Bridget ging opzoeken op Norfolk, wilde ik weten of ze... hém nog in Dublin gezien had nadat ik was vertrokken. Volgens mij weet je wel wie ik bedoel.'

'Dat weet ik inderdaad, liefje.'

'Ze zei dat ze hem niet meer gezien had, omdat ze naar Londen was verhuisd en net als ik sindsdien niet meer in Ierland was geweest. Haar ouders hadden namelijk hun bedrijf verkocht en waren in Florida gaan wonen. Het leek haar beter om geen slapende honden wakker te maken. Vooral toen er bij The Vinery twee meisjes kwamen opdagen die Mary-Kate zochten en het over "de missende zus" hadden. En daarna wilden ze de ring ook nog zien.'

'Volgens mij begrijp ik het wel, Mary, maar nu je kennis hebt gemaakt met Tiggy, zie je toch wel in dat je problemen uit het verleden niets te maken hebben met de zussen die naar je op zoek zijn?'

'Ik begin inderdaad te geloven dat het puur toeval is, maar je moest eens weten hoe bang ik ben geweest. En wat hém betreft... ik moet gewoon weten hoe het hem is vergaan. Ik heb naar zijn naam gezocht in de openbare archieven in alle landen waarvan ik dacht dat hij er misschien geweest is als hij me achterna is gekomen. Tot nu toe heb ik nog geen spoor van hem kunnen vinden.'

Ambrose aarzelde even. 'Je hebt me nooit het hele verhaal verteld, dus ik kan niet zeggen dat ik precies weet wat er gebeurd is, maar ik kan je wel vertellen dat hij hier na jouw vertrek aan de deur is geweest.'

'Is dat zo?' Mijn maag maakte een salto. 'Heb je hem gesproken?'

'Heel kort. Hij bonkte zo hard op mijn voordeur dat er niks anders op zat dan hem binnen te laten. Het was wel duidelijk dat hij wilde weten of je hier nog was. Toen ik zei dat ik je al twee dagen niet gezien had, wat ook echt zo was, geloofde hij me niet. Hij heeft alles overhoop gehaald, onder de bedden gekeken en in alle hoeken en gaten en zelfs in mijn achtertuintje gezocht, voor het geval dat je je onder een pot begonia's had verstopt! Daarna pakte hij me bij mijn kraag en zei hij dat hij me iets zou aandoen als ik niet vertelde waar je was.'

'O, Ambrose, wat verschrikkelijk. Ik...'

'Het is lang geleden, Mary. Ik vertel je dit alleen om je te laten weten dat ik begrijp waarom je vertrokken bent. Voordat ik hem binnenliet, had ik hem al op straat zien rondhangen en had ik de vooruitziende blik om de Gardaí te bellen. De patrouilleauto kwam net op tijd, en toen sloeg hij op de vlucht.'

'Hebben ze hem opgepakt?'

'Nee, maar hij is nooit meer teruggekomen.'

'Heb je mijn briefje ontvangen waarin ik schreef dat ik een poosje weg moest?'

'Ja. Je Grieks was vrijwel foutloos, er zaten alleen een paar kleine grammaticafoutjes in,' zei hij met een ironisch opgetrokken wenkbrauw. 'Ik heb dat briefje nog steeds.'

'Ik vind het echt heel erg dat hij hiernaartoe is gekomen, Ambrose. Hij had de vreselijkste dreigementen geuit tegen mij, mijn vrienden, mijn familie... iedereen van wie ik hield. Aan jou had hij nog de grootste hekel, vanwege de ring die je me gegeven hebt. Hij vond het obsceen, hij zei dat het net een verlovingsring leek en dat je verliefd op me was. Uiteindelijk zag ik geen andere mogelijkheid dan weggaan en het contact met iedereen verbreken. Het waren ook geen loze dreigementen. Hij had me verteld dat hij omging met een gewelddadig clubje mannen en vanwege zijn extreme republikeinse opvattingen en de situatie hier in Ierland geloofde ik hem. Lieve hemel.' Ik zuchtte en het duizelde me nu ik de woorden uitsprak die ik zo lang voor me had gehouden, maar ik moest wel doorzetten. 'Het komt erop neer dat ik moet weten of hij nog leeft of niet, zodat ik hier voorgoed een eind aan kan maken. Ook al heb ik nu een andere naam en nationaliteit en woon ik op de veiligste plek die je maar kunt bedenken, ik schrik nog steeds als ik een auto ons huis hoor naderen. Dus de vraag is... Vind jij dat ik terug moet gaan naar waar het allemaal begonnen is?'

Hij liet zijn vingertoppen tegen elkaar rusten en dacht even na. Het was zo'n vertrouwd gebaar dat ik een brok in mijn keel kreeg. 'Als je het mij vraagt, is het altijd goed om jezelf van je kwelgeesten te ontdoen, als het enigszins kan,' zei hij uiteindelijk.

'Maar stel nou dat hij is teruggegaan naar West Cork en daar nu woont? Volgens mij overleef ik het niet als ik hem zie.'

'Zijn je kinderen op de hoogte van je... situatie?'

'Nee, ze weten er niets van, al heeft Jack na de afgelopen dagen wel door dat er iets niet in de haak is.'

'Dat zal best. Ik neem aan dat ze met je mee zouden gaan?'

'Ja.'

'En zou je op bezoek gaan bij je eigen familie?'

'Ik hoop van wel. Ik weet niet eens of ze daar nog wonen,' verzuchtte ik. 'Een van de redenen dat ik naar je toe ben gekomen, is dat ik dacht dat je vriendschap met pastoor O'Brien de tand des tijds wel zou doorstaan. Als iemand weet of híj daar nog steeds is, is het de pastoor wel. Per slot van rekening stond hij aan het hoofd van de parochie.'

'Jammer genoeg heeft het niet zo mogen zijn,' zei Ambrose zacht.

'Mag ik vragen waarom niet?'

'Dat mag, en het antwoord is simpel: Mrs. Cavanagh.'

'Hoe zou ik haar nou kunnen vergeten? Met die lange puntneus van haar deed ze me altijd denken aan de boze heks van het westen uit *De tovenaar van Oz*. Wat heeft ze gedaan?'

'Ach ja, de eerste keer dat ze me zag, voelde ik al dat ze me niet kon uitstaan. Ze moest niets hebben van mij of van het feit dat ik regelmatig op bezoek kwam. En ze was al helemaal niet blij dat ik zo goed bevriend was met James, de schat. Per slot van rekening was ik een alleenstaande man met een Brits accent, dus kon ik het zodra ik mijn mond opendeed al niet meer goed doen bij haar. Best ironisch, aangezien zij als huishoudster voor een Britse familie had gewerkt in Argideen House en de grootste snob was die ik ooit heb ontmoet. Maar goed, zo zit het dus.'

'Hoe heeft ze dan een eind gemaakt aan jullie vriendschap?'

'O, Mary, ze heeft gewoon haar kans afgewacht. Als ze er was, deed ik er alles aan om haar te vriend te houden. Toen mijn vader een paar jaar nadat jij uit Dublin was vertrokken stierf, ging ik James opzoeken. Het contact met mijn vader was moeizaam, maar toch was het het einde van een tijdperk. Een paar maanden later heb ik mijn ouderlijk huis verkocht, nadat het vierhonderd jaar lang in handen van onze familie was geweest. Dat greep me zo aan dat ik in tranen uitbarstte, in zijn studeerkamer. James sloeg zijn armen om me heen om me te troosten, precies op het moment dat Mrs. Cavanagh de deur opendeed om te zeggen dat de lunch klaarstond. De volgende ochtend, toen James de mis verzorgde, dreef ze me in een hoek en zei dat ze altijd al had gedacht dat onze relatie "onbetamelijk" was, zeker voor een priester. Als ik niet zou weggaan zonder ooit nog om te kijken, zou ze de bisschop vertellen wat ze had gezien.'

'O nee, Ambrose.' De tranen sprongen me in de ogen. 'Wat heb je toen gedaan?'

'Nou ja, we weten allebei dat James een devoot katholiek was. Als de bisschop er lucht van zou krijgen, en het was wel duidelijk dat Mrs. Cavanagh het verhaal flink zou aandikken, dan zou hij direct uit het priesterambt ontslagen zijn. Ik wist dat hij daar aan onderdoor zou gaan, niet alleen op professioneel, maar ook op spiritueel vlak. Dus toen ik weer in Dublin was, heb ik hem geschreven dat ik het door mijn recente benoeming tot hoofd van de faculteit klassieke talen zo druk zou krijgen dat ik niet meer regelmatig bij hem op bezoek zou kunnen komen.'

'Daarna zal hij toch wel contact met je hebben opgenomen?'

'Zeker, maar ik ging zijn vragen steeds uit de weg en verzon steeds nieuwe redenen waarom ik geen tijd voor hem zou hebben. Hij is me zelfs in Dublin komen opzoeken, dus heb ik maar gedaan alsof ik een vriendin had.' Verdrietig klakte hij met zijn tong. 'Uiteindelijk begreep hij de hint en liet niets meer van zich horen. Nu ik met pensioen ben, heb ik veel te veel tijd om terug te denken aan dingen die ik me liever niet zou herinneren.'

Ik zag hem zijn zakdoek pakken en zijn ogen betten. 'Je hield van hem, hè?' fluisterde ik.

'Ja, Mary, en jij bent de enige persoon aan wie ik dat ooit heb toegegeven. Natuurlijk wist ik vanaf het begin dat hij niet vrij was om van mij te houden, in elk geval niet zoals ik wilde. Voor mij was het een verboden liefde, voor hem was het een schoolvoorbeeld van de platonische liefde die mijn grote inspirator Plato beschreef. Toch was ik er tevreden mee dat ik hem regelmatig kon zien. Onze vriendschap was me veel waard, zoals je nog wel zult weten.'

'Dat weet ik zeker nog. Hij was een goed mens en zelfs ik kon zien hoeveel hij om je gaf. Had hij maar...'

'Zo is het leven helaas, liefje. Maar er gaat geen dag voorbij waarop ik hem niet mis.'

'Je hebt zeker geen idee waar hij is? Of hij nog leeft?'

'Nee. Het leek me het beste om het contact helemaal te verbreken, net als jij destijds hebt gedaan. Als hij nu bij de God is van wie hij zo veel hield, dan ben ik blij voor hem.' Hij zuchtte. 'Zo, nu weet je het.'

'Het spijt me dat ik ernaar gevraagd heb. Het was echt niet mijn bedoeling om je van streek te maken.'

'Hemeltje, nee. Eerlijk gezegd is het een opluchting om het eindelijk hardop te kunnen zeggen tegen iemand die hem gekend heeft. Iemand die weet wat een goed mens hij was.'

'Ambrose, zonder jou en pastoor O'Brien was ik in een weeshuis terechtgekomen. En inmiddels weten we allebei hoe slecht de omstandigheden in de meeste weeshuizen destijds waren.'

'Gelukkig wist James dat toen ook al, omdat hij zelf een weeshuis in Dublin had bezocht.'

'In elk geval zal Mrs. Cavanagh inmiddels wel tussen zes planken liggen. Eerlijk gezegd hoop ik dat ze brandt in de hel, al geloof ik niet dat ik dat ooit al eerder over iemand heb gezegd,' zei ik resoluut.

'Hoe dan ook, we zijn nogal afgedwaald, Mary. Ga alsjeblieft verder met wat je me wilde vertellen.'

'Nou, ik heb pas kortgeleden het dagboek gelezen dat híj me bij wijze van afscheidscadeau gaf toen ik op het punt stond naar de kostschool te vertrekken. Hij wilde dat ik begreep waarom ik ook een hekel aan de Britten zou moeten hebben en dat ik zou blijven strijden voor een verenigd Ierland. Volgens hem was het dagboek geschreven door zijn grootmoeder, Nuala. Kennelijk had ze het aan hem gegeven zodat hij het nooit zou vergeten. Natuurlijk heb ik het destijds niet gelezen, maar omdat ik nu toch in mijn verleden wilde duiken, vond ik dat ik dat alsnog moest doen. Dus heb ik het gelezen, een paar dagen terug.'

'En?'

'Nou, het was bepaald geen ontspannend leesvoer, maar het is me nu wel duidelijk hoe híj aan zijn republikeinse opvattingen kwam.'

'Bewaar dat dagboek maar goed, Mary. Er is maar weinig uit de eerste hand opgeschreven over de strijd om de Ierse onafhankelijkheid. Iedereen was veel te bang om betrapt te worden.'

'Je mag het wel lezen, als je wilt. Door de namen en plaatsen die erin voorkomen ben ik gaan denken dat onze families iets met elkaar te maken hadden. Nuala schreef bijvoorbeeld dat ze op Cross Farm woonde en dat haar broer Fergus heette. Wij woonden ook op Cross Farm en ik weet dat mijn vader de grond heeft geërfd van onze oudoom Fergus.'

'Ik begrijp het. Dus je denkt dat "hij" familie van jullie was?'

'Ja.'

'Dat verbaast me niets. In West Cork was zowat iedereen familie van elkaar.'

'Dat weet ik, en ik vraag me af of hij het ook wist. Hij mocht nooit bij ons op de boerderij komen. Nu denk ik dat er misschien lang geleden een familieruzie is geweest en dat hij daarom zo raar tegen me deed toen ik nog klein was. Het leek wel of hij van me hield, maar tegelijkertijd een hekel aan me had.'

'Het zou kunnen,' beaamde Ambrose. 'Er is maar één manier om erachter te komen: door terug te gaan naar de plek waar het allemaal begonnen is.'

'Vandaar mijn vraag: vind jij dat ik terug moet gaan naar West Cork?'

'Alles in acht genomen denk ik van wel. Je zoon en dochter gaan mee om je te beschermen en bovendien heb je daar nog familieleden wonen die vast dolblij zullen zijn om je weer in hun armen te kunnen sluiten.'

'O, Ambrose, ik weet het niet. Stel nou dat híj daar is? Het zou veel makkelijker zijn om gewoon op een vliegtuig naar Nieuw-Zeeland te stappen en het gewoon maar te vergeten.'

'Als hij daar is, merk je dat snel genoeg. We weten allebei dat iedereen daar het nog sneller dan jijzelf weet als er iets met je aan de hand is. De Mary die ik van vroeger ken, was dapper en sterk en zou de confrontatie met haar vijanden opzoeken. Trouwens, je hebt nu nog een reden om erheen te gaan.'

'Welke reden dan?'

'Het is de enige plek waar je erachter kunt komen wie je biologische familie was. Zoals ik gisteren al zei, was je hooguit een paar uur oud toen we je vonden. Dus je biologische ouders moeten heel dicht in de buurt van de pastorie in Timoleague hebben gewoond.'

'Dat zal best, maar ik weet niet of ik wel naar hen op zoek wil gaan. Op dit moment zit mijn hoofd zo vol met informatie dat ik niet weet waar ik het zoeken moet.'

'Dat geloof ik graag. Maar ik ben ervan overtuigd dat we dingen alleen kunnen begrijpen door terug te gaan naar de oorsprong.'

'Ja, je hebt gelijk, zoals gewoonlijk.' Ik glimlachte.

'Ik wil je nog wel vragen wat er is geworden van die aardige jongeman met wie je omging voordat je vertrok. Peter, heette hij toch?'

'Ik...' Om de een of andere reden begon ik te blozen bij het horen van zijn naam. 'Dat weet ik niet.'

'Juist. Nadat je was vertrokken, is hij ook nog bij me langsgekomen. Hij maakte een radeloze indruk en zei dat je niet had gereageerd op de brieven die hij je vanuit Londen had gestuurd.'

'O ja?' Mijn hart begon weer wild te bonken. 'Ik heb helemaal geen brieven ontvangen. Nu je er toch over begint... over díé situatie wilde ik je ook nog om raad vragen.'

Bij terugkomst in het hotel werd me door de receptioniste een briefje van Jack overhandigd. Hij schreef dat hij met Mary-Kate de stad in was gegaan en dat ze op tijd terug zouden zijn voor een late lunch.

Boven in mijn kamer, nog voordat ik tijd had gehad om het gesprek van zojuist te verwerken, deed ik wat Ambrose had voorgesteld. Ik liep naar de leren map die op het bureau lag, trok er een paar vellen van het schrijfpapier van het hotel uit, diepte een pen op uit mijn handtas en ging zitten om te schrijven.

'Jezus, Maria en Jozef!' mompelde ik. 'Wat moet ik in vredesnaam zeggen?'

Uiteindelijk besloot ik het kort te houden. Wat maakte het ook uit? De kans dat ik die andere 'hij' zou vinden was toch miniem.

Ik las de brief nog één keer door, ondertekende hem en stopte hem snel in een envelop, voordat ik de moed zou verliezen. Daarna pakte ik mijn koffer in, gooide wat belangrijke spullen in mijn weekendtas en verliet het hotel om de brief aan Ambrose te geven.

'Het zou fijn zijn als je mijn koffer bij je zou kunnen houden tot ik weer terug ben,' zei ik toen hij opendeed. 'Hier is de brief.'

'Goed.' Hij knikte. 'Ik zal mijn uiterste best doen om hem op te sporen. Zodra het gelukt is, laat ik het je weten.'

'Bedankt, lieve Ambrose. O, ik heb Nuala's dagboek meegenomen, zodat je het kunt lezen. Het handschrift is helaas niet erg duidelijk en van de spelling klopt ook niet veel, want sommige woorden zijn gewoon fonetisch opgeschreven.' Ik gaf hem het zwarte boekje.

'Precies wat ik nodig heb om mijn grijze cellen aan het werk te houden.' Hij glimlachte. 'Zo, Mary, ga naar je kinderen toe en probeer je een beetje te ontspannen. Zoals Jean de La Fontaine zei, ontmoet een mens vaak zijn noodlot op de weg die hij insloeg om het te vermijden. Of zij, in jouw geval. Laat alsjeblieft af en toe...'

'Iets van me horen,' vulde ik aan, terwijl ik de treden voor zijn voordeur af liep. 'Dat zal ik doen, Ambrose.'

Aangezien het nog wel even zou duren voor de kinderen terug zouden komen, ging ik naar het archief van Dublin.

'Hoi, mam, sorry dat we zo laat zijn. We waren verdwaald in de steegjes achter Grafton Street,' zei Jack toen hij een paar minuten na mij samen met Mary-Kate in de lobby van het hotel verscheen.

'Geeft niks, ik had zelf ook het een en ander te doen.'

'Nou, ik heb reuzetrek,' kondigde Mary-Kate aan.

'Zullen we dan snel een broodje gaan eten in de lounge?' stelde ik voor. 'De trein vertrekt om vier uur.'

'Welke trein?' vroeg Jack.

'De trein naar West Cork, natuurlijk. De plek waar ik ben opgegroeid. Jij zei dat ik terug moest gaan, dus dat gaan we doen.'

Terwijl we op een lege bank plaatsnamen, keken mijn kinderen elkaar aan. 'Oké,' zeiden ze in koor.

Nadat we besteld hadden, zag ik Mary-Kate even naar Jack knikken.

'Wat?' vroeg ik.

'MK wil je iets vertellen.'

'Dat klopt, maar... Nou ja, ik weet dat je het de laatste tijd niet makkelijk hebt gehad, en ik wil je niet nog meer van streek maken.' Mijn dochter durfde me amper aan te kijken.

'Zeg het nou maar, anders haal ik me van alles in het hoofd.'

'Nou...' Ze keek naar Jack, die bemoedigend knikte. 'Weet je nog waar we het over hadden nadat CeCe en Chrissie bij me op bezoek waren geweest?'

'We hebben wel meer dingen besproken. Wat bedoel je precies?'

Weer keek ze naar haar broer, die zijn hand naar haar uitstak.

'Die keer dat ik vroeg of je wist wie mijn biologische ouders waren en waar ze vandaan kwamen.'

'O ja.' Ik knikte, terwijl ik me afvroeg hoeveel stress mijn achtenvijftigjarige hart nog zou kunnen verdragen. 'Ik zei dat we het er nog over zouden hebben als ik weer thuis was.'

'Ja, nou, dit hele gedoe heeft me aan het denken gezet, dus heb ik het adoptiebureau in Christchurch waar je het over had benaderd. Daar bleken ze mijn gegevens nog te hebben, dus heb ik vorige week een afspraak gemaakt met de beheerder van het archief. Ik heb de situatie aan hem voorgelegd, dat er een vrouw bij me op de stoep had gestaan die dacht dat ik misschien familie van haar was en dat ik wilde weten of haar verhaal klopte.' Ze keek me aan alsof ze mijn reactie probeerde te peilen. 'Het spijt me dat ik niet gewacht heb tot je weer thuis was, maar na het bezoek van CeCe kon ik nergens anders meer aan denken. Je bent toch niet boos op me?'

'Natuurlijk niet. Ik vind het alleen jammer dat ik er niet voor je was.'

'Mam, ik ben tweeëntwintig, ik ben al een grote meid. Hoe dan ook, die man heeft me heel goed geholpen. Hij zei dat ik een paar formulieren moest invullen als ik mijn biologische ouders wilde opsporen en dat zij ook hun toestemming moesten geven, ervan uitgaande dat ze gevonden zouden worden.' Ze liet Jacks hand los en pakte die van mij vast. 'Ik zweer dat dit niets aan mijn gevoelens voor jou zal veranderen. Of voor pap. Ik bedoel, je bent mijn moeder en dat zul je altijd blijven, maar door al dat gedoe over die missende zus wil ik gewoon weten wie mijn biologische familie is en verdergaan met mijn leven, begrijp je dat?'

'Natuurlijk.' Ik knikte. 'Wat gebeurde er toen?'

'Nou, ik heb alle formulieren ingevuld en hun een kopie van mijn geboorteakte en paspoort gefaxt. Die man, Chip, heette hij, zei dat het wel even kon duren, dus had ik niet verwacht al snel iets te horen, maar...'

'Wat?'

'Een paar dagen geleden kreeg ik een e-mail. Ze hebben haar gevonden! Mijn biologische moeder, bedoel ik.'

'Juist.' Ik knikte en voelde dat het huilen me nader stond dan het lachen, omdat die twee woorden me tot in het diepst van mijn ziel krenkten. 'En?' vroeg ik lauwtjes.

'Ik heb een kort mailtje voor haar opgesteld, zoals Chip me had gevraagd, waarin ik vertelde dat ik graag contact wilde, en raad eens?'

'Ze heeft gereageerd.'

'Ja. Gisteravond, toen ik op vliegveld Heathrow was. Vooralsnog verloopt al het contact natuurlijk nog via het bureau, maar ik weet dat ze Michelle heet en dat ze me gaat terugmailen. Ze wil contact met me. Dat vind je toch niet erg?'

'Nee, dat is geweldig, echt geweldig.' Toch kon ik het niet opbrengen om een vrolijk gezicht te trekken voor mijn dochter. Míjn dochter... De serveerster kwam de broodjes brengen, en ik was opgelucht dat ik me even ergens anders mee bezig kon houden. 'Dat ziet er lekker uit, zeg,' zei ik terwijl ik een broodje pakte en een hap nam, ook al voelde ik me opeens hondsberoerd.

'Volgens mij wil Mary-Kate zeggen dat we, als die vrouw terugmailt, misschien dat hele gedoe over die missende zus tot op de bodem kunnen uitzoeken,' merkte Jack tactvol op.

'Inderdaad. We willen allemaal weten of ik familie ben van die meiden,' zei Mary-Kate met haar mond vol. 'Ik vraag me af of er misschien nog meer mensen waren die me wilden adopteren. Chip vertelde dat er niet veel pasgeboren kiwi's ter adoptie worden afgestaan in de regio. Misschien heeft die overleden vader – Pa Salt, of wat voor rare bijnaam de zussen hem ook hebben gegeven – wel een poging gedaan om me te adopteren, maar waren pap en jij hem net voor. Of zoiets.' Ze haalde haar schouders op.

'Dat zou zomaar kunnen.' Ik knikte en probeerde enthousiast over te komen. Mary-Kate kon er ook niets aan doen dat dit nieuws zulke hevige emoties bij me opriep, net als al het andere wat er momenteel in mijn leven gebeurde. 'Zeg, hebben jullie Tiggy vanmorgen al gezien?'

'Ja, ze kwam vlak nadat je was vertrokken naar beneden voor het ontbijt, dus toen is ze met ons meegegaan om de stad te verkennen,' legde Jack uit.

'Waar is ze nu?'

'Volgens mij ging ze naar haar kamer om haar spullen te pakken. Ze vliegt vanmiddag terug naar Schotland.'

'Oké. Jack, jij hebt mijn creditcard, dus zou jij de rekening van het hotel willen betalen en bij de receptie willen vragen of ze over twintig minuten een taxi voor ons kunnen laten komen?'

'Natuurlijk.'

'Jij gaat met mij mee, Mary-Kate,' zei ik toen Jack naar de receptie liep en ik voor de lunch tekende en koers zette naar de lift.

'Heb je hier echt geen moeite mee, mam?' vroeg Mary-Kate behoedzaam.

'Natuurlijk niet.' We liepen de lift uit en de hal in. 'Ik heb altijd geweten dat je op een dag misschien kennis zou willen maken met je biologische familie.'

'Ho, rustig aan, mam. Voorlopig gaan we alleen nog maar mailen, hoor. Het laatste wat ik wil is je nog meer verdriet doen, zeker nu je pap net bent kwijtgeraakt.'

'Kom hier.' Ik omhelsde mijn dochter. Ze kroop dicht tegen me aan, net als toen ze nog een piepklein baby'tje van een paar dagen oud was. 'Goed,' zei ik, in de wetenschap dat ik elk moment in tranen kon uitbarsten. 'Pak je spullen, dan zie ik je over twintig minuten beneden, oké?'

'Oké. Ik hou van je, mam.' Ze liep naar haar kamer.

Net toen ik naar beneden wilde gaan, werd er op mijn deur geklopt. Ik deed open en zag Tiggy staan.

'Tiggy, kom binnen!'

'Hallo, Merry, ik wilde alleen even gedag komen zeggen. Jack vertelde dat jullie weggaan.'

'Dat klopt. Nou ja, we gaan niet weg uit Ierland, we gaan alleen naar West Cork, waar ik geboren ben.'

Ze keek me doordringend aan. 'Ga je op zoek naar antwoorden?'

'Zo zou je het kunnen zeggen, maar het is nog maar de vraag of ik ze zal vinden. Ik heb geen idee wat ik kan verwachten.'

Ze liep naar me toe en nam mijn hand weer in haar kleine hand. 'Ik denk dat je duidelijkheid zult krijgen, Merry. Nadat Pa vorig jaar was overleden, zijn mijn zussen en ik allemaal in ons verleden gedoken. Soms was dat best eng, maar we hebben allemaal gevonden wat we zochten en dat heeft ons leven een stuk beter gemaakt. Dat zal bij jou vast ook gebeuren.'

'Dat hoop ik dan maar.'

'Ik kan voelen dat je bang bent, maar zou het niet veel fijner zijn als je eindelijk van die angst bevrijd was?'

Ik staarde naar de jonge vrouw die er zo kwetsbaar uitzag, maar toch zo wijs overkwam. Telkens wanneer ze mijn hand vastpakte, voelde ik een zekere kalmte over me neerdalen.

'Ik heb mijn mobiele nummer opgeschreven.' Ze liet mijn hand los om een velletje papier uit de zak van haar spijkerbroek te pakken en het aan mij te geven. 'Als er problemen zijn, spreek je gewoon een bericht in, dan bel ik je zo snel mogelijk terug. Waar ik woon is de ontvangst niet al te best,' legde ze uit. 'Ik heb ook het nummer van mijn oudste zus Maia opgeschreven, en het vaste nummer van Atlantis, ons ouderlijk huis in Genève. Als je hulp nodig hebt, hoef je maar te bellen.'

'Dank je,' zei ik. 'Wanneer beginnen jullie aan jullie boottocht?'

'Donderdag over een week. Een deel van ons vliegt naar Genève, de rest direct naar Nice, waar de boot aangemeerd ligt. We zouden het fijn vinden als jullie meegaan. Jullie alle drie,' benadrukte ze.

'Maar... we weten niet eens of Mary-Kate de zevende zus is, toch?'

Tiggy keek naar mijn ring en streek er voorzichtig met haar vinger over. 'Dít is het bewijs. Zeven smaragden voor zeven zussen. De cirkel is rond. Dag, Merry. Ik hoop jullie snel weer te zien.'

De tweeënhalf uur durende reis naar Cork bracht ik grotendeels slapend door. Alleen al de aanraking van Tiggy's handen leek die uitwerking op me te hebben.

'Mam, we zijn bijna bij het station.' Mary-Kate schudde me zachtjes wakker.

Ik kwam weer bij mijn positieven en zag Kent Station, dat ik tussen mijn elfde en tweeëntwintigste zo goed had leren kennen. Natuurlijk was het gemoderniseerd, maar het had nog steeds die grandeur van vroeger, met het gewelfde ijzeren plafond en de echoënde stemmen en voetstappen. In het begin was ik altijd blij geweest als ik hier tijdens de schoolvakanties met Bridget was aangekomen. Haar vader had ons opgehaald in zijn blinkende zwarte auto met de grote leren stoelen en ons naar West Cork gebracht, want de oude spoorlijn die daarheen had gevoerd en Ambrose ooit bijna tot aan de drempel van pastoor

O'Briens huis had gebracht was in 1961 buiten werking gesteld. Ik wist nog dat ik altijd een zucht van opluchting had geslaakt wanneer ik in die auto stapte, omdat ik weer naar huis ging. Maar toen ik op mijn achttiende naar Trinity College was gegaan, was alles op zijn kop komen te staan en had ik Kent Station op de terugweg naar Dublin gezien als de toegangspoort naar de vrijheid.

'Zo,' zei Jack toen we in de stationshal stonden. 'Waar gaan we nu naartoe, mam?'

'De taxistandplaats.' Ik wees in de juiste richting.

'Hallo, daar,' zei een taxichauffeur toen we voor in de rij voor een taxi aanbeland waren. Met een glimlach hield hij de autoportieren voor ons open. 'Welkom in Cork, de mooiste stad van heel Ierland. Ik ben Niall.' Hij legde mijn weekendtas en de twee rugzakken in de kofferbak, ging achter het stuur zitten en draaide zich naar me om. 'Goed, waar gaat de reis naartoe?'

Het geluid van zijn zangerige accent bezorgde me een brok in mijn keel. Ik maakte mijn handtas open en gaf hem het velletje papier waar het adres van het hotel op stond.

'Ah, de Inchydoney Island Lodge and Spa. Een prachthotel,' zei hij. 'Ik woon daar niet ver vandaan, het ligt vlak bij het plaatsje Clonakilty. Zijn jullie hier op vakantie, om de omgeving te bekijken?'

'Zoiets, ja,' zei Jack vanaf de passagiersstoel. 'Mijn zus en ik zijn hier voor het eerst, maar mijn moeder heeft hier gewoond. Toch, mam?'

Ik zag Niall in de achteruitkijkspiegel naar me kijken. 'Waar dan ergens?'

'Tussen Clogagh en Timoleague, maar dat is al heel lang geleden,' zei ik snel. Ik wist hoe het roddelcircuit werkte als er hier iemand aankwam. Het begon met een zacht gefluister en sloeg binnen een paar uur om in trompetgeschal.

'Ik heb neven en nichten in Timoleague,' merkte hij op. 'Hoe heet je familie?'

'Ik... Mijn meisjesnaam is O'Reilly.'

'O ja, er wonen wel een paar O'Reilly's in die contreien. Waar woonden jullie precies?'

'Op Cross Farm.'

'Aha, dat ken ik wel. Ik durf te wedden dat we verre familie van elkaar zijn. Dat is iedereen hier.' Niall draaide zich naar Jack toe. 'Dus je zus en jij zijn hier voor het eerst, om te zien waar jullie mammy is opgegroeid?'

'Ja. We zijn heel benieuwd, hè, Mary-Kate?'

'Nou en of.'

'Jullie verblijven op een van de mooiste plekjes aan de kust, maar als jullie eens een uitstapje willen maken, kan ik de Galleyhead Lighthouse aanbevelen, niet zo ver bij het ouderlijk huis van jullie moeder vandaan. En natuurlijk de abdij van Timoleague en het Michael Collins Centre in Castleview.'

Terwijl Niall mijn kinderen vertelde wat hier zoal te zien en beleven was, staarde ik verwonderd uit het raam. Niet alleen naar het grote aantal auto's op de weg, maar ook naar de wegen zelf. We reden op een tweebaansweg en het wegdek was volkomen glad. De terugreis vanuit Dublin was zelfs in de grote, comfortabele auto van Bridgets vader altijd op zijn zachtst gezegd hobbelig verlopen. Het was duidelijk dat West Cork eindelijk de stap naar de eenentwintigste eeuw had gezet.

'Daar is het vliegveld,' zei Niall. 'De nieuwe terminal is nog maar een paar jaar geleden geopend en is echt een lust voor het oog. Ik ga er op de terugweg vanuit de stad vaak een kop koffie drinken.'

Bij aankomst in Innishannon zag ik tot mijn opluchting dat de hoofdstraat van het dorp niet veel was veranderd.

'Kijk eens, mam!' riep Mary-Kate. 'De huizen zijn allemaal in een andere kleur geschilderd. Wat mooi.'

'Dat zul je hier nog wel veel vaker zien, ook in andere dorpen in Ierland,' merkte Niall op. 'Het fleurt de boel een beetje op op regenachtige dagen in de winter, of de rest van het jaar.'

We reden Bandon in, dat Niall plichtsgetrouw 'de poort naar West Cork' noemde. Wederom herkende ik een aantal winkels waar nog steeds dezelfde familienaam op de gevel geschilderd was. Daarna verlieten we de bebouwde kom en kwamen we eindelijk aan in het weelderige, ongerepte landschap dat me nog zo helder voor de geest stond. De glooiende heuvels aan onze weerskanten waren besprenkeld met grazende koeien en ik zag fuchsiastruiken die in volle bloei stonden. De enige verandering die ik zag was dat er bungalows in de plaats van de stenen ruïnes waren gekomen.

'Wauw, wat is het hier groen,' zei Mary-Kate.

'Ierland wordt niet voor niets het Eiland van Smaragd genoemd.' Glimlachend keek ik naar mijn ring.

'Krijg ik die ring ooit nog terug, mam?' plaagde ze me.

'Natuurlijk wel. Ik had hem alleen nodig voor het geval dat iemand van vroeger me niet zou herkennen.'

'Mam, je ziet er nog precies hetzelfde uit als op die zwart-witfoto van je afstudeerceremonie,' zei Jack.

'Slijmbal,' kaatste ik terug. 'Kijk! We zijn bij Clonakilty Junction. Vroeger was hier een spoorlijn die door West Cork liep. Mijn oudere zussen gingen vaak met de trein als ze een dagje gingen winkelen of naar een dansfeest in Cork gingen.'

'Mijn vader ging meestal op de fiets als er een belangrijke gaelicfootballwedstrijd in het stadion in Cork werd gespeeld,' zei Niall.

'Fietste hij dan dat hele stuk dat we net hebben gereden?' vroeg Mary-Kate.

'Soms nog veel verder.'

'Toen ik hier woonde, deed ik alles op de fiets. Dat was in die tijd ons belangrijkste vervoersmiddel,' viel ik Niall bij.

'In die tijd hadden we ook allemaal de kuiten van een bodybuilder, nietwaar, Mrs. O'Reilly?' Niall schoot in de lach.

'Zeg maar Merry, hoor,' zei ik, zonder hem erop te wijzen dat die achternaam niet meer klopte.

'Kijk nu maar eens naar links, naar die auto daar, op dat voetstuk. Dit is het dorp waar de ouders van Henry Ford woonden, voordat ze de helft van Ierland achternagingen naar Amerika.'

Ik keek naar de roestvrijstalen replica van een T-Ford tegenover de Henry Ford Pub. Deze straat kende ik goed, want als je hier rechtdoor ging, kwam je uiteindelijk bij onze boerderij uit.

'Zo, we zijn bijna in Clonakilty,' vertelde Niall. 'Als je hier al zo lang niet meer geweest bent, zul je wel zien dat er een hoop veranderd is. We hebben een nieuw bedrijventerrein met een bioscoop en een sportcentrum met een zwembad. Maar natuurlijk is Clonakilty vooral bekend omdat Michael Collins hier in de buurt woonde.'

'Michael wie?' vroeg Jack.

'Is dat een filmster?' wilde Mary-Kate weten. 'Volgens mij heb ik laatst nog iets gelezen over een film waar hij in speelde.'

'Volgens mij bedoel je een film die over hem ging,' corrigeerde Niall mijn dochter. 'Die jongelui van tegenwoordig weten ook niets meer van hun voorgeschiedenis af, hè, Merry?'

'Ik moet er wel bij zeggen dat ze in Nieuw-Zeeland zijn opgegroeid,' merkte ik op. 'Wat hier gebeurd is en wie Michael Collins was, kwam tijdens hun geschiedenislessen niet echt aan bod.'

'Wil je nou zeggen dat je hier geboren bent en je kinderen nooit over De Lange verteld hebt?'

'Eerlijk gezegd is mam nooit erg openhartig geweest over haar kindertijd,' zei Jack.

'Nou, ik kan je vertellen dat Michael Collins een van de grootste helden was die Ierland ooit heeft voortgebracht,' praatte Niall hem bij. 'Hij ging voorop in onze strijd om onafhankelijk te worden van de Britten en...'

Welkom thuis, Merry, dacht ik terwijl we de afslag naar Inchydoney namen en ik Nialls relaas over Michael Collins over me heen liet komen.

Vijf minuten later bracht Niall de auto tot stilstand voor de ingang van de Inchydoney Lodge. 'Zo, wat vind je ervan?' vroeg hij toen hij uitstapte en wij drieën onze portieren ook openden. 'Je weet vast nog wel wat een krot dit was toen jij klein was.'

'Inderdaad.' Vol bewondering keek ik naar het grote, chique hotel, en daarna draaide ik me om naar het prachtige witte zandstrand waar de golven tegenaan sloegen en voelde ik de wind door mijn haar gaan. Ik zoog mijn longen vol met de frisse, pure lucht van West Cork, met die unieke combinatie van zee en koeien.

'Hoe ga je je hier eigenlijk verplaatsen?' vroeg Niall terwijl ik hem betaalde met euro's in plaats van de shillings die ik zo nauwgezet had geteld toen ik hier opgroeide.

'Ik huur wel een auto,' zei ik. 'Waar is het dichtstbijzijnde verhuurbedrijf?'

'Op het vliegveld in Cork. Had het maar eerder gezegd, dan hadden we het onderweg meteen kunnen regelen. Maar ik kan je wel helpen tot je eigen vervoer hebt.' Hij pakte mijn weekendtas en we liepen met zijn allen de lobby in.

'Dit ziet er chic uit, zeg.' Jack keek om zich heen in de ruime, modern ingerichte receptie. 'Ik had een balkenplafond verwacht, zoals in een boerderij.'

Nadat we hadden ingecheckt, maakte Niall nog een babbeltje met de medewerkers achter de receptie, die me het nummer van een autoverhuurbedrijf op het vliegveld gaven.

'Ik kan jullie er morgenochtend wel naartoe brengen. Bel me maar,' zei Niall. 'Mocht er verder nog iets zijn, dan weten jullie me ook te vinden. Tot ziens.' Hij zwaaide even en liep toen weg.

'Wat is iedereen hier vriendelijk. Was dat vroeger ook al zo, mam?' vroeg Mary-Kate toen we achter de kruier aan naar de lift liepen.

'Jawel, maar het was anders toen ik hier woonde. We maakten ons vooral druk om wat iedereen over óns zei.'

'Ja, ze zijn wel praatgraag,' merkte Jack op toen we door de zoveelste hal in het zoveelste hotel liepen.

'Hier is het.' De kruier liet ons binnen in een kamer waar het zachte licht van de vroege avond door de glazen schuifdeuren naar binnen viel. De deuren kwamen uit op een klein balkon. 'Het uitzicht op de oceaan is hier prachtig.'

'Dank u,' zei ik terwijl ik hem een fooi gaf. 'Laat de rugzakken hier maar staan.' Nadat hij was vertrokken, vroeg ik aan mijn kinderen of ze een kop thee lustten.

'Het is bijna acht uur, dus ik heb meer trek in een biertje, mam,' reageerde Jack.

'Daar zou ik ook een moord voor doen,' viel Mary-Kate hem bij.

'Zullen we onszelf dan op roomservice trakteren? We zouden op het balkon kunnen gaan zitten en naar de zonsondergang kunnen kijken.' Ik liep al naar de telefoon.

'Ga jij anders maar zitten, dan ga ik de drankjes halen,' zei Jack.

'Je hoeveelste hotel is dit al, mam?' vroeg Mary-Kate toen we de deur naar het balkon openschoven.

'Eerlijk gezegd ben ik de tel kwijt, schat.' Ik trok een stoel naar achteren en ging zitten.

'Je hebt er nog geen twee weken over gedaan om een reis af te leggen die maanden had moeten duren.'

'Ik kon toch ook niet weten dat ik achtervolgd zou worden?'

'Ik begrijp nog steeds niet waarom je op de vlucht bent geslagen, terwijl ik had gezegd dat de zussen alleen maar de ring wilden zien en...'

'Kunnen we het daar later over hebben?' vroeg ik met een zucht. 'Ik wil alles even laten bezinken, als je het niet erg vindt.'

'Prima, hoor, maar Tiggy was wel aardig, hè? Ze was zo lief voor me. Ze zei dat ze zelfs als ik geen familie van hen bleek te zijn graag contact met me wilde houden en dat ik altijd welkom ben op Atlantis.'

'Ze was inderdaad aardig,' beaamde ik. 'Ze heeft ons alle drie uitgenodigd om mee te gaan op die bootreis naar Griekenland.'

'Nou, hopelijk neemt Michelle snel contact met me op via het adoptiebureau en kunnen we meer te weten komen over wie ik ben. Chip zei ook nog dat het niet zo moeilijk is om een DNA-test te doen.'

'Ik twijfel er niet aan dat je haar dochter bent, liefje. Belangrijker lijkt me van wie zíj een dochter is. Of wie je biologische vader is. Misschien is hij wel familie van die mysterieuze Pa Salt.'

'Dat zou best eens kunnen,' zei Mary-Kate toen Jack met een dienblad met drankjes het balkon op kwam. 'Daar heb ik helemaal niet bij stilgestaan.'

'Zoals ik al zei, zullen we het even laten rusten? Ik stel voor dat we er gewoon van genieten dat we met zijn drieën in West Cork zijn, ik had nooit verwacht dat dat ooit zou gebeuren.'

'Ik ben heel blij dat we hier nu zijn, mam,' zei Jack. 'Proost!'

'Proost,' viel ik hem bij, en ik nam een slok van de sterke thee die veel beter smaakte dan alle andere koppen thee die ik op deze reis had gedronken. Nu ik hier zo met mijn kinderen zat, voelde het opeens heel goed om weer thuis te zijn.

Na het avondeten in de Dunes Pub beneden, waar een ontspannen sfeertje hing, besloten we allemaal vroeg naar bed te gaan.

Ik ging liggen en deed het licht uit, maar liet de balkondeur openstaan zodat ik de golven op het strand kon horen breken.

Het was een prachtig geluid, waar al naar geluisterd was door de mensheid sinds die deze aarde was gaan bevolken. En door andere schepsels miljarden jaren daarvoor ook al. Wat er ook in onze onbeduidende leventjes gebeurde, het getij zou in beweging blijven, tot het moment dat onze planeet en alles daarop ophield te bestaan.

'Waarom vinden we het dan zo belangrijk wat er in onze onbeduidende leventjes gebeurt?' mompelde ik. Daarna beantwoordde ik mijn eigen vraag: 'Vanwege de liefde.'

40

De volgende ochtend was Niall er om negen uur om ons naar het vliegveld te brengen. Nadat ik de huurauto had opgehaald en de verzekering op mijn eigen naam en die van Jack had laten zetten, kroop ik achter het stuur.

'Waar gaan we naartoe, mam?' vroeg Mary-Kate vanaf de achterbank.

'Naar mijn ouderlijk huis,' zei ik, blij dat ik me op de verkeersborden kon concentreren, in plaats van op de eindbestemming. Net na Bandon sloeg ik links af naar Timoleague en reed ik over wat vroeger een smal laantje was geweest en nu op zijn best een breder laantje te noemen was.

'Woonde je hier ook zo afgelegen, mam?' vroeg Jack.

'Niet zo afgelegen als in Nieuw-Zeeland, maar omdat ik overal op de fiets naartoe moest, voelde het wel zo.'

Nadat ik op de kruising in Ballinascarthy linksaf was gegaan en in Clogagh rechtsaf, volgde ik de landweggetjes puur op instinct. Uiteindelijk namen we in de buurt van Inchybridge een bocht en reden we bijna de Argideen River in.

'Jezus, mam!' riep Jack toen ik boven op de rem ging staan om te voorkomen dat we in het water belandden.

Onwillekeurig moest ik erom glimlachen dat er geen vangrail of waarschuwingsbord stond.

'Jij vindt dit misschien grappig, maar ik niet,' mokte Mary-Kate toen ik achteruitreed richting de sloot naast een maïsveld, waarvoor de gerst uit mijn tijd kennelijk had moeten wijken.

'Sorry, het is niet ver meer,' stelde ik haar gerust.

Een minuut of tien later zag ik de hoge stenen muren rondom Argideen House voor me opdoemen en wist ik dat we er bijna waren.

'Wie woont daar? Het ziet er nogal verwilderd uit.'

'Ik heb geen idee, Jack. Mijn zus Nora heeft er een tijdje gewerkt, maar de mensen die er destijds woonden, zijn vast allang dood. Nu moet ik even goed opletten, hoor. De boerderij moet hier ergens zijn…'

Een paar minuten later sloeg ik het pad naar de boerderij in. Hoewel ik blij was dat de kinderen erbij waren, had ik graag een paar seconden de tijd gehad om de auto stil te zetten en op adem te komen voordat mijn komst werd opgemerkt. Ik besloot zo langzaam mogelijk te rijden en zag dat er weinig veranderd was. Alleen in de vallei was hier en daar een betonnen bungalow opgedoken waar eerst alleen de onbewoonbare stenen ruïnes van cottages hadden gestaan die al sinds de Ierse hongersnood leegstonden.

Toen ik bij de boerderij aankwam, waar het wasgoed nog steeds als vlaggen aan de lijn hing te wapperen en de koeien nog steeds graasden in de vallei die omlaagliep naar het dunne flintertje van de Argideen River, zag het er bijna precies zo uit als in mijn herinnering. Behalve dan de moderne auto die voor het huis geparkeerd stond.

'We zijn er,' zei ik ten overvloede.

'Maar mam, je zei toch dat het huis waar je was opgegroeid zulke lage balkenplafonds had? Deze boerderij ziet er juist modern uit.' Jack leek teleurgesteld.

'Dit is de nieuwe boerderij, waar we op mijn zesde naartoe zijn verhuisd. De boerderij waar we eerst woonden staat erachter.'

Nu ik er als een buitenstaander naar keek, leek het inderdaad maar een saai en klein vierkant huis. Terwijl het vroeger, toen we van het oude huis verhuisden naar het nieuwe, dat zo ruim en licht was, en voorzien van alle moderne gemakken, als een openbaring had gevoeld.

'Blijven jullie even in de auto zitten? Dan ga ik kijken wie er thuis is.' Voordat ze konden reageren, was ik de auto al uit en liep ik achterom naar de keukendeur, omdat het onvoorstelbaar leek dat ik ooit de voordeur zou gebruiken. Dat hadden alleen de pastoor, de dokter en Britse mensen gedaan.

De keukendeur was nu gemaakt van kunststof, niet van hout, en ik zag dat alle ramen ook voorzien waren van kunststof kozijnen.

'Daar gaan we dan.' Ik hield mijn adem in en moest mezelf dwingen om aan te kloppen, want ik had geen idee wie er open zou doen.

Er kwam geen reactie, dus klopte ik harder. Ik legde mijn oor tegen de deur en hoorde een geluid van binnen komen. Toen ik de roestvrijstalen deurkruk probeerde, bleek de deur niet vergrendeld te zijn. Natuurlijk niet, dacht ik. Op een boerderij was er immers altijd iemand thuis. Ik duwde de deur open, stapte de keuken in en keek om me heen. Het enige wat nog hetzelfde was, was de vorm van het vertrek en de oude buffetkast vol serviesgoed die nog steeds tegen de muur stond. De rest van de keuken was uitgerust met moderne grenen keukenkastjes en op de oude stenen vloer lagen nu oranjekleurige tegels. Het fornuis was vervangen door een oven met een inductiekookplaat erboven. In het midden stond een lange tafel, ook van grenenhout.

Ik liep naar de deur die uitkwam op de smalle hal met de trap naar boven en realiseerde me dat er boven iemand aan het stofzuigen was.

De deur voor me kwam uit op de kamer van mijn vader. Meteen kwam de herinnering aan hem in zijn stoel in me op, waarbij hij een glas in zijn ene hand en een fles whiskey in de andere hield.

De open haard had plaatsgemaakt voor een houtkachel. De lange leren bank was er nog wel, en in de hoek stond een kist met kinderspeelgoed.

Toen ik de hal weer in liep, hoorde ik dat het geluid van de stofzuiger was opgehouden. 'Hallo?' riep ik.

'Hallo, daar, kan ik u helpen?'

Er verscheen een onbekende vrouw bovenaan de trap, terwijl ik beneden bleef staan.

'Eh... ja, ik ben Mary en ik heb hier vroeger gewoond met mijn ouders, Maggie en John. En met mijn broers en zussen natuurlijk,' voegde ik eraan toe, terwijl ik probeerde te bedenken of de vrouw een van mijn zussen kon zijn, inmiddels jaren ouder.

'Mary...' zei de vrouw toen ze de trap af liep. 'Wie ben je dan precies?'

'Ik was de jongste van de zussen. Mijn zussen waren Ellen, Nora en Katie. Mijn broers heetten John, Bill en Pat.'

Toen ze naar beneden was gelopen, staarde de vrouw me aan, tot het tot haar door leek te dringen. 'Jezus! Je bedoelt dé Mary, die iedereen Merry noemde?'

'Ja.'

'De verloren gewaande zus van de O'Reilly-clan! Jeetje, wat een verrassing! Als ik één telefoontje pleeg, is iedereen die hier nog woont er binnen een uur. Kom mee naar de keuken, dan schenk ik iets te drinken voor je in.'

'Ik... Graag,' zei ik, terwijl ze me voorging. 'Eh... neem me niet kwalijk, maar wie ben jij?'

De vrouw schoot in de lach. 'Ach, dat weet je natuurlijk helemaal niet. Ik ben Sinéad, de vrouw van John, je oudste broer.'

Nu ze zo dichtbij stond, bekeek ik haar nog eens goed. 'Hebben wij elkaar eerder ontmoet?'

'Dat betwijfel ik. Ik zat bij John in de klas, in Clogagh. We kregen ongeveer een jaar nadat je verdween verkering. Een paar maanden later zijn we in het huwelijksbootje gestapt. Zo, wat wil je drinken? Ik zou wel een fles bubbels willen opentrekken, maar die heb ik niet in huis.' Ze glimlachte.

Wat een aardige, hartelijke vrouw was dit. 'Eh... zeg het gerust als het niet uitkomt, hoor, maar ik heb mijn twee kinderen meegenomen. Ik heb gevraagd of ze in de auto wilden wachten terwijl ik ging kijken of hier nog familie van me woonde.'

'Natuurlijk, Mary. Of word je nog steeds Merry genoemd?'

'Zeg maar Merry, inderdaad.'

'Natuurlijk wil ik hen graag ontmoeten!' riep ze uit.

Dus liep ik naar buiten en gebaarde dat Jack en Mary-Kate binnen mochten komen.

Nadat iedereen aan elkaar was voorgesteld, gingen we met een kop koffie aan de keukentafel zitten.

'Ik kan je wel vertellen dat John een hartverzakking krijgt, Merry. Je ziet er nog precies zo uit als op de oude foto's die ik van je gezien heb, terwijl ik...' Sinéad gebaarde naar haar rondingen. '... nogal ben uitgedijd.'

'Hebben jullie ook kinderen?'

'We hebben er drie. Twee zijn al getrouwd en de jongste komt nog steeds naar huis van de universiteit tijdens de vakanties. Hij wil accountant worden,' voegde ze er trots aan toe. 'Zijn jullie al getrouwd? Heeft jullie mammy al kleinkinderen om mee te spelen?'

Mijn kinderen schudden hun hoofd.

'Wij hebben er inmiddels vier,' vervolgde Sinéad. 'Het is fijn dat er hier weer jong grut in huis rondloopt. Ze blijven ook vaak logeren.

Lunchen jullie mee? John en jij zullen wel veel te bespreken hebben.'

'Je hoeft voor ons echt geen moeite te doen, hoor.'

'Hou toch op, Merry. Hoe vaak gebeurt het nou dat er een verdwenen familielid uit het niets komt opdagen? Het doet me denken aan het Bijbelverhaal van de verloren zoon, dus jullie krijgen het spreekwoordelijke vetgemeste kalf. Er staat een runderstoofschotel met Guinness op het menu!'

'Mag ik vragen hoe het met iedereen gaat? Met mijn zussen? Bill? Pat?'

'De zussen maken het prima. Ze zijn allemaal getrouwd, net als Pat, al is Nora wel aan haar tweede echtgenoot toe en woont ze tegenwoordig in Canada. Ze was altijd al een wispelturig type, nietwaar? Ellen, Katie, Bill en Pat wonen allemaal nog in de buurt en een aantal van hen heeft ook al kleinkinderen. Pat runt tegenwoordig zijn eigen boerenbedrijf en Bill werkt in Cork, als gemeenteraadslid. Er wordt gefluisterd dat hij zich binnenkort verkiesbaar gaat stellen namens de Fianna Fáil-partij.'

Het kostte me moeite om me voor te stellen dat mijn broertje nu een volwassen man met een verantwoordelijke baan was. 'En Katie? Waar is zij?'

'Katie?' herhaalde Mary-Kate.

'De zus die qua leeftijd het minst met mij scheelde. Ze was twee jaar ouder dan ik,' legde ik uit. 'Mocht je het je afvragen, ik heb jou naar haar vernoemd.' Ik glimlachte.

'Het is hier heel gebruikelijk om je kinderen naar je familie te vernoemen, vooral naar je ouders,' zei Sinéad tegen mijn dochter. 'Al kan dat op familiefeestjes weleens voor verwarring zorgen, als iemand John roept en er vier op komen draven.' Ze grinnikte. 'Ah, daar zul je hem hebben. Als hij jou ziet, slaat hij steil achterover, let maar op.'

Toen ik het portier van een pick-up hoorde dichtslaan en voetstappen de achterdeur hoorde naderen, wist ik mezelf geen houding te geven. Uiteindelijk ging ik maar staan op het moment dat John de deur opendeed. Hij was ook breder dan vroeger, maar bij hem was het vooral spier, en zijn krullende haar was doorspekt met grijze strepen. Ik keek in zijn groene ogen, die hij van onze moeder had, en glimlachte. 'Hallo, daar, John,' zei ik, opeens verlegen.

'Raad eens wie er is?' riep Sinéad met een hoog stemmetje.

Een tijdlang staarde hij me aan, toen zag ik de herkenning op zijn gezicht en deed hij een stap naar voren. 'Jezus, Maria en Jozef! Ben jij het, Merry?'

'Dat weet je best.' Mijn ogen vulden zich met tranen.

'Kom hier, meid, dan krijg je voor het eerst in vijfendertig jaar een knuffel van me.'

'Zevenendertig,' corrigeerde ik hem, terwijl we naar elkaar toe liepen en hij me in zijn grote, sterke armen sloot. Zijn vertrouwde koeiengeur zorgde ervoor dat ik het liefst in tranen had willen uitbarsten.

De anderen in de keuken zwegen tot John me weer losliet. 'Ik heb je gemist, Merry.'

'Ik jou ook,' zei ik met een brok in mijn keel.

'Zijn dit je kinderen? Ze lijken sprekend op je!' Hij liet zijn blik op Jack en Mary-Kate vallen. 'Waar heb je al die jaren gezeten?'

'We wonen in Nieuw-Zeeland.'

'Nou, dit lijkt me een goed moment om het een of ander open te trekken om te vieren dat je weer thuis bent. Wat drinken jullie? Bier? Wijn?'

'Voor mij een biertje, graag,' zei Jack.

'Voor mij ook,' viel Mary-Kate hem bij.

Het viel me op dat mijn beide kinderen er nogal verdwaasd bij stonden door wat er zich zojuist voor hun ogen had afgespeeld.

'Een glas witte wijn zou er wel in gaan,' zei ik.

'Goed, dan neem ik ook een glaasje,' merkte Sinéad op. 'Biertje, John?'

Hij knikte en ging zitten, amper in staat zijn ogen van me af te houden.

Sinéad zette de biertjes en twee glazen wijn op tafel.

'Op mijn verloren gewaande zus, die weer veilig is teruggekeerd. Sláinte!' zei John.

'Sláinte!' proostten we.

Toen ik Mary-Kate een beetje bedenkelijk zag kijken, legde ik uit dat dat 'proost' betekende.

'Ga me nou niet vertellen dat jullie mammy jullie de Ierse tradities niet heeft bijgebracht,' zei John tegen haar.

'Tot voor kort heeft mam nooit veel over haar kindertijd verteld,' legde Jack uit. 'We wisten alleen dat ze in Dublin had gestudeerd.'

John zweeg even en keek me aan. 'Soms is het beter om niet te veel bij het verleden stil te staan, hè?'

'Ja,' zei ik dankbaar.

'Nou, vertel eens wat over je leven in Nieuw-Zeeland. Daar lopen een hoop schapen rond, heb ik begrepen? Niet dat die net zo veel melk opbrengen als koeien.' Hij knipoogde naar Jack. 'Heb je een man? Waar is hij?'

Ik kon amper een hap van de verrukkelijke runderstoofschotel eten, omdat John en Sinéad maar vragen op ons bleven afvuren. Mijn kinderen maakten me trots door zo nu en dan in mijn plaats antwoord te geven als ze aanvoelden dat het me even te veel werd.

Toen het toetje van zelfgemaakte chocoladetaart met slagroom was geserveerd en Sinéad met Mary-Kate en Jack zat te praten, leunde ik naar John toe. 'Hoe gaat het met Katie? Zie je haar nog vaak?'

'O, die is druk met haar werk in het verzorgingstehuis in Clonakilty. Ze zorgt voor de oude mensen uit de buurt die dement zijn of niet meer thuis kunnen wonen.'

'Is ze getrouwd?'

'Ja. Connor werkte in de bouw en toen de Keltische tijger hier in Ierland begon te brullen en de economie opbloeide, heeft hij goed verdiend. Nu is hij zo'n beetje met pensioen en springt hij alleen nog bij als hij er zin in heeft, want hij heeft tegenwoordig genoeg jongelui in dienst om het zware werk voor hem te doen. Al zullen ze binnenkort misschien wel weer zonder werk komen te zitten, nu de recessie hier ook toeslaat.' Hij zuchtte.

'Gaat het niet goed met de economie?'

'Nee. Er wordt de afgelopen maanden een stuk minder gebouwd in deze streek. Weet je, voorheen keek ik weleens naar Connor, met dat mooie huis dat hij voor zichzelf en Katie heeft gebouwd en met hun zomervakanties naar Tenerife, en dan vroeg ik me af wat me bezielde om nog steeds elke ochtend om vijf uur op te staan om de koeien te melken. Maar het voordeel van mijn dieren en hun vlees en melk is dat de wereld ze nog steeds nodig heeft, wat er ook gebeurt op de aandelenbeurzen.'

'Hebben jullie de boerderij uitgebreid sinds ik hier ben weggegaan?'

'Nou en of. Herinner je je onze buren nog, de O'Hanlons, die de paar hectare hiernaast in bezit hadden?'

'Ja, natuurlijk.'

'Nou, hij was oud en wilde graag verkopen, dus heb ik zijn grond opgekocht.'

'En daddy? Sinéad zei er niets over toen ik ernaar vroeg, dus...'

'Tja, je zult er wel niet van staan te kijken dat de drank hem uiteindelijk de das om heeft gedaan. Hij is in 1985 gestorven en bij mammy en de rest van onze familie begraven, op de begraafplaats in Timoleague. Het spijt me dat ik je dat moet vertellen.'

'Dat hoeft niet, John. Ik ben zelf vertrokken en heb jou het vuile werk laten opknappen. Tegen de tijd dat je zestien was, runde je de boerderij al zowat in je eentje.'

'Ik zal niet zeggen dat het niet moeilijk was, maar ik heb geen slecht leven gehad, Merry. Sinéad en ik zijn gelukkig. We hebben alles wat ons hartje begeert, en we hebben onze familie om ons heen.'

'Ik kan niet wachten om Katie te zien, net als de rest van onze familie, natuurlijk. Zou je me haar nummer kunnen geven, zodat ik haar kan bellen?'

'Natuurlijk. Als ze over de eerste schrik heen is, zal ze vast dolblij zijn om je weer te spreken. Hoe lang ben je van plan te blijven?'

'Een paar dagen, misschien langer... Er staat nog niets vast.'

'Ik zal Katies nummer voor je opzoeken.' Hij stond op en liep naar de telefoon op het dressoir. Uit een van de lades pakte hij een in zwart leer gebonden boek dat ik direct herkende.

'Hebben jullie nog steeds hetzelfde adressenboek als vroeger?!'

'Jazeker. In die tijd hadden we het amper nodig, want we wisten toch waar iedereen woonde, maar nu is het wel handig met al die mobiele nummers. Hier heb je dat van Katie.'

'Dank je.'

'Ik zal jouw nummer ook in het boek schrijven, voor het geval je overweegt er weer zevenendertig jaar tussenuit te knijpen.' Hij knipoogde naar me.

Ik gaf hem mijn nummer en hij noteerde het.

Daarna gaf hij me hun vaste nummer. 'Ik heb niks met mobiele telefoons, ook al heb ik er wel een. Als ik tegenwoordig op een zonnige dag in de wei lig te dutten, kan de vrouw des huizes me wakker bellen.'

Hij zuchtte. 'Goed...' Hij ging harder praten, zodat iedereen hem kon horen. 'Ik moet weer de tractor op, maar ik hoop je binnenkort weer te zien.'

'Ik zei net tegen de kinderen dat we maar eens met de hele familie bij elkaar moeten komen, zodat ze kunnen kennismaken met al hun ooms, tantes, neven en nichten,' zei Sinéad.

'Ik hoor net dat we een stuk of twintig neven en nichten hebben, mam! Alleen wonen er wel een paar in Canada,' zei Mary-Kate.

'Geen zorgen, er lopen er hier ook nog genoeg rond.' Sinéad glimlachte. 'Komt aanstaande zondag jullie uit?'

'Kunnen we dan, mam?' vroeg Mary-Kate.

'Vast wel. Dat is heel lief van je, Sinéad. Goed, kinderen, dan gaan we maar weer eens. Bedankt voor de lunch en de gastvrijheid.'

'Ach, dat stelde niets voor. Ik kan niet wachten om tegen mijn schoonzussen te zeggen dat ik je als eerste heb gezien!' Sinéad giechelde.

Nadat we alle drie stevig door haar omhelsd waren, stapten we in de auto en reden achter Johns tractor aan het laantje uit. Ik was apetrots op mijn kinderen, vooral op Mary-Kate, die ironisch genoeg, zonder dat ze het zelf wist, in dezelfde situatie zat als ik. We wisten allebei dat de mensen die we zojuist hadden bezocht geen bloedverwanten van ons waren. Maar dat ze er zo naar uitkeek om kennis te maken met haar neven en nichten, gaf wel aan dat ze er niet eens bij stil had gestaan.

Misschien kwam dat doordat ze tweeëntwintig jaar lang was grootgebracht door twee mensen die van haar hielden, net zoals mijn ouders van mij hadden gehouden.

Zou ik tegen John en mijn andere broers en zussen zeggen dat ik de familie in was 'gesmokkeld' als vervanging van een dode baby?

Nee, dacht ik. Het deed er niet meer toe. Ze hadden van me gehouden, dat was het belangrijkste.

'Waar gaan we nu naartoe, mam?' wilde Mary-Kate weten.

'Terug naar het hotel, denk ik.'

'Nou, het is zulk mooi weer dat ik wel even wil kijken of die surfschool die we op het strand zagen ook materiaal verhuurt,' zei Jack. 'Ik heb al eeuwen niet meer gesurft. Heb je zin om mee te gaan?' vroeg hij aan Mary-Kate.

'Als mam ons niet nodig heeft, heel graag.'

'Ik red me wel, gaan jullie maar iets leuks doen samen. Maar pas wel goed op, want de zee is hier ijskoud,' waarschuwde ik hen met een glimlach.

Toen we weer bij het hotel aankwamen, gingen de kinderen op pad om te vragen of ze een surfplank konden huren terwijl ik naar mijn kamer ging en meteen Katies nummer draaide. Ik kreeg de voicemail, met de mededeling dat ik een bericht kon inspreken, maar ik had geen idee wat ik moest zeggen. Dus draaide ik het nummer van Cross Farm, waar Sinéad opnam.

'Hoi, met Merry. Katie neemt haar mobiele telefoon niet op, dus misschien ga ik maar gewoon bij haar langs. Waar woont ze precies?'

'In Timoleague. Weet je het voetbalveld nog te vinden?'

'Jawel.'

'Nou, ze woont in een groot huis aan de overkant van de weg, net voorbij het voetbalveld. Je ziet het vanzelf, want het is feloranje geschilderd. Die kleur zou ik zelf niet hebben uitgekozen, maar je ziet het tenminste niet snel over het hoofd,' grinnikte ze.

Ik liet bij de receptie een bericht achter voor Jack en Mary-Kate, stapte weer in de auto en zette koers naar Timoleague. Net als Clonakilty was het dorp de hoogte en de breedte in gegaan, maar de hoofdstraat zag er nog ongeveer uit zoals in mijn herinnering. Tijdens het rijden keek ik uit over de indrukwekkende baai van Courtmacsherry. Op het voetbalveld zag ik de jongens gaelic football spelen, wat levendige herinneringen opriep aan de tijd dat ik mijn broers in de wei had zien spelen met mijn vader. Iets verderop doemde het grote huis op een helling op. Ook ík zou een andere kleur hebben uitgekozen dan sinaasappeloranje. 'Moet je mij eens zien,' leek het huis uit te stralen. Het was duidelijk dat Katie haar zaakjes keurig op orde had.

Ik reed de oprit op en keek bewonderend naar de keurig onderhouden tuin en verzorgde bloemperken. Er stond een Range Rover voor de deur die zo blinkend gepoetst was dat de weerkaatsende zon me haast verblindde. Ik bracht de auto tot stilstand, zette de motor af en verzamelde moed om uit te stappen en aan te kloppen.

Er werd opengedaan door een slanke, grijzende maar nog steeds aantrekkelijke man in een roze overhemd en een kaki broek. 'Hallo, daar, kan ik u helpen?'

‘Ik ben op zoek naar Katie.’

‘Wie niet.’ Met een grimmige glimlach haalde hij zijn schouders op. ‘Ze is aan het werk, zoals gewoonlijk. Wie bent u, als ik vragen mag?’

‘Ik ben Mary McDougal, Katies zus.’

Nadat hij me een tijdje had aangekeken, knikte hij. ‘Het zusje dat verdwenen is?’

‘Dat klopt.’

‘Nou, ik verwacht haar rond een uur of vier terug, over een kwartiertje. Ik ben trouwens Connor, haar man. Wil je misschien binnenkomen voor een kop thee? Ik wilde er net eentje voor mezelf gaan zetten.’

‘Graag.’

Hij ging me voor naar de keuken. ‘Ga lekker zitten.’

Terwijl ik dat deed, keek ik om me heen in de hypermoderne keuken die van alle gemakken voorzien was.

‘Ik durf niet te zeggen of ze op tijd thuis zal zijn,’ zei hij terwijl hij een kop thee voor me neerzette. ‘Zoals je ziet, hebben we het geld niet nodig. Maar wat ik ook zeg, de oudjes in dat tehuis komen voor haar op de eerste plaats. Ze neemt haar werk heel serieus. Mag ik vragen waar je al die jaren hebt gezeten?’

‘Ik ben naar Nieuw-Zeeland verhuisd.’

‘Daar zou ik graag nog eens naartoe gaan, als ik mijn vrouw ooit zover krijg dat ze vakantie opneemt. Waar ergens woon je? Op het Noorder- of het Zuidereiland?’

Ik vertelde het hem, en we voerden een prettig gesprekje over het land en onze wijngaard, tot ik een auto de oprit op hoorde rijden.

‘Je boft. Mijn vrouw is voor de verandering eens op tijd thuis.’ Connor stond op. ‘Ga maar even in de zitkamer hiertegenover zitten, dan vertel ik haar dat je hier bent. Het zal wel een schok voor haar zijn om je weer te zien. Ik was natuurlijk nog niet in beeld toen je vertrok, maar ik weet wel dat jullie een hechte band hadden.’

‘Natuurlijk.’ Ik trok me terug in de kamer die hij me had aangewezen, een vertrek dat er eerder uitzag als een foto uit een catalogus dan een plek waar daadwerkelijk mensen woonden. Alles, van de crèmekleurige leren banken tot de bijzettafels van namaakmahoniehout en de indrukwekkende marmeren haard, zag er onberispelijk uit. Door de deur hoorde ik gedempte stemmen, en na een tijdje kwam mijn zus eindelijk de kamer in. Ze zag er precies uit zoals in mijn herinnering: slank, elegant en het evenbeeld van onze moeder. Haar rode haar had ze boven op haar hoofd vastgezet en toen ze naar me toe kwam, zag ik dat haar prachtige bleke huid geen enkel rimpeltje vertoonde, alsof ze op sterk water was bewaard sinds ik haar voor het laatst had gezien.

'Merry.' Toen ik opstond, bekeek ze mijn gezicht aandachtig. 'Je bent het echt, hè?'

'Ja, Katie.'

'Jezus, ik weet niet wat ik moet zeggen.' Haar stem trilde. 'Het lijkt wel of ik in zo'n tv-programma ben beland waarin twee zussen na lange tijd weer met elkaar herenigd worden.' Ze begon te huilen. 'Kom hier en geef me eens een knuffel.'

We omhelsden elkaar lange tijd, tot ze zich van me losmaakte en naar de dichtstbijzijnde bank wees. 'Ik sta te trillen op mijn benen. Zullen we gaan zitten?'

Dat deden we, en ze trok een paar tissues uit de doos op de glazen salontafel. 'Ik heb me altijd afgevraagd wat ik zou zeggen als je ooit nog terug zou komen. Ik ben zo boos op je geweest omdat je bent weggegaan zonder ook maar een briefje voor me achter te laten om uit te leggen waarom je was vertrokken, of waarnaartoe. Ik dacht dat ik je beste vriendin was. We waren toch elkaars beste vriendin?' Driftig veegde ze haar tranen weg.

'Het spijt me zo.' Zelf had ik ook een brok in mijn keel. 'Als het had gekund, had ik het wel tegen je gezegd, maar... ik kon het gewoon aan niemand vertellen.'

'Niet waar,' zei ze met stemverheffing. 'Je hebt wel een briefje achtergelaten voor die Ambrose van je, toch? Dat weet ik omdat ik zijn telefoonnummer heb opgezocht en hem gebeld heb. In dat briefje stond dat je weg moest, maar dat hij zich geen zorgen hoefde te maken. En vervolgens ben je zevenendertig jaar weggebleven. Waarom, Merry? Leg me dat eens uit.'

'Ik kon niet anders, Katie. Geloof me alsjeblieft. Het is nooit mijn bedoeling geweest om jou of de rest van onze familie te kwetsen. Ik wilde jullie juist beschermen.'

'Ik wist dat je dingen voor me achterhield, Merry, maar ik zou je nooit verraden hebben. O, jezus, ik kan niet ophouden met huilen.'

'Het spijt me echt heel erg.' Ik sloeg mijn armen weer om haar heen en hield haar vast terwijl ze huilde.

'Ik zou er alles voor overgehad hebben om je te helpen, dat weet je. Als je dat had gewild, was ik met je meegegaan. We deelden toch alles met elkaar?'

'Dat is zo, ja.'

'Ik haat die Ambrose. Hij heeft je van ons afgepakt. Eerst haalde hij pastoor O'Brien en daddy over om je naar die chique kostschool in Dublin te sturen, daarna logeerde je de hele tijd bij hem als je daar was. Het leek wel of hij je vader wilde zijn, maar dat was hij helemaal niet. Dat wás hij niet, Merry.'

'Nee, maar mijn vertrek had niets met hem te maken, dat zweer ik.'

'Heb je hem al gezien sinds je terug bent?' Ze keek me doordringend aan.

'Ja.'

'Hij zal wel stokoud zijn.'

'Dat klopt, maar hij is nog scherp van geest.'

'Wat zei híj dan toen je opeens, onaangekondigd, weer voor zijn neus stond?'

'Hij schrok, maar was ook blij me te zien. Katie, niet meer huilen, alsjeblieft. Ik ben hier nu en ik beloof dat ik zal vertellen waarom ik weg moest. Hopelijk begrijp je het dan.'

'Ik heb er heel lang over na kunnen denken en volgens mij heb ik wel een idee. Ik denk…'

'Vind je het goed als we het daar een andere keer over hebben? Ik heb mijn kinderen meegenomen en die weten ook nog van niets.'

'En je man, ervan uitgaande dat je die hebt? Weet hij ervan?'

'Mijn man is een paar maanden geleden overleden. Hij wist er niets van. Niemand wist het. Toen ik wegging, heb ik het verleden achter me gelaten. Ik heb een nieuw leven opgebouwd en een nieuwe identiteit aangenomen.'

'Nou, ik heb jou ook wat dingen te vertellen over onze familie. Dingen waar we niets van wisten toen we nog klein waren, maar die achteraf een hoop verklaren. Vooral voor jou.'

'Dan wil ik het inderdaad graag weten.'

'Ik moet je wel waarschuwen dat het niet prettig zal zijn om te horen.'

Net toen ik wilde vertellen dat ik Nuala's dagboek had gelezen, werd er kort op de deur geklopt en kwam Connor binnen. 'Sorry dat ik stoor, maar hebben we voor vanavond nog iets te eten in huis? Voor zover ik kan zien, ligt er niks in de koelkast.'

'Nee, Connor, ik moet nog boodschappen doen. Ik was alleen van plan om even te douchen en iets anders aan te trekken.' Ze stond op en wendde zich weer tot mij. 'Zal ik morgen naar je toe komen? Dat is mijn vrije dag. Waar logeer je?'

'In de Inchydoney Lodge.'

'O, dat is een heel fijn hotel. Het uitzicht is er prachtig.'

'Zeker,' zei ik, me bewust van de spanning die de komst van Connor met zich had meegebracht. 'Goed, dan ga ik maar weer eens.'

'Om elf uur, komt dat gelegen?'

'Ja hoor. Ik kom je wel tegemoet in de lobby. Dag, Katie, dag, Connor.'

Op de terugweg naar het hotel bedacht ik dat mijn zus ondanks haar mooie auto, haar perfecte huis en haar knappe, rijke echtgenoot geen gelukkige vrouw was.

Die avond genoten Jack, Mary-Kate en ik van een ontspannen maaltijd in een pub in Clonakilty. Na afloop gingen we naar Ierse muziek luisteren in An Teach Beag, wat vroeger een piepkleine cottage was geweest, maar waar inmiddels een pub was gevestigd. De traditionele band speelde oude ballades die herinneringen opriepen aan mijn vader en zijn fiddle. Na afloop gingen we terug naar het hotel.

'Het ziet ernaar uit dat het morgen goed surfweer wordt,' zei Jack. 'Als je het goedvindt, gaan MK en ik na het ontbijt weer samen op pad.'

'Ik heb met een van mijn zussen afgesproken, dus dat komt goed uit.'

'Ik vind het hier echt geweldig, mam,' zei Mary-Kate toen we elkaar een nachtzoen gaven. 'Iedereen is zo vriendelijk. Het is net Nieuw-Zeeland, maar dan met een ander accent!'

Toen ik de volgende ochtend een spijkerbroek en een blouse aantrok omdat Katie bijna zou komen, bedacht ik hoe fijn het was dat mijn kinderen het hier naar hun zin hadden.

Stipt om elf uur kwam mijn zus de lobby binnen. De voorgaande dag had ze haar marineblauwe verpleegstersuniform gedragen, maar vandaag was ze onberispelijk gekleed in een goed gesneden broek en een zijden blouse.

'Katie.' Ik stond op om haar te omhelzen. 'Wat fijn dat je er bent.'

'Natuurlijk! Gisteren was ik misschien nogal geschrokken en overstuur, wie zou dat niet zijn? Maar ik weet dat je je redenen moet hebben gehad om te vertrekken en ik vind het heerlijk om je weer te zien! Waar zijn je kinderen?'

'Die zijn buiten de golven aan het trotseren. Ze zijn allebei gek op surfen, dus.'

Toen ik me ervan bewust werd dat ik mijn zin had afgesloten met dat stopwoordje, moest ik glimlachen. Nu ik overal om me heen weer het accent uit West Cork hoorde, begon ik er zelf ook op terug te vallen.

'Kunnen we ergens praten? Onder vier ogen, bedoel ik?' vroeg Katie.

'Hebben we hier niet genoeg privacy?'

'Vergeet niet dat de muren hier oren hebben. En mijn man... Nou ja, hij is nogal een bekend figuur hier in de buurt.'

'Bedoel je dat je je ervoor schaamt om je met mij te vertonen?' Ik giechelde.

'Natuurlijk niet, maar wat ik je te vertellen heb... Laten we het er maar op houden dat ik liever niet gestoord word tijdens dat gesprek.'

'Oké, dan gaan we naar mijn kamer.'

We bestelden allebei een cappuccino bij de roomservice en kwebbelden erop los over hoe modern dit stukje van de wereld geworden was.

'Vertel mij wat. Mijn man was de eigenaar van een van de grootste aannemersbedrijven in de streek, dus hij heeft het de afgelopen jaren behoorlijk druk gehad,' zei Katie. 'Nu gaan de zaken wat minder, maar dat heeft hij op tijd zien aankomen, dus heeft hij zijn bedrijf vorig jaar van de hand gedaan. Hij zit op rozen, terwijl de nieuwe eigenaars en al die jongens die hij in dienst had het bedrijf waarschijnlijk in rook zullen zien opgaan. Met dat soort dingen heeft hij altijd al veel geluk gehad.'

'Of is hij gewoon een gewiekste zakenman?'

'Dat zal wel, ja,' beaamde ze met een vermoeide glimlach.

'Mag ik je iets vragen, Katie?'

'Natuurlijk. Ik zou toch nooit iets geheim kunnen houden voor jou.'

'Touché.' Ik trok een bedenkelijk gezicht. 'Ben je gelukkig met Connor?'

'Wil je het korte of het lange antwoord?' Ze haalde haar schouders op. 'Ik bedoel, ik stond achter de bar bij de Henry Ford Pub, tot hij op een avond binnenkwam en ik me door hem liet meeslepen. Zelfs toen ging het hem zakelijk al voor de wind, dus kon hij zich behoorlijk wat luxe permitteren. Hij liet me de tekeningen zien van een groot huis dat hij wilde gaan bouwen op een stuk grond in Timoleague, hij maakte ritjes met me in zijn flitsende sportauto en kwam met een verlovingsring met een knoeperd van een steen aanzetten toen hij me ten huwelijk vroeg.' Ze schudde haar hoofd. 'Je herinnert je vast nog wel hoe het vroeger thuis was, en dat ik me heilig had voorgenomen om me daarvan los te maken. Dus het voelde alsof er een wonder gebeurde toen zo'n rijke man me vroeg zijn vrouw te worden. Natuurlijk zei ik ja. Er volgde een groot trouwfeest in het Dunmore House Hotel en een huwelijksreis naar Spanje. Hij verwende me tot op het bot met kleren en sieraden en zei dat hij graag met me wilde pronken.'

'Was je gelukkig?'

'In die tijd wel, ja. We probeerden een gezin te stichten. Het heeft lang geduurd, maar uiteindelijk heb ik een jongen en een meisje op de wereld weten te zetten: Connor junior en Tara. Niet lang na Tara's geboorte kwam me ter ore dat mijn man vreemdging. Natuurlijk ontkende hij alles, en ik vergaf hem. Tot het weer gebeurde, en weer, totdat ik het niet meer kon verdragen.' Ze haalde nogmaals haar schouders op.

'Waarom ben je niet van hem gescheiden?'

'Connor kennende had ik weinig aan de scheiding overgehouden. Dus toen de kinderen het huis uit waren, besloot ik een opleiding tot verpleegkundige te gaan doen. Ik heb drie jaar naar Cork moeten pendelen, maar uiteindelijk heb ik mijn diploma gehaald.' Ze glimlachte trots. 'Inmiddels werk ik al vijftien jaar met heel veel plezier in het verzorgingstehuis in Clonakilty. Voor mij is dat genoeg, Merry. Ik ben er inmiddels wel achter dat iedereen compromissen moet sluiten in het leven. Hoe zat het met jouw man? Had je een fijne vent?'

'Zeker, ja.' Ik glimlachte. 'Heel fijn. Ik bedoel, net als in elk huwelijk waren er wel ups en downs. We hebben het financieel erg zwaar gehad toen we onze wijngaard nog aan het opbouwen waren...'

'Dus je maakt wijn? Weet je nog dat we vroeger de zelf gebrouwen porter van daddy pikten? Na een paar slokken was je al ladderzat!'

'Ja! Wat was dat smerig, zeg.'

'Dat weerhield ons er niet van om ervan te drinken,' giechelde Katie. 'Zo te horen hebben we het allebei best ver geschopt sinds onze kindertijd.'

'Zeg dat wel. Terugkijkend hadden we het vroeger niet breed, hè? Ik weet nog dat ik met schoenen vol gaten naar school moest lopen, omdat we geen nieuwe konden betalen.'

'Tegenwoordig zou je zeggen dat we uit een arm gezin kwamen, maar in die tijd gold dat voor half Ierland,' beaamde Katie.

'Ja, na alles wat onze voorouders hadden doorstaan om voor onze vrijheid te vechten, schoten we er in de praktijk weinig mee op, vind je niet?'

'Daar wilde ik het eigenlijk ook nog met je over hebben.'

'Over vroeger?'

'Ja. Je weet toch wel dat we nooit grootouders hadden die bij ons op bezoek kwamen, of neven en nichten?'

'Inderdaad, daar begreep ik niets van.'

'Ik ook niet, tot ik begin jaren negentig in het verzorgingstehuis ging werken. Je komt een hoop te weten door de verhalen van die oudjes, kan ik je vertellen. Misschien hebben ze niemand anders meer die ernaar wil luisteren, of misschien vinden ze het gewoon makkelijker om het aan een vreemde te vertellen. Hoe dan ook had ik een vrouw onder mijn hoede op onze afdeling speciale zorg, zoals wij die noemen. De mensen die daar terechtkomen hebben niet lang meer te leven. Tijdens een nachtdienst ging ik een keer bij haar kijken. Hoewel ze al in de negentig was, was ze nog goed bij haar verstand. Ze staarde me aan en zei dat ik als twee druppels water op haar dochter leek. Toen ze vroeg hoe ik heette, stelde ik me voor als Katie Scanlon, maar toen vroeg ze naar mijn meisjesnaam. Ik vertelde dat ik vroeger O'Reilly heette en zag dat de tranen haar in de ogen sprongen. Ze pakte mijn hand en zei dat ze mijn grootmoeder was, Nuala Murphy. Dat ze een dochter had gehad die Maggie heette. En dat haar iets van het hart moest voordat ze naar de eeuwige jachtvelden zou vertrekken. Het kostte haar drie nachten om alles te vertellen, zo zwak was ze, maar ze was er niet van af te brengen.'

Ongelovig staarde ik haar aan. 'Was Nuala ónze grootmoeder?'

'Ja, de grootmoeder die we nooit hebben gezien, behalve die ene keer op mammy's begrafenis. Door wat zij me heeft verteld, ben ik beter gaan begrijpen waarom we haar nooit zagen. Merry, wat is er? Het lijkt wel of je een spook hebt gezien.'

'Ik... Katie, ik heb heel lang geleden haar dagboek gekregen, van iemand die we... allebei kenden.'

'Van wie dan?'

'Dat zeg ik liever nog even niet, want dat is weer een heel ander verhaal, en...'

'Ach, ik kan zo ook wel raden wie het was. Waarom heb je er nooit iets over gezegd?'

'Ten eerste omdat ik het zelf pas een paar dagen geleden heb gelezen. Dat klinkt misschien raar, maar ik was pas elf toen ik het kreeg en had helemaal geen belangstelling voor het verleden. Toen ik ouder werd, wilde ik er niets meer mee te maken hebben vanwege degene die me het dagboek had gegeven.'

'Maar je hebt het wel bewaard?'

'Ja. Vraag me niet waarom, want ik zou het echt niet weten,' verzuchtte ik.

'Oké, maar aangezien je het gelezen hebt, zul je het verband tussen de twee families wel gelegd hebben?'

'Nee, want het dagboek hield op in 1920. Toen is er iets met Nuala gebeurd en kon ze niet meer verder schrijven.'

'Misschien kun je het me een keer laten zien. Ik heb het hele verhaal gehoord, van begin tot eind. Waar was je precies gebleven?'

'Ik...' Ik schraapte mijn keel. 'Het was vlak nadat Philip, de Britse soldaat, zichzelf had doodgeschoten.'

'Juist. Daar was Nuala nog steeds door van streek, en ook door een heleboel dingen die daarna zijn gebeurd, waaronder de reden dat ze nooit meer op bezoek kwam nadat mammy met onze vader was getrouwd.'

'Vertel het nou maar,' zei ik ongeduldig.

Katie haalde een map uit haar chique shopper van Louis Vuitton en bladerde door een dik pak papier. 'Ik heb alles opgeschreven, zodat ik het niet zou vergeten. Dus je weet wat er allemaal gebeurd is voordat Philip zich van het leven beroofde?'

'Ja.'

'Nou, daarna ging de onafhankelijkheidsoorlog nog een hele tijd door. Finn, de man van Nuala, zat bij het verzet, zoals je weet. Er brak een grimmige tijd aan omdat beide kanten steeds gewelddadiger werden. Laten we maar beginnen bij de bruiloft van Nuala's zus Hannah met haar verloofde Ryan, kort nadat Philip zichzelf had doodgeschoten...'

NUALA

CLOGAGH

WEST CORK, IERLAND

December 1920

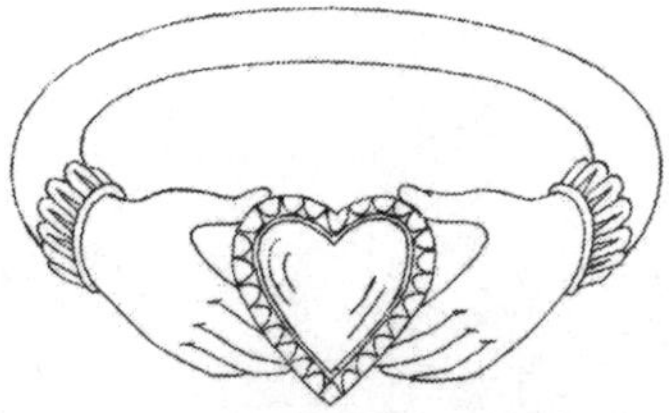

Ierse claddagh-ring

41

Nuala's zus Hannah en Ryan O'Reilly trouwden in de kerk van Clogagh, maar het verschil met het huwelijk van Nuala en Finn was hemelsbreed. Hannah en Ryan hadden gekozen voor een bescheiden plechtigheid, die beter paste bij de sombere teneur van die dagen.

De kerk zag er redelijk feestelijk uit. Ze hadden hem volgehangen met hulsttakken en een kaars voor elk raam gezet, maar Nuala doorliep de hele bruiloft in een nevel van verdriet en kon nergens troost vinden. Niemand wist hoezeer de dood van Philip haar had aangegrepen.

Na afloop was er een feestje in de parochiezaal van de kerk. Sian, een van de naaisters met wie Hannah bevriend was, boog zich naar Nuala toe.

'Is madam niet meer geïnteresseerd in het steunen van de zaak nu ze getrouwd is?'

'Wat bedoel je daarmee?'

'Nou, ze was altijd haantje de voorste als er een bericht doorgegeven moest worden. Nu beweert ze geen tijd meer te hebben.'

'Ze zat met haar gedachten bij haar bruiloft, denk ik zo, Sian,' antwoordde Nuala. 'Als dit achter de rug is, meldt ze zich wel weer.'

'Misschien wel, maar...' Sian bracht haar mond heel dicht bij Nuala's oor om boven de muziek van de bescheiden ceilidh-band uit te komen. 'Ik denk dat haar man niet wil dat ze nog langer bij onze activiteiten betrokken is.'

Even later trok iemand Sian de dansvloer op. Nuala bleef zitten en keek naar de bruid en de bruidegom, die hun plek in het midden van de dansende gasten zochten, en ze vroeg zich af of liefde dan toch blind kon zijn. Van welke kant ze het ook bekeek, ze kon er met haar verstand niet bij wat haar vastberaden, bezielde zus in de bedaarde, zelfverklaarde pacifist zag met wie ze zojuist was getrouwd.

In de eerste maanden van 1921 opereerde Finn in het grootste geheim met de Flying Column. Moedig spanden ze zich tot het uiterste in om de Engelsen dwars te zitten. Het gonsde van de geruchten over alweer een zege van de IRA, dat ze aan de winnende hand zouden zijn door hun slimme inzet van guerrillatactieken en omdat ze hun eigen land kenden als hun broekzak. Maar de Engelsen revancheerden zich meedogenloos voor hun gesneuvelde manschappen. Nuala was blij dat ze haar handen vol had aan het rondbrengen van berichten en hulp bieden aan de mensen wier huizen overhoop waren gehaald door de Engelsen en vaak ter vergelding in brand waren gestoken. Er waren zelfs oudere echtparen die hun heil in de kippenschuur hadden gezocht en te bang waren om naar buiten te komen. Op een gegeven moment riep Nuala vrouwen van Cumann na mBan op en ze kwamen 's avonds op een geheime plek in Ballinascarthy bijeen om te kijken waar deze gedupeerden zolang opgevangen konden worden. Er was sprake van enig optimisme en hoop dat er snel een einde zou komen aan het conflict, maar Niamh, de kapitein van hun brigade, maande hen vooral op hun qui-vive te blijven.

'Het is nog niet voorbij, meisjes, en blijf vooral waakzaam. We hebben allemaal dierbaren verloren in deze strijd en we willen er niet nog meer verliezen.'

'Hoe zit het met de mensen die vastzitten?' vroeg Nuala. 'Ik heb gehoord dat ze in erbarmelijke omstandigheden verkeren, en in de Mountjoy-gevangenis in Dublin schijnt het nog erger te zijn. Zijn ze van plan om onze jongens eruit te halen?'

'Deze gevangenen worden dag en nacht bewaakt,' zei Niamh. 'Ze zijn ontzettend belangrijk voor de Engelsen. Die weten dat onze jongens zich wel tweemaal bedenken voor ze een aanval plegen, uit angst dat een van hun kameraden als wraak geëxecuteerd wordt.'

Nuala was inmiddels bijna afgestompt, zo veel verschrikkelijke dingen had ze te horen gekregen, maar de dood van Charlie Hurley, de beste vriend van Finn, had haar toch diep getroffen. Hij was van dichtbij doodgeschoten op de boerderij van Humphrey Forde in Ballymurphy. Ze wist dat Finn er kapot van moest zijn, maar hij had weinig tijd om te rouwen. Een paar dagen later moest hij weer op pad met de Flying Column en Nuala had geen idee wanneer ze haar man weer zou zien. Ze wist dat Charlies lichaam door een paar vrouwen van Cumann na mBan naar het mortuarium in Bandon was gebracht. Hij was 's nachts op het kerkhof van Clogagh begraven, in het geheim, zodat alle mannen die hem hadden vereerd en gerespecteerd als aanvoerder van de Third West Cork Brigade afscheid van hem hadden kunnen nemen.

De gedachte aan alle mensen die Finn en zij hadden verloren in hun strijd om de vrijheid van Ierland, wakkerde haar vastberadenheid alleen maar verder aan om te helpen waar ze maar kon. Helaas kon ze van Hannah niet hetzelfde zeggen. Ze deed haar best om te accepteren dat Hannah geen andere keus had dan haar man te volgen, maar het sneed haar door de ziel dat haar voorheen zo toegewijde zus nu openlijk weigerde zich nog langer voor de zaak in te zetten. Hannah had haar verteld dat Ryan uit naam van het pacifisme de heldhaftigheid van de IRA had veroordeeld, en dat had beslist een wig tussen de twee zussen gedreven. Als ze in Timoleague was en Hannah uit de winkel zag komen, draaide ze zich snel om en liep ze een andere kant op.

Het bewerken van het land ging door als vanouds, ondanks de oorlog. Er was nog altijd geen teken van Finn, los van een sporadische boodschap die Christy aan haar doorgaf, waarin hij haar liet weten dat hij nog in leven was en veel van haar hield. Nuala bracht veel tijd door op Cross Farm en stortte zich op elk karwei dat ze te doen kreeg. Toen brak de lente aan. De vallei lichtte goudgeel op door de welig tierende brem, de stallen waren vol met pasgeboren kalveren en de dagen werden langer. Ondanks de angst en het verdriet die overal een schaduw op wierpen, koesterde Nuala toch een sprankje geluk in haar binnenste.

'Nog even en je laat je zien, dan kan ik je niet meer verbergen,' zei ze zacht tegen haar buik. Ze schatte in dat ze zo'n twee maanden zwanger was, en dat ze ergens in december zou bevallen. Nu ze 's morgens niet meer zo misselijk was, voelde ze een hernieuwde energie in zich oplaaien om deze oorlog te winnen, voor zichzelf en voor Finns kind. Ze had het nog aan niemand verteld, omdat ze wilde dat Finn het als eerste zou horen, maar ze wist zeker dat mammy haar geheim al had geraden.

De lente ging over in de zomer, en nu er minder Engelse troepen zichtbaar waren op straat – uit angst voor charges door de IRA – kon Nuala langsgaan bij degenen die tijdens een aanval of tijdens een inval thuis gewond waren geraakt.

De gewonde mannen en de families van de gesneuvelden waren haar zo dankbaar dat ze haar overlaadden met allerlei etenswaren. De meeste patiënten waren nog heel erg jong, en hun lichamen en hun levens waren nu al uiteengereten door hun bezieling voor de zaak. Ze ontroerden haar diep, al deze mensen.

Ik heb het afgelopen jaar meer over verpleegkunde geleerd dan ik ooit uit lesboeken had kunnen halen, dacht ze bij zichzelf toen ze op een avond naar huis fietste.

Al die bedrijvigheid maakte dat ze die hele zomer geen moeite had om 's avonds in slaap te komen. Het gerucht ging dat de Engelsen zich in hun barakken hadden teruggetrokken, zolang die tenminste niet waren afgebrand door de IRA. Ze had van Christy gehoord dat Michael Collins zijn persoonlijke felicitaties aan de West Cork Flying Column had laten overbrengen. De eerstvolgende keer dat ze Hannah in Timoleague zag, vroeg ze of ze samen konden lunchen. Ze wilde haar zus vertellen over Collins' bericht aan de jongens, zodat Ryan het ook zou horen.

'Stel je eens voor!' zei Hannah dromerig, toen ze op hun favoriete bank zaten, die uitkeek op de baai van Courtmacsherry. 'Een bericht van De Lange zelf!'

'Hij staat vierkant achter de jongens en achter alles wat ze doen, Hannah,' zei Nuala nadrukkelijk. 'Ik hoop dat je dat aan Ryan doorgeeft.'

Hannah negeerde de onderliggende boodschap van haar zus, en vertrouwde haar toe dat ze in verwachting was. Ook Nuala verklapte dat ze zwanger was, maar Hannah moest beloven dat ze het voor zich zou houden tot ze het zelf tegen Finn had kunnen zeggen. Op dat moment waren ze weer heel even de zussen van vroeger, vertrouwd en hecht, net als in de tijd dat ze er samen over droomden dat hun kindjes later met elkaar zouden spelen.

Toen vroeg Nuala of ze met Ryan zondag naar Cross Farm wilde komen voor het middagmaal.

'We hebben jullie in geen weken gezien,' voegde ze eraan toe.

'Sorry, we zijn verhinderd. Ryan neemt me mee voor een wake in zijn geboortedorp vlak bij Kilbrittain. We willen bidden voor de vrede.'

'Je gebeden zullen nodig zijn, wil deze oorlog ooit ten einde komen,' mompelde Nuala.

Nuala had net een vruchtencake gebakken voor haar buurvrouw, Mrs. Grady, die vanwege haar artritis bedlegerig was geworden. Het was die dag in juni ongewoon warm en ze staarde naar het uitgedroogde lapje grond achter de cottage. Ze had geen tijd gehad er iets aan te doen sinds ze daar hun intrek hadden genomen. Net toen ze zich afvroeg of ze het kon opfleuren met een paar mooie planten, tikte er iemand op haar schouder.

'Jezus christus! Ik schrik me wild!' zei ze toen ze zich vliegensvlug omdraaide. Het was Christy.

'Sorry, maar ik dacht dat je het nieuws wel zou willen horen,' zei hij. 'Gisteravond hebben de jongens het kasteel van Bandon in brand gestoken en Lord Bandon gegijzeld.'

'Heilige Maagd Maria! Wat zeg je? Zijn er gewonden gevallen?'

'Voor zover ik weet niet. Gaat het, Nuala? Je staat te trillen op je benen.'

'Kom, we gaan naar binnen, dan kun je de rest vertellen,' fluisterde ze nerveus.

Christy schonk eerst een glas water voor haar in. Nuala keek met een mengeling van afgrijzen en verbijstering naar haar neef.

'Ik kan het niet geloven,' zei ze. 'Het is een eeuwenoud kasteel en Lord Bandon is een van de machtigste mannen in deze contreien. Houdt de IRA hem echt in gijzeling?'

'Ja. En ze hebben me naar jou gestuurd omdat hij niet ver hiervandaan zit en de IRA alle vertrouwen in jou heeft. Laten we zeggen dat hij momenteel de buurman is van Charlie Hurley, die op het kerkhof van Clogagh ligt.'

Nuala wilde iets zeggen, maar Christy was nog niet klaar.

'Lord Bandon heeft eten nodig. We willen niet dat hij achteraf zal beweren dat we hem slecht hebben behandeld, zoals een heleboel mannen van ons die "te gast" waren bij de vijand. Zou je iets te eten voor hem kunnen maken?'

'Ik? Voor Lord Bandon? Die man is gewend aan chique zalmhapjes, net gevangen in de Innishannon, en vers vlees van zijn dure veestapel. Ik kan hem moeilijk een pan rapensoep voorschotelen, of wel?'

'Ik zou zeggen dat een Iers streekgerecht uit eigen keuken precies is wat de man nodig heeft. Om hem eraan te herinneren dat hij ook maar een mens is die schijt en pist, net als wij, ondanks zijn deftige levensstijl. Ik neem die vruchtencake nu mee, als dat mag.'

Christy reikte naar de cake, die stond af te koelen op het rooster.

'Afblijven met je tengels!' Nuala griste de cake weg en vond een schone lap om het gebak in te verpakken. 'Zal ik er een klontje boter bij doen?'

'Dat mag jij beslissen. Hier redt hij het wel mee vandaag. Ik kom morgen terug om zijn middagmaal op te halen. Dag, Nuala.'

Nuala keek Christy na. Ze zag hem in de richting van het schoolgebouw lopen en toen rechts afslaan bij de kerk.

Nuala meende precies te weten waar ze Lord Bandon verborgen hielden. De vraag was: was haar man bij hem?

Die middag sprak ze haar kostbare voorraadje bloem aan om een pastei met aardappel en ham te maken. Ze vond het spannend om te doen omdat ze dit gerecht nog nooit eerder had gemaakt, maar gelukkig kreeg het een mooie goudbruine korst. Net toen ze de pastei op tafel wilde zetten, werd er op de keukendeur geklopt.

'Ik ben hier, Christy, kom maar binnen!' riep ze, terwijl ze voorzichtig de overtollige korst van de pastei af sneed.

'Dag, Nuala.'

Ze draaide zich om, met het mes nog in haar hand.

'Nuala, ik kom met de beste bedoelingen, ik beloof het. En niemand weet dat ik hier ben.'

De vrouw deed de capuchon van haar lange zwarte cape omlaag.

'Lady Fitzgerald!' stamelde Nuala geschokt.

'Toe, schrik niet, ik ben hier niet voor mezelf. Ik ben hier om te smeken om genade voor een dierbare vriend.'

Lady Fitzgerald zette een rieten mand op de tafel terwijl Nuala, die nog steeds het mes vasthield, naar het raam liep. Ze keek of er geen militairen stonden die Lady Fitzgerald als bliksemafleider gebruikten – mannen die haar wilden arresteren en net zo lang zouden martelen tot ze zou verraden waar Lord Bandon gevangen werd gehouden.

'Ik ben alleen, Nuala, ik zweer het. Ik ben zelfs helemaal komen lopen vanaf Argideen House, zodat noch mijn man, noch iemand van het personeel zou weten waar ik naartoe ging. Mag ik plaatsnemen?'

Nuala knikte even en wees op de gerieflijkste stoel die het huis rijk was.

'Nuala, ik weet dat je me als de vijand beschouwt, en ook dat je geleerd hebt om niemand te vertrouwen, maar toe, ik smeek je, jij bent de enige die begrijpt wat ik heb moeten doorstaan.' Er welden onmiddellijk tranen op in de ogen van Lady Fitzgerald, en Nuala besefte dat ze nu aan Philip dacht. 'Ik ben naar je toe gekomen om met je te praten, van vrouw tot vrouw, omdat wij toch een band hebben. We lopen allebei groot gevaar door mijn aanwezigheid hier, daar ben ik me van bewust, maar in deze cape en met mijn ongekapte haar zou zelfs mijn eigen man me niet herkennen,' zei Lady Fitzgerald met een triest glimlachje.

Nuala vond dat Lady Fitzgerald er nog altijd mooi uitzag, met haar lange blonde haar dat los over haar schouders viel. Ze droeg geen makeup of juwelen, waardoor haar natuurlijke schoonheid werd benadrukt en ze nog jonger en kwetsbaarder leek.

'Toe, vertrouw me, ik smeek het je,' vervolgde Lady Fitzgerald. 'En weet ook dat ik jou en je familie heb willen beschermen. Ook al zijn je man en jijzelf verdacht, er is hier nog nooit een inval geweest, nietwaar?'

'Nee, dat is waar. Als u daar een hand in heeft gehad, dan dank ik u daarvoor.'

Nuala slikte het 'milady' in en maakte ook geen buiging voor de Engelse dame van adel. Want Lady Fitzgerald mocht dan heel vriendelijk voor haar zijn geweest, de wreedheden die uit naam van haar, haar man en alle andere Engelsen werden gepleegd, maakten dat de woorden in haar keel bleven steken.

'Wat kan ik voor u betekenen?' vroeg ze.

Lady Fitzgerald wierp een blik op de pastei. Toen keek ze weer naar Nuala.

'Ik kreeg vanmorgen bezoek van een heel dierbare vriendin. Ze vertelde me dat haar man door de Ieren in gijzeling werd gehouden, en dat ze hem vasthielden uit wraak voor de executies van de krijgsgevangenen van de IRA, zowel in Cork als in Dublin. Ze zei dat de IRA een ultimatum had gesteld: als er nog meer leden van hun organisatie worden neergeschoten, dan zullen ze haar echtgenoot ook ombrengen.' Lady Fitzgerald voegde er na een korte stilte aan toe: 'Ik denk dat we allebei weten om wie het gaat.'

Nuala hield haar lippen stijf opeengeperst.

'Die pastei ziet er goed uit, Nuala. Verwacht je bezoek, of is hij voor iemand anders bestemd?'

'Voor mijn buurvrouw, die moet het bed houden.'

'Ze boft maar, ik weet zeker dat ze ervan zal smullen. Maar luister, Nuala, ik ben naar je toe gekomen namens een vrouw die wanhopig graag wil dat haar man veilig thuiskomt, net als jij. Mocht je iemand van de mensen kennen die Lord Bandon in gijzeling houden, zou je dan deze smeekbede om genade willen doorgeven?'

Nuala gaf geen antwoord en bleef haar strak aankijken.

Lady Fitzgerald wees naar de rieten mand. 'Daar zitten etenswaren in uit mijn eigen voorraadkamer, waarmee de gegijzelde zich kan voeden zoals hij gewend is. Er zit ook een briefje van zijn vrouw bij.'

Lady Fitzgerald keek haar onderzoekend aan. Nuala moest haar uiterste best doen haar gezicht in de plooi te houden.

'Misschien ken je iemand die deze mand aan hem kan geven. Er zit niets aanstootgevends is. Alleen maar liefde, ondersteuning en de troost van zijn vrouw. Mag ik de mand bij jou achterlaten?'

Ditmaal reageerde Nuala met een knikje.

'Dank je. Ik wilde je ook laten weten dat mijn man en ik Argideen House zullen verlaten. We zijn momenteel aan het inpakken en het huis wordt afgesloten voor ons vertrek naar Engeland. Na wat er eergisteren met onze vrienden is gebeurd, en het afbranden van het huis van de Travers in Timoleague, is het duidelijk dat we hier niet langer veilig zijn.'

Lady Fitzgerald stond op om te gaan. Bij de deur draaide ze zich nog even om.

'Hier scheiden onze wegen zich, Nuala. Ik hoop dat jullie winnen en dat je echtgenoot snel weer veilig en wel thuis zal zijn. Per slot van rekening is dit jullie land.'

Met een droevig glimlachje verliet ze de cottage.

Het duurde even voor Nuala de tegenwoordigheid van geest had om op te staan en in de mand te kijken. Heel voorzichtig strekte ze haar vingers uit naar de doek die eroverheen lag. Er zou een granaat in kunnen zitten.

'Je weet maar nooit,' mompelde ze. Maar in plaats daarvan vond ze etenswaren uit een winkel genaamd Fortnum & Mason. Biscuits, earlgreybladeren en een blikje zalm. Er zaten ook chocolaatjes in en een doosje met piepkleine eitjes. Op het deksel stond dat het kwarteleitjes waren. En op de bodem van de mand lag een envelop die was geadresseerd aan James Francis. Nuala draaide hem om en wilde hem net openen toen ze Christy uit de pub naar haar toe zag komen. Ze stopte alles snel terug in de mand, legde de linnen doek eroverheen en haastte zich naar buiten om hem in de schuur te verbergen.

'Dat is een pastei voor een koning, Nuala,' zei Christy toen ze weer de keuken in liep. 'Daar is meneer de lord wel een paar dagen mee zoet.'

'Ik weet zeker dat hij beter gewend is dan piepers en ham, maar het is alles wat ik heb.'

'Goed, ik ben weer weg.' Christy pakte de pastei van tafel.

'Is hij nog altijd de buurman van Charlie Hurley?'

'De jongens brengen hem van hot naar her.'

'Heb je hem gezien?' drong ze aan.

'Nee.'

'Weet je wie de wacht over hem houdt?'

'De jongens lossen elkaar af.'

'Finn ook?' vroeg ze.

Christy keek haar aan. Hij gaf geen antwoord, maar toch wist ze nu zeker dat haar man erbij was.

'Als je hem ziet, zeg dan dat zijn vrouw zielsveel van hem houdt en thuis op hem wacht.'

'Dat zal ik doen, Nuala. Pas goed op jezelf, jij, en als er Engelse patrouilles langskomen, doe dan alsof je neus bloedt.'

'Uiteraard. Ik weet van niets,' zei ze schouderophalend.

'Over een half uur ben ik terug in de pub, dus als er iets is, dan weet je me te vinden. Dag.'

'Dag, Christy.'

Hij knipoogde en ze keek hem na toen hij met zijn manke been moeizaam terugliep naar de pub. Het gaf haar een veilig gevoel dat hij zich op een steenworp afstand van haar bevond. Ze wist niet wat ze zonder hem had moeten doen.

Ze schonk een glas water voor zichzelf in en zocht een schaduwrijk plekje achter in de tuin. Het was duidelijk dat ze de mand niet kon doorgeven, ondanks de smeekbeden van Lady Fitzgerald.

'Vergeef me, Philip, maar ik kan niets met je moeder te maken hebben,' zei ze, met haar blik op de hemel gericht.

Ze nam een besluit, stond op en haalde de mand uit de schuur.

Een uur later had ze de inhoud van alle blikjes en doosjes overgeheveld in kleine kommen en papieren zakken. Ze raapte de verpakkingen op en wierp alles in het vuur. Als laatste was de brief aan de beurt. Ze zag hoe de envelop verteerd werd door de vlammen. Ze had hem kunnen openmaken, maar dat had ze niet gedaan. Wat er in die brief stond, was uitsluitend bestemd voor 'James Francis', en dat was iets wat ze respecteerde.

Toen al het bewijsmateriaal was verbrand, sneed Nuala twee flinke sneeën brood voor zichzelf af en at een heerlijke zalmsandwich als avondeten.

De volgende dag gaf ze Christy eenzelfde sandwich mee voor Lord Bandons middagmaal.

Zo ging er een week voorbij. Christy kwam steeds een maaltje bij haar halen, en om haar geweten te sussen gaf Nuala hem beetje bij beetje het eten uit de mand van Lady Fitzgerald mee.

'Hoe lang willen ze hem vasthouden?' vroeg ze op een dag toen Christy bleef voor de thee.

'Zo lang als nodig is. Sean Hales, die de leiding had bij de brand van Bandon Castle, heeft het zo geregeld dat generaal Strickland in Cork inmiddels weet dat we hem hebben. Strickland weet ook dat Lord Bandon eraan gaat als hij onze gevangengenomen jongens blijft doodschieten. Sindsdien is er niemand meer in Dublin of Cork geexecuteerd.' Christy grinnikte. 'Eindelijk hebben we de Engelsen bij de kladden.'

'Dus voorlopig laten jullie hem in leven?'

'Tenzij de Engelsen onze jongens weer beginnen af te knallen, maar ik denk niet dat ze dat gaan doen. Volgens Sean heeft Lord Bandon nauwe contacten bij de Britse overheid. Het lijkt me stug dat zij hun vriendjes door de Ieren laten afmaken. We hopen allemaal op een wapenstilstand.'

'Als ze hem niet eerst vinden, Christy.'

'Geen schijn van kans, wat ze ook zullen proberen.' Hij lachte. 'Hij zit elke nacht op een andere plek en wordt dag en nacht bewaakt en in de gaten gehouden.' Hij stond op. 'Goed, ik ga maar weer eens.'

Christy nam de rieten mand met de linnen doek mee die Lady Fitzgerald bij haar had achtergelaten. Ze was blij dat ze ervan af was.

'Stel je voor,' zei ze verrast tegen haar baby. 'Misschien is het binnenkort vrede.'

Tien dagen later stormde Christy de cottage binnen en sloeg zijn armen stevig om haar heen.

'Het is zover, Nuala!' riep hij, toen hij haar eindelijk losliet. 'We hebben een wapenstilstand bereikt met de Engelsen. Het is voorbij, het is eindelijk voorbij. Wat zeg je daarvan?'

'Wat? Zomaar? En wat gebeurt er nu met Lord Bandon?'

'Ze zijn overeengekomen dat hij morgen veilig en wel naar huis mag.'

'Hij heeft geen huis meer.'

'Nee, zijn kasteel is tot op de grond afgebrand, dus misschien voelt hij zich nu net zo ellendig als duizenden van ons. Ze hebben ontelbare huizen platgebrand en het leven van de mensen vernield...' Christy wierp haar een blik toe. 'Zeg, je hebt toch geen medelijden met hem?'

'Natuurlijk niet... Ik kan het gewoon niet geloven, dat is alles.'

'Kom maar mee, dan kun je het met eigen ogen zien.' Hij gaf haar een hand en ze liepen samen naar buiten. Nuala zag overal mensen behoedzaam de straat op gaan en om zich heen kijken, beduusd door het nieuws dat zich inmiddels als een lopend vuurtje verspreidde.

Mensen vielen elkaar in de armen en kusten elkaar, maar ze bleven ondertussen schichtig om zich heenkijken, alsof ze bang waren dat dit een wrange grap was van de Engelsen en er elk moment Black and Tans of mannen van het Essex Regiment met getrokken pistolen in hun vernietigende vrachtauto's hun dorp binnen konden denderen.

'Is het echt waar, Nuala?' vroeg een buurvrouw aan haar.

'Jawel, Mrs. McKintall. Het is voorbij.'

John Walsh kwam naar buiten en riep dat iedereen gratis porter bij hem mocht komen drinken. Het voltallige dorpje dromde naar zijn pub en binnen de kortste keren stond het zowel binnen als buiten vol met mensen die proostten op de overwinning.

'Het is toch een overwinning?' vroeg ze aan een bleke, vervuilde Fergus, die uit het niets was verschenen om zich in het feestgedruis te storten.

'Reken maar. Sean Hales zei dat de wapenstilstand een half jaar van kracht zal blijven, en dat lui als Michael Collins en Éamon de Valera in Dublin met de Engelsen zullen onderhandelen over een plan van aanpak.'

'Het is bijna niet te bevatten. Krijgen we een republiek? Ik bedoel... Krijgen we echt ons land weer terug?'

'Ja, Nuala. We zijn vrij! Ierland is vrij!'

Later die dag bracht Fergus haar en Christy met paard-en-wagen naar Timoleague om Hannah op te halen, zodat de hele familie bijeen kon zijn op Cross Farm om de overwinning te vieren. Zelfs Ryan was van de partij. De whiskey vloeide rijkelijk en er werd veel gelachen, veel gehuild en veelvuldig geproost op allen die zo veel voor de strijd hadden gegeven, maar die er niet meer waren om dit heuglijke moment mee te kunnen maken.

Nuala had volop meegedaan, maar toch was ze er niet helemaal met haar hoofd bij geweest.

'Vind je het erg als ik nu met de paardenkar naar huis ga, Christy?' vroeg ze aan haar neef, die een paar whiskeys te veel ophad.

'Natuurlijk niet. Ik ben niet eens meer in een staat om vee in een stal te krijgen, laat staan een paard-en-wagen.' Hij grinnikte. 'Maar ik ga wel met je mee naar Clogagh. John heeft me morgen vast nodig om de pub schoon te maken.'

Nuala liet haar familieleden achter in hun overwinningsroes. Ze was blij om te zien dat Ryan geanimeerd in gesprek was met haar vader over Mick Collins, die ongetwijfeld een vreedzame oplossing voor Ierland zou weten te bewerkstelligen.

Toen ze terug naar Clogagh reden hing er overal een vreemde stilte. Ze kwamen geen enkele auto of vrachtwagen tegen op de weg.

Nuala maakte het paard los en bracht het dier naar het weiland naast de pub. Christy stond nog steeds met zijn vuisten in de lucht te zwaaien en zong lichtelijk zwalkend op zijn benen een oude Ierse ballade.

'Tijd om je bed op te zoeken, Christy, maar we zien elkaar morgen,' zei ze lachend.

'Welterusten, Nuala, en ik weet zeker dat je man gauw thuiskomt.' Hij leunde zwaar op zijn wandelstok en strompelde door de deur naar binnen. De pub zat nog steeds vol.

'Ik kan er alleen maar voor bidden,' fluisterde ze, terwijl ze haar cottage betrad.

In de daaropvolgende vierentwintig uur leek het alsof heel Ierland opgelucht ademhaalde, maar Nuala hield de hare juist in. Ze had amper een oog dichtgedaan en was blijven luisteren of ze het geluid van de achterdeur hoorde. Tevergeefs.

Tegen de avond was ze echt buiten zichzelf van ongerustheid toen er magere, haveloze jongens van de IRA in het dorp opdoken en hun geliefden omhelsden.

'Waar ben je toch, Finn?' vroeg ze zachtjes. 'Toe, kom toch snel naar huis, anders word ik nog gek.'

Tegen bedtijd was ze te moe om haar nachtgewaad aan te trekken en viel volledig gekleed op het bed in slaap. Ze hoorde de achterdeur niet opengaan, en de voetstappen op de trap ook niet.

Pas toen hij iets in haar oor fluisterde, zijn armen om haar heen sloeg en haar tegen zich aan drukte, wist ze dat haar gebeden waren verhoord.

'O, Finn, je bent thuis, goddank, je bent er weer.'

'Ja, liefste, en ik zweer je dat ik nooit meer weg zal gaan.'

42

Maandenlang verkeerde Ierland in een jubelstemming. De Engelse troepen bliezen de aftocht en het normale leven leek weer te zijn teruggekeerd. Nuala's buik werd steeds dikker en Finn stond weer voor de klas les te geven aan de kinderen van Clogagh. De zomer maakte plaats voor een natte, winderige herfst, maar dat deerde Nuala niet, want ze voelde zich geweldig.

In november, tijdens het zondagse middagmaal op Cross Farm, had iedereen het over de vredesonderhandelingen in Londen tussen Michael Collins en de Britse premier David Lloyd George, die werd bijgestaan door zijn team van gepokte en gemazelde politici. Collins was ernaartoe gegaan als de afgezant van Ierland en hij had beloofd terug te keren met een verdrag waarmee Ierland een zelfstandige republiek zou zijn.

'Het verbaast me dat Éamon de Valera niet zelf met de Engelsen is gaan onderhandelen,' zei Finn, die zich Eileens in donker bier gestoofd rundvlees goed liet smaken. 'Per slot van rekening is hij onze president en hij heeft meer ervaring dan Mick, dus.'

'Mick Collins zal ons de vrede brengen waar we zo naar verlangen,' zei Ryan kortaf. Nuala voelde dat er nog steeds sprake was van een zekere spanning tussen de soldaat en de pacifist.

'Volgens mij zoekt De Valera een zondebok. De Valera is er altijd goed in geweest om zich uit de voeten te maken als de zaak mis dreigde te gaan, en met de eer te strijken als er succes werd geboekt,' zei Daniel. 'Kijk maar hoe hij Mick achterliet om te knokken tegen de Engelsen, terwijl hij zelf naar Amerika ging om fondsen te werven. Ik vertrouw die man voor geen cent. Ik ben blij dat Mick onze zaak bepleit.'

Nuala zag dat Finn iets wilde zeggen en legde onder tafel een waarschuwende hand op zijn bovenbeen. De oorlog was voorbij en Nuala wilde vrede. Zowel aan de familietafel als in heel Ierland.

Begin december was Nuala hoogzwanger en ze keek reikhalzend uit naar de bevalling. Ze was blij dat het voor haar zus een maand later ook zover zou zijn, zodat ze samen heerlijk konden klagen over hun kwellingen en kwalen.

'Twee weken nog maar, gelukkig.' Nuala liet zich knarsetandend op een stoel zakken. Ze zat met Hannah in de keuken van Cross Farm, waar hun moeder mutsjes en sokjes zat te breien voor de twee kleintjes. Opeens stormde Daniel naar binnen, vergezeld van een koude windvlaag. Hij zwaaide verwoed met een krant. Fergus volgde hem op zijn hielen.

'We hebben een vredesverdrag!' riep hij. 'Mick heeft het voor elkaar gebokst!'

Iedereen viel elkaar jubelend in de armen. Daniel vouwde *The Cork Examiner* op de tafel open en begon hardop de details van het vredesverdrag voor te lezen. Maar tijdens de opsomming begon zijn stem steeds bozer te klinken. Bij de laatste passage liet hij zich moeizaam op een stoel zakken. De anderen keken over zijn schouder mee om het artikel zelf te lezen.

'Dit kan niet waar zijn,' mompelde Daniel.

'Toch is het zo, daddy. Hier staat dat Ierland zelfbesturend Brits grondgebied is,' zei Hannah.

'Maar we wilden een republiek,' zei Nuala. 'Betekent dit dat we nog altijd trouw moeten zweren aan die klotekoning van Engeland?'

'Nuala!' zei haar moeder verwijtend. Ze wendde zich tot haar man. 'Daniel? Is dat zo?'

'Ja,' zei Daniel. Zijn blijdschap van even daarvoor was als sneeuw voor de zon verdwenen. 'En een deel van het noorden van Ierland blijft onder Britse heerschappij.'

'Jezus christus!' brieste Fergus. 'Hoe bestaat het dat Mick hiermee akkoord is gegaan?'

'Ik heb geen idee!' riep Nuala. 'Hij kan ons land toch niet zomaar in tweeën delen?'

'Het is een grof schandaal,' zei Daniel, en hij sloeg met zijn vuist op de krant. 'Mick Collins heeft zich door de Engelse onderhandelaars in de luren laten leggen.'

'Hij noemt het "een springplank naar vrede in Ierland",' zei Hannah. 'Misschien heeft hij zich al die tijd gerealiseerd dat hij niet direct een republiek bij de Engelsen kon lospeuteren. Dit is tenminste een begin, en hier in het zuiden hebben we alvast onze eigen grondwettelijke regering.'

'Jawel, maar de Engelsen zwaaien in het noorden met de scepter! Het is eerder een springplank naar de hel,' gromde Daniel. 'Zevenhonderd jaar Engelse overheersing, en het is alsof we geen steek zijn opgeschoten.'

'De Valera had naar Londen moeten gaan,' zei Nuala. 'Mick Collins was niet de juiste persoon.'

'Dat zeg je nu. Afgelopen zomer liep je nog met hem weg omdat hij een wapenstilstand had bewerkstelligd,' zei Hannah, loyaal als altijd aan haar held. 'Hij heeft zijn best voor ons gedaan. Hij heeft voor vrede gezorgd en een einde gemaakt aan de moordpartijen.'

'Maar tegen welke prijs?!' wierp Nuala woedend tegen. 'Er is een stuk van óns eiland afgehakt en het zuiden valt nog altijd onder Brits bewind.'

'Meisjes!' zei Eileen. 'Doe eens rustig. Het verdrag is nog niet goedgekeurd door de Dáil. Volgens de krant is De Valera erop tegen en hij zal zich met hand en tand ertegen verzetten. Wees gewoon blij dat de oorlog voorbij is.'

Maar wat heeft het voor zin als we nog altijd geen zelfstandige republiek zijn, dacht Nuala, en ze zag haar rood aangelopen daddy naar de whiskeyfles grijpen.

Er waren plannen gemaakt om niet alleen de vrede te vieren, maar ook de eerste kerst die niet meer onder Britse heerschappij viel. Maar nu Ierland opnieuw een verdeelde natie was, werden alle festiviteiten opgeschort. In de pubs gingen alle gesprekken over Mick Collins. Het kamp dat voor het verdrag was, stond lijnrecht tegenover het kamp van Éamon de Valera en zijn antiverdragsfactie van de Sinn Féin.

'Hannah heeft me net verteld dat Ryan en zij niet eens voor het kerstmaal hierheen komen,' zei Eileen tegen Nuala, die even thuis was langsgegaan voor een kopje thee.

'Wat had ze voor excuus?' vroeg Nuala beduusd.

'Tja, ze staat op het punt van bevallen en...'

'Nou, ik anders ook, mammy! Ik moet nota bene nog eerder bevallen en toch kom ik met Finn naar Cross Farm om deze gezegende dag bij mijn familie te kunnen zijn. Het komt door Ryan. Hij weet dat we tegen het verdrag zijn en achter De Valera staan, terwijl hij wegloopt met zijn dierbare Mick.'

'Ze zijn voor de vrede, Nuala, net als zo veel andere mensen. Dat kun je hun niet kwalijk nemen,' zei Eileen.

Een paar dagen na de kerst kwam Maggie ter wereld, de dochter van Finn en Nuala. De zoon van Hannah en Ryan werd begin januari geboren, midden in het spervuur van de Ierse politici in de Dáil, die inzake het verdrag lijnrecht tegenover elkaar stonden. Ondanks haar pasgeboren kindje en het prille geluk van het moederschap volgde Nuala koortsachtig al het nieuws op de voet, en ze bad in stilte dat de antiverdragsfactie van De Valera het pleit zou winnen. Maar Mick Collins en zijn medestanders wonnen de stemming in de Dáil. Éamon de Valera trad af als president, uit protest dat het parlement het verdrag had goedgekeurd, en hij wierp zich direct vol in de strijd. Er zouden verkiezingen komen, de eerste van deze vreemde nieuwe 'Ierse vrijstaat', zoals het zuiden nu heette. Gedurende het hele voorjaar bleef het op politiek gebied erg onrustig in Dublin, en de IRA, die enorm in omvang was gegroeid door een lading nieuwe rekruten die zich tijdens de wapenstilstand hadden aangesloten, raakte hopeloos verscheurd toen duidelijk werd dat hun mannen in twee kampen verdeeld waren. Onder aanvoering van De Valera namen de tegenstanders het heft in eigen hand en bezetten een aantal overheidsgebouwen, waaronder de Four Courts, het belangrijkste rechtsgebouw in Dublin en tevens de plek waar in 1916 de Paasopstand was begonnen.

'Hoe durven ze de wet met voeten te treden?' zei Hannah schuimbekkend tegen Nuala. Ze zaten met John en Maggie op hun schoot op de bank die uitkeek op de baai van Courtmacsherry. 'Zien ze niet dat dit verdrag ons de mogelijkheid biedt om totale vrijheid te bereiken?' Hannah herhaalde de slogan die Mick Collins had gebruikt om steun te verkrijgen.

'De Engelsen hebben hem in hun zak,' schamperde Nuala. 'Finn heeft verteld wat Mick zei toen hij zijn handtekening onder het verdrag zette – dat hij zojuist zijn eigen doodvonnis had getekend. Hij wist ook wel dat de echte Ierse republikeinen dit zouden afwijzen.'

'Wil je daar nou mee zeggen dat ik geen echte Ierse republikein ben?'

snauwde Hannah. 'Ik was degene die jou meenam naar Cumann na mBan, zusje.'

'En Finn en ik waren degenen die tot het bittere eind zijn blijven vechten,' pareerde Nuala. 'Ik kan niet langer met je praten als je die propaganda van Mick Collins voor zoete koek blijft slikken.' Ze stond abrupt op, stopte Maggie in haar draagzak en liep ziedend van woede naar huis.

In juni, toen Maggie net was begonnen met het eten van vast voedsel, las Nuala de krant en meteen zonk de moed haar in de schoenen.

'De Valera en zijn aanhang hebben de verkiezing verloren. De proverdragsfactie van Collins heeft gewonnen!' riep ze naar haar man. Finn, die op het punt stond naar school te gaan, kwam net de trap af terwijl hij zijn stropdas strikte. 'De Ieren hebben voor dit waardeloze verdrag gestemd, Finn! Hoe bestaat het, nadat we zo hard hebben gevochten voor een republiek?'

Nuala liet snikkend haar hoofd op de tafel zakken.

'Ach, Nuala, liefje toch. Ja, het is een ramp, maar als de politiek faalt...'

'... dan begint de oorlog opnieuw, en ditmaal staan de broeders tegenover elkaar. Jezus, Finn, ik moet er niet aan denken wat dit voor gevolgen zal hebben. Hier in de omgeving zijn de meningen verdeeld. Het begint al bij mijn eigen familie,' zei ze terwijl ze hem aankeek. De tranen stroomden over haar wangen. 'Hannah heeft me trots verteld dat Ryan en zij voor Michael Collins hebben gestemd. Ze kan zich maar beter niet meer vertonen! Ik sleep haar mee naar Cross Farm en dan mag ze ten overstaan van haar vader, de verstokte Fenian, een buiging maken voor de koning van Engeland! En ook waar haar broer bij is, en jij, en al onze vrienden en buren die hun leven in de waagschaal hebben gesteld voor de republiek!'

'Ik weet het, Nuala, ik weet het...'

'Het is nog erger dan knokken tegen de Engelsen. Dit is een splijtzwam voor ons land.'

'Nou, wij tweeën zijn tenminste niet verdeeld. Kom, probeer wat tot bedaren te komen, die kleine van ons wil haar ontbijtje.'

Finn schepte wat pap uit de ketel die boven het vuur hing, en Nuala zette haar zes maanden oude kindje in de houten eetstoel die Finn in de paasvakantie voor haar had getimmerd.

Haar hart smolt toen Maggie naar haar glimlachte. Het was een prachtig meisje. Ironisch genoeg had ze het rode haar van haar tante Hannah geërfd en leek ze als twee druppels water op haar.

'Geef me haar pap even aan, Finn.'

Finn gaf haar de kom en hoopte dat de zorg voor de baby een kalmerende uitwerking op zijn aangeslagen vrouw zou hebben.

'Tot straks dan, meisjes,' zei hij. Hij drukte een kus op de donkere kruin van zijn vrouw en ook een op het koperkleurige bolletje van zijn dochter, en verliet de cottage.

'Luister naar je mammy, meisje,' zei Nuala, 'als die zus van me langskomt om te bazelen dat zij de verkiezingen hebben gewonnen met hun stomme verdrag, dan krijgt ze van mij een mep.'

Maggie gorgelde en deed haar mondje open voor de volgende lepel met pap.

'Misschien moeten we straks oom Christy even opzoeken, wat vind jij? Hij zal zich net zo voelen als ik.'

Net toen ze Maggie in haar bed had gelegd voor een slaapje, kwam Christy langs.

'Heb je het gehoord?' vroeg hij toen hij in de keuken stond.

'Ja. Maar Maggie heeft net haar buikje rond gegeten en ligt te slapen. Zullen we naar buiten gaan met een glaasje?'

'Een glaasje met wat?'

'Dat mag jij zeggen.' Nuala hield vragend de fles whiskey omhoog, maar Christy haalde zijn arm achter zijn rug vandaan. Hij had een fles porter in zijn hand.

'Ik heb mijn eigen spul meegenomen,' zei hij, en hij volgde haar naar de tuin. 'Ik dacht dat we wel een hartversterkertje konden gebruiken na deze ontwikkeling.'

'De muren hebben oren,' fluisterde Nuala nerveus.

'Tenzij Mrs. Grady is opgestaan uit het graf waar ze drie dagen geleden in is gelegd, denk ik dat we weinig te vrezen hebben.' Christy glimlachte flauwtjes. 'Als we ons om dat soort dingen zorgen gaan maken, zijn we echt weer terug bij af.'

'Dat is ook zo nu de pro-verdragsfactie de verkiezingen heeft gewonnen.'

'Ja.' Christy knikte. 'Er zit al sinds vanmorgen volk in de pub, dus ik kan niet te lang blijven. Maar ze zitten met ons op één lijn, en ze zijn tegen Mick Collins, dus. Er zijn een heleboel mensen hier die voor de republiek willen vechten waarvan we droomden. Ik heb gehoord dat de protestanten hun biezen al pakken en naar het noorden vertrekken. Volgens de geruchten willen ze de grens dichtgooien.'

'Mogen we niet eens in ons eigen land gaan en staan waar we willen?' Nuala haalde diep adem en nam een slokje whiskey.

'Ik weet niet precies hoe het zit, maar het schijnt dat er al een heleboel mensen onderweg zijn, voor het geval dat.'

'Hoe zit het met de katholieken die in het noorden boven de grens wonen?'

'Ze zullen proberen naar het zuiden te komen, maar net als hier hebben de meesten een stuk land waarvan ze moeten leven. Kolere, wat een puinhoop.' Christy schudde zijn hoofd en nam een flinke slok porter, rechtstreeks uit de fles.

'Hoe kunnen we ooit een oorlog tegen onszelf beginnen? Zou jij bereid zijn tegen je vrienden te vechten? Tegen je eigen familie? Ik... ik weet het niet.' Nuala liet haar hoofd in haar handen zakken. 'Daddy is op-en-top Fenian, hij zou tot aan zijn laatste snik voor de republiek blijven vechten, en mammy zou hem daarin steunen. Fergus ook, maar Hannah...'

'Oordeel niet te hard over haar, Nuala. Ze moet achter haar man staan, en er zijn er genoeg die voor de vrede hebben gestemd, niet voor een oorlog, wat de gevolgen ook zouden zijn.'

'We hadden vrede toen de Engelsen hier de baas waren, en wat heeft het ons gebracht? We waren zo dicht bij de vrijheid en we hebben zo veel mensen moeten verliezen. We zijn het verschuldigd aan allen die hun leven hebben gegeven. Ja toch?'

'Het is een ondraaglijke gedachte, maar ik moet je gelijk geven. Het staat bovenaan de agenda bij de eerstvolgende bijeenkomst van de Third West Cork Brigade. Sean Hales is er niet bij, hij heeft al laten weten dat hij voor het verdrag is, de verrader! Hij is al in Dublin om Mick Collins te helpen een nationaal leger te formeren. Tom Hales staat aan onze kant en zal ons steunen als wij doorvechten.'

'Hoe kan Sean Hales achter het verdrag staan als zijn bloedeigen broer door de Engelsen is mishandeld en gemarteld?' Nuala was woest.

'Luister, Nuala, we zijn er nog lang niet. Probeer je niet al te druk te maken. Mick Collins wil geen oorlog tegen zijn eigen mensen, net zomin als wij. Laten we eerst kijken of hij alsnog een of ander politiek toverkunstje uit weet te halen, daarna zien we verder.'

Krap tien dagen later stond er in de krant dat het hoofdkwartier van de tegenstanders in Dublin, dat door Éamon de Valera in de Four Courts was opgericht, was aangevallen door het nieuwe National Army van Michael Collins.

'Na herhaaldelijke verzoeken aan de tegenstanders van het verdrag om de Four Courts te verlaten, werd het bevel gegeven tot de aanval over te gaan. De voorstanders van het verdrag hebben de Four Courts met zware artillerie bestookt.'

In plaats van de krant met haar vuisten te bewerken scheurde Nuala hem kapot. Toen Finn even later uit school kwam, trof hij een krantenpapier versnipperende vrouw aan en een huilend kind.

'Heb je het gehoord? Collins heeft de Four Courts aangevallen! Het gevecht is nog steeds in volle gang, maar volgens de krant heeft Collins hulp gekregen van de Engelsen, die hem kanonnen en artillerie hebben gegeven, en... O, Finn, zeg me dat dit een boze droom is,' zei ze, en ze zocht naar troost in zijn armen.

'Nuala, we hebben al eerder gewonnen en we zullen opnieuw winnen. Christy heeft me net verteld dat onze brigade vanavond vergadert. Het wordt tijd dat de mannen laten zien of ze achter ons staan of achter dat verdrag. Maar kijk nou, liefste, Maggie is helemaal overstuur. Dat willen we toch niet?'

Nuala schudde haar hoofd en liep naar het huilende meisje om haar te sussen.

'Het is beter als je nu bovenal een mammy bent, Nuala, laat de rest maar aan je man over. Goed?'

'Maar als het gevaarlijk wordt, kan ik me toch opnieuw aansluiten bij Cumann na mBan en...'

'Geen sprake van, Nuala. Het is anders als je alleen met jezelf rekening hebt te houden. Je bent nu mammy. Ditmaal moet je het aan de mannen overlaten. Ik wil niet dat Maggie een weesje wordt. Hoor je me?'

'Zeg dat nou niet! Ik sterf liever dan jou te moeten verliezen.'

'En dan mag ik zeker voortaan Maggies luiers verschonen?' Finn grinnikte. 'Enfin, krijg ik nog iets te eten in dit huis voor ik op pad ga?'

Finn kwam die avond laat thuis, maar Nuala was nog wakker.

'Hoe was de bijeenkomst?'

'Het ziet er gunstig voor ons uit, Nuala,' zei Finn. Hij kleedde zich uit en kroop naast haar in bed. 'Bijna iedereen staat achter ons, dus iedereen die hier in de omgeving het verdrag steunt, mag wel uitkijken. Ik heb gehoord dat Rory O'Connor in hoogsteigen persoon vanuit Dublin naar Cork zal afreizen om onze troepen aan te voeren. We moeten ons verdedigen tegen het nieuwe Irish National Army van Mick Collins. Ik heb gehoord dat hij en de regering óns tegenwoordig de republikeinen noemen.' Finn schudde zijn hoofd en grimaste. 'Er is geen ontkomen meer aan, maar we zijn er klaar voor. We hebben de ervaring aan onze kant, en we hebben mannen als Tom Hales.'

'En Sean Hales aan het roer van dat nieuwe leger?'

'Juist. Ach, Nuala, het ziet ernaar uit dat er woelige tijden zullen aanbreken. Laten we gaan slapen zolang het nog kan.'

Toen Finn opnieuw vaak weg was voor bijeenkomsten en trainingen, las Nuala in de krant dat het Irish National Army, onder leiding van Sean Hales – die zij aan zij met Finn had gevochten en die ook had gezorgd voor het afbranden van het kasteel in Bandon, wat tot de wapenstilstand had geleid – over zee op weg was naar de zuidelijke kust. De Engelsen hadden hun schepen beschikbaar gesteld. Aangezien de manschappen bruggen en spoorlijnen hadden opgeblazen toen Sean in de laatste oorlog tegen hen vocht, was het een slimme zet van hem om met het National Army de zeeroute te kiezen.

Ze was blij met Maggie, die haar voortdurend bezighield. Als Finn weg was, kon ze soms bloednerveus zijn. Het was alsof ze de nachtmerrie weer helemaal opnieuw beleefde.

Met Maggie op haar borst in de draagzak ging ze met de paardenkar naar Timoleague. In de winkels hadden de klanten het nergens anders over dan over het laatste nieuws, en de meeste mensen staken hun afschuw niet onder stoelen of banken. Het gevoel van angst en onzekerheid was bijna tastbaar.

'Het is nu echt een burgeroorlog, we kunnen er niet meer omheen,' zei Mrs. McFarlane bij de slager. 'Ik heb gehoord dat Sean Hales gisteren met zijn leger in Bantry is aangekomen en dat ze onderweg zijn naar Skibbereen. Wat hangt ons in vredesnaam boven het hoofd?' zei ze, terwijl ze Nuala haar stoofvlees en wat spek overhandigde.

In de hoofdstraat zag Nuala dat de pubs, die sinds de wapenstilstand en de terugtrekking van de Engelsen stampvol waren geweest, nu weer leeg waren, afgezien van een paar oude mannetjes die hun verdriet weg kwamen drinken. Op weg naar haar paardenkar zag Nuala opeens Hannah vlak voor haar een winkel verlaten.

'Hallo, Nuala, hoe gaat het? En met de kleine?' vroeg haar zus.

'Prima, hoor. En met die van jou?' vroeg Nuala koeltjes, alsof ze het tegen een vreemde had.

'John maakt het ook goed, dank je.'

'Het is al weer een poos geleden dat jullie op zondag op Cross Farm zijn komen eten. Zien we jou en Ryan nog een keer?'

'Ach, nu de gemoederen zo hoog zijn opgelopen, vond Ryan het beter dat we weg zouden blijven totdat de boel was gesust. Hij weet maar al te goed hoe ze bij ons thuis over het verdrag denken.'

'En jij, Hannah? Hoe sta jij ertegenover?'

'Ik wil alleen maar vrede, net als Ryan. Goed, ik moet maar eens gaan, mijn kind wacht thuis op me. Tot ziens, Nuala.'

Nuala keek haar zus na, die zich naar een klein huis verderop in de straat begaf, waarin Ryan en zij vlak na de geboorte van John hun intrek hadden genomen. De kans dat ze hun kinderen samen zou zien opgroeien, leek definitief verkeken. Daar had de oorlog een stokje voor gestoken.

'En dat allemaal vanwege oom Ryan,' zei Nuala tegen Maggie, die genoeglijk tegen haar borst lag te slapen. Van welke kant ze het ook bekeek, ze kon het gedrag van haar zus niet als iets anders beschouwen dan als verraad.

Gelukkig was de schoolvakantie aangebroken en had Finn zijn handen vrij om de tegenstanders van het verdrag bij te staan in hun strijd. Finn had gezegd dat het National Army onderweg was naar Clonakilty.

'Dat is de thuisbasis van Michael Collins,' zei Nuala tegen Christy, die even bij haar was aangewipt.

'Is Finn erheen? Dan zou ik uitkijken als ik hem was, want ook al zijn ze tegen het verdrag, een heleboel luitjes in Clonakilty staan hoe dan ook achter De Lange. Hij is een van hen.'

'Nee, Finn is met de rest van de brigade onderweg naar Bandon. Ze denken dat het de volgende bestemming van Collins' troepen is.'

'Nou, die jongens weten wat ze doen, en ze zitten op hun eigen terrein,' zei Christy. 'Vergeet niet dat het National Army ook maar uit gewone Ieren bestaat, mensen als jij en ik, die geld willen verdienen omdat ze thuis een paar monden te voeden hebben. Bovendien, wat we ook mogen denken van Sean Hales en zijn steun aan het verdrag, ook hij wil vrede. Hij zal mild zijn, Nuala, vooral in West Cork, waar hij en zijn broer Tom zijn geboren.'

'Ik hoop van harte dat je gelijk hebt,' zuchtte Nuala. 'Kom je zondagmiddag eten op Cross Farm?'

'Natuurlijk, en dan vragen we aan je vader of hij een paar Fenianliedjes op zijn fiddle wil spelen, om ons eraan te herinneren waarvoor we het allemaal doen, hè?' Christy glimlachte naar haar. 'Ik moet weer terug. Tot gauw, Nuala.'

Nadat hij was vertrokken, bleef Nuala nog een poosje over hem mijmeren. Hoe bestond het dat zo'n fijne vent, zo aardig en zo slim, nooit een vrouw had gevonden.

De daaropvolgende zondag was Finn weg om Bandon te verdedigen. Na de mis reed Nuala met Maggie op de paardenkar van Christy naar Cross Farm. Het was een prachtige dag in juli, en Nuala keek omhoog naar de weidse blauwe hemel.

Waar je ook bent, Finn Casey, ik zend je al mijn liefde en zegeningen.

Op Cross Farm was de Slag om Bandon hét gesprek van de dag. Haar vader had via via gehoord dat de tegenstanders van het verdrag weliswaar flink van zich afbeten, maar dat Sean Hales en zijn National Army de stad toch zouden innemen.

'Gelukkig zijn er minder levens verloren gegaan dan wanneer we tegen de Engelsen hadden gevochten, daar mogen we God dankbaar voor zijn,' zei haar moeder toen ze met Nuala het eten op tafel zette.

'Jawel, maar er zijn toch jongens gesneuveld. Wat bezielt Sean Hales om met Engelse oorlogsschepen en artillerie zijn eigen mensen kapot te maken?' bulderde Daniel aan het andere eind van de tafel. 'En hoe bestaat het dat Mick Collins dit allemaal goedkeurt?'

'Het is tragisch, meer kan ik er niet van zeggen,' verzuchtte Eileen.

‘Onze vijanden kennen onze strategie, omdat ze die pas nog zelf hebben toegepast. Ze nemen West Cork met gemak in. We staan erbij en kijken ernaar,’ tierde Daniel.

‘Finn anders niet, hoor, daddy,’ zei Nuala defensief. ‘Hij loopt voorop in de strijd voor onze republiek.’

‘Dat is zeker zo, Nuala, net als onze Fergus,’ zei Eileen. ‘Moge God hen allebei bijstaan.’

Na het eten pakte Daniel zijn fiddle en speelde een paar meeslepende wijsjes van vroeger, gevolgd door een paar nieuwere die hij onlangs had geleerd. Zoals een ballade voor Charlie Hurley, de beste vriend van Finn, die helaas in de vorige oorlog was gesneuveld. Nuala voelde zich kalmer worden toen Daniels sonore stem door de ruimte zweefde. Ze vochten niet alleen voor hun republiek, maar voor alle mensen die hun leven voor de zaak hadden opgeofferd.

Finn kwam de volgende dag terug uit Bandon. Uitgeput, maar ongedeerd.

‘Overal in West Cork vallen dorpen in handen van het National Army, dezelfde dorpen die we op de Engelsen hebben veroverd om een wapenstilstand af te dwingen. Maar moeten we daar nu echt heen om complete Ierse garnizoenen op te blazen?’ Hij zuchtte. ‘Het schijnt dat de National Army op weg is om Kinsale in te nemen, dus tenzij we opnieuw de wapens oppakken, zullen Kinsale en de rest van Ierland zich nog voor het einde van de maand overgeven.’

‘Blijf je doorvechten, Finn?’

‘Tot het einde, Nuala. Dat weet je.’

‘Heb je… Heb je iemand gedood tijdens de Slag om Bandon?’

‘Het was donker, en ik kon het niet echt goed zien, maar er lagen volgens mij wel een paar gewonden op straat, al heb ik geen idee wie ze waren of wie er had geschoten. Jezus, wat ben ik moe, ik wil naar bed. Ga je mee?’

‘Natuurlijk, liefste. Ik zal geen gelegenheid overslaan om jou veilig in mijn armen te houden.’ Nuala deed zuchtend de olielamp uit en met lood in haar schoenen volgde ze Finn de trap op naar boven.

43

Halverwege augustus was het National Army de baas in de stad Cork en in alle belangrijke plaatsen in de omgeving. Michael Collins en zijn medestanders die voor het verdrag waren, hadden gewonnen.

'Als ze Cork hebben ingenomen, wat heeft het dan nog voor zin om door te gaan?' vroeg ze aan Finn. Hij was net thuisgekomen, vervuild en mismoedig na de zoveelste nederlaag. 'We hebben verloren, het is niet anders. En als er geen hoop meer is, dan leef ik liever door met mijn man en met dat stomme verdrag, dan zonder mijn man.'

Finn nam een slokje van zijn glas whiskey. 'We hebben toch afgesproken dat we voor de republiek zullen blijven knokken, Nuala?'

'Jawel, maar...'

'Niks te maren. Als je de mensen hier vraagt om met hun hand op de Bijbel te zeggen wat ze denken, dan zijn ze allemaal tegen het verdrag. En wij zijn de enigen in Ierland die het kunnen tegenhouden. Ik zou niet met mezelf kunnen leven als ik niet tot aan mijn laatste snik voor de zaak zou strijden.'

'Wat zeg je nu, Finn? Dat je liever doodgaat? Dat de zaak belangrijker voor je is dan ik, of je dochter?'

'Ach, kom, waar haal je dat nou weer vandaan? Zo ken ik je niet. Je hebt altijd achter me gestaan, jouw liefde en je geloof hebben me overal doorheen gesleept.'

'Jawel, maar ons leven ziet er nu heel anders uit. Jij zei nota bene zelf dat ik me niet bij Cumann na mBan mocht aansluiten omdat ik Maggie heb. We vormen nu een gezin, Finn, dat heb je zelf gezegd. En dat gaat toch boven alles?'

Finn keek haar aan en zuchtte. 'Ik heb hier geen energie voor, Nuala. Ik ga boven een bad nemen.'

Nuala tilde de slapende Maggie uit haar ledikantje, hield haar tegen haar borst en keek naar haar.

'Hoe moet dat nu met ons, kleine?' fluisterde ze.
Maggie sliep rustig door in haar armen.

De afspraak was dat alle leden van Finns brigade opnieuw de heuvels in zouden trekken om daar, net als voorheen, in de schaduw te verdwijnen.

'Beweer je soms dat de voorstanders je anders in je eigen huis komen arresteren, net als de Engelsen vroeger?' vroeg Nuala aan Finn toen hij thuiskwam.

'Tijdens de schermutselingen zijn er al een paar van ons opgepakt en in de gevangenis gezet door het National Army, maar als ze het raddraaiers echt lastig willen maken, dan weten ze precies waar we wonen, hè?' wierp Finn tegen. 'En onze schuiladressen kennen ze ook, want ze hebben er destijds zelf gebruik van gemaakt.'

'Hoeveel van jullie zijn er nog, denk je?'

'Genoeg,' zei Finn. 'Maar een van onze spionnen in Dublin wist ons te vertellen dat De Lange misschien een bezoek aan West Cork zal brengen.'

'Mick Collins? Hier?'

'Hij is hier geboren, Nuala. Dit is zijn domein, en al zijn hier een heleboel mensen tegen het verdrag, ze zien Mick nog altijd als een godheid, de held die Ierland heeft gered. Ironisch, hè?'

'Wat?'

'West Cork en Kerry hebben waarschijnlijk meer bijgedragen aan het bereiken van de wapenstilstand met de Engelsen dan welk ander graafschap ook. We hebben allemaal voor Mick gevochten, we geloofden in hem omdat hij een van ons was. Maar die hartstocht maakt ook dat we nu het felst gekant zijn tegen dat verdrag. Het is waanzin, echt.' Finn trok de ceintuur van zijn regenjas aan en hees de knapzak over zijn schouder. 'Enfin, ik moest maar eens gaan.' Hij legde zijn handen om haar gezicht en kuste haar teder op haar lippen. 'Vergeet niet hoeveel ik van je hou, lieve Nuala. En dat ik dit allemaal voor jou doe, voor onze kleine en voor de kinderen die we nog zullen krijgen.'

'Ik hou ook van jou, voor altijd,' fluisterde ze, toen ze haar man voor de zoveelste keer door de deur zag verdwijnen.

Twee dagen later merkte Nuala dat er opeens een heleboel dorpelingen over straat liepen of met paard-en-wagen onderweg waren.

'Waar gaat iedereen naartoe?' vroeg ze aan Christy, die zoals gewoonlijk was aangewipt voor een kop thee en een praatje voor de pub open zou gaan.

'Kennelijk is Michael Collins vanmiddag in Clonakilty. Ik heb gisteravond in de pub gehoord dat hij door Béal na Bláth is gekomen. Zijn konvooi bleef stilstaan en heeft in de Long's Pub de weg gevraagd. Denny staat daar achter de bar.'

'Wat?' Nuala's hand vloog naar haar gezicht. 'Heeft Denny hun de weg gewezen?'

'Jazeker.' Christy knikte. 'Een paar van ons zaten ook in die pub vanwege een bijeenkomst op de boerderij van de Murrays, niet ver daarvandaan. Tom Hales was er, en ik hoorde dat zelfs De Valera vanuit Dublin naar die bijeenkomst wilde komen. Ze zeggen dat er dan zal worden besloten of ze de strijd willen voortzetten. En ja hoor, daar was hij dan, onze gezworen vijand, Mick Collins, op een paar kilometer afstand van onze jongens, en hij had niets in de gaten.' Christy grinnikte.

'Weet je zeker dat Denny Mick Collins in die auto heeft gezien?'

'Ja. Die vriend van me zei dat Denny het op de Bijbel zou zweren. Mick zat in een auto met de kap omlaag, lefgozer, en nu weet de helft van West Cork dat hij er is. Kennelijk wil hij een bezoek brengen aan alle plaatsen die door het National Army zijn ingenomen, en iedereen heeft erop gewed dat hij ook naar Clonakilty gaat, dat vlak bij zijn geboorteplek ligt.'

Nuala zag dat het steeds drukker werd op straat.

'Jij laat deze beker zeker aan je voorbijgaan, Nuala,' zei Christy met een smalend lachje.

'Reken maar.'

Nuala overdacht wat ze net allemaal had gehoord. Toen zei ze: 'Als onze jongens weten dat Mick er is en waarschijnlijk via dezelfde weg teruggaat, zullen ze dan een aanslag op hem plegen?'

Christy ontweek haar blik. 'Ze zouden mij niets vertellen en ik wil het ook niet weten. Maar volgens mij moet er nog een rekening vereffend worden.'

Laat op de avond zag Nuala de mensen uit Clogagh en omstreken terugkeren. Ze hadden duidelijk een slok op en ze wilden meer, want de meesten stalden hun fiets of hun kar voor de pub. Ze kon de verleiding niet weerstaan en zette de voordeur op een kier om te luisteren naar de krioelende meute die pinten met porter en glazen whiskey achteroversloeg.

'Bij O'Donovan trakteerde Mick me op een drankje...'

'O, nou, bij Denny Kingston was alles van het huis. Hij zwaaide naar me!'

'Mick vroeg hoe het met mijn koters was, echt waar!'

Nuala herkende mannen en vrouwen die de IRA tijdens de revolutie met hart en ziel hadden gesteund. Ze schudde droevig haar hoofd en deed de deur weer dicht. Toen schonk ze voor zichzelf een glas whiskey in.

Even na middernacht ontwaakte ze uit een benevelde sluimering door het gekraak van de achterdeur. Ze hoorde voetstappen op de trap en hield haar adem in tot ze Finn de slaapkamer binnen zag komen.

'Nuala... o, Nuala...'

Hij strompelde naar het bed, liet zich er languit op vallen en barstte in snikken uit.

'Wat heb je? Wat is er gebeurd?'

'Ik... Wat een puinhoop, Nuala, wat een puinhoop.'

Nuala wachtte tot hij tot bedaren was gekomen. Toen gaf ze hem een glas whiskey, dat hij in één keer achteroversloeg.

'Kun je me vertellen wat er is gebeurd?'

'Ik... krijg het nauwelijks mijn strot uit. Ik heb kilometers gerend om bij jou te kunnen zijn. Laat me in je armen slapen, Nuala, en dan vertel ik het je...' Halverwege de zin viel hij in slaap, met zijn hoofd op haar borst.

Ze had geen idee wat hij haar wilde vertellen en het kon haar ook niet schelen, want haar man was veilig en wel thuisgekomen.

De volgende ochtend liet Nuala hem uitslapen en ging naar beneden om Maggie eten te geven. Een uur later sjokte Finn de trap af. Hij zag er geradbraakt uit, alsof hij in korte tijd tien jaar ouder was geworden.

'Trek?' vroeg ze.

Finn knikte alleen maar en plofte neer op een stoel.

'Hier, Finn, eet eerst maar wat,' zei ze zacht en ze gaf hem een kom pap.

Hij had zijn ontbijt in een paar happen op en Nuala, die te moe was geweest om vers brood te bakken, sneed een stuk af van het brood van de vorige dag en smeerde er jam op.

'Ach, Nuala,' zei Finn, toen hij alles ophad. Hij veegde zijn mond af. 'Mijn hoofd tolt helemaal, ik...'

'Je kunt me alles vertellen, Finn, ik neem het desnoods mee in mijn graf als je dat aan me vraagt. Ik hoorde gisteren van Christy dat Mick Collins in Clonakilty werd verwacht. Waren ze van plan een aanslag op zijn konvooi te plegen?'

'Dat waren ze inderdaad van plan. Ik was met Tom Hales en de andere jongens op de boerderij van de Murrays voor een bijeenkomst met de Cork Brigades. Toen we van Denny Long hoorden dat Collins waarschijnlijk dezelfde weg terug zou nemen, stelde Tom Hales voor hen in een hinderlaag te lokken. We hebben op de kruising bij Béal na Bláth uren liggen wachten, maar het konvooi kwam niet. Tom besloot de operatie af te blazen vanwege de regen – we hadden geen droge draad meer aan ons lijf. Ik ben met een paar anderen weggegaan, maar een aantal is gebleven voor het geval dat, onder wie Tom. En terwijl ik door de heuvels liep, zag ik opeens het konvooi beneden. Ik zocht snel dekking voor het geval ze mij zouden zien, en een minuut of tien later...'

Hij zweeg even om een huivering te onderdrukken.

'Ik hoorde schoten vanuit de hoek waar onze jongens nog steeds lagen te wachten. Ik ging snel terug om poolshoogte te nemen, maar toen kwamen een paar van ons me al tegemoetrennen. Ze zeiden dat het te hard regende om echt goed te kunnen zien wie ze hadden geraakt, maar dat ze Collins hadden zien vallen. De mannen van het konvooi hadden teruggeschoten, maar toen ze Mick op de weg zagen liggen, hielden ze op.'

Finn keek naar haar op, zijn blauwe ogen stonden vol tranen. 'Hij is dood, Nuala. De enige in het konvooi die was geraakt.'

'Mick Collins? Dood? Ik...' Nuala staarde haar man geschokt en vol ongeloof aan. 'Weet je wie hem heeft doodgeschoten?'

'De man die me dit vertelde, ik hou zijn naam even voor me, sloeg vooral wartaal uit, maar hij herhaalde wel keer op keer: "Mick is dood!

Mick is dood!" Jezus, Maria en Jozef, doodgeschoten door zijn eigen mensen hier in West Cork.'

Finn kreeg het opnieuw te kwaad, en het enige wat Nuala kon doen, was opstaan en haar armen om hem heen slaan.

'Het is één ding om te vechten voor een fatsoenlijke republiek, maar om deel uit te maken van een aanvalsbrigade die de man doodt die ons de zege en de wapenstilstand bezorgde... God mag weten wat Ierland te wachten staat zonder De Lange.'

'Waar was De Valera? Wist hij van de hinderlaag?'

'Dat zou je denken, maar hij is gisteren in alle vroegte uit West Cork vertrokken omdat hij weer in Dublin moest zijn voor een bijeenkomst.'

'Heeft hij het bevel gegeven voor de aanslag op Mick?'

'Naar verluidt was dat Tom Hales, die trouwens stond te snikken als een klein kind toen hij ontdekte dat Mick dood was. Je weet dat ze voor de burgeroorlog gezworen kameraden waren.'

'Ik... ik ben sprakeloos,' zei Nuala, die haar tranen ook niet meer kon bedwingen. 'Wat moeten we nu doen?'

'Als je het mij vraagt, zullen vandaag een heleboel mensen in de omgeving een paar tranen laten, of ze nu voor of tegen dat verdrag zijn. Maar ik zal je dit zeggen, Nuala, ik zet er een streep onder. Van mij hoeft het niet meer nu Mick dood is.'

'Dat begrijp ik heel goed, Finn,' zei ze na een poosje. 'En ik denk dat vele anderen die mening delen, dus.'

'De meesten van ons. Ik ben bang, Nuala. Voor het eerst ben ik bang dat mensen zullen ontdekken dat ik bij de groep zat die Michael Collins heeft gedood, en dat ze naar me op zoek gaan.'

'Maar je zat er niet bij, Finn. Je zei net dat je al was vertrokken en dat je op weg was naar mij, op weg naar huis. Er was gisteravond heel wat volk op de been. Ze kwamen allemaal uit Clonakilty met een buik vol porter, en ze waren zo dronken dat ze amper uit hun ogen konden kijken. Niemand zal weten waar jij was. En als iemand ernaar vraagt, dan was je hier thuis, bij mij en je dochter. Desnoods zweer ik het op de Bijbel. Ik weet ook dat er straks overal kerkdiensten voor Mick georganiseerd zullen worden. En daar gaan wij naartoe.'

'Ja, daar gaan we heen, en ik zal ook voor hem bidden. Het is niet zo dat ik hem met mijn eigen handen heb gedood, maar zo zal het voor de rest van mijn leven wel voelen.'

'Toch heb je het niet gedaan, Finn, en probeer altijd voor ogen te houden dat je een bevel hebt opgevolgd. Zoals alle soldaten in oorlogstijd.'

'Ja, je hebt natuurlijk gelijk.' Finn wreef ruw zijn tranen weg. 'Ik betwijfel of Tom Hales of wie dan ook van tevoren had bedacht dat uitgerekend Mick geraakt zou worden. We wilden gewoon die bende uit Dublin een lesje leren, hen eraan herinneren dat er nog steeds veel van ons zijn, dat we nog steeds bikkelen voor onze geliefde republiek. Jezus, Nuala, Mick stond aan het hoofd van onze nieuwe regering! Waarom reed hij rond in een auto met de kap omlaag? En waar waren de soldaten die hem moesten beschermen op het moment dat het nodig was?'

'Ik zou zeggen dat Mick geen idee had dat ook maar iemand in West Cork hem naar het leven stond. Hij zat tussen zijn eigen mensen, hè?'

'Ja, dat dacht hij tenminste.'

'Afgaande op degenen die gisteren een glas met hem hebben gedronken, moeten hij en zijn soldaten ook een flinke slok op hebben gehad. Ze waren niet echt scherp meer, denk ik zo.'

'Daar heb je gelijk in, Nuala. Mick had altijd wel zin in een feestje en een borrel. Welke politieke kleur ook, de mensen hier waren gek op hem. We hielden allemaal van hem, hij was een van ons...' Finn begon opnieuw te snikken.

'Zeg, als ik eens een bad met warm water voor je vulde, dan kun jij even bijkomen en ik leg ondertussen schone kleren voor je klaar. Daarna gaan we met Maggie een wandeling maken, zodat de buren ook zien dat je thuis bent en net als ieder ander in de rouw bent om Mick. Je staat in hoog aanzien, Finn, als onderwijzer op de dorpsschool. Niemand wil jou ook maar een haar op je hoofd krenken.'

Nuala sprak met een overtuiging die ze niet echt voelde, maar ze deed haar best om haar ontredderde, angstige man gerust te stellen.

Toen ze langs hem liep, greep hij haar stevig beet, trok haar tegen zich aan en kuste haar op de lippen. Even later liet hij haar los, opnieuw met vochtige ogen.

'De Here sta me bij, Nuala Casey, ik zal de rest van mijn leven dankbaar zijn dat ik met jou ben getrouwd.'

In de week na de aanslag waarbij Mick Collins de dood vond, hing er een sombere sfeer. Waar Nuala ook naartoe ging, overal hingen zwarte rouwdoeken voor de ramen en volwassen mannen liepen midden op straat te huilen. De kranten drukten het ene eerbetoon na het andere af voor de man die uit West Cork afkomstig was. Er ontstond enige ophef toen Michael Collins' lichaam in Dublin werd begraven, in plaats van op de plek waar hij was geboren en getogen.

Nuala, Finn en Maggie bezochten de mis in de kerk van Timoleague op de dag van zijn begrafenis. Ze had nog nooit zo veel mensen tegelijk in de kerk gezien, en onder hen bevonden zich een heleboel mannen die tegen hem hadden gevochten. Nuala's familie was ook aanwezig, diepbedroefd om de man die hun hoop, kracht en moed had gegeven aan het begin van de revolutie en die nu het hoogste offer had gebracht. Nog maar tweeëndertig jaar oud, en al president van de interim-regering van Ierland.

Voor de kerk stonden Hannah en Ryan, die ontroostbaar waren. Toen Nuala langs hen wilde lopen, greep Hannah haar bij haar arm.

'Ik hoop dat jullie tevreden zijn, jij en Finn,' fluisterde Hannah in haar oor. 'Jullie hebben je zin gekregen. Ontken maar niet dat Finn bij de aanslag was betrokken. Ik weet het zeker en ik ben niet de enige hier die het weet. Finn verdient het om in zijn graf te liggen, niet de man die Ierland heeft gered,' siste ze tussen haar tranen door.

Nuala besloot er niets over tegen Finn te zeggen. Het had geen zin om hem nog ongeruster te maken.

Twee dagen later zei hij 's avonds dat hij naar een bijeenkomst van de brigade zou gaan.

'Maak je geen zorgen, Nuala, ik ga er alleen maar naartoe om te vertellen dat voor mij de strijd erop zit. Ik wil jou en Maggie niet langer in gevaar brengen voor een zaak die toch al verloren is.'

Het was een warme avond in augustus, Nuala was buiten in de tuin. Maggie, die sinds kort rechtop kon blijven zitten, zat op een kleed en speelde met een speelgoedhondje dat Finn zelf voor haar had gemaakt van een stuk hout.

'Misschien wordt dat papa's nieuwe hobby als hij zich terugtrekt uit de oorlog,' zei ze tegen haar dochter. Ondanks de tragische gebeurtenissen van de afgelopen tijd, en het feit dat hun droom van een Ierse republiek uiteen was gespat, voelde Nuala zich opgelucht. Het was nog steeds niet duidelijk welk pad Ierland zou bewandelen, maar ze kon inmiddels dromen van een vredige toekomst, zonder altijd maar die knoop van angst in haar maag, die daar zo'n lange tijd had gezeten. Nu konden Finn en zij tenminste echt een gezinnetje gaan vormen, temeer daar hoofdmeester O'Driscoll weldra met pensioen zou gaan. Finn zou zijn taken overnemen en dan hadden ze meer geld om van te leven.

'Misschien kan je mammy eens nadenken over een deeltijdbaan bij de apotheek in het dorp, met haar verpleegstersopleiding,' koerde ze tegen Maggie, terwijl ze haar optilde om haar naar bed te brengen.

Finn was om elf uur nog niet terug, maar Nuala deed haar best niet in paniek te raken.

'Hij is vast nog met de jongens aan het praten,' hield ze zichzelf voor toen ze voor de zoveelste keer alleen de trap op liep om naar bed te gaan.

De afgelopen paar dagen waren erg vermoeiend geweest en ze viel al snel in slaap. Toen er luid op de deur werd gebonsd, schrok ze wakker.

Ze keek uit het raam en zag Christy staan, samen met een andere man uit het dorp, Sonny.

Ze rende de trap af en deed open.

Na één blik op hun gezichten wist ze onmiddellijk wat er aan de hand was.

'Finn is neergeschoten, Nuala, vlak bij de boerderij van de Dineens,' zei Christy.

'Ik vond hem bij mij op het land toen ik na de bijeenkomst naar huis liep. Ze hadden hem in een greppel geworpen,' zei Sonny.

'Is... Leeft hij nog?' vroeg Nuala.

De mannen bogen hun hoofd.

'Ik vind het zo erg voor je, Nuala,' zei Christy.

Christy ving haar op toen ze flauwviel. Ergens ver weg hoorde ze iemand schreeuwen. Toen werd alles zwart om haar heen.

De begrafenis van Finn vond plaats in de kleine kerk van Clogagh. Als ze had gekund, dan had Nuala alleen haar naaste familie bij zich willen hebben om haar te steunen en samen met haar voor de onsterfelijkheid van Finns ziel te bidden. Niemand had zich gemeld om te bekennen dat hij haar man had doodgeschoten, en Nuala had alle geruchten over wie het kon zijn geweest genegeerd. De moordenaar van haar man zat waarschijnlijk ergens in de kerkbanken te veinzen er verdriet van te hebben dat er een einde was gekomen aan Finns leven. Terwijl ook dat van haar en Maggie voorbij was.

Tijdens de tocht naar het kerkhof van Clogagh, gelegen op een idyllisch plekje op een paar honderd meter van het dorp, aan de rand van de Argideen Valley, werd de grafkist gedragen door de mannen die schouder aan schouder met Finn hadden gevochten. Ondersteund door Christy liep Nuala voor de kist uit. Finns pet lag erbovenop toen ze hem naast Charlie Hurley, zijn beste vriend, in de grond lieten zakken. Ten slotte loste de Clogagh-brigade zeven saluutschoten ter ere van hun gevallen kameraad.

Bij de wake op Cross Farm had Nuala met een glimlach alle condoleances van vrienden en buren in ontvangst genomen.

Toen ze uiteindelijk merkte wie er schitterde door afwezigheid, liep ze naar haar moeder.

'Ik heb Hannah en Ryan niet in de kerk gezien. En hier zijn ze ook niet.'

'Nee, ze zijn niet gekomen.' Eileen probeerde haar woede in toom te houden. 'Neem het je zus niet kwalijk, Nuala. Het is die man van haar, hij is het probleem.'

'Ja, maar ze is wel met hem getrouwd, nietwaar?' zei ze, en op hetzelfde moment voelde ze hoe een deel van haar hart, dat beschadigd was door de pijn van het verlies, in steen veranderde.

Die avond lag ze samen met Maggie in het bed dat ze jarenlang met Hannah had gedeeld. Ze kwam tot een besluit.

'God, sta me bij, maar ik zal dit Hannah nooit vergeven, nooit. En ik wil haar de rest van mijn leven niet meer zien.'

MERRY

WEST CORK, IERLAND

Juni 2008

Crann Bethadh
De Keltische levensboom

44

'Zo, nu weet je alles wat Nuala me verteld heeft, slechts een paar uur voordat ze deze aarde verliet,' zei Katie. 'Het was voor ons allebei een emotioneel moment toen ze zei dat we familie van elkaar waren.'

Ik deed mijn best om weer terug te keren in het heden, nog steeds in beslag genomen door de tragiek van Finns dood en alles wat Nuala had moeten doorstaan.

'Dus Nuala was de moeder van onze moeder... Onze grootmoeder, dus? De vrouw die we als kind nooit hebben gezien, behalve op mammy's begrafenis? Hoe zit het dan met onze grootvader? Finn is overleden. Wie was dan die man met wie ze naar de begrafenis kwam, die met een wandelstok liep?'

'Dat was Christy, haar neef die in de pub tegenover haar huis werkte. Een paar jaar na Finns dood is ze met hem getrouwd. Dat is ook wel begrijpelijk, want Christy stond altijd voor haar klaar. Ze hadden veel met elkaar gemeen.' Katie zweeg even en staarde me aan. 'Zijn achternaam was Noiro.'

Geschokt staarde ik terug. 'Noiro?'

'Ja. Samen hebben Christy en Nuala nog een zoon gekregen, Cathal, die met ene Grace trouwde. En zij kregen samen Bobby en zijn zusje Helen.'

'Ik...' Mijn hoofd tolde. 'Dus onze grootmoeder was ook de grootmoeder van Bobby Noiro?'

'Inderdaad.'

'Waarom heeft hij dat dan nooit gezegd?'

'Volgens mij wist hij het niet.'

'Waarom kwamen Nuala en Christy nooit bij ons op bezoek?'

'Dat is ingewikkeld,' verzuchtte Katie. 'Onze oudoom Fergus had de leiding over Cross Farm, voordat John, onze vader, het land na zijn dood erfde.'

'Fergus kwam ook in het dagboek voor. Hij was Nuala's broer, dus dan was hij inderdaad onze oudoom. Is hij uiteindelijk nog getrouwd?'

'Nee, daarom ging de boerderij naar onze vader. Zijn ouders, onze andere grootouders dus, hebben we nooit ontmoet omdat die al gestorven waren voordat wij werden geboren. Merry... onze grootouders van vaderskant heetten Hannah en Ryan.' Ze keek me veelbetekenend aan, terwijl ik probeerde te verwerken wat ze had gezegd. 'Dus Nuala was de moeder van mammy en Hannah die van pa! Onze grootmoeders waren zussen. En dat betekent...' Ze haalde een vel papier tevoorschijn met een stamboom erop. 'Kijk maar.'

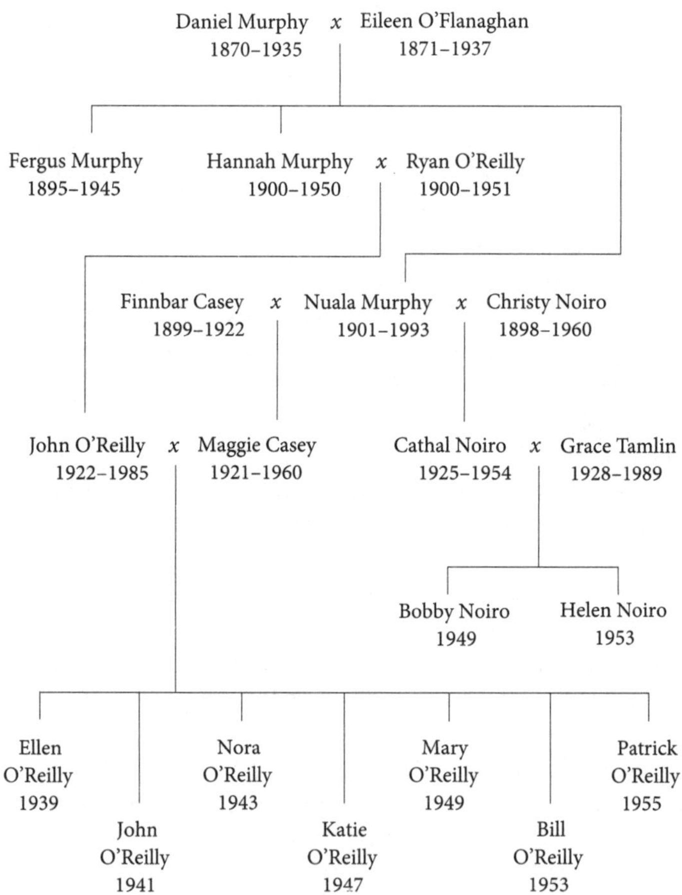

Ik nam de stamboom van Katie aan om hem te bestuderen, maar het begon me te duizelen door al die namen en jaartallen, dus keek ik haar hulpeloos aan.

Ze wees naar twee namen. 'John en Maggie, onze ouders, waren elkaars volle neef en nicht. In Ierland is het niet verboden voor neven en nichten om met elkaar trouwen, zelfs nu nog niet. Maak je geen zorgen, ik heb het uitgezocht. Omdat de gezinnen zo groot waren en vaak afgezonderd leefden, kwam het vaak, en nu nog steeds, voor dat neven en nichten met elkaar omgingen en verliefd werden. Nadat Hannah niet op Finns begrafenis was komen opdagen, heeft Nuala nooit meer een woord met haar gewisseld. Het is natuurlijk uit den boze om niet naar een begrafenis te komen, zeker hier in Ierland. Voor Nuala was dat de druppel die de emmer deed overlopen, na al die vreselijke dingen die haar zus tegen haar had gezegd.' Ze trok haar wenkbrauwen naar me op.

Ik knikte. Dat was me opgevallen toen ik naar Nieuw-Zeeland was verhuisd. Daar leken lang niet zo veel langlopende familievetes te zijn die ooit waren ontstaan doordat een overgrootvader kritiek had geleverd op het fiddlespel van zijn neef. 'Er is hier veel oud zeer,' mompelde ik.

'Zeg dat wel. Dus toen onze ouders elkaar leerden kennen en verliefd werden, zullen Nuala en Hannah dat wel verschrikkelijk hebben gevonden. Het was net *Romeo en Julia*. Nuala dreigde haar dochter te onterven als ze met John trouwde, maar mammy hield zo veel van onze vader dat ze het toch heeft doorgezet. Nuala huilde tranen met tuiten toen ze me vertelde dat ze onze moeder had verstoten, Merry. En dat ze daar achteraf zo veel spijt van had gehad, zeker toen mammy zo jong kwam te overlijden. Ze zei dat ze de aanblik van John, de zoon van Hannah en Ryan, gewoonweg niet had kunnen verdragen. Ze vroeg of ik het haar kon vergeven dat ze er niet voor ons was geweest nadat mammy was gestorven.'

'Lieve hemel...' De tranen sprongen me in de ogen bij de gedachte aan het dagboek dat ik al die jaren niet had gelezen. Het relaas van een dappere jonge vrouw die mijn grootmoeder bleek te zijn, maar die door het verdriet van de oorlog en het verlies van haar man bereid was geweest om niet alleen haar zus, maar ook haar geliefde dochter uit haar leven te bannen.

'Daarna ben ik naar de kerk in Timoleague gegaan om het archief te bekijken en deze stamboom samen te stellen.' Katie wees ernaar.

'Daar staat Bobby,' fluisterde ik. 'Hij vertelde vroeger vaak over zijn grootouders die in de onafhankelijkheidsoorlog hadden gevochten.'

'Ja, dat weet ik nog.' Ze knikte ernstig. 'Volgens mij verklaart dit waarom hij zo was. Met grootouders als Nuala en Christy was hij zo prorepublikeins opgevoed als maar zijn kon. Nuala's haat tegen de Britten, tegen Michael Collins en zijn "bende", zoals zij hen noemde, heeft ze doorgegeven aan de generaties na haar. Per slot van rekening ontketende het verdrag tussen Mick Collins en de Britse overheid de burgeroorlog waarin haar echtgenoot sneuvelde. Finn was haar grote liefde.'

'Ja.' Het kwam er zacht uit, omdat ik amper adem kreeg. 'Dat betekent dus dat ik... Dat wij naaste familie zijn van Bobby en Helen Noiro.'

'Dat klopt. Hij is onze neef. En natuurlijk was zijn vader, Cathal, mammy's halfbroer.'

'Bobby's vader Cathal is omgekomen tijdens een brand in een stal, toch? Dus Nuala is ook haar zoon nog kwijtgeraakt.' Ik zuchtte. 'Wat een tragisch leven heeft die vrouw gehad.'

'Heel triest, ik weet het, maar dat is juist zo interessant aan werken met oude mensen. Destijds zagen ze de dood als een onderdeel van het leven, omdat ze eraan gewend waren. Nu de geneeskunde een stuk verder gevorderd is, is het een schok als er iemand doodgaat, zelfs als diegene al heel oud is. Ik heb ervan geleerd dat een leven destijds niet veel waard was. Nadat Nuala was overleden, ben ik naar de uitvaartdienst in de kerk van Timoleague gegaan. Het was niet druk. Er waren alleen een paar oude vrienden en Helen, de jongere zus van Bobby.'

'Was Bobby er ook?' Gespannen hield ik mijn adem in.

'Nee.' Katie keek me doordringend aan. 'Wat is er toch in Dublin gebeurd? Ik weet dat het iets met Bobby te maken had. Hij was geobsedeerd door jou, al vanaf de eerste keer dat hij je zag.'

'Alsjeblieft, Katie. Ik kan er nu niet over praten, echt niet.'

'Maar hij is de reden dat je bent weggegaan, toch?'

'Ja.' De tranen sprongen me in de ogen.

'Merry toch.' Ze nam mijn handen in de hare. 'Ik ben bij je. Wat er ook gebeurd is, het is al heel lang geleden. Je bent weer veilig thuis, bij mij.'

Ik legde mijn hoofd tegen de borst van mijn zus en slikte mijn tranen weg omdat ik wist dat als ik eenmaal begon, ik nooit meer zou kunnen ophouden. Maar instorten was geen optie, vanwege de kinderen. En er was nog één ding dat ik moest vragen.

'Heeft hij... Heb je hem hier nog weleens gezien nadat ik was vertrokken? Ik vroeg me af of hij nog bij zijn moeder op bezoek komt. Grace, zo heet ze toch?'

'Op de begrafenis vertelde Helen me dat hun moeder allang dood was. Bobby heb ik nog maar één keer gezien, kort nadat jij van de aardbodem verdwenen was. Hij kwam naar de boerderij omdat hij wilde weten of we jou hadden gezien. Toen we zeiden dat dat niet het geval was, geloofde hij ons niet en begon hij het hele huis overhoop te halen. Hij trok alle kasten open en keek onder de bedden, tot daddy thuiskwam. Hij heeft hem moeten bedreigen met zijn geweer... Bobby was doodeng, Merry. Die woede van hem... hij leek wel bezeten.'

'Wat erg. Dat heeft hij ook in de flat van Ambrose gedaan.'

'Maar daar was je niet?'

'Nee, ik was al weg. Ik kon niet anders, Katie.'

'Nou, ergens ben ik blij dat je met de noorderzon vertrokken bent, want op dat moment dacht ik dat hij je zou vermoorden als hij je ooit vond. Al had ik wel graag eerder geweten of je nog leefde of dood was, dus.'

'Hij dreigde niet alleen mij te vermoorden, Katie...' Ik schudde mijn hoofd. 'Ik vertel je het hele verhaal nog wel een keer, dat beloof ik, maar niet nu, oké?'

'Natuurlijk. Ik hoop dat je iets hebt aan wat ik je vandaag heb verteld. Het lijkt wel of oude wonden hier nooit helemaal genezen, hè? Het is alleen zo oneerlijk als die wonden de volgende generatie ook beïnvloeden. Wij Ieren hebben altijd vooral naar het verleden gekeken, maar als je het mij vraagt, worden we er steeds beter in om naar de toekomst te kijken. Er zit eindelijk vooruitgang in.'

'Ja,' zei ik, terwijl ik een tissue uit mijn zak opdiepte. 'Dat heb ik ook gemerkt. Hoewel een deel van mij nog steeds liever pony's en karren op de wegen zou zien, en oude cottages in plaats van al die moderne bungalows, is het goed om vooruit te kijken.'

'Dus je weet niet waar hij is?'

'Nee. Ik heb de archieven in Dublin en Londen uitgepluisd om erachter te komen of hij nog leeft, maar sinds 1971 komt er niet één Robert of Bobby Noiro in het overlijdensregister voor. Dus tenzij hij naar het buitenland is verhuisd en daar is gestorven, leeft hij nog en loopt hij ergens rond.'

'Vind je dat een enge gedachte?'

'Je weet niet half hoe eng. Hij was deels de reden dat ik na de dood van mijn man besloot op "wereldreis" te gaan. Het leek me hoog tijd om het verleden een plekje te geven.'

'Wist je man hiervan?'

'Nee. Ik heb er wel over gepiekerd of ik het hem moest vertellen, maar Jock kennende had hij hem dan opgespoord en was de hele nachtmerrie weer van voren af aan begonnen. Ik wilde gewoon opnieuw beginnen. Mijn kinderen heb ik het ook niet verteld, maar dat ga ik nu wel doen. Ze denken allebei dat ik niet goed bij mijn hoofd ben, en de laatste tijd lijkt dat ook wel een beetje het geval te zijn. Het rare is dat toen ik op zoek ging naar Bobby, er ook mensen naar mij op zoek gingen. Daarom dacht ik...'

'Dat hij weer achter je aan zat.' Ze trok haar wenkbrauwen op. 'Jezus, je hebt in elk geval wel een interessanter leven achter de rug dan ik. Wie zijn die mensen die naar je op zoek zijn dan?'

'Dat verhaal kan ik echt beter voor een andere keer bewaren.' Ik keek op mijn horloge. 'Mijn kinderen kunnen elk moment terugkomen. Zeg alsjeblieft niets over wat we vanmorgen besproken hebben. Dat vertel ik zelf wel, als ik eenmaal weet wat er van Bobby geworden is.'

'Ik zeg gewoon dat we het over vroeger hebben gehad, daar is niets aan gelogen. Neem die stamboom maar mee, dan kun je er nog een keer goed naar kijken.'

Op dat moment werd er op de deur geklopt.

'Kom binnen!'

'Hoi, mam, de golven waren echt fantastisch!' zei Jack, die samen met Mary-Kate de kamer binnenkwam. Zijn blik viel op Katie.

Met een glimlach stond ze op. 'Hallo, allebei. Ik ben jullie tante Katie, en wie zijn jullie?'

'Ik ben Jack.'

'En ik ben Mary-Kate. Dus u bent de zus naar wie ik vernoemd ben?'

'Dat is ze zeker.' Ik glimlachte terwijl Katie eerst Jack en daarna Mary-Kate omhelsde.

'Dat is nogal wat, dat je naar ons allebei bent vernoemd. Maar je hebt vast de beste eigenschappen van je tante geërfd en al je nare trekjes van je mammy.' Katie knipoogde naar mijn dochter.

'Ik heb geen nare trekjes, toch, kinderen?'

'Natuurlijk niet, mam,' zei Jack, terwijl Mary-Kate en hij allebei hun ogen ten hemel sloegen.

'Misschien kunnen jullie me wat meer vertellen over wat mijn ondeugende zusje de afgelopen jaren zoal heeft uitgespookt.' Katie grinnikte.

'Dat moet wel lukken, hè, Jacko? Wat hebt u trouwens een mooie haarkleur,' merkte Mary-Kate op.

'Dank je. Ik moet er wel bij zeggen dat ik tegenwoordig mijn uitgroei moet bijwerken, hoor. Als kind was ik altijd jaloers op de blonde krullen van je mammy. Maar goed, ik verga van de honger. Zullen we onszelf trakteren op vers gevangen vis bij An Súgán in het centrum?'

Tijdens de lunch in een gezellige gastropub in Clonakilty hield Katie mijn kinderen bezig met verhalen over onze kindertijd, waarvan Jack er al een aantal kende.

'Jullie moeder was altijd de slimste thuis, zie je, en ze had een beurs in de wacht gesleept voor een goede opleiding op een kostschool in Dublin.'

'Had ze veel vriendjes toen ze wat ouder was?' wilde Mary-Kate weten.

'Als je het mij vraagt, was ze meer bezig met lezen dan met jongens.'

'Dat kun je van jou niet zeggen, hè? Er hing altijd wel een knul om je heen,' plaagde ik mijn zus, genietend van de ontspannen sfeer na de spanning die ons gesprek van die ochtend teweeg had gebracht.

Tegen de tijd dat Katie ons weer bij het hotel afzette, was ik doodop.

'Jullie oom John is al druk bezig geweest. Alle familieleden die hier nog in de buurt wonen, zijn zondagavond uitgenodigd op de boerderij, inclusief kleinkinderen. Zijn er bij jou nog geen kleintjes op komst, Jack?' vroeg Katie.

'Ik heb nog niet de juiste vrouw gevonden om ze mee te krijgen.' Hij haalde zijn schouders op. 'Dag, Katie. Het was leuk je te ontmoeten.'

'Dat vind ik ook. Ik had nooit gedacht dat dat er nog eens van zou komen.' Ze draaide zich naar mij toe en zei: 'Bel me maar, dan kunnen we verder praten, oké?'

'Dat zal ik doen. Bedankt, Katie.'

In de lobby zei ik tegen de kinderen dat ik even op bed ging liggen en gaf ik Jack de autosleutels. 'Ga de boel maar verkennen, maar blijf voorlopig op de hoofdwegen. Ze zijn hier niet zo van de verkeersborden.'

'Oké. Gaat het wel, mam?' vroeg Jack.

'Ja hoor, het gaat prima. Tot straks.'

Toen ik aankwam op mijn kamer haalde ik de stamboom tevoorschijn die ik van Katie had gekregen. Ik ging ermee op het bed zitten en bestudeerde de namen. Zelfs nu ik wist dat deze mensen niet mijn bloedverwanten waren, was ik me ervan bewust dat de nasleep van de oorlog en van de verliezen die Nuala had geleden van grote invloed was geweest op het verloop van mijn eigen leven.

Daarna dacht ik aan Tiggy. Zij had gezegd dat het voor haar en haar zussen soms moeilijk was geweest om in hun verleden te graven, maar dat hun leven daar uiteindelijk beter door was geworden. Ik kon alleen maar bidden dat dat ook voor mij opging, want ik voelde in elke vezel van mijn lichaam dat de antwoorden op mijn vragen hier in West Cork te vinden waren.

Wist ik maar waar híj was, dan...

De telefoon op het nachtkastje ging. 'Hallo?' vroeg ik aarzelend, in gedachten nalopend wie er allemaal wisten dat ik hier logeerde.

'Mary, lieve schat,' zei Ambrose met zijn keurige accent. 'Hoe bevalt het om weer op je geboortegrond te zijn?'

'Prima,' zei ik met een glimlach. 'Ik kom net bij Katie vandaan... O, het was zo fijn om haar weer te zien.'

'Het doet me goed dat te horen, Mary. Ik wilde je alleen even laten weten dat ik het adres dat je zocht heb gevonden. Het was wel een verrassing, kan ik je vertellen.' Hij grinnikte. 'Ik heb je brief meteen naar hem toe gestuurd. Nu maar afwachten of hij reageert.'

'Ik... Lieve hemel! Bedankt, Ambrose. Niet te geloven dat je hem gevonden hebt!'

'Dit was wel het minste wat ik voor je kon doen. Geef me maar een seintje wanneer je weer terugkomt naar Dublin.'

'Dat zal ik doen. Nogmaals bedankt. Tot ziens.'

Toen ik met bonkend hart ophing, verlangde ik er weer naar om Jock hier bij me te hebben. Maar...

Waarom heb je het hem nooit verteld, Merry?

Je beschouwde hem als een tweede keus, een veilige haven...

Achteraf zag ik wel in dat ik had gehunkerd naar mijn verloren liefde, een liefde die zo hartstochtelijk, opwindend en verboden was geweest dat ik echt had geloofd dat daar nooit meer iets aan zou kunnen tippen. Juist omdat ik die liefde verloren had, was die in mijn hoofd uitgegroeid tot een epische romance.

Inmiddels had ik mijn beide kinderen raad gegeven en getroost nadat het was uitgegaan met mensen die zij als de liefde van hun leven hadden beschouwd, maar uiteindelijk waren ze er weer bovenop gekomen en hadden ze de draad opgepakt.

Op hun leeftijd had ik niemand gehad die me goede raad gaf. Bij Ambrose had ik niet terechtgekund als het om emotionele kwesties ging. En Katie... Ik wist dat zij en de rest van mijn familie hem nooit zouden goedkeuren. Door wat er daarna was gebeurd, had ik het nooit kunnen afsluiten, zoals ze dat tegenwoordig zeiden.

Al die tijd was Jock er geweest, de man die zo innig van me had gehouden en me altijd had beschermd.

En nu zat ik hier, en miste ik hem zo erg dat het lichamelijk pijn deed.

Nou, dacht ik, binnenkort zou ik het misschien eindelijk kunnen afsluiten.

Al was ik er sinds mijn vertrek uit Nieuw-Zeeland achter gekomen dat niet *hij* mijn ware liefde was...

Maar mijn echtgenoot.

45

Atlantis

‘Nog nieuws uit Ierland?’ vroeg CeCe toen Ally de keuken in liep.

‘Nee, niks. Merry, Mary-Kate en Jack hebben allemaal het nummer van Atlantis en onze mobiele nummers, dus nu zijn zij aan zet.’

‘Maar Ally, je zei toch dat we uiterlijk donderdagochtend moeten vertrekken, willen we komende zaterdag in Griekenland zijn om de krans voor Pa te werpen? Dat betekent dat iedereen halverwege de week in Nice moet zijn om aan boord te gaan van de Titan. Kunnen we geen contact met hen opnemen?’

‘Nee,’ zei Ally resoluut. ‘Volgens Tiggy moeten Merry en Mary-Kate een aantal dingen uitzoeken. Daar moeten we ons niet mee bemoeien.’

‘Als je het mij vraagt, kunnen we ons er beter bij neerleggen dat Mary-Kate niet met ons meegaat,’ verzuchtte Maia.

‘Er is toch maar één persoon die echt kan bevestigen dat zij het is, namelijk Pa. En die is dood.’ Toen CeCe haar oudere zussen aankeek, zag ze hun gezichten betrekken. ‘Sorry, maar ik kan er ook niks anders van maken, en deze cruise is bedoeld om fatsoenlijk afscheid van hem te nemen. Ik bedoel, Chrissie en ik vonden Mary-Kate echt heel aardig en qua leeftijd zou ze best de zevende zus kunnen zijn, maar zij en haar familie hebben Pa niet eens gekend en… Hoi, Ma,’ onderbrak CeCe haar betoog omdat Marina binnenkwam.

‘Hallo, meisjes, ik… O, hemeltje, Claudia is weggeroepen om op bezoek te gaan bij een ziek familielid. Christian heeft haar met de speedboot naar Genève gebracht. Dus we zullen het zonder haar moeten zien te rooien.’

‘Dat lijkt me geen probleem,’ zei Ally. ‘We kunnen tegenwoordig allemaal prima zelf koken.’

‘Dat weet ik, maar als de anderen straks ook komen… Ik weet eerlijk gezegd niet wat ik zonder haar moet,’ gaf Ma toe. ‘De timing had niet slechter gekund. Met jullie partners erbij zijn jullie straks met zijn elven, plus Bear, Valentina en kleine Rory...'

'Ma, het komt heus wel goed.' Maia trok een stoel voor haar naar achteren. 'Ga alsjeblieft even zitten. Je ziet er heel bleek uit.'

'Ik voel me ook niet goed. Volgens mij beseffen jullie niet helemaal hoe afhankelijk Atlantis en ik van Claudia zijn.'

'Vergeet niet dat de meeste anderen rechtstreeks naar Nice komen,' stelde Ally haar gerust. 'Claudia is vast wel weer terug tegen de tijd dat we na de cruise terugkomen op Atlantis.'

'Dit wordt juist leuk,' viel CeCe haar bij. 'We kunnen een schema op de koelkast hangen, net als toen we nog klein waren en om beurten moesten afwassen.'

'Daar wist jij anders altijd onderuit te komen,' plaagde Maia haar.

'Dan is er weinig veranderd,' merkte Chrissie op.

'Ik stel voor dat we allemaal een avond koken en dan een gerecht maken uit de streek waar we nu wonen,' zei Maia.

'Dan krijgen we van Electra dus een hotdog.' Ally giechelde. 'Zie je wel, Ma? Dit kan best leuk worden. Kunnen we verder nog iets doen?'

'Nee, dank je. Alle kamers zijn al in orde gemaakt voor de gasten en Claudia zei dat ze voor vanavond een zalm had klaarliggen.' Ze keek de vier andere vrouwen om beurten aan. 'Weten jullie misschien hoe je zalm klaarmaakt?'

'Dit wordt dan meteen mijn avond.' Ally glimlachte. 'In Noorwegen staat er bijna dagelijks vis op het menu.'

'Ik wilde jullie met jullie drukke levens gewoon even rust gunnen en thuis in de watten leggen,' verzuchtte Ma.

'Misschien kun je beter zelf wat rust nemen.' Maia legde een hand op Ma's schouder.

'Chrissie en ik gaan zwemmen in het meer. Wie gaat er mee?' vroeg CeCe. 'Chrissie is vroeger landskampioene geweest!'

'Misschien ga ik wel met de Laser het meer op, dan kunnen we een wedstrijdje doen,' daagde Ally hen uit. 'Maar eerst help ik jou even met de afwas, Maia.'

Toen de twee zussen alleen in de keuken waren achtergebleven, pakten ze als vanzelf de vertrouwde takenverdeling van afwassen en afdrogen op.

'Wanneer vertrekken Floriano en Valentina uit Rio?' wilde Ally weten.

'Overmorgen al. Ik weet dat het nergens op slaat, maar ik ben zenuwachtig omdat ik hem straks weer zie.'

'Hoezo?'

'Omdat we het wel over trouwen en kinderen gehad hebben, maar daar nog even mee wilden wachten. Ik weet niet zeker hoe hij zal reageren. En dan is Valentina er ook nog. Die is het gewend ons helemaal voor zichzelf te hebben. Misschien moet ze er wel niet aan denken om er een broertje of zusje bij te krijgen.'

'Maia, ik snap dat je het spannend vindt om het aan Floriano te vertellen, maar ik kan me niet voorstellen dat er veel meisjes van zeven zijn die geen broertje of zusje willen om mee te spelen. Ze vindt het vast geweldig.'

'Je hebt gelijk. Sorry dat ik me hier zo druk over maak, terwijl jij niet eens de kans hebt gekregen om je zwangerschap samen met Theo te beleven.'

'Daar hoef je geen sorry voor te zeggen, ik begrijp het wel. Al zou ik nog steeds willen dat ik zelf ook iemand had, nu jullie partners straks allemaal komen… Iemand die aan mijn zijde staat, weet je wel? Ik heb Thom vandaag nog gebeld om te vragen hoe het met Felix gaat. Het gaat heel goed met hem, maar Thom kan definitief niet mee op de cruise. Het is niet anders.' Snel veranderde ze van onderwerp. 'Wat is Chrissie een leuke meid, hè? En ze zet CeCe op haar plek als dat nodig is.'

'Inderdaad, CeCe lijkt me rustiger dan ooit.'

'Het zal wel een bont gezelschap worden, denk je ook niet?' Ally glimlachte. 'Als iedereen het maar goed met elkaar kan vinden.'

'We zullen vast niet met iedereen even goed kunnen opschieten, maar zo gaat dat in iedere familie. Pa had het geweldig gevonden om ons allemaal bij elkaar te zien. Ik vind het echt jammer dat hij er niet bij kan zijn.'

'Ja, maar zonder te willen doen alsof ik Tiggy ben, weet ik zeker dat hij met ons meekijkt,' troostte Ally haar.

46

Merry
West Cork

Ik begon net wakker te worden toen de telefoon in mijn kamer ging.

'Hallo?'

'Merry, met Katie. Ik heb je toch niet wakker gemaakt?'

'Jawel, maar dat geeft niet. Wat is er?'

'Ik moet zo naar mijn werk, maar ik heb nog eens nagedacht over Bobby en hoe je erachter zou kunnen komen wat er met hem gebeurd is. Het lijkt me de moeite waard om contact op te nemen met zijn jongere zus, Helen. Op de begrafenis van Nuala vertelde ze dat ze naar Cork was verhuisd. De naam Noiro komt niet zo vaak voor, dus misschien kun je haar wel in het telefoonboek vinden. Bij de receptie zullen ze er wel een hebben liggen.'

'Bedankt.' Ik hoorde dat mijn stem begon te trillen van de zenuwen toen ik er alleen al aan dácht.

'Als je het mij vraagt, moet je hier korte metten mee maken, Merry. Hou me maar op de hoogte. Tot gauw weer.'

'Dag.'

Vlak nadat ik me had aangekleed, werd er op de deur geklopt.

'Wie is daar?' riep ik.

'Ik ben het, Jack.'

Ik deed open.

Hoofdschuddend kwam hij binnen. 'Wie had je dan verwacht? Behalve mij, MK of iemand van de schoonmaak?'

'Het spijt me, ik zie gewoon spoken.'

'Vertel mij wat. Echt waar, hoe eerder je vertelt waar je zo bang voor bent, hoe beter.'

'Dat komt nog wel, dat beloof ik. Gaan we beneden ontbijten?'

'Eerst wilde ik je nog iets vertellen. Gisteravond heeft MK haar e-mail bekeken en… Nou ja, ze had bericht van haar moeder. Ik bedoel, de vrouw die…'

'Ik weet wat je bedoelt. Het is al goed. Je bent hier zeker omdat ze bang is me van streek te maken?'

'Ja.'

'Goed, dan ga ik wel met haar praten.' Ik liep langs hem heen de gang in, naar de kamer van Mary-Kate.

'Hoi, mam.' Nadat ze had opengedaan, sloeg ze meteen haar ogen neer.

'Jack heeft het me verteld. Kom eens hier.' Ik stapte naar binnen en sloeg mijn armen om haar heen. Toen ik haar eindelijk losliet, zag ik dat er tranen in haar ogen blonken.

'Ik wil je gewoon niet kwetsen, mam. Ik bedoel, zonder dat hele gedoe over de zevende zus had ik dit niet eens gedaan.'

'Dat weet ik, liefje. Je hoeft je echt niet schuldig te voelen.'

'Vind je het dan niet erg?'

'Ik zou liegen als ik zei dat het me niets doet, maar we hebben altijd een bijzondere band met elkaar gehad, daar moet ik nu ook op vertrouwen. Je hart kan zo groot zijn als je zelf wilt. Als je biologische moeder voortaan ook deel van je leven wil uitmaken, is er voor haar vast ook wel een plekje in je hart.'

Eindelijk keek mijn dochter me aan. 'Wauw, mam, je bent echt geweldig. Dank je wel.'

'Je hoeft me niet te bedanken, Mary-Kate. Vertel eens, wat stond er precies in die e-mail?'

'Zal ik hem aan je voorlezen?'

'Vat de inhoud maar voor me samen.' Ik ging op een stoel zitten. Ondanks mijn woorden van zojuist hoopte ik maar dat ik mijn hart ook zo zou kunnen openstellen. Jack kwam ook binnen. Het was duidelijk dat hij op de gang had gewacht tot hij hoorde dat de gemoederen een beetje bedaard waren. Hij ging op het bed zitten, naast zijn zusje, die haar laptop had opengeklapt om de e-mail op te zoeken.

'Voluit heet ze Michelle McNeish. Oorspronkelijk is ze van Schotse komaf, net als pap. Ze woont in Christchurch en was zeventien toen ze van mij in verwachting raakte. Het komt erop neer dat ze het de eerste maanden niet aan haar ouders durfde te vertellen en haar kop in het zand stak. Ze stond op het punt om naar de universiteit te gaan omdat ze arts wilde worden...' Mary-Kate keek naar de e-mail. 'Ze schrijft: "Uiteindelijk heb ik het toch tegen mijn ouders gezegd, maar die zijn erg gelovig, dus het viel niet in goede aarde. We hebben afgesproken dat ze me tijdens mijn studie zouden onderhouden, zolang ik het kindje maar zou laten komen en ter adoptie zou afstaan." Verder schrijft ze nog dat ze op die leeftijd niet het gevoel had dat ze er klaar voor was om moeder te worden, zeker aangezien de vader, met wie ze op dat moment nog een relatie had, geen gezin met haar wilde stichten. Kort daarna zijn ze uit elkaar gegaan. Schijnbaar is mijn biologische vader nu getrouwd en is hij de bedrijfsleider van een doe-het-zelfzaak in Christchurch. Michelle is inmiddels chirurg. Ze is getrouwd en heeft een paar jonge kinderen.'

'En... hoe voel je je nu?'

'Over het feit dat ze me heeft afgestaan? Dat weet ik nog niet zeker, maar eerlijk gezegd zou ik ook niet hebben staan juichen als ik op mijn zeventiende zwanger was geraakt terwijl ik op het punt stond het huis uit te gaan en te gaan studeren. Dus ik begrijp wel waarom ze het gedaan heeft.' Ze haalde haar schouders op. 'Ze had me ook weg kunnen laten halen.'

'Dat had zeker gekund, lieverd. Godzijdank heeft ze dat niet gedaan. Is ze bereid tot een persoonlijke kennismaking?'

'Daar schrijft ze niets over. Ze vraagt alleen of ik haar wil terugmailen en iets over mezelf wil vertellen. Er staat ook bij dat ik me niet verplicht hoef te voelen.'

'Denk je dat je haar gaat terugschrijven?'

'Misschien wel, ja. Uiteindelijk kan het best interessant zijn om met haar af te spreken, al zit ik er niet echt om te springen, of zo. Maar deze e-mail betekent wel dat ik vrijwel zeker niet de zus ben waarnaar CeCe en Chrissie op zoek zijn. Michelle is mijn biologische moeder en mijn biologische vader komt uit Nieuw-Zeeland. Volgens haar zijn er ziekenhuisdossiers over mijn geboorte, en zo. Daar ben ik wel een beetje verdrietig om. Ik was al een beetje gewend aan het idee dat ik bij een groot gezin van geadopteerde meisjes hoorde.'

'Dus je bent geen bloedverwant van de adoptievader van de zussen, ook al dachten ze van wel. Maar zoals je eerder al zei, zou het natuurlijk kunnen dat die Pa Salt jou ook had willen adopteren, maar dat pap en mam hem vóór zijn geweest.' Jack haalde zijn schouders op.

'Je bedoelt dat Jock en ik wel zijn goedgekeurd door het bureau en hij niet?' vroeg ik.

'Zoiets, ja. Wie zal het zeggen? Eerlijk gezegd begin ik me ook steeds meer af te vragen wat het er eigenlijk toe doet. Het is alleen belangrijk als die Pa Salt echt familie van je is, toch?'

'Dat is waar.' Mary-Kate beet op haar lip. 'En door Michelle heb ik er nu toch broertjes of zusjes bij... Echt raar.'

'Het is niet erg om het rustig aan te doen.' Na die opmerking stond mijn besluit ineens vast. 'Trouwens, ik heb jou ook iets te vertellen. Over mezelf. Het is niets om je zorgen om te maken, maar na wat je net hebt gezegd, is het wel relevant. Zullen we maar gaan ontbijten? Dan vertel ik het tijdens het eten wel.'

'Wacht even,' zei Mary-Kate, terwijl haar vork vol eieren met spek halverwege haar bord en haar mond bleef steken. 'Dus je bent als pasgeborene bij een pastoor op de stoep achtergelaten? En daarna hebben die pastoor en ene Ambrose je aan hun schoonmaakster gegeven, die net haar eigen kindje had verloren, om te voorkomen dat jij in een weeshuis zou belanden?'

'Daar komt het wel op neer. Daarom heet ik Mary, omdat dat arme kindje voor wie ik in de plaats ben gekomen ook zo heette.'

'Ze deden alsof jij haar was,' vulde Jack aan.

'Dat is maar goed ook, anders had Ambrose waarschijnlijk een of andere bizarre Griekse naam voor me uitgezocht.' Ik grinnikte.

'Maar mam, ben je dan niet enorm geschrokken omdat je familie je familie niet blijkt te zijn, terwijl je altijd hebt gedacht van wel?' vroeg Mary-Kate.

Inwendig glimlachte ik, want dit was het enige gedeelte waarmee mijn dochter veel meer ervaring had dan ik. En ik had erop gegokt dat ze er misschien iets aan zou hebben als ik vertelde dat ik ook geadopteerd was.

'Dat was wel even schrikken, ja. Maar net als bij jou deed het er niet meer toe zodra ik mijn broer en zus na al die jaren weer terugzag.'

'Zie je wel, mam? Het maakt echt niks uit, hè?'

'Nee, zeker niet aangezien ik geen idee heb wie mijn biologische familie is. Dat is ook niet bekend bij Ambrose, of bij wie dan ook.'

Ze lachte besmuikt en veegde haar mond af met haar servet. 'Sorry, mam. Ik weet dat het niet om te lachen is, maar ik sta er wel van te kijken dat de rollen nu ineens omgedraaid zijn. Nu weet ik waar ik vandaan kom, maar kunnen we jou niet helpen erachter te komen wie je echt bent?'

'Ik ben achtenvijftig, lieverd. Volgens mij weet ik dat zo ook al wel. De genetische kant vind ik niet zo belangrijk. Al wist ik achteraf gezien altijd al wel dat ik anders was. Toen ik naar de kostschool ging, en later naar de universiteit, plaagden ze me er thuis in West Cork allemaal mee dat ik de missende zus was. Niet vanwege de Griekse mythe, maar omdat ik niet meer thuis woonde. En daarna ben ik zevenendertig jaar lang écht van de aardbodem verdwenen.'

'Vind je het allemaal niet toevallig?' vroeg Mary-Kate. 'Ik bedoel, die hele familie denkt dat ik bij hen hoor, maar eigenlijk ben jij altijd de missende zus geweest.'

'Ja,' verzuchtte ik. 'Laten we maar even niet aan hen denken, maar ervan genieten dat we samen op deze mooie plek zijn en de banden met mijn familie weer kunnen aanhalen.'

'Ga je het aan je broers en zussen vertellen?' vroeg Jack. 'Hoe je bij hen terecht bent gekomen?'

'Nee,' zei ik, verrassend zeker van mijn zaak. 'Dat ben ik niet van plan.'

De rest van de dag maakten we met zijn drieën een rit langs de kust en genoten we van een ontspannen late lunch in Hayes Bar, met uitzicht op de baai van Glandore, die bijna mediterraan aandeed. We reden terug door het dorp Castlefreke, waar het bouwvallige kasteel werd omringd door de natuur, en ik vertelde de spookverhalen die ik er vroeger van mijn ouders over had gehoord. Via de achterafweggetjes langs de kust kwamen we uit bij een kleine, verlaten inham in de buurt van het dorpje Ardfield, waar mijn kinderen meteen hun zwemkleding aantrokken en de ijskoude zee in renden.

'Kom mee, mam! Het water is heerlijk!'

Ik keek vanaf het kiezelstrand omhoog naar de zon, die zich voor de verandering eens liet zien. Mijn kinderen hadden geen idee dat ik niet kon zwemmen en als de dood was voor de zee, net als zo veel Ieren van mijn generatie. Maar de tijden waren veranderd en na honderden jaren van stilstand leek het erop dat Ierland zichzelf in alle opzichten opnieuw aan het uitvinden was. De massale armoede en ontberingen die ik als kind had gekend, leken nu veel minder aanwezig. De katholieke kerk, die zo'n belangrijk deel van mijn opvoeding had uitgemaakt, had zijn ijzeren greep verloren en de harde grens tussen het noorden en het zuiden was geslecht nadat het Goedevrijdagakkoord in 1998 was ondertekend. Er was zelfs over gestemd in een referendum in heel Ierland. En het mooiste was nog wel dat het akkoord al tien jaar standhield.

Ik raapte een kiezel op, ging staan en omklemde hem met mijn beide handen. Wie ik ook was, ik twijfelde er niet aan dat ik hier was geboren. In goede en in slechte tijden zou een groot deel van mij altijd thuishoren op dit prachtige, maar door tegenslagen geteisterde eiland.

'Voordat ik wegga, moet ik erachter zien te komen wat er met hem gebeurd is,' mompelde ik. Daarna zag ik mijn kinderen op me af komen rennen, dus pakte ik hun handdoeken en liep naar hen toe.

Eenmaal terug bij het hotel gingen de kinderen warme chocolademelk drinken in de pub en vroeg ik aan de receptioniste of ik een telefoonboek mocht lenen. Ik liep ermee naar een van de comfortabele banken en zocht met trillende handen de letter N op.

'N-o... N-o-f... N-o-g... N-o-i...'

Mijn vinger bleef hangen bij de enige Noiro in de lijst. De voorletter was H. Met wild bonkend hart schreef ik het nummer en het adres op.

'Ballinhassig,' zei ik bij mezelf. De plaatsnaam kwam me bekend voor. Toen ik het telefoonboek teruggaf aan de receptioniste, vroeg ik of ze wist waar Ballinhassig lag.

'Ja, dat is een klein dorp, als je het al een dorp kunt noemen, aan deze kant van het vliegveld van Cork. Kijk maar.' De vrouw, die volgens haar naamplaatje Jane heette, pakte er een kaart van West Cork bij en wees de plaats aan.

'Heel erg bedankt.'

Daarna voegde ik me bij mijn kinderen in de pub om een kop thee te drinken.

'MK en ik willen morgenochtend een kijkje in Cork gaan nemen, als je dat goedvindt,' zei Jack. 'Heb je zin om mee te gaan?'

'Ik wil nog bij een vriendin op bezoek die daar in de buurt woont.

Ik bel haar wel even, dan kan ik jullie misschien onderweg afzetten in de stad. Oké?'

Ze knikten allebei, en daarna gingen we naar boven om ons op te frissen voor het avondeten. Ik haalde het velletje papier uit mijn handtas, ging op mijn bed zitten en legde het zenuwachtig naast de telefoon. Terwijl ik de hoorn oppakte om het nummer van Helen Noiro te draaien, zag ik dat mijn handen trilden. 'Ze neemt vast niet op,' praatte ik mezelf moed in.

Maar na twee keer overgaan hoorde ik al een vrouwenstem. 'Hallo?'

'O, eh... hallo.' Ik wilde dat ik van tevoren bedacht had wat ik wilde zeggen. 'Spreek ik met Helen?'

'Dat klopt. Met wie spreek ik?'

'Met Mary McDougal, maar jij kent me misschien nog als Merry O'Reilly. Als kind woonden we niet ver bij elkaar vandaan.'

Het duurde even voordat ze reageerde. 'Ja, natuurlijk ken ik je nog. Wat kan ik voor je doen?'

'Nou, ik heb een hele tijd in het buitenland gewoond en ik ben op zoek naar... oude vrienden. Morgenochtend moet ik in de stad zijn, zou ik misschien even langs kunnen komen?'

'Morgenochtend... Momentje, dan kijk ik even op de kalender. Oké, ik moet om twaalf uur 's middags de deur uit. Om elf uur?'

'Dat klinkt perfect.'

'Prima. Met de auto is het makkelijk te vinden. Als je vanuit Cork langs het vliegveld het dorp in rijdt, moet je zoeken naar de garage aan de linkerkant. Ik woon in de witte bungalow daarnaast.'

'Oké, dat zal ik doen. Bedankt, dan zie ik je morgen.'

Nadat ik had opgehangen, krabbelde ik de routebeschrijving onder het adres. Ik wist niet wat ik verwacht had, maar in elk geval niet deze nonchalante reactie.

Misschien wist Helen niet eens wat er tussen mij en haar broer was voorgevallen. Of misschien wist ze dat wel, maar dacht ze dat ik gewoon een meisje van vroeger was dat hij allang weer vergeten was.

'Misschien is hij wel getrouwd en heeft hij een paar kinderen,' mompelde ik in mezelf terwijl ik opstond, een beetje lippenstift opdeed en de kamer uit liep voor het avondeten.

De volgende ochtend zette ik de kinderen af in het centrum van Cork en reed ik terug naar het vliegveld. Op de heenweg waren we door Ballinhassig gekomen en had ik de garage waar Helen het over had gehad al gezien. Na twintig minuten rijden doemde het pand weer voor me op.

Ernaast stond een kleine witgeschilderde bungalow. Ik parkeerde op de oprit die aan één kant aan een verwilderde voortuin grensde.

Op het moment dat ik de motor uitzette, wilde ik opeens dat er iemand bij me was. Stel nou dat Bobby bij zijn zus woonde? Stel dat hij in deze onopvallende bungalow was, me zou vastgrijpen en een pistool tegen mijn slaap zou zetten…

Ik deed snel een gebedje waarin ik om bescherming vroeg, deed het portier open en liep naar de voordeur. De bel bleek het niet te doen, dus klopte ik maar aan. Een paar tellen later werd er opengedaan door een vrouw in een keurig marineblauw mantelpak, met glanzend, donker, in een boblijn geknipt haar en onberispelijke make-up.

'Ha, die Merry… Zo noemde iedereen je vroeger toch?' Ze ging me voor naar binnen.

'Nu nog steeds.'

'Kom maar mee naar de keuken. Wil je koffie of thee?'

'Doe maar een glas water.' Ik ging aan een kleine tafel zitten. De keuken was al net zo onopvallend als de bungalow zelf en zag er lang niet zo goed uit als de bewoonster.

'Vertel eens, wat brengt je na al die tijd weer hier?' Helen schonk een kop koffie voor zichzelf in en ging naast me zitten, terwijl ze me een glas kraanwater voorzette.

'Het leek me hoog tijd om mijn oude vrienden en mijn familie weer eens op te zoeken. En…' Ik haalde de stamboom tevoorschijn die Katie me had gegeven. Het had me het beste geleken om in eerste instantie onze familieband op te voeren als reden voor mijn bezoek.

'Laat me raden, je woont in Amerika en bent hier om je roots te ontdekken? Dat hoor ik wel vaker van toeristen die in de taxfreewinkel komen.'

'Werk je daar?'

'Jazeker. Ik verzorg de promotie voor de winkel. Ik deel bijvoorbeeld proefbekertjes whiskey uit, of blokjes van een nieuwe streekkaas die we in ons assortiment hebben.' Ze haalde haar schouders op. 'Het is leuk werk, en zo leer ik ook nog eens interessante mensen kennen. Enfin, wat wilde je laten zien?'

'Misschien wist je dit al, maar het ziet ernaar uit dat we dezelfde grootouders hebben.'

'Ja, dat heeft mammy me verteld voordat ze stierf. Ze zei dat jouw vader en mijn moeder elkaars halfbroer en -zus waren.'

'Dat klopt.' Ik draaide de stamboom naar haar toe en wees de namen van Finn en Nuala aan. 'Als je de stamboom naar beneden volgt, staan hier de ouders van je vader, en daar sta jij. Met Bobby.'

Helen liet een van haar glanzend gelakte nagels langs de stamboom glijden. 'We zijn dus volle nichten van elkaar. Niet echt verrassend, hè? In die contreien is zowat iedereen familie van elkaar.'

'Ik heb maar één keer een glimp opgevangen van Nuala, mijn... ónze grootmoeder. Dat was op de dag dat mijn moeder begraven werd, toen ik elf was. Nuala en Hannah hadden geen contact met elkaar.'

'O, daar weet ik alles van. Toen we nog klein waren, hadden we veel contact met oma Nuala,' vertelde ze. 'Ze kwam vaak met opa Christy naar onze cottage om oude Fenian-liederen voor ons te zingen. Toen hij overleed, een paar jaar na de dood van mijn vader, trok oma bij ons in. Wat heeft zij Bobby een hoop gezwets aangepraat, zeg.' Ze slaakte een zucht. 'Dat herinner je je vast nog wel, van die wandelingen van school naar huis.'

'Ja, dat weet ik nog.' Ik kon amper geloven dat we zo snel bij dit onderwerp waren aanbeland.

'Klopt het nou dat jij aan Trinity College studeerde toen Bobby op University College Dublin zat?'

'Inderdaad.' Ik knikte.

'Hij had toch altijd een zwak voor jou?'

'Ja,' zei ik, al was dat nogal zwak uitgedrukt. 'Eh... hoe gaat het met hem?'

'Dat is een lang verhaal. Je weet zeker al dat hij op de universiteit in aanraking is gekomen met de republikeinse kliek?'

'Dat weet ik, ja.'

'Jemig, wat had hij veel woede in zich en wat kwam er een akelige praat uit...' Ze keek me recht aan. 'Weet je nog hoe boos hij kon worden? Hij was zo toegewijd aan "de zaak", zoals hij het noemde.'

'Is hij dood?' vroeg ik, niet in staat de spanning nog langer te verdragen. 'Het valt me op dat je in de verleden tijd over hem praat.'

'Nee, hij is niet dood, maar eerlijk gezegd had hij dat net zo goed wel kunnen zijn. Ik dacht dat jij begin jaren zeventig nog in Dublin was? Dan zul je het toch wel gehoord hebben?'

'Ik ben in 1971 uit Ierland weggegaan. Bobby had me verteld dat hij in Belfast zou gaan demonstreren, samen met de katholieken uit het noorden. Ik heb zelfs geruchten gehoord dat hij in Dublin onderdak bood aan een man van de IRA die op de vlucht was voor de autoriteiten.'

Helen keek me even vertwijfeld aan en zuchtte. 'Hoor eens, ik heb het hier niet graag over, maar aangezien je familie van ons blijkt te zijn... Wacht maar even.'

Dat deed ik, want zelfs als ze had gezegd dat ik weg moest gaan, was ik daar niet toe in staat geweest. Ik voelde me ontzettend slap en hoewel ik er roerloos bij zat, voelde ik het bloed door mijn aderen kolken.

'Lees dit maar eens,' zei ze toen ze terugkwam met een vel papier.

Ik zag dat het een pagina uit een oude krant was, gedateerd maart 1972.

UCD-student gevangengenomen wegens brandstichting in protestants huis

Bobby Noiro, een tweeëntwintigjarige student aan de faculteit Ierse politiek aan University College Dublin, is veroordeeld tot drie jaar cel omdat hij geprobeerd heeft een huis in Drumcondra plat te branden. Tegenover de rechter verklaarde Mr. Noiro lid te zijn van de IRA en bekende hij schuld aan brandstichting. Er was op het moment van handelen niemand in het huis aanwezig en er zijn geen dodelijke slachtoffers te betreuren.

Terwijl de rechter het vonnis uitsprak, moest Mr. Noiro in bedwang worden gehouden omdat hij zich probeerde los te worstelen van de bewakers. Tijdens deze worsteling schreeuwde hij IRA-leuzen en uitte hij dreigementen aan het adres van vooraanstaande leden van de DUP, de democratische unionistische partij.

In het vonnis vermeldde rechter Finton McNalley dat hij Noiro's jonge leeftijd en het feit dat hij wellicht was beïnvloed door zijn leeftijdsgenoten in overweging had genomen.

Daarnaast benadrukte rechter McNalley dat er bij de brand niemand gewond was geraakt.

De IRA ontkent alle betrokkenheid bij de aanslag.

Ik keek naar haar op. 'Ik weet niet wat ik moet zeggen, Helen.'

'Kijk je hiervan op?'

'Eerlijk gezegd niet. Is hij na die drie jaar weer vrijgekomen?'

'Nou, toen mammy hem voor het eerst in de gevangenis ging opzoeken, kwam ze in tranen terug. Ze zei dat Bobby had zitten vloeken en tieren en dat de bewakers hem hadden moeten afvoeren. "Hij is niet goed bij zijn hoofd, net als je vader." Ik hoor het haar nog zeggen. En daar had ze gelijk in.' Helen zuchtte. 'In de gevangenis kreeg hij het met zo veel mensen aan de stok dat ze hem moesten overplaatsen naar een extra beveiligde inrichting, waar ze hem beter in het gareel konden houden. Toen hij vrijkwam, probeerden ze hem weer te laten terugkeren in de maatschappij, maar hij beschuldigde een van de mannen in de opvang ervan een "vuile geus" te zijn en vloog hem naar de keel. Daarna werd hij aan een psychiatrisch onderzoek onderworpen en werd de diagnose paranoïde schizofrenie gesteld. In 1978 is hij overgeplaatst naar het psychiatrische ziekenhuis in Portlaoise. Daar is hij nooit meer uit gekomen, en dat zal ook nooit meer gebeuren,' zei ze grimmig. 'Nadat mammy was gestorven, ben ik bij hem op bezoek gegaan. Ik weet niet eens of hij me wel herkende. Hij zat daar maar, te huilen als een klein kind.'

'Wat... wat verschrikkelijk.'

'Die gekte blijkt in de familie te zitten. Dit weet je waarschijnlijk niet, maar onze vader heeft zelfmoord gepleegd. Hij heeft brand gesticht in onze stal en zichzelf daar binnen opgehangen. Mammy heeft me ook verteld dat onze oudoom Colin, de broer van Christy, volslagen krankzinnig was en uiteindelijk in een gesticht is beland. Daarom is Christy op de boerderij komen wonen nadat zijn moeder aan de griep was bezweken en is hij samen met Nuala en haar broer en zus opgegroeid.'

'Bobby zei dat jullie vader was omgekomen bij een brand in de stal,' zei ik ademloos. 'Misschien had jullie mammy dat wel tegen hem gezegd.'

'Ja, dat hebben we allebei te horen gekregen, ook al was ik nog maar een baby toen het gebeurde. Heeft Bobby je weleens... Hoe moet ik dit zeggen... Pijn gedaan, of bedreigd?'

'Ja.' Het woord kwam eruit als een enorme kei die een stroom van emoties had tegengehouden. 'Hij was erachter gekomen dat ik... iets had gedaan. Hij had een pistool, Helen. Dat had hij volgens hem van de IRA gekregen. Hij zette het tegen mijn slaap... en... en hij zei dat als ik bleef omgaan met een bepaalde jongen die hij niet mocht, dat h-hij hem en mijn hele familie zou laten n-neerschieten door de mensen die hij kende bij die terroristische organisatie van hem.'

'En dat geloofde jij?'

'Wat denk je dan? In die tijd was het conflict net weer opgelaaid. De spanning in Dublin was om te snijden en ik wist hoe belangrijk Bobby het vond dat het noorden weer bij de Ierse republiek betrokken zou worden en hoe boos hij was over de manier waarop de katholieken over de grens werden behandeld. Hij had zich aangesloten bij een van de radicalere studentenverenigingen op UCD en vroeg vaak of ik met hem meeging naar demonstraties.'

'Merry, ik denk dat dat het oude pistool is geweest van Finn, de eerste echtgenoot van onze grootmoeder Nuala. Dat heeft ze altijd bewaard en uiteindelijk aan mijn vader, Cathal, gegeven. Toen die zichzelf van het leven beroofde, heeft Bobby het geërfd. Dus ik denk niet dat hij erover gelogen heeft dat dat pistool van de IRA kwam, maar hij had het in elk geval niet in die tijd gekregen. Dat ding was negentig jaar oud, Merry. Ik betwijfel of hij wist hoe hij het moest laden, laat staan hoe hij ermee moest schieten.'

'Weet je dat zeker? Ik was er echt van overtuigd dat hij betrokken was bij wat er in die tijd allemaal gebeurde.'

'Als rebelse student misschien, maar verder niet. Anders had de IRA de aanslag op dat protestantse huis in Dublin wel opgeëist. Toen ik tijdens de rechtszaak met mammy meeging om haar te steunen, heb ik een tijdje zitten kletsen met een van zijn vrienden van UCD. Con vertelde me dat iedereen die Bobby kende zich zorgen had gemaakt om zijn mentale toestand. Hij was namelijk zijn meisje kwijtgeraakt... Nu ik erover nadenk... Was jij dat misschien?'

'Ik... ik denk het wel, maar ik ben nooit "zijn" meisje geweest, Helen. Ik bedoel, hij was een jeugdvriend.' Ik zuchtte. 'Maar overal waar ik heen ging, leek hij ook op te duiken. Mijn vriendin Bridget noemde hem mijn stalker.'

'Dat is echt iets voor Bobby,' gaf Helen toe. 'Hij kon heel erg obsessief zijn en was er waarschijnlijk echt van overtuigd dat jij zijn meisje was en dat hij deel uitmaakte van de IRA. Maar dat zat allemaal tussen zijn oren, Merry. Alle psychiaters met wie ik sindsdien heb gesproken, hebben me verteld dat het deel uitmaakte van zijn waanideeën.'

'Ik heb hem nooit aanleiding gegeven om te denken dat ik in romantische zin iets met hem wilde, dat zweer ik.' Ik slikte mijn tranen weg. 'Maar hij nam met "nee" geen genoegen. Toen hij erachter kwam dat ik een vriend had, die ook nog eens protestants was, zei hij dat hij ons en onze families zou afmaken. Dus ben ik geëmigreerd. Sinds die tijd heb ik in angst geleefd, omdat hij had gezegd dat zijn vrienden en hij me zouden opsporen, waar ik me ook zou verstoppen.'

'Het lijkt me wel verstandig dat je bent vertrokken.' Ze knikte. 'Bobby kon inderdaad erg gewelddadig zijn als hij een slechte periode had. Maar dat zijn terroristenvriendjes van de IRA je zouden opsporen, dat was klinkklare nonsens. Dat weet ik van Con, zijn vriend. Toen de politie na de brand een echt lid van de IRA verhoorde, heeft hij gezworen dat hij zelfs nog nooit van Bobby had gehoord.' Ze nam een slok koffie en keek me meelevend aan. 'Dus jij bent vertrokken, maar hoe zat het dan met je vriend? Dat hij protestants was, moet voor Bobby als een rode lap op een stier hebben gewerkt.'

De steen op mijn maag was weer terug, waardoor ik amper kon praten. 'Het contact is verwaterd,' wist ik uit te brengen. 'In Nieuw-Zeeland ben ik met iemand anders getrouwd en gelukkig geworden.'

'O, wat fijn dat je een nieuw thuis en een man gevonden hebt,' zei Helen. 'Maar je hebt alle recht om van streek te zijn, Merry.' Ze legde haar hand op die van mij. 'Wat Bobby je heeft aangedaan, is vreselijk, maar het zat er altijd al aan te komen, denk je niet? Als we naar huis liepen, rende hij vaak als een gek voor ons uit en verstopte zich in een sloot om als wij langsliepen op te springen en te roepen: "Pang! Je bent dood!" Dat was maar kattenkwaad, maar het is uitgegroeid tot een levenslange obsessie, gevoed door onze grootmoeder en haar verhalen over de oorlog. Ik ga niet vaak naar hem toe, maar sinds mammy dood is, houdt de kliniek mij op de hoogte. Hij heeft het nog steeds over de revolutie, alsof hij daar actief aan meewerkt.' Ze zuchtte en deed haar ogen even dicht.

Zelf haalde ik diep adem, blij dat ik bij iemand was die precies begreep hoe de man die me zo lang had gekweld in elkaar zat. 'Heeft hij jou weleens iets aangedaan, Helen?'

'Godzijdank niet, maar ik heb wel van kleins af aan geleerd me onzichtbaar te maken. Als hij een driftbui had, verstopte ik me meestal. Mammy nam me ook in bescherming. Wat moet zij een rotleven hebben gehad, zeg. Eerst haar man die niet goed bij zijn hoofd was, daarna haar zoon. Ik weet nog dat ze een keer zei...'

'Wat?'

'Nou, dat ze het zo erg vond dat jouw moeder, Maggie, niet naar daddy's begrafenis was gekomen. Per slot van rekening was hij haar halfbroer, de zoon van Nuala en Christy. Ik denk dat we daarom nooit in de buurt van Cross Farm mochten komen.'

'In onze familie is er een hoop oud zeer vanwege familieleden die niet op begrafenissen zijn komen opdagen,' zei ik met een zucht.

'Zeg, ik moet er zo vandoor, want mijn dienst op het vliegveld begint om één uur, maar wil je misschien een andere keer terugkomen? Als je nog vragen te binnen schieten, wil ik die graag beantwoorden.'

'Dat is heel aardig van je, Helen. Ik ben je ontzettend dankbaar dat je zo open en eerlijk tegen me geweest bent.'

'Waarom zou ik erover liegen? Je hebt al die jaren in angst gezeten omdat je dacht dat echte terroristen het op je gemunt hadden. Bobby wás ook gevaarlijk, maar als je had geweten dat hij een jaar later gevangen is genomen en de rest van zijn leven niet meer op vrije voeten is geweest...'

'Dan had mijn leven er heel anders uitgezien.' Ik glimlachte zwakjes.

'Ik had geen idee dat hij jou had bedreigd, maar na de dood van mam ben ik naar Cork verhuisd. Ik had behoefte aan een nieuw begin. Dat begrijp je vast wel,' vertelde ze terwijl we naar de deur liepen.

'Zeker. Woon je hier alleen?'

'Ja, dat vind ik prima zo. Ik val vaak op de verkeerde mannen, maar nu heb ik mijn werk en mijn vriendinnen en ben ik onafhankelijk. Pas goed op jezelf, Merry. Bel me gerust als je me nodig hebt.' Ze omhelsde me kort maar stevig.

'Dat zal ik doen. Heel erg bedankt.'

Ik liep met knikkende knieën naar mijn auto en liet me achter het stuur zakken. 'Bobby zit achter slot en grendel. Hij kan je nooit meer iets aandoen,' zei ik tegen mezelf. 'Hij heeft je al die jaren niets kunnen aandoen en alle dingen die hij je verteld heeft, waren zijn eigen hersenspinsels...'

Ik reed van de oprit af en sloeg het eerste het beste landweggetje in. Daar parkeerde ik de auto tussen twee uitgestrekte weilanden, klom over het hek en rende tussen de grazende koeien door. De lucht zag er dreigend uit, met laaghangende, grijze wolken, maar ik ging op het ruwe gras zitten en barstte in snikken uit. 'Het is voorbij, Merry, het is echt voorbij... Hij kan je nooit meer iets aandoen. Je bent veilig, je bent veilig...'

Het duurde een hele tijd voor ik alle spanning eruit had gehuild, nadat ik die zevenendertig lange jaren had opgekropt. Ik dacht aan alle dingen die ik daardoor was kwijtgeraakt...

'Maar ik heb er ook veel door gekregen,' fluisterde ik, denkend aan mijn lieve kinderen en die schat van een Jock, die zich over me had ontfermd en me had omgeven met liefde en geborgenheid.

Op mijn horloge zag ik dat het al bijna één uur was, dus ik was aan de late kant voor de lunch met mijn kinderen. 'Kinderen!' mopperde ik op mezelf, terwijl ik het vuil van mijn kleren klopte en terugliep naar de auto. 'Jack is verdorie al tweeëndertig!'

Ik bedacht dat hij een volwassen man was en best een taxi terug naar het hotel kon regelen, dus belde ik hem om te zeggen dat ik migraine had – niet helemaal gelogen, want mijn hoofd bonkte – en reed ik langzaam terug naar Clonakilty. Toen ik langs Bandon kwam, nam ik in een opwelling de afslag naar Timoleague. Ik wilde nog een andere plek bezoeken.

Ik zocht mijn weg door de bekende straten en parkeerde naast de kerk. Voor zo'n klein dorp was het een enorm gebouw. Het had iets ontroerends om een eindje verderop de piepkleine stenen protestantse kerk te zien, en daarnaast de ruïne van het franciscanenklooster aan het water.

'Wat hebben er toch een hoop mensen moeten lijden door de verschillende manieren waarop we in God geloven,' zei ik hardop. Daarna liep ik de kerk in waar ik vroeger had gebeden, elke zondag naar de mis was gegaan en mijn moeder opgebaard had zien liggen.

Ik liep door het gangpad en maakte automatisch een kniebuiging voor het altaar. Vervolgens draaide ik me naar rechts, waar een rek met votiefkaarsen stond. De vlammen flikkerden in de tocht die door de oude ramen naar binnen kroop. Tijdens de vakanties van de kostschool had ik er altijd troost in gevonden om hier een kaarsje op te steken voor mijn moeder. Dat deed ik nu ook, maar daarna gooide ik nog wat geld in het bakje en brandde een kaarsje voor Bobby.

Ik vergeef je, Bobby Noiro, voor alles wat je me hebt aangedaan. Ik vind het heel erg dat je nog steeds zo moet lijden.

Uiteindelijk stak ik een kaarsje voor Jock aan. Hij was van oorsprong protestants geweest, afkomstig uit een Schotse presbyteriaanse familie. We waren getrouwd in de Church of the Good Shepherd aan Lake Tekapo, aan de voet van de indrukwekkende Mount Cook. Het was een oecumenische kerk, waar mensen van alle gezindten welkom waren. In die tijd had ik amper kunnen geloven dat zoiets bestond, maar het had de dag des te mooier gemaakt. Naast een paar vrienden hadden we Jocks lieve familie uitgenodigd, die me met open armen had ontvangen. De ceremonie was eenvoudig maar heel mooi geweest. Na afloop was er een receptie op het terras van het Hermitage Hotel, waar we elkaar hadden leren kennen en samen hadden gewerkt.

Nu ging ik op een van de kerkbanken zitten en boog mijn hoofd om te bidden. 'Lieve God, geef me de kracht om niet langer in angst te leven en om eerlijk te zijn tegen mijn kinderen...'

Uiteindelijk ging ik naar het kerkhof, waar generaties van de familie die ik als de mijne had beschouwd lagen begraven. Ik ging naar het graf van mijn moeder en knielde neer op het gras. Er stond een boeket wilde bloemen in een vaas, waarschijnlijk neergezet door een van mijn broers of zussen. Ernaast was het graf van mijn vader, waarvan de steen minder verweerd was.

'Mammy,' fluisterde ik. 'Ik weet wat je allemaal voor me gedaan hebt en hoeveel je van me hield, ook al was ik niet je eigen kind. Ik mis je.'

Terwijl ik langs de rijen liep, zag ik ook het graf van Hannah en haar man Ryan, en vervolgens dat van Nuala. Mijn grootmoeder was begraven bij Christy en de rest van onze clan, niet bij haar geliefde Finn in Clogagh. In stilte deed ik een gebedje, in de hoop dat ze allemaal rust hadden gevonden.

Nadat ik alle graven van mijn familie had bekeken, zocht ik naar de grafsteen van pastoor O'Brien, maar ik kon hem niet vinden. Uiteindelijk reed ik met een merkwaardig leeg gevoel terug naar het hotel. Alsof ik misschien eindelijk aan mijn verwerkingsproces kon beginnen nu ik onder ogen had gezien wat voor trauma ik had meegemaakt en hoe dat me door de jaren heen in fysiek en mentaal opzicht belemmerd had.

'Geen geheimen meer, Merry...' hield ik mezelf voor toen ik bij het hotel aankwam en naar binnen liep. Er was een briefje voor me achtergelaten waarin stond dat mijn kinderen al terug waren uit Cork. In mijn kamer sloeg ik een bodempje whiskey achterover. Het werd tijd, dacht ik. Ik vroeg Mary-Kate en Jack naar mijn kamer te komen en deed de deur achter hen dicht.

'Wat is er, mam? Je kijkt zo serieus,' zei Jack toen ik gebaarde dat ze moesten gaan zitten.

'Zo voel ik me ook. Vanmorgen ben ik bij iemand op bezoek geweest en nu ik haar gesproken heb, vind ik dat ik jullie wat meer over mijn verleden moet vertellen.'

'Wat het ook is, we begrijpen het wel, mam. Toch, Jacko?' zei Mary-Kate.

'Natuurlijk.' Hij glimlachte me bemoedigend toe. 'Vooruit, mam, voor de draad ermee.'

Dus vertelde ik hun het verhaal over Bobby Noiro en dat hij ook in Dublin was gaan studeren toen ik op Trinity College zat.

'Trinity was, en is nog steeds, een protestantse universiteit, terwijl University College katholiek was,' legde ik uit. 'Tegenwoordig doet dat er allemaal niet meer zo toe, maar in die periode, in de begintijd van wat de Ieren "The Troubles" noemen, was dat heel belangrijk. Zeker voor iemand als Bobby Noiro, bij wie de haat jegens de Britten met de paplepel was ingegoten. Net als veel andere Ierse republikeinen vond hij dat de Britten Noord-Ierland hadden ingepikt voor hun protestantse burgers. Katholieken in het noorden werden niet goed behandeld en kwamen altijd als laatste in aanmerking voor een huis of een baan.' Ik aarzelde even, ermee worstelend om een ingewikkeld verhaal zo eenvoudig mogelijk te vertellen. 'Hoe dan ook, ik voelde me prima thuis op de universiteit. Ambrose gaf er les in de klassieke talen en ik volgde zelf ook die studierichting, dus het was logisch dat ik in zijn voetsporen zou treden. Maar daar was Bobby het niet mee eens. Volgens mij heb ik zijn naam al weleens laten vallen toen ik je over mijn kindertijd in West Cork vertelde, Jack.'

'Inderdaad. Hij leek me nogal een rare snuiter.'

Daarna vertelde ik wat er in Dublin was gebeurd.

'Al die jaren ben ik bang geweest dat hij me zou vinden of dat hij zijn vrienden bij de IRA achter me aan zou sturen. Ik weet dat het belachelijk klinkt, maar hij was echt doodeng.' Ik slikte moeizaam. 'Zoals ik al zei, is hij later in de gevangenis terechtgekomen omdat hij het huis van een protestants gezin had platgebrand. Maar hij is dus de reden dat ik uit Ierland ben vertrokken en in Nieuw-Zeeland terecht ben gekomen.'

Mary-Kate ging naast me op de rand van het bed zitten en sloeg haar arm om me heen. 'Dat moet vreselijk voor je zijn geweest, om al die jaren te denken dat hij achter je aan zat. Maar nu is het voorbij, mam. Hij kan je nooit meer iets aandoen, toch?'

'Nee, dat klopt. Dat durf ik vandaag voor het eerst met zekerheid te zeggen.'

'Waarom heb je ons dit niet eerder verteld?' wilde Jack weten.

'Zeg nou zelf, hadden jullie het dan willen aanhoren? Welk kind zit er nou te wachten op verhalen over vroeger van zijn ouders? Ik vond het altijd vreselijk als Bobby zo doordramde over de Ierse revolutie en die Fenian-liederen zong. Mijn ouders hadden het nooit over hun verleden, waarschijnlijk door de breuk met hun familie.'

'Welke breuk?' vroeg Jack.

Inmiddels was ik doodop. 'Dat is een lang verhaal, maar als jullie het echt willen weten, vertel ik het nog wel een keer. Eerst moeten jullie morgenochtend maar eens naar het Michael Collins Centre in Castleview gaan. Jullie kunnen op zijn minst iets leren over de plaatselijke held die Ierland van het juk van de Britten heeft bevrijd.'

Mary-Kate sloeg haar ogen ten hemel.

Daar moest ik om glimlachen. 'Zie je nou wel? Het interesseert je geen moer. Maar aangezien hij veel invloed heeft gehad op mijn opvoeding en mijn verdere leven, moet je toch maar een paar uur je kiezen op elkaar houden terwijl jullie meer over hem leren.'

'Was die Michael Collins de held van Bobby Noiro?' vroeg Jack.

'Niet bepaald, eerder het tegenovergestelde eigenlijk. Zullen we nu maar iets gaan eten? Ik verga van de honger.'

Toen ik na het eten terugkwam in mijn kamer, zag ik het lampje op mijn telefoon knipperen dat aangaf dat er een bericht was. Het kwam van Katie, die vroeg hoe het was gegaan en of ik 'mijn vriend', zoals zij het uitdrukte, nog had kunnen vinden.

Ik toetste haar mobiele nummer in en ze nam na de tweede keer overgaan al op. 'En?'

'Ik vertel je alles wel als we elkaar weer zien, maar het goede nieuws is dat Bobby weliswaar niet dood is, maar dat hij nooit meer achter me aan zal komen.'

'Wat fijn voor je, Merry. Dat is vast een pak van je hart.'

'Zeg dat wel. O, nu ik je toch spreek, ik ben vanmiddag nog naar de kerk in Timoleague geweest en heb de familiegraven bezocht. Daarna heb ik nog naar het graf van pastoor O'Brien gezocht, maar ik kon het niet vinden. Weet jij hoe het hem is vergaan?'

'Sterker nog, ik heb hem vanmiddag nog gezien.'

'Wat?! Hoe kan dat nou?'

'Hij woont in het verzorgingstehuis in Clonakilty, waar ik werk. Hij heeft zijn parochie nooit in de steek gelaten, ook al weet ik dat hem meerdere keren een promotie is aangeboden. Hoe dan ook, uiteindelijk vond hij dat hij te oud werd, dus is hij vijf jaar geleden met pensioen gegaan, op zijn tachtigste. Je weet vast nog wel hoe tochtig het was in de oude pastorie. Daarom is hij een jaar geleden bij ons komen wonen, ook al hield hij vol dat hij best voor zichzelf kon zorgen en in zijn eigen bed wilde sterven. Wil je hem zien?'

'Nou, heel graag! Is hij... in orde?'

'Je bedoelt of hij ze allemaal nog op een rijtje heeft? Jawel, alleen laat zijn lichaam hem in de steek. Die arme ziel heeft ontzettend veel last van artritis, waarschijnlijk door al die jaren in dat huis. Voor zijn opvolger hebben ze een nieuwe pastorie gebouwd, die beter bestand is tegen de gure wind die door alle kieren naar binnen kwam.'

'Dan ga ik morgenochtend bij hem op bezoek.'

'Prima. Ik ben nu bij John en Sinéad, druk aan het bakken voor het familiefeest.'

'Jullie hoeven echt niet zo veel moeite te doen, hoor.'

'Het is geen enkele moeite. Het werd toch hoog tijd dat we weer eens met de hele familie bij elkaar kwamen. En er is volop ruimte voor de kinderen om buiten rond te rennen.'

'Het gaat regenen.'

'Ja, maar het wordt wel warm.'

'Voordat je ophangt... Ik vroeg me af of jullie het goedvinden als ik Helen Noiro uitnodig. Ik bedoel, ze is toch familie van ons, en...'

'Dat lijkt me een prima idee. Nu ga ik ophangen, want ik moet kijken of mijn pastei al klaar is.'

Toen ik de gordijnen dicht wilde doen, zag ik dat er zich op de vloer een plasje water had gevormd door de regen die naar binnen was gewaaid, dus schoof ik de deur dicht en sloot het geluid van de golven buiten. In bed probeerde ik alles wat ik die dag te weten was gekomen een plekje te geven, maar ik was zo uitgeput dat ik als een blok in slaap viel.

47

Het verzorgingstehuis was licht en ruim, al hing er wel die typische ziekenhuislucht van ontsmettingsmiddelen. Bij de receptie vroeg ik naar Katie, die al snel naar me toe kwam en me breed glimlachend omhelsde.

'Hij zit in de gezamenlijke woonkamer, maar ik heb nog niet verteld wie er bij hem op bezoek komt. Het zal wel een grote verrassing voor hem zijn. Ben je zover?' vroeg ze toen we voor de deur stonden.

'Ja.'

We liepen tussen de oude mannen en vrouwen door, die zaten te kletsen of gezelschapsspellen deden met hun bezoek. Katie wees naar een man die uit het raam zat te kijken. 'Zie je hem, daar in die rolstoel? Ik heb hem in de hoek gezet, zodat jullie een beetje privacy hebben.'

Toen ik dichterbij kwam, bekeek ik pastoor O'Brien eens goed. Hij was altijd een knappe man geweest, zoals mammy en de andere jonge vrouwen vaak tegen elkaar hadden gefluisterd. Zijn zwarte haar was wit geworden en zijn haargrens begon iets te wijken, maar hij had nog steeds een behoorlijk volle bos. De groeven in zijn gezicht gaven hem iets statigs.

'Pastoor O'Brien, hier is uw bezoeker.' Katie duwde me naar voren. 'Misschien kent u haar nog wel.'

Zijn nog altijd heldere blauwe ogen staarden me aan. Langzaam zag ik zijn blik omslaan van desinteresse in verwarring en uiteindelijk verbazing. 'Merry O'Reilly? Ben je het echt?' Daarna schudde hij zijn hoofd, alsof hij droomde. 'Nee, dat kan niet,' mompelde hij, en hij keerde zich van me af.

'Ik ben het wél, meneer pastoor. Al heet ik tegenwoordig Merry McDougal.' Ik zakte door mijn hurken zodat ik naar hem kon opkijken, net als toen ik nog een klein meisje was geweest, tijdens die bezoekjes aan zijn huis die zo veel voor me betekend hadden. 'Ik ben het echt.' Glimlachend pakte ik zijn handen vast.

'Merry... Merry O'Reilly,' fluisterde hij. Zijn warme handen verstrakten zich om de mijne.

'Ik zal jullie alleen laten,' zei Katie.

Terwijl ik zijn handen bleef vasthouden, stond ik op. 'Het spijt me als ik u heb laten schrikken.'

'Mijn hart is in elk geval al een tijdje niet meer zo tekeergegaan.' Glimlachend liet hij mijn handen los. 'Vooruit, trek die stoel eens wat dichterbij en kom bij me zitten.'

Dat deed ik, mijn tranen wegslikkend terwijl ik zijn heerlijke kalmte over me voelde neerdalen. Het drong tot me door dat Jock me altijd datzelfde gevoel had gegeven, alsof ik bij hem volkomen veilig was.

'Wat brengt je na al die tijd weer hierheen, Merry?'

'Het werd tijd om naar huis te komen.'

'Ja.' Toen hij me aankeek, leek het wel of hij met één blik alles wist wat hij van me hoefde te weten. Misschien was hij in zijn leven zo veel bezig geweest met de menselijke ziel en de complexe emoties die daarin schuilden dat hij nu dwars door mensen heen kon kijken. 'Onafgedane zaken?' vroeg hij, waarmee mijn theorie werd bewezen.

'Ja. Ik ben zo blij om u te zien. U ziet er goed uit.'

'Het gaat ook goed, dank je.' Hij gebaarde om zich heen. 'Jammer genoeg heeft een groot deel van deze lieve mensen geen flauw benul of het 1948 of 2008 is, dus tot diepgaande gesprekken komt het niet vaak, maar er wordt goed voor me gezorgd. Het personeel is heel aardig.'

Er viel een lange stilte, waarin we allebei naar woorden zochten. Ik had geen idee of ik net zo veel voor hem had betekend als hij voor mij.

'Waarom ben je nooit teruggekomen, Merry? Ik weet nog dat je vaak bij je familie op bezoek kwam nadat je naar Dublin was gegaan. Maar ineens hielden die bezoekjes op.'

'Ik ben verhuisd, meneer pastoor.'

'Waarnaartoe?'

'Naar Nieuw-Zeeland.'

'Dat is niet naast de deur.' Hij knikte. 'Vanwege de liefde?'

'In zekere zin wel, maar het is een heel lang verhaal.'

'Dat zijn meestal de beste verhalen. Ik zou honderduit kunnen vertellen over wat ik allemaal tijdens de biecht heb gehoord. Al zou ik dat natuurlijk nooit doen.' Hij knipoogde.

'Afgaande op wat Katie me heeft verteld, blijkt wel dat u hier erg geliefd bent.'

'Dat is lief van je, en er komen inderdaad genoeg mensen bij me op bezoek, alleen kan ik niet zeggen dat ik me hier thuis voel. Maar ach, laat ik maar niet klagen.'

'Dat doet u helemaal niet. Ik begrijp het best.'

'Ik heb hier geen ruimte voor mijn boeken, zie je. Ik mis ze. Mijn vriend Ambrose hield ook zo van lezen. Kun je je hem nog herinneren?' Toen hij me aankeek, brak mijn hart bijna door het verlangen in zijn ogen.

'Zeker, meneer pastoor. Waar zijn uw boeken nu?'

'In de opslag in Cork. Geeft niks, want ik heb het beste boek van allemaal altijd bij de hand.' Hij wees naar het lage tafeltje tussen ons in, waar ik de kleine, in leer gebonden bijbel zag liggen die hij altijd bij zich had gehad. 'Vertel eens, ben je getrouwd? Heb je kinderen?'

'Ja, mijn kinderen zijn allebei met me meegekomen. Ik heb ze naar het Michael Collins Centre gestuurd. Het wordt eens tijd dat ze iets leren over de voorgeschiedenis van hun moeder.'

'Die man en wat hij voor Ierland heeft gedaan maken zeker deel uit van jouw voorgeschiedenis, Merry. Het deed me veel verdriet om je grootmoeders Nuala en Hannah te moeten begraven. Aan het einde van hun leven smeekten ze God allebei om vergiffenis vanwege hun familievete. Heel triest.'

'Zeg dat wel. Ik weet nog maar net van de breuk in onze familie, omdat Katie me erover heeft verteld. Er zijn me hier een hoop dingen duidelijk geworden, en ik ben blij dat ik ben teruggekomen.'

Er werd een trolley de kamer in geduwd en het geluid kwam steeds dichterbij. Ik wilde tegen de pastoor zeggen dat ik wist wat hij voor me had gedaan, toen ik jaren geleden als baby bij hem voor de deur was achtergelaten. Maar dit was niet de juiste plek of het juiste moment om daarover te beginnen.

'Hoe gaat het hier?' De koffiedame kwam met een vrolijke glimlach bij ons staan. 'Willen jullie koffie of thee?'

'Ik hoef niets, dank u. Meneer pastoor?'

'Ik ook niet, bedankt.'

Er viel een stilte terwijl ze wegliep met de trolley en wij onze gedachten op een rijtje zetten.

‘Ik zou heel graag kennismaken met je kinderen,’ merkte hij op.

‘Dat valt vast wel te regelen. Ik zou het zelf ook heel fijn vinden. Ik...’

Dit keer kwam Katie naar ons toe. ‘Alles goed, hier?’

‘Ja,’ zei ik, wensend dat ze weg zou gaan en ons in alle rust het gesprek zou laten voeren waar we volgens mij allebei behoefte aan hadden.

‘Het spijt me dat ik stoor, maar het is tijd voor uw afspraak met de fysio.’

In zijn ogen verscheen een berustende blik. ‘Natuurlijk. Kun je misschien een andere keer terugkomen, Merry? Met je kinderen?’

‘Dat doe ik.’ Ik stond op en gaf hem voorzichtig een kus op zijn wang. ‘Ik kom terug, beloofd.’

Ik ging de kinderen ophalen bij het Michael Collins Centre.

‘Wauw, mam,’ zei Jack terwijl hij zijn gordel omdeed en we wegreden. ‘Ik heb er echt veel van opgestoken. Ik had nog nooit gehoord van de Paasopstand van 1916, waarmee de Ierse revolutie begon. En Ierland is uiteindelijk een republiek geworden in 1949, jouw geboortejaar! Wist je dat?’

‘Ja, maar als kind had ik niet echt door hoe belangrijk dat was.’

‘Nu begrijp ik waarom veel Ieren in die tijd zo boos waren,’ deed Mary-Kate vanaf de achterbank een duit in het zakje. ‘Jacko en ik hebben een boek gekocht dat we willen lezen, toch, Jacko?’

‘Dat klopt. Ik had geen idee dat religie zo’n grote rol speelde in het conflict. Wij staan er eigenlijk nooit bij stil of we nou protestants of katholiek zijn. In Nieuw-Zeeland doet dat er niet toe.’

‘Nou, hier zijn er nog steeds verstokte katholieken en protestanten,’ zei ik.

‘Het verbaast me dat iedereen hier zo vrolijk en aardig is. Aan de mensen merk je helemaal niet wat dit land allemaal heeft moeten doorstaan,’ vond Mary-Kate. ‘Ze hebben het zo zwaar te verduren gehad. Ik heb dingen gezien over de Ierse hongersnood en...’

Ik luisterde verder naar mijn kinderen, die zaten te kletsen over mijn geboorteland en de chaos die hier in het verleden had geheerst. Opeens voelde ik me apetrots omdat het land sinds mijn geboorte zo ver was gekomen.

Terug in mijn hotelkamer ging ik met een kop thee op het balkon zitten. Sinds mijn gesprek met pastoor O'Brien was er een gedachte bij me opgekomen.

De vraag was: mocht ik me hier wel mee bemoeien?

Aan de andere kant had ik me al zo lang achter mijn man en kinderen verschuild om zelf maar geen beslissingen te hoeven nemen...

'Kom op, Merry,' zei ik hardop tegen mezelf. 'Dóé voor de verandering nou eens wat.'

Op weg naar binnen hield ik mezelf voor dat hij in het ergste geval nee kon zeggen. Ik pakte mijn mobiele telefoon en toetste het nummer in.

De telefoon ging drie of vier keer over voordat er werd opgenomen.

'Met Ambrose Lister.'

'Ambrose, met Merry. Hoe gaat het?'

'Heel goed, dank je. Met jou?'

'Ook goed, bedankt. Ik vroeg me af of je het de komende dagen druk hebt.'

'Ik zou liegen als ik zei dat ik een volle agenda had, maar Plato houdt me wel bezig, zoals gewoonlijk.'

'Zou je misschien naar West Cork willen komen? Ik... Nou ja, ik heb je hulp nodig.'

'Naar West Cork? Dat lijkt me niet verstandig, Mary. Dat is een hele onderneming voor zo'n oudje als ik.'

'Wees gerust, er is veel veranderd sinds je hier voor het laatst in je felrode Kever naartoe bent gereden,' zei ik glimlachend. 'Tegenwoordig is het vrijwel allemaal snelweg en zijn alle wegen in elk geval verhard. Zal ik een taxi voor je bestellen? Ik ken hier iemand die je graag zou komen ophalen.'

'Liever niet, Mary. Ik...'

'Ambrose, ik heb je nódig. We logeren in een prachtig hotel met uitzicht op het strand van Inchydoney. Weet je nog wel, dat enorme strand in de buurt van Clonakilty?'

'Dat weet ik nog wel, ja. En die bouwval ernaast ben ik ook nooit vergeten. Ik kan niet zeggen dat die er erg aanlokkelijk uitzag.'

'Nou, dit hotel is modern en van alle gemakken voorzien. Trouwens, ik wil je ook graag aan mijn dochter voorstellen, voordat we teruggaan naar Nieuw-Zeeland. Alsjeblieft, Ambrose. Ik sta voor een raadsel en jij bent de enige die het misschien kan oplossen.'

Mijn argumenten waren op. Aan de andere kant van de lijn bleef het even stil.

'Tja, als je me echt helemaal daarheen wilt laten komen, zul je wel een goede reden hebben. Hoe laat is de taxi er?'

'Dat moet ik nog afspreken, maar zullen we zeggen morgenochtend om elf uur?'

'Dan ben ik er ongetwijfeld op tijd voor mijn warme chocolademelk voor het slapengaan.'

'Welnee, Ambrose. Je doet er hooguit drie uur over, dus ik mag hopen dat je op tijd bent voor de thee, met een adembenemend uitzicht op de Atlantische Oceaan. Ik zal een mooie kamer voor je reserveren en ik kijk ernaar uit om je morgen te zien.'

'Goed, dan zie ik je dan. Ik moet je toch nog iets geven wat hier vanochtend is bezorgd. Tot morgen.'

Ik hing op, gooide mijn mobiele telefoon op het bed en slaakte een vreugdekreetje. Even later werd er op mijn deur geklopt.

'Wat zie jij er blij uit,' zei Mary-Kate toen ze naar binnen liep.

'Zo voel ik me ook. Tenminste, dat denk ik.' Ik haalde mijn schouders op. 'Ik heb net iets gedaan waarvan ik hoop dat twee mensen van wie ik hou er een stuk gelukkiger door zullen worden. Hoe gaat het met jou?'

'Goed, hoor. Moet je horen, ik zat net met Jack te praten en...'

'Wat is er?'

'Nou, we vinden allebei dat we Tiggy en haar zussen moeten laten weten dat we mijn biologische familie hebben gevonden. En dat ik waarschijnlijk niet degene ben die ze zoeken.'

'Dat weet je niet, Mary-Kate. Je biologische ouders zouden best eens iets te maken kunnen hebben met hun overleden vader.'

'Misschien wel, maar ik vind dat ik hun op zijn minst de namen van mijn biologische ouders moet geven. Dan kunnen ze zelf uitzoeken of er een verband is. Ze willen wanhopig graag de zevende zus vinden, zodat zij met hen mee kan op die cruise. Vind je het erg als ik hen bel?'

'Natuurlijk niet, lieverd. Die beslissing is aan jou, niet aan mij.'

'Oké, bedankt. En...'

‘Wat is er?’ Aan haar blik zag ik dat ze een gevoelig onderwerp wilde aansnijden.

‘Zou je het erg vinden als ik tegen hen zei dat jij ook geadopteerd bent? Ik bedoel, Jack en ik hadden het er net over dat de smaragden ring oorspronkelijk van jou was en… mam, jij zou ook de zevende zus kunnen zijn.’

‘Dat betwijfel ik. Al die geadopteerde meisjes zijn ongeveer van dezelfde leeftijd als Jack en jij.’ Ik schudde mijn hoofd. ‘Ik snap dat je graag wilt dat ik iets met hen te maken heb, maar dat lijkt me sterk.’

‘Dus dan heb je er geen bezwaar tegen als ik zeg dat je geadopteerd bent?’

‘Ga je gang maar,’ verzuchtte ik. ‘Het maakt me niet uit. Het spijt me, liefje, maar aangezien ze erin geslaagd zijn mijn wereldreis te verpesten, zou ik hen eigenlijk het liefst helemaal vergeten.’

‘Dat kan ik me voorstellen, maar toch bedankt. Tot straks, bij het avondeten.’ Met een verontschuldigende glimlach liep ze mijn kamer uit.

48

Atlantis

'Ik heb nieuws.' Ally liep het terras op, waar Maia een Braziliaanse stoofschotel aan het opscheppen was.

'Wat dan?' vroeg CeCe.

'Mary-Kate belde net om te zeggen dat ze haar biologische ouders gevonden heeft. Ik heb hun namen hier.'

'Jeetje, dat is echt groot nieuws,' merkte Chrissie op.

'Ja, maar ook weer niet, want tot Mary-Kate daadwerkelijk contact heeft gelegd met haar biologische moeder, is het niet aan ons om op onderzoek uit te gaan naar haar ouders. En dat gaat ze pas doen als ze weer in Nieuw-Zeeland is.'

'Na onze cruise dus,' zei Maia. 'Ga zitten, anders wordt je eten koud. Als we Georg nou eens konden bereiken, zou hij misschien discreet kunnen informeren.'

'Ik heb vandaag nog geprobeerd hem op zijn mobiel te bellen, maar hij nam niet op.'

CeCe haalde haar schouders op. 'Dit is echt superlekker, Maia. En bedankt, Ma,' voegde ze eraan toe toen Ma voor iedereen een glas wijn inschonk en er zelf ook bij kwam zitten.

'Dit is inderdaad lekker,' zei Ally. 'Mary-Kate heeft me trouwens nog iets verteld.'

'Wat dan?' wilde Maia weten.

'Merry, haar moeder, is er onlangs achter gekomen dat zij ook geadopteerd is.'

Iedereen aan tafel keek haar verbijsterd aan.

'Hoe kan dat nou?' vroeg Maia. 'Tiggy zei dat ze op bezoek gingen bij haar familie in het zuidwesten van Ierland, die ze al lang niet meer had gezien.'

'De precieze details weet ik niet, maar kennelijk is Merry te vondeling gelegd bij een priester en heeft ze de plaats ingenomen van een kindje dat kort daarvoor overleden was.'

'Betekent dat dan dat zij de zevende zus zou kunnen zijn?' wilde CeCe weten.

'Maar ze is toch al oud? Veel ouder dan jullie, tenminste,' zei Chrissie.

'Hoho, Merry en ik zijn wat je tegenwoordig "van middelbare leeftijd" noemt.' Ma glimlachte.

'Sorry, zo bedoelde ik het niet,' verontschuldigde Chrissie zich blozend.

'Dat weet ik, maar we moeten niet vergeten dat de ring oorspronkelijk van Merry was,' hield Ma vol.

'Je hebt gelijk, Ma,' zei Ally ademloos. 'Dus nu zijn er twee mensen die de zevende zus kunnen zijn?'

'Misschien, maar aangezien ze allebei Mary heten en allebei in het bezit zijn geweest van de ring, zullen we dit met Georg moeten bespreken.' Maia nam een slok water.

'Zullen we Merry en haar kinderen dan alsnog uitnodigen voor de cruise?' stelde Ally voor. 'Ik bedoel, als de ring het bewijs is, en daar was Georg heel duidelijk over, dan moet een van hen de zevende zus wel zijn.'

'Ik weet het niet,' zei Ma zacht. 'Het wordt voor jullie allemaal een belangrijk moment. Die vrouwen...'

'En Jack, de broer van Mary-Kate,' onderbrak Ally haar.

'Nou ja, die drie zijn vreemden voor jullie.'

Er viel een stilte, waarin de meisjes in gedachten verzonken verder aten.

'Ma heeft gelijk,' zei Maia na een poosje. 'Wij hielden heel veel van Pa, terwijl zij hem niet eens gekend hebben. Die cruise wordt voor ons allemaal erg emotioneel.'

'Dus dan zijn Chrissie en de andere partners die hem niet gekend hebben ook niet welkom?' kaatste CeCe terug.

'Doe niet zo mal. Natuurlijk is Chrissie welkom, net als jullie partners en de kinderen,' zei Ma. 'Het wordt nog druk aan boord.'

'Gelukkig is er genoeg ruimte,' merkte Ally op. 'De boot is ervoor gemaakt en de McDougals hoeven maar een klein eindje te vliegen om er te komen. Persoonlijk zou ik graag willen dat ze meegingen.'

Maia keek haar onderzoekend aan. 'Zullen we er nog even over nadenken? Misschien kunnen we morgen de andere zussen bellen om te vragen wat zij ervan vinden.'

'Tiggy heeft hen zelf uitgenodigd en zag het nog helemaal zitten toen ik haar voor het laatst sprak,' merkte CeCe op.

'Dan blijft alleen Electra over,' zei Ally.

Maar Maia hield vol: 'Laten we er gewoon een nachtje over slapen, oké?'

Na het avondeten gingen CeCe en Chrissie net als Ma naar boven, terwijl Maia en Ally zich over de vuile vaat ontfermden.

'Hoe laat komt Floriano morgen aan?' vroeg Ally.

'Valentina en hij landen morgenochtend in Lissabon. Als ze hun aansluiting naar Genève halen, wat ik wel verwacht, gaan Christian en ik hen na de lunch van het vliegveld halen.'

'Zullen we nog een slaapmutsje drinken op het terras?' vroeg Ally terwijl Maia de vaatwasser aanzette. 'Ik denk dat ik een glaasje armagnac neem, daar heb ik de hele tijd zin in sinds ik in Frankrijk ben geweest. Wat wil jij?'

'Ik hou het bij een glas water.' Maia ging zitten, Ally volgde haar voorbeeld. 'Ik vind het hier 's avonds altijd zo lekker rustig. Dan voel ik me veilig.'

'Een jaar geleden woonde je hier nog. En moet je jezelf nu eens zien.'

'Ik weet het. Mag ik je iets vragen?'

'Natuurlijk.'

'Die Jack… Het klikte wel goed tussen jullie, hè?'

'Ja, hij was echt aardig. Maar ja, hij is al in de dertig en nog steeds vrijgezel, dus misschien is er wel iets mis met hem.'

'Nou, zeg,' zei Maia vermanend. 'Ik ben al bijna halverwege de dertig en heb de ware nog maar net gevonden.'

'En ik had de mijne gevonden, maar ik ben hem weer kwijtgeraakt.'

'Ik weet het… maar gelukkig heb je Bear nog.'

'Weet je wat zo vreemd is? Ik durf het bijna niet tegen je te zeggen, maar… om de een of andere reden heb ik Jack wel verteld dat ik Theo ben kwijtgeraakt, maar heb ik niet gezegd dat ik een kind van hem heb.'

'Oké. Zou je dat misschien hebben verzwegen, onbewust natuurlijk, omdat je hem niet wilde afschrikken?'

'Ja, maar dat is toch afschuwelijk?' Ally zuchtte.

'Helemaal niet. Het wil alleen maar zeggen dat je hem leuk vond, dat er een klik tussen jullie was.'

'Misschien was dat ook wel zo. Sindsdien moet ik in elk geval wel vaak aan hem denken. Alleen voel ik me daardoor nog schuldiger, alsof ik Theo verraad.'

'Door wat je me over Theo hebt verteld, weet ik zeker dat hij zou willen dat je gelukkig bent. Het is vreselijk wat er gebeurd is, maar voor jezelf en voor Bear zul je op een gegeven moment toch verder moeten met je leven. Maak alsjeblieft niet dezelfde fout als ik, door jezelf af te sluiten voor de liefde. Na Zed heb ik jaren van mijn leven verspild, al ben ik achteraf wel blij dat ik hier was, voor Pa.'

'Ja. Wij konden allemaal ons eigen leven leiden, omdat we wisten dat jij hier bij hem op Atlantis was.'

'Ally?'

'Ja?'

'Jij zou het fijn vinden als de McDougals met ons meegingen op de cruise, hè?'

'Ja, al zal Jack wel geen goed woord voor me overhebben als hij erachter komt dat ik niet eerlijk ben geweest over wie ik echt ben.'

'Dat zal hij inmiddels al wel doorhebben, aangezien hij Tiggy heeft gesproken.'

'Misschien wel,' verzuchtte Ally. 'Laten we er maar over ophouden.'

'Oké, ik begrijp het. Kon Georg ons maar vertellen welke van de twee Mary's het is. Wat een pech dat we het niet aan hem kunnen vragen.'

'Tja, het is niet anders. Vergeet niet dat niet wij, maar Mary-Kate en haar moeder de touwtjes in handen hebben. Goed, ik ga proberen te slapen, want morgen moet ik zoals gewoonlijk weer vroeg op. Kom je ook?'

'Ik blijf nog even zitten.'

'Oké. Welterusten dan maar.'

Toen Ally weg was, dacht Maia na over Floriano's komst morgen en bedacht ze hoe ze hem precies zou vertellen dat hij opnieuw vader werd.

En waar ze dat zou doen…

Die gedachte voerde haar over het zwak verlichte pad naar de tuin van Pa. Daar ging ze op het bankje voor het armillarium zitten en snoof de nog warme zomerlucht diep op, die geurde naar de rozen op de boog om haar heen.

'Hier, misschien,' fluisterde ze tegen zichzelf. Ze stond op en liep naar het armillarium toe. Sinds ze hier voor het laatst was geweest, waren er spots geplaatst, zodat het in een gloed werd gehuld die afstak tegen de duisternis van de tuin. Met haar vingers streek ze over de ringen, tot ze bij haar eigen inscriptie aankwam en zich naar voren boog.

'Laat angst nooit je lot bepalen... O, Pa, je had helemaal gelijk,' fluisterde ze.

Net toen ze weg wilde lopen, viel haar oog op iets vreemds. Ze bukte zich weer, keek naar de naam op de ring en wat daaronder stond, en hapte naar lucht. 'Mon Dieu!'

Zonder te aarzelen draaide ze zich om, rende zo snel ze kon het huis in en racete de trap naar de zolder op. 'Ally! Slaap je al?' vroeg ze hijgend toen ze bij haar zus aanklopte en de deur opendeed.

'Bijna...'

'Sorry, maar het is belangrijk.'

'Sst... straks maak je Bear nog wakker. Kom, dan gaan we naar buiten,' fluisterde Ally, terwijl ze haar capuchontrui van het haakje aan de deur pakte. 'Wat is er?'

'Jij bent hier het afgelopen jaar best vaak geweest. Wanneer heb je voor het laatst naar het armillarium gekeken?'

'Eh... dat weet ik niet. Soms zit ik met Bear in de tuin van Pa, dus een paar dagen geleden, misschien?'

'Nee, wanneer heb je er voor het laatst écht naar gekeken?'

'Ik kan je niet helemaal volgen. Natuurlijk heb ik er wel naar gekeken, maar...'

'Je moet met me meekomen. Nu.'

'Waarom?'

'Kom nou maar!'

Eenmaal beneden griste Maia een notitieblok en een pen naast de telefoon in de keuken weg, waarna ze samen naar de tuin van Pa renden.

'Dit kan het maar beter waard zijn om maar twee of drie uurtjes te slapen,' klaagde Ally, terwijl haar zus haar meetrok naar het armillarium.

'Kijk dan, Ally. Kijk dan naar de ring van Merope.'

Ally bukte zich om te zien waar ze naar wees. 'Lieve hemel!' Met een ruk ging ze rechtop staan en staarde haar zus geschrokken aan. 'Iemand heeft er coördinaten aan toegevoegd. Maar wanneer dan?'

'Dat weet ik niet, maar wat nog belangrijker is: naar welke plek op de wereld verwijzen ze?'

'Geef me dat notitieblok maar, dan schrijf ik ze op. Mijn laptop staat nog op de keukentafel. Laten we de locatie meteen maar opzoeken, oké?'

In de keuken zette Ally de laptop aan en begon Maia te ijsberen. 'Ma moet weten wanneer die inscriptie is toegevoegd, Ally.'

'Dan had ze dat toch wel tegen ons gezegd?'

'Volgens mij weet ze veel meer dan ze tegen ons zegt.'

'Als dat zo is, is ze wel een heel goede actrice. Ik ken niemand die zo eerlijk en rechtdoorzee is als Ma, dus het zou me echt verbazen als ze iets voor ons achterhield. Volgens mij probeert ze ons juist te helpen waar ze maar kan. Oké… daar gaan we dan.'

Maia ging achter haar zus staan en keek mee naar de magie van Google Earth. 'Jeetje, dat is interessant. Er wordt niet ingezoomd op Nieuw-Zeeland, maar op Europa, op het Verenigd Koninkrijk en… Ierland!' riep ze ademloos.

'Het zuidwesten van Ierland nog wel, waar de McDougals nu zijn. Ik zie een heleboel landbouwgrond… O! Kijk, dat is het huis.' Ally pakte haar pen. 'Argideen House, Inchybridge, West Cork,' las ze voor. 'Dus…' Ze keek naar Maia. 'Zo te zien komt onze missende zus uit Ierland, niet uit Nieuw-Zeeland. Dat zou betekenen…'

'Het is Merry, de moeder van Mary-Kate. Zij is de zevende zus!'

49

Merry
West Cork

Die avond bracht Niall ons met zijn taxi naar Cross Farm, zodat we allemaal een glaasje konden drinken. Toen de taxi het weggetje naar de boerderij insloeg, zag ik dat de oprit al vol stond met auto's en schalde door de open ramen het geluid van pratende en lachende mensen door de vallei. Zodra Jack, Mary-Kate en ik waren uitgestapt, kwamen John en Sinéad naar buiten om ons te begroeten.

'Goed, ik haal jullie straks weer op,' zei Niall met een knipoog.

Toen we de keuken binnenkwamen, draaide iedereen in het drukke vertrek zich naar ons toe.

'Merry!' riep iemand. Een mollige vrouw met staalgrijs haar maakte zich los uit de groep. 'Ik ben het, Ellen!'

'Hallo,' zei ik gesmoord, terwijl ze haar armen stevig om me heen sloeg.

Ze trok zich terug om me aan te kunnen kijken. 'Je bent geen spat veranderd. Wat heb ik jou gemist, zeg,' zei ze met tranen in haar ogen. 'Kun je nog steeds zo giechelen?'

'Zeg dat wel,' zei Jack, waarop een chaotisch voorstelrondje volgde door Ellen en John, die alle gasten afgingen.

Sprakeloos constateerde ik dat mijn kleine broertjes Bill en Patrick waren uitgegroeid tot lange, potige kerels, net als mijn vader vroeger was geweest, en dat hun donkere haar al grijs begon te worden. Katie zwaaide naar me, terwijl ze de laatste hand legde aan een tafel die zowat bezweek onder het gewicht van al het eten dat erop stond. Door de aanblik en de geur van zelfgemaakte pasteien en de flessen stout, mousserende wijn en whiskey in een hoek van de keuken waande ik me in één klap terug op het feest voor mijn zesde verjaardag.

'... en dit is kleine Maeve, mijn eerste kleindochter,' zei een roodharige vrouw die Maggie heette en een peuter in haar armen hield. 'Ik ben de oudste dochter van Ellen.'

Maeve pakte een streng van mijn haar beet en ik giechelde naar het mooie meisje met haar groene ogen, die zo op die van mijn moeder leken.

'Ik weet nog goed dat je een klein meisje was, Maggie,' zei ik tegen mijn nichtje. 'En moet je nu eens zien, je bent al oma!'

'Ik kan me jou ook nog goed herinneren, tante Merry.' Ze glimlachte. 'Je moest eens weten hoe blij mijn moeder was toen oom John belde om te zeggen dat je terug was.'

Er werd me een glas whiskey in de hand gedrukt en ik werd aan zo veel kinderen en kleinkinderen van mijn broers en zussen voorgesteld dat ik het op een gegeven moment maar opgaf om te onthouden wie bij wie hoorde.

Mijn eigen kinderen vond ik terug in de kamer van mijn vader, waar Jack met een groepje over rugby zat te kletsen, terwijl Mary-Kate in gesprek was met een knappe jongeman.

'Mam,' riep ze, 'dit is Eoin, de zoon van je broer Pat.'

'Zingt u ook een liedje met ons mee, Mrs. McDougal?' vroeg hij, terwijl hij glimlachend zijn fiddle tevoorschijn haalde.

'Zeg maar Merry, hoor. Het is lang geleden dat ik de oude liederen voor het laatst heb gezongen, maar misschien lukt het wel als ik nog een paar slokjes whiskey opheb.'

Bill kwam rood aangelopen van de drank op me af en stak me zijn mobiele telefoon toe. 'Merry, Nora voor je! Ze belt vanuit Canada!'

Ik drukte de telefoon tegen mijn oor en trok hem meteen weer terug toen ik een vertrouwd klinkende, schrille kreet van opwinding hoorde, alsof Nora probeerde zich over de Atlantische Oceaan heen verstaanbaar te maken.

'Hé, domkop! Waar heb jij al die jaren uitgehangen?'

'Hallo, Nora, dat is een lang verhaal. Hoe gaat het met jou?'

Ik liet haar geklets over me heen komen, totdat Eoin een deuntje inzette op zijn fiddle. Er dromden nog meer mensen de kamer in, die met hun voeten begonnen te stampen en in hun handen begonnen te klappen. Mijn jongere broer Pat duwde zijn twee jonge kleindochters naar het midden van de kring, waarop ze begonnen te dansen. Hun identieke krullen wipten op en neer op het ritme van hun ingewikkelde passen en sprongen.

'Jeetje, het lijkt *Riverdance* wel!' Mary-Kate glimlachte naar me. 'Wat een schatjes, hè?'

'We hadden nooit geld om het goed te leren, maar wees maar blij dat ik je nooit Ierse danslessen heb laten volgen, want dat is echt afzien.' Ik giechelde.

John stak me zijn hand toe en toen we begonnen te dansen, merkte ik tot mijn eigen verbazing dat ik alle pasjes nog kende. Ellen en haar man dansten naast ons en al hupsend wisselden we van partner.

'Dit lied speelden ze ook op onze bruiloft,' vertelde Ellens man Emmet. 'Toen was je nog maar een klein opdondertje.'

Terwijl onzichtbare handen mijn glas almaar bijschonken met whiskey, bleven we dansen, zingen en lachen. Het voelde alsof mijn hart uit elkaar zou barsten van geluk nu ik werd omringd door mijn familie en mijn eigen kinderen, in het huis waar ik was opgegroeid, met de muziek van mijn geboorteland die door elke vezel van mijn lichaam dreunde. En dat alles in de wetenschap dat ik eindelijk bevrijd was van de man die me de afgelopen zevenendertig jaar het leven zuur had gemaakt.

Toen ik later op de avond behoefte had aan frisse lucht, baande ik me een weg door de drukte en liep de keukendeur uit. Aan de andere kant van het erf stond de oude boerderij, waar ik tot mijn vijfde had gewoond en waarvan ik nu wist dat het huis vroeger van Nuala en haar familie was geweest. De schuur ernaast was bijna compleet vernieuwd, maar het geluid van jonge kalveren klonk nog steeds uit de stal erachter.

'Wat heeft deze plek een hoop ellende gekend,' mijmerde ik hardop terwijl ik naar de zijkant van het erf liep, waar we elke dag de was hadden opgehangen. Inmiddels was er een tuin aangelegd, met bloemperken en een dikke fuchsiahaag die beschutting bood tegen de wind uit de vallei. In een hoek was een stel kinderen aan het spelen op de schommels en een glijbaan, en ik ging op een van de verweerde stoelen rondom een tafel zitten. Als kind had ik er nooit echt bij stilgestaan hoe mooi het uitzicht over de vallei richting de rivier hier was.

'Hallo, Merry. Mag ik bij je komen zitten?'

Toen ik me omdraaide, zag ik Helen, net zo keurig uitgedost als de vorige keer dat ik haar gezien had. 'Natuurlijk.'

'Heel erg bedankt dat je me uitgenodigd hebt. Iedereen is zo hartelijk, alsof ik een uit het oog verloren familielid ben.'

'Dat ben je ook,' zei ik grinnikend.

'Weet ik, maar het blijft vreemd dat we hier niet ver vandaan woonden en bij elkaar op school zaten, maar dat ik tot vanavond nog nooit een voet in dit huis had gezet. Mammy had me levend gevild.'

'Volgens mij kunnen wij ons er niets bij voorstellen wat onze voorouders hebben doorgemaakt,' verzuchtte ik.

'Het is gewoon jammer dat niemand er buiten zijn eigen gezin veel woorden aan vuilmaakte, omdat ze bang waren. Een paar van hen hebben er wel over geschreven naarmate ze ouder werden of hebben alles opgebiecht op hun sterfbed, maar het is belangrijk dat de jongeren van nu weten wat hun voorouders voor hen hebben gedaan en dat ze begrijpen hoe die slepende familievetes ontstaan zijn.'

'Dat vind ik ook. Ik vraag me af wat Hannah en Nuala zouden zeggen als ze ons hier nu zagen zitten, in een Ierland dat met de dag moderner lijkt te worden. Vanmorgen las ik nog dat er stemmen opgaan om het homohuwelijk te legaliseren.'

'Ik weet het! Wie had dat toch kunnen denken? Ik hoop maar dat Hannah en Nuala elkaar weer gevonden hebben en dat ze trots zijn op wat zij in gang hebben gezet. Het was het begin van een revolutie, in meerdere opzichten.'

'Helen? Mag ik je iets vragen?'

'Natuurlijk, vraag maar raak.'

'Ik vroeg me af waarom je geen kinderen hebt.'

'Buiten het feit dat ik nooit de ware tegen het lijf gelopen ben?' Ze grinnikte. 'Ik zal je een geheimpje vertellen. Toen ik onderzoek ging doen naar de psychische aandoeningen in mijn familie, kwam ik tot de ontdekking dat daar deels een genetische oorzaak voor is, die vooral invloed heeft op de mannelijke lijn. Dus ik ben blij dat ik geen kinderen heb. Met mij komt er een eind aan de familie Noiro, en daar ben ik niet rouwig om. Ik weet ook wel dat Bobby, mijn vader en oudoom Colin er niets aan konden doen, maar het is beter als hun genen niet meer worden doorgegeven.' Ze slaakte een verdrietige zucht. 'Enfin, ik ga maar weer eens. Morgenochtend draai ik een vroege dienst op het vliegveld. Je wordt nergens zo misselijk van als van de geur van whiskey om zeven uur 's ochtends, maar je zou ervan staan te kijken hoeveel mensen er dan toch een gratis drankje willen,' zei ze met één opgetrokken wenkbrauw. 'Zullen we contact houden?'

'Heel graag.' Ik liet me door haar omhelzen. 'Als je een keer zin hebt om naar Nieuw-Zeeland te komen, ben je van harte welkom.'

'Misschien hou ik je daar wel aan, aangezien ik toch jong en ongebonden ben. Dag, Merry.'

'Dag, Helen.'

Terwijl ik haar naar haar auto zag lopen, bedacht ik dat ik me een paar dagen geleden nog niet had kunnen voorstellen dat ik ooit zou communiceren met de jongere zus van Bobby Noiro, laat staan dat ik een warme band en misschien zelfs een beginnende vriendschap met haar zou opbouwen. Het feit dat ze niet veel had losgelaten over wat zij door toedoen van haar broer allemaal had doorstaan, maakte dat ik haar nog aardiger vond. Ze was een sterke vrouw, daar kon ik nog een voorbeeld aan nemen.

Ik hoorde een daverend applaus en een hoop gejuich en gestamp om mijn broer John aan te moedigen op zijn fiddle te spelen. Dat instrument was nog van Daniel geweest, de trotse Fenian en zowel mijn als Helens overgrootvader. Snel ging ik naar binnen om me weer in het feestgedruis te storten.

De volgende ochtend werd ik wakker met een zwaar hoofd, dat ik geheel aan mezelf te danken had. Ik hoopte maar dat Niall op tijd was opgestaan om Ambrose in Dublin op te pikken, want het was al na twee uur 's nachts geweest toen hij ons bij Cross Farm had opgehaald.

Na een kop thee, een warme douche en een paar paracetamolletjes belde ik Katie op haar mobiel, al kon ik er met mijn verstand niet bij dat ze vanmorgen gewoon naar haar werk was gegaan.

Nadat de telefoon een paar keer was overgaan, nam ze op. 'Ha, Merry, het is allemaal in kannen en kruiken. Ik breng hem vanmiddag om twee uur naar het hotel. Hij kijkt er erg naar uit om je kinderen te ontmoeten.'

'Fijn, dan spreek ik je later nog wel.'

Toen ik ophing, zag ik dat ik een oproep had gemist en een voicemail had ontvangen. Ik drukte een paar knoppen in en ging op het bed zitten om het bericht te beluisteren.

'Hallo, met Ally D'Aplièse. Ik heb je nummer gekregen van mijn zusje Tiggy, die je in Dublin hebt ontmoet. Zou je ons misschien kunnen bellen op het vaste nummer op Atlantis? Waarschijnlijk heb je dat al, maar zo niet...'

Ik had het inderdaad al, dus ik nam niet de moeite om het op te schrijven.

'Er is nieuwe informatie aan het licht gekomen, dus bel ons alsjeblieft zo snel mogelijk terug. Alvast bedankt, Merry. Ik hoop dat alles goed met je gaat. Dag.'

Mijn mobieltje ging alweer. Toen ik zag dat het Niall was, de taxichauffeur, nam ik meteen op. 'Hallo?'

'De vracht is aan boord en ik verwacht rond kwart over twee aan te komen.'

'Bedankt, Niall. Tot dan.'

Ik bleef even zitten twijfelen of ik zou terugbellen naar Atlantis, maar besloot het niet te doen. Op dit moment had ik wel iets belangrijkers aan mijn hoofd dan de raadselachtige band tussen mij, een dode man die ik niet kende en zijn geadopteerde dochters.

Er werd op de deur geklopt.

'Hallo, Jack, hoe voel je je?' vroeg ik glimlachend toen mijn zoon de kamer binnenkwam.

'Ik kan nog lopen, dat valt me alles mee,' zei hij. 'Dat was me het zuipfestijn wel, gisteren. Die Ieren weten wel hoe ze zich moeten vermaken. Misschien helpt een stevig ontbijt.'

Mijn maag keerde zich al om bij de gedachte. 'Misschien wel. Heb je al iets van Mary-Kate gehoord?'

'Nog niet. Die was er nog erger aan toe dan ik. Zelfs jij was een beetje aangeschoten, mam.' Hij grijnsde.

'Ik moet toegeven dat ik flink wat achterover heb geslagen.'

'Het was fijn om je zo ontspannen en vrolijk te zien, net als toen pap nog leefde. Trouwens, Ieren staan erom bekend dat ze kunnen drinken, dus wij konden niet achterblijven, toch? Goed, ik ga beneden ontbijten. Ga je mee?'

Ik knikte en ging hem achterna.

Na een kop koffie met geroosterd brood en jam voelde ik me beter. Het was weer een zonnige dag en Jack besloot een uurtje te gaan surfen om weer helder te worden.

Toen ik boven kwam en zag hoe laat het was, belde ik naar de kamer van Mary-Kate.

'Hallo?' klonk het gesmoord.

'Met mama. Het is al bijna middag, liefje. Tijd om op te staan.'

'Pff... Ik voel me niet lekker.'

'Oké, ga nog maar even slapen, dan bel ik je over een uur weer. Denk erom, mijn vriend Ambrose komt vanmiddag. Ik wil niet dat je een kater hebt als ik je aan hem voorstel.'

'Oké, mam. Dag.'

'Ik hoop maar dat ik hier goed aan doe,' mompelde ik, terwijl ik een wandeling door de duinen ging maken.

Stipt om twee uur stopte Katies auto voor het hotel.

'Pastoor O'Brien is er,' zei ik tegen de kinderen, terwijl we opstonden van een van de banken in de receptie.

'Ik dacht dat je ons aan Ambrose ging voorstellen?' vroeg Mary-Kate.

'Dat klopt, maar pastoor O'Brien was ook heel belangrijk voor me toen ik nog klein was. Ik ga hem even helpen.'

Toen ik naar buiten snelde, was Katie bezig de rolstoel uit de kofferbak te halen.

'Hallo, meneer pastoor, wat is het een mooie dag, hè?'

'Nou en of.'

Ik keek toe terwijl Katie hem behendig uit de auto en in de rolstoel hielp. Daarna reed ze hem het hotel binnen, terwijl ik naast hem ging lopen.

'Hoe heten je kinderen ook alweer?' vroeg hij.

'Jack en Mary-Kate. Jammer genoeg voelen ze zich niet zo lekker. Mijn broer John en zijn vrouw hebben gisteravond een feest georganiseerd op Cross Farm, zodat we iedereen weer konden zien.'

'En dat is iets te gezellig geworden?' vroeg hij grinnikend.

'Precies. Daar zitten ze,' wees ik.

'Goedemiddag, ik hoor net dat jullie gisteren zijn ingewijd in de Ierse manier van plezier maken. Ik ben pastoor O'Brien, aangenaam. Je lijkt sprekend op je moeder,' zei hij tegen Mary-Kate.

'Dank u.' Mijn dochter keek me aan, maar ik schudde lichtjes mijn hoofd. Er was geen reden om hem nu al in te lichten.

'Zullen we naar mijn kamer gaan? Dan kan ik daar thee bestellen,' opperde ik. 'Een beetje privacy zou wel fijn zijn, nietwaar, meneer pastoor?'

'Ach, ik vind het hier ook prima, hoor. Doe voor mij geen moeite.'

'Het is geen moeite. Gaat u maar met Katie naar boven, dan komen wij ook zo.' Nadat ik Katie mijn keycard had gegeven, duwde ze pastoor O'Brien de lift in. Op het moment dat de deuren achter hen dichtschoven, ging mijn mobieltje.

'Met Niall. We zijn bijna bij het hotel. Zal ik hem naar de lobby brengen?'

'Ja, je timing is perfect. Ik wacht daar wel op je. Jongens, gaan jullie maar naar pastoor O'Brien toe om een praatje te maken en alvast thee te bestellen. Niet zeggen dat Ambrose zo komt, hè?'

'Oké, mam.' Jack haalde zijn schouders op en ze namen allebei de trap.

Toen ik weer de lobby in snelde, zag ik dat Ambrose door Niall naar binnen werd gebracht. Zoals gewoonlijk zag hij er keurig uit, in een geruit colbert, een gesteven broek van keperstof en glanzend gepoetste zwarte brogues.

'Hier is hij dan, Merry, veilig hierheen gebracht vanuit Dublin. Dat viel toch wel mee, Mr. Lister?'

'Ja, al blijft het een verschrikkelijk lange zit,' zei Ambrose. 'Wat krijg je van me?'

'Dat is allemaal geregeld.' Ik stopte Niall een stapeltje eurobiljetten toe. 'Ik bel je wel als hij weer teruggaat.'

'Prima. We hebben onderweg gezellig gekletst, nietwaar?' Met een glimlach ging Niall ervandoor. 'Tot ziens.'

'Nou ja, gezellig gekletst… Daar heb je twee deelnemers voor nodig, nietwaar? Er was amper een speld tussen te krijgen,' mopperde Ambrose.

'Je zult wel uitgeput zijn.' Ik haakte mijn arm door de zijne.

'Ik zou wel een lekkere kop thee lusten.'

'Dat komt dan goed uit,' zei ik terwijl we in de lift stapten en ik op de knop voor mijn verdieping drukte. 'We hebben net roomservice besteld. Jack en Mary-Kate zijn al in mijn kamer.'

'Nou, ook al heb je me dan half Ierland laten doorkruisen, ik ben wel blij dat ik Jack zo weer zie en dat ik Mary-Kate kan ontmoeten.'

'Wat vind je van het hotel?' We stapten uit de lift en liepen langzaam naar mijn kamer.

'In elk geval een stuk beter dan dat krot dat hier eerst stond,' moest hij toegeven.

Toen we voor mijn deur stonden, klopte ik ademloos van de zenuwen aan en wachtte tot Jack opendeed.

'Hoi, mam, hoi, Ambrose. Wat leuk je weer te zien. We wilden net thee gaan drinken op het balkon.'

'Perfect.' Ik knikte.

Katie knikte ook even, en ik zag dat pastoor O'Brien in zijn rolstoel op het balkon zat, deels aan het zicht onttrokken door het gordijn.

'Dit zijn mijn zus Katie en mijn dochter Mary-Kate,' stelde ik hen aan Ambrose voor.

Nadat iedereen elkaar had begroet, keek Katie me afwachtend aan.

'Zullen we buiten gaan zitten, Ambrose? Dan komen ze de thee zo brengen.'

'Ja, laat ik maar optimaal profiteren van de zeelucht voordat de regen weer met bakken uit de lucht komt, want zo gaat het hier meestal.' Hij nam mijn uitgestoken arm niet aan en gebruikte zijn wandelstok om naar de open glazen deur te lopen. Ik liep achter hem aan om te voorkomen dat hij struikelde over de drempel tussen de kamer en het balkon en hield mijn adem in toen hij eroverheen stapte en zich naar de man in de rolstoel toe draaide.

De mannen staarden elkaar een tijdje aan. Vanaf mijn plekje achter het gordijn zag ik dat de ogen van pastoor O'Brien zich met tranen vulden. Ambrose deed een stap naar hem toe, alsof hij zijn slechter wordende ogen niet kon geloven.

'Ambrose? Ben je het echt? Ik...'

Ambrose wankelde even en pakte de rugleuning van de stoel voor zich beet. 'Ja, ik ben het. James... Niet te geloven! Mijn vriend, mijn allerliefste vriend...' Hij stak zijn hand uit en pastoor O'Brien pakte die vast.

'Wat gebeurt er, mam?' fluisterde Mary-Kate. 'Zouden ze thee willen?'

'Die breng ik zo. Daarna zullen we hen maar met rust laten. Ze hebben een hoop in te halen.'

Gewapend met twee koppen thee stapte ik het balkon op, en ik zette er voor hen allebei een neer. De mannen hielden nog steeds elkaars hand vast, zo verzonken in een leven lang aan herinneringen dat ze me niet eens opmerkten.

Stilletjes ging ik weer naar binnen en werkte mijn kinderen en Katie de kamer uit.

'Gaat het goed met hen?' vroeg Katie toen ik een uur later bij haar kwam zitten in de lobby, nadat ik discreet bij de twee mannen was gaan kijken.

'Heel goed, volgens mij. Ik heb gevraagd of ze iets nodig hadden, maar ze zeiden van niet. Waar zijn de kinderen?'

'Naar hun kamer. Volgens mij hebben ze nog steeds een kater van gisteravond.' Ze glimlachte. 'Waarom is de vriendschap tussen Ambrose en pastoor O'Brien eigenlijk verwaterd?'

'Herinner je je Mrs. Cavanagh nog, dat kreng dat als huishoudster voor pastoor O'Brien werkte?'

'Hoe zou ik haar nou kunnen vergeten?' Ze sloeg haar ogen ten hemel. 'Wat een kenau was dat, zeg.'

'Nadat de vader van Ambrose was gestorven, heeft ze hem gechanteerd omdat ze had gezien dat pastoor O'Brien hem omhelsde. Dat was gewoon een troostend gebaar, maar zij dreigde de bisschop in te lichten over hun "ongepaste gedrag".'

'Dus die ouwe tang maakte er meer van dan het was?'

'Precies,' verzuchtte ik. 'Ambrose moest wel afstand nemen. Hij wist dat zo'n schandaal voor pastoor O'Brien het einde van zijn carrière zou betekenen. Het moet hartverscheurend zijn geweest, Katie. Als hij in de pastorie was, konden ze uren met elkaar praten, vooral wanneer ze discussieerden over het geloof. Ambrose is atheïst, zie je.'

'Denk jij dat er... nou ja... dat er echt iets ongepasts tussen die twee speelde?'

'Nee, absoluut niet. Ik weet dat je Ambrose nooit gemogen hebt, maar hij heeft altijd gerespecteerd dat God de grote liefde van pastoor O'Brien was. Daar kon hij niet tegenop. Wie wel?' Ik haalde mijn schouders op.

'Wat ik ook van Ambrose vind, het is heel mooi wat je gedaan hebt, door die twee weer bij elkaar te brengen. De pastoor heeft eigenlijk geen leven in het verzorgingstehuis, als je het mij vraagt. Hoe dan ook, ik kan hem maar beter terugbrengen, voordat ze naar hem op zoek gaan. Ik haal hen niet graag uit elkaar, maar...'

'Natuurlijk,' zei ik. 'Ambrose zal vast wel langer willen blijven nu hij weet waarom ik hem gevraagd heb hierheen te komen.'

Boven slopen we de kamer in. Het voelde bijna alsof we een stel voyeurs waren. Tot mijn opluchting hoorde ik gelach van het balkon komen. Ik liep naar buiten en keek de mannen een voor een aan. 'Hebben jullie lekker bijgekletst?' vroeg ik, het understatement van de eeuw.

'Zeker,' zei Ambrose. 'Al was het wel heel ondeugend van je om me hier onder valse voorwendselen naartoe te lokken, Mary. Mijn arme oude hart begaf het bijna toen ik James hier zag zitten.'

'Dat moet je me maar vergeven. Het spijt me, meneer pastoor, maar het wordt tijd dat Katie u weer naar huis brengt.'

'Naar huis? Zo zou ik het niet willen noemen.' Verdrietig haalde hij zijn schouders op.

'Je bent er morgen toch ook nog wel, Ambrose?' Ter verduidelijking zei ik tegen pastoor O'Brien: 'Hij wist niet of hij hier vannacht wel wilde blijven.'

'Ik zal wel moeten, aangezien we nog maar bij 1985 zijn aanbeland,' zei Ambrose. 'Hoe laat zijn de bezoekuren?' vroeg hij terwijl hij opstond en Katie de ruimte gaf om de pastoor weer naar binnen te rijden.

'Voor meneer pastoor wanneer u maar wilt,' zei ze glimlachend.

'Tot morgen dan, lieve James.' Ambrose stapte de kamer in.

'Tot morgen.'

De blik in Ambrose' ogen toen Katie zijn oude vriend de deur uit reed, bezorgde me een brok in mijn keel.

'Goeie genade! Nou, je weet wel voor opwinding te zorgen op mijn oude dag,' mompelde hij. 'Ik ben uitgeput.'

'Je zult wel trek hebben. Zal ik iets voor je bestellen?'

'Wijs me eerst maar eens waar het toilet is, schat. Ik ben al niet meer geweest sinds we drie uur geleden een tussenstop maakten in Cork!'

Nadat ik Ambrose naar zijn kamer had gebracht, maakte hij zijn Gladstone-tas open – een oudje dat ik nog herkende uit de tijd dat hij bij pastoor O'Brien kwam logeren – en toverde een brief tevoorschijn. 'Deze is voor jou,' zei hij met een glimlach.

Ik keek naar het handschrift, in de verwachting dat ik het zou herkennen, maar dat was niet zo. Waarom zou ik ook? Vroeger hadden we geen reden gehad om elkaar te schrijven.

'Dank je. Waarom ga je niet even liggen? Dan kun je me op mijn kamer bellen als je zin hebt om vanavond een hapje te eten.'

'Dat ga ik doen. Bedankt voor wat je vandaag gedaan hebt, lieverd.'

'Heel graag gedaan.'

Op mijn kamer legde ik de brief in de lade van het nachtkastje en ging op het balkon zitten om mijn mobieltje te checken. Er waren drie voicemails ingesproken. Toen ik die beluisterde, bleken ze allemaal van Ally D'Aplièse te zijn, met de vraag of ik haar zo snel mogelijk terug kon bellen. Ik zuchtte, zocht het nummer van Atlantis op en belde het met de vaste telefoon. Na alle spanning en emoties van die middag had ik echt geen zin in nog meer drama.

'Allô? *C'est Atlantis.*'

De onbekende, Frans sprekende stem bracht me even van mijn stuk. Ik zocht koortsachtig naar de juiste reactie, omdat ik al zo lang geen Frans meer had gesproken. Uiteindelijk gaf ik het op. 'Hallo, u spreekt met Merry McDougal. Ally D'Aplièse heeft een bericht voor me ingesproken waarin ze me vroeg dit nummer te bellen.'

'Ah! Natuurlijk!' schakelde de vrouw meteen over op het Engels. 'Wat fijn om u te spreken, Mrs. McDougal. Ik ben Marina, ik heb voor de meisjes gezorgd sinds ze nog heel klein waren. Een momentje, dan kijk ik waar Ally is.'

Terwijl ik wachtte, hoorde ik op de achtergrond een baby huilen, en ik vroeg me af van wie die was. Op hetzelfde moment werd er op mijn deur geklopt. Ik rende erheen om open te doen en zag Jack staan, met zijn mobiele telefoon in zijn hand.

'Mam, ik kreeg net een berichtje van Ally. Ze is dringend naar je op zoek.'

Ondertussen rende ik weer terug om de hoorn op te pakken.

'Hallo?' vroeg een stem aan de andere kant van de lijn. 'Is daar iemand?'

'Ja, neem me niet kwalijk, Ally. Je spreekt met Merry. Ik heb je voicemails ontvangen en Jack kwam net binnen om te zeggen dat je hem ook een berichtje hebt gestuurd.'

'Dat klopt. Het was niet mijn bedoeling je op te jagen, maar we wilden niet dat je West Cork zou verlaten voordat we je gesproken hadden.'

'Waarom dan?'

'Om een lang verhaal kort te maken, we hebben informatie gekregen waarvan we denken dat die jou ook aangaat.'

'Wat is er dan?'

'Het klinkt misschien een beetje vreemd, maar we hebben allemaal coördinaten gekregen die aangaven waar we oorspronkelijk vandaan kwamen, zodat we op zoek konden gaan naar onze roots, als we dat wilden. Tot nu toe bleken al die coördinaten te kloppen. Gisteravond hebben we de coördinaten van de zevende zus gevonden, en die verwijzen naar een plek in Ierland. Daarom denken we dat ze op jou slaan, niet op Mary-Kate. Zal ik je het adres geven?'

'Vooruit dan,' verzuchtte ik. 'Verras me maar.'

'Mam!' Jack fronste zijn voorhoofd bij het horen van mijn cynische toon.

'Het is een adres in West Cork. Ik weet niet precies waar jij nu zit, want het is natuurlijk een groot gebied, maar de coördinaten verwijzen naar Argideen House, in de buurt van het dorp Timoleague. Zegt dat je iets?'

Mijn adem stokte en ik liet me op het bed zakken. Hoe kon ze dit nou weten?

Na een poosje hervond ik mijn stem. 'Ik... Ja, dat zegt me wel wat. Mijn ouderlijk huis is gebouwd op een lap grond die oorspronkelijk bij het landgoed Argideen hoorde, dus misschien verwijzen de coördinaten daar wel naar.'

'We kunnen op Google Maps zien dat het landgoed nog steeds een groot gebied beslaat, maar de coördinaten verwijzen specifiek naar Argideen House,' hield ze vol.

'Juist. Oké.' Om de een of andere reden die ik zelf niet begreep, schreef ik ARGIDEEN HOUSE op het notitieblok naast de telefoon, alsof ik het anders zou vergeten. 'Bedankt voor de informatie. Het spijt me dat ik je niet eerder heb teruggebeld, maar ik heb het nogal druk gehad. Dag.'

Ik huiverde, zo vreselijk vond ik het idee dat die onbekende dode man zijn geadopteerde dochters had verteld waar ik geboren was.

'Wat is er, mam?' Jack staarde me aan.

'Ze hadden nieuwe informatie. Kennelijk weten ze waar ik geboren ben. Hoe kan dat nou? Hoe kunnen zij dat nou weten terwijl ik het zelf niet eens wist?'

'Geen idee, maar waar ben je volgens hen dan geboren?'

'Hier vlakbij, een paar kilometer van de boerderij waar ik ben opgegroeid, waar we gisteravond waren. Er moet een vergissing zijn gemaakt met de coördinaten.'

'Hoe heet het daar?'

'Argideen House, maar vroeger noemden we het altijd het Grote Huis. Mijn grootmoeder Nuala heeft daar gewerkt, voor de rijke protestantse familie die er tijdens de revolutie woonde. Trouwens...' Ik fronste en groef in mijn geheugen. 'Nora, mijn oudere zus, heeft er ook een tijdje gewerkt toen ik nog jong was.'

'Het zou wel logisch zijn dat je hier in de buurt geboren bent, toch? Ik bedoel, staat dat huis dicht bij dat van pastoor O'Brien in Tim...' Hij keek me vertwijfeld aan.

'Timoleague. Ja, het staat er heel dichtbij.'

'Wie woont er nu in Argideen House?'

'Geen flauw idee. Weet je, Jack? Na vanmiddag en gisteravond ben ik veel te moe om erover na te denken.'

'Natuurlijk.' Hij kwam naast me op het bed zitten en sloeg zijn arm om me heen. 'Ik begrijp best dat het je zwaar valt. Misschien kunnen we het er morgen wel over hebben. Maar of je nou wel of niet iets met Ally en haar zussen te maken wilt hebben, zou het voor jezelf niet interessant kunnen zijn om iets meer te weten te komen over Argideen House?'

'Misschien ook wel,' verzuchtte ik. 'Ik schaam me dood dat ik net zo lomp tegen Ally deed. Zou jij haar mijn excuses willen aanbieden en willen uitleggen dat ik een lange dag heb gehad?'

'Natuurlijk, mam. Je hebt het de afgelopen weken ook flink voor je kiezen gekregen. Dat leg ik haar wel uit, maak je geen zorgen. Ik neem aan dat je geen zin hebt om vanavond beneden te gaan eten?'

'Nee, en het goede nieuws is dat dit een van de weinige hotels is die ik ken waar er gezonde keuzes op het roomservicemenu staan, zoals geroosterd brood en zelfgemaakte jam. Ik bel Ambrose wel om te vragen of hij vanavond behoefte heeft aan gezelschap, maar dat betwijfel ik. Het is een enerverende dag voor hem geweest.'

'Ja, dankzij jou.' Jack omhelsde me. 'Rust lekker uit, oké? Bel me maar als je iets nodig hebt, en anders zie ik je morgenochtend wel weer. Ik hou van je.'

'Bedankt, Jack. Ik hou ook van jou.'

Toen de deur achter hem dichtviel, prikten er alweer tranen in mijn ogen. Simpelweg omdat ik me gelukkig prees dat ik zo'n geweldig mens op de wereld had gezet. 'Het enige wat er nog ontbreekt, is een lieve vrouw die van hem houdt,' mompelde ik, terwijl ik het bad liet vollopen. Maar op dit moment was ik vooral blij dat hij bij me was.

Na mijn bad belde ik Ambrose, die zei dat hij het hooguit nog kon opbrengen om een paar sandwiches te eten op zijn kamer, dus bestelde ik die voor hem, plus geroosterd brood met jam voor mezelf. Daarna zette ik de televisie aan en keek naar een slechte Ierse soap, in een poging rust in mijn hoofd te krijgen.

Het haalde echter niets uit. Terwijl ik onder het dekbed kroop, bleef ik maar denken aan wat Ally tegen me had gezegd.

Argideen House...

Al die keren dat ik naar Timoleague was gefietst of van school naar huis was gelopen, had ik die eindeloze stenen muur gepasseerd die het Grote Huis en zijn bewoners afscheidde van de rest van ons. Het huis zelf had ik nog nooit gezien, de schoorstenen waren alleen zichtbaar in de winter, wanneer de omringende bomen hun bladeren hadden laten vallen. Ik wist dat mijn broers vaak over de muur waren geklommen, op zoek naar de appels en vijgen die daar in de herfst volop groeiden.

Op dat moment dacht ik weer aan de brief die Ambrose me had gegeven en die nog steeds ongeopend in de lade van mijn nachtkastje lag.

Waar ben je zo bang voor? Hij hield van je...

Maar misschien had hij helemaal niet van me gehouden en had ik zevenendertig jaar teruggedacht aan een tragisch liefdesverhaal dat nooit echt had bestaan.

'Maak nou maar open, maf mens!' Ik pakte de envelop uit de lade, scheurde hem open en haalde diep adem voordat ik begon te lezen.

Hij had in zijn brief dezelfde behoedzame toon aangeslagen als ik tegen hem had gebruikt. Alleen had hij er wel een telefoonnummer bij gezet.

> *Bel me alsjeblieft, dan kunnen we een afspraak maken om elkaar te zien.*

Ik stopte de brief weer in de lade, ging liggen en deed het licht uit.

Maar de slaap wilde niet komen, waarom zou hij ook? Ik had zojuist iets vernomen van de man die al zo lang rondspookte in mijn dromen en mijn nachtmerries.

Er kwam een gedachte in me op waardoor ik hardop moest giechelen. Zou het niet verschrikkelijk ironisch zijn als ik, terwijl ik opgevoed was in een streng katholieke familie en bedreigd werd omdat ik verliefd was geworden op een protestantse jongen, zelf een telg uit een protestants huishouden bleek te zijn?

Met die gedachte viel ik eindelijk in slaap.

'Zouden jullie me een lift kunnen geven naar het verzorgingstehuis?' vroeg Ambrose me de volgende ochtend tijdens het ontbijt.

'Natuurlijk.'

'Eerlijk gezegd bezorgen dat soort plekken me de rillingen,' gaf hij toe. 'Die lieve James heeft me toevertrouwd dat de helft van de bewoners tegen hem praat alsof ze nog steeds in de jaren vijftig leven. Gelukkig zijn onze grijze cellen nog intact, ook al laat ons lichaam ons elke dag een beetje meer in de steek.'

Jack bood aan hem naar het tehuis te brengen, aangezien hij zelf nog het een en ander wilde doen in Clonakilty. Dus bleven Mary-Kate en ik nog over, met een kop koffie.

'Voel je je weer wat beter?' vroeg ik.

'Ja. Je weet dat ik normaal gesproken niet veel drink, en al helemaal geen whiskey. Trouwens, Eoin, een van de neven die ik op het feest heb leren kennen, is muzikant en schrijft zijn eigen liedjes, waarmee hij optreedt in de pubs in de buurt. Hij heeft me uitgenodigd om tijdens een open podium met hem op te treden in een pub die De Barra's heet. Zijn zangeres is ermee gestopt omdat ze meer van de wereld wilde zien.'

'Wat leuk. Gaan jullie dan traditionele Ierse muziek spelen?'

'Jeetje, nee hoor, mam.' Ze giechelde. 'Moderne muziek. Volgens Eoin wordt er veel livemuziek gespeeld, hier en in de rest van Ierland. Het zal ook wel schelen dat er zo veel pubs zijn. Zoiets kennen we in Nieuw-Zeeland helemaal niet.'

'In de Gibbston Valley zeker niet, nee. Ga je het doen?'

'Nee, dat kan toch niet? Ik neem aan dat we binnenkort weer teruggaan naar Dublin. Weet je al wanneer?'

'Eerlijk gezegd bekijk ik het momenteel met de dag, maar ik zie niet in waarom jij niet nog even zou kunnen blijven.'

'Misschien doe ik dat ook wel.' Ze haalde haar schouders op. 'Wie weet? Als iemand me vandaag een lift kan geven, ga ik misschien wel naar de studio om te horen wat voor soort muziek hij schrijft. Trouwens, ik heb gisteren weer een mail van Michelle gekregen. Ze heeft me een foto gestuurd van ons tweeën, vlak nadat ik was geboren. Ik... Nou ja, als je het niet te pijnlijk vindt, zou jij er dan eens naar willen kijken? Ik wil gewoon zeker weten dat de baby op de foto er hetzelfde uitziet als de babyfoto's die jij van me hebt. Zodat er geen twijfel meer mogelijk is. Ik bedoel, ik weet wel dat alle baby's er hetzelfde uitzien, maar...'

'Zit daar maar niet over in, schat. Ik herken jou uit duizenden. Zullen we maar meteen naar je kamer gaan? Dan kun je die foto aan me laten zien.'

Boven zag ik in één oogopslag dat het pasgeboren kind in de armen van haar moeder mijn dochter was. 'Je bent zelfs in het roze dekentje gewikkeld dat je om je heen had toen je vader en ik je kregen.'

'Hoe oud was ik toen?'

'Hooguit een paar uur, schat. Die foto is waarschijnlijk vlak voordat ze afscheid van je moest nemen gemaakt. Dat moet heel zwaar voor haar zijn geweest.'

'Ze schreef dat de weken daarna vreselijk waren, dat ze het alleen aankon door zichzelf voor te houden dat ik een beter leven zou krijgen dan zij me op dat moment had kunnen bieden. Volgens mij voelt ze zich echt schuldig.'

'Neem je het haar kwalijk, wat ze heeft gedaan?'

'Ik geloof het niet, maar dat komt ook doordat ik het geluk heb gehad dat ik zo'n fijne kindertijd heb gehad bij jullie. Ze wil graag met me afspreken, als ik daaraan toe ben.'

'Ga je dat doen, denk je?'

'Misschien wel, maar ik wil geen deel uitmaken van haar gezin, want ik heb mijn eigen familie. Het klinkt misschien raar, maar omdat ze nog zo jong was toen ze mij kreeg, denk ik dat ik haar eerder als een oudere zus zou beschouwen, mocht er iets van een band tussen ons ontstaan. Ik bedoel, Jack is maar een paar jaar jonger dan zij. Dus...' Met een glinstering in haar ogen keek ze me aan. 'Volgens mij kan ik nu echt de zevende zus niet meer zijn, mam. Jack vertelde me gisteravond over de coördinaten die op de ring van Merope zijn verschenen, op het armillarium op Atlantis. Kennelijk bevinden die

coördinaten zich in de buurt van waar jij bent opgegroeid.'
Verward staarde ik haar aan. 'Sorry, ik heb geen idee waar je het over hebt.'

'Ally heeft je toch wel verteld over het armillarium dat vlak na de dood van hun vader bij het ouderlijk huis van de zussen verscheen?'

'Fris mijn geheugen nog eens op?'

'Nou, volgens CeCe had hun vader een speciale tuin bij hun huis in Genève en stond dat armillarium daar ineens, van de ene op de andere dag. Elk van de ringen bevatte een inscriptie, de naam van een van de zussen, een citaat en de coördinaten van de plek waar hun vader hen gevonden had.'

'En...'

'Ally heeft tegen Jack gezegd dat Maia, de oudste zus, die we tot nu toe geen van allen in het echt hebben gezien, een paar dagen geleden door de tuin wandelde en zag dat er opeens coördinaten waren gegraveerd in jouw ring, die al die tijd leeg was geweest.'

'Wát?! Dit klinkt met de seconde idioter.' Ik sloeg mijn ogen ten hemel.

'Toe nou, mam! Doe niet zo cynisch. Jij roept toch al je hele leven dat je verslaafd bent aan de Griekse mythologie? Dat gold duidelijk ook voor hun vader. Dat armillarium was zijn manier om informatie aan hen te geven. Ally zei gisteravond tegen Jack dat ze die informatie allemaal nodig hadden om erachter te komen waar hij hen had gevonden. Maia is ervan overtuigd dat de coördinaten moeten kloppen, omdat ze anders niet op het armillarium waren verschenen.'

'Sinds wanneer staan ze er dan op?'

'Dat weet Ally niet zeker. Ze zei dat zij, Maia en de andere zussen weleens in de tuin zaten waar het armillarium staat, maar dat ze er al een tijdje geen van allen goed naar hadden gekeken. Dus het zou een paar maanden geleden kunnen zijn, maar ook een paar dagen. Het belangrijkste is dat het geen toeval kan zijn dat jij voor de deur van de pastorie bent achtergelaten, hooguit anderhalve kilometer van de plek waar je volgens de coördinaten geboren bent.'

Ik voelde dat mijn dochter me bekeek en mijn reactie afwachtte.

'Dus die vader, die alleen bekend is onder zijn bijnaam, zou me daar gevonden moeten hebben? Waarom heeft hij me dan in vredesnaam bij de pastoor voor de deur achtergelaten?'

'Dat weet ik niet. En Ally en de anderen weten dat evenmin. Maar vergeet Pa Salt en de zussen nou eens even. Zou je het niet interessant vinden om uit te zoeken wie je echt bent? Wie je ouders waren?'

'En dat zegt het kind dat me een paar minuten geleden nog vertelde dat ze geen zin heeft om kennis te maken met haar eigen biologische familie?' Ik glimlachte.

'Ja, maar als ik het zou willen, zou het wel kunnen,' wierp ze tegen. 'Je bent bang, hè, mam? Om erachter te komen hoe het echt zit?'

'Je zult wel gelijk hebben. Alleen leken de afgelopen weken, sinds ik van huis ben gegaan, wel een rit in een achtbaan. Misschien komt er nog wel een dag dat ik het wil weten, maar net als jij vind ik het vooral belangrijk dat er mensen zijn van wie ik hou en die ook van mij houden. Zij zijn mijn familie en daar ben ik blij om, zeker nu ik hen allemaal net weer heb teruggezien.'

'Dat begrijp ik helemaal.'

'Sorry als het overkwam alsof ik bedoelde dat dat ook iets zei over hoe ik tegen jouw adoptie aankijk,' zei ik snel. 'Ik voel het zelf gewoon zo, dat zweer ik. Ook al denken die zussen dat er nog één zus ontbreekt en dat ik dat ben, ik kan er nu gewoon niet nóg een familie bij hebben.'

'Dat snap ik. Je hoeft je niet te verontschuldigen, mam. Alleen is Jack wel heel benieuwd, zeker sinds hij Ally gisteravond gesproken heeft. Als jullie iets met elkaar te maken hebben, of als je een gezamenlijke voorgeschiedenis hebt met die familie, dan geldt dat ook voor hem, omdat hij je biologische zoon is.'

'Daar heb je gelijk in.' Opeens voelde ik me vreselijk egoïstisch. 'Dat het mij niet interesseert, wil natuurlijk nog niet zeggen dat dat ook voor hem geldt. Dank je, lieverd. Ik had er helemaal niet bij stilgestaan dat dit ook om zijn voorgeschiedenis gaat. En die van jou.'

'Geen probleem. Ik ben het wel met hem eens, ik zou dit graag tot op de bodem uitzoeken. Dit is het beste mysterie waar ik ooit over heb gehoord! Ik weet precies waar Jack nu is, en het is aan jou of je mee wilt om het huis te zien. We gaan een kijkje nemen...' Haar telefoon ging. 'O, dat zal Jack wel zijn!' Ze dook op de telefoon af en nam op. 'Hoi, Jacko. Yep. Oké, ik zal het aan haar vragen. Dan zie ik je straks beneden.' Ze hing op. 'We gaan naar Argideen House. Ga je mee?'

'Waarom ook niet?' antwoordde ik met een verbeten glimlach.

'Ik weet waar het is,' zei ik tegen Jack toen we vertrokken. 'Je had de navigatie niet hoeven aanzetten.'

'Oké. Ik had alleen zo'n vermoeden dat je niet mee zou willen. Sorry.' Hij zette het gps-systeem uit.

'Daar hoef je geen sorry voor te zeggen. Hoe ging het met Ambrose?'

'Hij was een stuk vrolijker dan toen ik hem voor het eerst zag. Je hebt hier goed aan gedaan, mam. Bij het tehuis kwam ik tante Katie tegen. Ze zei dat ze zou bellen wanneer Ambrose weer opgehaald wilde worden.'

'Oké. Hier rechts,' instrueerde ik. 'Waar heb je vanmorgen uitgehangen?'

'Gewoon, in de buurt van Clonakilty.'

'Hoe ging het met Ally? Mary-Kate zei dat je haar gisteravond nog gesproken hebt.'

'Goed. De rest van de zussen komt de komende dagen aan voor de cruise. Hun boot vertrekt op donderdagochtend vanuit Nice naar Griekenland.'

'Dat is mooi,' zei ik. 'Oké, op de rotonde rechts en dan voorlopig de weg blijven volgen.'

In de daaropvolgende stilte keek ik naar het landschap dat voorbijraasde. Ik voelde me verdoofd, alsof mijn hersenen zichzelf hadden uitgeschakeld omdat ze niets te maken wilden hebben met de plek waar ik naartoe werd gebracht. Alsof mijn leven op de een of andere manier voorgoed zou veranderen als ik die plek weer zag, maar nu in de wetenschap dat die iets met mij te maken had. Alsof het iets uitmaakte.

Terwijl ik dat helemaal niet wilde.

'Hier rechts,' blafte ik zowat tegen Jack.

Hou op, Merry, sprak ik mezelf toe. Denk erom, je bent hier voor Jack. Dit is ook zijn verhaal...

Het slingerweggetje werd almaar smaller naarmate we dichter bij Clogagh kwamen. Op dit moment leek de weg wel een metafoor voor mijn leven.

Stel nou dat ik in mijn eigen leven linksaf zou slaan, in plaats van rechtsaf? Was het leven simpelweg een aaneenschakeling van slingerende weggetjes, met zo nu en dan een kruispunt waarop de mens zijn eigen lot kon bepalen?

‘Mam, waar moeten we nu naartoe?’

De weg was nog smaller geworden toen we bij Inchybridge waren aangekomen, en ik zei tegen Jack dat hij nog een stukje verder moest rijden en dan rechts moest afslaan.

‘Die stenen muur vormt de erfgrens rondom Argideen House.’

‘Maar hij is wel kilometers lang,’ zei Mary-Kate vanaf de achterbank.

‘Ze wilden ons, arme sloebers, buitenhouden.’ Ik glimlachte. ‘De hoofdingang is iets verderop aan de linkerkant.’

Jack minderde vaart. Aan de overkant van de weg bevond zich een maïsveld met hoge halmen, op de vruchtbare grond die werd gevoed door de Argideen River.

‘Daar is de ingang,’ zei ik.

Jack parkeerde de auto ervoor. De oude, majestueuze ijzeren poort stond open en de oprijlaan erachter was overwoekerd met onkruid. De bomen aan de binnenzijde van de stenen muur waren uitgegroeid tot een bos. Het deed me denken aan de enorme doornenstruiken waarmee het kasteel van Doornroosje was omgeven.

‘Zullen we uitstappen om een kijkje te nemen?’ opperde Jack.

‘Nee, joh! We kunnen niet zomaar op andermans terrein rondneuzen.’

‘Ik heb vanmorgen iemand uit de buurt gesproken, en die zei dat er al jaren niemand meer woont. Het staat leeg, mam. Beloofd.’

‘Maar iemand moet toch nog steeds de eigenaar zijn?’

‘Goed, wacht jij dan maar hier.’ Hij stapte uit.

‘Ik ga ook mee.’ Mary-Kate deed het achterportier open.

‘O, in vredesnaam.’ Mopperend stapte ik ook uit.

We slalomden tussen de enorme brandnetels door die vanaf de zijkant over de oprijlaan helden. Ironisch genoeg vond ik het een troostende gedachte dat de natuur zonder menselijke bemoeienis zo snel in staat was een plek weer op te eisen.

‘Au!’ Mary-Kate kromp in elkaar en hupste op en neer toen een brandnetel zijn weg vond naar het stukje blote huid tussen haar sportschoen en spijkerbroek.

‘We zullen het huis zo wel zien,’ zei ik. Een paar minuten later was het zover. Net als alle protestantse huizen hier in de buurt was het een hoekig, elegant gebouw in georgiaanse stijl. Het had een imposante voorgevel van acht ramen breed, op de beneden- en bovenverdieping, en het werd omringd door wat ooit een prachtig onderhouden tuin geweest moest zijn. Hoewel de buitenkant nog overeind stond, zag ik het rottende hout van de raamkozijnen en de klimop die tegen het huis omhoogkroop. Het pand was duidelijk verwaarloosd.

'Wauw!' Mary-Kate bekeek de voorgevel. 'Dit moet vroeger een prachtig huis zijn geweest. Weet jij wie hier gewoond heeft, mam?'

'Ik weet wel wie er honderd jaar geleden woonden, maar ik weet ook dat de familie Fitzgerald tijdens de Ierse revolutie is teruggegaan naar Engeland. Het waren Engelsen, zie je. En ze waren protestants. Het moet vlak na de oorlog door iemand anders gekocht zijn. Na de Tweede Wereldoorlog, bedoel ik dan. Een van mijn zussen, Nora, werkte hier tijdens het jachtseizoen als keukenmeid, maar ik weet niet meer hoe de familie die hier toen woonde heette.'

'Dat klopt,' zei Jack. 'De Fitzgeralds zijn in 1921 teruggegaan naar Engeland en daarna heeft het huis een tijd leeggestaan.'

'Hoe weet jij dat nou weer?'

'Omdat Ally, die nogal bedreven is geraakt in stamboomonderzoek, voorstelde dat ik naar een notariskantoor in de buurt zou gaan om te vragen of de verkoop van het huis daar was afgehandeld. De notaris die ik in Timoleague heb gevonden, zei dat hij niet betrokken was geweest bij de verkoop van Argideen House, maar wist wel te vertellen bij welk kantoor ik moest zijn. Dus daar ben ik vanmorgen naartoe gegaan, in Clonakilty.' Hij schudde zijn hoofd. 'Het is hier geweldig, mam. Iedereen kent elkaar, op zijn minst via via.'

'En?'

'De man die ik sprak belde meteen zijn vader, die weer naar zíjn vader belde. Kennelijk heeft de familie Fitzgerald het huis in 1948 verkocht.'

'Aan wie dan?' bemoeide Mary-Kate zich ermee.

'Dat weet hij niet. Althans, zijn grootvader weet het niet. Die moest alle aktes en aanverwante documenten naar Londen sturen.'

'Heb je het adres waar dat allemaal naartoe gestuurd moest worden?'

'Ze hadden het over een *post office box*, maar ik heb geen idee wat ze daar precies mee bedoelden.'

'Een postbus,' legde ik uit. 'Het komt erop neer dat brieven of pakketjes onder vermelding van een bepaald nummer naar het postkantoor worden gestuurd en dat de geadresseerde ze daar afhaalt.'

'Dus dat betekent dat de ontvanger anoniem wil blijven?' vroeg Mary-Kate.

'In dit geval waarschijnlijk wel, ja. Heb je het adres van die postbus?'

'Ja, die bevond zich ergens in Marylebone. Ik heb de postkantoren in die wijk online opgezocht en ze allemaal gebeld. Het nummer blijkt niet meer te bestaan.'

'Zij moeten toch wel hebben geweten van wie die postbus was?' vroeg Mary-Kate.

'Ja, maar zoals mam net ook al zei, neem je juist een postbus om anoniem te blijven. Dus ze gaan de naam van de eigenaar echt niet prijsgeven aan iedere vreemdeling die belt.'

'Wat een prachtig huis is dit,' zei Mary-Kate dromerig.

'Mijn grootmoeder Nuala zorgde voor een jonge Britse officier die hier woonde en in de Eerste Wereldoorlog gewond was geraakt. In haar dagboek beschreef ze hoe mooi de tuinen er destijds bij lagen. Triest genoeg heeft hij kort na haar vertrek zelfmoord gepleegd.' Huiverend draaide ik weg van het huis. 'Ik ga terug. Ik zie jullie wel bij de auto.'

Terwijl ik over de overwoekerde oprijlaan terugliep, kon ik amper geloven dat het verhaal dat me zo ontroerd had en dat zich hier had afgespeeld, mogelijk ook deel uitmaakte van mijn voorgeschiedenis. En toch had het huis iets, een bepaalde sfeer of energie, wat me van mijn stuk bracht.

Misschien was ik dan wel niet spiritueel ingesteld, maar zelfs ík voelde dat er een donkere sluier om Argideen House hing. Hoewel het hier prachtig was, of dat tenminste ooit geweest moest zijn, wist ik dat er binnen deze muren tragische dingen waren gebeurd die hun sporen na hadden gelaten.

Ik zette het op een rennen, struikelend over het onkruid en de wortels die over de oprijlaan krioelden, tot ik naar adem snakkend de poort door ging.

Wat Argideen House ook met mij te maken had, ik wist heel zeker dat ik die poort nooit meer wilde passeren.

50

Nadat we Mary-Kate hadden afgezet in Clonakilty, waar ze met haar nieuwe vriend Eoin had afgesproken in zijn studio, reden Jack en ik naar het tehuis om Ambrose op te halen.

'Je bent van streek, hè, mam?'

'Een beetje,' gaf ik toe. 'Ik weet ook niet precies waarom. Het ligt niet aan jou, Jack. Argideen House gaf me gewoon een naar gevoel, dat is alles.'

'Maar voor vandaag was je nog nooit binnen de poort geweest?'

'Nee, nooit.'

'Wanneer wil je hier eigenlijk weer weggaan?'

'Daar heb ik eerlijk gezegd nog niet over nagedacht. Het hangt van Ambrose af, denk ik. We zouden hem mee terug kunnen nemen naar Dublin.'

'Oké. Nou, als jij het goedvindt, willen MK en ik misschien morgen naar Dublin gaan en van daaruit naar Nice vliegen, via Londen. Zoals je weet, zijn we alle drie uitgenodigd voor die cruise naar Griekenland. Ik begrijp dat jouw hoofd er niet naar staat, maar...' Hij haalde zijn schouders op. 'Ik zou wel graag meegaan. Misschien kan ik wel in jouw plaats op onderzoek uitgaan. Zou je het goedvinden als ik uitzoek hoe het zit met de zevende zus?'

'Natuurlijk vind ik dat goed. Je bent volwassen, dus je kunt doen wat je zelf wilt. En Mary-Kate heeft me er vanmorgen aan herinnerd dat als ik familie van hen ben, dat ook voor jou geldt.'

'Ja, dat klopt.'

'Zeg nou eens eerlijk, in hoeverre heeft jouw belangstelling voor dit onderwerp met Ally te maken?'

Het was even stil terwijl hij daarover nadacht. Althans, terwijl hij erover nadacht wat hij tegen míj zou zeggen.

'Zij speelt wel een grote rol, ja. Ik bedoel, natuurlijk ben ik ook benieuwd hoe het allemaal zit, maar het is wel erg lang geleden dat ik een vrouw heb leren kennen met wie ik… Nou ja, met wie ik meteen zo'n klik voelde.'

'Denk je dat het wederzijds is?'

'Dat weet ik niet. Misschien stuurt ze me alleen maar berichtjes vanwege dat gedoe over de missende zus, maar gisteravond aan de telefoon hebben we ook samen gelachen. Ik voel haar goed aan, en zij mij ook.'

'Dan moet je zeker gaan,' zei ik toen hij de auto voor het verzorgingstehuis stilzette. 'Goed, ik ga Ambrose maar eens ophalen.'

Katie kwam me bij de receptie tegemoet.

'Hoe hebben ze het gehad?' vroeg ik.

'Volgens mij hebben ze non-stop gepraat sinds Mr. Lister is aangekomen.'

'Ze hadden veel te bespreken.'

'Zeg dat wel. Ik zal hem even halen.'

'Nu ik je toch spreek… Toen we nog jong waren, werkte Nora toch in Argideen House?'

'Dat klopt.'

'Zou je haar misschien kunnen vragen of ze nog weet hoe de familie heette die daar toen woonde?'

'Dat zal ik doen. Als ik het me goed herinner, was het een buitenlands echtpaar,' zei ze. 'Ik bel haar wel als ik vanavond thuis ben.'

'Dank je.'

Met een glimlach liep ze weg.

Terwijl ik bij de receptie op Ambrose stond te wachten, dacht ik aan de vreemde achternaam van de zes zussen, waarvan ik al had bedacht dat het een anagram was van 'Pléiades', de Pleiaden.

D'Aplièse… Ik diepte een pen op uit mijn handtas, vroeg de receptioniste om een velletje papier en schreef het woord op.

Toen Ambrose aan kwam lopen met Katie, had zijn tred iets vrolijks wat er in Dublin niet was geweest.

'Fijne dag gehad?' vroeg ik.

'Behalve het gebrek aan privacy was het heel aangenaam. Bedankt, Katie. Het was erg leuk je weer eens te zien. Ik kan je verzekeren dat ik binnenkort weer terugkom.'

'Zou je aan Nora kunnen vragen of dit misschien de naam was van de familie die in Argideen House woonde?' Ik gaf haar het velletje papier.

'Natuurlijk.' Ze stopte het in de zak van haar uniform. 'Tot ziens.' Met een glimlach ging ze ervandoor.

'Ik snap niet hoe James het hier uithoudt,' merkte Ambrose op nadat ik hem had geholpen met instappen en we wegreden. 'Ik zou nog liever oog in oog komen te staan met mijn schepper.'

'Ik dacht dat je niet in God geloofde?'

'Technisch gezien hebben mijn ouders me op deze wereld gezet en zijn zij dus mijn schepper, meisje. Daarom zal mijn stoffelijk overschot na mijn dood op zijn minst bij dat van hen te ruste worden gelegd.'

'Je draait eromheen, Ambrose.'

'Misschien wel, maar... Merry, zou ik straks in het hotel even met je kunnen praten? Ik heb vandaag meer thee op dan ik normaal gesproken in een hele week drink, dus misschien trakteer ik mezelf wel op een glas whiskey.'

'Ik haal Mary-Kate wel op bij de studio,' zei Jack toen hij ons bij het hotel afzette. 'Tot straks bij het diner.' Daarna reed hij weg om een parkeerplek te zoeken.

'Wat heb je toch een leuke kinderen. Zullen we op het terras bij de bar gaan zitten, nu de zon nog schijnt?'

Met een pot thee voor mij en een glas whiskey voor Ambrose genoten we van het geluid van de hoge golven die onder ons tegen de kust sloegen.

'Waar wilde je het over hebben?' vroeg ik.

'Over James, natuurlijk. Ik bedoel, ik weet dat hij aan een rolstoel gebonden is en hulp nodig heeft bij zijn dagelijkse verzorging, maar ik vind niet dat hij de herfst van zijn leven in dat tehuis zou moeten doorbrengen. Dus ik dacht...'

'Ja?'

'Ach, ik word er ook niet jonger op. Ik geef het niet graag toe, maar ik krijg steeds meer moeite met de trap naar mijn slaapkamer en badkamer. Ik zit er al een tijdje over te denken om de flat te verkopen en naar een modern appartementencomplex met een lift te verhuizen, waar alles gelijkvloers is en ik alles binnen handbereik heb, inclusief een inloopdouche. In Dublin stikt het tegenwoordig van dat soort woningen.'

‘Oké. Dus?’

‘Je kunt je vast wel indenken dat ik er moeite mee heb om het huis te verkopen waar ik al zo lang woon. Maar nu ik heb gezien hoe James erbij zit, heeft dat me het zetje gegeven dat ik nodig had. Als ik weer in Dublin ben, wil ik mijn huis te koop zetten en iets praktischers zoeken, met drie slaapkamers. Eén voor mezelf, één voor een inwonende hulp en… nou ja… één voor James.’

‘Goeie genade!’

‘Wat vind jij ervan?’

‘In theorie lijkt het me een heel goed idee, maar het zou wel een hele aanpassing zijn voor pastoor O’Brien. Per slot van rekening heeft hij hier het grootste gedeelte van zijn volwassen leven doorgebracht. Ook al laten zijn leefomstandigheden nu te wensen over, hij heeft hier wel veel parochianen die bij hem op bezoek komen.’

‘Parochianen die hij de afgelopen zestig jaar al elke dag heeft gezien. Misschien is hij wel toe aan iets anders.’

‘Heb je het hem gevraagd?’

‘Ja, eerlijk gezegd wel. Of laat ik het zo zeggen, ik heb erop gezinspeeld. Het is mijn bedoeling om gewoon te verhuizen en James te vragen om bij me op bezoek te komen zodra ik een verzorgende heb gevonden die bij ons in wil trekken. Misschien…’

‘Misschien wil hij dan nooit meer terug naar West Cork,’ maakte ik zijn gedachte af.

‘Precies. Mocht hij behoefte hebben aan de frisse zeelucht, dan kunnen we de zomers altijd hier doorbrengen.’ Hij wees naar een gebouw naast het hotel. ‘Ik heb navraag gedaan, en het blijkt dat de appartementen worden verhuurd aan gezinnen die graag voor hun eigen maaltijden zorgen.’

‘Jeetje, Ambrose, je hebt het wel goed uitgedacht.’ Ik glimlachte. ‘Ik weet wel dat hij zijn privacy en zijn boeken mist.’

‘Daar laat ik natuurlijk boekenkasten voor neerzetten. Eerlijk gezegd zou ik voor hem best hiernaartoe willen verhuizen, maar dat zou vast geroddel teweegbrengen. Terwijl in zo’n grote stad als Dublin niemand ervan opkijkt als twee oude vrienden hun laatste jaren samen willen doorbrengen. Toch?’ Hij keek me aan alsof hij hoopte dat ik hem gerust kon stellen.

‘Ik denk niet dat iemand ervan op zou kijken, maar ik zou er wel voor zorgen dat je een appartement in de buurt van een kerk uitkiest. Als James in Dublin is, zal hij vast zijn banden met de kerk willen behouden.'

'Zodra ik terug ben, ga ik het regelen.' Met een glimlach keek hij me aan. 'Bedankt voor alles, lieve schat. Ik ben je eeuwig dankbaar.' Zijn ogen stonden vol tranen. 'Je hebt me weer iets gegeven om voor te leven.'

'O, Ambrose, daar hoef je me echt niet voor te bedanken, na alles wat je voor mij hebt gedaan.'

'Toch wilde ik het even gezegd hebben. Heb je je brief trouwens al gelezen?'

'Ja.'

'En?'

'En... Ik weet het niet. Ik bedoel, de toon was nogal formeel, net als mijn eigen toon in mijn brief aan hem. Hij heeft me wel een telefoonnummer gegeven waarop ik hem kan bereiken, maar...'

'In 's hemelsnaam, Mary, ga naar hem toe! Hij heeft, samen met die andere vent, de afgelopen zevenendertig jaar je leven beheerst! Als ik ook maar iets geleerd heb, is het wel dat het leven veel te kort is!'

'Ja. Je hebt natuurlijk gelijk. Oké, ik ga het doen. En nu we hier toch zitten, kan ik je maar beter alles vertellen over "die andere vent", zoals jij hem noemt...'

Veertig minuten later ging Ambrose een dutje doen en ging ik weer naar mijn kamer.

Hij had aandachtig geluisterd naar mijn relaas over Bobby en daarna zijn hand op mijn arm gelegd. 'Dus nu kun je het verleden eindelijk laten rusten en weer opgelucht ademhalen.'

'Inderdaad.'

'Had je dit destijds maar tegen me gezegd. Dan had ik je misschien kunnen helpen.'

'Nee, Ambrose. Niemand had me kunnen helpen,' had ik verzucht. 'Maar gelukkig is het nu voorbij.'

'En nu dit nog,' mompelde ik, terwijl ik de brief tevoorschijn haalde en het nummer met een Britse landcode draaide.

Na een paar keer overgaan nam hij op en spraken we iets met elkaar af. Heel formeel, alsof het om een zakelijke bespreking ging. Toen ik had opgehangen, vouwde ik het papiertje met de tijd en locatie dubbel en stopte het in mijn portemonnee.

'Waarom klonk hij niet schuldbewust?' vroeg ik hardop aan mezelf.

Ik had geen flauw idee.

'Hoe lang blijf je nog in Ierland, mam?' vroeg Jack toen we die avond in het chique restaurant op de bovenste verdieping zaten te eten, met een weids uitzicht op zee.

'Ik ga morgen met jullie mee naar Dublin om Ambrose naar huis te brengen en daarna ga ik weer hierheen om een tijdje bij mijn familie te kunnen zijn.'

'Weet je zeker dat je niet mee wilt op die cruise?' wilde Mary-Kate weten. 'Je hebt altijd al eens naar de Griekse eilanden gewild, de ontstaansplek van al die mythen waar je zo van houdt. Ally heeft Jack een foto van de boot gestuurd, en die ziet er prachtig uit!'

'Denk er eens over na, lieverd,' deed Ambrose een duit in het zakje. 'Je dochter heeft volkomen gelijk. Ik ben niet meer in Griekenland geweest sinds mijn laatste reisje naar Sparta, ruim twintig jaar geleden. Het amfitheater ziet er prachtig uit bij zonsondergang, met het Taigetosgebergte op de achtergrond.' Hij wierp me een blik toe die ik me nog levendig herinnerde uit mijn studententijd.

'Genoemd naar Taygete, de vijfde van de zeven zusters van de Pleiaden, en de moeder van Lacedaemon, verwekt door Zeus,' dreunde ik op, om hem ervan te verzekeren dat ik het niet vergeten was.

Hij knikte goedkeurend.

'Tiggy's naam is een afkorting van Taygete. Zij is de vijfde zus in het gezin,' vervolgde ik. 'Ironisch genoeg ben ik ook het vijfde kind in het gezin dat me geadopteerd heeft.'

'Of misschien ben je de missende zus uit Ally's gezin,' zei Mary-Kate. 'Mam, ga nou alsjeblieft mee.'

'Nee, niet nu, maar misschien voeg ik Griekenland nog wel toe aan de plekken die ik op mijn wereldreis wil zien. Lust er nog iemand een dessert?'

Toen ik weer in mijn kamer was, zag ik het rode lampje op de vaste telefoon knipperen en bleek ik een voicemailbericht te hebben gekregen. Eerst ging ik na wie er op de vaste lijn had gebeld: Katie, die vroeg of ik haar terug kon bellen.

Daarna pakte ik mijn mobiele telefoon weer op en luisterde mijn berichten af. Het eerste was – heel toevallig, na ons gesprek tijdens het diner – afkomstig van Tiggy, die vroeg hoe het met me ging en zei dat ze hoopte mij, Jack en Mary-Kate tijdens de cruise te zien.

Daarna belde ik Katie.

'Hoi, met Merry. Is alles in orde?'

'Prima, dank je. Ik wilde alleen even zeggen dat ik Nora heb gesproken. Ze zei dat ze niet meer wist hoe het gezin heette waarvoor ze in het Grote Huis heeft gewerkt, maar dat ze er nog eens over na zou denken. Later belde ze me terug omdat het haar te binnen was geschoten. Ik had gelijk, het is inderdaad een buitenlands klinkende naam, maar niet de naam die jij me hebt gegeven. Ik spel het wel even. Heb je pen en papier bij de hand?'

'Brand maar los,' zei ik met een potlood in de aanslag.

'Oké, ze was bijna zeker van de spelling. Komt-ie: e-s-z-u.'

Ik las de letters na. 'Eszu. Heel erg bedankt, Katie. Ik spreek je morgen wel weer.'

51

Atlantis

'Heeft Jack nog iets laten weten over wie de eigenaar van Argideen House was?' vroeg CeCe toen ze de keuken in kwam, waar Chrissie biefstuk op Australische wijze aan het bereiden was.

'Nee. Hij zou het laten weten als Merry's zus zich de naam nog kon herinneren. Ik denk dat we er wel van uit kunnen gaan dat ze het vergeten is.' Ally zuchtte.

'Heeft hij het er nog over gehad of zijn moeder nog steeds weigert mee te gaan op de cruise?' vroeg Maia, die achter een laptop haar e-mails zat te checken.

'Schijnbaar is ze van plan nog een tijdje in Ierland te blijven. Volgens mij moeten we ons er maar bij neerleggen dat we ons best hebben gedaan de zevende zus te vinden. Als de ring het bewijs is, zou ik zeggen dat we haar hebben gevonden, zeker gezien het feit dat Merry geadopteerd is en dat de coördinaten zo dicht in de buurt waren van de pastorie waar ze te vondeling is gelegd. Als ze niet mee wil op de cruise, kunnen we haar niet dwingen.'

'Nee, alleen is het wel jammer, want alles klopt,' verzuchtte Maia.

'Behalve dan haar leeftijd,' wierp Ally tegen. 'We gingen er allemaal van uit dat het om een veel jongere vrouw ging. In elk geval gaan haar kinderen mee, dat is tenminste íéts.'

'Goed.' Maia schreef iets op een notitieblok naast de laptop. 'Tiggy en Charlie landen woensdag om half twaalf in Genève, Electra heeft laten weten dat ze rechtstreeks naar Nice vliegt, en dat geldt ook voor Star, Mouse en Rory. Dan blijven alleen Jack en Mary-Kate nog over. Die hebben nog niet gezegd wanneer ze aankomen.'

'Hoeveel extra slaapkamers hebben we morgen nodig?' Ma haastte zich met glazen en bestek in de richting van het terras.

'Alleen een voor Tiggy en Charlie,' zei Maia terwijl ze opstond. 'Doe nou eens rustig, Ma. Wij kunnen je toch helpen?'

'Zeker weten.' Chrissie draaide zich om bij het fornuis en glimlachte naar Ma. 'Al snap ik er niks van hoe iemand op dit prehistorische ding kan koken. Het is maar goed dat de steaks straks op de barbecue gaan, hè, Cee?'

'Ga lekker zitten, dan schenken we een glas wijn voor je in.' Ally loodste Marina mee naar de tafel en duwde haar met zachte hand op een stoel. 'Laat ons voor de verandering eens voor jou zorgen.'

'Nee, Ally, daar word ik niet voor betaald. Dat kan ik echt niet maken.'

'Je werd ook niet betaald om van ons te houden, maar dat deed je toch, dus nu kunnen wij eens laten zien dat wij ook van jou houden.' CeCe zette een glas wijn voor haar neer. 'Opdrinken en niet meer zo stressen, oké?'

'Zoals ik al tegen Star zei toen ik vorig jaar bij haar op bezoek was in Londen, ben ik een wrak als Claudia er niet is. Zij houdt echt alles draaiende op Atlantis.'

'Misschien hebben we haar dan nooit genoeg gewaardeerd,' zei Maia, waarna ze glimlachte omdat ze Floriano en Valentina door de terrasdeuren naar binnen zag komen. Ze hadden een dutje gedaan in het paviljoen, omdat ze pas net waren aangekomen uit Rio de Janeiro.

Ally keek eens goed naar Floriano, die de hand van zijn dochter stevig vasthield. Hij had een knap gezicht met een getinte huid, donker haar en expressieve bruine ogen. Op dit moment glimlachte hij zijn witte tanden bloot. Valentina keek met grote bruine ogen omhoog naar alle volwassenen en wond verlegen een lok van haar lange, glanzende haar om haar vinger.

Ma stond meteen op en liep naar het meisje toe. 'Hallo, Valentina. Voel je je al wat beter nu je even geslapen hebt?'

'Ja, dank u,' antwoordde het meisje in Engels met een zwaar accent. Floriano was ook tweetalig en Maia had gezegd dat hij zijn dochter het Engels met de paplepel had ingegoten.

'Wil je iets drinken? Cola, misschien?' Ma keek Floriano vragend aan.

'Natuurlijk mag ze een colaatje,' zei hij.

'Ik heb enorrrme honger, *papai*.' Ze keek haar vader aan.

'Het duurt nog wel een half uur voordat het eten klaar is. Zullen we iets lekkers voor je gaan pakken?' Ma stak haar hand uit naar Valentina, die hem gewillig vastpakte. Samen liepen ze in de richting van de voorraadkast.

'Meteen weer in de mama-modus.' Ally glimlachte en sloeg haar ogen ten hemel.

'Zo is ze in haar element.' Maia liep naar Floriano toe en gaf hem een kus op zijn wang. 'Wil je een biertje?'

'Daar zou ik een moord voor doen.' Hij sloeg zijn arm om haar schouder.

'De kok lust ook wel een biertje, als er nog is!' riep Chrissie.

'Ik ga ze wel pakken.' CeCe liep naar de koelkast.

Ally schonk voor zichzelf een glas wijn in en toen iedereen iets te drinken had, stak ze haar glas de lucht in. 'Op Floriano en Valentina, omdat ze voor deze speciale gelegenheid helemaal vanuit Rio hierheen zijn gekomen.'

Iedereen proostte en Ally realiseerde zich hoe heerlijk ze het vond om de keuken van Atlantis niet alleen gevuld te zien met haar zussen, maar ook met hun nieuwe partners en familie.

Ze zag dat Valentina Bear in het oog kreeg, die in een hoek van de keuken op zijn speelkleed lag. '*Ai que neném bonito*! Mag ik met hem spelen, Maia?'

'Natuurlijk,' zei Maia met een blik op Ally.

Valentina zette haar cola neer en liep naar Bear toe. Nadat ze naast hem op haar knieën was gaan zitten, pakte ze hem met haar kleine armpjes op.

De twee zussen glimlachten naar elkaar.

'Vinden jullie het goed als ik Floriano de privétuin van Pa laat zien?' vroeg Maia aan niemand in het bijzonder.

'Natuurlijk.' Ma liep naar Valentina en Bear toe. 'Ik let wel op de kinderen, maak je geen zorgen.'

'Dank je.' Maia pakte Floriano's hand en voerde hem mee de keuken uit.

'We fluiten wel als het eten klaar is,' riep CeCe hun na. 'Ik denk dat de barbecue inmiddels wel heet genoeg is, Chrissie.'

'Dan ga ik met je mee, anders zijn de steaks straks weer zwartgeblakerd, zoals gewoonlijk.' De twee vrouwen liepen naar buiten.

'Wat fijn om CeCe zo gelukkig te zien, hè?' Ma ging in de gemakkelijke stoel zitten, naast Valentina, die nog steeds met Bear zat te spelen.

'Zeker weten. En moet je eens kijken als wat voor minimoedertje Valentina zich al ontpopt.'

Bij het horen van haar naam keek het meisje vragend op.

'Vind je baby's leuk?' vroeg Ally.

'Ik vind baby's heel erg leuk,' zei ze, terwijl ze de tegenstribbelende Bear weer op zijn kleed legde.

Een kwartier later liet CeCe een schril gefluit horen om Maia en Floriano te laten weten dat het eten klaar was. De anderen brachten de schalen met salade en een grote terrine met frietjes naar de tafel op het terras. Ally ging zitten en keek of Maia er al aan kwam. Ze wist precies waarom haar zus de eerste de beste kans had aangegrepen om Floriano onder vier ogen te kunnen spreken. Na een tijdje zag ze hen hand in hand in de richting van het terras lopen. Maia's hoofd rustte op zijn schouder en vlak voordat ze bij de tafel waren, bleef hij staan, draaide zich naar haar om en omhelsde haar zo stevig dat haar voeten van de grond kwamen. Daarna gaf hij haar een zoen op haar mond en zijn stralende gezicht verklapte dat hij Maia's nieuws meer dan positief had opgevat.

Toen iedereen zat en Chrissie de steaks opdiende, hoorde Ally haar mobiele telefoon overgaan in de keuken. Ze snelde naar binnen en zag dat het Jack was. 'Hoi, Jack.'

'Hé, Ally,' reageerde hij, net toen iedereen buiten hard begon te lachen. 'Ik stoor toch niet?'

'Eigenlijk wilden we net gaan eten.'

'Oké, dan hou ik het kort. Ik wilde alleen maar even zeggen dat Nora, mijn moeders zus die in Argideen House heeft gewerkt, weer weet hoe de familie heette van wie het huis was. Het is een aparte naam, buitenlands, volgens mij. Ik weet niet eens hoe ik hem moet uitspreken.'

'Toch niet D'Aplièse?'

'Nee, nee... het is... Nou ja, ik denk dat ik het maar beter kan spellen. Heb je een pen?'

'Ja.' Ze pakte er een. 'Brand maar los.'

'Oké. Het is e-s-z-u.'

Ze schreef de letters op, maar pas toen ze ze zwart-op-wit zag staan, snakte ze naar adem. Jack zei nog iets, maar dat hoorde ze niet meer, omdat ze de achternaam geluidloos herhaalde.

'Ally? Heb je me goed verstaan? Zal ik het nog eens herhalen?'

'Nee, ik heb het opgeschreven. E-s-z-u.'

'Klopt. Ik zei toch dat het een rare naam was.'

'Dat is het zeker...' Ze liet zich op een stoel zakken.

'Gaat het wel?'

'Ja, prima.'

Het was even stil voordat hij weer iets zei. 'Die naam zegt je iets, hè?'

'Ik... Ja, inderdaad, maar ik heb nog steeds geen idee hoe het allemaal zit. Hoor eens, ik moet nu gaan eten, maar ik spreek je later nog wel.'

'Oké. Tot dan.'

Ze stond op en besefte dat ze zweette, maar waarom? Omdat ze verrast was, of bang? Ze besloot het nieuws nog even voor zich te houden, liep naar de gootsteen om water in haar gezicht te plenzen en voegde zich weer bij de andere eters.

Na het eten hielp iedereen met afruimen, behalve Ma, die Bear boven aan het instoppen was.

'Ik neem aan dat het goed is gegaan,' fluisterde Ally tegen Maia toen ze naast elkaar pannen stonden af te drogen, terwijl CeCe en Chrissie de vaatwasser inruimden.

'Ja,' fluisterde Maia terug. 'Hij was dolblij. Ik ben zo opgelucht!'

'Volgens mij hoef je je om Valentina ook geen zorgen te maken, aangezien ze nu al zo gek is op Bear. Ik ben echt blij voor je, Maia. Ik hoop alleen dat jij dat nu ook kunt zijn.'

'Misschien wel, nu ik het aan Floriano verteld heb. Ik wil het pas aan iedereen vertellen als we allemaal samen op de boot zijn, al vermoed ik...'

'Dat Ma het al weet,' fluisterden ze in koor, waarna ze moesten glimlachen.

'Was dat trouwens Jack die belde?' wilde Maia weten.

'Ja.'

'Nog nieuws?'

'Ja, maar niks belangrijks,' loog Ally. 'Ga jij maar met Floriano en Valentina genieten van deze bijzondere avond, oké?'

'Oké. Tot morgen dan.'

'Slaap lekker, Maia.'

'Ik denk dat me dat vannacht eindelijk wel zal lukken. Welterusten.'

Maia en Floriano namen Valentina bij de hand en liepen in de richting van het paviljoen.

'Ik denk dat wij ook maar vroeg naar bed gaan,' merkte CeCe op. 'Het wordt morgen een drukke dag. Welterusten, Ally.'

Terwijl Chrissie en CeCe de keuken uit liepen, kwam Ma binnen en begon alvast Bears flesje voor de nachtvoeding klaar te zetten.

'Ma, ik doe het vannacht wel. Het lijkt me beter als jij een hele nacht kunt doorslapen. Trouwens, ik voel me stukken beter sinds ik terug ben uit Frankrijk. Echt waar.' Ze moest het flesje haast uit Ma's handen losrukken en zette het op tafel. 'Ik doe het wel,' herhaalde ze.

'Vooruit dan, misschien knap ik er wel van op om een nacht goed te slapen. De afgelopen weken ben ik tot het besef gekomen dat ik oud word. Toen jullie nog klein waren, had ik amper slaap nodig. Maar nu... lukt het gewoon niet meer.'

'Ma, je bent een kei. Ik had me geen raad geweten als jij me niet met Bear had geholpen. Ga nou maar naar bed en geniet van de rust, zolang het nog kan.'

'Goed dan. Kom jij ook?'

'Ik...' Ally snakte ernaar om iemand in vertrouwen te nemen. 'Ma?'

'Ja?'

'Ik moet Georg spreken, maar hij neemt zijn mobiele telefoon niet op. Weet jij wanneer hij precies terugkomt?'

'Aangezien hij met ons meegaat op de cruise, verwacht ik hem morgen. Mag ik vragen waarom?'

'Ik... O, Ma, Jack heeft me vanavond iets verteld waar ik echt van geschrokken ben. Normaal gesproken zou ik het tegen Maia zeggen en zouden we er samen wel uit komen. Maar gezien de omstandigheden kon ik dat gewoon niet. Zeker niet vanavond.'

'Zeg het dan tegen mij, chérie. Je weet dat ik het niet verder zal vertellen. Wat heeft hij gezegd?'

'Dat Argideen House, de plek waar de coördinaten van Merope naar verwijzen, vroeger in bezit was van een familie die Eszu heette.'

Geschokt keek Ma haar aan. 'Eszu?'

'Ja. Jack heeft de naam voor me gespeld. Je schrijft het precies hetzelfde. Ik bedoel, eerst dacht ik nog dat het misschien toeval was, maar het is wel een ongebruikelijke naam, hè? Zeker in Ierland. Weet jij of Pa vroeger iets met de familie Eszu te maken had?'

'Ik heb echt geen idee, Ally. Maar ik weet wel dat jij de boot van Kreeg Eszu denkt te hebben gezien, vlak bij de plek waar je vader volgens jou op zee is begraven. En dan hebben we het nog niet eens gehad over zijn zoon, Zed...'

'De vader van Maia's kind.' Ally fluisterde het, voor het geval dat CeCe of Chrissie net naar beneden kwam om nog iets te drinken te halen. 'Begrijp je nu waarom ik er vanavond niet over wilde beginnen?'

'Natuurlijk. Ze heeft aan Floriano verteld dat ze zwanger is, hè?'

'Ja. Maar je mag het tegen niemand zeggen, hoor.'

'Natuurlijk niet. Ik ben dolblij voor haar.'

'Denk je dat Georg iets weet over de connectie met Eszu?'

'Geloof me alsjeblieft, ik weet er net zo weinig van als jij. Maar Georg werkte wel nauw samen met je vader, dus het zou goed kunnen.'

'Weet je echt niet waar hij is?'

'Ik heb geen idee, dat zweer ik. Het spijt me dat ik je niet verder kan helpen. Als ik het kon, zou ik het zeker doen. Vooruit, ik ga maar eens naar bed. Welterusten, Ally.'

'Slaap lekker.'

Toen Ma de keuken uit liep, ging Ally's telefoon weer.

'Hallo?'

'Hoi, met Jack nog een keer. Je ligt toch niet in bed, of zo?'

'Nee, nog niet. Hoe gaat het daar?'

'Goed, dank je. Er is al een taxi geregeld om mij, Mary-Kate en Ambrose, de soort van peetoom van mijn moeder, naar Dublin te brengen. En mam zelf, natuurlijk.'

'Kun je haar echt niet zover krijgen dat ze meegaat? Ik heb goede hoop dat onze advocaat, Georg, morgen terugkomt en dat hij dan met zekerheid kan zeggen of je moeder de zevende zus is.'

'Dat gaat 'm niet worden, ben ik bang. Mam is erop gebrand om nog een tijd in Ierland te blijven. Mary-Kate en ik vliegen morgenmiddag vanuit Dublin naar Londen en ons vliegtuig naar Nice vertrekt de volgende ochtend vroeg. We zien jullie bij de boot, toch?'

'Ja, ik zal een auto sturen om jullie van het vliegveld te halen en dan zie ik jullie in de haven, met...' Ze maakte haar zin niet af, want opeens drong het tot haar door dat ze hem nog steeds niet had verteld over haar zoontje. '... met de rest van de zussen,' gaf ze er snel een andere draai aan.

'Oké. Nou, het klinkt allemaal heel avontuurlijk. Mary-Kate kijkt ernaar uit om de rest van jullie te leren kennen.'

'Ik ben ook heel benieuwd naar haar. Laat het me weten als jullie vertraging oplopen. Als dat niet het geval is, zie ik jullie in Nice.'

'Ik kan niet wachten om je weer te zien, Ally. Welterusten.'

'Welterusten, Jack.' Ze pakte het flesje melk van de tafel om mee naar boven te nemen voor het geval dat ze Bear zou moeten bijvoeden, deed het licht in de keuken uit en ging naar bed. Terwijl ze in bed kroop, klaar om te gaan slapen, dacht ze terug aan het telefoongesprek.

Ik kan niet wachten om je weer te zien...

Haar hart maakte een sprongetje omdat hij dat had gezegd, maar haar opwinding werd meteen de kop ingedrukt toen ze Bear een zacht snurkgeluidje hoorde maken in zijn wieg.

'Hij heeft het me dan misschien vergeven dat ik niet eerlijk ben geweest over wie ik was, maar wie zit er nou op een alleenstaande moeder te wachten?'

Ze deed haar best om die malle vlinders in haar buik te bedwingen en viel in slaap.

52

Merry
Dublin, Ierland

Ik zat achter in de taxi, tussen Mary-Kate en Ambrose in. We hadden gezegd dat hij voorin mocht zitten, maar dat had hij geweigerd, omdat het geklets van Niall volgens hem nog zijn dood zou worden. Dus was Jack de eer te beurt gevallen. Mijn kinderen hadden voor de zoveelste keer geprobeerd me over te halen mee te gaan op de cruise, maar aangezien ik een afspraak had waarop ik al zevenendertig jaar had gewacht, had ik hun aanbod wederom afgeslagen.

'Een ander keertje. Gaan jullie nou maar lekker vakantie vieren. Het klinkt allemaal heel chic.'

Op Merrion Square hielp Jack Ambrose met uitstappen, terwijl Niall de bagage van Ambrose en mij uit de kofferbak haalde.

'Het was me een genoegen om jullie te leren kennen,' zei Niall. 'Ambrose, je hebt mijn nummer, dus als je nog eens naar West Cork wilt, hoef je me maar te bellen.'

'Dat zal ik doen. Nogmaals bedankt.' Ambrose draaide zich om en gebruikte zijn wandelstok om de treden naar de voordeur op te komen.

'Dag, mam.' Jack en Mary-Kate omhelsden me, omdat ze meteen met Niall zouden doorrijden naar het vliegveld van Dublin.

Er prikten tranen in mijn ogen. 'Jullie laten toch wel iets van je horen?'

'Doen we,' beloofde Mary-Kate. 'Als je nog in West Cork bent als de cruise erop zit, kom ik misschien wel naar je toe.' Ik zag een licht blosje op haar wangen verschijnen en had meteen door dat haar afspraak met haar nieuwe muzikale vriend, Eoin, goed was verlopen.

'Mocht je je nog bedenken, volgens Ally is er volop ruimte aan boord,' probeerde Jack nog een laatste keer.

'Nee, Jack. Ga nou maar, anders missen jullie je vlucht nog.'

Nadat ik afscheid had genomen van Niall en hen had uitgezwaaid, liep ik achter Ambrose aan naar binnen. 'Kopje thee?'

'O, daar zou ik een moord voor doen.'

Een kwartier later zaten we in zijn woonkamer thee te drinken en een plak van de lekkere vruchtencake te eten die de hulp voor hem had achtergelaten.

'Ben je nog steeds van plan je huis te verkopen, Ambrose?'

'Absoluut. Ook al ben ik dol op deze plek en is het nog maar de vraag of ik James zover krijg om bij me in te trekken, het wordt tijd voor iets anders.'

'Volgens mij zal het niet veel moeite kosten om hem over te halen. Het was heel mooi om jullie na al die tijd weer samen te zien.'

'Het voelde ook heel goed. Ik was helemaal vergeten hoe het voelde om te lachen. Dat deden we vroeger heel veel. Dus ik ga maar eens een paar makelaars bellen om het huis te laten taxeren, en dan zet ik het te koop. Maar goed, nu iets belangrijkers... Weet je zeker dat je vanavond wilt gaan? Je mag gerust hier blijven.'

'Dat weet ik, maar ik ben nog nooit in Noord-Ierland geweest en ik wil het weleens zien.'

'Zoals je weet was Belfast geen veilige plek toen je voor het laatst in Ierland was, maar de laatste tijd schijnt er veel vooruitgang te zijn geboekt in de stad en de omgeving.'

'Weet je,' zei ik zacht, 'als er in Nieuw-Zeeland iets in het nieuws kwam over bomaanslagen door de IRA, wat in de jaren zeventig en tachtig natuurlijk regelmatig gebeurde, dan keek ik er niet eens naar. Ik las er niets over. Maar in 1998 heb ik huilend voor de televisie gezeten, toen ik de *Taoiseach*, de premier, het Goedevrijdagakkoord zag ondertekenen. Ik kon mijn ogen niet geloven.'

'Toch is het gebeurd, al zal het voor sommige republikeinen natuurlijk nooit genoeg zijn. Die houden pas op als Noord-Ierland herenigd is met het zuiden en weer onder ons Ierse bestuur valt. Maar ik geloof wel dat de nieuwe generatie wordt grootgebracht met het idee dat ze zichzelf en anderen in de eerste plaats als mens moeten zien, en daarna pas als katholiek of protestants. Dat scheelt een hoop, net als een bredere opleiding, natuurlijk. Ik vind het best amusant dat ik een van de weinige oude mensen ben die niet met weemoed naar het verleden kijkt, alsof het vroeger allemaal zo perfect was, en die niet de wanhoop nabij is over de wereld waarin we nu leven. Integendeel, zelfs. De mensheid is de afgelopen dertig jaar met sprongen vooruitgegaan en ik benijd de jongeren er juist om dat ze in zo'n vrije maatschappij leven.'

'Ons leven had er heel anders uit kunnen zien als we nu jong waren geweest,' beaamde ik. 'Maar goed, ik moet er straks weer vandoor. Ik ga me beneden even omkleden.'

In de kelder deed ik de deur open van de slaapkamer die ooit van mij was geweest. Met een brok in mijn keel zag ik dat Ambrose mijn boeken en de prullaria die ik als tiener had verzameld niet had weggedaan. Ik herkende het roze bloemetjesbehang, dat hij uit Engeland had laten komen toen ik in de weekenden bij hem was komen logeren. Dezelfde kanten sprei lag nog netjes over het voeteneind van het smeedijzeren eenpersoonsbed. Ik wist nog dat ik bijna had moeten huilen van blijdschap toen ik deze kamer voor het eerst had gezien. Niet alleen omdat hij zo mooi en vrouwelijk was ingericht, maar ook omdat hij helemaal van mij was. In de tijd dat ik nog op de kostschool had gezeten en de afstand naar West Cork te groot was geweest om in het weekend naar huis te gaan, was dit mijn toevluchtsoord geweest. En ik was hier permanent ingetrokken toen ik was begonnen aan mijn masteropleiding, die ik nooit had afgemaakt...

Ik trok de kledingkast open en vroeg me af of mijn kleren uit de jaren zeventig – minirokjes, broeken met wijd uitlopende pijpen en strakke coltruien van ribstof – er nog zouden hangen, maar dat was natuurlijk niet zo. Ik woonde hier al tientallen jaren niet meer, dus waarom zou Ambrose ze bewaard hebben?

Opeens ging er een huivering door me heen. Ik liet me op het bed zakken en ging in gedachten terug naar de laatste keer dat ik hier was geweest en Bobby voor de deur had gestaan. Hij had zo hard gebonkt en geschreeuwd dat ik hem wel binnen had moeten laten.

Met zijn lange gitzwarte haar en doordringende blauwe ogen, in combinatie met zijn lengte en gespierde bovenlichaam, was hij een knappe jongen. Mijn vriendinnen, die hem weleens hadden gezien als we iets in de pub zaten te drinken, vonden hem aantrekkelijk. Voor mij was hij echter gewoon Bobby, de boze, verwarde, maar hoogst intelligente jongen die ik al sinds mijn kindertijd kende.

Toen hij me tegen de muur had gedrukt, had ik koud staal tegen mijn hals gevoeld. 'Als je met hem blijft omgaan, maak ik je af. Dat zweer ik, Merry. Daarna ga ik achter hem en zijn familie aan, en achter de jouwe. Je bent van mij, begrepen? Je bent altijd van mij geweest. Dat weet je.'

De blik in zijn ogen en de zure geur van verschaald bier in zijn adem toen hij zijn lippen op de mijne had gedrukt, waren me altijd bijgebleven.

In mijn doodsangst beloofde ik natuurlijk dat ik Peter nooit meer zou zien, dat ik Bobby zou steunen in zijn terreur tegen de Britten.

Hoewel ik doodsbang was geweest, wist ik gelukkig wel hoe ik hem rustig kon krijgen. Daar had ik tenslotte jarenlange ervaring in. Na een poosje had hij het wapen van mijn hals gehaald en me losgelaten. We spraken af elkaar de volgende avond weer te zien en het lukte me om niet over mijn nek te gaan toen hij me nog een keer zoende. Uiteindelijk was hij naar de deur gelopen. In de opening had hij zich omgedraaid en me aangestaard.

'Denk erom, waar je je ook probeert te verstoppen, ik zal je vinden...'

Nadat hij was vertrokken, had ik besloten dat er niets anders op zat dan te vluchten en was ik naar mijn slaapkamer gegaan om mijn spullen te pakken.

'Het is voorbij, Merry. Bobby kan je niets meer doen,' hield ik mezelf voor, in een poging de bekende symptomen van een paniekaanval te onderdrukken, waar ik al zevenendertig jaar last van kreeg zodra ik aan hem dacht. Aangezien ik dat moment al honderden keren opnieuw had beleefd, was ik ervan overtuigd dat een psychiater zou zeggen dat ik aan een posttraumatische stressstoornis leed. Ik had geen idee of het zou helpen dat ik was teruggegaan naar de plek waar het was gebeurd, maar ik moest geloven dat het me ooit zou lukken mezelf ervan te overtuigen dat het voorbij was en dat ik eindelijk veilig was.

Ik hees de grote koffer die ik had meegenomen op mijn wereldreis op het bed, maakte hem open en probeerde te bedenken wat ik morgen zou aantrekken voor mijn afspraak.

Niet dat het er iets toe doet, Merry...

Ik haalde een paar kleren uit de koffer. Moest ik iets elegants uitkiezen? Of juist vrijetijdskleding? Ik had geen idee.

Uiteindelijk koos ik, zoals meestal wanneer ik niet zeker van mijn zaak was, voor mijn favoriete groene jurk. Die stopte ik zorgvuldig opgevouwen in mijn weekendtas, met mijn zwarte pumps erbij. Daarna trok ik mijn standaard reisoutfit aan: een spijkerbroek, een shirt en een boucléjasje in Chanel-stijl dat me iets stijlvols gaf en overal bij paste. Ik pakte mijn toilettas in, plus schoon ondergoed en een boek voor in de trein, en ritste mijn weekendtas dicht.

Boven zette ik de tas in de hal neer en liep naar de woonkamer om Ambrose gedag te zeggen. 'Ik heb mijn grote koffer beneden laten liggen, samen met een berg wasgoed die ik morgen wel uitzoek. Dat vind je toch niet erg?'

'Natuurlijk niet, liefje. Op die manier moet je nog een keer terugkomen om het op te halen, al is dat geen garantie, aangezien je de vorige keer een kast vol kleren hebt achtergelaten. Die heb ik trouwens allemaal nog.'

'Wat?'

'De kleren die je hebt achtergelaten. Ik heb ze in een koffer gestopt en die onder in een van mijn eigen kleerkasten gezet, voor het geval dat je nog eens langs zou komen.'

'O, Ambrose. Het spijt me echt heel erg.'

'Dat hoeft niet. *Je ne regrette rien,* zoals de Fransen dat zo mooi zeggen. Je bent er nu, dat is het belangrijkste. O ja, door alles wat er de laatste tijd is gebeurd, vergeet ik steeds tegen je te zeggen dat ik het dagboek van Nuala heb gelezen. Wat een dappere jonge vrouw was je grootmoeder.' Hij gaf een zacht klopje op het dagboek, dat op het ronde tafeltje naast zijn leren stoel lag.

'Ja, dat was ze zeker.'

'Het was nog best lastig te lezen met al die verkeerd gespelde woorden, maar jeetje, wat een verhaal. Af en toe was ik tot tranen geroerd.' Hij zuchtte. 'Maar Nuala schreef toch over die dienstmeid, Maureen?'

'Die haar verraden heeft, bedoel je?'

'Ja. Nou, je herinnert je Mrs. Cavanagh toch nog wel, de beruchte huishoudster van James? Voordat ze bij hem in dienst kwam, heeft ze in Argideen House gewerkt. Raad eens wat haar voornaam was?'

'Je wilt toch niet zeggen...'

'Maureen. Maureen Cavanagh. Dezelfde vrouw die Nuala als jonge vrouw heeft verraden, heeft jaren later datzelfde kunstje bij James en mij geflikt.'

'Goeie genade,' zei ik ademloos.

'Wat een triest, verbitterd mens was dat, zeg. Die arme James vertelde me dat hij de voorganger was tijdens haar uitvaartdienst. Volgens hem waren er maar drie mensen die haar de laatste eer kwamen bewijzen, en je weet hoeveel mensen er normaal gesproken komen opdraven op een begrafenis in Ierland. Ze heeft een eenzaam leven geleid en is ook eenzaam gestorven. Misschien is ze daarmee wel genoeg gestraft.'

'Dat kan wel zijn, maar als ik haar ooit was tegengekomen, had ik niet voor mezelf ingestaan.'

'Mary toch, jij zou nog geen vlieg kwaad doen, al stel ik het wel op prijs dat je zo meeleeft.' Hij grinnikte. 'Misschien kun je eens overwegen het dagboek van Nuala uit te laten geven, zeker nu je weet hoe het met haar is afgelopen. Er zijn veel te weinig ooggetuigenverslagen over het leed dat er in die tijd bij zo veel families is veroorzaakt, ook nog jaren later. Vanuit een vrouwelijk perspectief is er al helemaal weinig over geschreven. De rol die Cumann na mBan heeft gespeeld in de bevrijding van Ierland wordt amper vermeld in de geschiedenisboeken.'

'Dat vind ik ook jammer, dus misschien doe ik dat wel. Door de confrontatie met mijn verleden ben ik me er weer bewust van geworden hoe dol ik ben op de academische wereld. Ik dacht daarnet nog aan de master die ik nooit heb afgemaakt omdat ik plotseling weg moest...'

'Je half afgemaakte scriptie ligt hier nog steeds.' Hij knikte naar zijn bureau. 'Die was echt briljant, net als jij. Zal ik dan maar een taxi bellen om je naar het station te brengen?'

'Ik hou er wel een aan in Grafton Street. Morgen ben ik weer terug, lieve Ambrose. Duim je voor me?'

'Natuurlijk. Ik hoop maar dat je alles straks eindelijk een plekje kunt geven.'

'Dat hoop ik ook. Dag, Ambrose, tot morgen.' Ik pakte mijn weekendtas en liep het huis uit.

De trein naar Belfast, die de toepasselijke naam de Enterprise droeg, was een aangename verrassing, omdat hij erg modern en comfortabel bleek te zijn. Terwijl ik het landschap langs me heen zag zoeven, vroeg ik me af of ik een bord zou zien wanneer we de grens naar Noord-Ierland overstaken. Vroeger waren er douaneposten geweest die al het verkeer controleerden. Maar nu was er niets van dat alles meer. Halverwege de twee uur durende reis stopten we net over de grens in Newry, een plaats waarvan ik wist dat er tijdens The Troubles veel gewelddadige conflicten waren geweest. In augustus 1971 waren er zes burgers, waaronder een katholieke priester, door het Britse leger doodgeschoten in Ballymurphy. Het nieuws over het bloedbad was voor Bobby alleen maar olie op het vuur geweest. Dat incident, plus het feit dat hij me met Peter in een bar had gezien, moest voor hem de druppel zijn geweest die de emmer deed overlopen. En dat was hier niet ver vandaan gebeurd.

Nu zag dit eruit als elk ander willekeurig treinstation in een kleine plaats, maar destijds was het de locatie geweest waar een oud conflict nieuw leven werd ingeblazen door extremisten zoals Bobby. In de pub was hij vaak tegen me uitgevaren, was hij tekeergegaan over de uitzichtloze situatie waarin de Noord-Ieren verkeerden en over de IRA, die 'die vuile geuzen' weleens zou uitroeien. Ik bleef maar tegen hem zeggen dat we alleen verder zouden komen door te onderhandelen, niet door oorlog te voeren. Dat er een diplomatiekere manier moest zijn om de situatie te verbeteren.

Daarna had hij me ervan beschuldigd dat ik net als Michael Collins klonk.

'Die verrader heeft ons allemaal voor de gek gehouden. Hij zei dat het vredesverdrag een opstapje zou zijn naar een Ierse republiek. Maar het noorden is nog steeds in handen van de Britten, Merry!' had hij getierd. 'Wacht maar af, dan zul je zien dat het ook hard tegen hard kan gaan.'

Ik had inderdaad afgewacht en gezien dat de IRA precies had gedaan wat Bobby al had voorspeld. Ze voerden bomaanslagen uit op doelwitten in het noorden en rukten daarna op naar Groot-Brittannië. The Troubles hadden bijna dertig jaar geduurd en al die tijd had ik Bobby als een van de aanstichters gezien van al het dood en verderf dat door de nieuwe oorlog was aangericht.

Geen wonder dat ik niet naar de nieuwsberichten op televisie kon kijken. Die hadden mijn angst alleen maar aangewakkerd. Maar al die jaren was Bobby opgenomen geweest en had hij in de waan verkeerd dat hij in 1920 leefde…

Nou, het was nu 2008. En ja, Noord-Ierland maakte nog steeds deel uit van het Verenigd Koninkrijk, maar het feit dat ik zojuist in sneltreinvaart de grens over was gezoefd, gaf wel aan dat er vooruitgang was geboekt.

Ik vond het zelf belachelijk, maar toen ik uit het raam keek, verbaasde ik me erover dat het landschap hier zo leek op het landschap ten zuiden van de grens, alsof een door mensen getrokken lijn daar iets aan zou veranderen. Mijn komst naar dit gebied dat zo veel bittere conflicten had gekend, was gewoon een poging om het zoveelste schrikbeeld uit mijn hoofd te verjagen door de confrontatie ermee aan te gaan.

De trein kwam precies op tijd aan op het station Belfast Central. Terwijl ik naar buiten liep, op zoek naar de taxistandplaats, hoorde ik een zangerig accent dat bekend klonk, maar typerend was voor dit Noord-Ierse gedeelte van het Verenigd Koninkrijk. In de taxi gaf ik de chauffeur de opdracht om naar het Merchant Hotel te rijden, dat volgens mijn reisgids ooit het hoofdkantoor van de Ulster Bank geweest was.

Gefascineerd staarde ik uit het raampje, terwijl we de stad in reden die, in ieder geval aan de buitenkant, geen enkel teken meer vertoonde van de diepe wonden die er waren geslagen.

'We zijn er, mevrouw.' De chauffeur bracht de taxi tot stilstand voor het Merchant Hotel. 'U hebt een mooi hotel uitgekozen.'

'Hoeveel krijgt u van me?'

'Tien pond, alstublieft.'

Ponden...

Ik zocht in mijn tas naar de Britse ponden die ik nog overhad van mijn verblijf in Londen. 'Alstublieft, en bedankt voor de rit.'

Ik liep de treden van het hotel op, de ultramoderne lobby in. Nadat ik had ingecheckt, bracht de kruier mij en mijn weekendtas naar mijn knusse kamer, die prachtig was ingericht, met veel tierlantijntjes.

'Tegen de tijd dat ik weer naar huis ga, heb ik in elk geval volop hotels vanbinnen gezien,' verzuchtte ik hardop toen ik op het bed neerplofte.

Ik keek hoe laat het was. Al zeven uur geweest. Bij de roomservice bestelde ik de soep van de dag, met een broodje erbij. Daarna voelde ik me zoals gewoonlijk even schuldig omdat ik zo veel geld uitgaf aan dure hotels, maar aan de andere kant, wat moest ik anders met al dat spaargeld? Jock en ik hadden de afgelopen dertig jaar elke maand wat geld opzijgezet en aangezien we nooit buiten Nieuw-Zeeland op vakantie waren geweest, dacht ik niet dat hij er bezwaar tegen zou hebben.

'Misschien zou hij het alleen niet zo leuk vinden wat je morgen gaat doen,' mompelde ik.

Ik hing mijn jurk op een hangertje en zette de televisie aan terwijl ik mijn soep opat. Op BBC ONE was *EastEnders* bezig, een Britse soap waar Mary-Kate thuis weleens via de satelliet naar had gekeken.

Het voelde nog steeds vreemd om hier te zijn, nog wel in Ierland, maar overduidelijk in een gebied dat heel erg Brits aandeed.

Ik nam een lang, ontspannend bad in de vrijstaande badkuip en vroeg me af hoe ik me zou voelen als ik weer thuis was in de Gibbston Valley. De boerderij was gezellig ingericht, maar niet voorzien van de mooie meubels of moderne apparatuur waaraan ik inmiddels gewend was geraakt.

Na het bad keek ik naar een vreselijke romcom over een bruidsmeisje, om maar niet aan de volgende dag te hoeven denken. Ik pakte mijn fles Jameson, die nu voor driekwart leeg was omdat ik er telkens naar greep wanneer ik een nieuwe onthulling te verwerken kreeg. Heel misschien zou ik na morgen weer op de trein naar Dublin kunnen stappen in de wetenschap dat ik het verleden eindelijk kon laten rusten. Ik kroop tussen de knisperende witte lakens, zette de wekkerradio op negen uur, voor het geval dát, en liet me achteroverzakken in de zachte kussens.

In het donker tastte ik instinctief naar Jock. 'Alsjeblieft, schat, vergeef me dat ik je hier nooit iets over heb verteld en dat ik morgen naar hem toe ga...'

Ik schrok wakker van de wekkerradio. Tot in de kleine uurtjes had ik liggen woelen. Ik had me afgevraagd hoe ik me zou voelen wanneer ik hem zag en wat ik hem allemaal zou vragen, terwijl ik wist dat er maar één vraag was waarop ik het antwoord wilde hebben.

'Nog minder dan een uur, dan weet je het,' zei ik terwijl ik naar de telefoon naast het bed greep om een kop thee en een paar sneetjes toast te bestellen bij de roomservice.

Daarna kleedde ik me aan, friste me op en kamde mijn haar, waarna ik een beetje mascara en rouge opdeed. Mijn haar krulde net als altijd op plekken waar ik dat niet wilde. O, wat had ik vaak gewenst dat ik steile, makkelijk te temmen lokken had. Nadat ik had geprobeerd er een elegante knot van te draaien en er een paar speldjes in te doen, gaf ik het op en liet het gewoon in een golvende boblijn om mijn gezicht hangen. Toen ik hem voor het laatst had gezien, had ik nog lang haar gehad, bijna tot onderaan mijn rug. Mijn 'manen', zo had hij ze genoemd. Ik dronk mijn thee op, maar was zo nerveus dat ik me in mijn toast verslikte en het bij de derde hap opgaf. Op mijn horloge zag ik dat het kwart voor tien was. Over minder dan tien minuten moest ik naar beneden.

'Maak je toch niet zo druk,' zei ik tegen mezelf terwijl ik zoals altijd een beetje roze lippenstift opdeed en nog een borstel door mijn haar haalde. 'De schuld ligt bij hem, niet bij jou, weet je nog?'

Ik liep de deur uit en zette koers naar de lift die me voor het eerst in zevenendertig jaar naar hem toe zou brengen...

De receptioniste dirigeerde me naar The Great Room en ik liep er met knikkende knieën naartoe. Toen ik binnenkwam, zag ik dat er een enorme kroonluchter aan het hoge plafond van het indrukwekkende restaurant hing. Het plafond zelf was rijkelijk versierd en werd gestut door pilaren vol cherubijnen en gouden kroonlijsten. Ik stond het nog steeds te bewonderen toen ik achter me een stem hoorde.

'Hallo, Merry. Mooi is het hier, hè?'

'Ik... Ja.' Ik rukte mijn blik los van de kroonluchter en draaide me naar hem om.

Hij was geen spat veranderd, lang en slank, al was zijn zandkleurige haar nu doorspekt met grijs en had hij fijne lijntjes in zijn gezicht. Zijn bruine ogen waren nog net zo betoverend als in mijn herinnering.

Hier stond hij dan, naast me, na al die jaren. De wereld draaide om me heen, zó duizelig werd ik opeens. Om niet flauw te vallen zag ik geen andere optie dan mijn hand op zijn onderarm te leggen.

'Gaat het wel?'

'Sorry, ik ben een beetje duizelig.'

'Waarschijnlijk omdat je omhoog hebt staan kijken naar die kroonluchter. Kom, dan gaan we zitten.'

Ik deed mijn ogen half dicht, want het bleef me duizelen. Tijdens het lopen klampte ik me aan zijn arm vast en voelde ik zijn andere arm om mijn middel glijden om me overeind te houden.

'Kunnen we misschien een glas water krijgen?' hoorde ik hem vragen, terwijl hij me zachtjes op een bankje duwde.

Het zweet brak me uit en ik ademde diep in om mijn ademhaling weer onder controle te krijgen. 'Sorry, sorry...' mompelde ik. Het was moeilijk te geloven dat er van mijn plannen om koel, kalm en beheerst over te komen niets terechtkwam, nog voordat ik het zelfs maar had kunnen proberen.

'Hier, neem een slok.'

Ik voelde dat er een glas aan mijn lippen werd gezet. Mijn handen trilden te erg om het zelf vast te houden, en hij goot zo veel water in mijn mond dat ik me verslikte en het uitproestte.

'Sorry,' zei hij.

Ik voelde dat hij met een stuk stof eerst mijn mond depte en vervolgens mijn hals. Het water op mijn huid bood in elk geval een beetje verkoeling, ook al kon ik wel door de grond zakken.

'Zou u ons een pot thee kunnen brengen?' hoorde ik hem vragen. 'Of misschien helpt een glas whiskey beter? Weet u wat, breng het allebei maar.'

Ik liet mijn hoofd achteroverhangen tegen de zachte bekleding van de muurbank waarop ik was neergezet en ademde een paar keer diep in en weer uit. Na een poosje hield dat vreemde getintel in mijn lichaam op en trokken de zwarte vlekken voor mijn ogen weg.

'Sorry,' zei ik weer.

'Thee met veel suiker, of whiskey?' In zijn stem klonk die vertrouwde ironische glimlach door.

Ik haalde mijn schouders op.

'Goed, dan wordt het whiskey. Kun je het glas zelf vasthouden?'

'Misschien.'

Hij drukte het in mijn hand en dirigeerde die naar mijn mond.

Ik nam eerst een klein slokje en daarna een grotere.

'Jij doet ook alles om alcohol te kunnen drinken tijdens het ontbijt.'

'Zo ben ik nou eenmaal,' zei ik. 'Ik ben een hopeloos geval, maar ik voel me nu wel ietsje beter.' Toen ik mijn ogen helemaal opende, stond de wereld eindelijk stil. Ik zette het whiskeyglas voor me op de tafel en keek naar mijn borst, die onder de waterspetters zat.

'Ik schenk ook wel een kop thee voor je in, mocht je daar nog trek in hebben.'

'Graag. Nogmaals sorry.'

'Dat hoef je helemaal niet te zeggen. Het is hier nogal benauwd, vind je niet? Dat zijn we in Ierland niet gewend.'

'Nee.'

'De schuld van klimaatverandering... Ik ken een paar bedrijven waar ze van plan zijn airconditioning te installeren, kun je dat geloven?'

'Niet echt, aangezien ik het grootste deel van mijn kindertijd geen gevoel in mijn tenen had. Maar goed.' Ik draaide me naar hem toe, niet in staat mijn ogen van hem af te houden, maar tegelijkertijd doodsbang dat als ik hem weer aankeek, ik net zo verloren zou zijn als de eerste keer dat ik hem zag.

'Maar goed.' Hij glimlachte. 'Het is heel fijn je weer te zien, na al die jaren.'

'Insgelijks.'

'Je bent geen spat veranderd, weet je dat?'

'Lief van je, maar het zou ook niet erg netjes zijn als je zou zeggen: "Jezus, wat ben jij een ouwe heks geworden!", of wel soms?'

'Nee, dat zou zeker niet netjes zijn.' Hij grinnikte.

'Voor de goede orde, jij bent ook niets veranderd.'

'Hou toch op. Mijn haar is bijna helemaal grijs...'

'Je hébt tenminste nog haar. Dat kunnen veel mannen van jouw leeftijd niet zeggen.'

'Van mijn leeftijd?'

'Je bent twee jaar ouder dan ik, weet je nog? Je bent zestig...'

'Dat klopt, en zo voel ik me ook. Ik mag er dan nog wel redelijk uitzien, ik kan echt niet meer achter een voetbal aan rennen zoals vroeger. Nu doe ik aan squash, de sport voor ouwe mannen uit de stad.'

Er kwam een ober naar onze tafel toe. 'Kan ik u een ontbijt aanbieden? Dit is de laatste kans om nog iets te bestellen, ben ik bang.'

Toen Peter me aankeek, schudde ik mijn hoofd. 'Nee, bedankt.'

'Weet je het zeker?'

'Heel zeker. Ik knabbel wel wat van de biscuitjes die ze bij de thee hebben gedaan.'

'Voor mij graag een croissant en een dubbele espresso, als tegenhanger van de whiskey.' Met één opgetrokken wenkbrauw pakte hij zijn glas. 'Sláinte!'

'Sláinte,' herhaalde ik, zonder mijn glas te heffen. Het had me vanmorgen al een keer geduizeld, dat wilde ik niet opnieuw laten gebeuren.

'Hoe gaat het met je?' vroeg hij.

'Ik…'

We vingen elkaars blik op en moesten allebei grinniken om hoe absurd zijn vraag gezien de omstandigheden was.

'Ik… Nou ja, het gaat eigenlijk heel goed met me.'

Deze keer ging ons gegrinnik over in een ongecontroleerde lachbui van een paar minuten.

Uiteindelijk moesten we allebei ons servet gebruiken om de tranen uit onze ogen te vegen. Waarschijnlijk smeerde ik daarbij mijn mascara over mijn hele gezicht uit, maar dat kon me niet meer schelen. Peters gevoel voor humor was een van de redenen dat ik destijds voor hem was gevallen. Vergeleken met de intense, serieuze Bobby was hij een verademing geweest. In die tijd had hij heel zorgeloos in het leven gestaan.

Toen de ober terugkwam met de koffie en de croissant, probeerden we onszelf allebei weer in bedwang te krijgen.

'Zou hij ons eruit kunnen gooien omdat we ons zo misdragen?' fluisterde ik.

'Misschien wel. Mijn reputatie hier is in elk geval naar de haaien. Ik werk hier vlakbij, dus ik kom weleens in het hotel als ik een bespreking heb. Maar wat maakt het ook uit?'

'Wat doe je voor de kost?'

'Raad maar,' daagde hij me uit.

'Nou, je draagt een pak met een stropdas, dus ik denk dat we circusartiest alvast kunnen afstrepen.'

'Dat klopt.'

'Die leren aktetas van je komt van pas als je papieren moet meenemen naar een bespreking.'

'Weer raak.'

'En de derde en belangrijkste aanwijzing is dat je rechten studeerde aan Trinity en bezig was met je stage toen ik je voor het laatst zag. Je bent advocaat.'

'Helemaal goed. Je hebt me altijd al goed kunnen doorgronden, hè?' Hij pakte zijn espresso op en keek me over de rand van het kopje geamuseerd aan.

'Misschien wel. Probeer jij het eens bij mij.'

'Hm, dat is een stuk moeilijker. Eens even zien, hoor.'

Toen ik zijn blik langs mijn gezicht en lichaam voelde glijden, moest ik onwillekeurig blozen.

'Aanwijzing nummer één, hoewel vrouwen tegenwoordig meestal een stuk mooier oud worden en hun conditie veel beter op peil houden dan vroeger, geloof ik niet dat je net als je moeder negentien kinderen hebt gekregen, of hoeveel het er ook waren.'

'Zeven, om precies te zijn. Dat klopt. Ga verder.'

'Aangezien je een trouwring draagt, neem ik aan dat je getrouwd bent.'

'Dat was ik. Mijn man is een paar maanden geleden overleden, maar dat kon jij niet weten.'

'Wat naar om te horen. Ik heb ook zoiets meegemaakt toen de vrouw met wie ik al tien jaar samenwoonde overleed. Hoe dan ook, ik weet al dat je al jaren niet meer in Ierland woont, of in Londen, en dat je ook niet in Canada terecht bent gekomen, zoals we van plan waren, want ik heb navraag gedaan. Gezien de omstandigheden waaronder je zevenendertig jaar geleden bent vertrokken, denk ik dat je ergens anders heen bent gegaan. Naar de een of andere uithoek. Australië, misschien.'

'Oef, je bent warm.' Meteen moest ik weer blozen, want ik kreeg het ook warm van hem.

'Nieuw-Zeeland, dan.'

'Juist. Heel goed.'

'Heb je daar misschien verder gestudeerd?' vroeg hij. 'Die kant ging je destijds in elk geval wel op.'

'Helemaal fout. Je bent gezakt, advocaatje.' Ik glimlachte. 'Nee, ik ben samen met mijn man een wijngaard begonnen, midden in de rimboe, op het Zuidereiland.'

'Oké, dat had ik nooit kunnen raden, maar ergens past het wel bij je,' zei hij. 'Ik bedoel, je bent opgegroeid op een boerderij in West Cork. Die lag ook midden in de rimboe en je was het al gewend om op het land te werken. Al is het wel jammer dat je niet verder hebt gestudeerd. Je had veel in je mars, Merry.'

'Dank je. Het heeft niet zo mogen zijn, maar ik zou liegen als ik zei dat ik er nooit spijt van heb gehad dat ik mijn droom niet heb waargemaakt.'

'Troost je, ik heb mijn droom wel waargemaakt, maar daar krijg ik steeds meer spijt van. Begrijp me niet verkeerd, het verdient natuurlijk goed en ik heb een mooi leven.'

'Maar?'

'Na mijn studie besloot ik bedrijfsjurist te worden, omdat daar het meeste geld in te verdienen viel. Ik verhuisde naar Londen en werkte me op tot ik een vaste aanstelling kreeg als adviseur van een grote olie- en gasmaatschappij. Ik ben er vijfentwintig jaar lang elke dag mee bezig geweest om hun te vertellen hoe ze tig miljoen aan belastingvoordeel konden krijgen. Waarschijnlijk niet de juiste beroepskeuze voor een zelfverklaarde geleerde, maar ach, ik heb er een mooi pak van kunnen kopen, nietwaar?' Hij schonk me dat ironische glimlachje van hem.

'Ik dacht dat je als strafpleiter aan de slag wilde?'

'Klopt, maar dat heeft mijn vader me uit het hoofd gepraat. Hij zei dat een vaste baan als bedrijfsjurist me meer zekerheid zou bieden dan wanneer ik me telkens opnieuw zou moeten bewijzen in de rechtbank. Op onze leeftijd heeft iedereen wel ergens spijt van, vrees ik. Op mijn vijfenvijftigste kreeg ik mijn gouden handdruk, dus besloot ik eindelijk iets terug te doen voor de maatschappij en ben ik hier in Belfast terechtgekomen.'

'O? Wat doe je hier dan?'

'Ik werk als adviseur voor wat nu bekendstaat als het Titanic Quarter. Op Queen's Island is een grootschalige wederopbouw aan de gang. Jij zult hier wel niets van weten omdat je al zo lang uit Ierland weg bent, maar de minister van Toerisme, Arlene Foster, heeft onlangs bekendgemaakt dat het Northern Ireland Executive, het bestuur van Noord-Ierland dus, vijftig procent van het benodigde geld voor het Titanic-monument zal inleggen. De overige vijftig procent wordt door de privésector betaald. We hebben een geweldige Amerikaanse architect aangetrokken die hopelijk iets zal ontwerpen wat het scheepsbouwverleden van de stad goed weergeeft. Zoals je vast wel weet, is de Titanic hier gebouwd.'

'Die informatie zat nog wel ergens in mijn achterhoofd, ja. Wauw, dat klinkt heel fascinerend.'

'En een beetje vreemd?'

'Nee, helemaal niet.'

'Nou, je zult nog wel weten dat ik altijd een mix ben geweest, met een Engelse protestantse moeder en een Ierse katholieke vader. Ik ben in Dublin geboren, maar ben in de protestantse traditie van mijn moeders familie gedoopt. Niet dat mijn ouders iets om hun geloof gaven, ze hielden gewoon van elkaar.' Hij haalde zijn schouders op. 'Het fijne is dat ik nu in Engeland heb gewoond en gewerkt, en ook in het noorden en zuiden van Ierland. Nadat ik jaren met mijn identiteit heb geworsteld, vooral gedurende The Troubles, ben ik tot een heel eenvoudige conclusie gekomen. Wie je bent, heeft er vooral mee te maken of je een fatsoenlijk mens bent of niet.'

'Daar ben ik het volkomen mee eens, maar je kunt wel behoorlijk in je persoonlijke ontwikkeling worden geremd als je van kinds af aan wordt geïndoctrineerd met extremistische gedachten, denk je ook niet?'

'Dat is zeker waar. En laten we wel zijn, er zijn maar weinig mensen die geen doel in hun leven nodig hebben, of dat nou hun werk of hun familie is. Ik heb mijn werk veel te lang als mijn doel beschouwd. Nu heb ik in elk geval het gevoel dat ik mijn ervaring kan inzetten om iets goeds te doen voor een stad die wanhopig aan vernieuwing toe was. Als ik daar met mijn kennis en vaardigheden ook maar iets aan kan bijdragen, maakt dat al die saaie jaren de moeite waard.'

'Ik vind het heel erg voor je dat je niet gelukkig was, Peter.'

'O, dat viel wel mee, hoor. Ik speelde gewoon op safe, zoals er door mijn familie in was geramd. Iedereen uit de lagere middenklasse kreeg van zijn ouders te horen dat hij het beste voor een beroep kon kiezen dat financiële zekerheid bood. Arts of advocaat, dat moest je worden. Tenzij je natuurlijk van adel was. Dat waren er ook nogal een paar op Trinity, hè?'

'Nou en of.' Ik grinnikte. 'Weet je nog, die kerel die altijd in zijn Rolls-Royce met open dak door Dublin reed? Lord Sebastian huppeldepup. Het was wel een bekakte bedoening op Trinity, hoor. Met al die rijke stinkerds die daar vooral zaten vanwege het sociale leven en niet om hun graad te behalen.'

'Volgens mij dacht mijn moeder altijd dat ik wel een Iers-Engelse erfgename aan de haak zou slaan en dat we in een tochtig landhuis zouden gaan wonen, omringd door honden en paarden, maar...'

'Ik heb altijd al een hekel aan paarden gehad,' zeiden we in koor, waarop we in de lach schoten.

'Wat is er toch mis met ons, Merry?' Zogenaamd verdrietig liet hij zijn hoofd hangen. 'Ik bedoel, alle Britten en Ieren zijn geobsedeerd door die beesten.'

'Alleen als ze een knecht hebben die ze borstelt tot ze glanzen en die de stal uitmest nadat de rijke stinkerd zijn plezierritje heeft gemaakt.'

'Of wanneer ze de hoofdprijs in handen gedrukt krijgen op de derby, terwijl de trainer en de jockey het harde werk hebben gedaan.' Peter sloeg zijn ogen ten hemel. 'Ach, misschien zijn we gewoon jaloers. We hadden allebei een goed stel hersens, maar kwamen wel uit een arme familie en moesten er hard voor werken. Hoe gaat het eigenlijk met je familie?'

'Met de meesten van hen gaat het goed, al had ik hen tot een paar dagen geleden niet meer gezien sinds ik jou voor het laatst zag. De drank heeft mijn vader meer dan twintig jaar geleden al de das omgedaan, verdrietig genoeg. Hij was een goed mens, maar hij is kapotgegaan aan zijn zware leven. Kortgeleden ben ik er echter achter gekomen dat ze niet mijn biologische familie zijn. Ik ben als pasgeborene bij hen terechtgekomen, maar dat is weer een heel ander verhaal.'

Geschokt keek hij me aan. 'Bedoel je dat je te vondeling bent gelegd?'

'Schijnbaar wel. Ambrose heeft het me verteld. Weet je nog wie dat is?'

'Natuurlijk. Hoe zou ik hem nou kunnen vergeten?'

'Nou, hij en zijn vriend, pastoor O'Brien, hebben de familie O'Reilly overgehaald me te adopteren. Of eigenlijk heb ik de plek ingenomen van het kindje dat ze net verloren hadden. Ze heette Mary.'

'Jeetje, ik weet even niet wat ik moet zeggen.'

'Ik op dit moment ook niet, dus zullen we het er verder maar niet over hebben? Hoe gaat het met jouw familie?'

'Mijn moeder leeft nog, maar mijn vader is een paar jaar geleden gestorven, aan de ouderdom. Volgens mij raakte hij de wil om te leven kwijt toen hij met pensioen ging bij de spoorwegen. Hij was zo dol op zijn werk. Afgezien van mijn moeder heb ik geen familie meer.'

'Heb je geen kinderen?'

'Nee, dat is nog iets waar ik spijt van heb. Maar soms zijn zulke dingen nou eenmaal niet voor je weggelegd. Na het overlijden van mijn vriendin heb ik me laten overplaatsen naar Noorwegen om opnieuw te beginnen en ben ik met een Noors meisje getrouwd. Het hield niet lang stand. Volgens mij heeft de echtscheidingsprocedure nog langer geduurd dan het huwelijk zelf. Maar zo is het leven, hè? Iedereen maakt fouten. Heb jij kinderen?'

'Ja, twee. Een jongen en een meisje.'

'Dan benijd ik je. Wij wilden ook altijd kinderen, weet je nog?'

Toen hij me aankeek, wist ik dat we niet meer om de hete brij heen konden draaien, hoe prettig dat ook geweest was.

'Ja. We hadden al belachelijke namen voor hen uitgezocht.'

'Jij, ja. Wat was het ook alweer? Persephone en Perseus, of zoiets. Ik was ook blij geweest met Robert en Laura.' Hij pakte zijn whiskeyglas en dronk het restje op. 'Dat waren nog eens tijden, hè?'

Daar kon ik geen antwoord op geven. Want ja, dat waren nog eens tijden geweest, maar nu was het tijd om dé vraag te stellen. 'Waarom ben je niet naar me toe gekomen in Londen, zoals je beloofd had?'

'Zo...' Hij keek me aan. 'Daar is-ie dan, de hamvraag.' Hij gebaarde naar de ober dat we nog twee whiskey wilden.

'Heb ik hier nog een borrel bij nodig?'

'Dat weet ik niet, maar ík heb die in elk geval wel nodig.'

'Alsjeblieft, vertel me gewoon wat er is gebeurd. Het is al lang geleden en wat de reden ook was, ik begrijp het heus wel.'

'Ik denk dat je zelf wel kunt uitvogelen wat er gebeurd is, Merry.'

'Kwam het door hem?' Ik dwong mezelf zijn naam uit te spreken. 'Bobby Noiro?'

'Ja. Nadat je naar Engeland was vertrokken, zorgde ik er zoals afgesproken voor dat ik werd gezien in de bar waar hij ons voor het eerst samen had gespot, zodat hij niet zou denken dat ik iets met je verdwijning te maken had. Ik weet niet of hij me gezien heeft, maar de dag voordat ik op de boot naar Engeland zou stappen, stond hij ineens bij mijn ouders op de stoep. Hij moet me vanuit de bar naar huis zijn gevolgd. Hij drukte me tegen de muur, zette een pistool tegen mijn keel en zei dat als ik ook verdween, mijn ouders niet lang genoeg meer zouden leven om erachter te komen waar ik gebleven was. Daar zouden hij en zijn "vrienden" wel voor zorgen, door het huis plat te branden. Hij zei dat hij elke dag in de gaten zou houden of ik 's ochtends van huis ging en 's avonds weer terugkwam. En dat heeft hij ook gedaan, maandenlang.' Hij nam een slok whiskey en slaakte een diepe zucht. 'Hij zorgde er wel voor dat ik hem zag. Wat had ik dan moeten doen? Tegen mijn ouders zeggen dat we het doelwit waren van de IRA? Een terreurgroepering die, zoals we allebei weten en zoals de geschiedenis heeft uitgewezen, geen enkel middel schuwde om te krijgen wat ze wilde?'

'Ik heb drie weken op je gewacht, bij Bridget thuis. En ik heb niets van je gehoord. Waarom heb je me niet geschreven? Waarom heb je me niet laten weten wat er gebeurd was?'

'Dat heb ik wél gedaan, Merry, ik kan het zelfs bewijzen. Hier, kijk zelf maar.' Hij ritste zijn aktetas open en haalde er een stapeltje oude luchtpostenveloppen uit, dat hij aan mij gaf.

Ik staarde naar de bovenste. Mijn naam en het adres in Londen waren doorgekrast en er was in grote letters RETOUR AFZENDER op geschreven.

Daarna keek ik naar het adres dat hij had gebruikt.

'Zie je wel?' Hij wees naar de poststempel. 'Hij is op 15 augustus 1971 afgestempeld. Draai eens om.'

Dat deed ik, en ik zag Peters adres in Dublin, in zijn nette handschrift, met een opmerking eronder. 'Geadresseerde niet bekend op dit adres.'

'Dat is Bridgets handschrift niet,' zei ik. Met gefronst voorhoofd draaide ik de envelop weer om en las het adres nog eens. 'O nee!' Geschokt keek ik hem aan. 'Je hebt het verkeerde adres gebruikt! Bridget woonde niet in Cromwell Gardens, maar aan Cromwell Crescent. Dat heb ik nog gezegd!'

'Wat?! Nee.' Hij schudde zijn hoofd. 'Ik zweer het, Merry. Toen je je spullen aan het pakken was, zei je dat ze in Cromwell Gardens woonde. Dat staat in mijn geheugen gegrift. Hoe zou ik dat nou kunnen vergeten? Dat adres was onze enige manier om met elkaar te kunnen communiceren. Ik zweer dat je zei dat ze in Cromwell Gardens woonde...'

'En ik zweer dat ik Cromwell Crescent heb gezegd.'

Ik dwong mezelf terug te denken aan die avond, toen Bobby bij me was langsgekomen en mij en mijn dierbaren had bedreigd. Een uur later had Peter voor de deur gestaan en had ik hem mee naar mijn kamer genomen om te vertellen dat we de vorige avond door Bobby in een pub waren gezien. Ik had hysterisch gesnikt en god weet wat in een koffer gepropt.

'Heb ik het niet voor je opgeschreven? Dat moet toch wel?' Wanhopig probeerde ik me te herinneren hoe het precies was gegaan. Ik had tegen hem gezegd dat ik de volgende ochtend de veerboot zou nemen en bij Bridget in Londen zou gaan logeren, en het adres herhaald dat zij me had gegeven toen ik haar gebeld had.

'Merry, jij weet net zo goed als ik dat je dat niet hebt gedaan. Je was in alle staten, en ik eerlijk gezegd ook.' Met een diepe zucht voegde hij eraan toe: 'Een van ons heeft zich die avond dus vergist.' Hij haalde zijn schouders op. 'Sindsdien heb ik me altijd afgevraagd of die maniak je te pakken had gekregen, vermoord en in de Liffey gegooid, of dat je gewoon had besloten dat het beter was om het uit te maken.'

'Je weet heus wel dat ik het nooit uitgemaakt zou hebben, Peter! We waren in het geheim verloofd, we hadden allerlei plannen om een nieuw leven te beginnen in Canada... Het liep alleen anders vanwege Bobby en zijn dreigementen. Ik dacht juist dat jij je had bedacht. Vanwege Bobby kon ik niet meer terug naar Ierland, dus moest ik verdergaan. In mijn eentje.'

'Dus je bent naar Toronto gegaan, zoals we hadden gepland?'

'Ja. Nadat ik eerst de overtocht drie keer had uitgesteld in de hoop dat jij nog zou komen. De vierde keer... Nou ja, toen ben ik aan boord gegaan.'

'Hoe was het? In Canada, bedoel ik.'

'Verschrikkelijk,' gaf ik toe. 'Ik ben naar de Ierse wijk in Toronto gegaan, zoals we hadden afgesproken. Cabbagetown, werd het daar genoemd. Het was niet veel meer dan een sloppenwijk en er was geen werk te vinden, behalve dan als ik mijn lichaam had willen verkopen. Ik liep er een meisje tegen het lijf dat had gehoord dat ze in Nieuw-Zeeland op zoek waren naar jonge arbeidskrachten en dat er werk in overvloed was, dus heb ik mijn laatste spaargeld gebruikt om met haar mee te gaan.' Ik keek naar de brief die ik nog steeds in mijn handen had. 'Mag ik hem openmaken?'

'Natuurlijk. Hij is tenslotte voor jou.'

Ik keek er nog eens naar, en daarna weer naar hem. 'Misschien wacht ik nog maar even. Wat staat erin?'

'Wat ik net tegen je heb gezegd, dat Bobby bij me thuis was geweest en had gedreigd het huis van mijn ouders plat te branden. Dat ik naar de politie was gegaan om te vertellen over Bobby en zijn dreigementen en dat ze hadden gezegd dat ze ernaar zouden kijken. Ik hoopte dat ze hem zouden meenemen voor verhoor en dat er een aanklacht zou komen wegens bedreiging, maar ik wist niet eens waar hij woonde.'

'Als ik het me goed herinner, woonde hij in een kraakpand, met zijn "kameraden".'

'Precies. Dus ik schreef dat ik voorlopig nog niet naar Londen kon komen, maar dat ik je zo vaak mogelijk zou schrijven.' Verdrietig schudde hij zijn hoofd. 'In de tijd waarin we nu leven lijkt het belachelijk dat mijn ouders niet eens een vaste telefoonaansluiting hadden, gewoonweg omdat ze zich die niet konden veroorloven. In alle hectiek heb ik je niet eens mijn adres gegeven. Ik zei dat ik het je zou schrijven, en dat heb ik ook gedaan.' Hij gebaarde naar de stapel brieven.

'Zo zie je maar...' zei ik zacht.

'Ik heb er alles aan gedaan om je op te sporen, Merry. Ik ben naar Ambrose gegaan, die vertelde dat je een in het Grieks geschreven briefje voor hem had achtergelaten waarin stond dat je wegging. Hij wist net zo veel als ik.'

'Jeetje, Peter... Ik weet niet wat ik moet zeggen. Maar zelfs al had je geweten waar ik was, hoe had het dan gemoeten? Je kon daar niet weg zolang je ouders gevaar liepen. Daar ging het juist om. Bobby had gedreigd om iedereen van wie ik hield te vermoorden. En ik geloofde hem.'

'Nee, maar toen de gemoederen hier steeds verder verhit raakten, durfde mijn moeder niet meer in Ierland te blijven. Er gingen continu bommen af in Belfast en zelfs in Dublin was het niet veilig. Door hun "gemengde" huwelijk waren mijn ouders toch al kwetsbaar, dus heeft ze mijn vader overgehaald naar Engeland te verhuizen. Ik ben met hen meegegaan naar Maidenhead, waar mijn moeder nog familie had wonen, en vond een notariskantoor waar ik mijn stage kon afmaken. Natuurlijk ben ik toen naar Londen gegaan, naar Cromwell Gardens, maar daar zeiden ze dat ze nog nooit van jou of Bridget gehoord hadden. Ik werd bijna gek van bezorgdheid.' Hij schonk me weer zo'n ironisch lachje. 'Een paar weken later hoorde ik dat een gek die Bobby Noiro heette het oude huurhuis van mijn ouders had platgebrand en dat hij achter slot en grendel zat.'

'Een paar dagen geleden heeft zijn zus me verteld dat hij in de gevangenis is beland omdat hij het huis van een protestants gezin had platgebrand, maar het was niet bij me opgekomen dat dat jouw ouderlijk huis zou kunnen zijn.'

'Gelukkig zijn er geen gewonden gevallen,' verzuchtte hij. 'Hij was echt gestoord, hè? Net als zijn vriendjes bij de IRA.'

'Gestoord was hij zeker, alleen had hij helemaal geen vrienden bij de IRA.' Ik zuchtte en voelde me opeens uitgeput. 'Wat een zootje. Eén stom woordje dat verkeerd is gezegd of verstaan, en hier zitten we dan, zevenendertig jaar later, terwijl we al die tijd van elkaar dachten... Nou ja, ik heb me van alles in mijn hoofd gehaald.'

'Ik ook. Toen Bobby Noiro achter slot en grendel zat, hoefde ik me over mijn familie in elk geval geen zorgen meer te maken, maar ik was wel ongerust over jou. Ik ben je nooit vergeten, Merry... Een jaar na de brand raadde iemand op mijn werk me aan een privédetective in te huren. Toen ben ik gaan sparen en heb ik een bedrijf in de arm genomen dat in Londen en Canada naar je op zoek is gegaan. Eerlijk gezegd ging ik van het ergste uit. Je was spoorloos verdwenen.'

'Het spijt me, maar ik moest mijn dierbaren beschermen. Ik heb pas een paar dagen geleden gehoord dat Bobby gevangen was genomen, toen zijn zus het me vertelde. Als ik dat had geweten, was ik misschien wel teruggekomen. Wie weet hoe het dan was gelopen.'

Er viel een stilte waarin we allebei opgingen in onze gedachten aan het verleden en hoe het had kunnen zijn.

'Zo te horen heb je in elk geval een goed leven gehad. Was je gelukkig?'

'Ja, volgens mij wel. Ik ben met een schat van een man getrouwd, Jock. Hij was een stuk ouder dan ik en als ik heel eerlijk ben, denk ik dat ik vooral voor hem viel omdat ik me veilig bij hem voelde. Maar na verloop van tijd ben ik echt van hem gaan houden en toen hij een paar maanden geleden overleed, was ik daar kapot van. We zijn meer dan vijfendertig jaar samen geweest.'

'Veel langer dan mij ooit gelukt is,' zei hij met een wrang glimlachje. 'Maar ik ben blij dat je iemand gevonden hebt die veel om je gaf, echt waar.'

'Ik gaf ook veel om hém. Toen de kinderen erbij kwamen, was ik tevreden. Ja, zo zou je het wel kunnen zeggen,' zei ik, vooral tegen mezelf. 'Maar ik zie nu ook in dat ik me in emotioneel opzicht nooit helemaal aan hem gegeven heb, vanwege jou. Bij mijn kinderen heb ik gezien dat een eerste liefde heel overweldigend en hartstochtelijk kan zijn, maar dat zo'n liefde meestal vanzelf weer overgaat. Bij ons is dat nooit gebeurd, integendeel zelfs. Ik heb me altijd afgevraagd hoe het had kunnen zijn. Het was een soort verboden liefde, omdat jij protestants was en ik katholiek, en dat in het Ierland van die tijd. Om over Bobby nog maar te zwijgen... Het had wel alle kenmerken van een episch liefdesverhaal, hè?'

'Ja, het heeft me mijn hele leven niet meer losgelaten,' gaf hij toe. 'Sinds ik je brief heb ontvangen, heb ik nog amper een oog dichtgedaan en kan ik me niet goed concentreren. Toen je me belde en ik je stem weer hoorde, kon ik bijna geen woord uitbrengen, dus sorry als ik afstandelijk klonk. Op het moment dat ik je vanmorgen zag, in levenden lijve, zoals je naar die kroonluchter stond te kijken, vroeg ik me echt af of ik droomde.'

'Vertel mij wat, ik was doodsbang! Hoewel we uiteindelijk maar een half jaar samen zijn geweest, en nooit publiekelijk. We hebben elkaars familie niet eens ontmoet.'

'Nou, misschien weet je nog wel dat ik wel van plan was je aan mijn ouders voor te stellen. Die zouden er geen enkel probleem mee hebben gehad dat je katholiek was, aangezien ze zelf ook ieder een ander geloof hadden. Ik neem het mezelf al zevenendertig jaar kwalijk dat ik die avond het hoofd niet koel heb gehouden. Ik had je het telefoonnummer van mijn werk moeten geven, maar dat is niet eens in ons opgekomen.'

'Nee,' verzuchtte ik. 'Ik was totaal in shock, dus ik zal je wel het verkeerde adres hebben gegeven. In Londen heb ik wel een paar keer op het punt gestaan om Ambrose te bellen vanuit een telefooncel, om te vragen of hij iets van je gehoord had, maar elke keer schoot het me weer te binnen dat Bobby had gedreigd hem iets aan te doen en durfde ik het risico niet te nemen. Als hij had geweten waar ik was, had Bobby dat zeker uit hem geslagen. Het leek me het veiligst om helemaal geen contact met hem te zoeken, zodat hij niets te vertellen had. Het was simpelweg nooit in me opgekomen dat je niet zou komen.' Ik haalde mijn schouders op. 'Zo simpel is het.'

Peter nam een slok whiskey en keek me aan. 'Soms vraag ik me af of het zou hebben standgehouden tussen ons.'

'Dat zullen we nooit weten, hè?'

'Jammer genoeg niet. Wilde je vandaag met me afspreken om het af te kunnen sluiten, zoals ze dat tegenwoordig zeggen?'

'Ja, ik ben uit Nieuw-Zeeland weggegaan met de missie om jou en Bobby op te sporen. Het werd tijd, als je begrijpt wat ik bedoel.'

'Ik begrijp het. Jij bent echt iedereen van wie je hield kwijtgeraakt toen je vertrok, hè?'

'Ja, maar vergeet niet dat ik Bobby al kende sinds ik een klein meisje was en dat ik altijd al bang voor hem was omdat hij zo geobsedeerd was door de Ierse revolutie en door mij. Achteraf blijkt dat we dezelfde voorouders hadden. Onze grootmoeders waren zussen, maar zij waren tijdens de burgeroorlog van 1922 van elkaar vervreemd geraakt, zoals wel meer families in die tijd. Psychische aandoeningen blijken in de familie te zitten. Ik wist al dat Bobby's vader mentale problemen had en zelfmoord had gepleegd, maar volgens zijn jongere zus Helen is hun oudoom Colin in een gesticht beland. Daarom heeft ze nooit kinderen gewild, omdat ze de aandoening die Bobby en zijn voorvaderen hadden niet aan de volgende generatie wilde doorgeven. Dat hij lid was van de IRA, was maar gezwets. Het kwam allemaal voort uit zijn psychose. Achteraf is het best triest.'

'Psychose of niet, hij was wel levensgevaarlijk en heel gewelddadig. Ik ben een aantal jaar geleden trouwens nog bij hem op bezoek geweest in St Fintan's.'

'Echt? Jeetje, jij durft.'

'Nou, hij zat vastgeketend aan een ijzeren stang aan de tafel en er waren twee potige bewakers bij. Volgens mij wilde ik ook proberen het verleden te laten rusten, nadat hij me doodsbang had gemaakt en had gedreigd mijn familie te vermoorden. Toen ik wegging, had ik medelijden met hem. Ik weet nog dat ik dacht dat hij dood beter af was geweest dan daar, in die hel op aarde. Hij was zo onder invloed van de medicijnen dat hij amper zijn eigen naam nog wist. Maar ja, gedane zaken nemen geen keer. Je kunt beter naar de toekomst kijken dan naar het verleden, vind je ook niet? Zeg eens, hoe lang blijf je nog in Belfast?'

'Alleen voor deze afspraak. Daarna neem ik de trein terug naar Dublin, om nog even bij Ambrose te kunnen zijn, en dan ga ik weer naar West Cork om de banden met mijn familie aan te halen.'

'Dat klinkt heel fijn. Je hebt er lang genoeg op moeten wachten.'

'Tja, we hadden al een grote familie, maar nu heeft iedereen ook nog eens zelf een gezin gesticht, dus het zal wel een paar weken duren voordat ik iedereen heb opgezocht.' Ik glimlachte.

'En daarna?'

'Ik heb geen idee. Eerlijk gezegd heb ik niet verder gedacht dan onze afspraak van vandaag. Uiteindelijk zal ik wel weer teruggaan naar Nieuw-Zeeland.'

'In dat geval...' Hij keek op zijn horloge en toen weer naar mij. 'Heb je zin om samen te lunchen? Ik ben heel benieuwd naar je leven en de reis die je de afgelopen weken hebt gemaakt.'

'Oké,' zei ik glimlachend. 'Waarom niet?'

53

Onderweg van Genève naar Nice

De privéjet maakte een zachte landing op het vliegveld van Nice, terwijl de inzittenden ofwel verwachtingsvol ofwel angstig door de raampjes naar buiten keken.

'We zijn geland,' zei Maia tegen Valentina, die op de stoel tegenover haar in de veiligheidsriem zat en met grote ogen de armsteunen bleef vastklampen. 'Hoe vond je het?' vroeg ze in het Portugees.

'Het grotere vliegtuig vond ik prettiger, maar dit is ook fijn,' zei ze beleefd.

Ally zat tegenover Floriano, met Bear in zijn kindergordel op haar schoot. Ze was apetrots op hem, want hij had niet één keer gehuild.

'De truc is om hem tijdens het opstijgen en dalen een flesje te geven, want door de zuigbeweging heeft hij niet zo'n last van de druk op zijn oortjes,' had Ma haar voor het instappen op het hart gedrukt. En inderdaad, het had gewerkt.

Terwijl het vliegtuig langzaam tot stilstand kwam, was Ally op van de zenuwen. Nu was het nog maar een klein stukje rijden naar de majestueuze Titan, die iets buiten de haven lag te wachten tot de laatste gasten er met de sloep naartoe werden gebracht.

Aan boord zouden ze worden opgewacht door Star, Mouse en zijn zoon Rory. En door Mary-Kate en Jack.

Haar maag keerde zich zowat om en haar gezicht betrok bij de gedachte aan de blik in zijn ogen wanneer hij haar met Bear zou zien. Alweer een leugen...

'Ach, wat kan mij het ook schelen,' fluisterde ze tegen Bear, terwijl ze zijn tuigje losmaakte en hem in zijn draagzak tilde.

De deuren werden geopend en het vriendelijke grondpersoneel heette hen allemaal welkom in Nice. Ma liep naar de voorkant van de cabine en begroette de medewerkers, terwijl Floriano en Charlie, die gisteravond samen met Tiggy was aangekomen op Atlantis, iedereen hielpen hun tassen te pakken.

Ma werd door het grondpersoneel de trap af geholpen, gevolgd door CeCe en Chrissie.

'Kan ik jou ergens mee helpen, Ally?' vroeg Charlie.

'Zou je die luiertas voor me kunnen dragen?'

'Natuurlijk.'

Omdat hij een paar maanden geleden had geholpen toen ze Bear op de wereld moest zetten, voelde ze zich nu getroost door zijn aanwezigheid.

'Gaat het wel?' vroeg Tiggy aan haar toen Charlie de trap af ging en ze alleen achterbleven in de cabine.

'Ja, hoezo?'

'Maak je maar niet druk.' Glimlachend knikte ze naar Bear. 'Jack zal het echt niet erg vinden, dat beloof ik je. Zo, gaan jullie maar voor.'

Ally stapte het prachtige licht, de warmte en de geur in die zo typisch waren voor de Côte d'Azur, en Tiggy sloot de rij. Na een korte wandeling langs de paspoortcontrole werd hun bagage in twee limousines geladen, waarna ze de privéterminal achter zich lieten en zich bij het verkeer van Nice voegden.

'Waar is Electra?' vroeg Ally aan Maia. 'Zij zou toch ook hiernaartoe komen?'

'Ik kreeg net een berichtje van haar dat haar vliegtuig vroeger geland is en dat Miles en zij meteen zijn doorgereden naar de haven.'

'Dus ze heeft haar vriend meegenomen, wat fijn,' merkte Ma op.

'Zeker.' Maia sloeg een beschermende arm om Valentina heen en glimlachte naar Floriano, die tegenover hen zat.

Veertig minuten en heel wat verkeersdrukte later kwamen ze aan bij de Port de Nice. Ally's hart klopte in haar keel en ze zat vol met tegenstrijdige emoties. Als kind en als jonge vrouw had ze elk jaar enorm uitgekeken naar de zomerreis op de Titan met haar zussen en haar vader. Inmiddels was de persoon van wie ze het allermeest had gehouden er niet meer, net zomin als Theo, die deze reis nooit had mogen meemaken. Toch wachtte er iemand op haar, iemand die veel belangrijker voor haar was dan hij zou moeten zijn.

Ze riep zichzelf tot de orde en draaide zich naar Ma toe. 'Zou Georg er ook zijn?'

'Ik hoop het wel. Volgens zijn secretaresse zouden we hem aan boord zien.'

'Maak je alsjeblieft niet druk, Ally.' Maia leek te voelen hoe gespannen ze was en stak haar hand naar haar uit. 'Iedereen komt heus wel.'

'Je zult wel gelijk hebben, maar het voelt wel raar, hè?' Ze zuchtte.

'Het is inderdaad anders dan anders, en ook verdrietig, omdat dit normaal gesproken het moment was waarop we Pa allemaal weer zagen. Maar we moeten proberen stil te staan bij zijn leven en alle positieve dingen die ons het afgelopen jaar zijn overkomen.'

'Dat weet ik ook wel,' zei Ally een beetje geïrriteerd. Ze voelde zich betutteld door haar oudste zus. Al sloeg dat nergens op, want de afgelopen weken was Maia juist heel lief voor haar geweest. 'Waar zien we iedereen?'

'Aan boord. Alles is geregeld, zoals altijd.'

De twee limousines reden door de haven naar een aanlegsteiger, waarbij twee sloepen lagen die hen naar de Titan zouden brengen. In dit jaargetijde lag de haven vol met dobberende bootjes en waren veel grotere boten en schepen in de baai voor anker gegaan.

Toen Ally uitstapte, daalde de warmte als een deken over haar heen. Ze trok Bears zonnehoedje over zijn ogen.

'*Bienvenue à bord du Titan.*' Hans, die al zolang Ally zich kon herinneren de kapitein van de Titan was, begroette hen terwijl hun bagage door twee keurig in het wit uitgedoste dekknechten werd uitgeladen. Iedereen kreeg een verkoelende handdoek aangeboden en werd over de aanlegsteiger naar de sloepen gevoerd.

'Zal ik je een arm geven, Ma?' Charlie schoot haar te hulp toen ze probeerde het trapje af te dalen.

'Graag. Ik had beter mijn pumps thuis kunnen laten en een paar gymschoenen kunnen aantrekken,' zei ze, net als elk jaar.

Zodra iedereen aan boord was van de sloepen, werden de motoren gestart en begon het tochtje naar de Titan.

'Wauw,' zei Chrissie toen ze de haven uit voeren, richting de blauwe Middellandse Zee. 'Hier kan ik wel aan wennen!'

'Geef me die verrekijker eens aan, Ally!' riep CeCe naar de voorkant van de sloep.

'De Titan ligt daar.' Ally gaf haar de verrekijker.

CeCe stelde hem scherp en gaf hem aan Chrissie, die er enthousiast doorheen keek.

'Jeetje! Dat meen je toch zeker niet? Dat is geen boot, dat is een cruiseschip!'

'Ja, hij is behoorlijk groot,' beaamde CeCe toen ze dichterbij kwamen.

'Dat zou mijn vader nou een letterlijke zuipschuit noemen,' zei Charlie tegen Tiggy.

'Ik weet niet of dat complimenteus bedoeld is, maar er worden aan boord inderdaad wel de nodige gin-tonics genuttigd.' Tiggy grijnsde.

'Voordat ik gisteravond op Atlantis aankwam en voordat ik die boot net zag, had ik geloof ik niet helemaal door hoe rijk je vader was.'

'Dat was hij zeker.'

'Weet je dat ik daar heel blij van word?'

'Hoe bedoel je?'

'Mijn ex zou er heel wat voor over hebben gehad om met zo'n boot een cruise te mogen maken over de Middellandse Zee. En nu blijkt dat "de betaalde hulp", zoals ze je altijd noemt, is grootgebracht door een vader die zo'n boot heeft.' Hij grinnikte. 'Ik stel voor dat we veel foto's maken en die laten rondslingeren als Ulrika de volgende keer Zara komt ophalen, puur om haar te pesten.'

Terwijl ze op gelijke hoogte met de Titan kwamen, keek Tiggy er eens goed naar en drong het tot haar door dat de boot er inderdaad indrukwekkend uitzag. Het ruim zeventig meter lange superjacht van Benetti rees vier verdiepingen hoog op uit het water, de scheepsmast torende omhoog naar de wolkeloze azuurblauwe lucht.

Een dekknecht hielp Ma als eerste aan boord, gevolgd door de overige passagiers.

Ze werden begroet door twee opgetogen gezichten.

'Hoi, allemaal! Star en ik overwogen al om zonder jullie te vertrekken, maar daar zijn jullie dan!' zei Electra, zoals altijd beeldschoon zonder er moeite voor te hoeven doen, in een kort spijkerbroekje en een T-shirt.

'Dat korte haar staat je goed,' zei Maia toen het haar beurt was om haar te omhelzen.

'Ach, ik ben in allerlei opzichten een ander mens geworden. Kom, dan stel ik jullie voor aan Miles.'

'Jullie zijn er!' riep Star achter haar, toen CeCe en Chrissie aan boord stapten. Ze sloeg haar armen om hen heen. 'Wat fijn jullie te zien. Hoi, Tiggy. En dit is?'

'Charlie. Leuk je te ontmoeten, Star.' Hij schudde haar de hand.

'Insgelijks, Charlie,' zei Star glimlachend. 'Dit is Mouse, mijn wederhelft. Zo, neem lekker een glas champagne en maak het jullie gemakkelijk. Rory, de zoon van Mouse, is een kwartier geleden met onze eerste stuurman meegegaan om de brug te bekijken en sindsdien hebben we hem niet meer gezien.'

Op het zonnedek met het comfortabele, met canvas beklede meubilair was het opeens een drukte van belang. Een eindje bij haar zussen en hun partners vandaan zag Ally vanuit haar ooghoek Jack staan, met een jonge blonde vrouw.

'Oké, Bear,' fluisterde ze tegen de baby, die rusteloos begon te worden in zijn draagzak. 'Daar gaan we dan.' Ze liep naar hen toe. 'Hoi, Jack, hoe gaat het?'

'Goed. Dit is Mary-Kate, mijn zusje, en...' Met een verraste blik in zijn ogen keek hij naar Bear. 'Wie is dit kereltje?'

'Mijn zoontje, Bear. Hij is vier maanden.'

'Hoi, Ally, wat leuk je te ontmoeten,' zei Mary-Kate. 'Jacko heeft me al een heleboel over je verteld. En o...' Ze keek naar de kronkelende Bear. 'Wat een schatje! Vind je ook niet, Jacko?'

'Dat is hij zeker, ja.'

'Hij krijgt het te warm in zijn draagzak,' legde Ally uit. 'Zou jij hem er misschien uit willen tillen, Mary-Kate?'

'Laat mij maar.' Jack stak zijn grote handen in de draagzak en trok Bear eruit. 'Zo, mannetje. Dat is beter, hè?' Over Bears hoofd heen keek hij Ally vragend aan.

'Jacko kan heel goed met kinderen overweg,' zei Mary-Kate. 'Toen hij achttien was, verdiende hij wat bij als oppas bij een van onze buren.'

'Ja, ik weet ook niet waar ik dat aan verdiend had,' zei hij gekscherend. 'Trouwens, het begint hier nogal te stinken, dus ik vermoed dat hij een volle luier heeft. Alsjeblieft, moeders.' Grinnikend gaf hij Bear terug aan Ally.

'Dank je. Ik ga even naar beneden om hem te verschonen.' Over het dek riep ze: 'Maia! Kom even kennismaken met Jack en Mary-Kate.'

Toen haar zus de regie had overgenomen, liep Ally naar de grote salon, waar de slaapkamerindeling al op een prikbord hing.

‘Dek drie, suite vier,’ las ze op, en ze liep de trap af naar haar hut.

Nadat ze Bear had verschoond en hem snel de borst had gegeven, liep ze de gang weer op, waar ze Georg haar tegemoet zag lopen. Hij was nog steeds gekleed in een pak met een stropdas, was aan het bellen en zag er gejaagd uit. Toen hij haar in het oog kreeg, zei hij iets in het Duits en verbrak de verbinding. ‘Ally! Hoe gaat het?’

‘Prima, dank je. Hoe gaat het met jou?’

‘Het gaat… goed. Het spijt me dat ik er de afgelopen weken niet was. Ik moest… het een en ander regelen.’

Toen Ally hem eens goed bekeek, vond ze hem er plotseling ouder uitzien. Zijn huid was grauw en zijn ingevallen wangen deden vermoeden dat hij was afgevallen sinds ze hem voor het laatst had gezien. ‘Ik ben blij dat je er bent, Georg. Je ziet er moe uit, als ik zo vrij mag zijn. Hopelijk kun je nu iets gemakkelijks aantrekken en tot rust komen.’

Net toen ze met Bear de trap op wilde lopen naar de anderen, legde Georg zacht een hand op haar schouder. ‘Ally, zou ik even met je kunnen praten? Onder vier ogen?’ Hij gebaarde naar de deur die uitkwam op wat ze de Wintersalon noemden, een knusse woonkamer die alleen bij slecht weer gebruikt werd.

‘Natuurlijk.’

Georg deed de deur naar de salon open en ze gingen ieder op een bank aan weerszijden van een lage tafel zitten. De patrijspoorten boden een prachtig uitzicht op de Middellandse Zee.

‘Wat is er, Georg?’

‘Nou, ik heb net kennisgemaakt met Jack en Mary-Kate, maar het schijnt dat Mary-Kate niet de Mary McDougal is die jullie oorspronkelijk zochten?’

‘Nee, ze is geadopteerd door haar moeder, die ook Mary McDougal heet, al noemen de meeste mensen haar Merry.’

‘Argh!’ riep hij gefrustreerd uit. ‘Dat hadden we… Dat had ik niet voorzien. Ik had alleen begrepen dat Mary gevonden was en mee zou gaan op de cruise.’

‘Ja, maar de afgelopen dagen heeft Mary-Kate contact gelegd met haar biologische moeder en zijn ze erachter gekomen dat haar moeder Merry ook geadopteerd is.’

‘Even voor de duidelijkheid.’ Hij haalde een in leer gebonden notitieboekje en een vulpen uit de binnenzak van zijn jasje. 'Hoe oud is Mary-Kate, de dochter?'

'Tweeëntwintig.'

'Waar is ze geboren?'

'In Nieuw-Zeeland.'

'En ze is er nog maar net achter gekomen wie haar biologische ouders zijn? Komen die ook uit Nieuw-Zeeland?'

'Ik geloof het wel, ja.'

'Hoe oud is haar moeder?'

'Achtenvijftig.'

'En zij is er nog maar net achter gekomen dat ze geadopteerd is?'

'Ja. Ze blijkt de plaats van een overleden baby te hebben ingenomen en is grootgebracht als deel van het gezin, nadat ze te vondeling was gelegd.'

'In het zuidwesten van Ierland?'

'Ja. We hebben nog geprobeerd contact met je op te nemen, omdat we meer informatie nodig hadden over Mary McDougal en wie van de twee het kon zijn, maar we hoorden maar niets van je. Op een gegeven moment was Maia toevallig in de tuin van Pa en zag ze dat er coördinaten waren toegevoegd aan Meropes ring op het armillarium. Die heb ik opgezocht via Google Earth. Ze bleken te verwijzen naar een groot, oud huis, vlak bij de plek waar Merry voor de deur van een pastorie in West Cork is achtergelaten.'

'Ik...' Verschrikt keek hij haar aan. 'Je bedoelt dat jullie die coördinaten nog maar net hebben gezien?'

'Ja. Als ik thuis was, ging ik weleens op het bankje onder de rozenboog zitten om naar het armillarium te kijken, maar ik heb er nooit meer van dichtbij naar gekeken.'

'*Mein Gott*!' Hij sloeg op de tafel. 'Ally, die coördinaten staan er al maanden op. Ik heb zelf de opdracht gegeven om ze erin te graveren, een paar weken nadat we het armillarium allemaal voor de eerste keer hadden gezien. Het verbaast me dat ze jullie geen van allen zijn opgevallen. En toen ik bij jullie was... Toen werd ik gebeld, zoals je nog wel zult weten, en moest ik er plotseling vandoor.'

'Hoe zouden we dat gezien moeten hebben? Maia was in Brazilië en de rest van ons is maar zelden thuis geweest. Als we er al waren, keken we alleen naar onze eigen ring.'

'Dat is dan mijn schuld,' zei hij. 'Ik ging ervan uit dat jullie het hadden gezien. Eerlijk gezegd was ik er niet helemaal bij met mijn hoofd. Maar waarom is die Merry hier dan niet, met haar zoon en dochter?'

'Volgens Jack wilde ze niet komen.' Ze haalde haar schouders op. 'Ik weet niet precies waarom. Georg?'

'Ja?' Hij was opgestaan en ijsbeerde nu door de salon.

'Dus de moeder van Mary-Kate, Merry, is echt onze missende zus?'

'Voor zover ik weet wel, maar na al die moeite is ze er niet bij! En de ring ook niet. Dit is allemaal mijn schuld, Ally. De afgelopen weken was ik nogal... afgeleid, maar ik had moeten zeggen hoe oud ze was en moeten vragen of jullie de coördinaten op het armillarium wel hadden gezien. Alleen had ik nooit verwacht dat er twéé Mary McDougals zouden zijn. Ik... Argh!'

Ally keek naar hem. De man die tot nu toe zo koel en beheerst had geleken, die nooit zijn emoties had getoond. Op dit moment leek hij echter volkomen over zijn toeren. 'Wist jij wie de eigenaar was van dat oude huis in West Cork?' vroeg ze door.

Hij draaide zich om, staarde haar aan en knikte. 'Ja.'

'Waarom heb je dat dan niet tegen ons gezegd?'

'Omdat... Omdat... Omdat ik zoals altijd gewoon deed wat me was opgedragen, Ally...' Hij ging weer tegenover haar zitten en bette zijn bezwete voorhoofd met zijn zakdoek. 'Als ik het had verteld, had ik bepaalde... leden van de familie misschien overstuur gemaakt. Het was het beste als jullie, of liever gezegd Mary McDougal, er zelf achter zouden komen.'

'Omdat Maia een kind heeft gekregen van Zed Eszu, bedoel je? En omdat hij geprobeerd heeft Tiggy en Electra te verleiden?'

'Precies. Maar toch is dit allemaal mijn fout. Ik moet het meteen rechtzetten.'

'Waarom? Ik bedoel...' Haar hoofd tolde. 'Hoe dan?'

'Waar is Merry nu?'

'Volgens Jack is ze in Ierland gebleven om tijd met haar familie door te brengen.'

'Dus ze is nog steeds in West Cork?'

'Nee, ik geloof dat ze met Jack en Mary-Kate is meegegaan naar Dublin, maar dat kunnen we wel aan hem vragen. Kennelijk woont haar peetoom daar, ene Ambrose.'

'Goed, dan moet ik dit meteen oplossen, voordat het te laat is. Neem me niet kwalijk.'

Ally keek hem na terwijl hij de salon uit beende.

54

Merry
Belfast, Noord-Ierland

‘Wil je nog wijn? Of misschien een Irish coffee, als afzakkertje? Het is vast al lang geleden dat je een Irish coffee hebt gedronken,’ zei Peter vanaf de andere kant van het tafeltje tegen me.

‘Dat klopt, in elk geval tot een paar dagen geleden, toen ik mezelf en de kinderen erop getrakteerd heb in West Cork. Maar ik moet je teleurstellen. Ik heb al veel meer gedronken dan me lief is, zeker zo vroeg op de dag. Straks lig ik de hele middag te slapen.’

‘Ach, het gebeurt ook niet elke dag dat je na zevenendertig jaar weer een verloren liefde tegen het lijf loopt, hè?’

‘Nee.’ Ik glimlachte.

‘Het was heel fijn je weer te zien, Merry. Al moet ik toegeven dat ik er vreselijk tegen opzag.’

‘Dan was je niet de enige, maar het was inderdaad heel fijn. Alleen moet ik er nu echt vandoor. Het is al half vier en ik moet nog terug naar Dublin.’

‘Kun je niet nog een nachtje blijven?’

‘Nee, ik heb Ambrose beloofd dat ik terug zou komen. Aangezien hij bang is dat ik weer met de noorderzon vertrek, zal ik wel moeten. Het was niet eens mijn bedoeling om zo lang te blijven.’

‘Weet hij waar je bent?’

‘Natuurlijk. Ik heb hem gevraagd je op te sporen, nadat ik in Ierland, Engeland en Canada geen gegevens van je had kunnen vinden. Hij stelde voor contact op te nemen met een oud-student van hem die op de administratie van Trinity werkt, om te kijken of je nog steeds geabonneerd was op *Trinity Today*, het tijdschrift voor alumni. Hij heeft de abonneegegevens erop nageslagen en daar stond je, met een adres in Belfast!’

‘Knap speurwerk.’ Hij gebaarde om de rekening. ‘Echt jammer dat je niet langer kunt blijven, want ik had je graag meer van de stad laten zien. Het is een wereld van verschil met wat je van de televisie kent, uit de jaren zeventig en tachtig. De stad bloeit op en als het Titanic Quarter eenmaal af is, wordt het echt een toeristische trekpleister.'

'Daar ben ik blij om, ook omdat het betekent dat de oude wonden beginnen te genezen.' Ik pakte mijn portemonnee en stak hem mijn creditcard toe. 'Zullen we de rekening delen?'

'Doe niet zo raar, Merry. Ik heb al zo lang moeten wachten om je mee uit lunchen te nemen. Trouwens, jij hebt de whiskey en mijn koffie met croissant van vanochtend al op je hotelrekening laten zetten.'

Ik ging overstag. Tien minuten later liepen we het restaurant uit en wandelden we langs St Anne's Cathedral.

'Heel indrukwekkend,' merkte ik op. 'Wat is die lange stalen pijp die er aan de bovenkant uit steekt?'

'Dat is de Spire of Hope, die is vorig jaar pas toegevoegd. 's Avonds is hij verlicht. Ik vind hem prachtig, ook door het idee erachter. Merry?'

'Ja?'

'Ik... Ik bedoel, het is natuurlijk aan jou, maar ik zou je heel graag nog eens zien voordat je weer naar Nieuw-Zeeland gaat. Vandaag was gewoon... Nou ja, fantastisch. Het voelde zo goed om weer net zo met je te kunnen lachen als vroeger.'

'Dat vond ik ook. Zoals ik al zei, heb ik nog geen vastomlijnde plannen en ben ik nog steeds bezig het verlies van Jock te verwerken, dus...'

'Dat begrijp ik,' zei hij toen we het hotel in liepen. 'Maar deze keer gaan we onze mobieltjes erbij pakken en nummers en e-mailadressen uitwisselen en nog eens goed kijken of we alles correct hebben genoteerd, afgesproken?'

'Afgesproken.' Met een glimlach liep ik naar de receptie en gaf het label af om mijn bagage terug te krijgen.

Terwijl we op mijn weekendtas stonden te wachten, wisselden we zoals afgesproken onze gegevens uit.

'Kan ik een taxi voor u aanhouden, mevrouw?' vroeg de kruier.

'Heel graag, dank u.'

Peter en ik liepen achter hem aan naar buiten en keken toe hoe hij floot om een taxi aan te houden.

'Ik wil helemaal nog geen afscheid van je nemen, we hebben elkaar nog maar net teruggevonden. Denk er alsjeblieft eens over na om nog een keer terug te komen, Merry. Of anders kan ik ook naar jou toe komen, in Dublin. Het maakt me niet uit waar of wanneer.'

'Dat zal ik doen, beloofd.'

Hij pakte mijn hand, drukte er een kus op en omhelsde me. 'Pas goed op jezelf, oké?' fluisterde hij zacht. 'En waag het niet om niks meer van je te laten horen!'

'Daar hoef je niet bang voor te zijn. Dag, Peter, bedankt voor de lunch.' Ik stapte in de taxi en zwaaide naar hem toen we wegreden.

Door de opgekropte spanning, de emoties van het weerzien met Peter na al die jaren en de hoeveelheid wijn die ik tijdens de lunch achterover had geslagen, bracht ik de terugreis naar Dublin grotendeels slapend door en werd ik pas wakker toen de man naast me me aanstootte omdat hij erlangs moest.

In de taxi naar Merrion Square voelde ik me nog steeds versuft en kon ik amper geloven dat ik Peter echt had gezien.

Ik liet mezelf binnen in Ambrose' appartement, zette mijn weekendtas neer en liep de woonkamer in, waar hij zoals gewoonlijk in zijn stoel zat. 'Hallo, Ambrose, ik ben weer veilig terug,' zei ik glimlachend.

'Dus het is allemaal goed gegaan?'

'Nou en of! Ik was zo nerveus dat ik letterlijk in zijn armen flauwgevallen ben, maar...'

Opeens werd ik me ervan bewust dat we niet alleen waren. Ik draaide me om en daar, in de hoek van de bank, zat een man die ik nooit eerder had gezien. Toen mijn blik op hem viel, stond hij op. Hij was heel lang, onberispelijk gekleed in een pak met stropdas en een jaar of zestig. 'Neem me niet kwalijk, ik had helemaal niet door dat u er was. Ik ben Merry McDougal, en u bent...' Ik stak mijn hand naar hem uit.

Er leek een eeuwigheid te verstrijken waarin de man geen antwoord gaf, maar me gewoon bleef aanstaren, alsof hij betoverd was. Zijn grijze ogen zagen er een beetje vochtig uit, alsof er tranen in stonden. Aangezien hij mijn uitgestoken hand niet aannam, liet ik hem weer zakken.

Na een tijdje leek hij te ontwaken uit zijn gehypnotiseerde toestand. 'Het spijt me, Mrs. McDougal. U lijkt enorm op... iemand die ik ken. Ik ben Georg Hoffman, het is me een genoegen om kennis met u te maken.' De man sprak vlekkeloos Engels, maar met een duidelijk accent dat ik als Duits dacht te herkennen.

'En... wie bent u dan precies?'

'Wilt u misschien even gaan zitten?' Hij gebaarde naar de bank.

Vertwijfeld keek ik naar Ambrose.

'Ga zitten, Mary. Wil je een glas whiskey?'

'Hemeltje, nee, ik heb vandaag al meer dan genoeg alcohol gedronken.' Aarzelend ging ik zitten.

Hoffman volgde mijn voorbeeld. Ik zag dat hij een leren aktetas bij zich had die heel erg leek op de tas die Peter die ochtend had meegenomen. Hij haalde er een plastic map uit en legde die op zijn knie.

Ik slaakte een zucht, want na de dag die ik achter de rug had, wilde ik het liefst in alle rust genieten van een kop thee en een broodje, Ambrose over mijn ontmoeting met Peter vertellen en dan naar bed gaan. 'Bent u hier voor mij, of bent u een bekende van Ambrose?'

'Mary, Mr. Hoffman is de advocaat van de overleden vader van de zussen die de afgelopen tijd hebben geprobeerd je op te sporen,' legde Ambrose uit.

'Zeg maar Georg, hoor. Volgens mij hebt u hier in Dublin kennisgemaakt met Tiggy.'

'Dat klopt. Maar ik heb ook een paar van de andere zussen en hun... partners ontmoet, op andere plekken in de wereld. Dat wil zeggen, ze hebben geprobeerd me op te sporen.'

'Inderdaad. Ik ben hier vanavond omdat ik tot het besef ben gekomen dat ik u beter zelf had kunnen opzoeken, omdat ik meer... details van uw afkomst kende dan de dochters van mijn cliënt. Maar toen de meisjes, zoals ik de zussen noem, met een plan op de proppen kwamen om de missende zus op te sporen, heb ik besloten hen hun gang te laten gaan. Ze waren er prima in geslaagd hun eigen biologische families te vinden, ziet u, en ik had nog meer zaken af te handelen. Het spijt me als de meisjes en ik u tot last zijn geweest of bang hebben gemaakt.'

'Dank u. Ik ben er wel van geschrokken, zeker aangezien ik op wereldreis wilde om het verlies van mijn man te verwerken.'

'Mary, schat, ik wil me nergens mee bemoeien, maar dat is niet helemaal waar.'

Ik keek naar Ambrose en vroeg me af waarom hij in vredesnaam het gedrag probeerde goed te praten van een stel zussen van wie hij wist dat ze me de stuipen op het lijf hadden gejaagd.

'Hopelijk praat ik niet voor mijn beurt, maar daarmee wil ik zeggen dat Mary bezig was met een zoektocht naar haar eigen verleden. Ironisch genoeg probeerden de zussen háár niet alleen te vinden, maar was ze zelf ook naar iemand op zoek. Iemand door wie ze doodsangsten heeft uitgestaan toen ze nog jong was. Jammer genoeg zijn die twee zaken door elkaar heen gaan lopen. Begrijpt u dat?'

'Niet helemaal, maar genoeg om te snappen dat u er niet om zat te springen dat de zussen u achternakwamen, Mrs. McDougal.'

'Zeg maar Merry. En nee, dat klopt, maar u hebt nog steeds niet gezegd wat u hier komt doen.'

'Nou... Vergeef me als het lijkt alsof ik in raadselen spreek, Merry. Eerlijk gezegd had ik nooit verwacht dat ik dit nog mee zou maken. Ik werk al voor de vader van de meisjes...'

'Die ze Pa Salt noemen,' viel ik hem in de rede.

'Ja. Sinds ik hem leerde kennen, is hij als een vader voor me geweest. Ik heb mijn hele carrière als advocaat voor hem gewerkt en hij had het er altijd over dat er nog een zus ontbrak, een zus die hij niet kon vinden, hoe hard hij ook zocht. Zodra ik er oud genoeg voor was, ben ik hem bij die zoektocht gaan helpen. Zo nu en dan belde hij me met een veelbelovend aanknopingspunt over haar verblijfplaats en nam ik een team betrouwbare privédetectives in de arm om die tip na te gaan. Telkens liep het op niets uit. Tot mijn werkgever vorig jaar rond deze tijd nieuwe informatie binnenkreeg, waarvan hij vrijwel zeker wist dat die klopte. De informatie was heel summier, maar ik heb me er toch in vastgebeten.'

Ik zag de man even aarzelen en naar voren leunen om het glas whiskey van de tafel te pakken. Hij dronk het leeg, zette het weer neer en keek me aan.

'Merry, ik zou wel eindeloos kunnen vertellen over wat de privédetectives en ikzelf zoal hebben gedaan om erachter te komen wie je was, maar...' Hij schudde zijn hoofd en legde zijn hand tegen zijn voorhoofd, duidelijk beschaamd omdat dit hem zo emotioneerde. 'Neem me niet kwalijk...'

Hij begon in de map op zijn knie te bladeren en leek meerdere pagina's af te keuren, tot hij er een uit pakte. 'Als ik had geweten hoe makkelijk het zou zijn om je te identificeren, had ik je de ellende van de afgelopen weken kunnen besparen. Al die moeite, en uiteindelijk hadden we die smaragden ring niet eens nodig.' Hij wees naar de ring om mijn vinger en schoof het vel papier over tafel naar me toe. 'Kijk zelf maar.'

Dat deed ik, en toen mijn hersenen het beeld eenmaal verwerkt hadden, keek ik heel cliché nog een keer.

Op het vel papier dat voor me lag stond een houtskoolportret van mezelf.

Ik keek nog eens goed en zag dat de vorm van mijn kaak misschien wat zwaarder was en dat mijn wenkbrauwen iets lichter waren dan op de tekening die voor me lag, maar dat er geen twijfel mogelijk was. 'Dat ben ik, toch?'

'Nee,' fluisterde hij. 'Dat ben jij niet, Merry. Het is je moeder.'

Na afloop kon ik me weinig herinneren van wat ik in de twintig minuten daarna had gezegd of gedaan. Dat gezicht, dat van mij was, maar toch ook weer niet, maakte een instinctieve reactie in me los waarop ik niet voorbereid was geweest. Eerst wilde ik de tekening strelen, daarna wilde ik hem aan flarden scheuren. Ik nam een glas whiskey aan dat ik niet wilde, maar dronk het toch leeg en begon te huilen. Het was een stortvloed aan tranen om de chaos waarin mijn leven was verzand. Telkens als ik iets opgelost dacht te hebben, kwam er weer een nieuw puzzelstukje voor in de plaats. Het greep me zo aan dat ik uiteindelijk in de armen van Ambrose op de bank belandde, terwijl de advocaat me vanuit de leren stoel gadesloeg.

'Het spijt me, het spijt me,' zei ik toen mijn tranen op de tekening vielen van de vrouw die op mij leek, maar mijn moeder bleek te zijn.

Uiteindelijk hield ik op met huilen en bette met de zakdoek van Ambrose mijn ogen, mijn wangen en de afbeelding van het gezicht van de vrouw die me kennelijk op de wereld had gezet. De tekening was nu vlekkerig en lelijk.

'Maak je daar maar geen zorgen om. Het is maar een kopie,' zei Georg.

Toen ik weer een beetje was gekalmeerd, maakte ik me los uit de armen van Ambrose en ging rechtop zitten.

'Merry, zou je me even overeind kunnen helpen?' vroeg hij. 'Volgens mij zijn we allemaal wel toe aan een kop thee. Die ga ik even zetten.'

'Ambrose, dat hoeft…'

'Ik kan heus nog wel een pot thee zetten, lieve schat.'

Georg en ik bleven zwijgend zitten. Er waren heel veel vragen waar ik antwoord op wilde, maar ik had geen idee waar ik moest beginnen.

'Georg,' wist ik uit te brengen, nadat ik voor de zoveelste keer mijn neus had gesnoten in de doorweekte zakdoek. 'Zou je misschien kunnen uitleggen waarom jij, of de zussen, achter mijn dochter van tweeëntwintig aan bent gegaan als je wist in welk jaar ik geboren ben?'

'Omdat ik geen idee had dat je dochter ook Mary heette. En dat je haar de ring op haar eenentwintigste verjaardag had gegeven. De afgelopen twee weken, nadat ik al wel van de zussen had gehoord dat ze Mary McDougal hadden gevonden maar ze nog steeds naar jou op zoek waren, had ik… andere verplichtingen. We stonden niet met elkaar in contact.'

'Het spijt me ontzettend, maar er zijn nog heel veel dingen die ik niet begrijp. Dus die vrouw op de tekening is mijn moeder?'

'Ja.'

'Hoe weet je dat?'

'Vanwege de tekening die jarenlang aan de muur heeft gehangen in Atlantis, het huis van mijn werkgever in Genève. Hij heeft me verteld wie die vrouw was.'

'Is ze overleden? Tijdens de bevalling, bedoel ik?'

Wederom zag ik hem twijfelen over hoeveel hij zou prijsgeven.

Toen Ambrose binnenkwam met de thee, stond Georg op en haalde een dikke envelop uit zijn aktetas. Daarna ging hij in de stoel van Ambrose zitten en legde het pakketje op zijn knie.

'Wil je suiker in de thee, Georg?' vroeg Ambrose.

'Ik drink geen thee, dank je. Merry, dit pakje is voor jou. Ik denk dat hierin alle antwoorden staan die ik je niet kan geven. Voordat ik het aan je geef, wil ik je dringend verzoeken om met me mee te gaan, naar je kinderen en de zussen op de Titan. Daarmee zou je de levenslange wens van hun vader in vervulling laten gaan, dus ik kan hier niet weg zonder je te smeken. De privéjet staat klaar op de luchthaven van Dublin om ons naar de boot te brengen.'

'Ik ben zo moe,' verzuchtte ik. 'Ik wil gewoon naar bed.' Terwijl ik van mijn thee nipte, keek ik ondanks mijn achtenvijftig jaar Ambrose aan, in de hoop dat hij me goede raad kon geven.

'Ik weet het, lieverd, ik weet het,' zei hij, 'maar wat stelt één slapeloze nacht nou voor, nu je de kans hebt om erachter te komen waar je echt vandaan komt?'

'Het is allemaal zo onwerkelijk, Ambrose.'

'Dat komt enkel doordat het contact met de zussen tot nu toe zo rommelig is verlopen. Bovendien heb je de laatste tijd nogal wat te verwerken gehad. Maar zelfs je eigen kinderen zitten op die boot. Ze zijn op weg naar Griekenland, het land dat je altijd al eens hebt willen bezoeken, maar waar je nog nooit geweest bent. Als ik Georg mag geloven, zou je daar weleens de antwoorden kunnen vinden die je zoekt. Als de man die je voor het eerst zag toen je nog maar een paar uur oud was en die je heeft zien opbloeien tot een opmerkelijke jonge vrouw met een passie voor filosofie en mythologie, smeek ik je ook om op zoek te gaan naar je eigen legende. Wat heb je te verliezen?'

Ik staarde hem aan en vroeg me af hoeveel hij voor mijn komst al met Georg besproken had. Daarna dacht ik aan mijn kinderen, die al bij die vreemde, bij elkaar geraapte familie waren. Op dit moment zeilden ze ergens over zee in de richting van Griekenland, het land dat altijd zo'n bijzonder, magisch plekje in mijn gedachten had ingenomen...

Ik pakte Ambrose' hand beet en haalde diep adem. 'Goed dan. Ik ga wel mee.'

Anderhalf uur later zat ik op een stoel met leren bekleding in het soort privéjet dat ik alleen uit films en tijdschriften kende. Georg zat tegenover me, aan de andere kant van het smalle gangpad. Voor in het vliegtuig zag ik hoe de twee piloten zich klaarmaakten voor vertrek. Georg zat via zijn mobiele telefoon in het Duits met iemand te praten. Ik wilde dat ik hem kon verstaan, want het klonk nogal dringend.

Een steward verzocht ons om onze stoelriemen vast te maken en onze mobieltjes uit te zetten. Het vliegtuig begon te taxiën en binnen een paar seconden bereikte de jet een hoge snelheid en gingen we de lucht al in. Ik staarde uit het raampje en vroeg me af of ik wel goed bij mijn hoofd was, omdat ik nu alweer zo halsoverkop wegging uit het land waar ik was geboren en getogen. De lichtjes van Dublin fonkelden onder me en daarna werd het vrijwel onmiddellijk donker, omdat we aan de oversteek over de Ierse Zee begonnen. Ik deed mijn ogen dicht en probeerde me te concentreren op het feit dat ik naar mijn familie tóé ging, naar Jack en Mary-Kate, in plaats van bij ze vandaan, zoals de laatste keer dat ik uit Ierland was vertrokken.

Ik hoorde een belletje, waarna de steward kwam zeggen dat we onze stoelriemen los mochten maken.

Georg pakte zijn aktetas en haalde de bruine envelop weer tevoorschijn. 'Deze is voor jou, Merry. Hopelijk vind je hierin het antwoord op de vragen die je me gesteld hebt. Ik zal je alleen laten zodat je kunt uitrusten.' Toen hij me de envelop gaf, zag ik weer tranen in zijn ogen blinken. Daarna wenkte hij de steward. 'Mrs. McDougal heeft behoefte aan privacy en wil graag even slapen. Ik ga naar voren.'

'Natuurlijk, sir.'

'Welterusten, Merry. Ik zie je weer nadat we geland zijn.' Georg knikte.

De steward trok prompt twee panelen uit vanaf de zijkanten van de cabine, waardoor de voorkant van de achterkant werd gescheiden. Daarna gaf hij me een deken en een kussen en liet zien hoe ik mijn stoel in een bed kon veranderen.

'Hoe lang is het vliegen?' vroeg ik toen hij een glas water in de houder naast me zette.

'Iets meer dan drie uur, mevrouw. Kan ik verder nog iets voor u betekenen?'

'Ik red me zo wel, bedankt.'

'Drukt u maar op het belletje naast uw stoel als u nog iets nodig hebt. Welterusten, mevrouw.'

De paneeldeuren schoven achter hem dicht, zodat ik opeens het rijk alleen had. Even raakte ik in paniek, want ik zat in een vliegtuig naar God weet waarnaartoe, met op mijn knie een bruin pakketje waar het geheim van mijn afkomst in zou moeten zitten.

'Ambrose vertrouwde Georg, dus dat moet jij ook doen, Merry,' mompelde ik in mezelf.

Hier zat ik dan, ergens tussen hemel en aarde. De Griekse goden hadden de Olympus, de hoogste berg van Griekenland, uitgekozen als hun onderkomen, misschien vanuit de behoefte om zich tussen hemel en aarde te wanen. Ik keek uit het raampje naar de sterren, die hier veel feller leken te schijnen of zelfs oplichtten als fakkels.

Vervolgens richtte ik mijn aandacht op het bruine pakketje op mijn schoot en stak een vinger onder de plakrand om de grote envelop te openen. In het pakketje zaten een dik, ietwat verweerd bruin leren boekje en een stevige crèmekleurige envelop. Ik legde het boekje voor me op het klaptafeltje, bekeek de envelop en las de drie keurig geschreven woorden op de voorkant.

Voor mijn dochter.

Ik maakte de envelop open.

Atlantis
Meer van Genève
Zwitserland

Mijn lieve dochter,

Kon ik je maar bij je voornaam noemen, maar jammer genoeg weet ik niet hoe je heet. Net zoals ik geen idee heb waar in de wereld je woont en of je nog in leven bent. Ik weet niet of je ooit nog gevonden zult worden. Als je dit leest, is dat voor ons allebei een vreemde gedachte, want dat zou betekenen dat je gevonden bent, maar dat ik niet meer in leven ben. In dat geval zullen we elkaar nooit op deze aarde leren kennen, maar pas in een volgend leven, waarin ik tot in het diepst van mijn ziel geloof.
Ik kan niet onder woorden brengen hoeveel ik van je hou, al sinds ik wist dat je zou komen. Ook kan ik je niet uitleggen hoever ik ben gegaan om jou en je moeder te vinden, nadat jullie me nog voor je geboorte zo wreed ontnomen werden. Misschien voel je je in de steek gelaten door je vader, maar daar is niets van waar. Tot op de dag van vandaag – en ik schrijf je deze brief net zoals ik mijn zes andere dochters heb geschreven, omdat ik weet dat de dood nabij is – weet ik niet waar je moeder is, en of ze na jouw geboorte nog leefde of gestorven is.
Hoe ik van je geboorte afweet, is ook een verhaal dat alleen uit te leggen is in veel meer bladzijden dan ik op dit moment fysiek op kan brengen vol te schrijven.
Toch heb ik het verhaal wel opgeschreven, jaren geleden, in het dagboek dat mijn advocaat, Georg Hoffman, je in opdracht van mij zal geven. Het bevat mijn levensverhaal, dat op zijn zachtst gezegd turbulent te noemen is. Misschien heb je inmiddels al contact gehad met mijn adoptiedochters. Ik wil je vragen mijn verhaal met hen te delen nadat je het gelezen hebt, want het is ook hun verhaal.
Lees het alsjeblieft, meisje van me, en weet dat er geen dag voorbij is gegaan dat ik niet aan jou en je moeder heb gedacht en voor jullie heb gebeden. Ze was mijn grote liefde… mijn alles. Mocht ze inmiddels de oversteek naar het hiernamaals hebben gemaakt, zoals ik diep in mijn hart denk te voelen, weet dan dat we weer bij elkaar zijn en vol liefde met je meekijken.

Je vader
Atlas x

Wordt vervolgd in:

De zeven zussen – Atlas

Het verhaal van Pa Salt

NOOT VAN DE AUTEUR

Ik wist altijd al dat *De zevende zus* zich voornamelijk zou afspelen in het Ierse West Cork, waar ik vandaan kom. Toen de pandemie uitbrak, leek het wel of het zo had moeten zijn. Nog voor kerst 2019 was ik al in het geheim naar Central Otago in Nieuw-Zeeland en Norfolk Island geweest. Slechts een paar weken later zat ik in lockdown in West Cork, met al het benodigde researchmateriaal binnen handbereik. Ik dacht al heel wat te weten over de laatste honderd woelige jaren van de Ierse geschiedenis, maar toen ik zoals gewoonlijk alles grondig ging uitzoeken, kwam ik erachter dat ik slechts het topje van de ijsberg kende. Het viel me ook op dat de weinige getuigenverklaringen van de mensen die direct betrokken waren bij de Ierse onafhankelijkheidsoorlog steevast waren geschreven door mannen, meestal jaren na dato. Om zo'n waarheidsgetrouw mogelijk beeld te krijgen, besloot ik me tot mijn familie, vrienden en buren te wenden, wier voorouders destijds hebben gevochten voor hun vrijheid. Hierdoor werd een plaatje geschetst van West Cork in oorlogstijd en de enorme inzet van de dappere 'Volunteers', de verzetsbeweging die vrijwel geheel bestond uit boeren tussen de zestien en vijfentwintig jaar. Zonder enige gevechtservaring stonden zij voor de, op papier, onmogelijke taak om te winnen van getrainde Britse soldaten en politieagenten, die ook nog eens sterk in de meerderheid waren.

Dankzij de plaatselijke bevolking die tijd heeft vrijgemaakt om me te helpen, heb ik – hoop ik – een betrekkelijk kloppend beeld kunnen schetsen van wat er destijds en gedurende de rest van de twintigste eeuw in West Cork is gebeurd. Mijn grootste dank gaat uit naar Cathal Dineen, die me (tussen de lockdowns door) overal naartoe reed, naar de verste uithoeken, om me voor te stellen aan mensen als Joe Long. Cathal had gehoord dat Joe nog steeds in het bezit was van het oorspronkelijke geweer van Charlie Hurley, wat ook zo bleek te zijn! Van daaruit ging de reis verder naar het afgelegen kerkhof in Clogagh, waar hij me de grafkelder liet zien waar Lord Bandon naar verluidt twee weken is vastgehouden als gijzelaar. De rillingen liepen me over de rug toen ik de beenderen zag liggen in de vergane kisten op de planken om me heen. Niets was Cathal te veel en dat gold ook voor de andere mensen die hij inschakelde. Als zij me niet verder konden helpen, was er altijd wel een grootouder of een ouder familielid wiens ouders in die tijd hadden geleefd of krantenknipsels hadden bewaard. Tim Crowley, die het Michael Collins Centre in Castleview runt, is een nazaat van De Lange. Samen met zijn vrouw Dolores hielp hij me niet alleen met mijn feitenkennis, maar ik mocht ook de aktetas vasthouden waarin Michael Collins zijn papieren bewaarde toen hij naar Londen afreisde om met de Britten over de moeizame weg naar de Ierse onafhankelijkheid te onderhandelen.

Ik had al vaker over Cumann na mBhan gelezen, maar ook over deze organisatie zijn er maar weinig boeken en essays verschenen, en geen van alle ging specifiek over West Cork. Via een van mijn vriendinnen, de eigenaar van de boekhandel in Clonakilty, Trish Kerr, kwam ik in contact met dr. Helene O'Keeffe, historicus en docent aan University College Cork. Zij verwees me door naar Niall Murray, die al sinds jaar en dag als journalist werkzaam is voor de *Irish Examiner* en die als historicus en promovendus onderzoek doet naar de Ierse revolutie in de stedelijke en landelijke gebieden in het graafschap Cork. Hij stelde voor dat ik een website van de Ierse overheid zou raadplegen om erachter te komen welke leden van Cumann na mBhan uit mijn omgeving een veteranenpensioen hadden aangevraagd. Hierdoor kwam ik er niet alleen achter hoeveel vrouwen uit de buurt hun mannen hebben ondersteund, maar ook hoeveel risico ze daarvoor wilden nemen, terwijl ze ook nog bleven werken op de boerderij, op het plaatselijke postkantoor of in de kleermakerij. Ik heb een diep respect voor al deze miskende heldinnen.

Mijn goede vriendin Kathleen Owens heeft zich er ook in vastgebeten om de kleinste details te achterhalen, geholpen door haar mammy Mary Lynch, haar man Fergal en haar zoon Ryan Doonan. Mary Dineen, Dennis O'Mahoney, Finbarr O'Mahony en Maureen Murphy, die me schreef vanuit New York, waar haar familie na de burgeroorlog naartoe was geëmigreerd, zijn maar enkele voorbeelden van vriendelijke mensen uit de omgeving die dit boek zo veel couleur locale hebben gegeven. Dit verhaal is, zoals al mijn boeken, fictie die doorspekt is met de verhalen van echte historische figuren, in de levensechte setting van de strijd tot aan de dood om onafhankelijk te worden van de Britten. Zoals altijd is geschiedenis subjectief en afhankelijk van de menselijke interpretatie en in veel gevallen in dit boek ook van het menselijk geheugen. Mochten er 'fouten' in zijn geslopen, dan zijn die geheel voor mijn rekening.

In Nieuw-Zeeland wil ik Annie en Bruce Walker van harte bedanken voor hun rondleiding over het prachtige Norfolk Island, voor hun verhalen over Nieuw-Zeeland en het eilandleven, plus natuurlijk voor hun gastvrijheid, die zo kenmerkend is voor de kiwi's.

Mijn immense dank gaat uit naar mijn team 'thuis', dat me op allerlei manieren geweldig heeft gesteund. Ella Micheler, Jacquelyn Heslop, Olivia Riley, Susan Boyd, Jessica Kearton, Leanne Godsall en natuurlijk mijn echtgenoot Stephen, impresario, rots in de branding en beste vriend. Allemaal stonden ze voor me klaar wanneer ik hen nodig had. Mijn complimenten aan al mijn uitgevers wereldwijd, die alles in het werk hebben gesteld om de boeken aan de man te brengen, zeker in deze voor ons allemaal nieuwe situatie. Ik bedank mijn hechte clubje goede vrienden, dat er altijd in slaagt me aan te moedigen door middel van eerlijkheid en liefde. Jullie weten zelf wel wie jullie zijn. En natuurlijk mijn kinderen, Harry, Isabella, Leonora en Kit, die altijd mijn grootste bron van kracht en inspiratie zullen blijven.

Wat ik ook nog even wilde aankaarten: ik kan me voorstellen dat sommigen van jullie dit geschokt en wellicht teleurgesteld zitten te lezen, omdat er nog zo veel onderliggende raadsels uit de reeks onopgelost zijn. Dit komt doordat ik er tijdens het schrijven van dit boek, toen het verhaal van de zevende zuster vorm kreeg, achter kwam dat ik simpelweg ruimte tekortkwam om het 'geheime verhaal' goed te kunnen vertellen. Dus inderdaad, het achtste en daadwerkelijk laatste deel van *De zeven zussen* komt er nog aan…

Bedankt voor jullie geduld. Ik beloof dat ik zodra ik *De zevende zus* heb afgerond onmiddellijk aan boek acht zal beginnen. Het zit nu al acht jaar in mijn hoofd en ik sta echt te popelen om het eindelijk op papier te kunnen zetten.

Lucinda Riley
Maart 2021

BIBLIOGRAFIE

Munya Andrews, *The Seven Sisters of the Pleiades* (Spinifex Press, 2004).

Sebastian Balfour (red.), *Trinity Tales: Trinity College Dublin in the Sixties* (Liliput Press, 2011).

Tom Barry, *Guerilla Days in Ireland* (Mercier Press, 2013).

Alan Brady, *Pinot Central: A Winemaker's Story* (Penguin Books, 2010).

Tim Pat Coogan, *Michael Collins: A Biography* (Head of Zeus, 2015).

Dan Crowley, *My Time in My Place* (Michael Collins Centre, Castleview, 2013).

John Crowley, Donal Ó Drisceoil en Mike Murphy, *Atlas of the Irish Revolution* (Cork University Press, 2017).

Tim Crowley, *In Search of Michael Collins* (Michael Collins Centre, Castleview, 2015).

Liz Gillis, *The Hales Brothers and the Irish Revolution* (Mercier Press, 2016).

Da'Vella Gore, *This Blessed Journey* (Da'Vella J. Gore, 2009).

Patrick Radden Keefe, *Say Nothing: A True Story of Murder and Memory in Northern Ireland* (William Collins, 2018).

Anne Leonard (red.), *Portrait of an Era: Trinity College Dublin in the 1960s* (John Calder Publishing, 2014).

Ken Loach *et al., The Wind that Shakes the Barley*. (Londen: Sixteen Films, 2007).

J. V. Luce, *Trinity College Dublin: The First 400 Years* (TCD Press, 1992).

Ann Matthews, *Renegades: Irish Republican Women 1900-1922* (Mercier Press, 2010).

Charles River (red.), *New Zealand and the British Empire: The History of New Zealand Under British Sovereignty* (Charles River Editors, 2018).

Charles River (red.), *The Maori: The History and Legacy of New Zealand's Indigenous People* (Charles River Editors, 2018).
Marianne Slyne, *Marianne's Journal* (Michael Collins Centre, Castleview, 2015).

Ontdek ook de kinderboeken
van Lucinda Riley

Het nieuwste deel in de *Beschermengeltjes*-reeks

Lees de bestsellers van Lucinda Riley voor 15,-

Lees de bestsellers van Lucinda Riley voor 15,-

Betoverende roman en nummer 1-bestseller

Intrige en geheimen op het idyllische platteland

Lees ook *De orchideeëntuin*

Twee families, voor altijd verbonden door diep verborgen geheimen

Lees ook nummer 1-bestseller *De zilverboom*

Een statig landgoed, duistere familiegeheimen en een verloren verleden

LUCINDA RILEY
DE ZEVENDE ZUS
DE INTERNATIONALE BESTSELLER
ROMAN
DE ZEVEN ZUSSEN
STORM
SCHADUW
PAREL
MAAN
ZON